시선의 문학사

시선의 문학사

초판 1쇄 발행 2015년 12월 31일
초판 2쇄 발행 2016년 9월 20일

지 은 이 이광호
펴 낸 이 주일우
펴 낸 곳 ㈜문학과지성사
등록번호 제1993-000098호
주   소 04034 서울 마포구 잔다리로 7길 18(서교동 377-20)
전   화 02) 338-7224
팩   스 02) 323-4180(편집) / 02) 338-7221(영업)
전자우편 moonji@moonji.com
홈페이지 www.moonji.com

© 이광호, 2015. Printed in Seoul, Korea

ISBN 978-89-320-2813-2 93800

* 이 책은 2010년도 정부의 재원으로 한국연구재단 인문저술 지원사업의 지원을 받아 수행된 연구임을 밝힙니다.
  (812-2010-1-A00148)

이 도서의 국립중앙도서관 출판예정도서목록(CIP)은 서지정보유통지원시스템 홈페이지(http://seoji.nl.go.kr)와
국가자료공동목록시스템(http://www.nl.go.kr/kolisnet)에서 이용하실 수 있습니다.
(CIP제어번호: CIP2015035885)

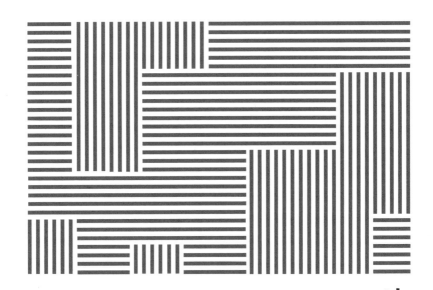

시선의 문학사

이광호 지음

문학과지성사
2015

문학사의 재구성에 대한 연구자로서의 갈망은 오래되었으나, 문학사적 글쓰기가 진행되기까지는 무거운 오류의 시간을 견뎌야 했다. 읽어야 할 것들은 너무 많았으며, 사유는 자주 끊어졌고, 상상력은 동시대의 중력에 붙들려 있었다. 오랜 무기력 이후 문학사적 글쓰기의 불가능성과 대면했을 때, 그 대면을 기록할 사소한 용기가 생겼다.

'작은 근대성'과 '다중적 근대성'을 드러내는 '차이의 문학사', 문제적인 텍스트들의 상호텍스트성이 구축하는 문학사, 텍스트가 생성한 시선 주체의 문제를 통해 모더니티를 비판적으로 재맥락화하는 문학사 등이 새로운 문학사 구성의 동기가 되었다. 그 도정에서 시선과 장르의 형식들과 '은폐된 문학사'가 드러날 수 있기를 바랐다. 문학사 기술이 텍스트의 내재분석에서 출발해야 한다는 생각은, 문학의 역사·제도적 층위와 긴장 관계를 이루었다. 다루고자 했던 몇 개의 텍스트가 누락된 것도 그 긴장을 견디지 못했기 때문이다.

이 책은 완결된 문학사라기보다는 '문학사론'의 성격에 가까워졌다. 변명의 여지없이 저자 능력의 한계 때문이다. 다른 방식으로 말한다면, 문학사의 불가능성과 마주할 때 이제 모든 문학사는 '문학사에 대한 문학사' '문학사론으로서의 문학사'이다. 문학사는 문학사에 대한 비판으로서만 가능하다는 것이, 이 책의 작은 실천적인 결론이다. 이 책이 탐구하려 한 것은 한국 문학사 안의 '문학 주체들'이나, 그 과정에서 '문학사적 주체'의 잠재성이라는 문제에 다다랐다. 이 책은 저자 개인에 의해서 계속 비판적으로 '보충'되어야 하며, 다른 연구자들의 비판의 대상이 되는 한에서만 문학사로서의 의미가 실현될 것이다. 이런 과정은 '올바른 하나의 역사'를 주장하는, '역사'라는 이름의 권력, 역사의 의미를 고착화하려는 권력과의 싸움이다. '단 하나의 역사'는 존재하지 않으며, 다만 미지와 미완의 '역사성', 지금 여기에서 신체를 진동시키는 역사의 감각에 대해 쓸 수 있을 뿐이다. 역사에 대한 정의 내리기는 언제나 저 미세한 시간, 저 무한의 시간 앞에서 패배한다. 문학사적 주체는 역사의 이념이 실패하고 중단되는 그 지점에서 다른 문학사를 통과할 수 있다.

이 책의 대부분은 용산 삼각지 시절에 씌어졌고, 인왕산 아래 서촌으로 옮겨온 후 마무리하게 되었다. 그 두 장소들 안에서 '식민'과 '근대'의 질감을 일상의 감각 속에서 추체험하려 했지만, 어떤 가난한 허영도 오랜 무력감을 넘어서지 못했다. 2011년 이후 5년 동안 이 책을 써야만 했던 개인적인 동기를 밝혀야 할 필요는 없겠다. 소진된 실존을 문학사적 글쓰기를 강렬하게 욕망하는 실존으로 바꾸는 것은 어려웠다. 다만 문학사적 글쓰기가 남루한 내면성을 회피하는 순간들을 만들어준 것에 감사한다. 그리고 고마운 이름들에 대해, 감사의 말들을 숨기는 것은 끝나지 않을 부끄러움 때문이다.

2015. 12 이광호

차례

4부 시선의 변이와 또 다른 현대성

5부 기원 없는 문학사와 도래할 문학사

1부
―
차이의 문학사와 다중적 근대성

문학사의 재구성과 작은 근대성

1. 문학사는 가능한가?

한국 문학사를 재구성하려는 시도들은 필연적으로 '문학사는 가능한가'라는 질문과 마주하게 된다. 이 질문 속에서는 두 가지 문제의식이 포함되어 있다. 먼저 한국 문학의 집적물들과 제도적 양상들에 대해 역사적 인과성을 부여하고 일관된 서사를 부여한다는 것이 가능한가 하는 것이다. 두번째는 기존의 한국 문학사 특히 한국 근대(현대) 문학사가 보여준 서술의 방향이 더 이상 유효하지 않다면 새로운 문학사는 다시 구성될 수 있는가 하는 질문이다. 이 질문들을 통해 문학사를 둘러싼 의미 있는 이론적 실천에 이르기 위해서는, 기존의 문학사에 대한 비판적 이해를 통해 문학사의 다른 가능성을 모색해나가야 한다.[1]

---

1) 최근에 제출된 문학사 방법론에 대한 재인식에 관해서는 『문학사 이후의 문학사』(천

한국 근대 문학을 역사적으로 구성하려는 여러 문학사의 사례들이 존재하지만, 기존의 근대(현대) 문학사는 임화의 『신문학사』와 김윤식·김현의 『한국문학사』라는 두 개의 강력한 이론적 자장으로부터 벗어나지 못했다고 볼 수 있다. 한국 근대 문학을 '이식문학'으로 전제한 임화의 문학사 인식과, 이를 극복하기 위해 제시된 김윤식·김현의 문학사는 한국 근대 문학사 인식의 강력한 두 가지 이론적 거점이다. 문학사를 다시 기술하려는 많은 시도들이 있었지만, 엄밀하게 말하면 이 두 문학사의 기술 방법과 관점을 근원적으로 뛰어넘는 문학사는 제출되지 않았다. 지금 이 시점에서 '이식문학론'과 '내재적 발전론' 가운데 이론적 선택을 강제하는 것은 의미가 없다. 새로운 문학사 패러다임이 구성되기 위해서는 이들 문학사가 공통으로 발 디디고 있는 구조적인 지형을 근원적으로 비판할 수 있는 성찰적인 지점을 발견해야 한다.

이를 위해서는 두 개의 강력한 문학사적 담론들을 비판적으로 비교하는 동시에, 그것들이 공통적으로 기반하고 있는 인식론적 기초를 반성적으로 검토할 필요가 있다. 임화의 「개설 신문학사」의 "역사적 개괄이 또한 역사적 투시력을 낳고 거기서 일관된 역사적 법칙이 발견되어 비로소 기술이 가능하게 된다. 그 기술 가운데 그 역사의 고유한 과정과 발전의 노선이 표현된다"[2]라는 문장

정완 외 편, 푸른역사, 2013), 「한국 문학사 서술의 정치적 무의식」(허병식, 『한국 근대문학연구』 21호, 2010), 「필연적 미완의 기획으로서의 문학사」(정은경, 『국제어문』 42호, 2008), 「민족주의, 문학사, 그리고 강요된 화해」(차승기, 『문학 속의 파시즘』, 김철·신형기 엮음, 삼인, 2001) 등을 들 수 있다.
2) 임화, 「개설 신문학사」, 『임화문학예술전집2 ─문학사』, 임화문학예술전집 편찬위원회 엮음, 소명출판, 2009, p. 11.

속에서, 역사의 발전 법칙을 찾아내겠다는 보편사를 둘러싼 당위성은 확고하다. 이런 역사 구성의 시도는 필연적으로 보편적인 '거대 서사'를 구성하려는 시도를 낳는다. 또한 "문학사는 실체가 아니라 형태이다"[3]라는 김윤식·김현의 『한국문학사』의 명제는 당연한 것처럼 보이지만, 그 역사적 '형태'의 내적 발전의 논리를 드러내겠다는 것은 역사 '기술'을 둘러싼 임화의 입장과 대척되는 것은 아니다. "의미망을 통해 문학사가와 문학사와 문학적 집적물은 삼위일체를 이룩한다. 과거의 문학적 집적물은 그때 그 의미망을 이루는 기호 역할을 맡는다. 그 기호를 이해하려는 문학사가는 그것에 관계 가지를 부여하려는 의미인이 되며, 그 의미망이 문학사를 이루는 것이다"[4]라는 논리에서 드러나는 것처럼, '문학적 집적물'은 문학사라는 형태를 구성하기 위해 동원되는 '기호'들이다.

이 두 개의 문학사에서 문학사의 주체는 역사의 '발전 법칙'과 '의미망'을 구성하려는 문학사의 서술 주체이다. 이런 서술 주체들은 문학적 집적물들을 그 서술의 체계를 위해 배치되는 기호로 사용한다. 일관된 '발전 법칙'과 '의미망'를 구성하기 위해 문학적 집적물들에게 거대 서사의 일부를 이루는 인과적 연관성의 일부로서 '기호'의 역할을 부여한다. 이때 문학적 집적물들이 문학사의 동적인 요소로 작동하는 것은 어렵게 된다. 문학작품들이 이 문학사 구성의 주체적인 요인으로 작동하지 못하는 것은, 문학사 서술에 있어서의 보편적인 발전 법칙을 찾아내려는 욕구와 연관되어 있다.

---

3) 김윤식·김현, 『한국문학사』, 민음사, 1973, p. 8.
4) 김윤식·김현, 같은 책, p. 11.

여기에 대한 반성적인 질문에서 문학사 구성의 새로운 시도가 시작될 수 있다.

2. '이식문학론'의 문제와 근대 문학의 개념

임화의 문학사는 '이식문학사'라는 프레임에서 그 이론적인 검토가 이루어져왔지만, 임화의 문학사를 이식문학론이라는 규정 안에서만 비판하는 것은 부분적인 이해 방식이라고 할 수 있다. 우선 임화의 '이식문학사'에 대한 김윤식·김현 문학사의 이해가 가지는 한계에 대해 비판적으로 검토할 필요가 있다.

시간적인 거리가 지나치게 짧았기 때문에 얻어진 단견이라는 것을 감안한다 하더라도 채용, 이식문화 등의 어휘는 대단한 반발을 일으킨다. 서구라파의 제도를 탁월하고 높은 단계의 것으로 설정하였기 때문에 그것의 채용은 아무런 논리적·감정적 비난을 받지 않고 오히려 조장된다. 더구나 그것은 일제를 극복하기 위해서라는 식으로 민족주의와 결부되어 있다. 그래서 자신이 속한 사회의 문화를 이식문화하고 대담히 말할 수 있게 된다.[5]

따라서 신문학사는 조선에 있어서의 서구적 문학의 이식으로부터 시작되는 것이다.

---

5) 김윤식·김현, 같은 책, p. 16.

이 점이 다른 곳에서는 근대 문학 혹은 현대 문학이라고 불리어지는 것이 조선에서는 통틀어 신문학으로 호칭되는 소이다.

그렇다고 조선문학의 역사가 신문학에서 시작되는 것은 아니다.

시조, 가사, 구소설 혹은 이두 문헌 또는 한문 전적까지도 서구적 의미의 문학, 즉 예술문학적인 성질의 유산은 전부 문학사 가운데 포함되는 것이다.

그러나 거듭 말하거니와 신문학사는 근대 서구적인 의미의 문학의 역사다.[6]

김윤식·김현의 문학사에서 임화의 문학사를 이식문학론으로 단정하는 이유는 임화의 '이식문학'이라는 개념 때문이다. 하지만 임화의 문학사는 조선 후기의 문학적 유산의 근대적인 요소를 전면적으로 부인하지는 않는다. 임화가 한국 근대(현대) 문학사를 이식문학사로 이해하는 결정적인 근거는 "서구적인 형태의 문학을 문제 삼지 않고는 조선의 근대 문학사라는 것은 존재하지 않고 성립하지 아니한다는 의미도 된다"[7]라는 전제와 "근대 문학은 단순히 근대에 씌어진 문학을 가리킴이 아니라 근대적인 정신과 근대적 형식을 갖춘 질적으로 새로운 문학이다"[8]라는 전제 때문이다. '문학'이라는 개념 자체가 'Literature의 역어'이며, 문학은 곧 서구적인 의미의 근대 문학이라는 것을 인정한다는 전제하에서 한국 근

6) 임화, 같은 책, p. 16.
7) 임화, 같은 책, p. 17.
8) 임화, 같은 책, p. 17.

대(현대) 문학사를 이식문학사로 이해하고 있다는 점이다.[9] 임화는 근대 맹아론 혹은 내재적 발전론의 가능성을 완전히 부정하지 않는다. "만약 서구 자본제의 동점이 없이 장구한 동안 동양 혹은 조선 봉건제를 그대로 내버려두었다면 먼 장래에 독자적으로 근대 사회로의 이행을 수행했을지도 모른다"[10]거나 "미숙하고 불충분하나마 그 정도에 상응한 근대적 생산양식의 맹아를 장(藏)하고 있었으며 이조 말기에 가까워지면서 상기한 세 길을 통한 대외관계로부터 오는 자극과 봉건 자체의 성숙과 아울러 그것은 성장하고 있었다"[11]와 같은 논리 속에서 임화는 내재적 발전의 가능성을 봉쇄하지 않았다. 오히려 임화는 외부의 힘에 의해 근대화의 길을 걷게 된 것에 대한 비판적인 입장을 드러낸다.

우리가 가장 주목해둘 점 하나는 이러한 일방적인 신문화 이식과 모방에서도 고유문화는 전통이 되어 새 문화 형성에 무형으로 작용함은 사실인데, 우리에게 있어 전통은 새 문화의 순수한 수입과 건설을 저해하였으면 할지언정 그것을 배양하고 그것이 창조될 토양

---

9) 임화의 문학사에서 서구 문학을 번역의 문제와 무관한 절대적 보편성으로 상정하고 있지는 않다. 문화적 번역의 위험부담과 무관한 보편적인 서구 문학을 주장하지는 않는다는 것이다. 서구적 보편성과 문화적 번역의 문제에 관해서는 "어떤 보편성의 단언도 문화적 규범과 별개로 일어날 수는 없으며, 국제적 장을 구성하는 다수의 규범들이 경쟁하는 조건하에서 즉각적인 문화적 번역의 도움 없이는 어떤 것도 단언할 수 없다. 보편성이라는 바로 그 개념은 원리상 언어적 경계를 넘을 수 있다고 주장하지만 번역이 없다면 그것은 가능하지 않다." (주디스 버틀러 외, 『우연성 헤게모니 보편성』, 박대진·박미선 옮김, 도서출판 b, 2009. p. 61.)
10) 임화, 같은 책, p. 25.
11) 임화, 같은 책, p. 43.

이 되지는 못했다는 점이다.

　이 불행은 어디서 왔느냐 하면 그것은 결코 우리 문화 전통이나 유산이 저질의 것이기 때문이 아니다. 단지 근대 문화 성립에 있어 그것으로 새 문화 형성에 도움이 되도록 개조하고 변혁해놓지 못했기 때문이다. 그것은 우리의 자주 정신이 미약하고 철저히 못했기 때문이다.[12]

　이와 같이 임화는 근대 이전의 전통문화를 전면적으로 부정하지 않았으며, 그것이 근대 문화 형성에 주도적인 역할을 할 수 있는 상황에 있지 못했음을 비판적으로 서술하고 있다. 이것은 임화 문학사의 궁극적인 의도가 이식문학의 승인이 아니라, 이식문학의 비판적 해체라는 것을 암시한다.[13] 임화의 문학사에 대한 김윤식·김현 문학사의 비판은 임화 문학사를 '이식문학사'로 요약하는 방식에서의 단순성을 노정한다.[14] 임화 문학사에 대한 '오해와 오독'은 김윤식·김현 문학사의 방법론적 입장 자체의 한계를 예비하고 있었다. 임화의 문학사를 이식문학의 승인으로 요약하는 것은 내

---

12) 임화, 같은 책, p. 57.
13) "이는 서구 문학의 이식을 통해 성립하게 된 조선의 신문학이야말로, 서구 문학이 가진 보편으로서의 지위를 단지 확인시키는 것을 넘어 오히려 그러한 '보편의 자리'라는 것이 개별적 특수성들의 종합으로서만 지탱된다는 논의의 가능성을 제시한다." (허민, 「탈중심적 문학사의 주체화와 그 가능성의 조건들」, 『상허학보』 34호, p. 125.)
14) 임화의 신문학사에 대한 새인식에 관해서는 다음과 같은 논문들이 제출되어 있다. 허민, 같은 논문; 신승엽 「이식의 창조와 변증법」, 『창작과비평』, 1991년 가을호; 김지형, 「'신문학사'와 '한국 문학사'의 동일성 소고」, 『상허학보』 2010. 2; 김영민, 「임화의 신문학사 연구의 성과와 의미」, 『임화문학 재인식』, 소명출판, 2004.

재적 발전론에 의한 이식문학론의 극복이라는 서술의 명분을 정당화하는 방식이었다. 김윤식·김현 문학사가 임화의 문학사를 비판적으로 극복하기 위해서 해야만 했던 중요한 이론적 실천은 이식문학론에 대한 비판이 아니라, '서구적인 의미의 문학'으로서의 '근대 문학'을 넘어설 만한 새로운 근대 문학 개념을 제출할 수 있는가의 문제였다. 김윤식·김현의 문학사가 이 지점에서 임화의 문학사에서 제기한 근대 문학의 개념과는 근원적으로 다른 논리를 제시했는가에 하는 것이 논의의 초점이 되어야 한다.

김윤식·김현의 문학사가 임화의 이식문학론을 극복하기 위해 제기한 것은, 당대 역사학계의 주류 이론이었던 '근대 맹아론'과 '내재적 발전론'을 문학사 서술 체계 안으로 수용하는 것이었다. 여기서 중요한 대안적인 논리는 서구적인 의미의 근대적인 장르 개념을 비판하는 것이었다. 임화가 "시민정신을 내용으로 하고 자유로운 산문을 형식으로 한 문학, 그리고 현재 서구 문학에서 보는 바와 같이 유형적으로 분립된 장르 가운데 정착된 문학만이 근대의 문학이다"[15]라고 천명한 대로 서구적인 문학 제도 안에서의 장르 개념을 비판적으로 인식하는 문제였다. 여기서 "근대 문학과 서구라파의 장르의 결합을 곧 근대 조선문학이라고 보는 태도는 구라파어와 한국어, 구라파인과 한국인을 혼동하게 만들어 보편성의 미망으로 이끌고 간다"[16]라는 비판적인 인식이 제기될 수 있었다. "서구라파의 문화를 완성된 모델로 생각해서는 안 된다"[17]

15) 임화, 같은 책, p. 18.
16) 김윤식·김현, 같은 책, p. 13.
17) 김윤식·김현, 같은 책, p. 15.

라는 명제는 당연한 것이지만, 문제는 당대 한국 문학의 제도적 현실과 집적물 안에서 이 문제를 재구성하는 것이었다. 위와 같은 당위론은 그 정당성에도 불구하고 역사적 현실의 인정이라는 문제와 모순의 관계를 이룬다. 서구라파의 문화를 완성된 모델로 생각해서는 안 된다는 것은 문학사가 서술된 시점의 문제의식이지만, 1910년대 이후의 한국 문학은 서구 문학의 제도적인 모델을 받아들이는 것을 신문학의 중요한 과정과 목표로 이해했다. "개화기 이후 일제 말기에 이르기까지, 한국 토속어의 가능성에 주의를 한 몇 사람을 제외한 거의 모든 문인들을 보편성, 보편인이라는 미망으로 몰고 간 것은 언어 의식 없는 서구라파적인 장르에 대한 무조건적인 신봉이다. 어떻게 해서 개화기 이후의 문인들이 아무런 저항 없이 서구라파적인 문물제도를 받아들일 수 있었을까 하는 문제는 쉬운 문제가 아니다"[18]라는 역사적 현실에 대한 인정이 다른 한편에 있는 것이다. 서구의 모델을 완성된 것으로 생각해서는 안 되는 것이 당연하지만, 서구적인 장르 개념에 기초한 문학 제도를 '문학'으로 받아들인 문학사적 현실에 대해서는 어떻게 서술해야 하는가의 문제가 남는다. 이 지점에서 김윤식·김현의 문학사가 대안으로 제시한 것은 서구적인 장르 개념을 부정하고 근대 문학의 기점을 영정조의 시대로 끌어올리려는 시도였다.

문학에 한해서만 말한다면, 근대 문학의 기점은 자체 내의 모순을 언어로 표현하겠다는 언어 의식의 대두에서 찾지 않으면 안된다. 그

---

18) 김윤식·김현, 같은 책, p. 13.

언어 의식은 구라파적 장르만을 문학이라고 이해하는 편협된 생각에서 벗어나게 만든다. 언어 의식은 즉 장르의 개방성을 곧 유발한다. 현대 시, 현대 소설, 희곡, 평론 등의 현대 문학 장르만이 문학인 것은 아니다. 한국 내에서 생활하고 사고하면서, 그가 살고 있는 곳의 모순을 언어로 표시한 모든 유의 글이 한국 문학의 내용을 이룬다. 일기, 서간, 담론, 기행문 등을 한국 문학 속으로 흡수하지 않으면, 한국 문학의 맥락은 찾아질 수 없다. 그것은 광범위한 자료의 개발을 요구한다. 그러나 그 개발을 통해 한국 문학이 얻을 수 있는 것은 동적 측면이다. 그것만이 이식문화론, 정적 역사주의를 극복할 수 있게 해준다. 그런 의미에서 우리는 이조 사회의 구조적인 모순을 문자로 표현하고 그것을 극복하려 한 체계적인 노력이 싹을 보인 영정조 시대를 근대 문학의 시작으로 잡으려 한다.[19]

아마도 이 지점이 김윤식·김현 문학사의 가장 핵심적인 이론적 거점이라고 할 수 있다. 그런데 영정조 시대를 근대 문학의 기점으로 상정하는 논리의 기반에는 '신분제도의 혼란' '상인계급 대두' '실사구시파의 성립' '시장경제의 형성' '서민계급의 진출' 등의 사회경제적 요인들이 제시되고 있으며, "시조, 가사 등의 재래적인 문학 장르가 집대성되면서, 점차로 판소리, 가면극, 소설 등으로 발전한다"[20]와 같은 문학적인 사례들은 부분적인 것으로 제시된다. 임화의 문학사는 '신문학'을 형성시킨 근원적인 동력을 '근

19) 김윤식·김현, 같은 책, p. 20.
20) 김윤식·김현, 같은 책, p. 20.

대의 시민적인 문화 의식'[21]이라고 제시하고 있는데, 이는 김윤식·김현 문학사의 '근대적 언어 의식'이라는 이론적 거점과 근접해 있다. 이런 맥락에서 본다면 김윤식·김현 문학사가 임화의 문학사를 극복한 지점에서 서술되었다기보다는, 다른 방향에서 임화의 문학사를 '다시 한 번' 쓰고 있다고 말할 수 있다.

임화의 문학사와 김윤식·김현 문학사는 모두 문학적 집적물을 역사의 동적 요인으로 삼지 못하고, 문학을 둘러싼 사회경제적인 요인들로부터 문학의 근대성을 연역한다. 역사적 서사에서 선행하는 것은 사회경제적인 근대적 요인들이고, 그 요인들이 문학사적 흐름을 결정했다는 전제가 깔려 있다. 문학사를 지성사의 범주와 동일시하고 '신성한 것'과 '철학적인 것'을 문학에서 찾아내려 함으로써 문학사의 내적 체계를 구체화하지 못하고 사상사의 하위 범주로 문학사를 구성하게 되는 것이다. 거기에서는 단일한 진보의 서사라는 역사를 둘러싼 전형적인 이념이 깔려 있다. 김윤식·김현의 문학사가 '구라파식 진보의 개념'에 의지하지 않겠다고 주장을 제시하고 있음에도 불구하고, 역사의 진보에 대한 관념과 근대적 언어 의식 등의 문제들은 서구적인 진보의 개념과 무관하다고 보기 어렵다. '개별 문학'으로서의 한국 문학과 주체성의 강조는 역설적으로 서구적·보편적 근대성의 틀에 흡수된다.[22]

임화의 문학사에서 '근대의 정신'에 관련된 문제는 수용하고 '서

---

21) 임화, 같은 책, p. 135.

22) "내적으로 자기동력을 지니고 움직이는 '국민(민족)-국가'라는 가상은 『한국문학사』가 거부하고자 했던 '서구적·보편적 근대성'이 낳은 산물에 다름 아니다." (차승기, 같은 글, p. 52.)

구 문학의 장르'는 부정하는 것이 김윤식·김현 문학사의 근대 문학 개념의 핵심이었다. 서구식의 장르 개념으로 근대 문학을 보지 않겠다는 주장은 의미 있는 것이지만, 실제의 서술에서 근대 초기의 문학적 집적물들은 상대적으로 빈약하며, 1910년대 이후에는 서구식의 장르 개념에 의해 창작된 문학 텍스트를 다루게 될 수밖에 없다. 이를테면 근대 문학의 기점을 앞당길 수 있는 중요한 자료 중의 하나로 거론되는 『한듕록』의 경우, 조선 가족제도의 붕괴 과정을 다룬 기록문학이라는 측면에서 큰 의미를 부여하고 있다. 이것은 '가족제도의 붕괴'라는 사회경제적 상황을 확인하는 문건으로 동원된 것이며, 이 문헌이 가지는 문학 언어적인 문제와 장르적·미학적인 문제들은 거의 다루어지지 않는다. 중세적인 질서의 균열이 시작되는 역사적 지점에서 '탈중세적인' 언어가 자생적으로 나타날 수 있지만, 문학 제도와 문학 양식의 차원에서의 근대적인 요소들이 이룩되는 것은 다른 차원의 문제이다.

근대 문학이 근대적인 문학 제도로서 형성되었다는 것을 인정한다면, 근대적인 장르 개념과 근대 문학을 분리한다는 것은 불가능한 문제이다. 오히려 문학 제도의 역사와 장르의 역사가 문학사의 핵심적인 의제가 될 수 있다. "문학사란 장르의 이런 변천사 없이는 존재할 수가 없다."[23] 서구적 장르 개념에 의지하지 않고 근대 문학의 기점과 형성을 설명하겠다는 김윤식·김현 문학사의 문제

---

23) "외국 문학과 장르들의 영향으로 형성되고 전개되는 사실이다. 외래 모델은 장르 형성의 풍부한 원천이었다. 이것은 고전 문학이든 현대 문학이든, 그리고 한문학이든 가리지 않았다. 장르 연구에 비교문학적 관점도 절실히 요청되는 것은 이 때문이다." (김준오, 『문학사와 장르』, 문학과지성사, 2000, p. 41.)

제기는, 문학사의 중심적인 의제 중 하나가 되어야 할 장르의 역사를 주변화하고 사회경제적인 요인과 근대적 의식이라는 요인들을 문학사 서술의 중심에 놓는다. 한국 근대 문학의 출발이 제도적인 의미에서의 근대 문학 장르 개념들의 수입과 번역으로 가능했다는 문제와 이식문학론을 전면적으로 인정하는 문제는 다른 차원의 문제이다.[24] 근대적 장르 형성의 문제를 포함한 문학의 제도적·미학적 체계라는 문제를 정면으로 문제시하지 않는 문학사는, 문학사적 동인을 사회경제적 근대성과 역사철학적 근대성이라는 거대 서사에 의지할 수밖에 없게 된다. 그 결과 이식문학론을 극복하겠다는 당위석인 멍세는, 문학사 서술에서 '문학의 역사'를 주변화하는 역설적인 결과를 노정한다.

3. 다중적 근대성과 '사건'으로서의 근대

임화의 문학사로 대표되는 '이식문학론'과 김윤식·김현의 문학사로 대표되는 '내재적 발전론'에서 똑같이 문제가 되는 것은 '근

---

24) "19세기 후반, 시·소설·희곡·수필을 하위 범주로 하는 미적 글쓰기로서의 근대 문학의 개념이 동아시아에 소개되기 시작했을 때, 무엇보다 문제가 된 것은 이 낯선 개념을 어떻게 번역할 것인가였다." (권보드래, 『한국 근대소설의 기원』, 소명출판, 2000, p. 79.) 이외에도 근대적 문학 개념의 수립 과정에 대해서는 황종연, 「문학이라는 역어」, 『동아어문논집』 32호, 동국대학교 어문학회, 1997; 김동식, 「한국의 근대적 문학 개념 형성 과정 연구」, 서울대학교 박사학위 논문, 1999. 이런 연구들은 '문학'이라는 개념을 둘러싼 역사적 언어의 지평을 복원함으로써 근대적 문학 개념을 탈보편화하고 역사화했다.

대성'의 프레임에 대한 강박적인 태도이다. 근대의 출발이라는 문제가 그토록 중요한 문제였기 때문에, 근대가 이식되었다고 서술하거나 근대의 기점을 최대한 앞당겨보려는 시도가 요청되었던 것이다. 근대성을 사회사 혹은 사상사의 문제로 환원한다는 점에서 거대한 규범으로서의 근대성을 설정할 수밖에 없었다. 한국 문학의 구체적인 집적물들로부터 거대 이념으로서의 '근대주의'만을 문제화했다는 것은, 그 사유의 중심에 거대하고 동일한 이념으로서의 근대성이 자리 잡고 있다는 것을 의미한다. 그렇기 때문에 '근대적 주체의 경험과 그 양식화'라는 문제가 중심으로 떠오르지 못하고 주변화될 수밖에 없다. 동일성으로서의 거대 근대성을 상정하는 이론적 프레임에서는 한국 문학의 개별성을 사유하기가 쉽지 않게 된다.[25]

"근대성은 전 세계 대부분으로 퍼져 나갔지만 단일한 제도적 유형이나 단일한 근대적 문명을 낳지 못하고, 일부 중심이 되는 핵심적 특징과 근본이 같은 이념적 혹은 제도적 역학을 공유하기는 하지만 지속적으로 변하는 여러 근대 문명들이나 적어도 문명적 유형들, 다시 말해서 상이하게 발전하는 경향이 있는 사회나 문명의 발달을 낳았다"[26]라는 비교문명적 관점에서 근대성을 이해하는 것

---

25) "우리는 지금까지 어떤 근대적인 양상이든 포괄할 수 있는 것으로서의 거대한 근대성을 혹은 자기 동일성으로서의 근대성, 일반 이론으로서의 근대성을 찾아 헤맨 것은 아닐까? 그런 보편적 근대성의 기준에 비추어 한국 문학의 근대성을 찾아내는 작업이란 사실 식민지적인 근대성으로부터 헤어나올 수 없는 논의 구조가 아닐까?" (졸고, 『미적 근대성과 한국 문학사』, 민음사, 2001, p. 70.)

26) 쉬무엘 N. 아이젠스타트, 『다중적 근대성의 탐구』, 임현진 외 옮김, 나남, 2009, p. 53.

도 하나의 대안이 될 수 있다. 하지만 이 경우도 "핵심적 특징과 근본이 같은 이념적 혹은 제도적 역학"에 대해서도 비판적인 거리가 요구된다. "모든 근대는 당연히 식민지 근대이다. 이는 식민지를 사회진화론적 문명론의 발전단계론에 따라 하위에 위치시키지 않는다는 것을 의미한다"[27]라는 문제의식 속에서 '식민지/근대'를 위계적인 방식으로 이해하지 않는 것은 중요한 의미가 있으며, 이런 논의의 연장에서 '이상적 근대'라는 관념은 해체될 필요가 있다.

식민지 근대성론과 내재적 발전론을 동시에 비판하면서, '근대의 특권화'를 전면적으로 문제 삼은 것은 김흥규이다. "근대사회의 현상들을 근대라는 시공간 안에서만 보려는 폐쇄성"[28]을 경고하고 조선 후기와 근대의 양상들의 다중적 관계에 대한 성찰을 요구하는 것은 의미 있는 비판적 관점이라고 할 수 있다. "시공간적 경계의 앞뒤와 안팎 중 일부를 특권화"[29]하지 않으면서 역사를 이해하는 일은 중요하다. 특히 "한국사와 문학의 전근대가 외부와 무관하게 근대를 향해 나아가고 있었다는 내발론의 가정이 그릇되었다 해서 전근대를 정체성의 늪처럼 균질화하거나 다음 시대와의 역학 관계에서 배제할 일은 아니다"[30] 와 같은 지적 역시 경청할 만한 것이다. 그런데 "근대에 만들어진 가장 문제적인 구성물은 바로 근대라는 관념 자체이다"[31]라는 명제가 의미심장한 것인 만큼, '근

27) 윤해동 외, 『근대를 다시 읽는다』 1, 역사비평사, 2006, p. 31.
28) 김흥규, 『근대의 특권화를 넘어서』, 창비, 2013, p. 10.
29) 김흥규, 같은 책, p. 171.
30) 김흥규, 같은 책, p. 191.
31) 김흥규, 같은 책, p. 192.

대'라는 어휘와 관념을 포기하고 '근대' 이후에 일어난 문학사적 상황들을 이해하는 것은 불가능하다. "근대라는 술어와 그것이 동반한 유럽 중심적 서사의 해체적 검토"[32] 는 '근대'라는 패러다임의 서구적 동일성을 해체하고 '단 하나의 근대'라는 서사를 비판적으로 검토하는 것을 의미할 것이다. 이런 맥락에서 본다면, 문제의 핵심은 '근대의 특권화'가 아니라, 하나의 거대한 근대성을 상정하는 것이라고 할 수 있다. 근대를 문제의 중심에 둘 수밖에 없는 가장 중요한 이유는 현재적인 삶의 양식과 문화적인 상황이 '근대'라는 자장에서 자유롭지 못하며, 근대라는 시기를 각별하게 문제 삼지 않고는 '현재'가 설명되지 않는다는 문제의식 때문이다. 근대를 둘러싼 문제의식은 현재의 삶을 규율하고 있는 역사적 조건들을 탐구하려는 것이다. 이것은 '근대주의'와 문학사와의 완강한 결속을 유지하기 위함이 아니다. 근대와 근대성에 대한 비판적 재구성이 '현재'에 대한 비판적 성찰이 될 수 있기 때문이다.

중요한 것은 근대성 담론의 폐기가 아니라, 근대성 담론의 프레임을 보편적 근대성으로부터 '다중적 근대성' '차이의 근대성'으로 전환하는 문제이다. 여기서 근대의 범주를 탈보편화, 탈균질화하고 일종의 '사건'의 범주로 이해하는 것이 중요하다. '사건'을 "환원 불가능한 개별성들"[33]이라고 할 때, 근대를 '사건'으로 이해한다는 것은 근대를 선험적인 도식과 모범적인 사례로 환원하지 않고, 개별성들이 드러나는 공간으로 본다는 것을 의미한다. 더 정

---

32) 김홍규, 같은 책, p. 192.
33) 알랭 바디우, 『윤리학』, 이종영 옮김, 동문선, 2001, p. 57.

확히 말하면 근대는 하나의 사건이 아니라, 근대라는 이름의 '사건들'이다. '사건들'은 역사적 필연성과 단일한 이념으로서의 근대라는 관념의 무게를 덜어내고 그것의 개별적인 역동성을 이해하게 만들 수 있다. '사건들'로서의 근대는 근대적인 삶의 양상들이 비동일적이고 비균질적이라는 것을 보여준다. 모든 문학적 사실들이 어떤 단계를 향해 가고 있거나, 어떤 단계에 미흡한 것이라는 거대서사의 논의 구조에서 벗어날 때, 문학사의 개별적인 '사건들'의 이질적이고 다층적인 근대성을 이해할 수 있다.

4. 차이의 문학사와 더 작은 문학사

'사건들'로서의 근대를 생각한다는 것은, 문학사를 균질하고 동일한 보편적인 서사로 이해하지 않는다는 것을 의미한다. 문학사는 단일하고 하나의 방향을 향해 나아가는 이야기가 아니라, '다른 근대'의 특이성을 드러내는 자리이다. 이제 문학사의 중심에는 개별적인 문학 텍스트들이 만들어내는 변이의 지점들이 위치할 수 있다. 지배적인 역사와는 다른 층위에서 거대한 인과성을 교란하면서 불연속적으로 움직이는 무수하고 작은 복수의 문학사들이 제출될 수 있다.

근대성을 단일한 이념과 균질한 상태로 이해하지 않는다면, 현대 시의 효시라고 평가되어온 최남선의 「해에게서 소년에게」(1908)는 여러 차원에서 그 근대성의 균열을 말할 수 있다. 이 시의 시적 주체의 내적 의식이 근대적인 것인가의 문제에서, 이 시에서 주체화되고 있는 것은 개별적인 개인적 자아가 아니라 미성년 대상을 호명하는 집단적 계몽의 주체라고 할 수 있다. 이런 맥락에서 말한다면, 이 시는 『청구영언』(1728)에 실려 있는 황진이의 시조보다 근대적이라고 단언할 수 없다. 황진이의 시조는 개인적 욕망의 세계를 미적 양식화하는 데 선구적인 것이며, 이것은 근대적인 의미의 문학적 주체의 양상이다. 이런 논의는 근대의 기점을 앞당기기 위한 것이 아니다. 언어 형식과 장르적 의식이라는 관점에서 비교한다면, 최남선의 시가 황진이의 시보다 좀더 근대적이었다고 평가할 수 있는 또 다른 조건들이 존재한다. 중요한 것은 다양한 층위의 근대성이 존재한다는 것을 인정하는 것이며, 다양한 층위의 근대성은 다양한 층위의 문학사를 산출하는 조건이 될 수 있다.

하나의 문학사로부터 이탈하는 문학사를 '차이의 문학사'라고 할 수 있는 것은, 그 문학사가 보편적 근대가 아닌 차이로서의 근대성을 드러내고 개별적인 텍스트들의 차이에 기초한 문학사이기 때문이다. 역사철학적 이념을 구현하려는 목적론적 대서사로서의 문학사를 구성하려는 시도는, 사회사와 문학 텍스트 사이의 배반과 차이를 적극적으로 이해하기 어렵게 만든다. 근대 문학은 근대라는 사건들의 일부일 수 있지만, 근대적인 지향성에 대해 종속되지 않는다. 근대 문학은 적지 않은 경우 문학이라는 이름으로 근대에 대해 '적대적'이 된다. 근대 문학의 움직임 안에는 근대적인 지향성과 반근대적·탈근대적인 지향성이 동시에 포함되며, 이것이 '미적 모더니티'가 보편적인 근대성 안에 종속될 수 없는 이유이기도 하다.

보편적인 진보의 이념에 기초한 문학사는 개별 텍스트들에서부터 하나의 거대한 동일성으로, 불완전한 상태에서 완전한 상태로 나아가는 역사의 드라마를 상정한다. 그러나 문학사적 공간은 텍스트의 변별적인 차이의 관계가 형성되는 장소이다. 문학사적 공간은 어떤 동일성이 완전하게 규정될 수 없는 잠재적인 영역이다. 문학사는 개별 텍스트들의 의미를 균질화하고 차이를 소멸해서는 안 되며, 오히려 차이를 드러내고 차이를 생성할 수 있어야 한다. '차이'는 이미 구별된 점들이나 실체와 관련된 것이 아니라, '잠재적인 차이'이다. 차이의 문학사에서 드러내는 것은 개념적인 차이도 이념적인 차이도 아니며, 문학사적 공간을 구성하는 텍스트들의 '자체 그 자체'일 것이다. 여기서 '차이'는 '대립'의 개념과 다른 것이다. "대립 개념이 대립을 극복하려는 운동을 가능케 함으로써 역사적 진보를 추동해 왔"[34]다면, 차이의 문학사는 구조화된 대립과 변증법적 진보를 확인하는 것이 아니라, 이행과 변화의 문제이다. 중요한 것은 구조적인 차이의 승인이 아니라 차이의 생성을 실현하는 문학사이다.

　문학사 구성에 있어서의 주체적인 지점들은 근대라는 이념 혹은 이념의 주체가 아니며, '작가'라는 이름의 인격적 주체도 아니다. 차이의 문학사에서 변이의 지점을 드러내주는 것은 문학작품 혹은 텍스트 자체이며, 이것들은 결코 단일한 개성의 작가 혹은 보편적인 이념으로서의 근대성에 환원되거나 종속될 수 없다. 문학사에 있어서 개개인의 작가라는 동일성의 이름을 중심에 놓게 되면, 그

---

34) 진은영, 『니체, 영원회귀와 차이의 철학』, 그린비, 2007, p. 189.

작가 내부의 이질적인 문학적 요소들에 대해서는 무시할 수밖에 없게 된다. 하나의 문학 텍스트의 문학사적 가치는 한 사람의 작가의 동일적 가치로 환원되지 않으며, 텍스트 내용에 있어서의 사상과 이념의 문제로 환원될 수 없다. 텍스트의 문학사적 가치는 그것이 드러내는 문학적인 것의 특이성과 변이의 문제라고 할 수 있다. 여기서 문학사가 드러내는 것은 텍스트들의 '환원 불가능한 차이들'이다.

근대 이후, 문학적인 언어 체계가 제도적으로 형성되는 가운데서 다양하고 돌발적인 변이들이 생산된다. 한국 문학의 역사적 진행 과정에서 탐구할 수 있는 것은, 문학적인 언어들의 특이성과 잠재력의 '반복-변이'라고 할 수 있다. 문학사가 진보가 아니라 '반복-변이'의 생성 과정에 놓여 있다는 것은, 지나간 문학 형태가 계속 반복된다는 의미가 아니라, 역사적 상승의 과정 없이 문학적인 차이가 끊임없이 생성된다는 의미이다. 문학사의 반복과 변이를 만들어내는 것은 문학적인 것들의 특이성과 잠재력의 발생이다. 문학사의 변이는 문학적인 것들의 반복의 변이이고, 문학사적인 반복은 문학적인 것들의 변이의 반복이다. 이런 인식은 실체적인 것들로 문학사를 구조화하지 않고, 문학사를 예측 불가능한 변이의 장소들을 드러내는 작업이 되게 한다. 이 변이의 지점들이 '작은 근대성'의 문제를 둘러싼 역사적 지형을 이루며, 그것들을 '더 작은 문학사'라고 할 수 있다.

시선 주체와 시선의 모더니티

1. 근대적 개인 주체와 시선 주체

'작은 문학사'를 향한 문학사 재구성의 하나로 생각할 수 있는 것은 근대적 문학 주체와 그 양식화의 문제이다. 근대에 대한 다양하고 다층적인 정의와 개념 규정이 있지만, 근대를 둘러싼 최소한의 조건 중의 하나는 근대적 주체성의 문제이다. 이것은 서구적인 의미의 근대뿐만이 아니라 비서구의 근대에 있어서도 중심적인 문제였으며, '민족'에 대한 관심도 이의 연장에서 이해할 수 있다. 인간 개인을 주체의 단위로 설정하고 외부와 자신을 이해하고 판단할 수 있는 독립적인 단위로 설정하는 것은, 중세적인 질서에서 벗어난 근대적 인식 체계의 핵심 요소였다. 이 개인 주체의 문제가 근대성의 모든 것을 설명해주는 것은 결코 아니며, 개인 주체의 이해 방식도 근대의 다중성만큼이나 다층적이라고 해야 한다. 하지만 근대적 문학 양식이 근대적 문학 주체를 구성하는 문제를 요구했다는 것은 강조되어야 한다. 근대 문학의 언어 체계는 실질적으로는 개인 주체의 언어를 생성하는 문제를 핵심적인 것으로 여기고 있었다. 근대적 문학 언어에서 문학적 주체의 단위는 무엇보다 '개인'이어야 했다. 근대 문학의 문제를 언어 의식의 문제에서 규정해야 한다면, 그 핵심 단위가 되는 것은 '개인 주체의 언어'라고 볼 수 있다. 근대 문학의 언어 체계와 장르들은 이 문제에 대한 문학적 형성 과정의 결과물이다.

한국 문학의 근대성을 탐구하는 일은 한국 문학의 텍스트 안에서의 언어가 구성되는 근대적 과정을 성찰하는 일이다. 그 과정은 새로운 근대적 주체가 만들어지는 과정이기도 하다. 한국 근대 문학 안에서 새로운 문학적 주체가 형성되는 역사적 과정에서 문제적인 지점 중의 하나는 '보는 주체'의 탄생이다. 근대세계에서 본다는 지각이 가지는 특권적 지위는 근대 문학을 다른 차원에 진입시켰다. 근대적 시각 중심주의는 자신의 인식이 오해 없이 세계를 포괄하고 있다는 확신과 상동의 관계를 가지고 있다. 볼 수 있는 대상의 발견은 볼 수 있는 주체의 발견과 동시에 이루어졌다. 근대적인 의미의 주체화는 대상을 정확하게 포착하고 파악할 수 있는 유일한 중심점에 자신이 선다는 것을 의미한다. 자신의 규범성을 스스로 창조해야 하는 근대적인 개인에게 '본다'는 행위와 '보는 주체'로서의 자기정립은 상황과 개인의 관계에서의 핵심적인 문제의 하나이다. 이는 시선의 문제가 자기동일적 주체 형성 혹은 근대의 주체성의 원리와 긴밀하게 연결되어 있다는 것을 의미한다. '원근법'으로 합리화된 시각 공간에서 소실점에 자신의 눈을 위치시키는 주체는, 확실성의 유일한 근거로서의 근대적 주체의 개념과 연관된다.[1] 이렇게 특권적인 주체의 시점에 자신이 서야 한다는 의미에서 그것을 '시선의 주체화'라고 할 수 있다. 그런데 근대적 주체의 개념을 구성하는 최소한의 파토스가 주체의 자율성의 문제라면, 그것을 가능하게 하고 구조를 결정하는 것은 근대의 표상 체계라고 할 수 있다. 여기서 표상은 어떤 실재의 재현전화(再現前化)의 문제이고, 표상을 표상으로 성립시키는 지각과 그 전달의 양태가 규정하는 코드의 문제라고 할 수 있으며,[2] 주체의 자율성은 그것의 '효과'일 것이다. '시선 주체'의 문제는 바로 그 표상을 표상으로 성립시키는 지각의 코드가 만들어내는 '주체성의 효과'에 해당한다.

눈에 보이는 것을 객관적 '사실'이라고 상정하는 근대적 믿음은 근대적 인식 주체를 떠받치는 중요한 근거였다. 볼 수 있는 대상으로서의 객체의 발견은 볼 수 있는 주체의 발견과 동시에 이루어지는 상황이다. '객관적'인 것의 발견은 근대적인 의미에서 '주체/객체'를 확립해나가는 것이었다. 그런데 이것을 일종의 '발견'이라고 말할 때, 그 발견은 그 보는 주체의 확립이 선험적인 것이 아니라, '역사적인' 차원의 것이라는 것을 의미한다. 보는 주체의 특권적 위치가 확립되는 것은 그러한 '주관적인' 인식 주체의 은폐 위에서 가능한 것이었다. 볼 수 있는 것과 볼 수 없는 것을 가르고 정의하고 볼 수 있는 것을 사실로 규정하고 그 방식대로 보게 만드는 배치가 확립되는 것은 '역사적인 체제'의 문제이다. 시선의 인식론적

---

1) 주은우, 『시각과 현대성』, 한나래, 2003, p. 190.
2) 이효덕, 『표상 공간의 근대』, 박성관 옮김, 소명출판, 2002, p. 20.

지위는 그냥 주어져 있는 것이 아니라, 근대 이후에 적극적으로 의미화된 것이며, 그것이 보편적이라는 믿음은 시선의 역사성을 망각하는 것이다.

2. 시선 주체의 역사화

가라타니 고진은 메이지 문학사에서 '풍경의 발견'을 말하면서, 풍경은 선험적으로 존재하는 것이 아니라 지각 양태의 변환과 함께 나타난 것이라고 주장했다. '풍경으로서의 풍경'은 메이지 이전에는 존재하지 않았다고 할 수 있다. '객체'는 '주체'의 성립과 그 역사를 같이하는 것이기 때문에, 사실주의의 기원은 낭만주의의 기원과 깊게 얽혀 있다. 따라서 어떤 작품이 자연주의적인 것인지 혹은 낭만주의적인 것인지를 구별하는 것은 의미가 없고, 하나의 작품과 작가 안에 두 가지 성향이 모두 나타나는 것은 그 둘 사이의 내적인 연관성을 말해주는 것일 뿐이다. '풍경'은 하나의 인식틀이며, 풍경이 생기면 곧 그 기원은 은폐된다. 풍경이 일단 눈에 들어오면 그것은 원래 외부에 존재했던 것처럼 보이고, 그것을 리얼리즘이라고 한다면 실은 그것은 낭만파적인 것의 전도에서 비롯된 것이다. '묘사'란 단순히 외부 세계를 그리는 일과는 이질적인 것이며, '외부 세계' 그 자체를 발견해야 하는 것이다. 리얼리즘은 단순히 풍경을 그리는 것이 아니라 항상 풍경을 창출해야 하는 것이며, 실제로는 존재했지만 아무도 보지 않았던 풍경을 존재시키는 것이므로, 리얼리스트는 언제나 '내적 인간'이다.[3]

이러한 논의는 '풍경'이라는 주제를 부각시킴으로서, 객관적인 세계의 발견이라는 문제를 중심으로 일본 근대 문학의 기원을 탐구하는 것인데, 한국 문학의 경우, 보다 중요한 것은 그 풍경을 발견하게 하는 '시선의 주체'가 어떻게 근대 문학의 주체로 확립되는가 하는 것이다. 한국 문학의 텍스트들 안에서 시선이 어떻게 '내면' '사실' '서정' 등을 둘러싼 근대적 주체성과 함께 구축되고 그 구축 안에서 자기모순과 균열을 만들어나가는 것인가를 탐구하는 일이다. 한국 문학에서 '풍경'의 문제보다 '시선 주체'의 문제가 더욱 중요한 것은, 한국 문학은 그 근대의 출발에서 '시선'에 대한 열광에도 불구하고 '주체'에 대한 오인과 착종을 벗어날 수 없었기 때문이다.

식민지 근대의 공간에서 시선 주체는 착종되고 분열된 방식으로 형성될 수밖에 없었다. 한국 문학에서 보고 들은 것의 기록을 통해 세계의 투명한 재현에 대한 믿음을 출발시킨 것은 1910년대의 텍스트에서 발견된다고 할 수 있다. 『소년』과 『매일신보』에 여정에 따라 기술되는 현대적인 의미의 한국어문 '견문기'가 발견되기 시작하는 것이다. 『청춘』 등에 실린 이광수의 기행문은 "보는 것과 듣는 것과 읽는 것을 각각의 층위로 갈라내어 문장을 처리하는 방식을 이 기행의 기록에서 특화시켰다. 또한 글 속의 시공간과 글쓰

3) 가라타니 고진, 『일본근대문학의 기원』, 박유하 옮김, 민음사, 1997, pp. 17~45. 그의 방법론은 푸코의 계보학과 '초월론적 비판'의 방식이라고 할 수 있으나, '제도적 기원'을 폭로한다는 것이 개별 텍스트의 내부성을 부정하는 결과에 이르기도 한다. "가라타니 고진이 역사철학적 근대성의 관점에서 미적 근대성을 억압하고 폄하하는 경우"를 비판할 수 있다. (오형엽, 「가라타니 고진 비평의 비판적 검토」, 『문학과 수사학』, 2001, 소명출판, p. 320.)

기를 하는 시공간을 분리하면서도 글 속의 시공간을 제목에 각인함으로써 글이 '투명하게' 세계를 재현할 수 있다는 판타지를 한층 공고하게 하기 시작했다."[4] 1920년대의 동인지 시대에 오면, 관찰의 주체와 사실의 발견이라는 것이 더욱 중요한 문제가 된다. '사실' 또는 '사실주의'라고 불리는 것이 '객관적'이라는 관형어를 거느리고 있는 것에는, '사실성'이 '주체/객체'의 이분법에서 주체가 객체를 그것 그대로 재현해내는 데서 형성된다고 생각되었기 때문이다. 이때, 강조되는 것은 주체가 외부 대상과 감정적으로 연루되어서는 안 된다는 것이었다. 대상을 주체적으로 드러내기 위해서라면 주체는 '관찰자의 태도'를 견지해야 했다. 그런데 이 '주체/객체'의 이분법적 대립에는 '현실/이상'의 이분법적 대립이 함께 작동한다. 이는 바로 관찰의 주체로서의 새로운 근대적 주체의 형성 과정이라고 볼 수 있다.[5]

3. 시선의 이론과 시선의 문학사

보는 주체와 시선의 확립이라는 영역에서 시선regard이라는 개념은 시각vision이라는 단순한 지각작용과 구별된다. 엄밀하게 말하면 시각은 근대 이전에도 존재하는 것이었지만, 시선의 특별한 지위

---

4) 신지연, 『글쓰기라는 거울 ─ 근대적 글쓰기의 형성과 재현성』, 소명출판, 2007, p. 126.
5) 김행숙, 「1920년대 동인지 문학의 근대성 연구」, 고려대학교 대학원 박사학위 논문 2002, pp. 140~149.

가 확립된 것은 근대 이후라고 말할 수 있다. 시선은 단순한 지각의 수준이 아니라 주체의 지향성이 담겨 있다. 사르트르는 단순한 지각과 주체의 지향성을 담고 있는 응시gaze를 구분하고, 전자를 즉자존재(卽自存在)에 연관된 것으로 후자를 대자존재(對自存在)에 결부된 것으로 보았다. 어떤 지향성을 가지고 대상을 의미작용의 공간 안으로 끌어들이는 것은 단순한 지각작용이 아니라 응시라고 부를 수 있는 차원의 것이다.[6]

한편 이러한 시선의 문제를 볼 수 있는 것과 볼 수 없는 것을 구분하는 권력의 문제로 분석한 것은 푸코였다. 시선의 체계는 권력에 의해 작동하며, 제도화된다. 푸코는 감옥의 체제나 임상의학의 탄생 과정에서의 언표들의 배치들을 통해 작동하는 시선들과, 그 시선들에 의해 작동하는 권력의 문제를 전면적으로 부각시킨다. 임상의학의 가장 중요한 특징은 '관찰'의 기능이다. 주어진 대상을 있는 그대로 관찰하는 시선의 특권 안에서 의사는 바라보고 묻고 경청함으로써 말하는 시선을 획득한다. 볼 수 있기 때문에 말할 수 있고 말로 나타낼 수 있기 때문에 볼 수 있다. 하지만 이러한 시선의 신화는 언어의 명증성에 대한 과장된 믿음 위에 구축된 것이다.[7]

문학에서 시선의 문제는 문학적 언술이 세계를 재구성하는 방식을 이해하게 해준다. 한 사회는 사람들이 세계를 바라보는 일정한 '보는 방식'을 규정하며, 그 보는 방식은 역사적으로 형성된다. 시

6) 장 폴 사르트르, 『존재와 무』 I, 손우성 옮김, 삼성출판사, 1997, p. 496.
7) 미셸 푸코, 『임상의학의 탄생』, 홍성민 옮김, 이매진, 2006, pp. 186~209.

선은 개인을 가시적 세계 속에 일정하게 위치 지음으로써 그를 시각적 주체로 구성한다. 시각이 사회문화적으로 매개된다는 것은 특정한 시점이 개인에게 할당되고 이 시점에서 가시적 대상들과 관계 맺음으로써 개인이 '보는 주체the seeing subject'로 구성된다는 것을 의미한다. 보는 방식은 그 사회의 지배적인 이데올로기와 관계 맺고 있으며, 그래서 한 사회의 일반적인 보는 방식은 권력관계와 결부되어 있다.[8] 미셸 푸코가 '가시성'의 문제를 권력관계와 결부시키고 '시선의 비대칭성'에서 권력이 발생한다고 통찰 했을 때, 그것은 '보는 자'가 시선을 통해 대상에 대한 지배력을 가진다는 것을 의미한다.[9] 보는 행위가 사회역사적인 것이고 그 기시성이 권력관계의 문제라면, 여기서 '시선의 정치학'을 제기할 수 있다.

주체의 응시라는 개념을 무너뜨리고 '타자의 응시'라는 개념을 부각시킨 것은 라캉이다. 응시는 무의식의 층위에서 작용하는 것이며, 따라서 시각이 작용하는 순간에는, 무의식이 그러한 것처럼, 응시는 소멸된다. 그런 맥락에서 응시와 시각은 분열된다.[10] 시각과 응시는 분열되어 있고, 자기도 모르는 채 타자의 응시를 욕망하면서 사태를 보는 것이다. 이는 무의식의 위상을 차지하고 있는 타자의 질서 속에서 사고하고, 상징적인 질서 속에서 말하는 것과 같다. 의식과는 다른 방향에서 자기도 모르는 사이에 무언가를 욕망하는 것, 그것이 바로 욕망의 대상으로서의 응시이다.[11] 이는 시각

8) 주은우, 『시각과 현대성』, 한나래, 2003, pp. 19~22 참조.
9) 미셸 푸코, 『감시와 처벌』, 오생근 옮김, 나남출판, 2003 참조.
10) 자크 라캉, 『욕망 이론』, 민승기 외 옮김, 문예출판사, 1994, pp. 195~202 참조.
11) 이진경, 『근대적 시·공간의 탄생』, 푸른숲, 1999, pp. 86~92 참조.

과 응시의 분열에 대한 흥미로운 통찰을 제공해준다. 자크 라캉은 주체의 지향성이나 응시의 주체라는 개념을 거부한다. 시선은 단지 주체의 의식 작용이라는 차원에서만 다루어지는 것이 아니다. 라캉에 의하면 주체의 지향성을 고스란히 담고 있는 '주체의 응시'라는 개념은 비판적으로 검토될 수 있다. 응시gaze는 단지 의식의 차원에서 성립되는 것이 아니라, 무의식의 층위에서 작용한다. 무의식의 층위에서 작용하는 '보여짐' 혹은 '응시gaze'는 그런 맥락에서 의식의 눈이 보는 시각과 구별되며, 또한 '분열'된다. 주체는 보는 자인 동시에 '보여지는' 자이며, 본다는 것은 무의식적으로 타자의 응시를 욕망한다는 것이다. 응시는 주체와 사물과의 관계에서 재현과 시선에 의해 빠지고 숨겨진 빈 곳을 의미한다. 사물과의 관계가 시각을 통해 이루어지고 재현이 여러 형태들로 배열될 때, 무언가는 빠져나가고, 사라지고, 단계별로 전달되고, 숨겨져 드러나지 않는다. 이것이 바로 응시이다.[12] 인간과 이미지의 관계는 단순히 의식적인 시선에 의한 요구와 일대일의 차원으로 설명되는 것이 아니다.

시각장에서 자신이 시선을 통해 결여 없이 사물과 세계를 보고 있다고 여기는 것은 '주체의 오인'과 연관된다. 주체의 시선은 실제로는 큰 타자의 응시에 의해 규율되고 있음에도 불구하고 주체가 자신이 보고 싶은 것을 보고 있다는 착각을 통해 시각적 환영을 만들어 자신의 시각장을 구성한다. 또 다른 문제는 시선의 중심점에 서기 위해서는 자신이 서 있는 자리에 대한 '자기 감시의 시선'

12) 자크 라캉, 같은 책, pp. 186~202 참조.

이 함께 작동되어야 한다는 것이다. 주체의 시각장 안에 그의 시선을 규율하는 다른 시선이 있다는 문제를 제기할 수 있다.[13] 시각장에서 주체는 자신의 눈으로 보고 싶은 것을 '보는 주체'이면서 또 다른 '응시'에 의해 '보여지는 주체'이다. 시각은 보기만 하는 시선이 아니라 '보여짐'이 함께하는 중첩적인 것이다. 자신이 세상에 의해 보여짐을 의식할 때 주체는 분리되고 인간은 무대 위에 서게 된다. 이것이 '타자 의식'이며 그것은 또한 '사회의식'이기도 하다.[14]

문학적 언술에서의 시선의 문제는 단순히 지배적 상징질서에 의해서 규정되는 것이 아니라, 그것과 관련 맺으면서 보는 주체와 대상 간의 다른 관계를 생성한다. 이런 시선의 문제는 문학이 세계를 규정하는 방식을 이해하게 해준다. 자크 랑시에르에 따르면 문학은 세계가 가시적으로 되는 방식, 이 가시적인 것이 말해지는 방식의 문제이다. 말해지는 것, 볼 수 있는 것, 들을 수 있는 것, 만들 수 있는 것, 배타적인 몫과 공유하는 공통적인 몫을 규정하는 것을 '감성의 분할'이라고 할 수 있다. 문학이 정치적인 것은 문학이 시간들과 공간들, 말과 소음, 가시적인 것과 비가시적인 것 등의 구획 안에 문학으로서 개입하는 것을 의미한다. 문학의 정치는 실천들, 가시성의 형태들, 공동 세계를 구획하는 말의 양태들 간의 관

---

13) "시각의 장에서나 언어적 기표들의 장에서나 나의 동일성(정체성)에 관한 추론은 내가 관찰되고 있는 장소에 나 자신을 갖다 둘 수 있어야만, 즉 큰 타자가 나를 보는 방식으로 내 자신을 볼 수 있어야만 가능하다." (주은우, 같은 책, p. 93.)

14) 자크 라캉, 같은 책, pp. 31~35.

계 속에 개입한다.[15] 문학에서의 시선의 문제는 결국 볼 수 있는 것과 볼 수 없는 것을 배치하는 '감성의 분할'이라는 문제, 그리고 그 분할의 주체에 대한 질문을 의미한다. 한국 문학에서 시선의 문제를 탐구하는 것이 깊은 의미에서 '문학의 정치성'을 성찰하는 작업이 될 수 있는 것은 이러한 이유에서이다.

한국 문학사를 시선 주체의 문제를 중심으로 재구성한다는 것은 근대적 문학 주체의 형성과 그 언어 양식화의 문제를 탐구하는 것이며, 동시에 근대적 문학 주체들의 오인과 착종과 분열을 반성적으로 분석하는 것이 된다. 그 작업은 언어와 미학의 영역인 동시에 이데올로기 분석과 역사화 과정에 대한 분석이 될 수 있다. 시선 주체와 시선의 근대성을 둘러싼 문제들은 한국 근대 문학의 장르의 형성과 변환의 국면들에 관계되며, 다른 한편으로는 문학 언어가 삶의 현실적인 국면들과 당대의 이데올로기와 맺는 관련들을 포함하고 있다. 그 분석 대상의 중심에 위치하는 것은 한 작가의 동일성이 아니라 각각의 텍스트의 시선 주체의 특이성과 그 텍스트들의 관계가 만드는 '차이'의 생성 과정, 문학사의 '반복-변이'의 국면들이다. 그 국면들을 통해 다른 층위의 시선의 문학사가 드러날 수 있다면, 한국 문학사와 근대성을 이해하는 하나의 새로운 방법론이 탄생할 수 있다.

15) 자크 랑시에르, 『문학의 정치』, 유재홍 옮김, 인간사랑, 2009, pp. 9~58.

『열하일기』와 다중적 근대성

1. 『열하일기』라는 거대한 세계

『열하일기』는 18세기 연암 박지원의 기행문이다. 이 기행문은 다양한 층위의 담론들과 방대한 정보를 담고 있어서 문학사적 측면은 물론 사상사와 문명사적 측면에서 중대한 의미를 갖는다. 『열하일기』의 중요성은 장르적인 측면과 혹은 역사 기록의 측면에서 다양하게 평가될 수 있지만, 여기에서 문제화하려는 것은 근대적 주체의 형성에 관한 것이다. 『열하일기』는 여행의 주체, 혹은 기행의 주체와 새로운 세계의 발견이라는 맥락에서 근대적인 주체 형성의 가능성을 암시한다. 『열하일기』에서 중세적 세계로부터 새로운 역사적 시간을 맞이하는 방식은 중국 대륙이라는 낯선 공간의 경험에 의해서다.

1780년(정조 4)에 박지원(朴趾源)은 청나라 건륭(乾隆)황제의 칠순연(七旬宴)에 참석하는 외교사절단에 참가하여 중국을 다녀오게 된다. 박지원은 종형인 금성위(錦城尉) 박명원(朴明源)의 일행을 따라 중국 연경을 지나 청나라 황제의 여름별장지인 열하(熱河)에까지 이르고 북중국과 남만주 일대를 견문하면서 방대한 기록을 담았다. 중국의 문인들과 사귀고, 연경의 명사들과 교유하며 중국의 문물제도를 목격한 내용을 각 분야로 나누어 거대한 기록물을 남겼다. 5월 말에 한양을 출발하여 6월 24일 압록강 국경을 건너는 데부터 시작하여 요동(遼東)·성경(盛京)·산하이관 (山海關)을 거쳐 베이징에 도착하고, 다시 열하로 가서, 8월 20일 다시 베이징에 돌아오기까지 겪은 일을 날짜 순서에 따라 항목별로 적었다.

청나라는 여행자 박지원에게 새로운 세계의 개시를 알려주는 세계적인 대제국이었다. 청나라의 문물과 실상을 목격하고 이를 새롭고 생생한 한문문체로 기록한 여행기『열하일기』에는 국가와 개인의 삶의 전 국면에 해당하는 광범위한 정보들이 상세히 기술되어 있다. 이 기행문은 중국의 경치와 풍물을 '관람'하는 데 머무는 것이 아니라. '이용후생(利用厚生)'의 입장에서 중국의 정치·경제·사회·문화·역사·지리에서 천문·병사·풍속·토목·건축·선박·의학에 이르기까지 거대한 정보와 지식으로 넘쳐나는 기록물을 만들어, 이른바 '연행록(燕行錄)' 중에서도 독보적인 위치를 가진다.

『열하일기』를 근대적인 문학 저작으로 볼 수 있는가 아닌가 하는 것은 단언할 수 없는 문제이다. 이 기행문이 18세기에 한문으로 기록되었다는 점 등으로 인해 이 기행문이 가지는 '민족문학사적' 가치를 제한적으로 이해할 수 있으나, 이 텍스트의 방대하고 다층적인 성격은 '다중적인' 의미에서 근대성의 가능성을 열어 보이고 있다. 한문 기록물이라는 맥락에서 이 저작의 한계를 지적한다면

'한국 근대 문학=한글 문학'이라는 등식이 전제 되어야 하고 시, 소설과 같은 근대적인 문학 장르가 아니라는 주장은 '근대 문학= 서구 근대의 장르'라는 등식을 먼저 인정해야 한다. 물론 '제도로서의 근대 문학'이라는 측면에서 『열하일기』는 근대 이전의 것이다. 하지만 『열하일기』의 근대적 잠재성은 한글로 창작된 서구적인 문학 제도로서의 '근대 문학'이라는 암묵적인 합의를 넘어서 있다. '근대적인 것'이 하나의 가치와 제도의 문제로 수렴되는 것이 아니라, 다중적인 '작은 근대성'들의 문제라고 한다면, 『열하일기』의 근대성은 19세기의 그 어느 저작보다도 풍요롭다.

2. 견문하는 주체의 탄생

『열하일기』에서 나타나는 문학적인 주체는 무엇보다 견문하는 주체이다. '견문'은 단순히 관람이나 관광을 의미하는 것이 아니다. 견문하는 주체는 여행을 통해 보고 들음으로써 지식과 감각의 세계를 넓혀가는 주체라고 할 수 있다. 여기서 장소를 이동하고 몸을 움직이면서 보고 체험한다는 것은 세계에 대한 정보와 지각을 확장해나가는 과정이다. 움직이면서 새로운 공간과 시간을 체험하고 이를 통해 다른 세계에 대한 지식을 축적해나가는 주체는, 근대적인 주체의 한 유형이라고 할 수 있다. 『열하일기』의 주체는 중국 대륙과 새로운 문명이라는 낯선 시공간을 경험하고 이를 기록하는 시선 주체이며 서술 주체이다.

머리카락은 짧지만 어깨를 덮었으며, 머리털 끝은 모두 양털처럼 말려 들어갔다. 금고리로 이마를 둘렀는데, 얼굴은 붉으면서 살졌으며 눈은 고양이처럼 둥글다. 수레를 따라가면서 구경하는 사람들이 뒤섞여 검은 먼지가 허공에 넘쳐났다. 처음에는 수레를 모는 자의 모양이 몹시 이상하여 수레 안의 부인을 미처 살펴보지 못했는데, 다시 한 번 자세히 보니, 이는 부인이 아니라 사람 모양을 한 짐승 종류였다. 손에는 원숭이처럼 털이 났고, 들고 있는 물건은 접부채 같았다 얼핏 보니 얼굴은 아주 예쁘장했다. 그러나 자세히 살펴보니 늙은 할미 같은 것이 요사스럽고 사나워 보인다.[1]

『열하일기』의 「만국진공기(萬國進貢記)」의 한 장면에서 황제의 천주절(千秋節)을 맞이하여 공물을 바치러 온 수많은 수레들을 보게 된다. 그 광경들을 묘사하는 언어는 사실적이고 세밀하다. 수레에는 옥그릇이나 보물과 같은 온갖 진귀한 것들이 들어 있고, 천하의 괴기한 짐승들도 들어 있다. 『열하일기』에는 유명한 글 「象記」를 포함하여 처음 보는 짐승에 대한 빼어난 묘사들이 적지 않다. 위의 장면에서도 '산도(山都)'라고 불리는 원숭이에 대한 묘사가 등장한다. 괴기한 짐승에 대한 발견과 이에 대한 묘사가 의미 있는 것은, 경험한 적 없는 짐승에 대한 대면이 낯선 존재를 확인하고 생명 세계의 다양함을 인지하게 되는 계기가 되기 때문이다. 기묘한 짐승에 대한 묘사는 에그조티시즘적인 미학을 포함하며, 다른 세계에 대한 접촉을 통해 이 세계에 존재하는 이질적인 생명들의 다양성

---

1) 박지원, 『열하일기』 下, 고미숙 외 옮김, 북드라망, 2013, p. 193.

을 확인하는 근대적 경험이라고 할 수 있다. 위의 장면에서 흥미로운 것은 원숭이에게 부인과 같은 화장과 복장을 해놓은 것을 보게 되는 것이다. 얼핏 보았을 때 그것은 잘 차려입은 부인이지만, 자세히 보았을 때 그것은 인간으로 변장한 짐승이다. 이 기이한 대면은 '변장'이라는 속임수에 쉽게 현혹되는 시선의 한계와 그 한계 너머의 관찰을 통해 이질적인 세계의 얼굴을 만나는 경험이다.

내가 이번 여행을 더더욱 다행스럽게 여기는 점은 만리장성 밖으로 나와서 북쪽 변방에 이른 것이니, 이는 선배들도 일찍이 경험하지 못했던 일이다. 하지만 깊은 밤에 소경처럼 걷고 꿈결처럼 지나다 보니 아쉽게도 산천의 형세와 관방(關防)의 웅혼하고 기이한 바를 제대로 다 보질 못했다. 〔……〕 지금 깊은 밤에 홀로 만리장성 아래 서 있으니, 달을 떨어지고 강물은 울며 바람은 처량하고 반딧불은 허공을 날아다닌다. 마주치는 모든 경계마다 놀랍고 신기하며 기이하기 짝이 없다. 그럼에도 홀연 두려운 마음이 없어지고 특이한 흥취가 왕성하게 일어나 공산(公山)의 초병(草兵)이나 북평(北平)의 호석(虎石)도 나를 놀라게 하지 못할 정도다. 이 점, 내 스스로 더더욱 다행스럽게 여기는 바이다.

다만 한스러운 것은 붓이 가늘고 먹이 말라 글자를 서까래만큼 크게 쓰지도 못하는 데다, 시를 지어 장성의 고사도 만들어내지 못했다는 점이다.[2]

2) 박지원, 같은 책, pp. 182~83.

「야출고북구기(夜出古北口記)」의 일부에서는 조선의 선비로서 대륙을 탐험하는 소회를 밝히고 있다. 조선의 선비들이 태어나서 늙고 병들어 죽을 때까지 조선 땅을 떠나지 못하는 상황을 먼저 얘기한다. 천하가 얼마나 광대한가 하는 것을 경험하지 못한 선비들의 한계를 벗어나, 만리장성을 넘어 북쪽 변방에까지 나아간 것에 대한 자부심을 피력한다. 하지만 이런 예외적인 경험에도 불구하고 자신의 탐험이 가지는 한계에 대해서도 성찰한다. 감각적 경험이 불러일으키는 공포와 왜곡, 그리고 그 경험을 기록하는 언어의 한계에 대한 것이다. 『열하일기』의 탁월한 성취는 기이하고 이질적인 타자의 세계를 발견하고 세계에 대한 인식의 한계를 넘어서는 근대적인 주체의 모습을 보여주었다는 데에 한정되는 것이 아니다. 더 나아가 그런 감각적 경험들의 자기 한계를 성찰하는 과정에서 그 경험의 의미를 문제화하는 것이 『열하일기』의 다중적인 근대성이다.

3. 타자와의 수평적인 관계와 시선의 한계

『열하일기』에 나타난 시선의 방향성에서 놀라운 것 중의 하나는 중국 대륙이라는 새롭고 거대한 공간에 대한 발견과 함께 '타자'에 대한 새로운 태도이다. 동일성의 주체라는 입장에서 타자를 바라볼 때, 타자는 낯설고 이질적이거나 열등한 존재로 그려질 수밖에 없다. 근대 이후 제국의 주체들이 타자를 '야만'으로 규정하는 태도 역시 여기에서 어긋나지 않는다. 청나라라고 하는 대제국을 경험하는 변방의 나라에서 온 주체는 어떤 태도로 청나라의 인간들을 바라볼 수 있는가? 이를테면 청나라라는 제국의 시선을 흉내 내어 '소중화주의'의 입장에서 이방의 인간들을 호기심과 우월감으로 바라볼 수도 있다. 그것은 결국 제국의 시선을 빌려온다는 맥락에서 '유사' 제국의 시선이며, 그것은 역설적으로 '식민의 시선'과 멀지않다. 『열하일기』에서 서술과 시선의 주체는 이런 방향의 시선과는 다른 태도를 취한다.

그도 그럴 것이, 막 잠이 들었을 즈음 문을 두드리는 이가 있어 나가 보니 사람 지껄이는 소리와 말 우는 소리가 시끌벅적한데, 모두 생전 처음 듣는 것이었을테니. 게다가 문을 열자 벌떼처럼 뜰을 가득 메우는 사람들. 이들은 대체 어디 사람들인가. 고려인이라곤 난생처음이니, 안남 사람인지 일본 사람인지, 유구 사람인지 섬라 사람인지 분간하지 못했을 것이다. 뒤집어쓴 모자는 둥근 테가 넓어서 머리 위에 검은 우산을 받쳐든 것 같으니, 생전 처음 보는 것이라 "무슨 갓이 저런가, 이상한지고" 했을 것이며, 입고 있는 도포는 소매가 몹시 넓어서 너풀 너풀 하는 폼이 마치 춤을 추는 듯하니, 이 또한 처음보는 것이라 "무슨 옷이 저런가, 괴이한지고" 했을 것이다. 또 말하는 소리가 '남남' '니니' '각각' 하니 이 역시 처음 듣는 소리라 "무슨 말소리가 저런가 야릇한지고" 했을 것이다. 처음 본다면 주공의 의관이라도 놀라울 것이거늘, 우리 나라 옷처럼 몹시 크고 고생창연한 경우야 어떠하겠는가.[3]

3) 박지원, 같은 책, pp. 167~68.

『열하일기』의 시선은 대부분 박지원이라는 서술의 주체의 위치에서 구축된다. 그런데 위의 부분에서 박지원 일행과 청의 젊은이의 갑작스러운 대면은 전혀 다른 시선의 위치를 만들어낸다. 위의 묘사 문장들 속에서 시선의 주체는 박지원이 아니라 청나라 사람이다. 청나라 사람의 입장에서 박지원 일행의 이질적인 외양과 태도들을 묘사하는 것이다. 한밤중에 들이닥친 박지원 일행의 기이한 행색은 이 청나라 젊은이를 놀라게 했을 것이다. 그 놀람은 이질적인 복식과 언어라는 타국 문화의 요소를 향해 있다. '야만'이란 시선의 위치에 따라 상대적으로 규정될 수 있음을 자각하는 것이야말로, 야만에서 벗어나는 일이다. 이러한 시점의 변환은 타자를 타자화시키는 것이 아니라, 타자의 눈을 통해 조선의 문화와 습속을 바라봄으로써 익숙한 것들을 낯선 시선에서 다시 바라보게 되는 것이다.[4] 타자와 주체와의 위계적 관계가 아니라 타자와의 수평적 관계 속에서 '다름'을 인정하고 받아들이는 태도는 타자에 대한 시선의 폭력을 상쇄시킨다. 주체와 대상의 자리바꿈을 통해 시선 권력의 위계적인 질서는 전복된다. 타자의 시선으로 주체와 주체를 둘러싼 동일적인 집단을 다시 바라보게 되면서 주체의 자기동일성의 미망으로부터 벗어나게 되는 것, 이것은 『열하일기』에서의 시선의 역동성이 도달한 흥미로운 근대성의 한 지점이다.

낮에는 강물을 볼 수 있으니까 위험을 직접 보며 벌벌 떠느라 그

---

4) 고미숙, 『열하일기, 웃음과 역설의 유쾌한 시공간』, 북드라망, 2013, p. 285.

눈이 근심을 불러온다. 그러나 어찌 귀에 들리는게 있겠는가. 지금 나는 한밤중에 강을 건너느라 눈으로는 위험한 것을 볼 수 없다. 그러니 위험은 오로지 듣는 것에만 쏠리고 그 바람에 귀는 두려워 떨며 근심을 이기지 못한다.

나는 이제야 도를 알았다. 명심(冥心)이 있는 사람은 귀와 눈이 마음의 누가 되지 않고, 귀와 눈만을 믿는 자는 보고 듣는 것이 더욱 섬세해져서 갈수록 병이된다.[5]

『열하일기』에서의 많은 새로운 문물과 풍경에 대한 발견이 시각을 통해 이루어지고 있다는 것을 전제한다면, 이 기록은 시각적 감각과 경험이 가지는 근대적 중요성을 부각시켜주는 것이라고 할 수 있다. 위의 유명한 「일야구도하기(一夜九渡河記)」에서 감각의 중요성과 위태로움이라는 역설이 제기된다. 밤은 강의 시각적인 공포를 제거 하지만 동시에 청각적인 공포를 불러온다. 감각적인 것은 근심을 불러오고 소리와 빛이라는 '외물(外物)' 너머의 성찰이 요구된다는 것이다. 『열하일기』가 낯선 것들에 대한 감각적 경험의 기록이라고 할 수 있다면, 동시에 여기에는 감각, 특히 시각의 특권적인 지위에 대한 경계가 나타난다.

『열하일기』는 당시의 보수파로부터 비난을 받을 정도로 중국의 신문물을 망라한 서술과 새로운 실학사상의 소개한 방대한 저술이며, 당대 기행문학의 최고본이라 할 수 있다.『열하일기』가 보여준 근대성을 둘러싼 모험은 다층적이고 다중적인 것이었다. 새로운

5) 박지원, 같은 책, p. 185.

문물에 대한 눈뜸이라는 근대적 시선 주체의 가능성을 보여준다. 『열하일기』라는 텍스트에서 시선 주체가 형성되는 것은 박지원이라는 실제적인 인간의 문제가 아니라, 많은 부분 '고문'이라는 지배적인 표상 장치와 담론 체계를 넘어서는『열하일기』의 사실적이고 역동적이고 자유분방한 문체와 스타일을 통해서이다. 문학에서의 시선 주체는 선험적으로 구축된 것이 아니라 텍스트 속에서 만들어지는 역동적인 과정이다. 그런 맥락에서 박지원의 문체 등을 통해 촉발된 정조의 '문체반정'이야말로 문학적인 의미에서 역설적으로 '근대'의 시작을 알리는 상징적인 사건이다. 황당하고 잡다한 이야기와 거대 담론, '고문'과 '소품'을 종횡으로 오가는 '연암체'의 근대적 특이성이야말로 새로운 시선 주체의 가능성을 드러낸다.『열하일기』안에「호질」과「허생전」등 중요한 의미를 가진 단편 서사가 포함되어 있다는 것은 이 저작이 서구 근대 장르론을 넘어서는 세계임을 보여준다.

새로운 문체 속에서 만들어진 문학 주체는 타인의 세계에 대한 다른 감각을 드러낸다.『열하일기』는 낯선 땅에 대한 제국의 시선이 아니라 다른 문화와 접속하는 수평적 시선을 보여주면서 시선 권력의 특권에 대한 비판에 이른다. 한문 텍스트라는 문제에도 불구하고『열하일기』에는 근대적 시선 주체의 형성과 근대적 시선 권력에 대한 비판이라는 두 가지 시선의 모험이 동시에 진행된다. 근대적 시선 체계와 시선 권력의 핵심이 주체와 대상의 위계화에 있다면,『열하일기』는 시선의 변이를 통해 그 질서를 상대화하고 무너뜨린다. 한국 문학사를 시선의 문제에서 맥락화한다면,『열하일기』에는 이후 200여 년 동안의 한국 문학의 시선의 모험이 거의 망라되어 있다. 『열하일기』는 모국어와 장르 등의 근대 문학을 둘러싼 제도적인 기준 너머에서 '다른 근대성'의 내적 동력을 보여준다.

근대의 다중적 기점과 문학의 제도화

1. 근대의 다중적 기점

한국 문학사에서 '근대/현대'의 기준을 찾는다는 것은 복잡한 문제이다. 한국 근대 문학의 기점에 대한 여러 논의들은 근대성의 초점을 어디에 두느냐에 논리적 거점을 두고 있다. 이를테면, 근대적인 사회 변화, 근대적 이념과 의식의 태동, 근대적 문학 제도, 근대적인 문학 형식 같은 것들이다. 사회사적인 변동을 문학사의 중요한 기점이나 진보의 계기로 설정하는 것은, 문학사를 사회사의 하위 범주로 제한하게 된다. 중요한 것은 문학이라는 근대적 양식과 제도가 어떻게 구축되는가를 분석하는 일이며, 근대적 문학 형식과 제도를 구현하고 있는 문학작품의 출현을 근거로 삼을 필요가 있다.

근대 문학이 국민국가nastionstate의 형성과 분리될 수 없다는 사실을 인정한다면, 식민 지배와 분단으로 그 과제를 실현하지 못한

20세기의 한국 근대 문학은 결핍과 모순의 조건을 감당할 수밖에 없었다. 이른바 '근대'에 대한 사회적 실현이 유예됨으로써 문학은 그 근대성의 추구를 위해 어떤 효용을 가져야 한다는 명령의 과잉으로부터 자유롭지 못했다. 정치·경제적인 의미의 근대가 실현된 위에서 그것에 대해 비판적 에너지를 보유한 '미적 근대성'의 성격이 설정될 수 있었던 서구와는 달리, 한국 문학은 자율성의 공간을 유보해야 했고, 미적인 영역에 대한 지향 역시 국가적·민족적인 보편적 이념과 결합하는 양상을 보여주었다.[1]

한국 문학사에서 서구의 모더니티에 대응하는 역어로서 '근대성'과 '현대성'이라는 두 가지 명칭이 사용되고 있다고 할 때, 그것은 한국 근현대 문학에서의 '근대성'과 '현대성'의 성취가 매우 복잡하고 어려운 과정을 거칠 수밖에 없음을 보여준다. 한국 문학의 모더니티를 논의한다는 것은 한국 문학 모더니티의 굴절과 균열을 사고한다는 것이며, 그것은 보편적이고 서구 중심적인 모더니티와 구별되는 '또 다른 모더니티'를 탐색하는 과정이 된다. 한국 문학에서 '근대 문학'과 '현대 문학'이라는 개념은 단지 용어의 문제만이 아니다. 이 개념들에는 한국 문학의 특수한 조건과 그 근대적 성격의 내용들이 그 자체 내의 모순을 간직한 채 새겨져있다.

근대가 'modern'의 번역어임은 분명하지만, '현대'는 'modern'과 '동시대contemporary'의 의미가 혼용되어 있다. 근대 제도의 형성 과정으로서의 '근대'를 지나서 근대적 시스템이 확립되고, 그것이 '현재'에도 여전히 유효한 동시대의 의미를 갖는다는 맥락에서 '현

---

1) 졸고 「모순으로서의 근대 문학사」, 『미적 근대성과 한국문학사』, 민음사, 2001 참조.

대'를 개념화할 수 있다. 한국 문학이 근대 형성기를 통과하고 현재와 같은 문학 제도와 미학 체제를 갖춘 상태를 '현대 문학'이라고 규정할 수 있을 것이다. 문학 양식, 매체, 출판 시스템 등 근대의 문학 체제의 확립 이후의 '현대 문학'은 단지 역사적 문헌의 가치가 아니라, '문학 텍스트'로서의 미학적 의미를 갖게 된다. '현대 문학'은 역사주의적이고 실증적인 분석이 아니라, 미학적인 분석의 대상이 될 수 있는 '텍스트들의 시대'를 의미한다. 초기 근대의 과정 속에서 '근대성'의 어떤 기준에 미달하거나 좀더 앞서간 문학 작품들의 역사적 순위와 '진보'의 개념을 말할 수 있다. 물론 그 근대성의 기준은 다양하며, 문학 시스템의 확립이라는 현대 문학의 기준도 세부적으로는 여러 가지 국면에서 다원적으로 규정될 수 있다. 근대의 미학과 제도의 시스템이 도입된 이후의 문학 텍스트들 사이에는 '진보'의 개념은 적용되기 힘들며, '차이'와 '변이'의 '현대 문학사'는 그 지점에서 시작된다.

한국 근대 문학의 중심적 기원을 찾는 논의는 그것이 어떤 결론에 도달한다 하더라도 그 기원의 이념적 폭력성으로부터 자유로울 수 없다. 이런 관점에서, 갑오경장을 출발선으로 삼는 '이식 문학론'이나 영·정조 시기로 근대 문학의 기점을 끌어올리는 '내재적 발전론', 그리고 1905년의 '애국계몽기'를 중심으로 '반제·반봉건'의 근대적 과제를 중심으로 설정하는 기점론 등은 비판적으로 재인식 될 수 있다. 근대의 특정한 기점을 특권화함으로써 근대 문학의 전체 이념을 규정하려는 시도는 '단 하나의 거대한 근대성'을 전제하는 인식 구조이다. '작은 근대성'을 사유하고 근대 문학의 기원과 기점을 다중화하는 것은, 한국 근대 문학의 역사적 동력과 모순된 출발점을 이해하는 데 더 많은 도움을 준다. 앞의 논의처럼 근대는 하나의 사건이 아니라, 근대라는 이름의 '사건들'이다. 단일한 기원과 기점이 아니라 그 '사건들'을 사유할 때, 역사적 필연성과 단일한 이념으로서의 근대라는 관념의 무게를 덜어내고 그것의 개별적인 역동성을 사유할 수 있다.

18세기의 『열하일기』와 19세기 조선 후기 문학의 변화가 사건이라면, 1900~1910년대의 근대적 문학 제도의 형성 과정과 『무정』의 등장 역시 근대적인 '사건들'의 일부이다. 다양한 층위의 근대성이 존재하며, 그것은 다양한 층위의 문학사를 산출하는 조건이 된다. 개별적인 사건들이 품은 근대적인 요소와 반근대적인 요소, 그리고 착종된 근대성의 문제를 비판적으로 인식하는 것은, 한국 문학사의 근대성을 입체적으로 재맥락화하는 작업이다.

『열하일기』가 새로운 한문문체로 보여줄 수 있는 근대적 시선 주체와 다중적 근대성을 보여주었기 때문에, 한국 문학의 근대적 미학의 상징적인 의미를 갖는다고 말할 수 있다. 하지만 『열하일기』는 국문체 산문이 아니며, 서구적인 문학 체계의 적응으로서의 근대적인 문학 장르와 제도의 구축을 이끌었던 작품이라고 말할 수 없다. 『열하일기』가 창작된 18세기에는 아직 근대적 의미의 문학 제도와 문학 양식이 도입되지 못했다. '문학'이라고 일컬어지는 장르와 문학의 생산과 유통을 둘러싼 문학 제도의 시스템이 형성되기 시작한 것은, 『열하일기』 이후 1910년대에 이르는 오랜 시간이 필요했다.

『열하일기』 이후 조선 후기에는 새로운 교술 문학들과 사설 시조를 포함한 새로운 시가 형식에 대한 탐색, 『홍길동전』『구운몽』

『춘향전』 등의 국문 소설의 대두와 유교적인 상징 질서의 담론 체계의 균열을 만드는 문학적 움직임이 있었다. 조선 후기의 기행가사들은 개인적 경험을 더욱 확장하는 글쓰기를 보여줌으로써 새로운 글쓰기의 가능성을 암시했다. 19세기의 최초의 국한문체의 '견문기'로서의 의미를 가지는 유길준의 『서유견문』(1895)의 경우는 이런 맥락에서 문제적이다. '국한문체'라는 새로운 문체적 특징과 개화의 이념은 문학사적 의미를 갖는다. 이 저작은 근대의 정치·경제론을 포함하여 문물·학술·제도·풍속·지리에 대한 개론과 함께 자신의 소견을 덧붙였다. 하지만 이 저작은 제목이 의미하는 바의 근대적인 여행기로서의 새로운 글쓰기 주체를 보여주어야 함에도 불구하고, 여행 주체의 공간 이동에 따른 기술보다는 서구의 이론과 정보들을 소개하는 서양 개론서로서의 글쓰기에 머문다. 이런 측면에서 『서유견문』이 18세기의 『열하일기』보다 진전된 '견문록'이라고 보기는 어렵다.

2. 제도로서의 근대 문학

근대적인 문학 제도의 가능성이 시작된 것은 조선 후기부터라고 할 수 있다. 임진왜란과 병자호란 이후의 조선 사회의 봉건 체제가 균열을 보이기 시작하고, 18세기에 이르러 상품·화폐 경제가 발달히면서, 문화 영역에서도 문화 상품의 교환과 소비가 이루어졌다. 한글 소설을 중심으로 한 세책점(貰冊店)의 출현과 방각본 소설의 등장이 19세기에 이르러 성행한 것은 근대적인 '문학 제도'와 '문학 시장'의 맹아적인 현상이었다. 하지만 인쇄 매체의 발전과 함께 근대적인 장르와 작가 개념을 둘러싼 문학 제도의 가능성이 실현된 것은 20세기에 들어와서라고 할 수 있다.

　1894년의 갑오경장은 문화적인 측면에서 '국문'의 사회문화적 지위를 높이고 한문과 중국 문화에 대한 거리두기를 가능하게 했다. 인쇄와 출판이라는 물질적인 조건이 뒷받침되면서 최초의 근대적 매체인 『조선신보』 이후 『한성순보』 『독립신문』 『매일신문』 『대한매일신보』 등 근대적 저널리즘을 도입한 인쇄 매체들이 국한 문체 혹은 국문체를 통해 '국민'이라는 새로운 정체성을 만들어가기 시작한다. 『독립신문』이 계몽적 의도를 강하게 드러내었다면, 『대한매일신보』는 '잡보'와 '소설란'을 통해 근대적인 서사 문학의 활성화에 기여했다. 한글을 중심으로 문화운동이 전개되고 근대적 교육기관이 설립된 것도 근대적 문학 제도의 확립에 기여했다. '교육'의 요구는 이 시대를 지배하는 문화적 기획이었다. 1900년대 국한문체로 창작된 역사전기물과 국문체의 신소설은 새로운 '자국어 문학'으로서의 이념적 의미를 가졌다. 자국어 문학에 대한 요구는 '국가' '국민' 등의 개념에 대한 인식과 연관되어 있다. 이러한 한국 근대 문학의 '정론성'[2]과 계몽적 문학운동의 활력은 1910년의 합병 이후에는 약화된다.

　근대적인 인쇄 매체의 활성화와 국문체 글쓰기와 함께 주목해야 하는 제도적인 변화 중의 하나는 근대적인 작가 개념의 출현이다.

---

2) 이현식, 『제도사로서의 한국 근대문학』, 소명출판, 2006, p. 68. 근대 초기의 문학 제도의 성립에 대해서는 이 저술의 성과를 참조.

1900년대 이후에는 '필명'에 대한 새로운 인식이 도입된다. 1900년대의 신문에는 '필명'이 자리 잡기 시작했고, 투고작의 비전문적 필자들은 실명으로 전문적 작가들은 필명으로 게재했다. 1920년대 이후 전문 작가들이 많아지면서 실명 사용이 늘어나고, 1930년대에 이르면 전문 작가의 실명 사용이 더욱 확산된다. 근대 초기에는 매체의 경영과 편집에 참여하는 작가가 작품을 집필하고 연재하는 경우가 많았고, 1910년 중반 이후 이광수의 신문연재소설은 신문사에 소속되지 않은 본격적인 작가의 등장을 의미했다. 근대 초기의 단행본 소설의 작가 표기는 신문 잡지와는 달리 실명 위주였고, 저작의 권리 행사와 관련된 측면이 있었던 것으로 보이지만, 다양한 형태의 저작권 관리와 행사 방식이 혼재했다. 창작물에 대한 저자의 권리가 실제로 강화되기 시작한 것은 1920년대 이후였다.[3] 저작의 권리 확립은 근대적인 전문 작가의 등장을 의미하는 것이며, 글쓰기 주체의 사회적 위치에 대한 새로운 인식을 요구하는 것이다.

3. 여성적 글쓰기의 장과 근대적 시·공간

새로운 매체의 등장과 함께 여성들이 글쓰기의 주체가 될 수 있는 장이 열린 것도 중요한 의미를 갖는다. 『여자계』(1917), 『신여

3) 근대 작가의 실명 사용과 저작권 문제에 대해서는 김영민, 『문학제도 및 민족어의 형성과 한국 근대문학(1890~1945)』, 소명출판, 2012, pp. 442~46 참조.

자』(1920), 『신여성』(1923)과 같은 여성 매체의 등장은 여성적인 담론의 형성 가능성을 열었다. 『제국신문』『대한매일신보』등의 매체에서 독자 투고란에도 여성적인 글쓰기와 근대적 의식을 드러내는 글들이 나타났다. 1920년대 1930년대의 신문 잡지의 '독자 문예'에도 여성의 글쓰기의 장이 만들어졌다. 이런 매체적인 공간들은 '읽고 쓰는 주체'로서의 여성의 지위를 제고 시켰다.

하지만 근대 초기 여성 작가들에게 새로운 여성적인 글쓰기를 밀고 나갈 만한 조건이 열려 있었다고 보기 힘들다. '젠더'적인 문제의식을 동반하지 않은 상황에서 여성적인 글쓰기의 자율성과 그 의미는 남성중심적인 계몽 담론과 국가주의적 근대 체제 속에 포획될 가능성이 높았다. 나혜석, 김명순, 김일엽, 강경애, 임순득, 박화성, 최정희 등의 초기 여성 작가들에게 젠더적인 관점의 여성 주체의 글쓰기를 시도한다는 것은, 식민지 지배 질서와 전통적인 남성 중심 질서라는 이중적인 억압과 지배의 메커니즘을 돌파해야 하는 문제였다. 사회와 문단의 남성 중심의 지배 질서는 '신여성'과 '문학하는 여성'에 대한 이중적인 태도를 보여주었고, 이것은 유력한 남성 작가들의 '신여성'에 대한 이율배반적인 시선에서 드러난다. 남성 중심의 근대의 문학 제도는 여성 작가와 작품에 대한 포섭과 배제의 방식으로 여성 문학의 장을 제한했다.[4] 1930년대 이후에는 남성 중심의 문단이 '여류'라는 호명 방식으로 여성 문인들의 여성성을 규정하고 포섭하는 상황이 전개된다. 남성 작가들의 담론 속에서 근대 여성들은 도시 풍경의 일부가 되고, '풍경으로서의 여성'은 매혹과 혐오라는 이중적 요소를 갖는 시선의 대상이라는 자리에 묶여 있게 된다. 이런 상황에서 여성이 여성적 글쓰

기, 특히 '여성적 응시'의 주체가 될 수 있는 가능성은 풍부하지 않
았다. 그럼에도 불구하고 근대 초기의 여성 작가들의 지난한 투쟁
은 남성적이고 국가주의적인 계몽 담론과는 다른 차원을 열어가는
장이었다.

'시선의 문학사'라는 맥락에서 문제적인 것은 근대 문학이 '말하
기telling'의 장에서 '보여주기showing'의 영역으로 미학적인 확대를
이루는 과정이다. 이 과정이 문학적 양식으로 적극적으로 실현된
사례를 보기 위해서는 1910년대 이후를 기다려야 한다. 담론 공간
의 시각화 경향은 대상과 현실을 재현하는 새로운 주체의 가능성
을 실현해나갔다.[5] '묵독형 자국어 글쓰기'라는 영역에서 대상을

4) "여성과 문학을 연관 짓는 담론은 여성에게 근대적 교양을 습득할 수 있는 리터러시
literacy 능력과 독서, 문학 감상 등을 강조하면서도 소설(혹은 문학)의 폐해를 지적하
는 이율배반적인 담론을 동시에 유포했다. 소설(문학)하는 여성에 대한 폄하 및 의도
적인 무관심, 삭제는 기존 문학 제도가 국민의 발견(1910년대)이든 개인의 발견(1920
년대 초)이든 젠더가 기입되지 않은(그러나 사실은 남성으로 수렴될 수 있는) 근대
주체를 정립하는 와중에 여성 글쓰기 주체를 체계적으로 배제했음을 단적으로 보여
준다." (김양선, 『한국 근·현대 여성문학 장의 형성』, 소명출판, 2012, p. 27 참조.)
5) "말을 본뜬 자국어문이 오래된 경전 대신 '지금 여기'의 현실을 다루게 될 때, '지금
여기'를 직접 감각하는 주체는 일종의 기준점으로 설정된다. 또한 대상세계가 독자들
에게 '눈에 보이듯' 재현되기 위해서는, 쓰일 대상으로부터 일정한 거리를 유지한 채
조목조목 설명하고 분석하고 종합할 수 있는 글쓰기 주체의 능력이 요구된다. 자국어
문장이 안정감을 확보해가는 과정, 묵독형 읽기 문화가 확산되는 과정, 그리고 주체
에게 구심적 권력이 부여되는 과정은 동시에 전개되며 근대적 글쓰기를 대상 재현 체
계로 정착시켜간다. 이러한 양상은 1910년 이전 『소년』과 그 외 잡지의 몇몇 글에서
징후적으로 드러나다가, 강점 이후에 활발하게 나타나기 시작하였다. 문체상의 변화
와 함께 '기행문'이나 '방문 취재기'류의 글들은 시공간적 기준이자 감각적 구심점으
로서의 주체의 존재감이 텍스트 안에 전경화되는 면모를 보여주었고, 삼면 기사를 비
롯한 신문의 인물 기사들은 동시대 인물의 동시대성을 포착하고 재구성하는 기준으
로 주체의 이념이 강하게 작동하는 경향을 보여주었다. 소설들 역시 신문기사의 방식
으로 동시대 인물을 다루는 경향이 많았다." (신지연, 같은 책, pp. 328~29.)

재현하기 위해서는 그 재현의 기준점으로서의 시선 주체의 지위가 보장되어야 했다. 한국 근대 문학의 미학은 이런 시선 주체의 양식화와 연관되어 있다.

이와 연관해서 문학에서 시각적인 요소의 대두가 근대의 물적 토대, 특히 운송 수단의 발달에 따른 새로운 감각에 연관된다는 것은 중요한 사실이다. 철도와 전차, 자동차의 등장은 제국주의적 자본의 힘에 의한 것이지만, 이런 물질문명의 변화가 시간과 공간에 대한 개인의 감각 체계에 변화를 가져다준 것은 분명하다. 조선에 기차가 처음 등장한 것은 1899년이며, 철도는 일본이 식민지 지배의 기반을 구축하기 위해 만들어진 것이다. 새로운 운송수단은 풍경을 한 폭의 그림이자 '활동사진'인 것처럼 보게 했다. 전통적인 세계에서 자연의 일부로서의 인간 경험과는 달리, 이 경험은 주체와 풍경 사이의 거리와 분할선을 분명하게 만들었다. 풍경에 대한 새로운 감각적 경험은 자연을 대상화하고 변형하고 재현할 수 있은 감각적 주체의 지위를 강화시켰다.

그 변화는 풍경의 중심점으로서의 개인을 시선 주체로 구성하는 그림과 사진, 영화 등의 새로운 예술 양식에 영향을 미쳤다. 근대 이후 사진과 영화의 발명은 '초점화'의 문제와 연관해서 인간 지각의 중요한 변화를 가져왔다. 조선에 사진의 보급이 일반화된 것은 1910년대 이후로 알려져 있다.[6] 이런 광학 기구의 등장은 시각

---

6) 조선에 처음 사진관이 열린 것은 1882년으로 알려져 있으며, 그 이전에는 조선 후기의 정약용이 '수상기(受像機)'라는 이름의 일종의 카메라 옵스큐라를 시도한 바 있다. 1900년대에 와서 YMCA에서 본격적인 사진 교육이 시작되었으며, 1914년에는 신문사에서 최초의 사진 공모전이 열릴 정도로 보급이 이루어졌다.

미디어적인 감각의 주체를 형성하는 데 영향을 미쳤다고 할 수 있다. 원근법의 세계가 고정된 중심적 주체의 존재를 기반으로 통일된 이미지를 제시하는 것이라면, 19세기 이후의 새로운 광학기구는 시각 주체의 선택에 의해 세계를 다양하게 재단할 수 있게 했다. 광학기구는 대상의 객관적인 시공간뿐만 아니라 주체의 자율적인 시공간적인 요소를 형성하게 만든다. 대상 세계는 고정된 중심에 의한 고정된 세계가 아니라 유동적인 시간과 공간의 흐름 속에 있고, 시선의 주체는 자발적으로 선택된 시공간에 몸을 맡길 수 있게 된다.[7] '내적 초점화'의 문제가 바로 이런 새로운 광학기구의 등장과 함께 시작된다는 것은 주목을 요한다. 문학에서의 '내적 초점화'는 김동인의 소설에서 적극적으로 미학화되고 이후 현대 문학의 중요한 미학 장치가 된다. 고정된 외부 시점이 아니라 움직이는 인물의 제한적이고 선택적인 시점에 의해서 이 세계의 '유동성'을 포착하는 이런 미학적 장치는, 모든 것이 불확정적인 자본주의 세계의 도래에 대응한다.

4. 이광수의 문학 개념과 감각의 주체

근대 문학의 개념 정립에 결정적인 문건으로 지목되는 것은 이광수와 안확의 논설이다. 안확의 「조선의 문학」(1915)는 근대적 문학 개념을 정리한 문건으로서의 의미를 지닌다. 안확은 "문학은

7) 나병철, 『영화와 소설의 시점과 이미지』, 소명출판, 2009, pp. 92~94 참조.

도덕과 종교와 승묵(繩墨)과 질서에 묵종(默從)치 아니함이 원리니라"[8]라고 주장하면서, "문학의 본령은 순문학이라 하는 시가·소설·서사문·서정문 등과 잡문학이라 하는 서술문·평론문 등을 물론하고다"[9]라고 정리한다. 안확의 논리에 의해서 유교적인 질서로부터 탈피하여 문학의 자율성이 의식되고 근대 문학의 장르적인 갈래가 제시된 것이다. 하지만 안확의 논리는 "지나의 한문을 종치 않고 순전한 조선적 한문을 작한" 한문학을 조선문학에 수용함으로써 '국문문학'에 대한 선명한 의지를 드러내지 않았다. 안확이 신문학을 민족사상을 보급하는 문화적 기획의 일부로 인식한 것은 이광수의 논설에서도 이어진다.

이광수가 「문학이란 何오」(1916)에서 "조선문학이라고 하면 毋論 조선인이 조선문으로 作한 문학"이라고 규정한 것은 중요한 의미를 함유한다.[10] 중화적 보편주의와 한문학과 단절하는 한국 문학의 개별성을 분명히 한 것이다. '국한문혼용체'를 비판하고 신문학은 반드시 '순현대어 일용어'로 창작되어야 한다고 단언하면서, 안확의 조선문학 개념과 언어 의식에서 한걸음 더 나아간다.[11] '논문·소설·극·시'로 '문학의 종류'를 정리하고 서구적인 맥락에

8) 안확, 「조선의 문학」, 『한국의 문학비평』 1, 권영민 편, 민음사, 1995. p. 62.

9) 안확, 같은 글. p. 62.

10) 이광수 「문학이란 何오」, 『한국의 문학비평』 1, 권영민 편, 민음사, 1995. p. 95.

11) 그러나 '한글'로 창작된 '국문문학'이 반드시 '조선문학'의 필요조건이라는 명제는 선험적인 것이 아니었다. "근대 한국어 역시, 다른 모든 근대 국민국가의 '국어'가 그렇듯이, 처음부터 어떤 자명한 실체를 전제하고 성립된 것이 아니었음을 증명하기에는 충분한 것이다. 다시 말해서, '한국어(조선어)=한국의 국어' 혹은 '한글=한국의 문자'라는 등식은 자명하거나 당연하게 성립되는 것은 아니었다는 말이다." (김철, 『복화술사들』, 문학과지성사, 2008, pp. 135~36.)

서의 근대 문학 장르의 문제를 명확히 한다. 이광수는 문학을 "서양인이 사용하는 문학이라는 어의를 취함이니 서양의 Literatur 혹은 Literature라는 어를 번역하였다 함이 적당하다"[12]고 밝힌 바 있다. 한국 문학사에서의 '문학' 개념이 번역어로부터 출발했다는 것은 한국 근대 문학의 성격을 이해하는 데 중요한 지점이다.[13] 유교적이고 중화적인 담론 세계로부터의 탈피와 서구적인 문학 개념의 수입을 신문학의 출발점으로 상정하는 논리는, 한국 근대 문학의 출발의 자리가 어디였는가를 드러내준다. 서양 담론의 수입과 적응을 통해 문학의 자기개조를 실현하려 한 것은, 이광수와 근대 초기 문학인들에게는 피할 수 없는 선택이었으며, 보다 중요한 것은 그 과정에서의 서구적인 문학 개념의 굴절과 전통적인 요소의 재배치의 문제이다.

이광수의 논리에서 다시 주목해야 할 부분은, '정(情)'의 문제를 문학의 핵심적인 요소라고 주장할 때의 근대적인 문학 주체의 가능성을 둘러싼 기획이다. 이광수가 주창해온 '정육론'적인 이념은 개인 주체에 대한 근대적인 인식과 연관되어 있다. "인(人)은 실로 정적(情的)인 동물이라"는 선언은 인간주체와 문학의 관계에 대한 혁명적인 인식을 향하는 것이었다. 이광수가 '정(情)'이라는 개념을 엄밀하게 사용하고 있지는 않지만, 그 개념은 단순히 감정과 느낌의 세계만을 의미하는 것이 아니라, 개인의 내면적·감각적·미적 자율성을 둘러싼 보다 광범위한 의미를 갖는 것으로 보아야 한

---

12) 이광수, 같은 글, p. 80.
13) 황종연, 「문학이라는 역어」, 『탕아를 위한 비평』, 문학동네, 2012 참조.

다. 인간의 감정을 우선시할 때 인간 존재의 개별성과 내면이 중요한 영역으로 부각되며, 인간은 중세적인 이념 체계와 도덕률에 복속된 존재가 아니라, 개별적인 감각의 주체로 재탄생한다.

> 문학은 모(某) 사물을 연구함이 아니라 감각함이니, 고로 문학자라 하면 모 사물에 관한 지식을 교(教)하는 자가 아니요, 인으로 하여금 미감(美感)과 쾌감을 발(發)케 할 만한 서적을 작(作)하는 인이니, 과학이 인의 지르르 족하게 하는 학문이라 하면 문학은 인의 정(情)을 독하게 하는 서적이니라.[14]

> 소설이라 함은 인생의 일(一) 방면을 정(正)하게, 정(精)하게 묘사하여 독자의 안전(眼前)에 작자의 사상 내에 재(在)한 세계를 여실하게, 역력하게 개전(開展)하여 독자로 하여금 기 세계 내에 재하여 실견(實見)하는 듯한 감(感)을 기(起)케 하는 자를 위함이다.[15]

문학이 사물을 '감각'하는 것이고 독자로 하여금 '미감'과 '쾌감'을 일으키는 것이라는 논리를 주목해야 하는 것은, 문학의 창작과 수용 주체의 핵심적인 존재방식을 '감각하는 주체'로 보았다는 점이다. 이 감각하는 주체의 개념은 중세적인 도덕률에 구속된 개인성의 해방을 의미한다. "정(情)이 지(知)와 (意)의 노예가 아니요, 독립된 정신작용의 일(一)"[16]이라고 주장하는 맥락에서, '정(情)'

14) 이광수, 같은 글, p. 81.
15) 이광수, 같은 글, p. 89.
16) 이광수, 같은 글, p. 83.

으로 표상되는 개인적 감정·욕망·감각의 자율성에 대한 인식은 한국 근대 문학의 전개에서 중요한 의미를 함유한다.[17] 특히 소설 장르에 대한 이광수의 정의는 시 장르의 정의와 비교할 때 좀더 현대적인 요소를 갖추었다. 그는 장르론에서 "산문을 '읽은 것'이라 하면, 시는 '읊는 것'이라 할지니"[18]와 같은 구별로 시의 전통적인 운문성을 여전히 강조한다. 반면, 소설 장르는 '안전(眼前)' '실견(實見)'과 같은 용어들 속에서 '말하기'의 장에서 '보여주기'의 영역으로 이전을 암시한다. 이것은 감각의 주체와 시선의 주체로서의 근대적 문학 주체의 가능성을 드러낸 것이다. 소설에서의 이야기의 영역과 비교되는 '초점화focalization'의 미학적 실천을 의식적으로 보여준 것은 김동인의 소설이지만, 이광수는 그의 글에서 문학에서의 감각의 주체, 소설에서의 시선의 주체가 가지는 근대적 의미를 암시한다.

이광수에게 '정(情)의 문학'은 그것이 가지는 자율성에도 불구하고 계몽적 기획과 도덕적 프레임 안에서 작동한다. 그는 근대적인 의미의 감각의 주체를 새로운 문학적 주체의 가능성으로 드러냈지

---

17) "이광수의 주정주의는 특히 유교적인 전제를 비판하는 문맥에서 욕망하고 감각하는 인간, 육체를 가진 인간의 자기 회복의 성격을 뚜렷하게 보여준다. 따라서 이광수가 정의 능력을 중심으로 심리학적으로 규정한 문학의 영역은 바꿔 말해서 '미적인 것(the aesthetic)'의 영역이라고 하는 것이 좀더 정확하다." (황종연, 같은 글, pp. 466~67.) 그런데 이광수가 '미적인 것의 자율성'에 대한 명확한 인식을 가졌다고 말하기는 어렵다. "그에게 미적인 교육은 오히려 사람들 각자의 도덕적 능력을 강화시키는 계기이다. 그것은 사람들로 하여금 민족적·윤리적 공동체와의 관계를 자기 내부로부터 깨닫게 하고, 그 공동체의 이념과 자발적으로 제휴 하도록 추동하는 것이다." (황종연, 같은 글, p. 477.)

18) 이광수, 같은 글, p. 90.

만, 그의 문학적 기획의 톤과 구조는 '문학이 무엇인가'를 가르쳐서 문학을 민족적 자기개조의 수단으로 삼아야 한다는 교육적 태도에도 벗어나지 않는다. 중세적인 도덕질서에서 해방되는 문학의 자율성이라는 테제 역시, 문명개화와 민족개조에 문학을 수단화하는 요구와 혼재되어 있다. 그의 '정의 문학'의 기획은 개인주체의 감각적 개별성과 함께 문화적인 맥락의 민족주의라는 거대 담론과 결합되어 있다. 감각 주체의 개별성은 문학을 민족 단위의 문화적 자기 확립의 일부로 삼는 새로운 도덕적 기획과 모순된 방식으로 연결된다. 그는 개인적 감정과 감각의 해방을 주창했음에도 불구하고, 자신이 부정하고자 했던 중세적인 체계와 구조적으로 단절되지 않는 민족이라는 공동체 아래에서의 개인 주체에 대한 도덕적 규정을 재도입한다. 그에게 있어 근대적 개인주의는 식민지 조선의 민족주의적 기획과 불완전한 방식으로 착종된다. 더욱이 그가 일본 제국주의에 의한 조선의 합병이 '조선문학'의 가능성이 아니라, 구조적인 문제라는 것을 명확하게 인식하지 못할 때,[19] 그는 합병을 문물과 제도의 근대화하는 조건으로 인식하는 오류를 벗어나지 못한다. 제국주의와 민족 공동체 사이의 모순을 사유하지 못하는 지점에서, 그가 발견한 새로운 감각의 주체는 그의 소설에서 드러나는 바의 '오인된 공동체' 안에 포획된다.

---

19) "합병 이래로 만반(萬般) 문물제도가 실개(悉皆) 신문명에 의거하였거니와 사상 감정과 차를 응용하는 생활은 의연(依然)한 구아몽(舊阿蒙)이니, 종차(從此)로 신문학이 울흥(蔚興)하여 신(新)하여진 조선인의 사상 감정을 발표하여서 후대에 전할 제일차(第一次)의 유산을 작(作)하여야 할지라." (이광수, 같은 글, p. 88.)

근대 형성기의 문학과 시선의 형식

1. 신소설과 서술 주체

근대 이전, 소설은 황당한 패설(悖說)류에 불과하다는 인식이 퍼져 있었다. 이런 인식을 딛고 '애국계몽기'의 소설들은 이상적인 이념을 향한 역할을 담당하려 했으며, 그것은 역사·전기물이라는 형태로 만들어졌다. 신채호, 박은식, 장지연 등에 의해 창작된 역사·전기류 소설들은 문화운동적 차원에서 소설을 민족적 자기개조의 선전 수단으로 설정하고 있었으며, 작가는 전문적인 예술가라기보다는 선각자적인 위치에 있었다. '국한문혼용체'를 통해 이상적 이념을 전파하려 한 역사·전기물은 소설을 역사와 구분하지 않았고, 문학이 허구적인 영역에 속한다는 인식도 없었다. 역사·전기물은 민족정체성의 확립이라는 목표를 향해 서사를 조직해나갔고 영웅적인 인물들을 이상화하는 과정에서 객관적인 기록의 세계에서 벗어나기도 했지만, 허구적인 요소를 미학적인 핵심으로 삼지는 않았다.

이인직, 이해조, 안국선 등의 신소설의 역사·전기물과의 기본적인 미학적인 차이는, 국문체를 통해 일상적인 현실을 묘사하고자 하였다는 점이다.[1] 신소설의 국문체는 이념화된 역사가 아니라 일상적 현실로 다가가는 중요한 문체적 무기였다. 역사·전기물이 민족 영웅을 이상화하는 방식으로 소설을 개량의 도구로 삼았다면, 신소설은 당대의 조선적 현실의 참담함을 그대로 보여주면서 문명개화의 이상을 전파하려 했다. 신소설은 현대의 소설이 보여주는 바의 '개인'의 문제를 다루었지만, 허구를 통해 당대의 진실을 드러낸다는 명확한 인식에 도달한 것은 아니었다. 국문체와 '~다'체의 도입과[2] 대화의 직접 인용 등 근대적인 서사 문학의 언어적 형태로 나아간 것은 사실이나, 소설을 계몽의 도구로 삼는 것은 역사·전기물과 크게 다르지 않았고, 그 계몽의 내용조차 식민 제국의 논리에 대한 비판적인 거리를 갖지 못했다.

이인직의 『혈의 누』(1906)는 작가 본인이 주필로 있던 『만세보』에 연재한 소설이다. 이인직과 그가 관여한 신문들의 친일적인 성

---

1) "역사·전기물이 한문으로 표상되는 문자의 세계를 존중하여 이를 대중적으로 전파하는 데 노력했다면, 신소설은 일상적 발화로 대표되는 음성의 질서를 존중하고 자국어의 체계를 음성에 기반하여 만들고자 한 것이었다. 1900년대에 '소설'은 자국어를 구상해 나가는 데 핵심적인 계기였고, 자국어는 민족 국가 형성에서 중요한 고리였다." (권보드래, 같은 책, p. 262.)

2) "'~다'체가 소설의 문체 나아가 글쓰기 전반의 문제가 될 수 있었던 것은 반대로 구체적인 대상을 모두 가려버렸기 때문이다. '~다'체는 고립된 개인의 독백 언어로서 소설의 문체가 될 수 있었다. 한국의 근대 소설은 개인의 독백에서, 개인의 내면적 목소리를 듣고 보편성을 환기한다는 역설적인 기획에서 출발점을 찾게 되었다." (권보드래, 같은 책, p. 264.)

향과는 별개로, 그의 문필활동이 한국 근대 서사 양식의 한 국면을 열었다는 것은 부인하기 힘들다. 청일전쟁을 배경으로 여주인공과 가족의 이산과 상봉을 기본적인 서사로 하고 있는 이 소설에서, 참혹한 조선의 현실을 문명개화의 길로 인도할 구원자로서의 일본이 그려지고 있다. 이 소설의 형식적인 특징은 국한문 혼용체를 구사하면서 한자에 국문을 표시하거나 한자로 표기된 한자어 자체를 고유어로 고쳐 국문으로 병기하고 있다는 것이다. 이런 표기방식은 일본 신문들의 일본어 표기 방식을 모방한 것이며, 1907년 이 소설이 단행본으로 간행될 때는 완전한 국문체 소설로서의 문학 상품으로 전환된다.[3] 완전한 국문체 소설로서의 변화에는 자국어 문학에 의식과 함께 '상품으로서의 소설'이라는 제도적 맥락이 개입하는 것으로 볼 수 있다. 『혈의 누』의 도입부의 장면 제시는 역사·전기물의 서사 방식에 비하여 상대적으로 선명하고 직접적이다.

일청전쟁의 총소리는 평양 일경이 떠나가는 듯하더니, 그 총소리가 그치매 사람의 자취는 끊어지고 산과 들에 비린 티끌뿐이라.
평양성 모란봉에 떨어지는 저녁볕은 뉘엿뉘엿 넘어가는데, 저 햇빛을 붙들어 메고 싶은 마음에 붙들어 메지는 못하고 숨이 턱에 닿은 듯이 갈팡질팡하는 한 부인이 나이 삼십이 될락 말락 하고, 얼굴은 분을 따고 넣은 듯이 흰 얼굴이나 없이 뜨겁게 내려쪼이는 가을 볕에 얼굴이 익어서 선앵둣빛이 되고, 걸음걸이는 허둥지둥하는데

3) 권영민, 「이인직과 신소설의 시대」, 이인직, 『혈의 누』 〈문학과지성사 한국문학전집 29〉, 문학과지성사, 2007, pp. 442~43.

옷은 흘러내려서 젖가슴이 다 드러나고 치맛자락은 땅에 질질 끌려서 걸음을 걷는 대로 치마가 밟히니, 그 부인은 아무리 급한 걸음걸이를 하더라고 멀리 가지를 못하고 허둥거리기만 한다.[4]

소설의 도입부는 '일청전쟁'이라는 시대적 상황을 암시하고 곧바로 강렬한 인물 묘사를 시도한다. 이것은 신소설이 '당대성'을 끌어들이는 의미 있는 장치라고 할 수 있다. 소설의 세대적 배경이 되는 '일청전쟁'은 일본이 조선에서의 지배 헤게모니를 장악하는 역사적 계기가 되었다는 맥락에서, 이 소설의 이데올로기적 구조를 암시한다.[5] '일청전쟁'은 가족의 이산이라는 수난을 낳지만 결과적으로 주인공이 새로운 문명세계를 경험하게 하는 계기가 된다. 도입부의 인물 묘사는 『혈의 누』 전체에서도 가장 세밀하고 선명한 수준을 보여준다. 이런 인물 묘사는 근대 서사가 '보여주기'로서의 장면 제시로 전환되고 있음을 드러내는 사례이다. 문제적인 것은 주인공 옥련의 어머니인 여성 인물에 대한 묘사가 청일전쟁 당시의 조선의 상황을 둘러싼 상징성을 가진다는 것이다. 부인의 육체를 대상화하면서 "젖가슴이 다 드러나고 치맛자락은 땅에 질질 끌려서"가는 넋이 나간 상태로 그리고 있는 것은, 식민지 조선을 '넋 나간 여성의 육체'로 대상화하는 제국의 시선과의 분리되

---

4) 이인직, 같은 책, p. 7.
5) "'일청전쟁'으로 말해지는 승리자 일본의 정치적 감각에 따라 『혈의 누』의 배경, 인물, 줄거리, 사상 등이 만들어진 것인 만큼 엄밀히 말하면 이인직이 아니라 '일청전쟁'이 그 창작 주체라고 할 것이다." 김윤식은 『혈의 누』를 정치소설의 '결여 형식'이라고 규정한 바 있다. (김윤식·정호웅 『한국소설사』, 2000, 문학동네, p. 41.)

지 않는다. 그런데 이 소설 전체에서 이러한 직접적인 장면의 제
시와 인물의 묘사는 제한적으로 드러나며, 대부분의 서술은 서술
자의 전지적인 권위를 과시하는 전통적인 이야기 방식에서 완전히
벗어나지 못한다.

"하루바삐 공부하여 우리 나라 부인 교육은 네가 맡아 문명 길을
열러주어라" 하는 소리에 옥련의 첩첩한 근심이 씻은 듯이 다 없어
졌는지라.
  그길로 횡빈까지 가서 배를 타니, 태평양 넓은 물에 마름 같이 떠
서 화살같이 밤낮없이 달아나는 화륜선이 삼 주일 만에 상항에 이르
러 닻을 주니 이곳부터 미국이라. 조선서 낮이 되면 미국에는 밤이
되고 미국에서 밤이 되면 조선서는 낮이 되어 주야가 상반되는 별천
지라. 산도 설고 물로 설고 사람도 처음 보는 인물이라. 키 크고 코
높고 노랑머리 흰 살빛에, 그 사람들이 도덕심이 배가 툭 처지도록
들었더라고 옥련의 눈에는 무섭게만 보인다.[6]

  미국 화성돈의 어떠한 호텔에서는 옥련의 부녀와 구씨가 솔밭 같
이 늘어앉아서 그렇듯 희희낙락한데, 세상이 고르지 못하여 조선 평
양문 북문 안에 게딱지 같이 낮은 집에서 삼십 전부터 남편 없고 자
녀 간에 혈육 없고 재물 없이 지내는 부인이 있으되, 십년 풍상에 남
보다 많은 것 한 가지가 있으니, 그 많은 것은 근심이라.[7]

6) 이인직, 같은 책, pp. 54~55.
7) 이인직, 같은 책, p. 71.

앞의 인용 부분에서 우연히 만난 서생이 옥련에게 미국 유학을 보내주겠다고 하자, 다음 문장에서 옥련이 미국으로 도착하는 장면이 곧바로 나온다. 서사의 개연성이라는 측면에서 문제가 있지만, 미국으로의 이동이라는 사건을 단 몇 줄에 처리한다. 미국이라는 나라의 인상을 지극히 피상적으로 압축하는 것은 근대적인 서사의 장면 제시와 묘사의 수준으로서는 부족하다. 두번째 인용문에서, 옥련이 미국의 호텔에서 아버지를 만나는 장면 다음으로 평양에서 어렵게 지내는 옥련 어머니의 모습이 대비된다. 미국과 평양이라는 먼 거리의 상황을 하나의 문장 안에 요약하는 이야기꾼의 지위는, 근대적인 서사에서의 장면의 전환과는 다르다. 전통적인 의미의 서술자의 권위가 미래와 과거를 모두 알고 있는 전지적인 이야기꾼의 면모를 보여준다면, 근대 이후의 소설은 서술자의 시선의 각도, 발화점이 부각되는 초점화의 문제가 부각된다.[8] 구전적 특성을 기반으로 한 고대소설에서 이야기꾼으로서의 서술자의 권능이 부각되는 방면, '읽히는' 소설로서의 근대 소설에서 초점화의 문제는 서사 형식의 내적 변모의 문제를 넘어서는 문학적 주체의 문제이기도 하다. 이것은 근대 이후의 서사 문학의 매체적 제도적 특성, 그리고 시각 미디어의 발달과 연관되어 있다. 『혈의 누』가 부분적인 측면에서 근대적인 서사 양식을 도입했다고 하더라도 읽히는 소설로서의 초점화의 미학을 전면적으로 실현하는 것은 아니다.

8) 김화영 편역, 『소설이란 무엇인가』, 문학사상사. 1986, p. 120.

『혈의 누』의 마지막 문장은 "아랫권은 그 여학생이 고국에 돌아온 후를 기다리오"[9]라고 되어 있다. 서술자가 직접 독자에게 속편을 예고하는 문장이 소설에 노출된다. 이 소설에서 서술자의 위치가 얼마나 전면화되어 있는가를 알 수 있게 해준다. 『혈의 누』는 대화의 직접 인용 등의 근대적인 소설 언어의 면모를 보여주지만, 여전히 서술자의 초월적인 지위는 유지되었다. 이 소설이 '～다'체의 도입을 보여주고는 있지만 여전히 '～이라'와 '～더라'체의 서술자의 초월적인 지배적 지위를 드러내는 문체가[10] 남아 있다는 것도 주목할 필요가 있다. 이러한 설화적인 서술자의 면모는 소설이 현실의 세부를 드러내거나 개인의 내면을 형상화하는 데에 한계를 갖게 하며, 식민지배를 합리화하는 이데올로기적 담론 구조와 무관하지 않다.[11] 서술 주체의 위치에 대한 성찰을 수행하지 않는 월권적인 이야기 주체는 식민지 주체의 자기모순을 봉합하고 제국의 시선과 동일시하게 된다. 식민지 서술 주체는 이런 측면에서 '제국의 주체'를 자신으로 오인하며, 조선을 문명 이전의 세계로 일본과 미국을 문명개화의 세계로 대비적으로 설정하게 된다.

9) 이인직, 같은 책, p. 75.

10) "'～더라'체의 우위는 서술자가 〈모든 일을 이미 알고 있는〉 존재로서 발언하고 있다는 사실을 말해주는 것이다. 여기서 서술자는 일종의 집합적 화자, 즉 집단적 경험의 축적을 기반으로 하고 있는 설화적 세계의 존재이다. 서술자는 시·공간의 제약을 받는 구체적 존재가 아니라 모든 시·공간에 편재해 있는 집합적 주체이다."(권보드래, 같은 책, p. 237.)

11) 이인직의 또 다른 대표작인 『은세계』(1908)의 경우, 봉건적 지배 권력의 부패와 민중적인 저항의식이 포함되어 있고, 창극으로 공연되고 타령들이 삽입되어 있는 등의 형식적인 의미가 있다. 하지만 여전히 근대화와 문명개화에 대한 완강한 신념은 일본 제국주의의 지배를 정당화하는 이데올로기적 구조 안에 포섭되어 있다.

문명개화의 가능성을 실현해주는 것이 일본이라는 논리의 정당화
는 이런 미학적인 문제와 무관하지 않다. 신소설의 제한적인 근대
적인 서사의 면모는 제국의 시선을 대리하는 월권적인 서술 주체
를 통해 식민지 지배 이데올로기를 관철시키는 수준에 머문다.

2. 근대 시의 형태들과 시선의 형식

조선 시대에서 근대에 이르기까지 시 의식을 지배한 것 중의 하
나는 공자가 엮었다고 전해지는 『시경』의 해석 문제였고, 그 핵심
에 자리한 주희의 시경론은 '교화론'에 치우쳐 있었다.[12] 한시의
영향력이 지배적이었던 시의 영역에서, 자국어 문학으로서의 시가
개인적인 '정(情)'의 문제와 언어의 미적 가치를 실현하는 장르라
는 의식이 등장한 것은 이광수의 논설이 보여주는 것처럼, 1910년
대 이후이다. 1900년대의 가사 형식 등이 '국가'를 둘러싼 구국의
식과 현실 비판의 주제를 다루고 있었지만, 시에서의 정치적인 에
너지가 넘쳐나던 한 시대는 지속되지 못하고 1910년 합병 이후는
확대되지 않는다. 근대 초기에서 1920년대의 동인지 시대의 시들
이 나타나기 전까지, 여러 가지 형식의 계몽적 시가들이 등장했었
다는 주지의 사실이다. 『독립신문』 『대한매일신보』 등에 실려 있는
'애국가'와 '개화가사' 유형의 작품에서부터, 『소년』 『청춘』 등에

---

12) 김흥규, 『조선 후기의 시경론과 시의식』, 고려대 민족문화 연구소, 1982, p. 32 참
조.

발표된 '창가'와 '신체시'에 이르기까지 그 형식은 다채롭다. 현대 시의 형성 과정에서 '개화가사-창가-신체시-현대 시'로 이어지는 발전의 도식이 문학사적 사실로 관습화되기도 했지만, 근대 초기의 시가 영역은 새로운 유형의 시와 전통적인 한시와 잡가, 시조, 가사 등이 혼재하고 다층적으로 관계를 맺는 역동적인 공간으로 보아야 한다. 정형적인 시 형식 자체의 동요는 18세기 후반의 사설 시조에서 이미 시작되었으며, 서양시의 소개가 정형시를 중심으로 이루어져서 이것이 자유시로서의 진전에 결정적인 기여를 했다고 보기도 어렵다.[13] 근대 초기의 시 장르 형성을 중요한 국면은 '시' 와 '가', 읽는 시와 노래하는 시의 분리 과정이다. '창가'라는 명칭 에서 나타나는 바와 같이 '가창'을 위한 정형률의 형식으로 창작된 시 형식이 존재했다. 이런 정형적인 형식과 리듬의 대중 교화적 기 능성 때문에 시와 가창 사이의 분리가 완전하지 못한 것을 감안한 다면, '보는 시'로서의 장르 의식의 전환은 중요한 문제이다.

최남선은 창가·시조·산문시 등에서 적극적인 형식 실험을 시도 했다고 알려져 있다. 하지만 최남선의 시들이 시의 정형성과 계몽 성 등을 넘어서 근대 시의 미적 자질을 분명하게 인식하는 데까지 나아간 것은 아니었다. 이런 맥락에서 「해에게서 소년에게」(1908) 이라는 '신체시'를 최초의 '현대 시'로 상정하는 문학사적 관습도 재검토 되어야 한다.[14]

---

13) 오세영, 「한국 현대시의 성찰」, 오세영 외, 『한국 현대시사』, 민음사, 2007. pp. 18~19 참조.

14) 최남선의 『소년』(1920. 2.)에 발표한 「태백산부」 등을 최초의 '자유시'로 보는 연구 들도 있지만, 형식적인 자유율의 문제만이 아니라, 새로운 시적 주체의 등장이라는

처……ㄹ썩, 처……ㄹ썩, 척, 쏴……아

저 세상 저 사람 모두 미우나

그중에서 제일 똑 하나 사랑하는 일이 있으니,

담 크고 순정한 소년배들이.

재롱처럼, 귀엽게 나의 품에 와서 안김이로다.

오너라 소년배 입맞춰주마.

처……ㄹ썩, 처……ㄹ썩, 척, 튜르릉, 꽉.[15]

우선 '소년'이라는 이름이 왜 '애국계몽기'에 중요한 의미를 가졌는가 하는 점이다. '소년' '청년' 등 '미성년'이 호명의 대상일 때, 그것은 먼저 계몽과 훈육의 대상이어야 했다. 미성년은 도달해야 할 지성의 성숙에 이르지 못한 상태의 이름이었으며, 그 상태를 벗어나기 위해서는 교육과 계몽이 필요했다. 한국 근대 문학 초기 미성년이 계몽의 장으로 '갑자기' 초대된 것은, 그것의 가능성이 계몽의 시대에서 사회진화의 은유가 될 수 있었기 때문이었다.[16] 이미 실패하고 오염된 어른은 중세 조선을 상징했으며, 미성년은

맥락에서는 '현대 시'로서는 한계가 있다고 볼 수 있다.

15) 최남선, 「해에게서 소년에게」, 『소년』 1908. 11. 『문학과지성사 한국문학선집—시』, 문학과지성사, 2007. pp. 19~21 참조.

16) "어린이와 '사회진화론'이 결합하게 되면, 어린이는 어른보다 좀더 진화한 존재로 태어난다는 논리에 다다르게 된다. 어른은 과거를 의미하고, 어린이는 미래를 의미한다. 어리석은 어른이 '이미 잘못 쓰어진 책'에 비유하고, 어린이는 '채 쓰어지지 않은 책'에 비유할 수도 있다." 김행숙, 『창조와 폐허를 가로 지르다—근대의 구성과 해체』, 소명출판, 2005. p. 119.

더 많은 가능성을 가진 근대의 순수 영역이었다.「해에게서 소년에게」가 근대 문학 초기의 계몽적 담론의 상징적인 텍스트였다는 것은 우연이 아니다.

　이 시가 이른바 '근대적 의식'을 고취한 시로서의 역사적 가치를 갖는 것이라고 한다면, 그것은 굳이「해에게서 소년에게」에만 특별한 것은 아니다. '풍속개량' '자주독립' '문명개화' 등의 계몽적 담론들은 개화기 시가 모두에게 해당되는 특징이기 때문이다. 이 작품의 언어와 형식이 '근대적' 혹은 '현대적'인 것을 담고 있는가 하는 점도 다시 인식되어야 한다. 이 시의 형식이 정형시로부터의 '자유시'로의 부분적인 이행이 있지만, '정형성'으로부터의 완전한 탈피하지 못하는 과도기적인 형식에 머문다. 그렇다면 이 작품에서의 시인 혹은 시적 자아의 내적 의식에서 어떤 '근대적/현대적'인 것을 발견할 수 있는가 하는 점이다. 이 시에서 일인칭 '나'는 '바다'라는 존재이며, '나-바다'는 '나의 짝될 이'로 '담 크고 순정한 소년배들'을 호명함으로써, 계몽적 주제를 의식화한다. 이 시 속에서 '나'는 개별적인 개인적 자아 혹은 내면으로서의 '나'가 아니다. 이 시를 파도에 대한 일인칭 주체의 묘사라고 이해한다면, 그 일인칭 주체는 파도를 주관적으로 이미지화하는 것을 목표로 하지 않는다. 지배적인 것은 파도라는 이미지를 빌려 의미화하려는 문명개화의 이념이다. '바다'와 '소년'은 단지 근대 세계를 압축하는 이념적인 표상이지, 시적 주체의 시선이 포착한 이미지라고 보기 힘들다.

　'한국 문학'이라는 규모에서가 아니라, '한국 시'라는 수준에서의 '근대/현대적인 것'의 기준을 무엇이라고 할 수 있는가를 생각할 때, 중요한 초점은 '장르의 언어'에 관한 의식의 문제일 것이다. '시'라고 하는 장르를 어떻게 현대적으로 의식하고 그 언어와 형식에 관한 탐구를 구체화하고 있는가의 문제가 대두될 수밖에 없다. 최남선이 신체시라는 형태를 시험했지만, 실제로는 민족적 양식으로서의 시조에 더 많은 문학적 노력을 기울인 반면, 새로운 자유시의 가능성을 보다 적극적으로 시험한 것은 김억과 주요한이었다. 김억은 『태서문예신보』의 편집인으로서 서구시의 유입에 결정적인 기여를 한다. 최초의 현대 시 번역 시집인 『오뇌의 무도』(1921)와 최초의 현대 시집이라 할 수 있는 『해파리의 노래』(1923)을 발행하는 등 다양한 시와 시론을 소개하면서 외국 문학의 접촉을 통해 한국 현대 시의 형성 과정에 영향을 미쳤다. 상징주의 시의 소개와 함께 민요시 운동을 선도하고 김소월이라는 탁월한 현대 시인을 발굴하는 등의 문학 편집자로서의 역할은 평가되어야 한다. 하지만 그의 창작 시는 정형시적인 형태로부터 완전히 탈피하지 못하고 민요적인 정서나 추상적이고 감상적인 독백에 가까운 경우가 많다.[17] 그에 비해 주요한의 경우는 근대적인 자유시와 산문시의 새로운 가능성을 적극적으로 시험했다.

아아 날이 저문다. 서편 하늘에, 외로운 강물 우에. 스러져가는 분홍빛 놀…… 아아 해가 저물면 날마다. 살구나무 그늘에 혼자 우는 밤이 또 오건마는, 오늘은 사월이라 파일날 큰길을 물밀어가는

---

17) 김억이 『학지광』에 1914년과 1915년에 발표한 시들 중에서 「내의 가슴」「밤과 나」와 같은 시들은 그 관념적인 감상성의 과잉에도 불구하고 최남선의 신체시와 구별되는 개인 주체의 감성을 다루려했다는 점은 평가될 필요가 있다.

사람 소리는 듣기만 하여도 흥성스러운 것을 왜 나만 혼자 가슴에 눈물을 참을 수 없는고?

　아아 춤을 춘다. 시뻘건 불덩이가, 춤을 춘다. 잠잠한 성문 우에서 나려다 보니, 물 냄새, 모래 냄새, 밤을 깨물고 하늘을 깨무는 횃불이 그래도 무엇이 부족하여 제 몸까지 물고 뜯을 때, 혼자서 어두운 가슴 품은 젊은 사람은 과거의 퍼런 꿈을 찬 강물 우에 내어던지나 무정한 물결이 그 그림자를 멈출 리가 있으랴? ……아아 꺾어서 시들지 않는 꽃도 없건마는, 가신 님 생각에 살아도 죽은 아 마음이야, 에야 모르겠다, 저 불길로 이 가슴 태워버릴까, 이 설움 살라버릴까, 어제도 아픈 발 끌면서 무덤에 가보았더니 겨울에는 말랐던 꽃이 어느덧 피었더라마는 사랑의 봄은 또다시 안 돌아오는가, 차라리 속시원히 오늘 밤 이 물속에…… 그러면 행여나 불쌍히 여겨줄이나 있을까…… 할 적에 퉁, 탕 불티를 날리면서 튀어나는 매화포, 펄떡 정신을 차리니 우구우구 떠드는 구경꾼의
　소리가 저를 비웃는 듯, 꾸짖는듯 아아 좀더 강렬한 열정에 살고 싶다, 저기 저 횃불처럼 엉기는 연기, 숨막히는 불꽃의 고통 속에서라도 더욱 뜨거운 삶을 살고 싶다고 뜻밖에 가슴 두근거리는 것은 나의 마음……[18]

　주요한의 대표작 「불놀이」가 최남선의 「해에게서 소년에게」

---

18) 주요한, 『아름다운 새벽』, 조선문단사, 1924: 『문학과지성사 한국문학선집—시』, pp. 38~39 참조.

와 변별되는 지점은 '산문시'라는 형식적인 자유의 측면만은 아니다.[19] 주요한 시의 시에서 '불놀이'라는 이미지를 구현하는 시적 주체는 최남선의 경우보다는 개인적인 주체에 가깝고 개인의 감정과 내면을 드러내는 데 적극적이다. 이 시에서는 적어도 개인의 내적 '시선' 안에서 포착된 '풍경'이 구축되었다고 할 수 있다. 그런데 그 풍경은 과도한 파토스에 둘러싸여 있고 그 파토스는 어둡고 부정적인 뉘앙스를 포함한다. 최남선의 이념화된 진취성의 반대편에 서 있는 이러한 과장되고 어두운 파토스는 '강렬한 열정'이라는 개인 감정의 분출을 시적인 것으로 드러낸다. 그 안에는 관능적인 생의 충동이 요동치고 있지만, 그 풍경에 담고 있는 시적인 비전은 과장되고 추상적인 상태에 머물러 있다. 과장된 충동의 세계는 그 풍경을 구조화하는 시적 주체의 개별성과 내면성을 오히려 무화시킨다. "사랑 잃은 청년의 가슴속"이라는 이 시가 구축하는 추상적인 감성은 그런 맥락에서 시적인 내면성에 도달하지 못한다. 이와 비교할 때, 1920년대의 김소월과 정지용의 시가 보여주는 '풍경'의

---

19) 주요한의 「불놀이」만이 최초의 자유시로서 대표되는 것은 문제가 있다. 주요한이 처음 발표한 시는 일본 유학 시절 『학우』(1919. 1.)의 창간호에 '에튜우드'라는 큰 지목으로 다섯 편의 시를 묶은 것이 있다. 이어서 『창조』(1919. 2.) 창간호에 「불놀이」를 비롯한 네 편이 발표된다. 정한모, 『한국 현대시문학사』, 일지사, 1974, p. 293. 또한 이 시가 폴 포르Paul Fort를 우에다 빈(上田敏)이 번역한 일본의 「兩替橋」와 형태적으로 유사하다는 지적도 있다. 정한모 같은 책, pp. 312~13. 주요한에게 있어 감각적인 이미지와 산문적인 리듬은 일본 유학 시절 경험한 폴 포르와 같은 프랑스 상징주의 시인의 영향에 의한 것으로 보인다. 김영철, 「근대 시의 형성」, 오세영 외, 『한국 현대시사』, 민음사, 2007, p. 106 참조.
또한 주요한이 「불놀이」를 발표할 당시에 김억의 「겨울의 황혼」, 황석우의 「봄」도 동시에 발표되었고, 그 이전 일본 유학생들의 잡지인 『학지광』에 활동한 무명의 시인들의 작품이 있었다. 오세영, 같은 글, p. 17.

세계는 더욱 주목할 필요가 있다.

산에는 꽃 피네
꽃이 피네
갈 봄 여름 없이
꽃이 피네

산에
산에
피는 꽃은
저만치 혼자서 피어 있네.[20]

유리에 차고 슬픈 것이 어린 거린다.
열없이 붙어서서 입김을 흐리우니
길들은 양 언 날개를 파다거린다.
지우고 보고 지우고 보아도
새까만 밤이 밀려 나가고 밀려와 부딪히고,
물먹은 별이, 반짝, 보석처럼 백힌다.[21]

김소월과 정지용의 시에서 분명하게 나타나는 것은 하나의 '풍

20) 김소월, 「산유화」, 『진달래꽃』, 매문사, 1925, 『문학과지성사 한국문학선집—시』,
    pp. 62~63 참조.
21) 정지용, 「유리창 1」, 『조선지광』, 1927. 3, 『문학과지성사 한국문학선집—시』, p.
    123 참조.

경'을 구조화하는 시적 주체의 개별적 동일성이다. 숨은 일인칭 화자는 자신의 내적 의식 안에서 풍경을 포착하고, 그 풍경을 붙잡아 둔다. 일인칭 자아의 내면이 구성하는 풍경은 시적 주체의 동일성의 '시선'에 의해 포착된 것이다. 중요한 것은 '꽃이 저만치 피어 있다'라고 보는 시적 주체의 시선, '유리창'이라는 프레임으로 세계를 포착하는 시적 주체의 시선이다. '저만치'라는 부사어와 '유리창'이라는 시각적 틀은 시선의 주인으로서의 일인칭의 지위를 보장해준다. 「해에게서 소년에게」가 '바다-나-우리-소년배'라는 집단적 계몽 담론의 구조 위에서 '나'와 '시선'과 '풍경'에 관한 구조를 확립하고 있지 못하고 있으며, 「불놀이」가 과장된 파토스의 세계 속에서 풍경을 구조화하는 시적 주체를 구축하지 못했다면, 위의 두 시는 시선의 주체가 내적 풍경을 구성하고 있는 것을 확인할 수 있다. 이로써 1920년대의 한국 시는 그 '근대성'의 미학적 수준에 도달하고 '현대 시'로서의 미적 주체의 성격을 보여주기 시작했다고 할 수 있다. 한국 근대 문학이 그 제도적 형성기를 넘어 '텍스트'로서의 의미를 갖게 된 것은 1920년대 이후이며, 이후 한국 문학은 문학 장르와 제도의 자장 안에서 '현대성'을 논의할 수 있는 시대에 진입한다.

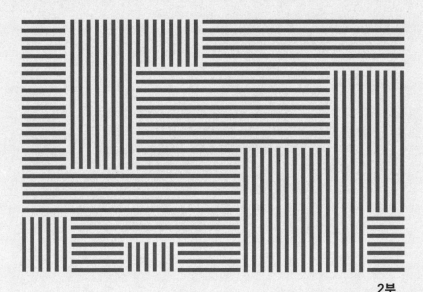

2부
— 현대 소설의 형성과 시선의 착종

이광수와 오인된 공동체

1. 『무정』이라는 모더니티

신소설이 근대 서사문학의 여러 가능성을 보여주었다고 하더라
도, 현대 소설 장르의 미학과 제도를 보다 완전한 형태로 보여준
것은 『무정』이다. 우선 이 소설이 『매일신보』에 연재된 완전한 국
문체의 신문연재소설이라는 점과 지식인 전문 작가가 '한글'을 통
해 대중 독자를 확보한 선구적인 소설이라는 측면이 중요하다. 『매
일신보』라는 연재 지면이 이광수에게 장편 연재의 지면을 제공할
수 있었던 매체 환경의 변화는 『무정』의 탄생을 둘러싼 제도적인
맥락에 해당한다.[1) 『무정』이 가지는 문학사적 위치는 사회역사적

---

1) "『무정』은 우리 현대 소설사가들이 최초의 본격적인 근대 소설이요 명작으로 규정하
　기에 앞서 이미 발표 당시에 신문연재소설로 인기소설이요 대중소설로 수용되었다.
　열린 세상에서 현대 소설이 지닐 수밖에 없는 상품성을, 또 신문연재소설이 갖출 수
　밖에 없는 대중성을 우리 현대 소설사에서 처음으로 입증해주었다." (조남현, 『한국

의미의 '근대성'이라는 큰 범주가 아니라, 보다 '작은 근대성'의 맥락에서 재인식될 필요가 있다. 여러 연구자들에 의해 분석된 것처럼, 『무정』은 근대적 주체의 형성을 보여주는 소설이고, '나＝자기'의 확립을 기초로 한 '민족'이라는 공동체적 주체의 상상적 구성으로 나아가는 소설이기도 하다.[2] 이 작품에서 드러난 근대적 개인 혹은 근대적 주체 형성에 대해서는 이미 상당한 논의가 축적되어 있다.[3] 그런데 『무정』에 나타난 근대적 주체, 혹은 『무정』을 구성하는 근대적 주체를 '보는 주체'의 문제로 한정해서 분석하면, 계몽적 담화와 소설 텍스트의 사이에서 서로 어긋나는 방식으로 드러나는 근대성의 다른 장소를 이해할 수 있다.[4]

현대소설사』 1, 문학과지성사, 2012, p. 262.)

2) 김현주, 「1910년대 '개인', '민족'의 구성과 감정의 정치학」, 『현대 문학의 연구』 22집, 2003 참조.

3) 최근에 발표된 『무정』의 근대성과 주체에 대한 논문들은 김언정, 「나쓰메 소세키(夏目漱石)의 『그 후(それから)』와 이광수의 『무정(無情)』에 나타난 근대적 개인의 형성과정과 성격 비교 연구」, 『일본문화연구』 39집, 2011. 7; 이철호 「이광수 소설에 나타난 '인격'과 그 주체 표상」, 『한국어문학연구』 56집, 2011. 2; 김학면, 「이광수 초기 문학 담론과 『무정』의 '근대성' 연구」, 『한국현대 문학연구』 25집, 2008. 8; 곽영미 「『무정』에 나타난 근대 여성 공간의 성격」, 『한민족어문학』 51집, 2007. 12.; 김영찬, 「식민지 근대의 내면과 표상」, 『상허학보』 16집, 2006. 2; 김지영 「『무정』에 나타난 '사랑'과 '주체'의 근대성」, 『한국 문학이론과 비평』 26집, 2005. 3; 윤영옥, 「『무정』에 나타난 서술 형식의 근대성과 사회적 의미」, 『한국현대 문학연구』 13집, 2003. 6; 이영아, 「이광수 『무정』에 나타난 '육체'의 근대성 고찰」, 『한국학보』, 일지사, 2002; 박혜경, 「『무정』의 계몽성과 근대성 재고 」, 『국어국문학』 129집, 2001.12; 정혜영 「근대를 향한 시선 ― 이광수의 『무정』에 나타난 '연애'의 성립 과정을 중심으로」, 『여성문학연구』, 2000. 3 등이 있다.

4) 이런 문제의식과 연관된 논문은 사노 마사토, 「이광수 소설에 나타난 시각성의 문제」(『한국현대문학연구』 34집, 2011. 8)이다. 이 논문은 이형식의 시선을 주로 분석하면서 "형식의 주체는 '외부'적인 시선과 네이티브의 상상력의 장으로의 내부적인 관여라는 두 개의 방향 사이에서 흔들리고 분열되어 있는 양상을 나타내고 있다. '제국'적

『무정』에서 작가는 학습된 근대적 인식론의 '보는 방식'을 문학적으로 구현하고 있으며, 공간과 시간을 합리적으로 구성하여 인물의 행위와 사건을 이미지로 제시하고 있다. 『무정』은 전지적 관점에서 구축된 소설이지만, 이 소설에서 특정한 인물을 초점 화자로 제시하는 서술 형식과 그것이 여성과 식민지인을 대상화하는 방식은 문제적인 것이라고 할 수 있다. 『무정』의 서술자는 공간과 시간의 제약을 전혀 받지 않고 자유롭게 이동하며, 전지omniscience하고 편재omnipresence하는 서술자로서의 서술적 특권은 무제한적이다. 이런 관점에서 『무정』의 서술 형식이 근대 소설 이전의 평면적인 서술에서 완전히 벗어나지 못한 과도기적인 것으로 비판할 수 있다.[5] 『무정』의 서술자의 과도한 서술적 능력은 서사 외부에 있는 서술자가 본문에 직접 등장하는 양상까지를 보여준다.[6] 그런데 여기서 주목하고자 하는 것은 그러한 무제한의 서술 권위와

인 시선과 네이티브의 시선 사이에서의 갈등이라고 할 수도 있고, 또 시각적인 미디어성으로서의 투명한 주체인 것과 그 상상력의 장에 직접 관여하지 않을 수 없는 실천자로서의 갈등이라고 볼 수 있을 것이다"라고 분석한다. 여기서는 이와는 다른 관점에서 이 소설에서 초점화 형식과 그것이 여성과 식민지인을 대상화하는 방식이 갖는 근대성의 모순을 드러내려 한다.

5) 정연희, 「근대 소설의 형성과 『무정』의 과도기적 성격」, 『근대서술의 형성』, 월인, 2005. pp. 13~14.

6) 이 소설에는 숨은 서술자가 소설의 텍스트에 자신의 담화를 노출시키는 문장이 몇 차례 나온다. "이제는 영채의 말을 좀 하자. 영채는 과연 대동강의 푸른 물결을 헤치고 용궁의 객이 되었는가. 독자 여러분 중에는 아마 영채의 죽은 것을 슬퍼하여 눈물을 흘리신 이도 있을지요. [……] 이렇게 여러 가지로 독자 여러분이 생각하시는 바와 내가 장차 쓰려 하는 영채의 소식이 어떻게 합하여 어떻게 틀릴지 모르지마는 여러분의 하신 생각과 내가 한 생각이 다른 것을 비교해보는 것도 매우 흥미 있는 일일 듯하다." (이광수, 『무정』〈문학과지성사 한국문학전집 19〉, 문학과지성사, 2005. pp. 326~27.)

계몽적 표상으로서의 서술자의 지위 사이에서 문제적으로 드러나는 새로운 시선 주체의 존재이다. 계몽적인 이념과 문법이 전면화된 『무정』에서 '누가 이야기하느냐'의 문제가 일차적으로 중요한 문제이지만, 그 못지않게 '누가 보느냐' 하는 문제 또한 중요하며, 이것은 '누가 말하는가'의 문제의 틈에서 은폐된 또 다른 미적 주체의 가능성을 암시한다. 『무정』의 공식적인 언설을 담당하고 있는 말하는 주체가 계몽적 주체 혹은 '지사적 주체'[7]라고 하더라도, 이 소설의 시선 주체는 그와는 조금 다른 근대성의 맥락을 보여주고 있기 때문이다.[8] 소설의 외부에서 모든 것을 인식하는 외부 초점자narrator-focalizer의 관점과 이형식과 주요 인물들의 인물 초점자acter-focalizer의 시선이 교차되는 것이 이 소설의 문법적 특징이다.

---

7) "계몽주의 문학은 공동체의 안위와 발전을 사고의 중심점에 놓고 있다는 점에서 글쓰기 주체를 개인 주체가 아니라 집단 주체로, 곧 집단을 염두에 두고 사고하고 행동하는 주체로 만든다. 이를 일컬어 지사적 주체라 명명해보자." (서영채, 『사랑의 문법 — 이광수, 염상섭, 이상』, 민음사. 2004, p. 21.)

8) 초점화는 바로 '누가 보느냐' 하는 문제를 중심으로 한다. 초점화는 서사 속의 인물과 사건들을 렌즈로 바라보는 것이다. 독자가 서술자의 목소리를 듣는 순간, 독자는 서술자의 눈을 통해 대상을 보게 되고 그래서 서술자가 초점자인 경우가 대부분이지만, 항상 그러한 것은 아니다. 초점자는 서사 바깥의 인물일 수도 있고, 서사 속 인물일 수도 있다. 일반적으로 서술자가 초점자이지만, 초점자가 반드시 단일하고 일관성 있는 서사 의식에 의해 획득되는 것은 아니다. 초점화는 서사 진행의 과정에서 빈번하게 변할 수 있다. (H. 포터 애벗, 『서사학 강의』, 우찬제 외 옮김, 문학과지성사, 2010, pp. 146~47.)

2. 남성 관음자와 파노라마적 시선

『무정』은 전지적 시점으로 구축되는 소설이고, 주요 인물들의 심리 상태 역시 전지적 서술자가 직접적으로 설명하는 경우가 많지만, 이형식과 주요 인물들의 관점에서 초점화되는 서술 방식은 이 소설에서 문제적인 미학적 지점이다.

경성 학교 영어 교사 이형식은 오후 두 시 사년급 영어 시간을 마치고 내리쪼이는 유월 볕에 땀을 흘리면서 안동 김 장로의 집으로 간다. 김 장로의 딸 선형이가 명년 미국 유학을 가기 위해 영어를 준비할 차로 이형식을 매일 한 시간씩 가정교사로 고빙하여 오늘 오후 세 시부터 수업을 시작하게 되었음이라. 이형식은 아직 독신이라 남의 여자와 가까이 교제하여본 적이 없고, 이렇게 순결한 청년이 흔히 그러한 모양으로 젊은 여자를 대하면 자연 수줍은 생각이 나서 얼굴이 확확 달며 고개가 저절로 숙여진다. 남자로 생겨나서 이러함이 못생겼다면 못생겼다고도 하려니와 저 여자를 보면 아무러한 핑계를 얻어서라도 가까이 가려 하고 말 한마디라도 하여보려 하는 잘난 사람들보다는 나으리라. 형식은 여러 가지 생각을 한다. 우선 처음 만나서 어떻게 인사를 할까.[9]

『무정』의 첫 문단은 경성학교 영어 교사 이형식이 김선형의 집으로 가는 장면에서 시작된다. 이 소설의 도입부는 주인공을 등장

___

[9] 이광수, 같은 책, pp. 10~11.

시키고, 그 캐릭터와 상황을 설명하는 것이라고 할 수 있지만, 이 소설의 시선 주체와 관련된 몇 가지 중요한 요소가 드러나 있다. 하나는 주인공에 대한 관찰자적인 묘사로 시작된 문장이 주인공의 심리적 상태를 진술하는 문장으로 곧 바로 이동하고, 주인공의 내적 관점에서의 진술이 시작된다는 것이다. 그것은 이 소설에서 외부 초점자의 전지적 시점이 주인공의 관점에서의 인물 초점자의 시점을 포함하게 된다는 것을 보여준다. 두번째는 첫 장면에서의 주인공 이형식의 심리 상태에서 중요한 심리적 동요의 계기가 되는 것은 이성과의 대면이라는 점이다. 여성을 어떻게 대하고 어떻게 쳐다볼 것인가 하는 것은 이형식의 캐릭터를 설명하는 데 결정적인 부분이며, 이 소설에서 '여성이라는 대상'에 대한 시선이 잠재적이고 심층적 주제를 이루고 있음을 암시한다.

"천만의 말씀이올시다" 하고 형식은 잠깐 고개를 들어 부인을 보는 듯 선형을 보았다. 선형은 한 걸음쯤 모친의 뒤에 피하여 한편 귀와 몸의 반편이 그 모친에게 가렸다. 고개를 숙였으매 눈은 보이지 아니하나 난 대로 내버린 검은 눈썹이 하얗고 널찍한 이마에 뚜렷이 춘산을 그리고, 기름도 아니 바른 까만 머리는 언제나 빗었는가 흐트러진 두어 오리가 불그레한 복숭아꽃 같은 두 뺨을 가리어 바람이 부는 대로 하느적하느적 꼭 다문 입술을 때리고, 깃 좁은 가는 모시 적삼으로 혈색 좋은 고운 살이 몽롱하게 비치며 무릎 위에 걸어놓은 두 손은 옥으로 깎은 듯 불빛에 대면 투명할 듯하다.[10]

10) 이광수, 같은 책, pp. 18~19.

이형식의 시선에 의해서 처음으로 선형을 훔쳐보는 이 장면의 묘사는, 남성적 시선 주체가 어떻게 구성되는가를 보여주는 문제적인 장면이다. 계몽주의자 이광수가 아니라, 작가 이광수의 인물에 대한 묘사적 감각의 뛰어남을 보여주는 이런 장면은, 이 소설의 중요한 미학적 국면을 형성한다. 여성 인물의 육체에 대한 이 장면의 감각적이고 관능적인 묘사는 이 소설의 근대성의 의미심장한 위치를 보여준다. 이 장면에서는 한국 근대 문학에서 지속적으로 등장하게 되는 남성 관음자로서의 시선 주체의 등장을 목격할 수 있다. 여기서 묘사를 구성하는 것은 '서술 주체'와 '시선 주체' 시이의 내밀한 관계이며, 그것은 시선과 응시의 정치학을 요구한다. 남성 관음자의 시선 주체가 등장하는 이 장면에서 '관음증'의 모더니티와 섹슈얼리티의 문제가 노출되기 시작한다.

여기에서 시선의 문제를 '남성 응시Male Gaze'의 정치학으로 말할 수 있다. 가부장제 사회에서 여성은 남성 관객, 혹은 남성 관음자의 시선의 대상인 '성적 스펙터클'로서 존재해왔다. 남성만이 시선의 담지자이고 '시각 양식'을 구성하는 특권을 점하고 있다. 남성 관음자는 자신이 본 것에 대해 자신이 의미를 결정할 수 있는 통제권을 가진다. 몰래 대상을 볼 수 있는 힘 자체가 쾌락이 되는 것이다. 미디어에서 여성은 남성 욕망에 의한 시각적인 소비의 대상이며, 여성들은 대상화된 자신의 이미지를 소비하는 모호한 자리에 놓인다.[11] 문제는 이런 남성 관음자로서의 시선 주체의 탄생

11) 여성의 이미지는 타자로서 남성의 욕망을 구현하거나 남성의 결핍된 존재로서 만들

이 모더니티의 문제와 연루되어 있다는 것이다. 『무정』은 시선과 초점화의 문제가 전면적으로 부각되는 근대적인 서술 형식과 시각 미디어적인 인식을 부각시켜주며, 동시에 그것은 남성 응시의 정치학이라는 또 다른 근대적 문제를 동시에 드러내준다.

　형식은 다시 영채의 얼굴을 보았다. 이제 보니 과연 그때의 모상이 있다. 더욱 그 큼직한 눈이 박진사를 생각게 한다. 영채도 형식의 얼굴을 본다. 얼굴이 이전보다 좀 길어진 듯하고 코 아래 수염도 났으나 전체 모양은 전과 같다 하였다. 마주 보는 두 사람의 흉중에는 십여 년 전 일이 활동사진 모양으로 휙휙 생각이 난다. 즐겁게 지내던 일, 박진사가 포박되어갈 적에 온 집안이 통곡하던 일, 식구들은 하나씩 하나씩 다 흩어지고 수십 대 내려오던 박 진사 집이 아주 망하게 되던 일. 떠나던 날 형식이가 영채를 보고 '이제는 언제 다시 볼지 모르겠다. 네게 오빠란 말도 다시는 못 듣겠다' 할 적에 영채가 '가지 마오, 나와 같이 갑시다' 하고 가슴에 안기며 울던 생각이 어제런 듯 역력하게 얼른얼른 보인다.[12]

　이 소설에서 전지적 서술자의 '과도한' 서술적 능력은 하나의 일관된 초점자의 존재만을 부각시키지 않는다. 영채가 처음 등장하

어진다. 남성의 시선은 거리를 두고 관찰하며 쾌락을 취하는 관음증으로 특징지어지며, 여성의 시선은 갇혀진 채로 이미지와 동일시하거나 이미지의 반사 속에서 쾌락을 발견하는 나르시스적인 것이 된다. (수잔나 D. 월터스, 『이미지와 현실 사이의 여성들』, 김현미 외 옮김, 또 하나의 문화, 1999; 아네트 쿤, 『이미지의 힘―영상과 섹슈얼리티』, 이형식 옮김, 동문선, 2001 참조.)

12) 이광수, 같은 책, p. 32.

94

는 위의 장면에서 문제적인 것은, '형식-시선 주체/영채-시선 대
상'의 관계가 완전히 관철되는 것이 아니라, 시선 주체로서의 영채
의 존재도 부각된다는 점이다.[13] 더욱 흥미로운 것은 두 사람이 서
로를 응시하는 가운데, 기억 속의 장면들이 파노라마처럼 펼쳐지
는 장면이다. '시각미디어적인 시선'[14]이라고 할 수 있는 이러한
장면 구성은 『무정』의 서술 형식의 또 다른 양상을 이룬다. 기억
을 파노라마적인 시선으로 재구성하는 것은 이 소설이 "활동사진
모양"을 차용한 것으로 볼 수 있으며, 이것은 서술 형식의 근대성
의 중요한 일부이다. 활동사진의 장면 전환은 투명하고 직접적인
시선으로 현실을 조망할 수 있는 시각 미디어의 근대적 시선 체계
를 보여준다. 이 소설에서 서술자의 전지성과 편재성이 갖는 서술
능력의 무제한성은, 장면 전환의 완전한 자유를 구가하게 만들었
다. 이것은 서술자의 전근대적인 이야기꾼의 면모와 시각미디어적
인 시선과 영화적인 장면 전환의 요소가 혼재하는 서술의 복합적
인 양상이다. 중요한 것은 이런 파노라마적인 기억의 재구성은 현

---

13) 물론 영채에 대한 형식의 남성 관음자의 시선이 뒷부분에서는 여지없이 관철되며,
이것은 여성에 대한 형식의 윤리감각의 이중성을 적나라하게 드러낸다. "그리하여
영채의 얼굴과 몸을 다시 자세히 보았다. 대개 여자가 남자를 보면 얼굴과 체격의
변동이 생기는 줄을 앎이라. 어찌 보면 아직 처녀인 듯도 하고 또 어찌 보면 이미 남
자에게 몸을 허한 듯도 하다. 더구나 그 곱게 다스린 눈썹과 이마와 몸에서 나는 향
수 냄새가 아무리 하여도 아직도 순결한 처녀같이 보이지 아니한다. 형식은 영채에
게 대하여 갑자기 싫은 마음이 생긴다. 저 계집이 이때까지 누군지 알 수 없는 수없
는 남자에게 몸을 허하지나 아니하였는가 지금 자기 신세타령을 하는 저 입으로 별
별 더러운 놈의 입술을 빨고 별별 더러운 놈의 마음을 호리는 말을 하던 입이 아닌
가." (이광수, 같은 책, pp. 45~46.)
14) 사노 마사토, 같은 논문, p. 118.

재의 인식 주체의 시선 체계에 의해 과거를 요약하고 재구성 할 수 있다는 서사적 능력을 보여주는 것이라는 점이다.[15] 기억은 현재의 기원으로서의 정체성의 권위를 갖는 것이 아니라, 현재의 시선으로 재구성된 '시각적 스펙터클'로 드러난다.

영채의 모양이 뚜렷이 보이고 영채가 말하던 경력담이 환등 모양으로, 활동사진 모양으로 형식의 주위에 얼른얼른 보인다. 안주 박 선생의 집을 떠날 때에 자기가 영채를 안고 '이제는 다시 못 보겠구나' 하던 양도 보이고 외가를 뛰어나와 개를 데리고 달밤에 혼자 도망하는 영채의 모양과 숙천 주막에서 어떤 악한에게 붙들려 가던 양이 얼른얼른 보이고 남복을 입은 영채기 죽어 넘어진 개를 안고 새벽 외딴 길가에 앉아 우는 양도 보인다. 그러나 그다음에는 활동사진이 뚝 끊어지고 한참이나 캄캄하였다가 장구를 들고 부랑한 난봉들을 모시고 앉아 음탕한 얼굴로 음탕한 노래를 부르고 앉았는 영채가 보이고 또 어떤 놈과 베개를 같이하고 누워 자는 양도 눈에 얼른얼른한다.[16]

15) 이 점에 관련되어 서영채는 『무정』의 서사문법에 대해 다음과 같은 분석을 내놓는다. "여기서 가장 중요한 시간대는 현재이며, 과거나 미래는 오직 현재와의 연관성 하에서만 의미를 가질 수 있다. 즉 인물들의 내면세계—회상과 반성 모색 등—를 통해 과거와 미래는 현재시간 속으로 편입된다. 그럼으로써 스토리의 시간에 비해 플롯 시간의 용량은 현저하게 증대하고, 반대로 사건이 진행되는 현재의 공간은 현저하게 축소되고 구체화된다. 이러한 변화를 '회귀의 크로노토프'에서 '모색의 크로노토프'의 진화라고 한다면, 그것은 고전소설과 신소설로부터 『무정』을 구분시켜주는 또 하나의 특징이라고 할 것이다." (서영채, 『아첨의 영웅주의—최남선과 이광수』, 소명출판, 2011, p. 402.)
16) 이광수, 같은 책, pp. 67~68.

형식의 초점에 의해 펼쳐지는 위와 같은 묘사들은 '활동사진 모양'으로 장면을 제시하는 파노라마적인 구성을 전형적으로 보여준다. 이런 파노라마적인 시선은 시각미디어적인 장면 구성이라는 근대적인 요소를 포함하지만,[17] 여기에는 형식이라는 남성 주체의 영채에 대한 윤리적 이중성도 적나라하게 드러난다. 자유연애 혹은 낭만적 사랑의 자율성을 새로운 시대의 강령으로 떠받들고 있지만, 다른 한편으로는 여성의 정조와 순결이라는 전근대적 도덕률에 강박적으로 사로잡힌 이형식이라는 남성 주체는 영채에 대한 연민과 혐오라는 양가적인 감정을 가질 수밖에 없다. 영채를 둘러싼 이런 시각 미디어적인인 장면 구성은 이런 측면에서 영채라는 여성에 대한 근대적 남성 주체의 시선의 이중성을 실현하는 시각적 코드이다.

더구나 그 이야기할 때에 하얀 이빨이 반작반작하는 것과 탄식할 때에 잠깐 몸을 틀며 보일 듯 말 듯 양미간을 찡그리는 것이 못 견디리만큼 어여뻤다. 아까 형식은 너무 감각하여 미처 영채의 얼굴과 태도를 자세히 비평할 여유가 없었거니와 지금 가만히 생각하니 영채의 일언일동과 옷고름 맨 모양까지도 못 견디게 어여뻐 보인다.

---

17) 이런 시각미디어적인 시선이 제국적인 권력과 결합한 근대성이고, 그것이 제국의 시선과 무관하지 않음을 분석한 것은 사노 마사토의 앞의 논문이다. 그런데 『무정』에 나타난 파노라마적인 장면 구성이 제국의 시선과의 연관성을 설명하기 위해서는 그 매개적인 요소가 충분히 제시될 필요가 있다. 이런 구성은 이 소설에서의 서술자의 전근대적 무한능력이 시각미디어를 매개로 한 근대적 시선 체계와 결합되는 모순된 미학적 요소이다.

형식은 눈을 감고 한 번 더 영채의 모양을 그리면서 싱긋 웃었다. 도리어 저 장로의 딸 선형이도 그 얌전한 태도에 이르러서는 영채에게 미치지 못한다 하였다. 선형의 얼굴과 태도도 얌전치 아니함은 아니언마는 영채에 비하면 변화가 적고 생기가 적다 하였다. 선형은 가만히 앉았는 부처와 같다 하면 영채는 구름 위에서 춤을 추고 노래하는 선녀와 갔다 하였다. 선형의 얼굴과 태도는 그린 듯하고 영채의 얼굴과 태도는 움직이는 듯하다 하였다. 영채의 얼굴은 잠시도 한 모양이 아니요 마치 엷은 안개가 그 앞으로 휙휙휙 지나가는 모양으로 얼굴과 빛과 눈찌가 늘 변하였다.[18]

남성적 시선 주체가 선형과 영채의 이미지를 비교하는 장면은 『무정』에서 여러 차례에 걸쳐 나타난다. 이 소설에서 두 여성의 외모를 묘사할 때 특히 감각적인 문장을 구사하는 것은 이 소설에서 남성 관음자로서의 시선 주체가 중요한 미적 요소를 담당하고 있다는 것을 의미한다. 이 부분에서도 두 여성을 비교하는 남성적 시선 주체는 여성의 '얼굴과 태도'를 중요한 미적 판단의 기준으로 삼고 있으며, 상대적으로 영채에 대한 시선 주체의 감정적 동요가 더욱 심하다는 것을 보여준다. 영채에 대한 감정적 동요의 낙차가 큰 것은 영채의 외모 때문이기도 하지만, 장로의 딸인 선형과는 달리[19] 영채는 은인의 딸이자 온갖 고초를 겪은 기생 신분이라는 이

18) 이광수, 같은 책, pp. 70~71.
19) 선형에 대한 형식이라는 남성 주체의 시선은 그 순결성에 대한 이중적 태도와 연관된다. "그러나 선형은 아직 사람이 되지 못하였다. 선형의 속에 있는 '사람'은 아직 깨지 못하였다. 이 '사람'이 깨어볼까 말까는 하나님밖에 아는 이가 없다./이러한 것

중성 때문에, 섹슈얼리티의 측면에서 보다 복잡한 요소들을 포함하고 있는 것이다.[20] 영채의 불완전한 순결성과 압도적인 육체의 매력을 둘러싼 형식의 갈등은 그의 이상주의적 연애관의 모순과 허구성을 드러내는 결정적인 요인이 된다.[21]

　형식의 앞에는 선형과 영채가 가지런히 떠 나온다. 처음에는 둘이 다 백설 같은 옷을 입고 각각 한 손에 꽃가지를 들고 다른 한 손은 백설 같은 옷을 입고 각각 한 손에 꽃가지를 들고 다른 한 손은 형식의 손을 잡으려는 듯이 손길을 펴서 형식의 앞에 내밀었다. 그러고 두 처녀는 각각 방글방글 웃으며, '형식 씨! 제 손을 잡아주셔요, 예' 하고 아양을 부리는 듯이 고개를 살짝 기울인다. 형식은 이 손을

이 '순결하다'고도 할지요, '청정하다' 하면 '청정하다'고도 할지나 그러나 이는 결코 '사람'은 아니요 다만 '사람'이 되려 하는 재료니 마치 장차 조각물이 되려 하는 대리석과 같다." (이광수, 같은 책, p. 109.)

20) 이 소설의 섹슈얼리티와 관련하여 감각적인 묘사는 영채와 선형의 신체에 대한 남성 관음자의 시선 주체에 의해 이루어지지만, 성적 행위와 관련된 감각적인 묘사는 여성들 사이의 동성애적인 장면에서 이루어진다는 것은 흥미롭다. "영채는 부끄러운 듯이 낯을 월화의 가슴에 비비고 월화의 허연 젖꼭지를 물려 '형님이니 그렇지' 하였다." (이광수, 같은 책, p. 128.) "월화는 숨소리 편안하게 잠이 든 영채의 얼굴을 보고 있다가 힘껏 영채의 입술을 빨았다. 영채는 잠이 깨지 아니한 채로 고운 팔로 월화의 목을 꼭 끌어안았다. 월화의 몸은 벌벌 떨린다." (이광수, 같은 책, p. 136.)

21) 이 점에 대해서는 김지영의 논문이 잘 분석하고 있다. "영채의 육체와 순결성에 대한 형식의 집요한 관심과, 영채-선형 사이의 갈등을 해결할 수 없는 형식의 감정은 작가가 지닌 이념적 인식틀의 고정화 작용에 저항하면서 정형화된 이념틀 위에 틈새적인 공간을 형성하는 것이다. 영채의 육체와 순결성에 대한 형식의 관심과 정신적 이해에 '우선'하는 감정의 변화들은, 영육일치를 주장하면서 육적 만족보다는 영적 요구의 우선성을 강조했던 춘원의 이론적 연애론을 공격한다." (김지영, 같은 논문, p. 105.)

잡을까 저 손을 잡을까 하여 자기의 두 손을 공중에 내들고 주저한다. 이윽고 영채의 모양이 변하여지며 그 백설 같은 옷이 스러지고 피 묻고 찢어진 이름도 모를 비단 치마를 입고 그 치마 째어진 데로 피 묻은 다리가 보인다. 영채의 얼굴에는 눈물이 흐르고 입술에서는 피가 흐른다. 영채의 손에 들었던 꽃가지는 금시에 간 데가 없고 손에는 더러운 흙이 쥐었다. 형식은 고개를 흔들고 눈을 떴다.[22]

이형식이라는 남성적 시선 주체의 남성 판타지를 전형적으로 보여주는 이 장면에서, 영채는 선형과는 달리 매력적이고 역동적이지만 더렵혀지고 훼손된 이미지를 뒤집어쓰게 된다.[23] 구시대적 인물로서의 영채에 대한 태도의 이율배반은 형식에게 집요하게 남아 있는 구시대의 유교적 가치체계 때문이라고 할 수 있다. 영채의 육체적 매력과 구시대적 의미의 순결성의 훼손, 선형의 순결성과 신여성으로의 가능성이라는 표상의 차이는, 소설의 공적인 담론의 가치 체계에서는 선형으로의 선택을 필연적으로 만들지만, 형식의 욕망이라는 수준에 있어서는 그 개인적 선택을 불가능한 것으로 만든다. 형식이라는 남성적 시선 주체의 여성에 대한 시선의 이율

---

22) 이광수, 같은 책, pp. 175~76.
23) "공평한 눈으로 보건댄 영채의 얼굴이 차라리 선형보다 나았을 것이다. 그러나 선형을 천하제일로 확신한 형식은 영채를 제이로 생각할 수밖에 없었다. 게다가 선형은 부귀한 집 딸로서 완전한 교육을 받은 자요 영채는 그동안 어떻게 굴러다녔는지 모르는 계집이라. 이 모든 것이 합하여 형식에게는 영채는 암만해도 선형과 평등으로 보이지를 아니하였다. 다만 선형은 자기의 힘에 미치지 못할 달 송에 계수나무 가지요 영채는 자기가 꺾으려면 꺾을 수 있는 길가의 행화가지였다." (이광수, 같은 책, p. 403.)

배반은, 낭만적이고 숭고한 사랑에 대한 새로운 윤리에서 구시대적 이념과 식민성을 분리해내지 못하는 자기모순을 보여주는 미학적 자리이다. 금욕적이고 이상주의적인 주체성에 대한 추구는 전근대적인 여성관과 남성 주체의 욕망이라는 분열을 해소하지 못한다. 이형식이라는 남성 주체에게 감정의 자율성이라는 계몽적 테제는 전근대적인 도덕적 덕목과 기형적으로 결합되는 자기모순을 감당할 수밖에 없다. 그래서 소설의 마지막까지 영채와 선형의 사이에서 남성적 주체의 불안정한 태도는 해소되지 못한다. '수해'라는 식민지인의 참사를 대면하면서 모든 갈등이 한꺼번에 해결되는 결말은 이러한 시선 주체의 모순과 아이러니를 봉합하는 데 지나지 않는다. 그럼에도 불구하고 여성에 대한『무정』의 시선 주체가 보여주는 모더니티는 비극적 운명과 윤리적 당위의 세계 너머에서 이전 시대와는 다른 방식으로 드러나는 개인적 욕망의 장소라고 할 수 있다.『무정』은 계몽적 언표 행위 사이에서 드러나는 '욕망의 배치'를 드러내준다는 측면에서 문제적인 것이다.

3. 공동체적 주체와 제국의 시선

이 소설은 이형식이라는 시선 주체의 관점에서 여성적인 존재를 대할 때는 그 묘사의 세밀함을 드러내지만, 현실적인 공간을 묘사하는 경우 그 시선은 성실한 관찰자의 입장에서 대상을 대하기보다는 관념적인 가치 체계를 경유하는 경우가 많다.

형식은 이제야 그 속에 있는 '사람'이 눈을 떴다. 그 '속눈'으로 만물의 '속뜻'을 보게 되었다. 형식의 '속사람'은 이제야 해방 되었다. 마치 솔씨 속에 있는 솔의 움이 오랫동안 솔씨 속에 숨어 있다가—또는 갇혀 있다가 봄철 따뜻한 기운을 받아 굳센 힘으로 그가 갇혀 있단 솔씨 껍데기를 깨뜨리고 가없이 넓은 세상에 쑥 나솟아 장차 줄기가 되고 가지가 나고 잎과 꽃이 피게 됨과 같이 형식이라는 한 '사람'의 씨 되는 '속사람'은 이제야 그 껍질을 깨뜨리고 넓은 세상에 우뚝 솟아 햇빛을 받고 이슬을 받아 한없이 생장하게 되었다.[24]

『무정』은 이형식을 비롯한 인물들의 일종의 '성장 서사'이면서 자아를 형성해나가는 '교양소설'이라고 볼 수 있다. 그런데 문제는 이런 '눈뜸'이라고 하는 주제가 가지는 추상성이다. '눈뜸'은 자아의 성장이라는 문맥에서는 의미가 있고, 계몽적 이성의 발현이라는 이념과 연관되어 있다. 이 '눈뜸'의 이념은 현실과 사물을 자아의 '눈'으로 인식할 수 있는 인식 주체 혹은 시선 주체의 자율성을 전제로 한다고 볼 수 있다. 문제는 이 '눈뜸'의 이념이 '눈'의 주체가 가지는 자기 인식의 정당성과 자기 감시 사이의 역설적인 구조를 이해하지 못한다는 것이다. 시선 주체가 시각장의 중심점에 서기 위해서는 자신이 서 있는 자리에 대한 '자기 감시의 시선'이 함께 작동되어야 한다. 다른 문맥에서 말한다면, 주체의 시각장 안에 그의 시선을 규율하는 다른 시선이 있다는 문제를 제기할 수 있다.

---

24) 이광수, 같은 책, p. 113.

『무정』에서 이 '눈뜸'의 이념은 그 '눈뜸'을 확인하게 만드는 자기 감시의 시선을 인식하기도 전에, 계몽적 자아의 탄생에 대한 이데올로기적 신화를 구축하는 데로 달려간다.

형식과 희경은 종각 모퉁이를 돌아 광통교로 향한다. 신용산행 전차가 커다란 눈을 부릅뜨고 두 사람 앞으로 달아난다. 두 사람은 컴컴한 다방골 천변에 들어섰다. 천변에는 섬거적을 펴고 사나이며 계집들이 섞여 앉아 무슨 이야기를 하고 웃다가 두 사람이 가까이 오면 이야기를 그치고 컴컴한 속에서 두 사람을 쳐다본다. 두 사람이 아니 보일 만하면 또 이야기와 웃기를 시작한다.[25]

형식이 제자 희경과 함께 영채의 기생집을 찾아가는 이 장면에서 조선인들의 이미지는 자세하게 묘사되지 않는다. 영채와 선형이라는 여성의 육체를 묘사하는 데 동원되는 시선의 집요함과 밀도와 비교하면, 이런 장면에서의 식민지인에 대한 묘사의 피상성을 지적할 수 있다.[26] 이 장면에서 오히려 시선 주체를 예민하게 만드는 것은 화류촌을 찾아가고 있다는 부끄러운 의식, 그리고 그

25) 이광수, 같은 책, p. 117.
26) 『무정』의 묘사가 갖는 한계에 대해서는 일찍이 임화의 날카로운 비판이 제기된 바 있다. "당시 조선 사람이 생활적 현실 가운데서 한 개 통일적 목표로서 요구하던 자유로부터 윤리상 도덕상의 개인의 자유를 분리하여 마치 그것이 전부와 같이 과장한 그 '사상적 과장'이 춘원의 낭만적인 이상주의의 기초이다. 동시에 춘원의 문학에 있어 전허위(全虛僞)의 핵심으로서 이것은 그의 예술적 묘사의 사실성을 날카롭게 제한하였다." (임화, 「조선문학사론 서설—이인직에서 최서해까지」, 『조선중앙일보』, 1935. 10. 9.)

때문에 타자들의 시선을 의식하지 않을 수 없다는 문제이다. 이 소설의 서술자는 이형식에 대해 '개인 중심의 지나식 교육을 받은 자'인 우선과 비교하여, "사회 중심의 희랍식 교육을 받은 자이라, 바꾸어 말하면, 우선은 한문의 교육을 받은 자요 형식은 영문이나 덕문의 교육을 받은 자이라"[27]라고 말한다. 형식이라는 인물로 집약되는 근대적 주체가 과연 '공동체적 가치'에 의해서만 움직이는 인물인가는 비판적으로 질문해볼 수 있다.

형식은 운동장을 나섰다. 일년급 어린 학생들이 체조를 하다가 형식을 쳐다본다. 뚱뚱한 체조 교사가 수건으로 이마에 땀을 씻으면서 형식에게 인사를 한다. 형식의 생각에는 모두 자기를 보고 웃는 것 같았다. 더구나 평생 배학감에게 아첨을 하여가며 자기에 대하여 반대의 태도를 가지던 체조 교사의 눈에는 확실히 자기를 조롱하는 빛이 있다 하였다. 그래서 형식은 '다시는 이놈의 학교에 발길을 아니 하겠다'하면서 교문을 나섰다.[28]

제자들에 대해 깊은 애정을 갖고 있던 형식이 영채를 찾아 평양에 갔다 왔다는 소문 때문에 학교에서 오해와 조롱의 대상이 되는 장면에는, 타인의 시선이 가지는 폭력적인 양상이 적나라하게 드러난다. 형식이 여성 대상들에 대한 시선의 주체가 되었을 때 가질 수 있는 시선 권력의 우위는 이 장면에서 여지없이 무너진다. 타

27) 이광수, 같은 책, p. 181.
28) 이광수, 같은 책, p. 275.

인의 오해와 시선 앞에서 자신이 노출되었을 때, 그 '조롱하는 눈빛'은 시선 주체가 타인의 시선의 대상이 되면서 일어나는 시선 권력의 역전을 보여준다. 형식이 "오늘에야 비로소 사년급 학생들의 눈에 비친 자기를 분명히 깨달은 것이다"[29]라고 했을 때, 그 깨달음은 시선의 주체가 타인의 시선의 대상이 되었을 때의 모멸감의 확인이다. 이것은 시선과 욕망의 전쟁터로서의 타인이라는 지옥을 경험하는 근대적 사회 공간을 압축적으로 보여준다.

차실에 같이 탄 사람들은 다 같이 잠이 들었다. 바로 자기의 맞은편에 누운 어떤 노동자 같은 소년이 추운 듯이 허리를 구부린다. 형식은 얼른 차창을 닫고 자기가 깔고 앉았던 담요로 그 소년을 덮어주었다. 이 소년은 아마 어느 금광으로 가는지 흙물 묻은 무명 고의를 입고 수건을 말아서 머리를 동였다. 머리는 언제나 빗었는지 머리카락이 여기저기 뭉쳐지고 귀밑과 목에는 오래 묵은 때가 꼈다. 역시 조그마한 흙물 묻은 보퉁이로 베개를 삼았는데 그 보퉁이를 묶은 종이로 꼰 노끈이 걸상 밑으로 늘어졌다. 형식은 그 노끈을 집어 보퉁이 밑에 끼었다. 소년의 굵은 베로 만든 조끼 호주머니에는 국수표 궐련갑이 조금 보이고 그 속에는 물부리가 넓적하게 된 궐련이 서너 개나 보인다. '아끼는 궐련이구나' 하고 형식은 빙그레 웃으면서 자기의 조일을 만져보았다. [30]

29) 이광수, 같은 책, p. 277.
30) 이광수, 같은 책, pp. 254~55.

이 장면은 남성 인물의 이미지에 대한 『무정』의 가장 자세한 묘사의 하나로 볼 수 있다. 기차 안에서 이형식의 시선은 사람들을 관찰하고 그중에서도 맞은편에 누워 있는 소년 노동자를 응시한다. 흥미로운 것은 이 소년 노동자가 처한 엄혹한 삶에 대한 지식인 특유의 사회적 성찰은 찾아볼 수 없고 소년 노동자에 대한 호기심과 개인적인 연민의 시선만이 부각되어 있다는 점이다. 이것은 물론 이 소설에서 자주 등장하는 '동성애적 모티프'와 연관 지어 설명할 수 있지만,[31] 이 소설의 시선 주체가 식민지 개인을 타자화하는 방식을 전형적으로 보여준다고 할 수 있다. 여기서 중요한 이미지로 등장하는 소년의 '궐련'은 공동체적 의미 맥락을 갖는 것이 아니라, 개인적 욕망의 기호라고 할 수 있다. 소년 노동자의 엄혹한 삶보다는 소년의 '궐련'이라는 취향의 이미지에 대해 집중하는 시선 주체는, 이 소설의 심층에 있는 개인적 욕망의 기호에 대한 관심을 보여준다. 이런 욕망의 기호에 대한 시선의 상대편에 식민지인에 대한 서술 주체의 계몽적인 시선이 동거한다.

그러나 불쌍하다. 서울 장안에 사는 삼십여 만 흰옷 입은 사람들은 이 소리의 뜻을 모른다. 또 이 소리와는 상관이 없다. 그네는 이 소리를 들을 줄 알고, 듣고 기뻐할 줄 알고, 마침내 제 손으로 이 소리를 내도록 되어야 한다. 저 플랫폼에 분주히 왔다 갔다 하는 사람들 중에 몇 사람이나 이 분주한 뜻을 아는지. 왜 저 전등이 저렇

---

31) 영채와 월화 사이의 동성애적인 모티프 못지않게, 어린 시절의 형식이 족제로부터 받은 상처와 형식과 제자 희경으로 받은 상처 등의 퀴어적인 모티프도 이 소설에서 흥미로운 점 중의 하나이다.

게 많이 켜지고, 왜 저 전보 기계와 전화 기계가 저렇게 불분주야하
고 때각거리며, 왜 저 흉물스러운 기차와 전차가 주야로 달아나는
지…… 이 뜻을 아는 사람이 몇몇이나 되는가.[32]

남대문에 도착한 기차 소리를 묘사하는 이 장면에서 이 소설의
서술자는 인물의 눈을 빌리지 않고 직접적으로 그 소리의 문명사
적 의미를 설파한다. 이 장면에서도 드러나는 것처럼 『무정』의 함
축적 서술자는 이 장면을 객관적으로 묘사하겠다는 '리얼리즘'의
욕망보다는 이 이미지의 문명사적 의미를 부각시키는 데 집중한
다. 이 소설에서 오히려 식민지 근대화의 과정 속에서 놓여 있는
식민지인의 삶 자체에 대한 관심과 성찰은 부차적인 것이 된다. 이
런 태도 때문에 이 소설에서 식민지 조선인에 대한 서술 주체의 선
민적(選民的)이고 우월적 시선 체계는 식민지 근대성의 이중성과
역동성을 드러내는 데 한계를 가질 수밖에 없다.

집을 잃은 무리들은 산기슭에 선 대로 비를 함빡 맞아서 전신에서
물이 쭉 흐르게 되었다. 어린 아이를 안은 부인들은 허리를 굽혀서
팔과 몸으로 아이를 가린다. 그러나 갑자기 퍼붓는 빗발에 숨이 막
혀서 으아하고 우는 아이도 있다. 그러면 어미 되는 이는 머리에서
흐르는 빗물에 섞인 눈물을 흘리면서 몸을 흔들거린다.
어떤 노파는 되는대로 되어라 하는 듯이 우두커니 쭈그리고 앉아
서 비에 가린 먼 산을 바라보고 어떤 중늙은이는 머리 헙수룩한 총

32) 이광수, 같은 책, p. 389.

각을 데리고 그늘을 찾아서 뛰어간다.

여름내 김매기에 얼굴이 볕에 건 젊은 남녀들은 어찌할 줄을 모르고 멀거니 서서 자기네가 애써 지어놓은 논 있던 곳을 바라본다. 벌건 물결은 조금 남았던 논까지도 차차 덮고야 말란다.[33]

소설의 대미를 장식하는 수해 장면에서 식민지인의 엄혹한 삶은, '예외적으로' 핍진하게 그려진다. 그런데 이 장면에서 수해를 입은 조선인들의 삶을 '보는 주체'는 누구인가라는 질문을 다시 던져볼 수 있다. 이 장면은 이형식의 초점이 아니라 함축적 서술자의 직접적인 묘사로 구성되어 있다. 물론 이 묘사는 수해 입은 식민지 하층민을 곡진하게 대하는 형식 일행 모두의 시선을 담고 있다고 할 수 있다. 문제는 이렇게 척박한 식민지인의 삶에 대한 이형식 일행의 연민의 시선이 자선 음악회를 열고 문명사회로 가는 열차에 올라가 자신들의 시대적 소명을 자각하는 방식으로 실천된다는 것이다. 그것은 식민지인을 계도의 대상으로 삼는 '제국의 시선'과 유사한 구조를 가진다. 특히 식민지인의 척박한 삶에 대한 '발견'이 일상적인 현실의 장면이 아니라, '수해'라는 천재지변의 상황에 대한 극적인 대면으로 이루어질 때,『무정』의 공적인 담론이 보여주는 '민족'과 '공동체'에 대한 계몽적 열정은 조선적 현실을 '외부'에서 바라보는 '제국의 시선'과 상동성을 가질 수밖에 없다.

근대적 주체의 확장으로서의 '근대적 민족국가'의 이념은 식민지 조선의 삶이 제국의 문명에 의해서만 구제될 수 있다는 또 다른

---

33) 이광수, 같은 책, p. 448.

당위와 결합함으로써, 식민지인을 향한 시선의 외재성과 구조적으로 얽히게 된다. 이 소설의 마지막 장면은 모든 갈등이 한꺼번에 해소되는 새 문명에 대한 희망으로 마감되지만, 그것은 이 소설의 근대적 주체가 가진 모순된 위치를 이데올로기적으로 봉합하는 방식으로 이루어진다. 식민지 공간에서 주체의 구성에 필요한 오인과 환상의 메커니즘은 '나'와 '타자' 혹은 '나'와 '제국' 간의 해소할 수 없는 존재론적 결여를 봉합한다는 측면에서 이데올로기적인 것이다.[34] 식민지 주체는 이런 측면에서 '제국의 주체'를 자신으로 오인하는 이데올로기적인 통합의 메커니즘 속에 있다고 할 수 있다.

4. 『무정』과 모순으로서의 모더니티

『무정』에 나타난 근대적 주체, 혹은 『무정』을 구성하는 근대적 주체를 '보는 주체'의 문제로 한정해서 분석할 때, 계몽적 담화와 소설 텍스트의 사이에서 서로 어긋나는 방식으로 드러나는 모더니티의 다른 장소를 이해할 수 있다. 『무정』에서 작가 이광수는 학습된 근대적 인식론의 '보는 방식'을 문학적으로 구현하고 있으며, 공간과 시간을 합리적으로 구성하여 인물의 행위와 사건을 이미지로 재현전화(再現前化)하고 있다. 여기에서 주목할 수 있는 것은 이

---

34) 슬라보예 지젝, 『이데올로기라는 숭고한 대상』, 이수련 옮김, 인간사랑, 2002 참조. 지젝은 라캉의 정신분석을 사회적이고 이데올로기적 차원에서 재맥락화한다. 이데올로기적 '환상'은 적대관계와 근본적인 분열을 은폐하는 것이고, '동일시'는 이데올로기가 구축되는 과정의 '오인'의 문제이다.

소설의 무제한의 서술 권위와 계몽적 주체로서의 서술자의 지위 사이에서 문제적으로 드러나는 새로운 시선 주체의 등장이다.

이형식이라는 인물의 시선으로 대변되는 남성 관음자로서의 시선 주체의 탄생은 모더니티의 문제와 연루되어 있다. 이것은 시선과 초점화의 문제가 전면적으로 부각되는 근대적인 서술 형식과 시각미디어적인 인식의 한 측면을 부각시켜주며, 동시에 남성 응시의 정치학이라는 또 다른 근대적 문제를 드러내준다. 형식이라는 남성적 시선 주체가 여성을 성적 스펙터클의 대상으로 만드는 데 따르는 이율배반은, 낭만적이고 숭고한 사랑을 둘러싼 새로운 윤리에서 구시대적 이념을 분리해내지 못하는 자기모순을 보여주는 미학적 자리라고 할 수 있다. 기억을 파노라마적인 시선으로 재구성하는 것은 '활동사진 모양'을 차용한 것으로 볼 수 있으며, 투명하고 직접적인 시선으로 현실을 조망할 수 있는 시각 미디어의 근대적 시선 체계를 보여준다. 이런 파노라마적인 기억의 재구성은 현재의 인식 주체의 시선 체계에 의해 과거를 요약하고 재구성할 수 있다는 서사적 능력에 해당한다. 기억은 현재의 기원으로서의 정체성의 권위를 갖는 것이 아니라, 현재의 시선으로 재구성된 '시각적 스펙터클'로 드러난다.

『무정』에서 식민지 조선인에 대한 서술 주체의 선민적(選民的)이고 우월적 시선 체계는 식민지 근대성의 이중성과 역동성을 드러내는데 한계를 가진다. 『무정』의 공적인 담론이 보여주는 '민족'과 '공동체'에 대한 계몽적 열정은 조선적 현실을 '외부'에서 바라보는 '제국의 시선'과 상동성을 가질 수밖에 없다. '민족'이라는 '상상적 공동체'의 호명을 자명한 것으로 받아들이고 제국에서 유입된 근대의 상징질서와 제도적 권력에 대해 전혀 의심하지 않고 '국가'에 복종함으로써, 이 소설은 '민족'과 '국가'가 주체의 해방이 아니라 억압의 기원이 되는 식민지 근대성의 자기모순과 내재적인 분열을 외면한다. '식민지/근대'의 이중성을 정확하게 자각할 수 없는 주체는 자신을 호명하는 제국의 이데올로기로부터 그 식민성을 비판적으로 사유할 수 없으며, 미학적 자리에서 그 모순을 가장 날카롭게 보여주는 것이 『무정』의 시선 주체가 갖는 아이러니이다.

『무정』의 근대성은 이 소설의 표면에 등장하는 공식적인 언설들의 계몽적인 포즈와 지위에 의해 구축되는 것이 아니라, 그 언설들 사이에서 소설의 육체를 구성하는 언어와 표상들, 그리고 그것을 구성하는 시선 주체의 특이성에 의해 생성된다. 여성과 공동체에 대한 이 소설의 시선 주체의 모순된 태도들은, 역설적으로 이 소설의 모더니티의 중요한 장소라고 할 수 있다. 『무정』에서 드러나는 것은 계몽적 주체 혹은 근대적 주체의 전면적인 관철이 아니라, 남성적 시선 주체와 '지사적 주체'의 모순이며, 제국의 시선과 공동체적 주체와의 모순이다. 이 자리는 『무정』의 미학적 정치적 한계를 분명하게 보여주는 자리이면서, 계몽적 이념의 전일적인 관철이 좌절되고 개인적 욕망의 자리가 터져 나오는 『무정』의 이율배반적인 근대성이 실현되는 자리이기도 하다. 계몽적 언설로서의 『무정』이 아니라, 근대 소설의 육체를 만들어내는 지점으로서의 『무정』을 생각할 때, 이러한 모순과 아이러니가 역설적으로 『무정』의 미적 모더니티를 구성한다고 할 수 있다. 『무정』의 마지막 문장에 나오는 "지나긴 세상을 조상하는 『무정』"[35]이라는 자기 호명은, 주체의 담론 속에서 구시대의 잔재와 식민성이 얼마나 깊게 들어와 있는지를 간파하지 못하는 계몽적 주체의 허위라고 할 수 있지만, 이 허위를 작동시키는 것은 근대인으로서의 개인적 욕망이다.

『무정』은 완전한 의미의 계몽적 주체도 투명한 관찰자도 될 수 없으며, 개인적 욕망의 정직한 발화자도 될 수 없는, 문학적 주체의 곤경을 보여주는 텍스트라고 할 수 있다. '사랑'과 '민족'의 문제를 둘러싼 정형화된 이념의 허구성을 투철하게 인식하고 그것을 재구성하는 모험을 감행하는 것 대신에, 그 거대 이념으로 갈등을 은폐하는 방식으로 계몽적 서사를 관철했기 때문에, 『무정』의 근대적 주체는 모순에 가득 찬 것이 될 수밖에 없었다. 그럼에도 불구하고 『무정』의 시선 주체가 보여주는 모더니티는 비극적 운명과 계몽적 공동체적 이념의 세계 너머에서 다른 방식으로 드러나는 개인적 욕망의 공간이다. 『무정』의 시선 주체는 계몽적 언표 행위 사이에서 드러나는 '욕망의 배치'를 드러내준다는 측면에서 문제적인 것이다. 이는 '주체성의 원리'를 윤리적 당위가 아니라 소설적 육체로 드러내주는 자리이다. 시선 주체의 문제에서 드러나는 계몽적 이념과 소설 언어의 형상화 사이의 균열은, 이광수의 작가적 의도와는 다른 방향에서, 근대적 이념의 자기모순을 드러내게 되고, 이것이 『무정』의 미적 모더니티의 역설적인 성과이다. 그 성과는 작가 이광수의 문학적 성취라기보다는 한국 근대 문학을 이끈 어떤 동력의 한 지점으로서의 『무정』이라는 텍스트의 역동성

---

35) 이광수, 같은 책, p. 473.

에 해당한다. 『무정』의 문학사적 위상은 민족 계몽주의라는 담론
의 체계가 아니라, 그것으로부터 어긋나는 텍스트의 배반에 의해
서 실현된다.

김동인, 초점화와 착종된 여성

1. 초점화의 문제와 '보는 주체'

김동인은 한국 근대 소설에서의 중요한 형식적 토대를 마련한 것으로 평가된다. 그가 1920년대의 '단편소설의 시대'를 주도한 것은 창작방법론에 대한 천착에 힘입은 바도 있다. '인형조종술'과 '일원묘사' 등의 김동인의 이론적 입각점과 창작방법론에 나타난 문제와 여성 인물의 성격에 대해서는 중요한 분석이 이루어졌다.[1]

---

[1] 이런 주제에 대한 최근의 연구 성과는 다음과 같다. 이형진, 「'이미지'로서의 여성의 삶과 사랑」, 『한국현대문학연구』 36호, 2012. 4; 이희정, 「『창조』 소재 김동인 소설의 근대적 글쓰기 연구」, 『국제어문』 47호, 2009. 12; 정혜영, 「풍경의 부재—김동인의 「마음이 옅은 자여」를 중심으로」, 『한국 문학이론과 비평』 40호, 2008. 9; 강헌국, 「김동인의 소설론」, 『한국어문학국제학술포럼학술대회』, 2008. 4; 표정옥, 「김동인 소설의 탈신화적 여성성과 전략적 죽음을 통한 근대성 고찰」, 『정신문화연구』 108호, 2007. 9; 유승환, 「김동인 문학의 리얼리티 재고」, 『한국현대문학연구』 22호, 2007. 8; 최성윤, 「김동인의 창작방법론과 「소설작법」의 의의」, 『한국 문학이론과 비평』 30호, 2006. 3; 최인나, 「김동인(1900~1951) 단편 소설의 근대적 성향 및 전통

김동인의 소설을 문학사적으로 재배치하기 위해서는 두 가지 문제에 주목할 수 있다. 김동인 소설에서의 화자, 시점, 초점화의 문제가 단순히 형식적이고 창작방법론적인 문제에 국한되는 것이 아니라, 김동인 소설의 모더니티 문제, 혹은 근대적 주체의 형성과 관련된다는 점이다. 두번째는 근대 여성들의 삶을 다룬 소설에서 나타나는 여성에 대한 시선의 문제는 서술 초점의 문제, 모더니티의 문제와 깊게 연관되어 있다는 문제의식이다. 김동인 소설의 형식적 성과는 김동인 소설의 모더니티에 대한 논의와 연결되어야 하며, 그것은 여성을 둘러싼 근대적 주체의 욕망 혹은 이데올로기적 함의와 그 효과의 문제와 함께 제기될 필요가 있다.

김동인 소설에서 여성을 주인공으로 하고 있는 단편은 「약한 자의 슬픔」「감자」「김연실전」이다. 이 세 단편은 여성 인물의 전락과 파탄을 다루고 있다는 점에서 하나의 계열을 이루고 있다. 하지만 그 창작방법론의 측면에서는 서로 다른 양상을 드러내고 있으며, 여성 인물에 대한 서술자의 태도와 초점화의 수준에서 다른 국면을 보여준다. 이것은 김동인 소설의 이론적 입장과 그 소설적 형상화와 이데올로기적 효과 사이의 어긋남을 보여주는 것이지만, 그 어긋남과 굴절 사이에서 김동인 소설이 역설적으로 성취한 모더니티의 국면이 있다.

적 성향」, 『한국 문학이론과 비평』 30호, 2006. 3; 손유경, 「1920년대 문학과 同情 (sympathy)-김동인의 단편을 중심으로」, 『한국현대문학연구』 16호, 2004. 12; 최시한, 「김동인 소설의 시점과 시점론」, 『김동인 문학의 재조명』, 새미, 2001; 정연희, 「김동인 전반기 소설의 서술기법 연구―서술 초점과 화자의 존재 양상을 중심으로」, 『국어국문학』 126호, 2000. 5.

쥬네트가『서사 담론Narrative Discourse』에서 '초점화'의 문제를 제기한 이래, 초점화는 현대 소설 기법의 핵심적인 문제의 하나가 되었다. 전통적인 의미에서 서술자의 권위가 미래와 과거를 모두 알고 있는 전지적인 이야기꾼의 면모를 보여준다면, 근대 이후의 소설은 서술자의 시선의 각도, 발화점이 부각되는 초점화의 문제가 부각된다.[2] 구전적 특성을 기반으로 한 고대 소설에서 이야기꾼으로서의 서술자의 권능이 부각되는 방면, '읽히는' 소설로서의 현대 소설에서 초점화의 문제가 두드러지는 것은 형식의 내적 변모의 문제를 넘어서 현대 소설의 매체적 제도적 특성, 그리고 시각 미디어의 발달과 연관되어 있다고 할 수 있다. 이런 관점에서 김동인의 단편들에서 초점화의 문제를 중심으로 시선의 대상으로서의 여성 인물을 구축하는 양상은 그 모더니티의 국면에 있어 문제적이다.

---

2) 김화영 편역,『소설이란 무엇인가』, 문학사상사. 1986. p. 120.
소설의 외부에서 바라보는 외부 초점자narrator-focalizer, external focalizer의 관점과 내적 초점자internal focalizer 혹은 인물 초점자character-focalizer의 시선을 통해 '보여주기'의 방식으로 진행되는 것이 근대 소설의 특징의 하나로 설명된다. 초점화는 서사 속의 인물과 사건들을 렌즈로 바라보는 것이다. 독자가 서술자의 목소리를 듣는 순간, 독자는 서술자의 눈을 통해 대상을 보게 되고 그래서 서술자가 초점자인 경우가 대부분이지만, 항상 그러한 것은 아니다. 초점자는 서사 바깥의 인물일 수도 있고, 서사 속 인물일 수도 있다. 일반적으로 서술자가 초점자이지만, 초점자가 반드시 단일하고 일관성 있는 서사 의식에 의해 획득되는 것은 아니다. 초점화는 서사 진행의 과정에서 빈번하게 변할 수 있다. (H. 포터 애벗,『서사학 강의』, 우찬제 외 옮김, 2010, pp. 146~47.

2. 「약한 자의 슬픔」의 내적 초점화와 내면성

김동인의 첫 단편인 「약한 자의 슬픔」은 작가의 소설적 출발점을 보여주는 작품으로서 의미가 있지만, 화자·시점·초점화의 문제를 둘러싼 작가의 미학적 입각점이 어디에 있는가를 이해하는데 중요한 의미가 있다. 이 소설은 '엘리자베트'라는 여성의 개인적 몰락을 다루고 있다. 근대 초기의 '여학생-신여성'을 소설적 탐구의 대상으로 삼는 것은 당대의 사회적 담론의 영향을 짐작하게한다. 신여성을 둘러싼 당대의 논란이 뜨거웠던 사회적 기반은 경성이라는 도시 공간의 특질과 함께 여학생 집단의 '가시성'이라고할 수 있다. 정치사회적 헤게모니를 가지고 있던 일본 여성들의 비가시성과는 대조적으로 조선 신여성의 가시성이 부각된 것은[3] 조선 신여성이 시선과 담론의 대상으로 부각될 수밖에 없는 사회적조건들을 암시한다. 신여성의 출현은 근대성의 중요한 표상이었다. 신여성의 자기정체성의 문제에서 몸에 대한 관심은 결정적인요소였으며, 외모와 몸가짐은 근대성의 도래에 중요한 의미를 가졌다. 전근대 사회에서는 외모가 전통적 기준으로 표준화된 것이었다면, 근대사회에서는 외모는 근대적 자아를 성찰적으로 투사하는 중요한 기준이었다.[4]

---

3) 김수진, 「1930년대 경성의 여학생과 '직업부인'을 통해 본 신여성의 가시성과 주변성」, 공제욱·정근식 편, 『식민지의 일상: 지배와 균열』, 문화과학사, p. 487.

4) 김경일, 『여성의 근대, 근대의 여성』, 푸른역사, 2004, p. 174. "신여성이 출현은 서구에서 비롯된 근대와 근대성 자체가 내포한 남성 중심성에 대한 일종의 도전일 수 있었다. 비록 그 도전이 적극적으로 대안을 모색하는 차원으로까지는 나아가지 못했다하더라도, 근대의 신여성은 근대와의 동일시 혹은 근대성의 구현을 통하여 자신의 여

이 소설에서 중요한 것은 신여성을 소설적으로 묘사하는 방식의 문제이다. 이 소설은 작가가 주장한 '일원묘사' 혹은 내적 초점화의 형식을 시도하고 있는 작품이다. 소설은 주인공 엘리자베트의 인식과 시선의 수준에서 장면을 보여주고, 정보를 전달하고, 묘사를 진행하고, 가치를 제시한다. 독자는 주인공이 세상을 인식하는 수준 내에서 상황을 받아들이고 세계를 이해할 수 있다. 따라서 이 소설에서 화자의 기능과 역량은 주인공의 내적 초점을 압도하지는 않는다.

주인공의 내적 초점으로 진행되는 이 소설의 첫 장면에서 주인공은 친구 S와 혜숙이 자신을 보고 웃는 의미를 다 알지 못한다. 그 웃음의 의미를 독자도 함께 이해하지 못하는 것은, 이 소설이 엘리자베트의 인식 수준에서 진행되기 때문이다. 엘리자베트가 그 웃음을 해석하지 못하고 힘들어하는 것과 같이, 독자 역시 그 수준에서 주인공을 둘러싼 주변 인물들의 시선을 의식한다. 주인공은 이환이라는 남학생을 좋아하고, 그가 S의 오빠라는 사실 때문에 자신의 감정이 드러난 것에 대한 부끄러움을 느낀다. 이런 장면에서 주인공이 부끄러움과 당혹감이라는 부정적인 방식으로 자신의 내면성을 만나는 것은 타인들의 시선을 의식하는 계기를 통해서이다. 혜숙과 S가 자신에 대해 하는 얘기나 웃음은 그 내용을 다 이해할 수 없기 때문에 자신에 대한 부끄러움으로 다가온다. 이 부끄

성성을 회복하는 전략을 택했다. 근대 여성은 자신의 정체성을 남성성으로 표상되는 근대의 공간에 투사하고, 구현하고자 했다. 이렇게 본다면 여성에 의한 근대성의 찬탈과 점유는 근대성 자체에 내포된 남성 지배에 대한 부정과 비판의 의미를 지니게 된다." 김경일, 『여성의 근대, 근대의 여성』, 푸른역사, 2004, pp. 20~21.

러움은 타인의 시선 가운데 자신이 시선의 대상이 되었을 때의 부끄러움이며, 그 부끄러움은 '자기의 그림자'를 보는 내면적 시선을 만들어낸다. 이 내면적 시선의 탄생이라는 맥락에서 시선의 대상이 되어버린 내면적 주체가 할 수 있는 일은 '타인의 웃음'을 흉내 내는 것이다.

이 승객들은 엘리자베트가 올라 탈 때에 일제히 머리를 새 나그네 편으로 향하였다. 엘리자베트는 빈자리를 찾아 앉아서 차 안을 둘러 보았다. 그는 자기편으로 향한 모든 눈에서, 노파에게서는 미움, 젊은 여자에게서는 시기, 남자에게서는 애모를 보았다. 이 모든 눈은 엘리자베트에게 한 쾌감을 주었다. 그는 노파가 미워하는 것이 당연하다 생각하였다. 젊은 여자의 시기의 눈은 엘리자베트에게 이김의 상쾌를 주었다. 남자들의 애모의 눈이 자기를 볼 때에는 엘리자베트는 약한 전류가 염통을 지나가는 것같이 묘한 맛이 나는 것이 어째 하늘로라도 뛰어 올라가고 싶었다. 그는 갑자기 배가 생각난 고로 할 수 있는 대로 배를 작게 보이려고 움츠러뜨렸다.

차장이 와서 엘리자베트에게 돈을 받은 후에 뚱 소리를 내고 도로 갔다.

남자들의 시선은 가끔 엘리자베트에게로 날아온다. 그들이 몰래 보느라고 곁눈질하는 것도 엘리자베트는 다 알고 있었다. 남자들이 자기를 볼 때마다 엘리자베트는 자기도 그편을 보아주고 싶었다. 그치만 종시 실행치 못하였다.[5]

---

5) 김동인, 「약한 자의 슬픔」, 『감자』〈문학과지성사 한국문학전집 1〉, 문학과지성사,

가정교사 하는 집의 주인인 남작과의 관계로 인해 예기치 않은 임신을 하게 된 주인공이 남작의 권유로 병원에 가게 되는 상황을 묘사한 이 장면은, 이 소설에서 풍부한 내적 초점화의 양상을 보여준다. 이 장면에서 주인공의 혼란과 내적 갈등은 여주인공이 둘러싸인 시선의 투쟁이라는 양상 속에서 전개된다. 혼란스러운 심리 상태에서 병원으로 가는 전차에 올라탄 주인공은 자신을 쳐다보는 타인들의 시선을 의식한다. 노파의 미움과 젊은 여자의 시기와 남자의 애모의 시선을 의식하면서, 주인공은 '쾌감'을 느낀다. 타인의 시선 앞에서의 '쾌감'이란 자신이 시선의 대상으로서 무대 위에 있다는 자기 존재감의 확인을 의미한다. 그러나 그 '쾌감'이 타인의 시선 앞에서의 사물과 같은 대상으로 전락한 주체의 위치를 보여준다는 의미에서 그것은 '부끄러움'과 양면을 이루는 것이다.

"갑자기 배가 생각난 고로 할 수 있는 대로 배를 작게 보이려고 움츠러뜨"리는 모습은 그 '쾌감'이 '부끄러움'의 다른 측면이거나 그 부끄러움을 둘러싼 자기기만이라는 것을 보여준다. 관찰자였던 '내'가 오히려 관찰되는 대상이 되면서, 또한 다른 관찰자가 '나'의 관찰 행위 안에 포착되면서 불안함을 느낀다. 이 불안은 주체 객체의 이분법과 그것에 기초한 '이론적 관계'의 불안감을 의미 한다.[6] 원하지 않는 임신 때문에 병원에 가는 전차에서도 남자들의 관음증적인 시선을 의식하는 주인공의 내적 상태는, '전차'라고 하는

2004, p. 37.
6) 장 폴 사르트르,『존재와 무』, 정소성 옮김, 삼성출판사, 1999, p. 431.

근대적 공간에서 군중의 시선과 만나는 근대 도시에서의 개인의 상황을 압축적으로 보여준다. 전차에서 확보한 근대인의 시간은 근대적 주체에게 새로운 경험을 안겨다주었다. 그 시간은 자신과 어떠한 이해관계도 없는 타인을 사심 없이 관찰할 수 있는 시간이기도 했으며, 창밖으로는 풍경이 '활동사진'처럼 펼쳐진다.[7] 전차는 새로운 시선의 경험이 발생하고 동시에 새로운 시선 주체가 탄생하는 공간이었던 것이다. 여기서 개인의 내면성을 만드는 것은, 주체의 능동적인 작용이라기보다는 타인의 시선에 의해 규정되고 호명된 내적 의식이다.

주인공이 병원에 들어선 이후의 상황 역시 문제적이다. 병원에 들어가기 싫어하는 주인공은 집으로 다시 돌아갈 전차를 찾아본다. 주인공의 시야에서 집으로 돌아갈 전차가 보이지 않자, 주인공은 '할 수 없이' 병원으로 들어간다. 주인공의 시선 내에서 집으로 돌아갈 전차가 보이는 것은 주인공의 행동의 선택을 결정짓는 중요한 계기가 된다. 그것은 단지 우연의 문제가 아니라, 주인공에게서 행위의 중요한 동기에 '가시성'의 문제가 놓여 있다는 것을 의미한다. 병원에 들어선 주인공이 남작을 발견했을 때의 문제 역시 이의 연장에 놓여 있다. 주인공은 남작을 보고 정다움을 느끼지만, 둘 사이에 대화와 소통은 없다. 주인공이 눈을 멀거니 뜨고 벽에 붙어 있는 파리 떼를 바라볼 때, 그 시선의 '텅 빔'은 타인과의 소통이 불가능한 상황에 놓여 있음을 암시하며, 자신이 한낱 벽에 붙어 있는 파리 떼와 같은 시선의 대상이 될 수 있는 불안의 순간을

---

7) 김행숙, 『창조와 폐허를 가로 지르다— 근대의 구성과 해체』, 소명출판, 2005, p. 70.

김동인, 초점화와 착종된 여성 121

드러낸다.

의사의 손이 와 닿을 때에 엘리자베트는, 무슨 벌레를 모르고 쥐었다가 갑자기 그것을 안 때와 같이 몸이 옴쭉하였다. 그러면서도 엘리자베트는 의사의 손에서 엄마의 온미를 깨달았다. 이성의 손이 살에 와 닿는 것은, 엘리자베트와 같은 여성에 대하여서는 한 쾌락에 다름없었다. 엘리자베트가 이 쾌미를 재미있게 누리고 있을 때에 의사는 진찰을 끝내고 의미 있는 듯이 머리를 끄덕거리며 남작에게로 향하였다. 남작은 의사에게 눈짓을 하였다.

어렴풋하게나마 이 두 사람의 짓을 본 엘리자베트는 이제껏 속하고 있던 '어찌 할꼬' 뒤로 무한 큰 부끄러움이 떠올라오는 것을 깨달았다. 그러는 가운데서도 그는 희미하니 한 가지 일을 생각하였다.

'내가 대합실에 가서 기다리고 있으면, 뒷일은 남작이 다 맡겠지.'

그는 일어서서 기다리는 방을 나왔다. 그 방에 있던 모든 사람의 눈이 일제히 엘리자베트의 편으로 향하였다. 모두 내 일을 아누나 엘리자베트는 생각하였다. 아까 전차에서 자기에게로 향한 눈 가운데서 얻은 그 쾌미는, 구하려도 구할 수가 없었다. 이 모든 눈 가운데서 큰 고통과 큰 부끄러움만 받은 그는 한편 구석에 구겨 앉아서 치마 앞자락을 들여다보기 시작하였다. 거기는 불에 타진 조그마한 구멍 하나가 엘리자베트의 눈이 오기를 기다리고 있었다. 그는 이 구멍이 공연히 미워서 손으로 빡빡 비비다가 갑자기 별한 생각이 나는 고로 그것을 뚝 그쳤다.

'이 세상이 모두 나를 학대할 때에는 나는 이 구멍 안에 숨겠다.'

그는 생각하였다. 이럴 때에 그 구멍 안에는 어떤 그림자가 움직

이기 시작하였다. 첫번째는 흐릿하던 것이, 차차 똑똑히까지 보이게
되었다.[8]

전차의 군중 속에서 타인의 시선을 의식하는 장면과 의사와 병
원의 타인들 앞에서 시선을 의식하는 상황과는 그 양상이 다르다.
의사는 근대적 의료 권력의 위치에 있다. 근대 이후의 임상의학
에서 중요한 것은 시선의 특권이다. 의학이 임상의학으로 넘어서
는 시기에서 중요한 것은 질병의 어두운 그림자가 사라지고 인간
의 육체가 가시성 안에서 낱낱이 밝혀지게 되는 과정이라는 점이
다.[9] 이러한 근대 이후의 의료 권력에서 의사의 시선은 '말하는 시
선'이다. 그런데 이 장면에서 의사의 의료적인 시선 권력은 남작이
라는 식민지 체제 하의 남성적 권력과 얽혀 있다. 그 권력들의 공
모에 대한 주인공의 태도는 이중적이다. 한편으로는 그 권력의 시
선에 대해 부끄러움과 불안감을 느끼지만, 한편으로는 그것이 자
신이 처한 문제를 해결해줄 거라는 막연한 기대에 의지한다. 그러
나 그 믿음은 매우 불안정한 것이기 때문에 병원의 대기실의 군중

8) 김동인, 「약한 자의 슬픔」, 같은 책, pp. 39~40.
9) "기본적으로 볼 수 없는 것으로 간주되던 대상이 갑작스럽게 명쾌한 의학적 시선 안
에서 포착되었고, 이는 자연현상을 섬세하게 추적하려고 끊임없이 노력하던 의학
적 시선에게 수여된 대가라고 할 수 있다. 이 과정의 핵심은 가시성의 형태이며, 새
롭게 구성된 질병의 개념 속에서 가시성과 비가시성은 새로운 모습으로 나타나 질
병 안에 갇혀 있던 심연은 언어의 빛줄기 안에서 등장하게 된다. 이것은 근대 이후의
임상의학에서 가시성과 발화 가능성에 근거한 객관적인 인식의 장이 새롭게 필요하
게 되었다는 것이다. 이제 질병은 그것을 해부하는 언어와 시선의 능력 앞에 낱낱이
드러나게 되었다." (미셸 푸코, 『임상의학의 탄생』, 홍성민 옮김, 이매진, 2006, pp.
310~11)

들의 시선 앞에서 '큰 고통과 부끄러움'을 경험할 수밖에 없다.

이 장면이 문제적인 것은 그 시선의 폭력 앞에서의 여성 주인공
이 경험하는 '큰 고통과 부끄러움'이 자신의 치마 앞자락의 '불에
타진 조그마한 구멍 하나'를 발견하는 계기가 된다는 점이다. 그
구멍은 심리적으로 자기 존재의 얼룩과 오점 혹은 결핍을 상징하
는 것일 수 있지만, 그 구멍에 대한 응시는 절대적 내면성의 세계
로의 침잠을 이끈다. 식민지 근대의 생활세계의 식민성과 폭력성
앞에서 노출된 근대 여성이 겪는 불안과 혼란은, 이 장면에서 역설
적으로 '불에 타진 조그마한 구멍 하나'로 압축되는 내면성의 상징
을 만나게 된다. 여성 주체의 내면성이 타자들의 시선과 식민지 남
성 권력의 전횡이라는 상황에서의 역설적으로 성립되었다는 것은
이 소설의 모더니티의 아이러니를 구성한다. "노래를 부르며 희희
낙락 다니던 자기 추억이 그림자로 변하여 그 구멍 속에 나타났다.
자기 일행이 그 구멍 범위 밖으로 나가려 할 때에는 활동사진과 같
이 번쩍 한 후 일행은 도로 중앙에 와 서곤 한다"[10] 와 같은 묘사에
서, 그 구멍은 기억의 스펙터클이 활동사진처럼 나타나는 시각적
이미지로서의 내면성의 공간이다. 기억 속에 있는 장면들이 내면
성의 구멍 속에서 파노라마처럼 펼쳐지는 것은, '시각미디어적인
시선'으로서의 기억의 재구성이라고 할 수 있다. 내면성으로의 침
잠이 기억의 시각미디어적인 재현이라는 방식으로 미학화되는 것
은, 이 소설에서 모더니티의 또 다른 국면을 형성한다.

10) 김동인, 「약한 자의 슬픔」, 같은 책, p. 40.

눈물로써 슬프고, 섧고 원통하고도 사랑스럽고 즐겁고 회포 많은 그 그림자가 가리운 고로, 엘리자베트는 눈물을 씻고 다시 그 구멍을 들여다보았다. 그 구멍에는, 참 예술적 활인화, 정조로 찬 그림자는 없어지고 그 대신 갈포 바지가 어렴풋이 보인다. 엘리자베트는 소름이 쭉 끼쳤다. 자기가 지금 어디를 무엇하러 와 있는지 그는 생각났다.

엘리자베트는 머리를 들고 방을 둘러보았다. 어떤 목에 붕대를 한 남자와 어떤 아이를 업고 몸을 찌긋찌긋하던 여자가 자기를 보다가 자기 시선과 마주친 고로 머리를 빨리 돌리는 것밖에는 엘리자베트의 주의를 받은 자도 없고 엘리자베트에게 주의하는 사람도 없다. 그는 갑갑증이 일어났다. 너무 갑갑한 고로 자기 손금을 보기 시작하였다. 손금은 그리 좋지 못하였다.[11]

활동사진의 장면 전환은 투명하고 직접적인 시선으로 현실을 조망할 수 있는 시각 미디어의 근대적 시선 체계를 보여준다. 파노라마적인 기억의 재구성은 현재의 인식 주체의 시선 체계에 의해 과거를 요약하고 재구성할 수 있다는 서사적 능력에 기초한다. 기억은 현재의 기원으로서의 정체성의 권위를 갖는 것이 아니라, 현재의 시선으로 재구성된 '시각적 스펙터클'로 드러난다. 이 소설에서 가장 중요한 시간대는 현재이며, 과거는 현재와의 연관성에서만 존재 의미를 가진다. 회상과 반성이라는 형식으로 드러나는 주인공의 내면세계를 통해 기억은 현재 속으로 재편된다.

11) 김동인, 「약한 자의 슬픔」, 같은 책, p. 42.

기억이 현재로 편입되는 순간 주인공이 발견하는 것은 자신의 육체가 속해 있는 공간이며, '갑갑증' 때문에 자신의 손금을 들여다본다. 타인의 시선 속에서 불안과 혼란의 주체로서의 자신의 내면성을 발견할 때, 그 시선이 결국 향하는 대상이 '손금'이라는 신체의 일부라는 것은 의미심장하다. 근대적 의료 권력으로서의 병원이라는 공간에서 '구멍'과 '손금'을 발견하는 주인공의 시선은, 자율성의 위기를 통해 자율성을 의식하는 근대적 주체의 형성에 대한 중요한 암시를 제공한다. 타인의 시선과 식민지 남성 권력의 전횡이 이 여성적 주체의 자율성의 위기를 초래했다면, 이 위기는 역설적으로 자율성을 둘러싼 내적 의식을 발견하는 근대적 주체의 면모를 구성한다.

병원 장면과 함께 재판 장면은 식민지 규율권력의 문제를 상징적으로 보여주는 장소이다. 병원 장면과 같은 밀도로 드러나지는 않지만, 재판 장면 역시 여주인공이 처한 식민지 근대의 폭력성을 드러내준다. 남작에 의해 의도하지 않은 임신을 하게 되고, 남작에 의해 가게 된 병원에서의 처방 역시 유산을 유도한 것이 아니라는 것을 알게 되었을 때, 여주인공은 남작을 상대로 재판을 감행한다. 먼저 식민지 사법 권력이 자신의 억울함을 해소해줄 것이라고 믿는 여주인공의 오판의 문제가 있다. 보다 중요한 것은 이 상황에서 남성적 권력의 희생자인 여주인공이 오히려 식민지 규율 권력의 시선 앞에서 대상이 되면서 혼란과 좌절을 경험하는 '전도'가 발생한다는 점이다. 이때 여주인공이 "재판소가 빙빙 도는 것 같고 낯에서 불덩이가 나올 것 같"은 신체적 지각을 경험하는 것은 식민지 규율 권력의 폭력성에 직면해 있는 여주인공의 좌절이 신체에 대한 지각으로 변환되어 경험된다는 것, 신체적 혼란의 '증상'이 여주인공의 내적 좌절과 깊은 연관성을 갖게 되는 것을 보여준다.

이 소설의 제목이 명시적으로 드러내는 것처럼, 주인공의 자기 삶에 대한 자각은 '약한 자'로서의 자각이다. 이 자각의 내용은 소설의 본문에서 주인공의 독백을 통해 명시적인 관념의 형태로 드러난다. 자신의 삶을 나쁜 의미의 '표본 생활 이십 년'으로 규정하고, "자기의 설움은 약한 자의 설움에 다른 없었다"[12]라고 자기 삶의 문제를 진단하고, 이런 약함이 "이십 세기의 사람들은 다 그렇다"[13]라는 근대의 보편적인 개인의 문제로 확대할 때, 이 소설의 표면적인 주제가 명시적으로 드러나는 것처럼 보인다. 더욱이 "세상이 나쁜 것도 아니다!, 인류가 나쁜 것도 아니다! 우리가 다만 약한 연고인밖에 또 무엇이 있으리요"[14]라고 주장할 때, 근대적 개인의 '약함'의 문제에서 사회역사적 차원은 은폐되고, 개인적인 자각의 문제로 환원된다. 그런데 이 소설의 마지막에도 등장하는 "참 강한 자가 되려면은? 사랑 안에서 살아야 한다"[15]는 계몽적 언설들의 관념성은 이 소설의 문학적 근대성의 성취와 직접적인 연관이 없다고 할 수 있다. 오히려 이 소설에서 중요한 것은 여주인공의 내적 초점화의 서술 방식이 시선의 주체이자 대상으로서의 내면성의 구축에 이르게 된다는 점과, 그것이 식민지 규율권력의 폭력성 앞에서의 식민지 근대 여성의 파국이라는 국면을 드러

12) 김동인, 「약한 자의 슬픔」, 같은 책, p. 79.
13) 김동인, 「약한 자의 슬픔」, 같은 책, p. 80.
14) 김동인, 「약한 자의 슬픔」, 같은 책, p. 85.
15) 김동인, 「약한 자의 슬픔」, 같은 책, p. 86.

내준다는 점에 있다. 문제는 주인공의 '약함'에 대한 자기반성과 '강함'에 대한 계몽적 의지가 아니라, '약함'을 들여다보는 자기 감시를 통해, 다른 방식으로 말하면, 자율성의 위기를 통해 의식되는 또 다른 내면성의 공간이다.

자는 동안에 여러 가지 그림자가 그의 앞에서 움직였다. 네모난 사람이 어떤 모를 물건을 가지고 온다. 그 뒤에는 개가 따라온다. 방성 뒷산에서 뫼보다도 큰 검은 물건이 수없이 많이 흐늘흐늘 날아오다가, 엘리자베트가 있는 방 앞에서 와서는 주먹만 하게 되면서 그의 품속으로 뛰어 들어온다. 하나씩 하나씩 다 들어온 다음에는 도로 하나씩 하나씩 흐늘흐늘 날아 나가서 차차 커지며 뫼만 하게 되어 도로 산 가운데서 쓰러져 없어진다. 다 나갔다가는 도로 돌아오고 다 들어왔다가는 도로 나가고, 자꾸자꾸 순환되었다. 엘리자베트는 앓는 소리를 연발로 내며 이 그림자들을 보고 있었다.[16]

주인공의 가위눌림을 통해 그가 겪는 혼란과 공포를 보여주는 이런 묘사 속에서, 이 소설은 근대적 개인 주체의 내면성을 소설적으로 표상해낸다. 자신을 따라오는 이 '무서운 그림자'를 대면하는 주인공의 내적 의식은, 시선의 주체이자 식민지 권력의 대상으로서의 공포에 직면한 근대적 개인 주체의 표상에 도달한다. 이 소설이 주인공의 삶을 요약적으로 제시하지 않고, 그 내적 초점화의 과정을 통해 내면의 구축에 이르게 되는 것은 중요한 문학적 모더니

16) 김동인, 「약한 자의 슬픔」, 같은 책, pp. 71~72.

티의 지점이다. 이 소설에서 스토리가 진행되는 시간에 비해 플롯 상의 시간의 용량[17]은 상대적으로 많고, 주인공의 행위와 사건이 진행되는 현재적 공간은 구체적이고 집중적인 양상으로 드러난다. 마지막에서 이광수의 소설을 연상시키는 계몽적 언설들이 노출되는 것은 작가의 의식 속의 근대적 이념의 오인과 착종을 드러낸다. 하지만 이와는 다른 지점에서, '시선의 주체화'와 '내면의 탄생'이라는 근대성의 서사적 요소들이 실현된다는 것은 역설적이다. 이런 맥락에서「약한 자의 슬픔」의 풍부한 문제적 성격은 재맥락화될 필요가 있다. 이 소설에서 '신여성'을 둘러싼 섹슈얼리티는 식민지 지식인 남성의 도덕적 주체라는 입장에서의 우월적 시선 권력과 무관하지 않다. '신여성'의 전락이 가지는 사회적 기반은 부각되지 않고, 그녀의 개인적 '약함'이 부각되는 것 역시 비판적으로 분석될 필요가 있다. 문제는 내적 초점화의 미학에 충실한「약한 자의 슬픔」으로부터 서술자의 권위가 강화되는 방향으로 김동인의 소설이 진행될 때, 이런 이데올로기적 함의가 더욱 공고화된다는 점이다.

3.「감자」와 초연성의 미학

「약한 자의 슬픔」(1919) 이후의 김동인의 소설 창작 방법이 어떤

---

17) 스토리가 진행되는 시간은 실제 사건의 시간의 양을 의미하며, 그것은 플롯상에서의 시간의 용량과 일치하지 않는다. 주인공의 내적 초점화에 의해 진행되는 이 소설에서 플롯상의 시간의 용량이 큰 것은 미학적으로 주목할 만한 근대적 면모이다.

방향으로 가게 되는가는 여러 연구자들의 분석이 있어 왔다. 「태형」(1922)과 같은 작품에서 진전된 성취를 이룬 묘사적 서술 능력이 더욱 확대되는 것 대신에, 김동인의 단편들은 「겨우 눈뜰 때」(1923), 「감자」(1925), 「김연실전」(1939)으로 나아가면서, 근대 여성의 삶의 비극과 파탄을 요약적으로 제시하는 창작방법론을 강화시킨다. 이런 미학적 전회(轉回)가 내적 초점화라는 서술 방식의 축소를 가져오면서 한편으로는 서술자의 권위가 전경화되는 것은 문제적인 양상이다. 문제는 이런 창작방법론의 변화가 식민지 근대라는 상황에서의 여성 인물들을 표상하는 방식의 변화가 연관되어 있다는 점이다.

김동인 단편을 대표하는 「감자」가 일정한 수준의 단편 미학에 도달했다고 평가되었던 것은, 「약한 자의 슬픔」에서 선보인 내적 초점자의 서술 방식과, 「김연실전」에서 두드러진 전지적 서술 방식 사이에서, '외적 초점화'의 방식이 미학적인 균형을 유지하고 있기 때문이라고 할 수 있다. 「약한 자의 슬픔」과 비교한다면, 「감자」는 주인공의 삶과 스토리의 요약적 제시가 많고, 현재적 시공간에 대한 플롯 상의 시간은 축소되어 있다. 주인공 복녀의 삶의 굴절과 예정된 파탄은 상황에 대한 요약적 제시에 힘입어 빠른 속도로 진행된다. 이 소설에서 문제적인 부분은 복녀의 윤리적 가치 체계가 붕괴되는 장면이다.

복녀의 도덕관 내지 인생관은 그때부터 변하였다.

그는 아직껏 딴 사내와 관계를 한다는 것을 생각해본 일도 없었다. 그것은 사람의 일이 아니요 짐승이 하는 짓으로만 할 고 있었다.

혹은 그런 일을 하면 탁 죽어지는지도 모를 일로 알았다.

　그러나 이런 이상한 일이 어디 다시 있을까. 사람인 자기도 그런 일을 한 것을 보면, 그것은 결코 사람으로 못할 일이 아니었다. 게다가 일 안하고도 돈 더 받고 긴장된 유쾌가 있고, 빌어먹은 것보다 점잖고……

　일본말로 하자면 '삼박자' 같은 좋은 일은 이것뿐이었다. 이것이 야말로 삶의 비결이 아닐까. 뿐만 아니라, 이 일이 있은 뒤부터, 그는 처음으로 한 개 사람이 된 것 같은 자신까지 얻었다.

　그 뒤부터는, 그의 얼굴에는 조금씩 분도 바르게 되었다.[18]

　복녀의 성적 방종이 시작되는 이 장면에서 주인공의 삶에 대한 태도의 변화는 요약적으로 제시된다. 주인공의 초점으로 상황을 시각적으로 묘사하지 않고, 주인공의 심경과 가치관의 변화를 직설적이고 간명하게 요약하는 이런 서술 방식은 주인공의 삶의 변모를 효율적으로 전달하지만, 내적 초점화를 통해 내면성의 공간을 구축하는 것은 아니다. 서술자는 주인공에 대한 가치평가와 논평적 자세를 절제한다. 특히 "그 뒤부터는, 그의 얼굴에는 조금씩 분도 바르게 되었다"라는 외적 초점화의 간명한 묘사를 통해 주인공의 내적 변화를 압축적으로 제시하는 방식은 이 소설의 미학적 특이성이다. 이런 절제된 서술 방식은 이 소설의 후반부에서 성공적으로 관철된다.

18) 김동인, 「감자」, 같은 책, p. 187.

다른 중국인들은 새벽 두 시쯤 하야 돌아갔다. 그 돌아가는 것을 보면서 복녀는 왕서방의 집 안에 들어갔다. 복녀의 얼굴에는 분이 하얗게 발려 있었다.

신랑 신부는 놀라서 그를 쳐다 보았다. 그것을 무서운 눈으로 흘겨보면서, 그는 왕서방에게 가서 팔을 잡고 늘어졌다. 그의 입에서는 이상한 웃음이 흘렀다.[19]

복녀가 질투심 때문에 왕서방의 집에 침범하는 파국의 장면에서 주인공의 내적 상태는 직설적으로 진술되지 않는다. 다만 "복녀의 얼굴에는 분이 하얗게 발려 있었다"와 같은 복녀의 얼굴에 대한 간명한 묘사를 통해 복녀의 광기 어린 내적 상태를 암시적으로 제시한다. '화장'은 근대 여성의 육체와 패션에 대한 중요한 기호적 의미를 갖는다고 할 수 있다. '화장'은 단순히 실체로서의 얼굴에 대한 은폐와 위장의 의미를 갖는 것이 아니라, 주체의 내적 상태의 표현이라는 측면에서의 하나의 언어 행위라고 볼 수 있다. 동시에 그것은 타인들의 시선에 대한 주체의 자기 호명의 문제이기도 하다. 복녀의 윤리관의 변화와 광기의 표출이라는 장면에서 등장하는 '화장'이라는 시각적 기호는, 간명한 방식으로 주인공의 내적 상황을 제시하는 서사적 효율성을 성취한다.

복녀의 송장은 사흘이 지나도록 무덤으로 못 갔다. 왕서방은 몇 번을 복녀의 남편을 찾아갔다. 복녀의 남편도 때때로 왕성방을 찾아

---

19) 김동인, 「감자」, 같은 책, p. 192.

갔다. 둘의 사이에는 무슨 교섭하는 일이 있었다. 사흘이 지났다. 밤중에 복녀의 시체는 왕서방의 집에서 남편의 집으로 옮겼다. 그리고 그 시체에는 세 사람이 둘러앉았었다.[20]

결말 부분에서도 서술자가 제한된 정보만을 절제된 방식으로 제시하는 미학적 특이성이 일관되게 관철된다. 서술 능력의 절제된 사용이 내적 초점화와는 다른 방식의 외적 초점화라는 방식으로 진행되고 있는 것에 주목할 필요가 있다. 「감자」의 미학적 성취는 이렇게 서술자의 전통적 권위를 최대한 억제하면서 외적 초점화를 통해 주인공을 객관적으로 서술하는 창작방법론에 따른 것이다. 하지만 이 소설의 형식적 완결성에도 불구하고 식민지의 하층민 여성의 성적 방종을 둘러싼 이 소설의 서술자의 관점은 비판적으로 분석될 필요가 있다. 여성 인물에 대한 서술자의 관점은 초연하고 냉정한 제삼자의 시선을 구축하지만, 이것은 근대적 남성 지식인의 억압된 성적 욕망과 도덕적 주체화를 투사한 것이라고 비판적으로 분석할 수 있다. 이것은 식민지 하층민 여성의 여러 겹의 타자화를 의미하는 것이기도 하다.[21] 「감자」가 이룩한 초연성의 미

20) 김동인, 「감자」, 같은 책, p. 193.
21) "그렇다면 왜 그 투사의 대상이 하층민 혹은 하층민 여성이어야 했던가는 자명하다. 그들에게는 애초에 욕망을 규제하고 관리할 만한 도덕과 이성이 빈약하다는 인식이 전제되었다고 할 수밖에 없다. 도덕과 이성의 거세 정도에 비례하여 성적 욕망은 과도한 것으로 그려졌다. 이러한 맹목적인 투사 대상은 하층민 중에서도 공장 노동자나 도시 빈민이 아니라 농촌이나 산골과 같은 자연에 가까운 공간에 살고 있는 사람들이라는 사실과 관련시켜 보자면, 또 다시 오리엔탈리즘 담론과 만나게 된다. 서양/동양 또는 식민지 종주국, 식민지가 문명/야만이라는 대립쌍에 대응했듯이, 식민지 내부의 도시/시골, 도시/인텔리/하층민 또한 이 대립쌍이 식민지 내부에서 작동

학은 인물에 대한 가치 평가적 개입을 자제하는 효율적인 외적 초점화를 통한 형식적 완결성을 이룩했다는 측면이다. 하지만 이 소설에서 식민지 하층민 여성을 향한 서술자의 관점은 착종된 식민지 남성 권력의 시선과 분리되지 않는다.

4. 「김연실전」과 권위적 서술자의 귀환

신여성의 삶의 파국을 '전'이라는 형식으로 제시하는 「김연실전」은 김동인의 후기 단편의 하나의 특징을 보어준다. 이 소설은 「감자」와 같이 주인공의 인생 유전을 요약적으로 제시하는 방식을 취하고 있지만, 서술자의 권한은 강화되어 있고 상황에 대한 설명 방식에 있어서도 보다 전지적이다.

> 아직 피지 못한 얼굴은 캄티티하고 어깨와 엉덩이가 아직 발달하지 못하여 모진 때가 좀 과히 보이기는 하나 열다섯 살의 연실이는 벌써 처녀로서의 자질이 잡혀갔다.
> 그러나 아직 '여인'으로는 아주 무지한 편이었다. 그의 생장한 환경이 환경인지라 남녀가 관계한다는 것은 어떤 일을 하는 것이며 어떤 것이라는 것을 (모양으로는) 알았지만, 의의는 전혀 모르는 '계집애'였다.[22]

되고 있었다는 것에 주의해야 한다." (이혜령, 『한국 근대 소설과 섹슈얼리티의 서사학』, 소명출판, 2007. p. 261.)

22) 김동인, 「김연실전」, 같은 책, p. 344.

소녀 연실이를 묘사하는 서술의 주체는 간명하게 연실이의 외모를 설명하고 성적인 측면에서의 여주인공의 인식 수준을 요약한다. 이러한 서술의 방식은 「약한 자의 슬픔」의 내적 초점화의 방식과도 다르지만, 「감자」의 미학적인 외적 초점화의 방식과도 다르다. 서술의 주체는 연실의 삶 전체를 이미 다 알고 있다는 수준에서 그 삶을 압축적으로 설명해나간다.

연실이는 선생이 요구하는 것이 무언인지를 순간에 직각하였다. 끄는 대로 끌렸다.
그날 당한 일이 연실이에게는 정신 상으로 아무런 충동도 주지 못하였다. 그것은 연실이가 막연히 아는 바 사내와 여인이 하는 노릇으로, 선생은 사내요 자기는 여인이니 당하게 되면 당하는 것이 당연한 일쯤으로 여겼다.
그때 연실이가 좀 발버둥이를 치며 반항을 한 것은 오로지, 육체적으로 고통을 느끼기 때문이었다. 이런 고통을 받으면서 그 노릇을 하는 것이 여인의 의무라 하는 점이 괴로웠다.[23]

연실이가 강제적으로 육체적 관계를 맺게 되는 장면에서도, 그 '현재성'의 시간적 감각은 제거되어 있다. 앞의 두 소설에서 과거적인 사건이 현재적 장면으로 묘사되는 방식과는 달리 이 소설에서 현재적 장면은 즉각적으로 과거화된다. 스토리가 진행되는 시

23) 김동인, 「김연실전」, 같은 책, p. 347.

간이 오히려 플롯상의 시간의 용량보다 많고, 주인공의 행위와 사건이 진행되는 현재적 공간은 구체적이고 집중적인 양상으로 드러나지 않고, 완료된 사건의 형식으로 제시된다. 그것은 이 소설에서 인물의 내면성에 대한 관심이 현저히 약화되어 있고, 인물의 행위에 대한 도덕적 평가가 완료된 지점에서 소설이 진행된다는 것을 의미한다.

여주인공의 애정 행각은 그녀가 일본 유학생이 되면서 본격화된다. 조선 여학생의 일본 유학은 제국의 젠더 시스템의 이식과 유입을 둘러싼 문제와 얽혀 있다.[24] 이 소설의 여주인공 은 '제국의 젠더 시스템' 안에서 자신을 인식하는 자기모순을 보여준다. 문제는 여주인공의 생각과 심리를 그의 지각과 초점이 '보는' 방식으로 제시하는 것이 아니라, 서술자의 전지적 능력에 의해 가치 평가하고 요약하는 서술 방식 때문에, 여주인공의 내면성의 공간은 축약된다는 점이다. 이러한 서술 태도에는 여주인공에 대한 서술자의 도덕적 우월성에 기초한 냉소적 관점이 전제되어 있다.「김연실전」의 서술 형식은 '작가적 화자'라는 유형의 서술자의 전통적 권위를 계승하여 근대 소설 이전의 평면적인 서술로 회귀하는 지점을 보여준다. 이는 그가 후기에 역사소설과 야담류의 창작에 주력했다는 사실과 무관하지 않을 것이다.[25] 「김연실전」에서 서술자의 과도

---

24) "여성의 근대양식 즉 근대적 젠더 시스템에 규정받으면서도 여성 스스로가 식민지 지배가 닦아놓은 길을 택해 지식과 학력을 얻고, 그 시스템을 돌파해 사회로 나가며, 나가서는 그 시스템을 강화하는 에이전트가 되어 식민지 근대 젠더 시스템을 재생산하는 양식을 구축했다고 할 수 있다." (박선미, 『근대 여성, 제국을 거쳐 조선으로 회유하다─식민지 문화지배와 일본유학』, 창비, 2007, p. 237.)

25) 최시한, 「허공의 비극」, 김동인, 같은 책, p. 431.

한 서술적 권위는 서사 외부에 있는 서술자가 본문에 직접 등장하는 양상까지 보여준다.

　이 소설은 이것으로 일단락을 맺는다. 이 갸륵한 선구녀가 장차 어떤 인생행로를 밟을지 후일담이 물론 있을 것이다. 약속한 지면도 다하고 편집 기일도 지나고 붓도 피곤하여 이 선구녀가 자기의 인격을 완성하는 기회로서 일단락을 맺는 것이다.[26]

　이러한 서술자의 등장은 서술의 메타적인 성격을 말해주는 것이 아니라, 전통적인 서술 권위의 재확인이라는 국면을 드러낸다. 서술 주체의 서술 능력의 과시는 김동인 자신이 주장해온 '인형조정술'의 입장에서도 후퇴하는 것이라고 볼 수 있다. 인형조정술이 소설가의 그의 의도를 최대한 실현하면서 또한 은폐해야 한다는 이중적인 요구를 충족하는 고도의 기법이며, 인형조정술의 구체적인 내용은 지각의 방법론을 통한 작중 세계의 조정[27]이라고 할 때, 김동인의 후기 단편들의 서술 능력의 과다한 노출은 자신의 창작론으로부터의 소외를 의미하는 것이다. 이러한 창작방법론 상의 문제는 "이 갸륵한 선구녀"라는 호명방식에서 확인되는 것처럼, 신여성에 대한 서술 주체의 이데올로기적 시선을 반영한다.

　보랏빛 치마와 화려한 긴 소매와 뒷덜미에 나비 모양으로 맨 리본

---

26) 김동인, 「김연실전」, 같은 책, p. 383.
27) 강헌국, 「김동인의 소설론」, 『한국어문학국제학술포럼학술대회』, 2008. 4, pp. 220~21.

과 뾰족한 구두의 이 전문 학생은 악보를 싼 커다란 책보를 앞으로
받치고 동경 바닥을 활보하였다.

　단지 이 처녀에게 있어서 아직도 불만이 있다 하면 그것은 애인
이창수의 태도가 너무나 소극적인 점이었다. '로미오'인 이창수가
'줄리엣'인 연실 자기의 창 아래 와서 연가는 못 부를지언정 적어도
이 근처에 늘 배회하기는 하여야 할 것이었다.[28]

　1920년대 이후 소설에서 집을 나온 근대 여성들은 도시 풍경의
일부가 되고, 풍경으로서의 여성은 남성적 시선을 유발함으로써,
'보는 주체'의 근대적 형성의 한 조건이 된다. 문제는 이런 시선의
대상으로서의 여성 이미지가 남성적 시선 주체에게는 매혹의 대상
이자 공포의 대상이며, 동시에 혐오의 대상이 된다는 것이다.[29] 김
동인의 경우 문제적인 것은 「약한 자의 슬픔」과 「감자」에서 관철
되던 초점화를 통한 근대적 미학의 성취를 뒤로하고, 서술자의 전
통적인 권위로 회귀하면서 여성 인물에 대한 이데올로기적 시선의
경직성이 강화된다는 점이다. 초점화의 형식으로부터 전지적 서술
능력으로 전회한 서술 주체는 자신의 인식론적 한계를 주관적으로
뛰어넘어 스스로를 일반 진리와 동일시함으로써 붕괴된 보편적 가
치체계를 대체하려 드는 월권적 존재라고 할 수 있다.[30] 서술 주체
가 자기 자신의 가능성에 대한 반성과 자기비판을 수행하지 않고,
월권적 주체로서의 자신을 설정할 때, 이는 식민지 주체의 자기모

28) 김동인, 「김연실전」, 같은 책, p. 370.
29) 이형진, 「이미지로서의 여성의 삶과 사랑」, 『한국현대문학연구』 34호, 2012. 4.
30) 페터 지마, 『소설과 이데올로기』, 서영상 외 옮김, 문예출판사. 1996. pp. 23~34.

순을 봉합하고 제국의 시선과 동일시하는 이데올로기적 메커니즘
에 함몰된다.

5. 김동인과 모더니티의 착종

김동인 소설에서의 화자와 초점화의 문제는 다만 형식적인 문제
에 국한되는 것이 아니라, 모더니티의 문제, 혹은 근대적 주체의
형성과 관계된다. 또한 식민지 근대성의 공간에서의 여성에 대한
시선의 문제는 서술 초점의 문제, 모더니티의 문제와 연관되어 있
다. 「약한 자의 슬픔」에서 내적 초점화의 서술 방식은 시선의 주체
이자 대상으로서의 내면성의 구축에 이르게 되며, 이것은 식민지
규율권력의 폭력성 앞에서의 근대 여성의 불안과 파국이라는 국면
을 드러내준다. 문제는 주인공의 '약함'에 대한 자기반성과 '강함'
에 대한 계몽적 의지가 아니라, '약함'을 들여다보는 자기 감시를
통해, 자율성의 위기를 통해 의식되는 내면성의 공간이다.[31] 이 소

---

31) 김동인이 이 소설에서 최초로 시도한 '~었다'체 역시 중요한 문제이다. 그것은 소
설에서의 서술 주체와 서술 대상으로서의 인물의 거리를 부각시켜 초점화의 미학에
기여한다. "'~었(았)다'체는 서술되는 시간과 서술 시점 사이의 거리를 명료하게
해 주며 그럼으로써 역설적으로 현실적이라는 느낌을 가질 수 있게 해준다. 〔……〕
'~었(았)다'체는 두 개의 시점(時點)을 전제로 한다. 서술되는 사건의 시점 '~었
(았)다'체과 서술의 시점이 그것이다. 현재형 '~다'체가 모든 사건을 〈지금 벌어지
는〉 일로서 제시하는 반면, '~었(았)다'체는 사건을 〈과거에 있었던〉 일로 보여준
다. 그럼에도 '~었(았)다'체 쪽이 현실성의 인상을 자아내는 데 보다 적절하다는 까
닭은 '~었(았)다'체의 서술 속에서 과거의 시간이 끊임없이 현재화되기 때문이다."
(권보드래, 『한국 근대소설의 기원』, 소명출판, 2000, pp. 253~54.)

설에서 '신여성'의 전략이 가지는 사회적 기반은 부각되지 않고, 그녀의 개인적 '약함'이 부각된다. 「감자」가 보기 드문 단편 미학에 도달했다고 평가되는 것은, 「약한 자의 슬픔」에서 선보인 내적 초점자의 서술 방식과, 「김연실전」에서 두드러진 전지적 서술 방식 사이에서, 외적 초점화의 방식이 미학적인 균형을 유지하고 있기 때문이다. 서술자가 제한된 정보만을 절제된 방식으로 제시하는 이 소설의 미학적 특이성은 일관되게 관철된다. 초연하고 냉정한 시선은 근대적 남성 지식인의 도덕적 주체화를 투사한 것이며, 식민지 하층민 여성에 대한 여러 겹의 타자화를 의미하는 것이기도 하다. 「김연실전」에서 서술자의 권한은 강화되어 있고 상황에 대한 설명 방식은 보다 전지적이 된다. 전통적인 권위적 서술자로의 회귀가 문제적인 것은, 이러한 문제가 신여성에 대한 남성적 서술 주체의 이데올로기적 시선을 반영하기 때문이다.

　「약한 자의 슬픔」과 「감자」에서서 관철되던 초점화를 통한 근대적 미학의 성취를 뒤로하고, 「김연실전」에서는 서술자의 전통적인 권위로 회귀하면서 여성 인물에 대한 이데올로기적 시선의 경직성이 강화되었다. 「약한 자의 슬픔」, 「감자」에서 과거조차 의미 있는 가능성의 공간으로 현재화되는 방식과는 달리, 「김연실전」에서 현재는 즉각적으로 요약되고 과거화 된다. 문제는 이런 창작방법론의 변화가 식민지 근대성이라는 상황에서의 여성 인물들을 표상하는 방식의 변화가 연관되어 있다는 점이다. 서술 주체가 자신의 가능성에 대한 반성과 자기 비판을 수행하지 않고, 월권적 주체로서의 자신을 설정할 때, 이는 식민지 주체의 자기 모순을 봉합한다. 김동인의 소설에서 식민지 서술 주체는 '제국의 주체'를 자신으로 오인하고 제국의 '젠더 시스템'을 재생산하는 이데올로기적인 통합의 메커니즘 속에 있다. 개인의 자율성에 대한 열정은 '식민지 주체'를 정면으로 문제화하지 않는 이상, 공허한 것이 될 수밖에 없다. 식민주의적 제국주의(자아)가 식민지(타자)를 구성하는 방식과 식민지 지식인 남성(자아)이 여성(타자)를 구성한 방식은 그 메커니즘과 내용의 면에서 유사하다.[32] 김동인 소설에서 여성을 둘러싼 섹슈얼리티의 문제는 식민지 여성을 서열화, 타자화하는 방식으로 도덕적 주체로서의 근대적 자아의 정립을 도모하는 것이었다. 그것은 근대성과 식민성의 착종을 의미하며, 이런 식민적 주체성을 반성적으로 인식하지 못할 때, 주체의 담론 속에서 구시대의 잔재와 식민주의가 얼마나 깊게 들어와 있는지를 간파할 수 없게 된다.

작가 김동인이 자신이 공들여 비판한 이광수의 계몽적인 주체와 다른 방향에서 그 영웅적 주체의 허위를 반복하는 것은 아이러니한 일이다. 그러나 역설적으로 이 허위와 자기모순을 작동시키는 것도 식민지 근대인으로서의 개인적 주체의 욕망이다. 이것이 김동인 소설의 이론적 입장과 그 소설적 형상화와 이데올로기적 효과 사이의 어긋남의 요인이겠지만, 그 어긋남과 굴절 사이에서 김동인 소설이 역설적으로 도달한 모더니티의 한 국면이 있다고 할 수 있다.

---

32) 이혜령, 같은 책, p. 256.

염상섭과 경계인의 여행

1. 『만세전』과 '보는 주체'

염상섭 소설은 식민지 현실의 소설화라는 역사적 책무를 성실하게 수행한 것으로 평가되었다.[1] 염상섭에 대한 분석은 식민지 현실을 드러내는 리얼리즘의 측면에 대한 평가와 소설의 주체와 형식이 갖는 모더니티의 문제를 부각시키는 두 가지 측면에서 진행되었다. 염상섭 소설의 문학사적 지점을 드러내는 데 필요한 것은 염상섭 소설의 모더니티가 어떻게 식민지 현실을 소설적으로 구성하고 드러내는 문학적 '주체화'에 이르고 있는가를 밝히는 것이며, 이것은 리얼리즘과 모더니티의 영역에 모두 해당되는 문제적인 지점이라고 할 수 있다.

1) 김경수, 「식민지 현실의 발견과 그 소설화」, 염상섭, 『만세전』〈문학과지성사 한국문학전집 9〉, 문학과지성사. 2005, p. 476.

『만세전』은 염상섭 소설의 대표작 중의 하나이며, 새로운 근대적 주체 형성이라는 맥락에서 의미 있는 텍스트이다.[2] 『만세전』은 일인칭 주인공 시점으로 진행되며, 일본에서 경성으로 돌아오는 주인공의 여정이 서사의 골격을 이루는 소설이다. 일인칭 주인공 '이인화'의 동경-신호-부산-김천-경성으로 이어지는 공간 이동과 시선의 움직임이 서사의 동력이 된다. 공간을 이동하는 시선의 주체가 서술의 주체이면서, 새로운 미적 주체의 가능성이 되는 것이 『만세전』이다. 끊임없이 움직이는 시선 주체는 식민지 현실을 발견하는 주체이면서, 근대적 주체화 과정을 보여준다.

『만세전』에서는 '보는 주체'의 문제가 근대적인 의미의 주체의 정립과 그 아이러니를 드러내는 중요한 국면이 된다. 『만세전』의 주인공 이인화는 '보는' 행위를 통해 세계와 대상을 이해하고 그것을 내적 의식의 문제로 받아들이는 근대적 개인이다. 『만세전』의 여로가 근대적 주체화 과정으로 이해될 수 있다면, 그 문제적인 국면은 시선 주체의 형성 과정이라고 볼 수 있다. 이 작품에서 주체의 인식 구조는 공간을 따라서 형성되며, 그것은 그가 '본다'는 행위를 통해 식민지 현실과 개인의 내적 관계를 탐색하는 것을 의미한다. 자신의 규범성을 스스로 창조해야 하는 근대적인 개인에게

---

2) 『만세전』의 근대성과 주체의 문제에 대한 최근의 의미 있는 연구 성과는 다음과 같다. 채호석, 「염상섭 초기 소설론—『만세전』과 '무덤'」, 『한국 문학이론과 비평』, 2001. 3; 이찬, 「일상적 삶을 구획하는 규범 체계와 지배 권력의 해부—염상섭의 『만세전』론」, 『한국근대문학연구』, 2002. 4; 강상희, 「『만세전』의 주체」, 『어문연구』 2004. 6; 홍순애, 「근대 소설에 나타난 타자성 경험의 이중적 양상—염상섭 『만세전』을 중심으로」, 『정신문화연구』, 2007. 3; 한만수, 「『만세전』에 나타난 감시와 검열」, 『한국 문학 연구』, 2011. 6.

'본다'는 행위와 '보는 주체'로서의 자기정립은 상황과 개인의 관계에서의 핵심적인 문제의 하나이다. 이인화의 움직이는 시선은 식민지 현실의 구체성을 발견하는 과정이면서 동시에 자기 주체의 자리에 대한 지속적인 회의와 질문의 과정이기도 하다. '서술자-주인공'으로서의 시선 주체는 시선의 움직임을 통한 자신의 경험을 토대로 풍경과 사건들을 언표화한다. 그런데 주인공 이인화는 '보는 주체'로서 자신의 시각장의 주인이 되지만, 그 이전에 그는 이미 '보여 지는 주체'이기도 하다. 시선의 여정이 진행될수록 『만세전』의 시선 주체는 관찰자의 자세로부터 식민지 현실의 권력 관계 안에서 보여지는 주체가 되며, 끊임없는 자기 감시의 시선을 통해 근대적 자기윤리를 탐색하는 지점에 이른다.

염상섭 소설 속에서 시선 주체는 시선의 대상으로서 식민지 조선의 현실을 바라보고 있지만, 제국의 시선과의 착종과 자기동일성의 실패라는 문제 속에서 시선은 어긋난다. 이때 보는 주체와 보여지는 대상 혹은 타자라는 관계 속에서 성립되는 주체는 전적으로 관철될 수 없고, 시선 주체는 이런 자기모순을 다른 미적 가능성으로 드러내게 된다. 염상섭 소설의 시선 주체는 '주체성의 원리'를 역사적 당위가 아니라 소설적 육체로 드러내주는 자리이다. 시선 주체의 문제에서 나타나는 공적인 언설과 소설 언어의 형상화 사이의 균열은, 근대적 주체의 자기모순을 문학적으로 드러낸다.

2. 여행자의 시선과 시선 권력

『만세전』은 여행자의 시선으로 구축된 소설이다. 『만세전』의 여행은 근대적인 의미의 '관광'과는 그 성격을 달리 한다. 근대의 제도화된 여행으로서의 관광은 근대성이 탄생했음을 알리는 신호탄이자 근대성의 결과이며, 근대성이 지닌 정신적 자원의 일종이다.[3] 한곳에 머물러 있지 않고 움직이는 근대적 주체는 관광을 통해 대중화되며, 여가와 휴가로서의 여행은 비생산적인 목적으로 일상의 시간과 리듬으로부터 떨어져 나오는 것을 의미했다. 『만세전』의 여행은 두 자기 측면에서 근대적 관광의 여행과 그 성격을 달리 한다. 우선은 아내의 죽음이라는 상황에 따라 여행의 목적이 정해져 있다는 것이고, 두번째는 식민지 본국 동경으로부터 식민지 경성을 향해 귀환하는 여행이라는 것이다. 『만세전』의 여행은 아내의 죽음이라는 상황과 식민지 현실을 발견하는 과정이라는 측면에서 '관광'의 성격과는 구별되며, 근대적 일상으로부터의 탈출이라는 낭만적 성격과도 다르다. 홍미로운 것은 주인공인 이인화는 이러한 여행의 뚜렷한 목적에도 불구하고, 여행의 속도를 내기보다는 끊임없이 중간 기착지에서 머뭇거리고 방황하는 자세를 보여준다.

『만세전』의 여행 주체는[4] 자신의 여행 기간을 최대한 효율적으로 단축시키는 것이 아니라, 가능한 도착을 '연기'하는 태도를 보

---

3) 프랑코 모레티, 『근대의 서사시』, 조형준 옮김, 새물결, 2001. p. 176.
4) 여행 서사의 성격을 갖고 있는 『만세전』에 나타나는 '여행 주체'는 식민지 근대성의 공간을 횡단하면서 타자와 주체의 모순된 관계를 발견하는 주체를 의미한다.

여준다. 주인공은 집에서의 전보를 받고도 10시간 넘게 동경 거리를 방황하며, W대학의 H교수에게 어머님 병환 때문에 시험을 볼 수 없다고 거짓말을 하고, 상점, 이발소, 서점, M헌(軒) 등을 들르고 난 뒤에야 하숙집으로 돌아온다. 서울로 가는 도중에도 '신호'에 내려 카페와 '을라'가 있는 기숙사를 찾아가 하루를 지체하고, '김천' 형님 댁에서도 다시 한나절을 보낸다. 서울에 도착하기까지 나흘 정도의 시간이 걸리고, 이 여정은 이 소설의 대부분을 차지한다.[5] 주목할 수 있는 것은 이러한 '지체'와 '연기'가 이 소설의 여행이 갖는 특이성을 드러내준다는 사실이다. 이 소설의 여행은 '관광'으로서의 여행과 구별되는 상황임에도 불구하고, 이 소설의 주인공인 여행의 주체는 그 여행에 '관광'의 성격을 부여하고 있다. 목적성이 분명한 여행이라는 조건에도 불구하고, 여행의 주체는 그 여행에 무목적인 성격을 부여하여 풍경과 인물들을 관찰하고, 그 관찰을 통해 자신의 내적 의식을 재구성해나간다. 주인공의 인물 초점자character-focalizer의 시선에 의해 구성되는 것이 이 소설의 형식의 한 기본축이라면, 여행의 이러한 이중적인 성격은 여행 주체의 이중성을 암시한다.

'동경'에서의 주인공의 시선은 타자의 공간에 대해 관망의 자세를 취하는 경우가 많다. 동경 거리에서 주인공은 끊임없이 좌우를 주시한다. 이런 '주시'의 상황에 대해 일인칭 서술자는 스스로를

---

5) 이 여로의 연기의 문제에 대해서 강상희는 "여로의 시간을 늘림으로써 이인화는 자신이 창조했던 인식론적 윤리적 상상적 세계 속에서 다시 한 번 연기(演技)하고, 동시에 그 연기를 바라봄으로써 상상적 주체를 이중으로 분할하게 된다"고 분석한다. (강상희, 「『만세전』의 주체」, 『어문연구』 2004. 6, p. 310.)

다음과 같이 분석한다.

　이렇게 안 나오는 거드름을 빼고, 될 수 있는 대로 우자한 태도로
좌우를 주시하는 것은, 비단 일본 사람이 조선 사람에게만 하한 무
의식한 관습이 아니라, 사람의 공통한 성질인 동시에 사람이란 동물
이, 얼마나 약한가를 유감없이 반영한 것이다. 약하기 때문에 성세
를 허장하며, 약하기 때문에 자기의 주위에 경계망을 쳐놓고 다른
사람을 주시할 필요가 있는 것이다. 상대자의 용모나 의복 행동 언
사를 면밀히 응시하고 음미함으로써, 자기의 비열한 호기심을, 만족
시키려는 본능적 요구가 있는 것도 물론이겠지만, 상대자에 대한 일
체를 탐구하는 데에는, 여러 가지 의미로 필요한 조건이 있다. 우선
자기 방어상, 상대자의 강역과 빈부의 정도와 계급의 고하를 감정할
필요가 있고, 그 다음에는 의복 언어 거조 등이 세속적 유행에 낙오
가 됨은 현대 생활상, 그중에서도 도회 생활을 하는 자에게 대하여
일대 수치요 고통이기 때문에 또한 필요한 것이다.[6]

　인용문에서 타자에 대한 응시는 주체가 얼마나 약한가를 역설적
으로 보여주는 것이며, '도회 생활을 하는 자'의 자기 방어기제의
문제라는 것을 드러내준다. 이런 통찰은 타인과 주의를 끊임없이
주시하고 의식하는 근대인의 상황을 보편적인 것으로 이해한다.
"물적 자기라는 좌안(左岸)과 물적 타인이라는 우안(右岸)에, 한발
씩 걸쳐 놓고, 빙글빙글 뛰며 도는 것이, 소위 근대인의 생활이요,

---

6) 염상섭, 같은 책, pp. 23~24.

그렇게 하는 어릿광대가 사람이라는 동물이다"[7]와 같은 진술도 같은 맥락에서 설명될 수 있다. 서술자는 자기와 타자 사이에서 끊임없이 시선을 의식하는 것이 '근대인의 생활'이라고 규정한다. 그래서 이 소설의 일인칭 서술자가 끊임없이 거리에서 이 사람 저 사람을 쳐다보는 것은 이러한 '근대인의 생활'의 일부라고 여기는 것이다. 도시라는 공간을 기반으로 하는 도시적 삶은 시각적인 것의 우위로 특징지을 수 있다. 도시적 경험의 지배적인 양상이 시각적인 영역과 연루되어 있고, 타인을 응시하고 타인의 시선을 의식하는 도시인, 혹은 도시 산책자는 '탐정'의 시선을 가지게 된다.[8] 이런 진술 속에서 『만세전』의 주인공이 가지는 시선 주체로서의 위치는 근대인으로서의 시선 주체의 일반적인 형태를 반영한다. 그 탐정의 시선은 오로지 타인의 공간을 향해 있는 것이 아니라, 자기 자신에 대한 시선을 포함한다.

나는 이같이 대답을 하고 나서 깎지 않아도 좋을 머리까지 깎으려는 지금의 자기가, 별안간 야비하게 생각되는 것을 깨닫고, 앞에 세운 체경 속을 멀거니 들여다보다가, 혼자 픽 웃어버렸다. ……가만히 눈을 감고 자빠져서도, 이처럼 여유 있게 늘어진 자기의 심리를

7) 염상섭, 같은 책, p. 27.
8) "산책자의 모습 속에는 이미 탐정의 모습이 예시되어 있다. 산책자는 그의 행동 스타일을 사회적으로 정당화해야 한다. 이를 위해서는 무심한 모습이 그럴듯하게 보이도록 하는 것보다 더 안성맞춤인 것도 없을 것이다. 하지만 실제로 그러한 무심함의 이면에는 아무것도 모르는 범죄자로부터 한시라도 눈을 뗄 수 없는 감시자의 긴장된 주의력이 숨어 있다." (발터 벤야민, 『아케이드 프로젝트 3—도시의 산책자』, 조형준 옮김, 새물결, 2008, p. 61.)

의심스러운 눈으로 들여다보지 않을 수 없었다.[9]

여행의 목적이 정해져 있고 시간이 많지 않은 상황에서 주인공은 이발소에 들러 깎지 않아도 되는 머리를 깎으려 한다. 여행을 연기하고 여행의 행위를 지체하면서, 체경 속에 자신을 들여다보는 이 장면은 이 소설에서의 여행자의 태도를 상징적으로 보여준다. 이 장면은 타인들의 공간을 배회하면서, 자기 자신에 대한 감시의 시선을 동시에 작동시키는 이 소설의 시선 주체의 위치를 압축적으로 드러낸다. 그 시선은 "자기의 심리를 의심스러운 눈으로 들여다보는" 시선이라고 요약할 수 있다. 그런데 이 소설에서 문제적인 국면은 이러한 근대적인 시선 체계와 시선의 작동 방식의 측면만이 아니라, 식민지 권력 관계 내에서 시선을 둘러싼 투쟁의 문제이다.

학생복에 망토를 두른 체격이며, 제법은 유창하게 한답시는 일어의 어조가, 묻지 않아도 조선 사람이 분명하다. 그래도 짓궂게 일어를 사용하고 도리어 자기의 본색이 탄로될까 염려하는 듯한 침착치 못한 행색이, 나의 눈에는 더욱 수상쩍기도 하고, 근질근질해 보이기도 하였다. 나의 성명과 그 사람의 어조를 듣고, 우리가 조선 사람인 것을 짐작한 여러 일인의 시선은, 나에게서 그자에게, 그자에게서 나에게로 올지 갈지 하는 모양이었다. 말하자면 우리 두 사람은,

9) 염상섭, 같은 책. p. 12.

일본 사람 앞에서 희극을 연작(演作)하는 앵무새격이었다.[10]

조선 노동자들을 속이는 것을 자랑하는 일본인들과 목욕탕 안에 있을 때, 조선인 형사가 주인공을 찾아온다. 이 상황에서 시선의 투쟁은 복합적인 양상을 띤다. 형사가 등장하기 전에 주인공은 조선인임을 드러내지 않은 채, 일본인들의 대화를 엿듣고 그들의 부도덕성에 분노하며, 그들을 응시하면서 참혹한 소작인의 현실을 몰랐던 자신에게 부끄러움을 느낀다. 그런데 조선인 형사가 등장함으로써 상황은 달라진다. 주인공을 찾아온 형사가 일본말을 쓰지만 그가 조선인이라는 것을 눈치 채기는 쉬웠다. 두 사람이 모두 조선인이면서 '앵무새'처럼 일본인인 척하는 '연기'는, 내국인의 시선 앞에서의 피식민지인의 권력관계를 날카롭게 보여준다. 일본인들의 시선은 주인공과 형사에 모두에 대해 경멸적인 것이 된다. 주인공이 관음자의 위치에 있을 때, 다시 말하면 시선의 우위에 있을 때는 자신이 조선인임을 드러내지 않고 그들의 대화를 엿들을 수 있는 위치에 서게 된다. 자신과 형사가 조선임이 드러나는 순간, 시선의 권력 관계는 역전되고, 주인공은 일본인들의 경멸하는 듯한 시선을 의식하고 피하기 시작한다. '제국의 눈'의 대상이 되었을 때, 더 이상 주인공은 우월적인 시선의 주인일 수 없다.

여러 사람의 경멸하는 듯한 시선은, 여전히 내 얼굴에 거미줄 늘이듯이 어리는 것을 깨달았다. 더구나 아까 이야기하던 세 사람은,

10) 염상섭, 같은 책, pp. 56~57.

힐끔힐끔 곁눈질을 하는 것이 분명했으나, 나는 도리어 그 시선을 피했다. 불쾌한 생각이 목구멍 밑까지 치밀어 오르는 것 같을 뿐 아니라, 어쩐지 기운이 줄고 어깨가 처지는 것 같았다.[11]

시선은 보는 주체와 보여지는 대상 사이의 권력관계를 바탕으로 하고 있으며, 이것은 시선의 비대칭성과 불균형성은 권력관계의 양상을 말해준다. '바라보다'는 행위와 '바라보이는' 대상 사이에는 지배와 종속의 정치학이 성립한다. 일본인들을 숨어서 바라보며 그들에게 분노할 수 있었던 주인공의 시선의 위치는 자신이 오히려 일본인들의 시선의 대상이 됨으로써 완진하게 역진되어버린다. 주인공은 이런 권력관계 속에서의 '시선의 거미줄'을 빠져나갈 수 없다. 이 장면에서 압축적으로 드러나는 제국과 식민지의 권력관계는 시선 권력의 문제가 된다. 권력은 신체, 표면, 빛, 시선 등의 구분 속에 그리고 내적인 메커니즘이 만들어내는 관계 속에서 개개인의 포착되는 그러한 장치 속에 존재한다.[12]

자기의 직무도 명언하지 않고 덮어놓고 가자고 한 것이 잘못되었다는 듯도 하고, 한편으로는 자기가 일인 행세를 하는 것이 내심으로 부끄럽고, 또한 나에게 '노형이 조선 양반이 아니오?' 하고 탄로나 되지 않을까 하는 염려가 있어서 앞이 굽는다는 듯이, 언사와 태도는 점점 풀이 죽고 공손해졌다. 이것을 본 나는 도리어 불쌍하고

---

11) 염상섭, 같은 책, p. 57.
12) 미셸 푸코, 『감시와 처벌』, 오생근 옮김, 나남출판, 1994, p. 298.

가엾은 생각이 나서, 층계를 느런히 서서 내려가다가 궐자의 얼굴을
쳐다보았다. 아무 의미 없이 빙글빙글 웃는 그 얼굴에는, 어색한 빛
이 역력해 보였다.[13)]

주인공을 사찰하는 형사의 시선보다 오히려 '제국의 시선'을 더
의식할 수밖에 없는 것은 제국의 시선이 시선 권력의 가장 높은 곳
에 위치하기 때문이다. 주인공은 자기를 사찰하려다 조선임이 드
러난 것을 어색해하는 조선인 형사를 측은하게 여기기까지 한다.
'내지인/ 조선인'의 권력관계는 '학생/사찰형사'의 권력관계를 상
위하는 권력관계이며, 이것이 시선 권력의 위계적 질서를 규정한
다. 사찰형사라는 현실적인 감시의 시선보다 오히려 더 눈에 보이
지 않는 '제국의 눈'을 그 의식할 수밖에 없는 것은 이러한 시선 권
력의 상징적 위계질서 때문이다. 이런 시선의 권력관계는 자신의
검열하는 조선인 형사들에 대한 태도의 이중성을 규정한다.

열 발자국을 못 떼어놓아서 층계의 맨 끝에서는 골똘히 위만 쳐다
보고 서 있는 네 눈이 있다. 그것은 육혈포도 차례에 못간 순사보와
헌병 보조원의 눈이다. 그 사람들은 물론 조선 사람이다.
　나는 될 수 있는 대로 태연히 그들에게는 눈을 거들떠 보지도 않
고 확실한 발자취로 최후의 층계를 내려섰다. 될 수 있으면 일본 사
람으로 보아달라는 요구인지 기원인지를 머릿속에 쉴 새 없이 뇌면
서…… 그러나 나의 그 태연한 태도라는 것은 도살장에 들어가는

13) 염상섭, 같은 책, p. 58.

소의 발자취와 같은 태연이다.[14]

조선인 형사는 주인공에 대한 감시자로서의 시선 권력의 우위에 점하고 있음에도 불구하고, 조선인이기 때문에 내국인의 시선 혹은 제국의 시선을 의식할 수밖에 없다. 주인공은 조선인 형사의 감시의 시선을 피하고 싶지만, 동시에 그들조차도 제국의 시선에 의해서 어쩔 수 없이 타자화된 존재라는 것을 알고 있다. 그래서 주인공은 최대한 일본인을 연기하려 하며, 조선인 형사에 대한 주인공의 시선은 이중적인 것이 된다.

이러한 경우에 일본 사람이 조선 사람보다 친절한 때가 있다고 나는 생각하였다. 순사나 헌병이라도 조선인보다는 일본인 편이 나은 때가 많다. 일본 순사는 눈을 부르대고 그만둘 일도, 조선 순사는 짓궂이 뺨을 갈기고 으르렁대고야 마는 것이 보통이다. 계모 시하에서 자라난 자식과 같은 몹쓸 심사다. 불쌍한 처지에 있는 사람끼리 만나면 피차에 동정심이 날 때도 있지만, 자기 자신의 처지에 스스로 불만을 가지고 자기 자신에 대한 증오의 염이 심하면 심할수록, 자기와 동일한 선상에 있는 상대자에 대해서는 일층 더한 증오를 느끼고 혹시는 이유 없는 분풀이를 하는 것이다. 조선 사람에게 대한 조선인 관헌의 태도는 그러한 심리에서 나오는 것이 아닌가 나는 생각해보았다.[15]

14) 염상섭, 같은 책, p. 72.
15) 염상섭, 같은 책, p. 108.

식민지 체제 내의 시선 권력의 상징질서는 복합적인 양상을 보여준다. 조선 순사의 조선인에 대한 시선은 식민지인으로서의 자기혐오와 연관되어 있지만, 상징 권력의 바로 아래에 위치하는 계급에 대한 가혹한 시선이라고 할 수 있다. 문제적인 것은 그러한 시선 권력의 복합적인 위계질서를 관찰하는 일인칭 시선 주체이다. 주인공은 식민 본국에서는 유학생의 신분이면서, 식민지를 여행하는 과정에서는 식민지인으로서의 자기 한계를 통감할 수밖에 없는 존재이고, 식민본국과 식민지 조선 모두에서 자신의 지위의 불안정성을 경험하는 주체이다. 그런 시선 주체의 위치는 일본 순사를 조선 순사보다 오히려 편하게 생각하는 역설적인 태도를 낳는다.

시선 권력의 복합적인 양상은 부산에서 일본 국숫집의 일본 여급들을 대할 때도 드러난다. 국숫집 여급들에 대한 주인공의 시선은 어린 여성에 대한 남성 관음자의 시선 권력에 의해 규정되지 않는다. 여성을 대상화하는 남성적 시선의 권력은 여기서 식민지 본국 여성에 대한 태도의 이중성을 통해 다른 양상으로 나타난다.

내가 조선 사람이기 때문에 한 층 더 마음을 놓고 더욱이 체면도 안 차리고 저희 마음대로 휘두르며, 서넛씩 몰켜 들어와서 넙적넙적 주는 대로 받아먹고 앉았는가 하는 생각을 할 제, 될 수 있는 대로는 계집애들을 업신여기고 조롱하는 태도를 취하려고, 대가리에 피도 안 마른 것이 어느 틈에 술을 배웠느냐는 등 코밑이 평해진 지가 며

칠도 못 되었으리라는 등 하며 놀렸다.[16]

국숫집의 일본 여급들은 유학생 남성의 입장에서는 남성적 시선의 대상이 되지만, 그들이 일본인이라는 이유로 그들의 시선에 대한 모멸감과 적대감을 동시에 경험하게 된다. 『만세전』에서 주인공의 여행이 진행될수록 식민지인으로서의 자기 확인은 강화되는데, 식민 본국의 남성 유학생이라는 위치는 이 소설에서 시선 권력의 문제를 보다 복합적인 것으로 만든다. 그것은 이 소설에서 주인공이 처한 현실적 곤혹과 내적 모순을 규정한다. 소설의 시선 주체는 식민지 근대의 시선 권력을 둘러싼 여러 관계들을 관찰하고 의식할 수 있는 경계의 위치에 서 있다. 중요한 것은 '가시성'의 문제이며, 주체가 타자와 자신을 보는 방식을 결정하는 공간의 문제이다. 시적 주체는 식민지의 규율권력에 의해 분류되고 배치된다고 볼 수 있다.

3. 식민지 현실의 발견과 자율적 개인

『만세전』에서 근대인의 시선체계의 일반적인 습성은 식민지 조선의 혹독한 현실을 발견하면서 다른 계기를 맞이한다. 일차적으로 식민지 현실과 민중의 참혹한 삶에 대한 발견이라고 할 수 있지만, 문제는 그 발견의 과정과 결과를 만들어내는 시선의 위치이다.

나는 여기까지 듣고 깜짝 놀랐다. 그 가련한 조선 노동자들이 속아서, 지상의 지옥 같은 일본 각지의 공장으로 몸이 팔려가는 것이, 모두 이런 도적놈 같은 협잡 부랑배의 술중(術中)에 빠져서 그러는 구나 하는 생각을 할 제, 나는 다시 한 번 그자의 상판대기를 쳐다보지 않을 수 없었다.[17]

'신호'의 목욕탕에서 우연히 듣게 된 것은 '노동자 모집원'이라는 자가 조선인들의 속여 지옥 같은 공장으로 팔아먹는다는 사실이다. "스물두셋쯤된 책상도련님인 그때의 나로서는, 이러한 이야기를 듣고 놀라지 않을 수 없"는 것이고, "설마 그렇게까지 소작인의 생활이 참혹하리라고는, 꿈에도 생각해본 일이 없었다"[18]는 것이다. 이 소설은 근대인의 일반적인 시선 체계의 상황으로부터 출발하고 있으나, 여행의 경험을 통해 식민지를 착취하는 '내국인'들의 음모와 식민지 조선의 현실을 발견하고, 다시 그 발견을 통해 식민지 지식인으로서의 자신을 반성적으로 성찰하는 '자기 감시'의 시선이 등장한다.

그러나 조선 사람 집 같은 것은 그림자도 보이지 않았다. 간혹 납작한 조선 가옥이 눈에 띄나 가까이 가서 보면 화방을 헐고 일본식 창틀을 박지 않은 것이 없다. 그러나 우스운 것은 얼마 되지도 않은 시가이지만 큰길이고 좁은 길이고 거리에 나다니는 사람의 수효로 보면 확실히 조선 사람이 반수 이상인 것이다.

17) 염상섭, 같은 책, p. 52.
18) 염상섭, 같은 책, pp. 54~55.

'대체 이 사람들이 밤이 되면 어디로 기어들어가누?'

하는 생각을 할 제, 큰 의문이 생기는 동시에 그 불쌍한 흰옷 입은 백성들의 운명을 생각해보지 않을 수 없다.

몇천 몇백 년 동안 그들의 조상이 근기 있는 노력으로 조금씩 조금씩 다져온 토지를, 다른 사람의 손에 내던지고 시외로 쫓겨나가거나 촌으로 기어들어갈 제, 자기 혼자만 떠나가는 것 같고, 자기 혼자만 촌으로 기어가는 것 같았을 것이다.[19]

부산에서 주인공이 발견하는 것은 한편으로는 식민지 근대화가 진행되고, 다른 한편에서는 그 과정에서 자신의 영토를 쫓겨나는 조선인들의 참담한 삶의 모습이다. 주인공은 그들의 삶을 규정하는 식민지적 상황을 폭로하고 그것에 대해 연민을 느낀다. 역사적 현실에 대한 관찰자-지식인의 소설적 증언이라고 볼 수 있지만, 시선 주체는 그들의 삶의 현실을 또 다른 '타자'로서 바라보게 된다. 주인공은 삼등실에 모여 있는 조선인들을 보면서도 그들에게 완전하게 동화될 수 없는 자신의 시선의 위치를 드러낸다.

나는 그들을 볼 제 그 누구에게든지 극단으로 경원주의를 표하고 근접을 안 하려고 하지만, 그것은 나 자신보다는 몇 층 우월하다는 일본 사람이라는 의식으로만이 아니다. 단순한 노동자라거나 무산자라고만 생각할 때에도, 잇새를 어우르기가 싫다. 덕의적 이론으로나 서적으로는 무산 계급이라는 것처럼, 소위 우리의 친구가 되고

19) 염상섭, 같은 책, pp. 76~77.

우리 편이 될 사람이 없다고 생각하면서도, 실제에 그들과 마주 딱 대하면 어쩐지 얼굴을 찌푸리지 않을 수 없었다. 혹은 그들에게 대한 혐오가 심해지면 심해질수록, 그 원인이 그들 자신에게 있는 것이 아니라는 논법으로, 더욱더욱 그들을 위하여 일해야겠다는 결론에 이르게 될지는 모르나, 감정상으로 그들과 융합할 길이 없다는 것은 아마 엄연한 사실일 것 같다. [20]

식민지 근대인으로서의 주인공 이인화는 내국인의 시선을 의식하는 위치에 처해 있고, 삼등실의 조선 민중에 대한 그의 시선 역시 이중적이다. 이론적으로는 자신이 그들의 편에 서야 한다고 생각하지만, "감정상으로 그들과 융합할 길이 없다"는 자기고백을 할 수밖에 없다. 이런 주인공의 위치는 이『만세전』에서의 시선 주체의 자리를 강력하게 암시한다. 주인공은 '제국의 시선'에 대해서는 시선의 대상으로서의 한없이 위축되지만, 조선 민중들에 대한 자신의 시선은 그들에 완전하게 동화되지 못하고 지식인 관찰자의 위치에 머물게 된다.

발자국 하나 말 한마디 제꺽 소리도 없이 얼어붙은 듯이 앉아 있는 승객들은, 웅숭그려뜨리고 들어오는 나의 얼굴을 쳐다보며 여전히 오그라뜨리고 앉아 있다. 결박을 지은 계집은 또다시 나를 쳐다보았다. 곁에 앉아 있는 순사까지 불쌍히 보였다. 목책 안으로 들어오며 건너다보니까 차장실 속에 있던 두 청년과 헌병도 여전히 이야

20) 염상섭, 같은 책, p. 68.

기하고 섰는 것이 보인다. 나는 까닭 없이 처량한 생각이 가슴에 복받쳐 오르면서 몸이 한층 더 부르르 떨렸다. 모든 기억이 꿈같고 눈에 띄는 것마다 가엾어 보였다. 눈물이 스며 나올 것 같았다. 나는 승강대로 올라서며, 속에서 분노가 치밀어 올라와서 이렇게 부르짖었다.

'이것이 생활이라는 것인가? 모두 뒈져버려라!'

찻간 안으로 들어오며,

'무덤이다! 구더기 들끓는 무덤이다!'

라고 나는 지긋지긋한듯한 입술을 악물어보았다.[21]

이 장면은 식민지 현실의 참혹함을 가장 압축적으로 표현한다. 일인칭 관찰자가 기차 안에서 결박당한 조선인 여자를 보고 느끼는 참담함을 묘사한다. 그 참혹함에 대한 묘사는 이 소설에서 시선 주체에 의해 발견되는 '조선적인 현실'의 가장 상징적인 장면에 속한다. 여기서 식민지 현실을 거리를 두고 관찰하던 주인공은 정서적으로 폭발하며, 그것은 어떤 윤리적 파토스의 지점을 드러낸다. "모두 뒈져버려라"라는 역설적인 환멸의 감정은 식민지 현실을 '구더기 들끓는 무덤'으로 규정하는 데 이르게 된다. 이런 감정의 폭발에도 불구하고, 이 소설의 시선 주체는 그 무덤의 외부에 위치하며, 무덤의 경계에서 그 무덤을 응시하는 주체이다. 식민지 영토를 가로 지르는 이인화의 동선은 식민지 현실의 참혹함을 응시하고 고발하면서 그 윤리적 분노가 증강되는 내적 변화를 보여준다.

<hr />

21) 염상섭, 같은 책, pp. 126~27.

결박된 조선인의 모습에서 타자화된 피식민지인의 참혹한 현실을 목격하지만, 식민지의 경계에 위치하는 관찰자의 위치가 소거되지는 않는다.

감았던 눈을 실만큼 떠서 옆에 앉은 내게로 향하더니, 별안간 반짝 뜨며 한참 노려보다가 다시 감았다. 나는 머리끝이 쭈뼛하고 가슴이 선뜩하였다. 나를 원망하는 것이나 아닌가 하며 정이 떨어졌다. 숨이 콕 막히는 것 같았으나 방긋이 벌린 입가에 이번에는 생긋하는 낯빛이 보이는 것을 보고 나는 마음을 놓았다. 〔……〕
대관절 이것이 죽음이라는 것인가 하며 눈을 꼭 감은 하얀 얼굴을 물끄러미 들여다보고 앉았다. 가엾은지 슬픈지 아무 생각도 머리에 떠오르지 않았으나. 나를 쳐다보던 그 눈! 방긋한 화평스러운 입이 머릿 속에서 오락가락하는 일편에, 내 손으로 미음을 떠 넣어준 것만이 무슨 큰일이나 한 것같이 유쾌했다. 어머님은 윗입술을 쓰다듬어서 입을 닫게 하여 주시고 가만히 들여다보시더니, 염주를 놓고 눈물을 뚝뚝 흘리셨다.[22]

주인공은 아내의 죽음을 목도하면서, 죄의식 때문에 "머리끝이 쭈뼛하고 가슴이 선뜩"한 것을 경험한다. 그것은 주인공의 윤리적 감각을 자극하는 것이지만, 이 장면에서도 여전히 주인공은 아내의 죽음을 관찰하는 동시에 자신의 심리 상태를 들여다보는 시선 주체의 이중적 위치를 고수한다. 마지막 장면에 등장하는 '정자'에

22) 염상섭, 같은 책, pp. 152~53.

게 보내는 편지에서 아내의 죽음은 "너 스스로를 구하여라! 너의 길을 스스로 개척하라!"라는 교훈을 준 것으로 진술된다. 이 교훈은 근대적 주체의 자율성에 대한 감각, 즉 "우리는 다만 호흡을 하고 의식이 남아 있다는 명료하고 엄숙한 사실을 대할 때에 현실을 정확히 통찰하여 스스로의 길을 밟고 굳세게 살아나가야 할 자각만을 스스로 자기에게 강요함을 깨달아야 할 것"[23]이라는 명제와 연결된다. 소설의 표면에 등장하는 이와 같은 담화들이 이 소설의 심층적인 주제를 직접적으로 드러내고 있다고 할 수는 없다. 중요한 것은 이러한 개인 주체의 자율성에 대한 의식화가 이 소설에서 관철되는 시선 주체의 위치와 맺는 관련성이다.

『만세전』이 결말에서 보여주는 윤리적 담화는 선명하지도 않으며, 구체적이지도 않다. 식민지 현실과 여성에 대한 주인공의 모호하고 이중적인 태도 역시 현실인식과 생에 대한 태도의 진전을 방해한다고 볼 수 있다. 주인공 이인화는 자주 식민지 현실의 문제를 보편적인 인간의 문제로 환원하고, 자신이 처한 위치에 대한 문제의식에서 '민족의 문제'를 누락시킨다. 그러나 소설의 표면에서 언표되는 주인공의 담론의 추상성만으로 이 소설에서 등장하는 문학 주체의 인식의 피상성과 허약함을 규정할 수는 없다. 중요한 것은 자기 삶의 윤리와 자율성에 대한 주인공의 질문이 시선 주체의 특이성과 긴밀하게 연결되어 있다는 점이며, 그것이 이 소설의 문학적 성취의 문제적인 국면이 된다. 개인의 자율성을 둘러싼 자기 윤리의 문제는 주인공의 진술을 통해 표현되는 것이 아니라, 이 소설

---

23) 염상섭, 같은 책, p. 165.

에서 주체가 통과해온 시선의 모험 가운데서 미학적으로 제기된다.

4. 일인칭의 경계인과 내면성

『만세전』은 서사담론의 주체이자, 관찰자인 주인공의 여행기의 형식으로 구성된 소설이다. 일인칭 서술자가 '시선 주체'로서의 면모를 보여주는 것은 세 가지 맥락에서이다. 소설의 서사형식 자체가 일인칭 주인공이 움직이는 어로의 성격을 가지며, 타자의 공간에 대한 시선의 모험이라는 방식으로 진행된다는 측면이 하나이다. 두번째는 이런 시선 주체가 근대적 의미의 인식 주체로서의 외부에 대한 시선의 중심점에 자율적인 자신을 위치시키려 한다는 맥락이 있다. 세번째는 이런 근대적 주체가 외부와 타자를 향한 시선과 함께 자기감시의 시선을 작동시키는 자기반성적 인식으로서의 미적·윤리적 주체를 구성해나간다는 측면이다. 이 소설의 시선 주체는 식민지 권력 관계 내부에서 일본인 타자와 피식민지 조선인이라는 또 다른 타자를 동시에 경험하면서 주체의 자기인식의 동일성에 대해 반성적인 위치를 구성한다. 시선 주체의 모험은 타자를 타자화하는 방식으로 자기인식의 정당성을 확인하는 과정이 아니라, 자기비판과 자기감시의 분열을 감당하면서 관찰자의 위치를 고수하는 과정이다.

『만세전』의 주체는 시선 주체의 근대성과 식민지 현실의 관찰자로서의 위치를 동시에 보여준다. 시선 주체는 근대인의 보편적인 인식의 구조를 보여주는 측면을 갖고 있지만, 식민지 현실의 구체성 속에서 타자의 경험을 통해 자기감시의 주체를 구성해나가는 측면을 동시에 갖는다. 일인칭 담론으로 구성되는 이 소설이 일인칭의 의식과 경험을 통해서만 현실이 발견되고 구성되는 특징을 가진다.[24] 이런 이유에서 이 소설에서 발견된 식민지 현실이 '객관적'인 것이라고 단언할 수 없다.[25] 식민본국과 식민지 현실의 경계인으로서의 위치에 서 있는 주인공이 대상과의 거리를 철저히 유지함으로써 '객관적인' 현실을 구성하는 '효과'를 산출하는 것이다. 그것이 타자의 현실을 재단하는 자기정당화의 담론으로 귀결되지 않고, 타자의 현실을 통해 미적·윤리적 주체로서의 시선 주체를 탐색한다.

염상섭의 소설은 식민지 시대의 문학적 주체가 근대적인 시선체계를 재전유하는 방식으로, 식민지 현실 내부에서의 타자의 공간들을 응시하고, 자기 감시의 시선을 작동시키는 것을 보여준다. 염상섭의 소설은 제국과 식민지의 경계에 서 있는 관찰자적인 시선 주체의 위치를 통해, 식민지의 모순을 주체의 내적 모순으로 드러낸다. 주인공 이인화는 철저히 경계에 위치하면서 제국의 시선에 대해서도 식민지 민중의 현실에 대해서도 동일시에 이르지 못한다. 개인의 자율성에 대한 열정은 '식민지 주체'를 정면으로 문제화하지 않는 이상, 공허한 것이 될 수밖에 없다. 그것은 근대성과 식민성의 착종 때문이고, 그것을 주인공의 실존적인 실패라고 규

---

24) 이찬, 같은 글, p. 119 참조.
25) 채호석, 같은 글, pp. 49~50.

정할 수 있다. 그 실패는 소설의 실패가 아니라, 이 소설의 미적 모더니티의 한 중요한 국면을 의미한다.

염상섭의 소설에서 시선 주체의 문제가 미학적 주체의 개념과 연결되는 것은 이 지점이다. 『만세전』은 근대적인 의미에서의 시선 주체의 정형성을 보여주는 텍스트가 아니라, 그것이 어떻게 자기모순을 감당하고 있는가를 문학적으로 보여주는 텍스트이다. 시선 주체의 모순과 어긋남을 보여주는 것은 이 소설의 언어들을 구성하는 미학적인 실천을 통해서이다. 특히 이 소설의 일인칭 시점의 가지는 미학적 함의는 이런 시선 주체의 특성과 연관되어 있다. 일인칭 주인공 소설에는 초점 화자로서의 '나'와 인물로서의 '나'가 동시에 존재하며, '나'는 서술하는 주체이면서 동시에 세계를 경험하는 '신체'가 있는 주체이다. 일인칭은 이야기를 서술하면서도 그 서사 속에 '자신'의 존재를 드러내고 입증하려 한다. 그 긴장된 과정에서 일인칭 화자는 대상 세계에 대한 서술과 함께 주체에 대한 자기 감시를 동시에 수행해야 한다. 일인칭 주인공은 자신이 바라 본 세계를 서술하면서 자신의 위치에 대한 존재론적 질문을 제기해야만 한다. 이 과정에서 근대적인 의미의 '내면성'이 구성된다. 이 내면성은 이광수 김동인 소설에서 보여준 외재적으로 구축된 '인물들의 내면성'이 아니라, '나'라는 일인칭 '화자-주인공'이 그 서술 과정을 통해 구축되는 미적 내면성이다.

주인공 이인화는 분열된 '경계인'으로 식민지를 바라보며, 이 소설의 시선 주체는 경계에서의 시선이라는 위치에서 자기모순을 응시하고 그 응시의 긴장을 견뎌낸다. 식민지 근대 아래서의 자기동일성의 실패를 경험하는 과정 속에서, 식민지 주체를 규정하는 제국의 시선과 규율 권력이 '폭로되는' 미적·정치적 효과가 발생한다. 개인의 자율성을 둘러싼 자기 윤리의 문제는 주인공의 진술을 통해 표현되는 것이 아니라, 이 소설에서 주체가 통과해온 시선의 모험 가운데서 미학적으로 제기된다. 『만세전』은 이광수와 김동인의 소설이 보여준 계몽적 추상성과 영웅주의적 주체의 태도와는 구별되는 지점에서, 식민지 현실을 탐색하고 자기 윤리의 문제를 질문하는 시선 주체의 가능성을 구성한다.

박태원과 거리의 유동하는 시선

1. 「소설가 구보씨의 일일」과 시선의 문제

박태원 소설은 식민지 모더니즘 문학의 선구적인 텍스트로 평가된다. 박태원 소설에 대한 평가는 그의 모더니즘적 글쓰기가 가지는 문학적 의미를 조명하고 리얼리즘으로의 변모 과정을 추적하는 것이었다. 박태원 소설의 근대성과 기법을 둘러싼 보다 세밀한 탐구도 진행된 바 있다.[1] 박태원 소설의 '모더니즘'을 문예사조적인

1) 박태원 소설의 근대성과 연관된 주요 논문들은 다음과 같다. 정현숙, 「박태원 소설의 내부텍스트성 연구」, 『인문과학연구』, 2010. 12; 신형기, 「주변부의 만보객」, 『상허학보』, 2009. 6; 조은주, 「이상과 박태원의 문학적 공유점」, 『한국현대문학연구』, 2007. 12; 박배식, 「30년대 박태원 소설의 영화기법」, 『문학과 영상』, 2008. 4; 김흥식, 「박태원과 고현학」, 『한국현대문학연구』, 2005. 12; C, 한스컴, 「근대성의 매개적 담론으로서의 신경쇠약에 대한 예비적 고찰 — 박태원의 단편소설을 중심으로」, 『한국문학연구』, 2005. 12; 한수영, 「박태원 소설에서의 근대와 전통」, 『한국 문학이론과 비평』, 2005. 6; 류수연, 「고현학과 관찰자의 시선」, 『민족문학사연구』 3집, 2003; 이강언, 「박태원 소설의 도시와 도시인식」, 『우리말글』, 2002. 4; 이화진, 「박태원의 「소

틀에서 이해하지 않고, '모더니티'라는 보다 큰 틀에서 이해할 때, 박태원 문학의 근대성과 미적 근대성의 의미가 드러날 수 있다. 박태원의 「소설가 구보씨의 일일」은 박태원 소설의 형식과 근대성이 드러나는 문제작이며, 1930년대 소설의 모더니티를 이해하는 데 중요한 텍스트이다.

「소설가 구보씨의 일일」에서 주인공의 의식의 변이와 소설 기법 상의 문제를 분석할 때, 문제적인 요소 중에 하나는 '시선'의 문제이다.[2] 이 소설에서 드러나는 '도시 산책자'의 모티프에 대해서는 적지 않은 분석이 행해진 바 있다.[3] 또한 이 소설의 '고현학'적 방법에 대해서도 이미 여러 논문이 제출되었고, 이에 대한 비판적인 논의도 제기되었다.[4] 발터 벤야민의 이론으로부터 출발한[5] '산

설가 구보씨의 일일」론」, 『어문학』, 2001. 10: 이호, 「박태원의 「소설가 구보씨의 일일」에 나타난 현실인식의 한 측면」, 『한국 문학이론과 비평』, 1998. 5: 차원현, 「현대적 글쓰기의 기원─박태원론」, 『상허학보』, 1996. 9: 류보선 「이상과 어머니, 근대와 전근대─박태원 문학의 두 좌표」, 『상허학보』, 1997. 5: 이선미, 「구인회의 소설가들과 모더니즘의 문제」, 『상허학보』, 1996. 7: 강상희, 「구인회와 박태원의 문학관」, 『상허학보』, 1995. 5: 나병철, 「박태원 소설의 미적 모더니티와 근대성」, 『상허학보』, 1995. 5: 문흥술, 「의사 탈근대성과 모더니즘─박태원론」, 『외국 문학』, 1994. 2.

2) 박태원은 도시의 실물들을 눈앞에서 보기 위해 노트를 들고 다니면서 도시의 군중과 풍물들을 기록했다고 진술한 바 있다. (박태원, 「작가와 건강」, 『조선일보』 1938. 1. 18.)

3) 박태원의 소설에 나타나는 도시적 경험에 대한 논문은 「산책자의 타락과 통속성」(최혜실, 『한국 근대문학의 몇가지 주제』, 소명출판, 2002), 『한국 근대문학과 도시문화』 (이성욱, 문화과학사, 2004), 「박태원 소설의 도시와 도시인식」(이강언, 『우리말글』, 2002. 4) 등이 있다.

4) 류수연의 「고현학과 관찰자의 시선」(『민족문학사연구』, 3집, 2003)과 이에 대한 비판인 김흥식의 「박태원과 고현학」(『한국현대 문학연구』, 2005. 12), 신형기의 「주변부의 만보객」(『상허학보』, 2009. 6)은 고현학을 둘러싼 가장 대표적인 논문들이다.

5) 발터 벤야민 「보들레르의 몇 가지 모티프에 관하여」(1939)가 이런 논의의 출발점이

책자'와 '고현학'의 문제의식도 박태원 소설을 설명하는 데 도움을 준다. 이와는 조금 다른 지점에서 식민지 경성이라는 시공간을 둘러싼 시선 주체가 어떻게 구축되는가를 분석하는 것은 의미가 있다. 이 소설은 식민지 도시 경성에서의 근대적 주체의 '시선의 모험'을 기록한 것이라고 볼 수 있으며, 이것은 한국 문학에서의 근대적 주체의 형성을 둘러싼 중요한 과정을 암시한다. 이 소설은 사건의 인과적 연쇄를 드러내는 근대적 소설의 양식을 비켜가면서, 자유연상과 상념의 끊임없이 병치가 주인공의 사적이고 즉흥적인 공간 이동이라는 서사적 모티프에 연결되어 있는 구조를 갖고 있다. 따라서 일반적인 의미에서의 '사건'을 중심으로 이 소설의 미학을 설명하는 것은 의미가 없다. 이 소설의 글쓰기를 밀고 나가게 하는 것은 사건과 사건의 인과관계가 아니라, 주인공의 '시선의 모험'이다. 이 시선의 문제는 장면화의 방식이나 카메라의 이동과 같은 기법적인 영역에만 국한되지 않는다.[6] 그것은 식민지 모더니티를 경험하는 주체의 감각과 의식에 관련된 문제이다. 도시 산책자의 유동적인 응시는 세계의 중심에 위치하는 것이 아니라, 주의가 흩어지는 현기증 나는 상황 속에서 도시 공간을 배회하는 근대적 경험이 전면화되어 있다.[7]

텍스트 내부에서 시선 주체의 문제는 인물과 초점화의 문제와 연결되어 있다. 시선주체의 문제를 탐구할 때, 구체적인 형식적 국

다. (반성완 편역, 『발터 벤야민의 문예이론』, 민음사, 1998, pp. 119~64.)
6) 이 소설의 영화적 기법에 대해서도 연구가 진행된 바 있다. 박배식, 「1930년대 박태원 소설의 영화기법」(문학과영상학회, 『문학과영상』, 제9권 1호)이 대표적이다.
7) 졸고, 『도시인의 탄생─한국 문학과 도시의 모더니티』, 서강대출판부, 2010. p. 44.

면에서는 '초점화'의 문제가 검토되어야 한다. 김동인에 의해 선구적으로 미학화된 '내적 초점화'의 방식이 박태원의 소설에서는 어떻게 '유동하는 시선'의 특성으로 나타나는가를 분석하는 것은 중요한 의미가 있다. 「소설가 구보씨의 일일」에서 작가는 학습된 근대적 인식론의 '보는 방식'을 문학적으로 구현하고 있으며, 공간과 시간을 영화적 방식으로 재구성하여 인물의 행위와 사건을 장면화한다. 이 소설은 삼인칭 전지적 관점에서 구축된 소설이지만, 이 소설에서 주인공 인물을 '초점 화자'로 제시하는 서술 형식과 그것이 식민지 모더니티를 드러내는 방식은 문제적인 것이다.

이 소설은 소설가 구보의 하루 일과의 동선을 기록한 것이다. 삼인칭 시점이지만, 서술자의 시선은 구보의 시선과 의식과 상당 부분 동일선에 위치한다. 자신의 의식과 상념을 기록의 대상으로 삼는 자기반영적인 기술을 이어가기 때문에, 소설의 문장은 자신의 생각을 둘러싼 추측을 담고 있으며, 삼인칭은 자주 일인칭의 시선과 결합된다. 이 소설에서 구보의 동선의 궤적은 '광교-종로 네거리-전차-다방-대한문-경성역-조선은행앞-다방-조선호텔 앞-종로 술집-집'으로 끊임없이 움직인다. 이 소설에서 시선 주체의 활동이 일어나는 중요한 도시적 공간은 '거리, 전차, 다방, 경성역'과 그 속의 '군중-타자들'이며, 그 시선의 모험이 문제적으로 작동하는 것은 시선의 대상으로서의 '여성의 신체'이다.

2. 타인의 시선과 우울증적 주체

이 소설에서 타인과의 접촉과 타인의 시선에 대한 의식은, 시선 주체와 군중의 관계를 둘러싼 모더니티를 드러내준다. 거리로 나와서 구보가 처음 접촉한 것은 자전거를 탄 젊은이이다. "구보는 갑자기 옆으로 몸을 비킨다. 그 순간 자전거가 그의 몸을 가까스로 피해 지났다. 자전거 위의 젊은이는 모멸 가득한 눈으로 구보를 돌아본다. 그는 구보의 몇 칸통 뒤에서 요란스레 종을 울렸던 것임에 틀림없었다."[8] 자전거의 종소리를 듣지 못하고 걸어가던 구보에게 쏟아진 첫번째 타인의 시선은 "모멸 가득한 눈"이다. 거리에서 만난 첫번째 타인의 시선이 갖는 이러한 성격은 거리에서의 구보의 위치를 드러낸다. 또 다른 장면에서, 조선은행 앞의 구보가 고독과 피로를 느꼈을 때, 구두 딱이의 시선 앞에 자신이 노출된다. "구보는 혐오의 눈을 가진 그 사내를, 남의 구두만 항상 살피며, 그곳에 무엇이든 결점을 잡아내고야 마는 그 사나이를 흘겨보고, 그리고 걸음을 옮겼다. 일면식도 없는 나의 구두를 비평할 권리가 그에게 있기라도 하단 말인가. 거리에서 그에게 온갖 불유쾌한 느낌을 주는, 온갖 종류의 사물을 저주하고 싶다."[9]

자신의 몸이 타인의 시선의 대상이 되었을 때, 구보는 불쾌를 경험한다. 거리에서 그에게 불유쾌한 느낌을 주는 것은 사물이라기보다는 '시선'이다. 시선의 주체가 타인을 시선의 대상으로 바라볼

---

8) 박태원, 『소설가 구보씨의 일일』〈문학과지성사 한국문학전집 15〉, 문학과지성사, 2005, p. 95.
9) 박태원, 같은 책, p. 120.

때, 타인에 대해 주체는 우월한 시선 권력의 위치에 설 수 있다. 하지만 자신이 타인의 시선의 대상이 된다는 것을 자각하는 순간, 자신은 한낱 사물로 전락하며, 모멸감과 부끄러움이 동반된다. 타자의 시선은 '나'의 여러 가지 실존적 가능성 가운데 하나만을 대상으로 고착시켜 사물 혹은 즉자적인 존재로 만들어버린다. 수치심은 자기가 대상이 되었다는 것, 즉자적 존재로 전락했다는 것, 다시 말해 '나'의 존재를 남에게 의존해야만 한다는 사실에서 생긴다. 주체가 대상으로 인정해주지 않으면 대상의 존재는 없는 것이기 때문이다.[10] 문제는 이런 타인과의 시선을 둘러싼 '투쟁'이 식민지 모더니티를 구성하는 소설적 장면으로 드러나고 있다는 점이다.

이러한 장면들의 패턴은 이 소설에서 반복된다. 종로 네거리에서 "갑자기 한 사람이 나타나 그의 앞을 가로질러 지난다. 구보는 그 사내와 마주칠 것 같은 착각을 느끼고, 위태롭게 걸음을 멈춘다. 그리고 다음 순간, 구보는 이렇게 대낮에도 조금의 자신을 가질 수 없는 자기의 시력을 저주한다."[11] 이 장면에서 타인에 대한 공포는 자기 신체의 취약성 때문이지만, 역으로 타인에 대한 공포가 자기 신체에 대한 부정적 자의식을 강화한다. '정신쇠약'과 '중이질환'과 '시력 장애'를 가진 주인공은 타인과 소통하는 데 근본적인 신체적 한계를 지닌 자이다. 이것은 두 가지 맥락을 갖는다. 실제로 구보가 그런 신체적 장애를 가졌다고 가정한다면, 그것은

10) 박정자, 『시선은 권력이다』, 기파랑, 2008, pp. 37~39.
11) 박태원, 같은 책, p. 96.

그의 산책이 가지는 기본적인 취약성을 말해주는 것이며, 다른 한 편으로는 자기 신체의 약점을 과잉 분석하는 주인공의 자기반영적 의식을 드러내는 것으로 볼 수 있다.

여기서 특히 '정신쇠약'이라는 질병이 가지는 근대적 특이성을 주목할 수 있다. '신경쇠약'은 프로이드 이론에서 신경증과 히스테리의 전조로서 도시적 삶과 사회적으로 진보한 교양 있는 지성인들의 성적인 과잉 등과 밀접한 관련이 있는 것으로 설명되어져왔다. 이 질병은 역설적인 성격을 지니고 있어서, 다성적이고 다의적이며 중층결정적이며 다양한 집단들에게 상이한 방식으로 전유되어져왔다. '문화적 근대화와 개인의 관계에 대한 거의 보편적인 수사'로 이 질병이 설명되어온 것이다.[12] 박태원의 인물은 식민지 근대성을 구성하고 동시에 이에 저항하는 사회적 균열을 '신경증'을 통해 드러내고 있다고 할 수 있다.[13] 이 소설에서 신경증적인 주체는 시선의 주체와 밀접하게 관련되어 있다고 할 수 있으며, 이것은 자신을 근대적 질병의 주체로 설정하는 근대적 주체화의 일부로 이해할 수 있다.

구보가 거리에서 우연히 목격하는 사람들을 엿보는 시선은 이

---

12) C, 한스컴, 「근대성의 매개적 담론으로서의 신경쇠약에 대한 예비적 고찰 — 박태원의 단편소설을 중심으로」, 『한국문학연구』, 2005. 12 참조.

13) "인물들이 보여주는 신경쇠약 증상은 이 질병 자체가 갖고 있는 이중성을 보여주고 있어서, 한편으로는 비서구가 지닌 결핍 또는 얼마간의 결여된 근대성의 징후이기도 했고, 또 한편으로는 '문명화하는' 과정 자체의 징표 또는 진보적 질병이기도 했다. 필자는 이러한 이중성이야말로 식민지 시대를 배경으로 하는 박태원의 소설이 신경쇠약을 매우 절박하게 표현한 까닭이었다고 믿는다. 즉 '특이하게 동시적'이면서, 내재적으로 불균형한 이런 특수한 형태의 질병을 통해 근대성 자체가 지난 모호성과 체질적 불균형이 반영될 수 있었던 것이다." (C, 한스컴, 같은 글, p. 154.)

소설에서 중요한 사회적 의미를 함유한다. 구보는 백화점에서 젊은 내외를 만난다. 구보가 그들을 엿보는 시선은, 그들 내외의 눈과 마주친다. 구보는 그들이 "행복을 자랑하고 싶어 하는 마음"을 드러냈다고 생각한다. "흘깃 구보를 본 그들"은 그다지 행복하지 못한 구보를 바라보는 타인의 시선이다. 구보는 혐오감과 부러움 사이에서 그들을 축복해주려 마음먹는다. 이런 이중적인 의식은 가정과 직업의 세계와는 떨어져 있는 구보의 사회적 위상에 기인한다. 구보의 불행과 그들의 행복은 사회계급적인 문제와 연관되어 있다. 룸펜 지식인으로서의 구보는 결혼과 취직이라는 제도적 공간으로 안착하지 못하는 존재이며, 행복한 그들의 시선은 불안정한 사회적 존재로서의 자신을 돌아보게 만든다. 구보의 불안정한 계급적 위치는 식민지 시대 한인 지식인 계층의 사회적 지위를 반영한다. 식민지의 한인 지식인들은 산업구조의 왜곡과 한인 차별 등으로 실업자가 되어 근대 경성 거리를 배회한다.

중요한 것은 구보가 타인의 시선을 통해 자신의 사회계급적 지위를 확인하는 도시의 근대적 시선 공간이다. 행복한 부부를 마주친 공간이 식민지 자본주의의 물신화의 공간인 '백화점'이었다는 것은 의미심장하다. 근대적 주체가 탄생하는 식민지 근대의 공간은 학교와 감옥 같은 폐쇄적인 공간이라기보다는 백화점과 개방된 도시의 거리이다. 이곳은 전시와 구경, 타인의 시선과 욕망이라는 시각적 스펙터클과 부딪힘이 일어나는 공간이다. 식민지 도시민에서 백화점은 '욕망의 집어등'이자 '카니발의 자극'이고 '관능의 문'을 자극하는 공간으로, 외래 문물의 요소 욕구를 발산할 수 있는 암울한 식민지 현실의 도피처로 받아들여졌다. 제국은 도시 공간의 스펙터클로서 통치 효과를 극대화했고, 피식민 대중은 군중이 되어 이 스펙터클을 구경했다. 하지만 제국은 그들 대다수를 방관자적인 '구경꾼' 이상으로 호명하지 않았다. 자본주의적 빈부 양극화의 경향에 따라 식민지 사회는 소비 대자본에 의해 생산된 제국의 스펙터클로부터 세례를 받은 자들과 그렇지 못한 자들로 내파되었다.[14] 이 백화점이라는 공간에서 행복한 젊은 부부의 시선을 의식하거나 그들에게 이중적인 시선을 보내는 것은, 바로 이러한 제국의 스펙터클과 식민지 주체 사이의 시선의 분열을 보여준다. 젊은 부부에 대한 시선을 거둔 뒤 구보의 시선과 의식은 다시 자신의 신체와 자신의 내면을 향한다.

행복한 젊은 부부가 시야에서 벗어났을 때, 구보는 자신의 손을 내려다본다. 이런 시선의 이동 또한 이 소설에서 반복되는 패턴이다. 타인에 대한 시선이 자기 신체와 자기 내면으로의 시선으로 되돌아오는 이러한 양상은 박태원 소설의 주체가 가지는 경험의 성격을 말해준다. 자신의 손을 들여다보았으나 '한 손의 단장과 또한 손의 공책'밖에 그가 소유하고 있는 것은 없다. '단장'과 '공책'은 룸펜 산책자 구보의 위치를 상징하는 것들이다. 그는 '단장'에 의지해서 소요하는 자이며, 관찰하고 생각하고 기록한 것을 '공책'에 옮기지는 기록자이다. 소요하고 기록하는 자는 일상적인 제도적 삶에 속해 있는 사람들의 행복에 대한 혐오와 동경 사이에서 서성이는 자이다. '단장'과 '공책'이라는 사물은 이 소설의 주체의 성

---

14) 김백영, 『지배와 공간—식민지 도시 경성과 제국 일본』, 문학과지성사, 2009, pp. 474~521.

격을 상징하고 있지만, 그것이 '행복'을 보장하지 못한다는 측면에서 식민지 주체의 우울을 또한 보여준다.[15] 다른 문맥에서 말한다면 '단장'과 '공책'의 세계는 식민지 도시 경성을 탐색하는 주체의 성격을 보여주지만, 그것은 식민지의 우울이라는 내적 상황을 극복하는 것이 아니라, 그것을 탐색하는 과정이다. 그 우울의 기원은 제국의 스펙터클을 방관자의 입장에서 '구경'할 수밖에 없는 식민지 주체의 상황에 연유한 것이며, 더 나아가 이 소설의 시선 주체가 그런 상황에 대한 자기 감시의 시선을 통해 확인하는 우울이기도 하다.

'산책-글쓰기' 주체로서의 구보는 '보는 자' '관찰하는 자'이다. 구보가 관찰하는 자로서의 시선의 주체일 때, 구보는 군중들을 연민하거나 혐오할 수 있고, 그들의 심리와 삶의 비밀을 추측하고 분석할 수 있는 지위에 위치하게 된다. 그들의 사소한 움직임에서도 흥미를 가지고, 그들의 행태와 내면을 분석할 수 있는 지위를 갖게 된다. 그러나 반대로 구보가 누군가의 시선의 대상이 되었을 때, 구보는 급격하게 우울과 불안과 수치심을 경험한다. 타인의 시선을 의식하는 순간만큼 구보가 불안한 순간은 없다. 구보의 우울증은 이런 타인의 경험과 관계가 있다.[16] 타인의 시선이란 무엇인가?

---

15) 졸고, 같은 책, p. 49.
16) 우울증은 거부당한 리비도가 대상을 향하지 못하고 퇴행하여 자아를 파괴하려는 죽음충동이다. 자아 비난, 타인 공격, 방화, 혁명, 자살, 타살은 자아와 대상을 구별하지 못하는 거울 단계의 특성이다. 거울 단계의 공격성이 나타나는 것이 우울증인데 이것은 개인의 능력이나 소유와 상관이 없다. 프로이트는 우울증이 나르시시즘이 강하거나 자기중심적인 사람에게 흔히 나타난다고 말한다. (지그문트 프로이트, 『정신분석학의 근본 개념』, 윤희기·박찬부 옮김, 열린책들, 2004.)

시각장에서 주체는 자신의 눈으로 보고 싶은 것을 '보는 주체'이면서 또 다른 '응시'에 의해 '보여지는 주체'이다. 자신이 세상에 의해 보여짐을 의식할 때 주체는 분리되고 인간은 무대 위에 서게 된다. 이것이 타자의식이며 그것은 또한 사회의식이기도 하다.[17] 이 소설에서 구보는 '보는 주체'로서 자신의 시각장의 주인이 되지만, 그 이전에 그는 이미 '보여지는 주체'이기도 하다. 그때 구보를 보는 것은 식민지 경성의 군중이기도 하며, 식민지의 일상적 삶을 규정하는 큰 타자의 응시로의 제국의 시선이기도 하다. 식민지 주체가 자신을 시선의 주체가 아닌 대상으로 의식하는 것은 식민 제국의 이데올로기적 시선 안에서 자기 주체를 확인하는 경험이다. 타자의 시선에 대한 경험이 시선을 둘러싼 근대적 주체의 구성을 가져오는 역설이 발생한다. 군중과 제국의 시선에 의해 구보는 관찰자의 자세로부터 식민지 현실의 권력 관계 안에서의 '우울증적 주체'가 된다.

3. 여성에 대한 시선과 관음적 주체

구보가 엿보는 대상 가운데 가장 문제적인 대상은 여성의 신체이다. 1920년대 이후 소설에서 집을 나온 근대 여성들은 도시 풍경의 일부가 되고, 풍경으로서의 여성은 남성적 시선을 유발함으로써, '보는 주체'의 탄생을 가져온다. 문제는 이런 시선의 대상으로

17) 자크 라캉, 『욕망이론』, 민승기 옮김, 문예출판사, 1998, pp. 31~35.

서의 여성 이미지가 남성적 시선 주체에게는 매혹의 대상이자 공포의 대상이며, 동시에 혐오의 대상이 된다는 것이다.[18] 이것은 조선 신여성이 시선과 담론의 대상으로 부각될 수밖에 없는 사회적 조건들을 짐작하게 만든다.[19] 이 소설 속에서 구보는 여러 명의 여자에게 시선을 준다. 그런데 그 시선의 패턴은 반복된다. 전차에서 구보는 작년 여름에 한 번 만났던 여자를 우연히 만난다. 이 우연한 만남에서 구보는 다만 여자를 곁눈질한다. '전차'라는 근대적 공간에서 여성에 대한 남성 주체의 관음적 시선이 작동하고 있다는 것은 의미심장하다. 전차에서 경험하는 근대인의 시공간은 근대적 주체에게 새로운 의미를 안겨다 준다. 그곳은 자신과 어떠한 이해관계도 없는 타인을 사심 없이 관찰할 수 있는 시공간이기도 했으며, 창밖으로는 풍경이 '활동사진'처럼 펼쳐진다. 전차는 새로운 시선의 경험이 발생하고 동시에 새로운 시선 주체가 탄생하는 공간이었던 것이다.

여자를 훔쳐보는 구보의 시선은, 자신이 훔쳐보고 있다는 것을 여자가 알고 있을 것 같은 불안감에 싸인다. 여자의 시선을 의식함으로써 구보를 부끄러움을 경험한다. 이 구조에서 남성은 시선의 주체여야 하고 여성은 시선의 대상으로 위치해야 한다. 여자가 남

---

18) 이형진, 「이미지로서의 여성의 삶과 사랑」, 『한국현대문학연구』 34호, 2005, p. 70.
19) "이러한 근대 초기의 여학생-신여성을 소설적 탐구의 대상으로 삼는 것은 당대의 사회적 담론의 영향을 짐작하게 한다. 신여성을 둘러싼 당대의 논란이 뜨거웠던 사회적 기반은 경성이라는 도시 공간의 특질과 함께 여학생 집단의 가시성이라고 할 수 있다. 정치사회적 헤게모니를 가지고 있던 일본 여성들의 비가시성과는 대조적으로 조선 신여성의 가시성이 부각된 것은 조선 신여성이 시선과 담론의 대상으로 부각될 수밖에 없는 사회적 조건들을 짐작하게 만든다." (김수진, 같은 글, p. 487.)

자를 곁눈질하는 사태에 직면하는 남성적 주체는 이 시선 권력의 지위를 상실하고 시선의 대상으로 전락한다. 이 불안감 때문에 구보는 여자에게 다가갈 기회를 놓치고 여자는 전차에서 내린다. 전차에서의 여성에 대한 구보의 엿보기는 이 소설에서 섹슈얼리티의 문제를 본격적으로 제기하게 만든다.

전차에서 구보는 또 한명의 여자를 발견한다. "그 여자는 자기의 두 무릎 사이에다 양산을 놓고 있었다. 어느 잡지에선가, 구보는 그것이 비(非)처녀성을 나타내는 것임을 배운 일이 있다. 딴은, 머리를 틀어 올렸을 뿐이다."[20] 무릎 사이에다 양산을 놓고 있는 여자를 보는 시선은 그 여자의 '비처녀성'을 읽는 것으로 전환된다. 이것은 이 소설에서의 관음증적 남성 주체의 이데올로기적 위치를 보여준다. 구보의 시선 체계에서 여자는 "알맞도록 아름답고 깨끗한 여자"로서의 결혼 대상자와 '노는계집'으로 나뉜다. 결혼 대상자로서의 여자에 대한 구보의 시선은 온전한 가족을 이루지 못한 룸펜 지식인으로서의 자기인식과 연결되어 있다. 그때 구보는 그 여자에 대한 동경과 호기심, 그리고 자신의 무능에 대한 자괴감 사이에서 흔들린다. 근대 여성에 대한 구보의 이런 이중적 시선은 '신여성'을 둘러싼 근대 남성 지식인들의 시선의 양면성을 노정한다.

신여성의 출현은 근대성의 중요한 표상이다. 신여성의 자기정체성에서 몸에 대한 관심은 중요한 요소였다. 외모와 몸가짐은 근대성의 도래에 중요한 의미를 가졌다. 전근대 사회에서는 외모가 전통적 기준으로 표준화된 것이었다면, 근대사회에서는 외모는 근

20) 박태원, 같은 책, p. 104.

대적 자아를 성찰적으로 투사하는 중요한 요소였다.[21] 여성에 대한 동경과 혐오는 그들을 일종의 위태로운 존재로 인식하는 데서 다시 드러난다. 종로 네거리에서의 '노는계집'에 대한 구보의 시선 또한 그러하다. "종로 네거리에 서서, 그곳에 황혼과, 또 황혼을 타서 거리로 나오는 노는계집의 무리들을 본다. 노는계집들은 오늘도 무지(無智)를 싸고 거리로 나왔다."[22] '노는계집'들은 '숙녀화'를 신고 있고, 그들은 모구 서투르고 부자연한 걸음걸이를 갖는다. 그들의 '위태로움'을 보는 것은, 그러나 구보의 시선이다. 그들은 다만 자신들의 걸음걸이가 불안정한지 깨닫지 못하는 무지의 존재들이다. '노는계집'의 걸음걸이를 위태롭다고 여기는 구보의 시선은 성적 대상으로서의 여성에 대한 시선에 도덕적 관점을 개입시킨다. 거기에서 구보의 시선은 '노는계집'에 대한 관음과 혐오 사이에서 도덕적 주체로서의 우월적 지위를 보존한다.

거리의 여자에 대한 구보의 이러한 시선은 반복된다. "결코 환하지 못한 이 거리, 가로수 아래, 한두 명의 부녀들이 서고, 혹은, 앉아 있었다. 그들은, 물론, 거리에 몸을 파는 종류의 여자들은 아니었을 게다. 그래도, 이 밤 들면 언제나 쓸쓸하고, 또 어두운 거리

---

21) "신여성의 출현은 서구에서 비롯된 근대와 근대성 자체가 내포한 남성 중심성에 대한 일종의 도전일 수 있었다. 비록 그 도전이 적극적으로 대안을 모색하는 차원으로까지는 나아가지 못했다 하더라도, 근대의 신여성은 근대와의 동일시 혹은 근대성의 구현을 통하여 자신의 여성성을 회복하는 전략을 택했다. 근대 여성은 자신의 정체성을 남성성으로 표상되는 근대의 공간에 투사하고, 구현하고자 했다. 이렇게 본다면 여성에 의한 근대성의 찬탈과 점유는 근대성 자체에 내포된 남성 지배에 대한 부정과 비판의 의미를 지니게 된다." (김경일, 『여성의 근대, 근대의 여성』, 푸른역사, 2004, pp. 20~21.)
22) 박태원, 같은 책, p. 129.

위에 그것은 몹시 음울하고도 또 고혹적인 존재였다. 그렇게도 갑자기, 부란된 성욕을, 구보는 이 거리 위에서 느낀다."[23] 매춘부가 아니라 하더라도 어두운 거리에 나와 있는 부녀들에 대해서 구보는 성적인 시선의 대상으로 그들을 인식한다. 만약 구보가 마주친 여성의 외모가 아름답지 않다면, 그것은 그녀의 내적 결함을 의미한다. "마침 앞을 지나던 한 여자가 날카롭게 구보를 흘겨보았다. 그의 얼굴은 결코 어여쁘지 못했다. 뿐만 아니라 무엇이 그리 났는지, 그는 얼굴 전면에 대소 수십 편의 뾰꾸를 붙이고 있었다. 응당 여자는 구보의 웃음에서 모욕을 느꼈을 게다."[24] 외모에 결합이 있는 여자는 구보의 웃음을 오해하고 공격적인 시선을 보낸다. 문제는 그녀의 공격적 시선이 그녀의 외모 때문에 비롯되었을 것이라고 여기는 구보의 관점이다.

동경에서 만났던 여자에 대한 구보의 추억 역시 이런 양상을 띠고 있다. 이 여성에 대한 구보의 무능과 그에 대한 회한은 사실 식민지 근대에서의 '신여성'이 처한 불안정한 위치와 무관하지 않다. 여기서 특히 문제적인 것은 그 추억의 대상이 동경의 조선 유학생 신여성이라는 점이다. 조선 여학생의 일본 유학은 "여성의 근대양식 즉 근대적 젠더 시스템에 규정받으면서도 여성 스스로가 식민지 지배가 닦아놓은 길을 택해 지식과 학력을 얻고, 그 시스템을 돌파에 사회로 나가며, 나가서는 그 시스템을 강화하는 에이전트가 되어 식민지 근대 젠더 시스템을 재생산하는 양식을 구축했다

---

23) 박태원, 같은 책, p. 142.
24) 박태원, 같은 책, p. 142.

고 할 수 있다."[25] 로맨스의 세계에서 여성에 대한 책임을 다하지 못했다는 자괴감은 이런 젠더 시스템 안에서 여성을 '책임져야 할' 존재로 대상화하는 시선의 결과이다.

소설의 마지막에 등장하는 소복을 한 여성에 대해 구보는 연민의 시선을 보낸다. 그 여자는 여급을 모집하는 광고를 보고 있다. 구보가 그 여자에 대해 갖는 연민은 그러나 여급의 무지에 대해 갖는 연민과 동일한 시선의 체계 내에 있다. "그의 시야에 든 온갖 여급을 보며, 대체 그 아낙네와 이 여자들과 누가 좀더 불행할까 누가 좀더 삶의 괴로움을 맛보고 있는 걸까? 생각해보며 한숨지었다."[26] 구보의 시선 공간 안에서 '여급과 아낙네'는 모두 불행과 괴로움으로부터 자유롭지 못한 존재이고, 그것에 대한 구보의 연민은 그 시선의 비대칭성이라는 맥락에서 유사한 것이다.

구보는 여성적인 대상을 바라보는 주체이고, 여성은 언제나 그 시선의 대상으로서 구보의 심미적 윤리적 평가의 대상이 된다. 거꾸로 여성의 시선을 의식할 때, 구보가 갑자기 수치심을 느끼는 것은 여성적 시선의 대상으로 자신이 한낱 즉자적인 객체가 되었을 때의 부끄러움을 의미한다. 그런 경우 구보는 보는 자로서의 자신의 지위를 유지하기 위해 그 시선을 피할 수밖에 없다. 동경과 부러움, 혐오와 자기합리화는 근대 도시 공간에서 남성 관음자의 시선의 방향이 된다. 식민지의 남성 주체가 이러한 신여성에 대해 동경과 혐오, 매혹과 공포의 이중적 태도를 보여주는 것은 근대성의

---

25) 박선미, 『근대 여성 제국을 거쳐 조선으로 회유하다』, 창비, 2007, p. 237.
26) 박태원, 같은 책, p. 155.

분열이 예각적으로 드러나는 장면이다 '신여성'으로 상징되는 근대의 이미지와 가부장제 윤리의 이데올로기적 경직성 사이에서 남성적 시선 주체는 근대 여성에 대해 이중성을 드러낸다. 여성의 몸과 섹슈얼리티를 둘러싼 근대성의 분열은 박태원 소설에서의 시선 주체의 자기모순과 동궤를 이룬다.

4. 구보의 귀환과 모더니티의 분열

구보는 길고 긴 하루 동안의 방황 끝에 어머니의 공간으로 '힘 있고 거룩한' 어머니의 사랑이 있는 공간으로 귀환한다. "이제 나는 생활을 가지리라. 생활을 가지리라. 내게는 한 개의 생활을, 어머니에게는 편안한 잠을"[27]이라고 혼잣말처럼 다짐할 때. 그는 새로운 생활의 윤리에 다다른다. 그 윤리는 '좋은 소설을 쓰리라'는 다짐과 결합되어, "순사가 모멸의 가져 그를 훑어보아도 그는 거의 그것에서 불쾌를 느끼는 일도 없"[28]게 되고, 어린 여자아이에게 내일 약속을 거절당했다는 것을 확인했을 때도 실망하지 않게 된다. '어머니의 행복' '어머니의 욕망'으로 표현되는 '생활'의 욕구와 '좋은 소설'에 대한 갈망이 결합하는 이 마지막 장면에서, 아이러니하게도 시선의 모험은 마감된다.[29] 시선의 모험은 '어머니'와 '생활'의 세계가 아니라, 거리의 스펙터클 속에서 이루어지는 것이

27) 박태원, 같은 책, p. 157.
28) 박태원, 같은 책, p. 158.
29) 졸고, 같은 책, p. 66.

며, '어머니'(모성성과 전근대)와 '생활'(제도적 실재) 속으로 들어가려는 소설의 표면적인 선언은, 모더니티의 분열이라는 이 소설의 미학적 특이성과 함께, 이후 박태원 소설의 자기분열을 암시한다.

'산책-글쓰기' 주체로서의 구보는 '보는 자' '관찰하는 자'이다. 관찰자는 자로서의 시선의 주체일 때, 구보는 군중들을 연민으로 바라보거나 혐오할 수 있고, 그들의 심리와 삶의 비밀을 추측하고 분석할 수 있는 지위에 있게 된다. 반대로 구보가 누군가의 시선의 대상이 되었을 때, 구보는 급격하게 우울과 불안과 수치심을 경험한다. 이런 시선의 투쟁은 식민지 도시의 '가시성'에 의해 촉발된 것이다. 그때 구보를 보는 것은 식민지 경성의 군중이기도 하며, 식민지의 일상적 삶을 규정하는 큰 타자의 응시로의 '제국의 시선'이기도 하다. 이 '군중과 제국의 시선'에 의해 구보는 관찰자의 지위로부터 식민지 현실의 권력 관계 안에서의 '우울증적 주체'가 된다.

구보에게 여성은 시선의 대상으로서 심미적 윤리적 평가의 대상이 된다. 거꾸로 여성의 시선을 의식할 때, 구보가 갑자기 수치심을 느끼는 것은 여성적 시선의 대상으로 자신이 한낱 즉자적인 객체가 되었을 때의 부끄러움을 의미한다. 동경과 부러움, 혐오와 자기합리화는 근대 도시 공간에서 남성 관음자의 시선의 이중성을 반영한다. 식민지의 남성 주체가 이러한 신여성에 대해 동경과 혐오, 매혹과 공포의 이중적 태도를 보여주는 것은 모더니티의 분열이 예각적으로 드러나는 장면이다 '신여성'으로 상징되는 근대의 이미지와 가부장제 윤리의 이데올로기적 경직성 사이에서 남성적 시선 주체는 근대 여성에 대해 자기기만을 드러낸다.

1920년대의 식민지 모더니티가 식민지 피지배인들의 각성과 계몽을 배경으로 전통적인 것을 무관심 속에 방치했다면, 1930년대의 모더니티는 일본과 서구가 식민지에서 경합을 벌이면서 식민지의 내재적 전통과 상호작용을 하는 가운데 조선의 식민지적 근대를 형성하였다.[30] 1930년대의 모더니티가 가지는 이러한 복합성을 염두에 두고, 박태원 소설의 시선 주체가 가지는 복합성을 이해할 수 있다. 박태원의 소설의 주체는 한편으로는 도시에서의 타자의 공간 속에서 우울증적 주체로의 자신을 확인하면서, 여성에 대한 이중적인 관음자적 주체가 가지는 이데올로기적 위치를 노정한다. 새로운 도시 산책자로서의 시선 주체는 타자의 눈에 대한 우울과 공포를 경험하며, 여성에 대한 도덕적 지위의 확립을 통해 근대적 주체를 설정하며, 여기에는 주체와 타자의 서열화라는 식민주의 이데올로기의 내면화가 포함되어 있다. 식민주의 이데올로기는 제국(주체)와 대상(식민지)의 서열화라는 구조에 의해 구성되는 것이기 때문이다.

식민지 경성 거리의 스펙터클 안에서 유동하는 시선 주체를 보

---

30) "일본이 1930년대 이후에는 '일본적인 것'과 일본적인 것에 입각한 근대화의 길을 선언하였다. 일본적 근대는 필요에 따라 서구적 근대를 배제하거나 선택적으로 이용하는 한편, 상대적으로 관심을 기울이지 않았던 식민지 전통적 요소들에도 눈을 돌려 그것을 적극적으로 이용하려고 했다. 서구와 헤게모니를 다투던 일제의 근대가 서구의 그것을 억압하고 대체하는 형국이었다. 다시 말해 일본과 서구의 근대가 식민에서 경합을 벌이면서 식민지의 내재적 전통과 상호 작용하는 가운데 조선의 식민지적 근대를 형성하는 시기였다. 그 결과, 이 시기에 전통은 일제의 식민 지배와 서구의 영향이라는 두 측면과 상호작용하면서 복합적이고 모순적인 역동성을 보였다. [……] 한마디로 식민지 시기의 근대성은 전통과 한국적인 것과 서구(일본)적인 것, 또 자아 정체성과 타자의식의 밀접한 상호작용을 통하여 형성되었다." (김경일, 같은 책, p. 19.)

여준 「소설가 구보씨의 일일」은 그 시선의 '유동성'이라는 측면에서도 미학적 특이성을 구축한다. 식민지 경성의 폭발하는 '가시성'은 유동하는 '시선 주체'의 등장과 변이를 규정하는 것이었다. 경성의 스펙터클은 더 이상 고정된 원근법적 주체를 허용하지 않고, '유동하는 내적 초점자'를 새로운 미학적 주체로 구성하게 만들었다. '삼인칭 내적 초점화'라는 이 소설의 장치는 내포 서술자의 배치의 전략에 의해, '구보'를 둘러싼 감정이입과 거리를 조절한다. 이 미학적 장치는 구보의 자율적인 개인성과 내면성을 보장해주는 것은 아니다. 군중과 여성이라는 타자에 대한 구보의 시선의 모험은 시선 주체의 서열화라는 식민지 이데올로기로부터 자율적인 위치를 구성하기 어려운 것이었다. 박태원의 시선 주체는 모더니티의 국면에도 불구하고 '제국의 시선'과 분리될 수 없었다.[31] 구보가 보여주는 시선의 모험은 규율화에 저항하는 자발성과 식민지 규율권력의 예속화라는 이중성을 동시에 드러낸다. '시선과 응시의 분열'은 박태원의 소설에서 모더니티의 분열과 근대적 글쓰기의 분열을 매개한다.

---

31) "식민지와 제국의 위치를 표시하는 지도를 그려보려고 노력하지 않은 상황에서 만보객은 경성의 우울에 갇히게 되어있었다." (신형기, 「박태원, 주변부의 만보객」, 『분열의 기록』, 문학과지성사, 2010, p. 100.)

강경애, 계급과 젠더의 교차하는 시선

1. 식민지 여성 문학의 조건

강경애의 『인간 문제』는 식민지 시대의 가장 문제적인 여성 작가의 소설로 평가할 수 있다. 식민지 시대 남성 작가들의 소설은 계급과 민족의 중층적인 모순을 직시하지 못하거나, 신여성에 대한 동경과 가부장적인 관점의 잔존이라는 모순된 시선으로 여성의 존재를 규정하는 한계에 직면할 수밖에 없었다. 남성 작가들의 젠더적인 문제의식의 한계가 미학적인 착종으로 드러났다고 한다면, '프로' 혹은 '동반자' 작가이면서 '여성' 작가였던 강경애에게는 다른 잠재성이 열려 있었다. 식민지 시대의 여성 작가들이 남성중심적인 문학 제도 안에서 자신의 역량을 보여줄 수 있는 기회를 갖는 것은 쉽지 않은 일이었다. 식민지의 여성들은 민족모순과 계급모순 그리고 가부장적인 질서의 잔존이라는 세 겹의 억압을 돌파해야만 했고, 그것은 남성 작가들보다 훨씬 가혹한 조건을 의미했다.

그 조건은 역설적으로 또 다른 문학의 잠재성이었고, 그 잠재성의 한 지점까지 밀고 올라간 것이 강경애의 소설이다.

강경애의 소설은 리얼리즘의 관점과 간도 체험과 디아스포라의 문맥, 그리고 여성주의적 재의미화라는 세 가지 지점에서 평가되어 왔다. 강경애 소설의 모더니티를 다시 재맥락화하기 위해서는 강경애 소설에서의 여성 주체를 둘러싼 시선의 문제를 부각시킬 필요가 있다. 강경애 소설에서의 시선의 문제는, 식민지하의 여성이 어떻게 주체화될 수 있는가의 문제, 식민지하의 여성을 문학적으로 표상할 때 어떤 미학적인 문제들이 발생하는가의 문제가 드러나는 지점이다. 강경애의 대표작『인간 문제』에서 '간도'라는 전근대적 공간에서 가부장제적인 억압과 착취에 무방비로 노출된 여주인공은, 그곳을 벗어나 '인천'이라는 식민지 독점 자본의 생산의 공간에서 비로소 계급적인 각성에 이를 수 있게 된다. 그 각성은 참담한 현실 속에서 여성 육체의 죽음으로 귀결되지만, 남은 자들이 만들어갈 새로운 투쟁의 시간에 대한 잠재성으로 상징화된다.『인간 문제』는 식민지하 젊은이들의 계급적 각성에 이르는 계급서사가 젠더의 문제를 어떻게 미학화할 수 있는가를 둘러싼 그 한계적인 지점을 드러낸다.

2. 부감의 시선과 남성적 욕망의 시선 체계

『인간 문제』의 도입부에는 소설의 배경이 되는 '용연 동네'의 전경에 대한 설명과 '원소'라는 못을 둘러싼 전설이 등장한다. 소설의 무대와 이야기의 뿌리를 말해주는 전설이 등장하는 방식은 여러 미학적인 문제들을 동반한다.

　이 산등성에 올라서면 용연 동네는 저렇게 뻔히 들여다볼 수가 있다. 저기 우뚝 솟은 저 양기와집이 바로 이 앞벌 농장 주인인 정덕호 집이며, 그다음 이편으로 썩 나와서 면역소(面役所)며, 그다음으로 같은 양철집이 주재소며, 그 주위를 싸고 컴컴히 돌아앉은 것이 모두 농가들이다.
　그리고 저 아래 저 푸른 못이 원소(怨沼)라는 못인데, 이 못은 이 동네의 생명선이다. 이 못이 있길래 저 동네가 생겼으며, 저 앞 벌이 개간된 것이다. 그리고 이 동네 개 짐승까지라도 이 물을 먹고 살아가는 것이다.
　이 못은 언제 어떻게 생겼는지 아무도 아는 사람이 없을 것이다. 그러나 이 동네 농민들은 이러한 전설을 가지고 있다. 〔……〕
　이런 일이 있은 후 며칠 만에 장자 첨지는 관가에 고소장을 들여 이 근처 농민들을 모두 잡아가게 하였다. 그래서 무수한 악형을 하고 혹은 죽이고 그나마는 멀리 쫓아버렸다는 것이다.
　아버지 어머니 혹은 아들딸을 잃어버린 이 동네 노인이며 어린 것들은 목이 터지도록 아버지 어머니를 부르며 혹은 아들과 딸을 찾으며 장차 첨지네 마당가를 떠나지 않고 울었다는 것이다.
　그래서 울고 울고 또 울어서 그 눈물이 고이고 고이어서 마침내는 장자 첨지네 고래 잔등 같은 기와집이 하룻밤 새에 큰 못으로 변하였다는 것이다. 그 못이 즉 내려다보이는 저 푸른 못이다. [1]

소설의 무대를 부감하는 묘사에서 지주의 집은 이 공간의 가운데 있고 지주집 근처에 주재소와 면역소가 자리 잡고 있으며, 그 주변에 소작농의 농가들이 있다. 그 구조는 일종의 '지리정치학'[2]적 상황을 의미한다. 이 지리적 배치는 식민지 통치의 계급적 배치를 축약한다. 문제적인 것은 산등에 올라서 용연 동네를 부감하는 시선의 위치다. "이 산등에 올라서면 용연 동네는 저렇게 뻔히 들여다볼 수가 있다"라는 문장은 이 소설에서의 서술자와 시선 주체의 최초의 위치를 보여준다. 이 소설이 '용연 동네'에서 벌어지는 계급적인 억압과 착취에 관한 이야기이며, 서술의 주체는 그 지리정치학적 상황을 '부감'하는 위치에 있다는 것을 드러낸다. 기본적으로 전지적 작가 시점을 채택하고 있지만, 부분적으로 인물들의 '내적 초점화'로 서술하는 이 소설에서, 도입부의 시선 체계가 갖는 의미는 상징적이다. 부감하는 시선은 이 소설의 미학적 원리인 '사회주의 리얼리즘'이라는 미학체계의 특징과 한계를 함축한다. 용연 동네의 모든 것을 볼 수 있는 '산등'에 위치한 서술 주체는, 그 공간의 계급적인 배치와 구조를 '이미' 알고 있으며, 그 안에서 어떤 사태가 벌어지는지를 '모두' 알 수 있는 위치에 있다고 설정된다. '사회주의 리얼리즘'의 서술 주체는 당대 사회의 계급적 모순과 역사적 전망을 이미 알고 있는 위치에 설정됨으로써 소설의 미학적 역동성은 제약된다.

전설의 소개 역시 이와 같은 맥락에서 분석될 수 있다. '원소'라

---

1) 강경애, 『인간 문제』〈문학과지성사 한국문학전집 27〉, 문학과지성사, 2006, pp. 8~9.
2) 최원식, 「『인간 문제』, 사회주의 리얼리즘의 성과와 한계」, 강경애, 같은 책, p. 400.

는 상징적인 장소는 이야기의 근원이자 이야기의 종착점으로 부각된다. 이야기의 뿌리를 먼저 제시함으로써 향후 전개될 현실적인 사건들의 근원에 자리 잡은 비극적 구조의 기원을 보여준다. 전설의 소개는 소설 속의 세부적인 사건을 하나의 원초적인 공간 이미지로 수렴하게 하는 단일한 인상의 효과를 갖는다. 다른 한편으로 그 세부적인 사건들이 원소 전설의 반복에 불과하며 그 구조적인 비극으로부터 헤어 나올 수 없음을 암시한다. 전설은 이야기의 기원이면서 소설에서 벌어지는 세부적인 사건들을 지배하는 원형적인 구조이다. 원소 전설은 계급 착취의 원형적인 모델이며, 식민지 상황에서의 인간들의 욕망과 갈등을 계급모순의 구조로 환원하는 사회주의 리얼리즘의 미학적 원리를 앞당겨 보여준다.

이 소설의 플롯 상의 특이성은 '선비'를 둘러싼 세 남성들의 '시선'의 구조이다. 소설의 전반부에서는 선비를 둘러싼 세 남자가 있다. 주인공 '선비'와 같은 계급에 속하면서도 선비에게 고백조차 해보지 못한 '첫째', 농장주 정덕호의 딸 옥점이 때문에 정덕호 집에 기거하게 된 학생 '신철', 선비의 아버지를 죽음으로 몰았으며 선비를 유린하려는 악덕 지주 '정덕호'가 있다. 이들 세 남자의 욕망과 시선이 선비라는 여성 주인공을 중심으로 움직이고 있는 것은 소설의 전반부의 플롯이다. 세 남자들이 '선비'라는 여성을 바라보는 시선의 위치와 내용은 이들의 욕망의 구조를 보여준다.

첫째는 어둠 속으로 어림해 보이는 그의 키와 그리고 몸집을 자세히 훑어보는 순간 선비가 아니냐? 하는 생각이 차츰 농후해졌다. 그는 불과 몇 발걸음 사이를 두고 그립던 선비와 이렇게 마주 섰거니하는 생각이 울컥 내밀칠 때, 무의식간에 그는 몇 발걸음 내디디었다. 신발 소리를 들은 저편은 질겁을 하여 달아난다. 첫째는 이미 내친걸음이라 그의 뒤를 따랐다.

뛰기로 못 당할 것임을 안 계집은 어떤 집으로 쑥 들어가버렸다. 그는 할 수 없이 그 집 나뭇가리 옆에 붙어 서서 계집이 나오기를 고대하였다. 그러나 계집은 한참이나 지나도 나오지 않는다. 그는 의심이 버쩍 들었다. 혹시 선비가 아닌가? 그럼 누구여? 이 밤중에 그 집에 와서 엿볼 사람은 누굴까? 그는 눈을 감고 한참이나 생각하여 보아도 얼핏 짚이는 사람이 없었다. 그래서 오늘 밤은 기어코 선비를 만나 몇 해 쌓아두었던 말을 다만 한마디라도 건네고 싶었다.

이제 선비를 만나면 뭐라고 할까? 이렇게 자신을 향하여 물어보았다. 그리고 아무 할말이 없다. 온 가슴은 선비를 대하여 할 말로 터질 듯한데 막상 하려고 하니 캄캄하였다. 뭐라고 하나? ……너 나하구 살겠니? 하고 물을까? 그것도 말이 안 되었어. 그러면 너 나 알지? "아니, 아니어." 그는 머리를 좌우로 흔들며 픽 웃어버렸다. 그리고 여러 가지 말을 생각하며 그 집 문 편만을 주의하였다.[3]

이 장면에서 '첫째'의 선비에 대한 시선은 어둠 속에 있다. 어둠 속에서 첫째는 그가 보는 대상이 선비일 것이라는 확신도 없이 응시를 지속한다. '키와 몸집'이라는 선비 신체의 외형적인 실루엣이 그 어둠 속에서 선비를 상상하게 만든다. 첫째는 선비와 같은 계급적 위치에 있음에도 불구하고 선비를 똑바로 바라보고 이야기를

<hr>

3) 강경애, 같은 책, p. 76.

건넬 수 있는 위치에 있지 않다. 첫째와 선비의 성격적인 특징 때문이라고 볼 수 있지만, 이들의 관계가 어둠이라고 하는 상황, 서로의 위치와 태도를 파악할 수 없는 상황 속에 있음을 의미한다. 어둠 속에서 막연히 '계집'을 따라가는 첫째의 걸음과 시선은, 실제적인 접촉이 아니라 상상과 기대의 수준에 머물러 있다. 선비에게 하고 싶은 말이라고 스스로 생각하는 문장들도 첫째의 이런 어둠 속의 상상이라는 수준과 다르지 않다. 계급적 기반의 공유에도 불구하고, 서로에 대한 소통과 연대의 가능성이 어둠 속에서 서로를 상상하는 수준에 머물러 있다. 소설이 끝날 때까지 첫째는 선비를 대면해서 자신의 마음을 표현할 만한 기회를 끝내 갖지 못한다.

신철이는 책상 앞에 조금 다가앉아서, 면경 속에 그의 얼굴을 비추어보며 무심히 밖을 내다보았다. 그때 선비가 빨래 함지를 이고 부엌으로부터 나온다. 신철이는 얼른 몸을 똑바로 가지고, 지나치는 그의 왼편 볼을 뚫어지도록 보았다. 그가 중대문을 넘어가는 신발소리를 들으며, 빨래를 하러 가는 모양인데…… 하고 생각할 때, 광채가 그의 눈가를 스쳐간다.

그가 이 집에 온 지 거의 두 달이 되어와도 저렇게 먼빛으로 선비를 대할 뿐이고, 한 번도 한자리에 앉아 말을 건네어보지 못하였다. 그만큼 그는 선비에게 어떤 호기심을 두었다. 그리고 특히 그의 와이셔츠나 혹은 내의 같은 것을 빨아 다려오는 것을 보면, 어떻게 그리 정밀하고 얌전스럽게 해오는지 몰랐다. 그때마다 그는 이런 아내를 얻었으면…… 하는 생각이, 옷 갈피갈피를 뒤질 때마다 부쩍 들곤 하였다.

그리고 그의 고운 자태! 눈등의 검은 점…… 그의 머리에 강한 인상을 던져주었다. 그와 말이나 해보았으면…… 그는 이러한 생각을 하면서, 어떻게 하든지 오늘 냇가에만 가면 그를 만날 수가 있을 터인데 어떻게 뭐라고 핑계를 대고 옥점이를 떨어치나가 문제되었다.[4]

신철의 선비에 대한 시선의 위치를 상징적으로 보여주는 이 장면에서 신철은 '면경'을 쳐다보다가 부엌에서 나오는 선비를 본다. 남성인 신철이 면경에 자기 얼굴을 비추어보는 것은 신철의 계급적 위치, 내성적인 지식인 계급으로서의 위치를 보여준다. 자기 얼굴을 보는 시선으로부터 하인인 선비의 몸으로 향하는 것은, 선비에 대한 최초의 '호기심'이 '외모'를 둘러싼 욕망임을 보여준다. 선비의 '왼편 볼' '눈 등의 검은 점' 같은 특정한 신체적인 세부의 묘사를 집중하는 것은 신철의 시선이 가진 관음자적 위치와 페티시즘의 뉘앙스를 드러낸다. 와이셔츠나 빨래를 빨아 다려오는 것을 보고 그 '얌전스러움'에 매혹되고 "이런 아내를 얻었으면"이라는 욕망에 사로잡히는 것은, 신철이 계급적 각성 이전의 가부장적 시선 안에서 여성의 신체를 바라보고 있음을 드러낸다. 신철은 자신의 욕망을 표현할 의지를 갖고 있지 못하며, 이런 신철의 이중성은 계급적 각성 이후 신철의 전향을 예감하게 만든다.

덕호는 씩씩하며 그의 입에 닥치는 대로 모조리 빨아 넘긴다. 선

4) 강경애, 같은 책, p. 83.

비는 덕호가 왜 이러는지? 아뜩하고 얼핏 생각나지 않았다. 그리고 그의 품을 벗어나려고 다리팔을 함부로 놀렸다. 덕호는 생선과 같이 그렇게 매끄럽게 뛰노는 선비를 통째 홀떡 들이마셔도 비린내도 나지 않을 것 같았다. 그래서 그는 씨아틀을 발길로 차서 밀어놓고 선비를 안고 넘어졌다. 그리고 치마폭을 잡아당겼다.

"아부지, 아부지, 나 잘못했수! 잘못했수!."

무의식간에 선비는 이렇게 중얼거리며 흑흑 느껴 울었다. 그리고 덕호를 힘껏 밀었다.

"이년 가만히 안 있겠니? 나 하나라는 대로 안 하면 이년 나가라! 당장 나가!"

덕호는 시뻘건 눈을 부릅뜨고 방금 죽일 듯이 위협을 한다. 전날에 믿고 또 의지했던 덕호! 그리고 돌아가신 그의 아버지와 어머니 같이 그의 장래를 돌보아주리라고 생각했던 이 덕호가……

불과 한 시간이 지나지 못해서 이렇게 무서운 덕호로 변할 줄이야 꿈밖에나 상상했으랴! 선비는 그 무서운 덕호를 보지 않으려고 머리를 돌리며 눈을 감아버렸다.[5]

악덕 지주인 덕호가 주인공 선비를 유린하는 이 장면은 이 소설에서 가장 문제적인 부분이다. 소설은 덕호의 욕망의 강도와 행위의 내용을 자세하고 감각적으로 묘사한다. "덕호는 생선과 같이 그렇게 매끄럽게 뛰노는 선비를 통째 홀떡 들이마셔도 비린내도 나지 않을 것 같았다"와 같은 묘사는 덕호의 욕망의 수준을 감

5) 강경애, 같은 책, pp. 191~92.

각적인 비유로 드러내는 뛰어난 묘사이다. 그런데 이 묘사는 덕호의 시선에서 구성된 것이다. 이 장면에서 선비의 관점에서 드러나는 진술들은 부모 같았던 덕호에 대한 공포와 배신감, 자신에 대한 무력감뿐이다. 이 장면의 마지막 문장이 "그 무서운 덕호를 보지 않으려고 머리를 돌리며 눈을 감아버렸다"라는 것은 함축적이다. 이 묘사는 선비의 무력감을 압축하고 있지만, 선비에게서 덕호의 폭력을 응시할 '눈'을 부여하지 않는 '선택적' 묘사이기도 하다. 주인공 선비는 이 소설에서 자신의 욕망과 의지를 드러내는 시선 주체로서의 위치에 설 기회를 좀처럼 얻지 못한다. 성적 착취 앞에서 선비가 "차라리 이렇게 몸을 더럽힌 바에는 아들이라도 하나 나아서 이 집안의 세력을 모두 주었으면"[6] 하고 바라게 되는 것은, 이 폭압적인 가부장적 구조를 자신의 의신처로 생각할 수밖에 없는 선비의 무력감을 적나라하게 드러낸다. 이것은 식민지 무산 계급 여성의 참혹한 곤궁을 반영하는 것이지만, 또한 선비라는 여성 주체가 이 상황을 돌파하는 데 한계가 있음을 보여준다. 선비에 대한 묘사에 비교한다면, 소설의 전반부에 나오는 첫째의 어미가 가진 욕망의 분망함은 오히려 인상적이며, 유산계급의 딸로서의 옥점이 자신의 욕망을 드러내는 방식 역시 선비와 다르다.

옥점이는 피어오르는 구름을 한참이나 보다가 흘금 신철이를 보았다. 구름을 바라보는 그의 눈! 그 새를 타고 내려온 쇠로 만든 듯한 그의 코는 확실히 그의 이지를 대표한 듯하였다.

6) 강경애, 같은 책, p. 248.

지금 그의 어머니와 그의 아버지까지도 신철이를 장래 사윗감으로 인정하는 모양인데, 보다도 현재 자기들의 이면에는 내약이 있는 것으로 인정하는 것 같았다. 그런데 실상 자기들 사이는 이때까지 아무러한 내약도 없었으며 그러한 눈치도 서로 보이지 않았다. 옥점이는 초조하였다. 그러나 저편에서 시치미를 떼고 있는데, 먼저 대들기도 무엇하여 눈치만 살살 보는 중이었던 것이다.[7]

이 소설에서 자신의 욕망을 잘 드러내는 여성 인물은 옥점이다. 비윤리적인 악덕 지주 정덕호의 외동딸인 옥점이는 자신의 욕망에 따라 사고하고 행동한다. 신철에 대한 옥점의 시선은 그 욕망의 핵심적인 양상이다. 이 소설에서 남성의 얼굴을 응시하는 여성의 시점을 묘사하는 장면은 드문데, 옥점이 신철의 눈과 코를 응시하는 장면이 대표적이다. 그 응시는 여성으로서의 그녀의 위치 때문에 '흘금' 훔쳐보는 수준의 것이며, 신철의 내심을 알 수 없는 그녀는 "눈치만 살살 보는" 시간을 감당해야 한다. 옥점은 이 소설의 다른 젊은 주인공들처럼 후반부의 계급적 각성에 이르는 '입체적인 인물'이 되지 못하지만, 적어도 자신의 욕망의 수준을 드러내고 남성에 대한 시선의 위치를 보여주는 인물이라는 점에서 주목할 필요가 있다. 그럼에도 불구하고 옥점의 욕망은 식민지 근대의 착취와 억압이라는 구조 아래서, 아버지의 가부장적 권력에 기대어서만 실현될 수 있기 때문에 제한적인 의미만을 가진다.

7) 강경애, 같은 책, p. 93.

3. 각성된 노동계급과 여성적 연대

이 소설의 전반부가 '용연 마을'이라는 간도의 공간을 배경으로 지주와 소작인 사이의 착취의 구조를 보여준 것이라면, 후반부는 경성을 거쳐 인천의 공장을 배경으로 한 노동자들의 각성의 과정을 그린다. 변두리 공간에서는 전근대적이고 봉건적인 착취의 구조가 남아 있지만, 다른 한편으로 식민지 독점자본의 근대성과 계급적 착취가 시작되는 1930년대의 식민지 상황을 소설화하고 있는 것이다. 봉건적 가부장제의 지배질서가 공고한 용연으로부터 서울을 거쳐 인천에 이르는 장소의 이동은, 자본주의적 관계 안에서의 계급 모순이 드러나는 노동 현장으로의 이동을 의미한다.

아직도 인천의 시가는 뿌연 연기 속에 잠겨 있었다. 그리고 전등불만이 여기저기서 껌벅이고 있다. 신철이는 어젯밤 동무가 자세히 말해준 대로 다시 한 번 되풀이하며 거리로 나왔다. 인천의 이 새벽만은 노동자의 인천 같다! 각반을 치고 목에 타월을 건 노동자들이 제각기 일터를 찾아가느라 분주하였다. 그리고 타월을 귀밑까지 눌러쓴 부인들은 벤또를 들고 전등불 아래로 희미하게 꼬리를 물고 나타나고 또 나타난다. 나중에 알고 보니 이 부인들은 정미소에 다니는 부인들이라고 하였다.

신철이는 위선 조반을 먹기 위하여 길가에 늘어선 국밥집을 찾아들어갔다. 흡사히 서울의 선술집 모양이다. 벌써 노동자들은 밥에다 김이 펄펄 나는 국을 부어가지고 먹는다. 그리고 어떤 사람은 부어 놓은 탁배기를 선 채로 들이마시고 있다. 일변 저편에서는 끓는 국

을 사발에 떠서 날라준다. 노동자들은 문에 불이 나게 드나든다.[8]

'인천'은 식민지 근대의 공장 지대로서의 역사적인 의미가 부각
될 수 있다. 인천이라는 새로운 식민지 근대의 무대가 등장하는 것
은, 리얼리즘 소설로서의 미학적 활력을 기대할 수 있게 한다. 지
식인 신철이 인천이라는 식민지 독점 자본의 생산의 무대에서 그
근대적 활력과 동시에 그 구체적인 착취의 현실을 보게 된다는 것
은 의미심장한 일이다. 인천 공장 지대의 노동자 집단이 보여주는
시각적 스펙터클은, 식민지 독점 자본하의 노동자 계급의 역사적
대두를 상징적으로 드러낸다. "책상에서 『자본론』을 통하여 읽던
잉여노동의 착취보다 오늘의 직접 당하는 잉여노동의 착취가 얼마
나 무섭고 또 근중이 있는가를 깨달았다"[9]라는 신철의 각성과 변
화는 이러한 구체적인 노동 현실 속에 그가 몸을 담그게 되었기 때
문이다. 지식인 신철의 각성이 첫째에게 계급의식을 심어주는 데
역할을 한다는 것도 필연적이라고 할 수 있다. 문제는 지식인 출
신으로서의 신철의 계급의식은 엄혹한 현실 속에서 전향할 수밖
에 없는 구조적인 취약성을 예비하고 있다는 점이며, 남는 것은 첫
째와 선비가 새로운 노동 주체로서 성장할 수 있는 가능성을 역동
적으로 형상화할 수 있는가 하는 점이다. 선비가 덕호의 폭력에 저
항하지 못한 자신의 무력감으로부터 처음으로 극복의 의지를 갖는
것은, 덕호에게 똑같이 유린을 당했던 간난이와의 연대감을 느끼

8) 강경애, 같은 책, p. 272.
9) 강경애, 같은 책, p. 277.

기 시작하면서부터이다.

　그때 그는 얼핏 생각나는 것이 있었다. 그것은 간난이였다. 그가 덕호에게 유린을 받기 전만 하여도 간난이를 아주 몹쓸 여자로 알았지만는, 그가 한번 그리 된 후에는 웬일인지 꿈에도 간난이를 종종 만나보고 서로 붙들고 울기까지 하곤 하였다. 그리고 이렇게 나갈까 말까 하고 망설일 때마다 문득 그의 머리에는 간난이가 떠오르는 것이다. 그가 어디라던가? 가서 돈벌이를 잘한다지…… 편지나 좀 할 줄 알면 해보았으면…… 하고 생각할 때, 그의 발길은 어느덧 간난네 집을 행하여 옮겨졌다. 그는 몇 번이나 간난이의 소식을 알고자, 달밤이면 이렇게 찾아오곤 하였다.[10]

　간난이와 선비의 연대는 새로운 여성 주체의 가능성을 보여주는 중요한 지점이다. 덕호라는 악덕 지주의 도움을 통해서만 살아갈 수 있는 존재로서의 무력감으로부터, 성적 착취의 현실을 함께 겪은 여성적 동지로서의 간난이를 생각하게 되는 것에서 선비의 각성은 시작된다. 이 연대감은 인천에서 경험하게 되는 계급적 각성 이전에 선비의 내면에서 시작된 변화라는 중요한 의미가 있다.

　그가 상경하기 전에 덕호가 선비에게 사랑을 옮기는 것을 샘하여 밤중에 돌아다니다가 어떤 놈이 다우치는 바람에 질겁을 해서 달아나다 개똥이네 집으로 들어갔던 어리석은 자신을 다시금 그는 굽어

10) 강경애, 같은 책, p. 239.

보았다. 따라서 선비가 더 불쌍하게 보였다. 선비는 머리가 눌리는 듯한 부끄러움에 얼굴을 들지 못하고 언제까지나 가만히 있었다. 그리고 덕호의 그 얼굴이 무섭고도 느글느글하게 떠올라서 어서 간난이가 화제를 돌렸으면 좋을 것 같았다.

간난이 역시 덕호의 얼굴이 떠올라서 불쾌하였다. 그래서 그는 선비에게서 시선을 옮겨 저 앞을 바라보았다. 저 번화한 도시에도 얼마나 많은 덕호가 들어 있을까? 하는 생각이 번개같이 그의 머리에 떠올랐다.

그때 요란스러운 소리에 그들은 머리를 돌리었다. 소나무 아래로 작은 게다, 큰 게다가 뒤섞이며 비탈길을 올라가고 있다. 게다를 따라 시선을 옮기니 푸른 솔밭 위로 화강석으로 깎아 세운 도리이가 반공중에 뚜렷하였다.[11]

선비보다 먼저 계급적으로 각성한 간난이는 선비에게 계급의식의 눈을 뜨게 해주기 위해 덕호의 얘기를 꺼낸다. 덕호의 폭력은 선비와 간난이가 같이 겪은 성적 착취에 해당하기 때문에, 이를 통해 두 여성이 식민지 가부장 권력 앞에서 연대할 수 있는 가능성이 열리기 때문이다. 그 사건은 덕호의 가부장적 권력 안에서 간난이 선비를 질투했던 것에 대한 부끄러움과 반성을 불러일으키는 기억이기도 하다. 두 여성 인물이 치욕적인 성적 착취의 경험을 공유함으로써 그 착취의 구조로부터 벗어날 수 있는 다른 주체의 가능성을 모색하게 되는 것은, 계급과 젠더라는 문제의 맥락에서 깊은

11) 강경애, 같은 책, p. 303.

의미를 함유한다. 위의 장면에서 그 가능성에 대한 중요한 이미지들이 등장한다. 간난이가 선비에 대한 연민과 우정의 시선에서 남산 아래의 식민지 경성으로 눈을 돌렸을 때, "저 번화한 도시에도 얼마나 많은 덕호가 들어 있을까?"라는 진전된 사회적 성찰에 도달하게 된다. 덕호라는 가부장적 권력의 착취는 식민지 자본주의와 규율권력의 무관하지 않다는 사회적 인식이 시작된다. 이 장면에서 다시 시선을 돌려 남산의 신사로 올라가는 '게다'들의 무리를 보았을 때, 소설은 예리한 역사적 통찰력의 지점에 도달한다. 계급과 젠더의 모순을 둘러싸고 있는 거대한 식민지 모순을 상징적으로 암시하는 것이다. 하지만 이 문제적인 장면에서 '선비-도시-게다'로 이동하는 간난이의 시선의 이동은 '은유적인' 차원에 머물며, 이 소설의 서사적 동력의 계기로 작동하지는 못한다.

이 소설은 식민지의 계급서사이면서 동시에 선비를 둘러싼 신철과 첫째의 '연애의 서사'로 이해할 수 있다. 선비의 외모에 대한 신철의 호기심은 처음부터 한계를 가진 것으로 볼 수 있다. 문제는 같은 계급에 속한 첫째가 계급적 각성을 이룬 뒤 어떻게 선비와의 연애의 서사를 계급적 연대로 끌고 갈 수 있는가 하는 것이다. 이 소설에서 첫째는 결국 자기를 이끌어준 지식인 신철의 배신을 목도하고, 단 한 번의 고백도 해보지 못한 선비의 시체를 마주하게 된다. 이 소설의 마지막 장면은 선비의 시체에 대한 첫째의 응시로 구성되고, 이 이미지가 이 소설의 제목과 주제와 연관되어 있음을 첫째의 관점을 통해 진술한다.

이렇게 생각한 첫째는 눈을 부릅뜨고 선비를 바라보았다. 어려서부터 그렇게 사모하던 저 선비! 한번 만나 이야기도 못 해본 그가 결국은 시체가 되어 바로 눈앞에 놓이지 않았는가!

이제야 죽은 선비를 옜다 받아라! 하고 던져주지 않는가.

여기까지 생각한 첫째의 눈에서는 불덩이가 펄펄 나는 듯하였다.

그리고 불불 떨었다. 이렇게 무섭게 첫째 앞에 나타나 보이는 선비의 시체는 차츰 시커먼 뭉치가 되어 그의 앞에 칵 가로질리는 것을 그는 눈이 뚫어져라 하고 바라보았다.

이 시커먼 뭉치! 이 뭉치는 점점 크게 확대되어가지고 그의 앞을 캄캄하게 하였다. 아니, 인간이 걸어가는 앞길에 가로질리는 이 뭉치…… 시커먼 뭉치, 이 뭉치야말로 인간 문제가 아니고 무엇일까?[12]

첫째는 "인간이란 그가 속하여 있는 계급을 명확히 알아야 하고, 동시에 인간 사회의 역사적 발전을 위하여 투쟁하는 인간이야말로 참다운 인간이라는 신철의 말"[13]을 통해 계급적 각성에 이르렀다. 하지만 신철의 이념조차 엄혹한 현실 앞에 스스로를 배반할 수밖에 없는 상황에서, 그가 고대하고 의지하는 것은 사랑하는 선비와의 만남이었다. 한 번의 고백조차 이루어지지 못한 채 그녀가 시체가 되어 나타났을 때, 첫째는 선비의 시체를 "눈이 뚫어져라 바라"본다. 선비의 시신 앞에서 첫째의 각성은 눈앞의 이 구체적인 시체야말로 '시커먼 뭉치로서의 인간 문제'라는 통찰의 지점이

12) 강경애, 같은 책, p. 389.
13) 강경애, 같은 책, p. 334.

다. 이 각성의 지점이 무의미한 것은 아니지만, 이것이 식민지 노동자로서의 첫째가 노동 계급의 주체로서 자기 정립을 의미한다고 보기는 어렵다. 첫째에게 노동 착취와 민족 모순의 복합적인 문제를 동시에 성찰할 만한 계기는 쉽게 주어지지 않고, 선비와의 실제적인 만남을 통해 자신이 오랫동안 상상해온 연애의 현실적인 과정들이 진행되는 시간도 허락되지 않는다. 그것이 식민지의 엄혹한 현실 때문이라고 하더라도, 첫째와 선비의 실제적인 만남 자체를 허락하지 않는 이 소설의 서사와 플롯은 선비의 희생을 수동적인 것으로 만들며, 첫째의 계급적 각성과 욕망을 금욕적이고 추상적인 차원으로 묶어둔다. 무산계급 여성인 선비의 희생을 통해 남성 임노동자인 첫째를 미래의 역사의 주체로 설정하는 결말은, 결과적으로 여성 주체를 역사적으로 주변화한다.

4. 『인간 문제』와 연기된 여성 주체

식민지 시대 여성 작가의 대표적 장편으로서의 『인간 문제』가 가지는 문학사적 의미는 중요하며, 그 성과와 한계는 문제적이다. 사회주의 리얼리즘의 미학적 규율이라는 측면에서 보면 이 소설은 네 명의 젊은이가 계급적 각성에 이르고 좌절하는 과정을 그리고 있다고 할 수 있다. 주인공의 고난의 이동을 통해 간도로 상징되는 봉건적 농경사회의 착취로부터, 인천으로 상징되는 식민지 독점 자본주의적 착취로의 역사적 이동의 선명하게 드러내주는 성과에 도달한다. 소설은 1930년대 초중반 식민지 조선의 변화과정, 일본 독점 자본의 형성과 이에 따르는 노동 착취의 문제가 부각되는 시대적 맥락을 드러내준다. '프로문학'의 한 절정을 이룬 이기영의 『고향』(1934)을 문제적인 인물 형상화와 농촌 현실의 묘사 등에서 뛰어난 서사적 성취를 이룬 것으로 평가할 수 있지만, 농촌의 황폐화라는 문제를 중심으로 서사가 구축되어 있다. 이에 비한다면 동시대에 발표된 『인간 문제』에서 노동자로의 전환 과정과 젠더적인 문제의식이 포함되어 있는 것은 중요한 의미가 있다. 선비와 간난이라는 하층민 무산계급의 여성과 신철과 첫째라는 서로 다른 계급 출신의 각성된 남성 노동자를 주요인물로 배치하고, 계급서사와 연애서사를 접속시키는 방식으로 식민지의 사회주의 리얼리즘 소설의 한 전형을 만들어낸다. 특히 인물들의 시점을 교차하면서 그 인물들의 욕망과 시선이 만들어내는 장면들을 병렬적으로 배치하는 미학적 방식은 주목을 요한다. 불연속적이고 비인과적인 방식으로 에피소드를 나열하는 플롯의 구성은, 남성 리얼리즘 작가들의 소설과는 변별되는 미학적 특이성으로 평가할 수 있다.[14] 하지만 이 소설에서 주목해야 할 것은 식민지 무산계급 여성인 선비와 간난이가 이전의 소설들과는 다른 여성적 주체로서 미학적·정치적 가능성을 열었는가의 문제이다.

이 지점에서 여성적인 주체의 시선이 드러나는 묘사와 서사적 동선이 마련되고 있는가 하는 점이 분석되어야 한다. 소설의 전반

---

14) 『인간 문제』의 구성상의 특징에 관해서는, 소영현, 「'욕망'에서 '현실'까지 주체화의 도정」, 『한국근대문학연구』 4호, 한국근대문학회, 2001, pp. 38~39; 서정자, 「페미니스트의 성장 소설과 자기 발견의 체험」, 『한국여성소설과 비평』, 푸른사상사, 2001, pp. 15~16 참조.

부에서 선비의 외모를 둘러싼 신철이라는 지식인 남성의 호기심과 덕호라는 악덕 지주의 성적 착취의 욕망이 드러났다면, 선비와 연대할 수 있는 계급으로서의 첫째의 시선은 어둠과 상상 속에서 선비의 '육체'를 추측하는 수준에 머물렀다. 문제는 그 남성적인 시선들의 체계를 뚫고 선비라는 여성 주체가 자신의 욕망과 의지를 구현할 시선의 위치와 공간을 구성할 수 있는가이다. 옥점이 신철에 대한 욕망을 과감 없이 드러내고, 간난이가 선비의 계급적 각성을 지도하려 하지만, 주인공 선비는 성적 착취의 장소였던 용연 마을을 떠나 도시로 오는 것 이외에는, 자신의 욕망과 의지로 상황을 돌파할 수 있는 계기를 만나지 못한다. 용연 마을을 떠나는 결심조차 피난처로서의 덕호의 가부장적 권력이 자신을 더 이상 아껴주지 않을 것이라는 불안감이 작용한 것으로 볼 수 있다. 이 소설의 전체의 묘사 가운데 선비의 욕망과 시선이 관철된 부분은 쉽게 찾기 힘들다.

이것은 상황의 피해자로서의 선비의 수동성을 보여주는 것이며, 선비가 욕망과 이념의 주체가 아닌 남성적 욕망과 식민지 착취의 희생양으로서 그려지고 있다는 것을 의미한다. 첫째 앞에서 시체로 나타나기까지 선비라는 여성의 신체는 철저히 식민지적 구조 아래서 남성적 욕망의 대상이자 계급적 착취의 '대상'이 된다. 인물의 얼굴과 신체에 대한 시선과 묘사는 대부분 선비의 '몸'에 집중된다. 무산계급 여성인 선비는 희생당하고, 지식인 소부르주아 출신의 신철은 전향하며, 미래의 투쟁은 하층민 출신의 남성 임노동자인 첫째의 몫으로 남게 된다. 자신의 생존과 욕망의 문제를 응시하고 사회적 투쟁을 통해 욕망과 윤리의 문제를 주체화할 수 있는 가능성은 첫째에게만 허락되며, 이것은 이 소설의 실제적으로 '선비의 서사'가 아니라 '첫째의 서사'임을 암시한다.

식민지의 대표적인 남성 작가들이 식민지 현실에 대한 비판적인 성찰에도 불구하고 식민지 젠더의 문제에 대한 최소한의 통찰조차 보여주고 있지 못한 것을 감안한다면, 『인간 문제』의 여성문학으로서의 성취는 기념비적인 것이다. 하지만 이 소설에서 식민지 하층민 여성들이 겪는 중층적인 고통, 봉건적 가부장제의 성적 착취와 식민지 노동 착취라는 이중의 착취에 대한 소설적 대응은 미완에 머문다. 식민지 여성 작가로서의 강경애는 남성작가들의 사회주의 리얼리즘 소설과는 다른 방식의 여성적 글쓰기와 미학적 모험을 밀고 나가야 했다. 인물들의 시점의 교차와 계급서사와 연애 서사의 접속이라는 방식으로[15] 그 미학적 특이성을 보여준 것은, 이 소설의 중요한 성과이지만 또한 부분적인 성취이다. 소설은 여성 주체의 시선과 욕망을 구성해내는 것보다는, 남성적 욕망과 식민지적 구조의 희생자로서의 여성 존재를 설정하고 묘사하는 지점에서 더 나아가지 못한다. 민족과 계급 그리고 젠더의 문제와 한꺼번에 싸워야 하는 식민지 시대 여성적인 글쓰기는 구조적 문제와 직면해 있었다. 계급의 문제와 젠더의 문제가 가진 식민지적인 얽힘의 문제는 복합적이고 전면적으로 형상화되지 못한다. 소설의 마지막은 참혹한 식민지 현실 속에서 한 무산계급 여성의 육체적

---

15) "『인간 문제』는 애정서사를 기본서사로 하고 계급서사가 추가되는 이중서사의 형태이기에 계급성과 여성성이 서로 전유하지 않는, 비전유 상황을 만들어낸다." (김복순, 「강경애의 '프로-여성적 플롯'의 특징」, 『한국현대문학연구』 25집, 한국현대문학회, 2008, p. 335.)

죽음으로 귀결되며, 그것은 일종의 '희생제의'로서, 남은 자들이 만들어갈 새로운 투쟁의 시간을 여는 잠재성으로 상징된다. 그 잠재성은 동시에 한국 여성문학의 미실현된 잠재성이기도 하다. 식민지 시대 뛰어난 여성문학이자 대표적인 장편소설의 하나인 『인간 문제』에 있어서도, 여성 주체의 미학화는 연기될 수밖에 없었다.

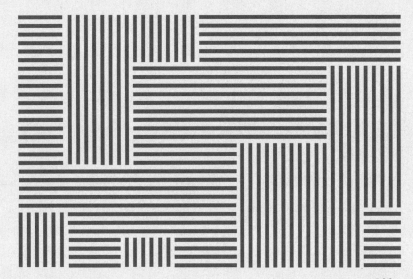

3부
—
현대 시의 형성과 시선의 분열

김소월과 풍경의 탄생

1. 김소월의 서정성과 모더니티

　김소월의 시는 한국 근대 시의 중요한 출발점으로서 평가되어왔다. 김소월의 시는 주로 전통 지향적 요소에 대한 평가를 중심으로 이루어져왔으나, 최근에 와서 근대성과 젠더에 대한 탐구를 시도한 논문들이 제출되고 있다.[1] 김소월 시를 전통주의적 관점에서의 '반근대성'의 측면에서만 이해할 때, 김소월 텍스트가 가지는 모더

---

[1] 최근의 김소월 시의 근대성과 젠더에 관한 논문으로서는, 전영주,「김소월 시의 서도성과 근대성」,『우리문학연구』, 2011. 6: 남기혁,「김소월 시의 근대와 반근대 의식」,『언어와 풍경』, 소명출판, 2010. 12: 권희철,「"'나'는 누구인가"에 대한 1920년대 문학의 문답 지형도」,『한국현대문학연구』, 2009. 12: 박승희,「1920년대 시적 주체와 여성 화자」,『한국 문학이론과 비평』, 2006 12: 정명교,「한국 현대시에서 서정성이 확대가 일어나기까지」,『한국시학연구』, 2006. 8: 이혜원,「김소월과 장소의 시학」,『상허학보』, 2006. 6: 서지영,「근대시의 서정성과 여성성」,『한국근대문학연구』, 2006. 4 등이 있다.

니티와 미적 근대성의 풍부한 자질들이 드러나지 못한다. 보다 중요한 것은 김소월 시의 서정성과 모더니티가 갖는 관계에 대한 탐구이다. 김소월 시에 나타난 시적 주체의 문제를 김소월 문학의 모더니티와 관련하여 문제화하는 것은 의미가 있다. '시선 주체'의 문제를 통해 김소월의 미적 특이성이 가지는 미적 근대성의 문제를 분석하는 것은 김소월 시의 문학사적 위치를 재문맥화하는 것이다.[2]

한국 근대 시의 형성 과정에서 서정시의 정립이 '내면-풍경'의 탄생이라는 문맥에서 설명될 수 있다면, 그것은 서정적 주체와 시선 주체와의 깊은 미적 관련성을 암시한다. 시선을 통해 포착되는 풍경이란 객관적인 것의 재현이라기보다는 하나의 인식틀이라고 할 수 있다. 근대 시의 형성 과정에서 서정적 주관성과 주체성의 원리가 중요한 계기라고 한다면, 시선 주체의 문제는 그것의 한 문제적인 국면을 이룬다.

김소월의 시가 어떤 근대성에 도달했다면, 그것은 이런 시선의 주체화를 미학적으로 성취했다는 것을 의미한다. 김소월 시의 모더니티는 언어를 다루는 방식의 문제에서 드러나야 한다. 여기서 문제가 되는 것은 김소월의 시 속에서 어떻게 시적 대상에 대한 '시각장visual field'이 구성되고 시선의 주체가 형성되고 있는가의

---

2) 김소월 시에서 시선의 문제를 다룬 논문은 남기혁의 「김소월 시에 나타난 근대 풍경과 시선의 문제」(『언어와 풍경』, 소명출판, 2010)가 있다. 이 논문은 「서울의 거리」와 같은 시에 나타나는 근대적 풍경을 둘러싼 김소월 시의 시선의 문제를 다루고 있다. 여기서는 첫 시집 『진달래꽃』에 나타난 서정시 전반을 대상으로 시선 주체와 미적 근대성의 문제를 전면적으로 제기하고자 한다.

문제이다. 현대 시의 시적 주체는 '내면-풍경'을 발견함으로써 시적 주체로서의 자기정립에 도달한다. 풍경의 발견과 시선의 주체로서의 미적 주체의 탄생은 모더니티의 중요한 미학적 국면을 이룬다. 김소월의 시는 시적 주체와 풍경의 동시적 발생을 통해 근대적 시선체계를 구축하며, 또한 그 안에서 시선 주체의 변이를 만들어냄으로써 미적 개별화를 성취한다.

2. 풍경의 탄생과 시선 주체의 구성

김소월의 시에서 '바다'와 '구름'과 같은 개방된 공간에 대한 시선은 근대적인 의미에서의 풍경의 구성에 중요한 계기가 된다. 중요한 것은 '풍경'을 생산하는 일인칭 시적 주체의 확립이다. 이 점에서 김소월의 시는 그 이전의 시들과 구별된다. 이런 미학적인 국면은 개화기의 시들과의 비교 속에서 명료해진다. 개화기로부터 1920년대의 본격적인 동인지 시대의 시들이 나타나기 전까지, 여러 가지 형식의 계몽적 시가들이 등장했었다는 주지의 사실이다. 최남선을 비롯한 1900~1910년대의 시가에서 '나'는 개별적인 개인적 자아 혹은 내면으로서의 '나'가 아니다. 김소월의 시에서 분명하게 나타나는 것은 하나의 '풍경'을 구조화하는 시적 주체의 개별적 동일성이다. 일인칭 화자는 자신의 내적 의식 안에서 풍경을 포착하고, 그 풍경을 붙잡아둔다. 일인칭 자아의 내면이 구성하는 풍경은 하나의 일관된 인격적 동일성의 '시선'에 의해 포착된 것이다. 근대 초기의 시가들이 집단적 일인칭의 계몽담론의 구조 위에

서는 '나'와 '시선'과 '풍경'에 관한 시적 구조가 확립되지 못하다
면, 김소월의 시는 '시적 자아'가 자기동일성을 구축하는 과정을
확인할 수 있다.

뛰노는 흰 물결이 일고 또 잦는
붉은 풀이 자라는 바다는 어디

고기잡이꾼들이 배위에 앉아
사랑 노래 부르는 바다는 어디

파랗게 좋이 물든 남빛 하늘에
저녁놀 스러지는 바다는 어디

곳없이 떠다니는 늙은 물새가
떼를 지어 좇니는 바다는 어디

건너서서 저편은 딴 나라이라
가고 싶은 그리운 바다는 어디[3]

여기서 '바다'는 집단적 일인칭의 계몽담론의 구조 속에 있는 것
이 아니라, 일인칭 개인 주체가 포착한 '내면-풍경' 속에 있다. '바
다'는 일인칭 시적 주체의 내면성과 함께 탄생하는 풍경이다. 이

3) 김소월, 「바다」, 『진달래꽃』, 이남호 책임편집, 열린책들, 2004, p. 19.

시에서 주목할 수 있는 그 '바다'가 '부재'로서의 바다라는 점이다. 바다라는 상상적 공간을 통해 "건너편 저편 딴 나라"라는 미지의 동경의 대상이 구축되어 있다. 중요한 것은 '바다'라는 공간 자체의 실재성이 아니라, 그 공간을 동경하는 시적 주체의 동일성이다. '어디'라는 지시대명사의 반복은 운율의 효과를 가져오며, 낭만적 동경의 주체로서의 시적 자아의 정체성을 확보하게 해준다. '어디'를 수식하는 이미지들의 병렬적인 배치는 '어디'의 상상적 공간을 풍요롭게 만들어주며, "가고 싶은 그리운 바다"라는 일인칭 시적 주체의 낭만적 지향성을 구체화시켜준다.

> 저기 저 구름을 잡아타면
> 붉게도 피로 물든 저 구름을,
> 밤이면 새카만 저 구름을.
> 잡아타고 내 몸은 저 멀리로
> 구만리 긴 하늘을 날아 건너
> 그대 잠든 품속에 안기렸더니,
> 애스러라, 그리는 못한대서,
> 그대여, 들으라 비가 되어
> 저 구름이 그대한테는 내리거든,
> 생각하라, 밤저녁, 내 눈물을.[4]

'구름' 역시 낭만적 동경의 매개가 되는 이미지다. '바다'가 동경

---

4) 김소월, 「구름」, 같은 책, p. 122.

의 대상 그 자체의 공간이라면, '구름'은 그 대상을 실어 나르는 낭만적 도구이다. 구름을 타고 "그대 품속에" 안기려는 '나'의 꿈은 이루어질 수 없다. 낭만적 동경은 그 대상이 가닿을 수 없고, 실현될 수 없다는 것, 그 '불가능성'에 의해 시적 가능성을 부여받는다. '구름'의 도구적 가능성은 '나'를 실어 나르는 것이 아니라, '내 눈물'을 실어 나르는 것으로 바뀐다. 사랑의 '불가능성'이라는 상황이 만들어내는 '설움'이라는 김소월 시 특유의 정서 양태는 '구름'이라는 대상을 통해 이미지의 육화를 얻게 된다. '구름'이라는 풍경은 일인칭 시적 주체의 낭만적 동경이라는 지향성과 함께 탄생한다.

산 위에 올라서서 바라다보면
가로막힌 바다를 마주 건너서
님 계시는 마을이 내 눈앞으로
꿈하늘 하늘같이 떠오릅니다

흰 모래 모래 비낀 선창가에는
한가한 뱃노래가 멀리 잦으며
날 저물고 안개는 깊이 덮여서
흩어지는 물꽃뿐 아득합니다

이윽고 밤 어두워 물새가 울면
물결조차 하나 둘 배는 떠나서
저 멀리 한바다로 아주 바다로

마치 가랑잎같이 떠나갑니다

나는 혼자 산에서 밤을 새우고
아침해 붉은 볕에 몸을 씻으며
귀 기울고 솔곳이 엿듣노라면
님 계신 창 아래로 가는 물노래

흔들어 깨우치는 물노래에는
내 님이 놀라 일어 찾으신대도
내 몸은 산위에서 그 산 위에서
고이 깊이 잠들어 다 모릅니다[5]

이 시에서 일인칭 시적 주체의 시선의 위치는 보다 구체적인 공
간을 확보한다. "산 위에 올라서서 바라다보면"이라는 구체적인
상황이 제시되어 있기 때문에, 구축되는 풍경은 보다 현실적인 것
에 가깝다. "흰 모래 모래 비낀 선창가에는"과 같은 구체적인 이미
지가 등장하는 것은 이런 조건 때문이다. 이런 조망의 시선은 구체
적인 공간에 대한 묘사로 뻗어나가지 않고 "가로막힌 바다를 마주
건너서/님 계시는 마을"이라는 가닿을 수 없는 낭만적 공간을 향
한다. 조망적인 시선은 드넓은 공간에 대한 시야의 확장으로 나아
가지 않고, 다시 '부재하는 님'에 대한 낭만적 동경의 시선으로 환
원된다. 후반부에서 문제적인 것은 그 시각적 이미지들이 청각적

5) 김소월, 「산 위에서」, 같은 책, pp. 21~22.

인 이미지로 전환되는 지점이다. "나 혼자 산에서 밤을 새우고" 아침에 "님 계신 창 아래로 가는 물소리"를 듣는다. 물소리는 바다가 가로막혀 가닿지 못하는 시선의 한계를 넘어서 님의 자리를 청각적으로 환기시켜준다. 청각적인 자극으로 인해 "내 님이 놀라 일어 찾으신대도" "내 몸은 산 위에서 그 산위에서/고이 깊이 잠들어다 모릅니다"라고 시적 화자는 진술한다. 이 시에서 일인칭 시적 주체의 자리는 언제나 '산 위에', 낭만적 동경의 시선의 위치에 한정되어 있다. 정작 '님'을 깨우는 것은 청각적인 자극이지만, 그 청각적 매개는 언제나 '산 위에서' 머물러 있는 '나'의 위치와 어긋난다.

> 걷잡지 못하는 나의 이 설움,
> 저무는 봄 저녁에 져가는 꽃잎,
> 져가는 꽃잎들은 나부끼어라.
> 예로부터 일러오며 하는 말에도
> 바다가 변하여 뽕나무밭 된다고.
> 그러하다 아름다운 청춘의 때의
> 있다던 온갖 것은 눈에 설고
> 다시금 낯모르게 되나니,
> 보아라, 그대여 서럽지 않은가,
> 봄에도 삼월의 져가는 날에
> 붉은 피 같이도 쏟아져 내리는
> 저기 저 꽃잎들을, 저기 저 꽃들을.[6]

낭만적 동경의 시선은 '바다'와 '구름' 과 같은 드넓은 공간에서 '부재하는 님'을 향한 갈망의 언어를 만들어낸다. '꽃잎'과 같은 보다 구체적이고 집약된 대상을 향하는 경우 그 정서적 집중은 보다 강화된다. "저무는 봄 저녁에 져가는 꽃잎"은 '설움'의 집약된 정서적 등가물이다. "저기 저 꽃잎들"이라는 대상의 현전(現前)은 '설움'이라는 정서적 관념을 표상한다. 시선 주체는 '꽃잎'의 현전을 불러들이지만, 그것은 '설움'이라는 정서적 관념을 호명하는 것과 등가를 이룬다. 이때 '꽃잎'을 보는 시적 행위는 "바다가 변하여 뽕나무밭이"이 되는 세월의 무상함과 시간의 폭력으로부터 야기된 '설움'을 불러내는 행위가 된다. 김소월의 시에서 '본다'는 것은 '님의 부재'과 '설움'의 현전을 보는 것이다.[7] '본다'는 행위가 '낭만적 주체화'에 중요한 계기가 되는 것은 이런 맥락에서이다. 님의 부재는 '상황'이 아니라 하나의 '풍경'으로 제시된다. 시적 주체는 풍경을 통해 '설움'의 주체로서 자신의 정서적 동일성을 확립한다.

---

6) 김소월, 「바다 변하여 뽕나무밭 된다고」, 같은 책, p. 114.

7) 김소월의 설움에 대한 감각은 자연물뿐 아니라, 도시 공간에서의 근대적 풍경을 구성할 때도 똑같이 작동한다. "나의 가슴의 속 모를 곳의/어둡고 밝은 그 속에서도/붉은 전등이 흐득여 웁니다./푸른 전등이 흐득여 웁니다./붉은 전등./푸른 전등./머나먼 밤하늘은 새카맙니다." (김소월, 「서울 밤」, 같은 책, pp. 80~81.) 이 시에서 도시 공간을 배회하는 근대적 개인은 그 근대적 풍경 안에서의 불안과 소외로부터 '설움'이라는 정서적 관념을 읽어낸다.

3. '몸'과 '냄새'의 비가시성과 익명적 시선

눈은 한 잎
또 한 잎
영(嶺) 기슭을 덮을 때.
짚신에 감발하고 길짐메고
우뚝 일어나면서 돌아서도
다시금 또 보이는,
다시금 또 보이는.[8]

김소월의 모든 시에서 시적 주체의 시선이 '동경'과 '설움'과 같은 명료한 정서적 관념으로 환원되는 것은 아니다. 김소월의 시에서 하나의 시선이 반드시 하나의 정서적 관념과 등치(等値)되지 않는다. 하나의 정서적 관념으로 환원되지 않는 시선이야말로 김소월 시에서 '풍경'의 다른 가능성을 드러내주는 것이다. 위의 시에서 눈 속에 보이는 '두 사람'을 향한 시선은 어떤 정서적 관념으로 환원되지 않는다. 간명한 언어와 풍부한 여백을 지닌 이미지는 개념화될 수 없는 '내면성'의 이미지를 드러낸다. 이때 중요한 것은 풍경의 구체성도 풍경의 정서적 의미도 아니다. 풍경의 여백을 향한 시선의 움직임, 그 움직임의 숨은 시적 주체의 움직임 자체이다. 여기서 김소월의 시는 보다 순수한 의미에서 시선 주체의 존재론에 육박한다.

8) 김소월, 「두 사람」, 같은 책, p. 43.

푸른 구름의 옷 입은 달의 냄새.
붉은 구름의 옷 입은 해의 냄새.
아니 땀 냄새, 때 묻은 냄새.
비에 맞아 추거운 살과 옷 냄새.

푸른 바다…… 어즈리는 배……
보드라운 그리운 어떤 목숨의
조그마한 푸릇한 그무러진 영(靈)
어우러져 비끼는 살의 아우성……

다시는 장사(葬死) 지나간 숲 속의 냄새.
유령 실은 널뛰는 뱃간의 냄새.
생고기의 바다의 냄새.
늦은 봄의 하늘을 떠도는 냄새.

모래 둔덕 바람은 그물 안개를 불고
먼 거리의 불빛은 달 저녁을 울어라.
냄새 많은 그 몸이 좋습니다.
냄새 많은 그 몸이 좋습니다.[9]

김소월의 시에서 여자의 육체를 향한 감각은 후각적인 것에 기

---

9) 김소월, 「여자의 냄새」, 같은 책, pp. 76~77.

울어져 있다. '후각적인 것'은 시각적인 것과 달리 주체와 대상과의 관계가 명료하지 않으며, 그 감각을 개념화하는 데 어려움이 따른다. 냄새는 공간을 점유하지 않고 주체와 대상의 선명한 관계를 무화시킨다. 냄새는 하나의 관념으로 요약되기 힘든 감각적 자질이다. '달의 냄새' '해의 냄새' '살과 옷의 냄새'에서 냄새를 맡는 주체와 냄새의 대상과의 관계는 종속적인 것이 되기 힘들다. 시선의 체계에서 시선의 주체와 대상은, 그 위치와 '배치'에 의해 정확하게 구별되고 그 안에서는 권력 관계가 작동할 수밖에 없다. 하지만 냄새의 공간에서 그 배치는 무의미하다. 냄새는 시선의 프레임을 요구하는 것이 아니기 때문이다. 김소월 시에서 여성의 몸에 대한 시선이 남성 관음자의 권력적 위치를 갖지 않는 것은 '냄새'라는 감각 속에서 시선이 무화되기 때문이다. 후각·청각과 같은 시각 이외에 감각 안에서 주체가 상징질서와 규율화에서 이탈하는 공간이 발생한다는 것은 의미심장한 일이다.

김소월의 시적 주체는 여성의 몸을 권력적 시선으로 지배하는 것 대신에 "어우러져 비끼는 살의 아우성"을 듣는다. 그 청각적인 동시에 촉각적이며 후각적인 감각은 여성의 몸에 대한 시적 주체의 감각의 발견을 의미하며, 시선에 의한 대상의 장악이 아니라는 맥락에서 권력과 소유에 저항하는 감각이다. 촉각적인 것과 후각적인 것은 시선의 소유와 권력 관계를 좌절시킨다. 이때 타자는 대상이 아니라 감각의 목적 자체가 된다. 그 몸이 냄새가 하나의 관념으로 요약되지 않고 "장사(葬死) 지나간 숲 속의 냄새" "유령 실은 널뛰는 뱃간의 냄새" "생고기의 바다의 냄새"로 풍부한 이미지들을 통해 익명화될 때, "냄새 많은 그 몸"은 하나의 이름으로 요약되지 않는 익명적 존재로 거듭난다. 이를 통해 김소월의 시는 "냄새 많은 그 몸"을 둘러싼 타자의 존재론이 타자의 윤리학과 만나는 문제적인 지점을 드러낸다.

불빛에 떠오르는 새뽀얀 얼굴.
그 얼굴이 보내는 호젓한 냄새.
오고 가는 입술의 주고받는 잔,
갸느스름한 손길은 아른대어라.

거무스레하면서도 불그스레한
어렴풋하면서도 다시 분명한
줄그늘 위에 그대의 목놀이,
달빛이 수풀 위를 떠 흐르는가.

그대하고 나하고 또는 그 계집
밤에 노는 세 사람, 밤의 세 사람,
다시금 술잔 위의 긴 봄밤은
소리도 없이 창밖으로 새어 빠져라.[10]

에로틱한 뉘앙스가 강한 위의 시는 시각과 후각을 둘러싼 흥미로운 감각의 모험을 연출한다. "불빛에 떠오르는 새뽀얀 얼굴"은 이 시의 관능적 분위기의 최초의 출발점이다. 불빛은 얼굴을 가시

---

10) 김소월, 「분 얼굴」, 같은 책, p. 78.

성의 체계 안으로 불러들이며, 얼굴은 타자의 정체성을 둘러싼 가시성의 원천이다. 그런데 이 시는 그 얼굴의 가시성을 부각시키자마자 "그 얼굴이 보내는 호젓한 냄새"라는 후각적인 관능의 세계로 진입한다. 얼굴의 가시성은 냄새의 비가시성이라는 세계와 만나며, 다시 '입술'과 '손길'의 촉각적인 세계를 불러들인다. 두번째 연에서는 다시 시각적인 세계로 돌아오지만 "줄그늘 위에 그대의 목놀이"라는 이미지는 "달빛이 수풀 위를 흐르"는 몽환적인 느낌으로 제시된다. 이 시의 결정적인 반전은 마지막 연에서 이루어진다. "그대하고 나하고 노는 또는 그 계집" "밤에 노는 세 사람"이라는 돌발적인 이미지가 등장한다. 여기서 '그대'와 '계집'의 관계는 모호하고 몽환적인 장면을 연출한다. 두 가지 해석의 가능성이 있다. '계집'은 '그대'의 '분신'으로 볼 수 있는 가능성, 즉 '계집'은 '그대' 안에 내재된 다른 관능적 캐릭터로 이해할 수 있다. 두번째는 '그대'는 '계집'과 다른 존재이고 '나'는 '그대'와 '계집'을 동시에 생각한다. 이때 '그대'와 '계집'과 '나'는 실재로 함께 있는 것이 아니라, "술 잔 위의 긴 봄밤"이라는 몽환적인 시공간 위에서 '내'가 호출한 두 개의 여성적 존재라고 할 수 있다.

이 시가 흥미로운 것은 일인칭 남성 주체가 여성의 몸을 시각적인 대상으로 호출하는 일반적인 남성적 시선 체계와는 다른 시선과 이미지의 배치를 보여준다는 점이다. 두 여성적인 존재의 동시적 호출과 몽환적이고 공감각적인 이미지들이 특히 그러하다. 시선의 결정적인 특이성은 마지막 행의 "소리도 없이 창밖으로 새어 빠져라"에서 드러난다. 이 이미지에서 "그대하고 나하고 또는 그 계집" 즉 "밤에 노는 세 사람"의 이미지는, '창'이라는 하는 시선의 프레임 안에서 또 다른 누군가의 응시의 대상이 된다. '나'는 시선의 주체가 아니라 두 여성적 존재와 함께 '큰 타자'의 '응시'의 대상이 된다. 이 시에서 시선은 일인칭 주체의 지향성이라는 관점에서 성립되지 않는다. 일인칭 주체의 시선의 대상은 두 여성적 존재는 분열되어 있으며, 또 다른 타자의 응시에 의해 '내'가 대상화되는 '시선과 응시의 분열'이 나타난다. 이 시에서 일인칭 주체는 '타자의 응시' 속에서 '나'와 두 여성을 본다. 낭만적 주체의 자기 동일성은 시선 체계의 분열, 혹은 '주체 없는 시각적 지향성'이라는 또 다른 익명적 시선과 만나고 있다.

산에는 꽃 피네
꽃이 피네
갈 봄 여름 없이
꽃이 피네

산에
산에
피는 꽃은
저만치 혼자서 피어 있네

산에서 우는 작은 새요
꽃이 좋아
산에서
사노라네

산에는 꽃 지네
꽃이 지네
갈봄 여름 없이
꽃이 지네[11]

「산유화」는 김소월의 대표작 가운데 하나이고 운율과 주제의식을 포함한 이 시의 미적 성취에 대해서는 이미 많은 분석이 행해진 바 있다. 이 시는 일인칭 주체의 '꽃'이라는 대상을 둘러싼 진술에 의해 구성된다. 이 시에서 시적 화자 혹은 시적 주체의 신체적 존재감은 시적 진술 뒤에 감추어져 있다. 시적 주체는 얼굴 없는 순수한 관찰자의 입장에서 꽃의 탄생과 죽음을 묘사한다. 이런 묘사적 관점이 '저만치'라는 거리의 문제와 연관되어 있다는 분석이 제출된 바 있다.[12] 이 시의 주체는 객관적 관찰자이면서, 동시에 우주의 순환 질서를 발설하는 주술적인 예지자와 같은 존재이다.[13]

11) 김소월 「산유화」, 같은 책, pp. 197~98.
12) "이 작품에서 자아와 대상의 서정적 상호 융화는 끝내 이루어지지 않는다. 양자 사이의 '저만치'의 거리가 개입하기 때문이다. 이 거리는 시적 주체가 대상을 관조하는 물리적 거리이면서, 동시에 자연의 마법적인 질서를 계몽의 시선 아래 굴복시키려는 근대적 자아가 자연에 대해서 가지는 심리적 거리(분리의식)이다." (남기혁, 「김소월 시의 근대와 반근대 의식」, 『언어와 풍경』, 소명출판, 2010. p. 71.)
   이 '저만치의 거리'의 문제를 "인간과 청산과의 거리"이며 "인간의 자연에 대한 향수의 거리"라고 처음 주장한 것은 김동리이다. (김동리, 「청산과의 거리」, 『문학과 인간』, 민음사. 1997. pp. 43~44.)
13) 김소월 시의 샤머니즘적 음색은 그의 시의 곳곳에서 발견되며 특히 「초혼」은 그것의 절정이라고 할 수 있다. "떨어져 나가 앉은 산 위에서/나는 그대의 이름을 부르노라"에서 "떨어져 나가 앉은 산"이라는 공간이야말로 김소월 시의 시선 주체의 자리

이 예지자는 우주적 진리를 발설하는 얼굴 없는 존재라는 측면에서 이름을 붙일 수 없는 존재이다. 이 시의 진술을 우주적 진리의 발설이라고 한다면, 이 시는 서정시의 문법 안에서 '시선의 익명화'를 보여주는 문제적인 텍스트이다. 이런 시선은 이름붙일 수 없다는 측면에서, 익명적인 시선이라고 말할 수 있다. '익명성'은 여기서 하나의 수사적인 태도라기보다는 시적 주체의 위치와 성격을 지칭하는 개념이다. 김소월의 시의 주류를 이루던 '부재하는 님'을 향한 낭만적 동경의 시선이, 「산유화」에서는 서정적 주체화의 변이를 산출하는 또 다른 지점을 보여준다.

4. 김소월 시의 또 다른 모더니티

한국 현대 시의 형성 과정에서 서정시의 정립은 '내면-풍경'의 탄생이라는 문맥에서 설명될 수 있으며, 그것은 서정적 주체와 시선 주체와의 깊은 미적 관련성을 암시한다. 김소월의 경우, 한편으로는 전통적인 공동체의 언어와의 깊은 연관성 속에서 새로운 근대적 주체의 확보를 이루어내야만 했고, 다른 한편으로는 그 낭만적 주체의 일반성을 넘어서는 시선의 분열과 익명화라는 다른 미적 모더니티의 모험으로 나아간다.

김소월의 시의 근대적 면모에서 우선적으로 나타나는 것은 하나

라고 할 수 있다. 이 부재하는 것을 호명하는 주체는 「산유화」에 와서는 자기의 존재감과 위치 자체를 무화시키는 수준에 이른다.

의 '풍경'을 구조화하는 시적 주체의 개별적 동일성이다. 일인칭 화자는 자신의 내적 의식 안에서 풍경을 포착하고, 그 풍경을 붙잡아둔다. 김소월의 시에서 '본다'는 것은 '님의 부재'과 '설움'의 현전을 보는 것이다. '님의 부재'는 상황이 아니라 하나의 '풍경'으로 제시된다. 시적 주체는 그 풍경을 통해 '설움'의 주체로서 자신의 정서적 동일성을 확립한다. 잃어버린 세계와 부재하는 것에 대한 개인적 갈망은 근대적 개인 주체의 자율성에 기초한 것이지만, 다른 한편으로 근대의 폭력으로부터 잃어버린 것을 향하는 공동체적인 감각과 연결되어 있다. 김소월의 시는 개인의 주관성을 포기하지 않으면서 토착적인 언어와 연결되어 있다.

그런데 김소월의 모든 시에서 하나의 시선은 언제나 하나의 정서적 관념과 등치(等値)되는 것은 아니다. 하나의 정서적 관념으로 환원되지 않는 시선이야말로 김소월 시에서 '풍경'의 다른 가능성을 드러내주는 것이다. '몸'과 '냄새'의 세계 속에서 김소월의 시적 주체는 가시성의 영역으로부터 벗어난다. 「분 얼굴」에서 일인칭 주체의 시선의 대상은 두 여성적 존재는 분열되어 있으며, '시선과 응시의 분열'와 '주체 없는 시각적 지향성'을 보여준다. 「산유화」의 진술이 우주적 진리의 발설이라고 한다면, '시선의 익명화'를 보여주는 문제적인 텍스트이다. 부재하는 님을 향한 낭만적 동경의 시선은, 낭만적 주체화의 자리를 넘어서는 시선의 또 다른 모험을 보여준다.

김소월의 시는 식민지 시대의 미적 주체가 어떻게 근대적인 시선체계를 재전유하는가를 드러낸다. 전통적인 세계에서 벗어나 시언어의 근대성이 확립되기 위해서는 내면적 풍경의 탄생이라는 방식으로 시적 주체의 자율성이 정립되어야만 했다. 주체의 시선은 부재하는 것에 대한 동경과 설움이라는 형식으로 주체의 정서적 동일성을 만들어냈다. 그러나 하나의 정서적 관념으로 환원되는 풍경은 이데올로적 환상을 통한 주체화의 과정이라고 할 수 있다. 식민지의 미적 주체는 식민지 주체를 제국의 주체로 오인하지 않는 미적 장소가 필요했다. 김소월에게 그것은 전통적인 공동체적 감각과 주술적인 세계의 호출이었으며, 다른 한편으로는 익명적 시선의 탐색이라는 모더니티의 경계 지점을 모색하는 일이었다.

　김소월 시의 모더니티의 문제는 시선 주체와 대상과의 관계 속에서 이해될 수 있지만, 그 미학적 개별성은 근대적인 시선 체계의 일반성을 넘어서는 시선의 모험 속에 드러난다. 근대적 시선 주체의 변이의 지점이 오히려 김소월의 시가 가지는 미적 모더니티의 한 절정이 되는 역설이 발생하는 것이다. '미적 모더니티'는 근대의 폭력성과 동일성을 부정하는 문학적 자율성과 작품의 개별성을 보존하는 투쟁을 의미하며, 그것은 근대와 반근대의 충돌과 교섭, 그리고 탈근대적 징후라는 문맥을 동시에 갖는다. 김소월 시는 근대적인 시선 체계 안에서 또 다른 미적 변이의 장소를 생산했다는 의미에서, 현대 시의 형성의 지점에 아로새겨진 문학사적 상징이다.

김기림과 박람회의 시선

1. 김기림 시와 시선의 문제

김기림은 현대 문명에 대한 적극적인 관심을 통해 1930년대의 모더니즘 운동을 이끌었던 것으로 알려져 있다. 그는 이론과 창작의 양쪽 측면에서 한국 시의 모더니티를 한 단계 진전시킨 것으로 평가된다. 그의 시는 도시적 이미지들의 속도감 있는 전개를 보여주면서, 근대적 공간에 대한 시적 묘사를 파노라마적인 방식으로 연출한다. 그의 시에 나타난 모더니즘에 대한 가장 일반적인 비판은 문명의 외면적 징후만을 표피적으로 다룸으로써 '문명 비판'의 기획에 다다르지 못했다는 것이다. 물론 이런 비판은 충분한 비평적 근거를 가지고 있다. 하지만 김기림이 1930년대라는 공간에서 보여준 도시적 삶을 둘러싼 여러 문화적인 코드들은 근대성 대한 새로운 발화라는 측면에서 의미가 있다. 모더니즘이라는 문예사조의 프레임을 넘어서 김기림의 문학이 함유하고 있는 모더니티의 내용과 형식을 '다른 방식'으로 읽어내는 일이 중요하다.

우선 주목할 수 있는 것은 김기림이 도시라는 공간을 묘사하는 방식, 그 시선의 운동 양식이다. 김기림의 근대적인 공간에 대한 관심은 그 '가시성'의 문제로 드러나고 있다. 근대적 공간이 시적 대상으로 떠오르는 것은 '보는 주체'의 정립과 관련되어 있다. 김기림의 시에서 흥미로운 것은 그 새로운 시선 주체의 탄생이 근대적 공간 경험에 의해 이루어진다는 것이다. 김기림 시의 근대성의 문제는 시선의 주체를 형성해나가는 방식에 대한 탐구를 요구한다.[1] 김기림 시에서의 시선의 주체화는 근대세계의 시선 주체의 일반적인 지위와 관련 맺고 있지만, 그것과는 다른 방식의 미적 개별성을 만들어낸다.

2. 시선 주체의 외재성과 박람회의 시선

김기림 초기 시에서 드러나는 시선의 구축 양상 중의 하나는 전자적이고 조망적인 시선이라고 할 수 있다. 시선 주체의 감정적 내면적 특징을 드러내지 않고, 시적 대상과 공간에 대한 객관적이고 전체적인 시야를 확보하려는 시도는, 그가 시에서의 주관적인 요

---

1) 김기림 시의 근대성과 주체의 문제에 관해서는 신범순의 「1930년대 모더니즘에서 '작은 자아'와 군중, '기술'의 의미」(『한국현대시의 퇴폐와 작은 주체』, 신구문화사, 1998), 문혜원의 「1930년대 문학에 나타난 영화적 요소에 관한 고찰」(『한국현대시와 모더니즘』, 신구문화사, 1996)과 곽명숙의 「김기림 시에 나타난 여행의 감각과 의미」(『한국시학연구』 21호, 2008. 4) 등의 연구 성과가 제출되어 있다.

소와 감상성을 배제하려한 노력과 연관되어 있다.[2]

아스팔트 위에는
四月의 夕陽이 졸리고

잎사귀에 붙이지 아니한 街路樹 밑에서는
吾後가 손질한다.

소리 없는 고무바퀴를 신은 自動車의 아기들이
분주히 지나간 뒤

너의 마음은
憂鬱한 海底

너의 가슴은
구름들의 疲困한 그림자들이 때때로 쉬려오는 灰色의 잔디밭.

바다를 꿈꾸는 바람의 歎息을 들으려 나오는 沈黙한 行人들을 위
하여

2) 김기림의 감상주위와 낭만주의에 대한 비판은 그의 시론의 출발점이기도 하다. "감상
과 시를 혼동하기조차 한다. 그것을 일층 선동하는 것은 구식 로맨티시즘의 사고 방
법이다. 그것은 때때로 내용주의라는 새로운 복장을 바꾸어 입으나 역시 자연의 존
중이라는 소박한 사상에서 출발하는 것은 마찬가지이다. 즉 어떤 사고와 감정의 노
출을 그대로 시의 극치라고 생각했다." (김기림, 『김기림 전집』 2, 심설당, 1988, pp.
95~96.)

작은 아스팔트의 거리는

地平線의 흉내를 낸다.[3]

이 시에는 '아스팔트' '자동차' '가로수' '침묵한 행인' 등의 도시적인 이미지들과 '해저' '구름' '지평선' '바다' 등의 자연적인 이미지들이 대비되어 있다. 대비적인 이미지들의 조합 사이로 '졸리고' '우울한' '피곤한' '탄식' 등의 감정적 요소가 개입되어 있다. 1연~3연이 도시의 아스팔트, 거리의 이미지와 스펙터클에 대한 묘사라면, 4연~6연은 그것에서 벗어난 다른 공간을 호출한다. 이러한 공간의 돌연한 확장과 이동은 몽타주적인 방식의 시선 이동으로 설명될 수 있고, 그것은 김기림의 중요한 미학적 방법론이기도 하다. '해저'와 '회색의 잔디밭'은 '너의 마음'과 '너의 가슴'에 대한 은유이지만, 그 은유는 도시의 공간적 감수성에 대한 비유적 이미지이다. 그 비유적 구조는 "작은 아스팔트의 거리는/지평선의 흉내를 낸다"라는 문장으로 압축된다. 거리의 권태와 우울은 지평선의 그것과 유비적 관계를 이룬다. 그 관계를 묘사하는 것은 문명에 대한 특정한 정서적 태도와 관련되지만, 주목할 것은 그 모든 것으로 부감하는 시선의 위치이다.

시선의 주체는 가로수와 자동차들을 볼 수 있는 거리의 한복판에 위치하고 있는 것처럼 보이지만, 그 시선은 '너의 마음'과 '너의 가슴'이라는 보다 내면적인 공간을 향해서 움직인다. 물론 여기서 '너'라는 이인칭의 대상은 일인칭 '나' 자신을 객관화시켜보

3) 김기림, 「아스팔트」, 『김기림 전집』 1, 심설당, 1988, p. 107.

는 것일 수도 있다. 이 객관화는 조망적인 시선의 위치와 무관하지 않다. 문제는 자연과 도시라는 두 공간적 표상들을 유비적으로 대상화하는 시적 주체의 지위이다. '침묵한 행인'으로 표현되는 도시 군중에 대한 시적 주체의 거리는, 도시 전체의 '기상도'를 내려다보는 시선의 위치를 규정한다. 그 시선의 위치야말로 '너의 마음'이라는 이인칭의 호명 방식으로 거리의 감수성을 정리하는 화자의 미적 태도를 설명해준다. 1930년대 경성의 거리로부터 우울과 권태의 감성을 추출하는 김기림의 태도는, 도시공간에 대해 그가 외재적인 시선의 위치에서 문명의 피로를 발견한다는 것을 의미한다. 이 도시의 거리에서의 '나'의 실존적 존재를 은폐하고 '너의 마음'을 대상화하고 '침묵한 행인'들을 타자화할 때, 김기림은 도시의 내적 역동성을 발견하기에는 너무나 먼 거리와 높은 위치에 있었던 것이다.

마지막 행에 '지평선'의 이미지가 등장하는 것은 의미심장하다. 지평선은 자연 자체가 아니라, 자연의 '흉내'를 내고 있는 아스팔트의 인위성에 대한 비판으로 읽을 수도 있다. 그것은 또한 이 거리를 내려다보는 시선의 지위를 반영한다. '지평선'의 이미지는 시각장의 중심으로서의 소실점의 존재를 상기시키고, 이는 풍경을 통어하는 고정적인 중심적인 시점을 유지하고 있음을 암시한다. 이미지의 전개가 풍경의 이동을 보여주고 있다고 하더라도, 은폐된 주체는 가시적인 세계의 보이지 않는 중심에 위치하여 대상과 일정한 거리를 둔 채, 그것을 전체적으로 조망하면서 그 시각적 통어력을 행사한다.[4]

百貨店의 屋上庭園의 우리 속의 날개를 드리운 「카나리아」는 「니히
리스트」처럼 눈을 감는다. 그는 사람들의 부르짖음과 그리고 그들
의 日氣에 대한 株式에 대한 西班牙의 革命에 대한 온갖 지꺼림에서
귀를 틀어막고 잠속으로 피난하는 것이 좋다고 생각한다. 그렇지만
그의 꿈이 대체 어데가 彷徨하고 있는가에 대하여는 아무도 생각해
보려고 한 일이 없다.

기둥시계의 時針은 바로 12를 출발했는데, 籠 안의 胡닭은 突然 森
林의 慣習을 생각해내고 홰를 치면서 울어보았다. 노-랗고 가-는 울
음이 햇볕이 풀어져 빽빽한 空氣의 周圍에 길게 그어졌다. 어둠의 밑
층에서 바다의 저편에서 땅의 한끝에서 새벽의 날개의 떨림을 누구
보다 먼저 느끼던 힌털에 감긴 「무슈·루쏘-」의 遺言은 설합 속에 꾸
겨서 넣어두고 屋上의 噴水에 메말라버린 心臟을 축이려온다.

建物會社는 병아리와 같이 敏捷하고 「튜-립」과 같이 新鮮한 공기를
방어하기 위하야 大都市의 골목골목에 75센티의 벽돌을 쌓는다. 놀
라운 戰爭의 때다, 사람의 先朝는 맨첨에 별들과 구름을 거절하였고
다음에 大地를 그리고 최후로 그 자손들은 공기에 항하야 宣戰한다.[5]

백화점의 옥상 정원을 묘사한 이 시는 김기림 초기 시의 미학적
인 특징들을 상징적으로 보여준다. 백화점은 화폐경제의 왕국이
며 교환가치의 신전과도 같은 곳이다. 그것은 근대 자본주의 체제
가 개인을 소비의 주체로 호명하는 자본주의적 주체화의 대표적인

---

4) 주은우, 『시각과 현대성』, 한나래, 2003, p. 396.
5) 김기림, 「屋上庭園」, 같은 책, p. 28.

장소이다. 식민지 조선에서 백화점은 단순히 상업 시설이 아니라, 도회의 심장부이자 거리의 부두로서 소비와 유행의 선도하는 생활 문화 시설과 사교장, 오락과 행락시설 등 다양한 기능을 겸하고 있었다. 식민지 백화점은 상품화된, 스펙터클화된 제국의 힘을 전시하는 장소였지만, 피식민 대중은 그 문명의 스펙터클에 대한 구경꾼 이상이 되지 못했다.[6] 백화점이라는 공간은 상품이라는 대상에 대한 근대인의 소비와 소유 그리고 시선의 특이성이 가시적으로 드러나는 문제적이며 압축적인 공간이다. 백화점에서 '본다'는 것은 소유의 욕망과 깊이 연관될 수밖에 없다.

이 시에서 시적 주체의 시선이 확립되는 것은 옥상정원이라는 공간에 대한 묘사를 통해서이다. 흥미로운 것은 그 시선의 집중과 이동의 방식이다. 우선 이 시에서는 옥상정원 전체의 구도를 묘사하지 않고, 그 안의 '카나리아'를 '클로즈업'한다. '카나리'에 대한 전지적인 입장에서 그의 '생각'을 묘사한다. '일기(日氣)' '주식(株式)' '서반아(西班牙)의 혁명(革命)'을 둘러싼 사람들의 소음을 무시하고, 잠 속으로 피난하려는 카나리와 "삼림(森林)의 관습(慣習)"의 생각하는 '(농)籠 안의 호(胡)닭'을 묘사한다. 이 시는 백화점의 상품들의 스펙터클을 전시하는 대신에 그 옥상정원의 사소한 존재들을 전지적인 관점에서 조망한다. 그것이 의도하는 것은 백화점이라는 상품경제의 신전에 대한 스펙터클한 묘사도, 근대 문명에 대한 신랄한 비판도 아니다. 옥상정원에 대한 전지적 시선은 도시의 이면을 구성하는 작은 이야기들을 포착해내고 거기서 근대

6) 김백영, 『지배와 공간—식민지 도시 경성과 제국 일본』, 문학과지성사, 2009, p. 477.

적 이미지와 기호들을 발굴해내려는 것이다. 근대적인 이미지에 관련하여 '새'의 종류들이 등장했다는 것은 의미심장하다. 그것은 단순한 이국 취향을 넘어서 '새'를 전시하고 그것을 관람하는 방식의 근대성에 관련된 문제이다. 이 지점에 일종의 '박물학적' 시선이 작동하고 있다고 할 수 있다. 동물과 사물들의 생태와 분류와 관련된 근대적인 시선은 물건을 배치하고 분류하는 '투명한 액자 상태의 인식 공간'을 전제한다.[7] 대상의 가시적인 특성에 따라 나열되고 전시되어 분류되는 이런 박물학적 시선은, 사물에 대한 근대적 시선체계의 확립과 밀접하게 연관된다.

七月은
冒險을 즐기는 아이들로부터
故鄕을 빼앗었다.

우리는 世界의 市民
世界는 우리들의「올리피아-드」

시컴언 鐵橋의 얼크린 嫉妬를 비웃으며 달리는 障碍物競走選手들
汽車가 달린다. 國際列車가 달린다. 展望車가 달린다……

海洋橫斷의 定期船들은 港口마다
푸른 旗빨을 물고「마라톤」을 떠난다……

7) 요시미 순야,『박람회―근대의 시선』, 이태문 옮김, 논형, 2004, p. 31.

럭키, 히말라야, 알프스.
山脈을 날어넘은 旅客機들은 어린 傳書鳩.[8]

김기림의 시에서 여행은 근대 세계의 넓이를 체험하는 것이다. 토착적인 고향의 공간을 벗어나서 미지의 세계로 시선을 확대하는 것은 근대적 체험의 한 핵심적인 경험이다. 그 체험의 과정에서의 감각의 개방은 근대의 미적 체험의 중요한 부분이다. '기차'와 '배' 등의 여행수단은 근대적 문화경험의 중심을 이루는 것이다. 움직이는 기차와 배에서의 경험하는 풍경의 파노라마는 근대적 시선 경험의 극적인 양상이다. 그런데 이 시에서 드러나는 것은 여행 경험의 감각적인 체험이 아니다. 여기서 여행의 경험은 감각의 모험이 아니라, '世界의 市民'이라는 관념 혹은 이념의 전시이다. 여행을 묘사하는 시적 주체의 시선은 기차와 배 위에서 풍경의 파노라마를 경험하는 것이 아니라, '세계주의(世界主義)'라는 하나의 균일한 관념과 이미 알려진 기호로서의 지명들을 전시하는 것이다.[9]

이 시에서 여행의 경험은 지구 위에서 세계의 지도를 조망하는 시선의 위치를 갖는다. 그런 시선의 위치는 실제적인 체험에 기반한 것이 아니라, 관념적인 시선의 지위라고 할 수 있다. 마지막 문

---

8) 김기림, 「旅行」, 같은 책, p. 78.
9) "여행객은 여행을 통해 완벽히 이질적인 타자를 만나는 것이 아니라 이미 알고 있는 기호들을 만나는 경험을 통해 자신이 가진 인식을 보충하는 것이다. 김기림의 여행은 이질적인 타자를 향한 모험이 아니라 다분히 문화적인 욕구와 취향에서 비롯되었고 그러한 문화적 기호들에 의해 보호받고 보충되고 있다고 할 수 있다."(곽명숙, 같은 글, p. 21.)

장에 나오는 "시온으로 가자./그리고 시온을 떠나자./우리에게는
永久한 시온은 없다"라는 진술은 근대 세계에 대한 비판적 질문이
아니라, 관념으로서의 세계주의와 탈토착적인 유목적 삶에 대한
추상적인 비전에 머문다. 여행을 감각적인 체험이 아니라, '박람
회'의 시선으로 경험하는 것이다. 박람회는 진열과 시각적 전유의
결합을 통해 사물들과 관계 맺는 공간이다. 특정한 하나의 공간과
사물에 대한 감각적인 경험이 아니라, 여러 사물들과 공간들의 이
미지를 균일하게 나열하고 전시하는 박람회의 방식은, 디스플레이
된 기호들의 전시 공간 안에서 여행을 체험하는 것이다. 박람회의
형식은 안과 밖의 경계를 넘어 사물들을 기호화하고 배치하는 압
축적인 판형 속에 모든 것을 수용한다.

　　土曜日의 픔後면은……

　　사람들은
　　수없는 나라의 이야기를 담뿍 꾸겨넣은 「가방」을 드리우고 달려
듭니다.
　　太陽을 투겨올리는 印度洋 의 고래의 등이며
　　船長을 잡아먹는 食人種의 이야기며
　　喇嘛敎의 부처님의 찡그린 얼굴이며……

　　[……]

　　「테블」우에 늘어놓은

國語와 國語와 國語와 國語의
展覽會

수염이 없는 입들이
「뿌라질」의 「커피」잔에서
푸른 水蒸氣에 젖은
地中海의 하눌빛을 마십니다.

흰옷을 입은 흰 「뽀이」는
國籍의 빛깔을 보여서는 아니되는
漂白된 흰 「뽀이」가 아니면 아니됩니다.

여기서는 「가방」들이
때때로 市長보다도 휠신
歡待를 받는 風俗이 있습니다.

吾後 아홉時면……

二層과 三層의 덧문들은
밖앗의 물결소리가 시끄럽다는 듯이
발깍 발깍 닫겨집니다.
그러면 「호텔」은 검은 煙氣를 吐 하면서 움직이기 시작합니다.

밤의 航海의 出發信號……

흰 꿈의 비닭이들은 寢室로부터

世界의 모-든 구석으로 向 하야 날어갑니다.

배가 아침의 埠頭에 또 다시 닿기까지……[10]

「씨네마 풍경」이라는 제목이 암시하고 있는 것처럼, 이 시는 영
화 화면에서 일별한 이국적인 이미지들을 나열하는 데 초점을 맞
춘다. 여기에서 주된 미적 관심은 이국적인 취향에 대한 전시라고
할 수 있다. "인도양(印度洋)의 고래의 등" "선장(船長)을 잡아먹는
식인종(食人種)" "라마교(喇嘛教)의 부처님의 찡그린 얼굴"같은
신기한 이미지들은 타자와 야만의 이미지를 전시하는 방식으로 토
착적인 풍경 반대편의 이미지들을 이상화하는 것이라고 할 수 있
다.[11] 이 호텔의 공간은 여러 인종과 나라의 사람들이 뒤섞이는 혼
종적인 공간이고, 그 공간은 테이블에 놓여 있는 여러 나라의 언어
들의 '전람회'처럼, 여러 가지 문화들이 혼재되고 전시되는 공간이
다. 여행객들의 '가방'은 그러한 다양한 나라들의 문화와 이야기가
압축되어 있는 표상이다. 호텔은 '세계의 모든 구석'이 압축적으로
전시되어 있는 박람회의 공간이라고 할 수 있다. 이국의 '호텔'의
정경을 묘사하는 이 시에서 공간을 바라보는 주체는 그 공간 속에
속해 있는 내적 초점화internal focalization의 시선이 아니라, 그 공간
외적 초점화external focalization의 시선에 의해 구성된다. 공간을 박
람회의 시선으로 바라보기 때문에, 시선의 주체는 불안정적한 감

10) 김기림, 「씨네마 風景」, 같은 책, pp. 82~83.
11) 닝왕, 『관광과 근대성』, 이진형 옮김, 일신사, 2004, p. 218.

각적 요소를 배제하고 감정적인 개입을 배제한 채로 '원격적인 시각의 힘'에 의지한다. 시각적인 것의 특권화에 의한 경험의 균질화를 보여준다는 측면에서, 이국의 호텔을 보는 관점은 극장에서 스크린을 바라보는 관점과 일치한다.

3. 시선의 전유와 식민지 근대

김기림의 시에서 근대적인 공간에 대한 시선은 박물학적인 관심과 박람회의 시선 체계에 바탕하고 있는 것이었다. 이런 시선 체계는 공간과 대상에 대한 외재적인 관점에서 그것의 디스플레이에만 관심을 집중하게 된다. 감정과 이념의 세계와 무관한 투명한 세계처럼 보이지만, 이러한 사물과 공간의 디스플레이 뒤에는 근대의 '제국과 상품의 디스플레이'[12]를 구축하는 원근법적 시선의 체계가 작동하고 있다고 할 수 있다.[13] 박물학적인 관점은 사물과 공간의 균질화된 분류와 전시에 대한 시선 주체의 중심점의 위치를 강조한다는 측면에서, 타자들을 세계를 바라보는 '제국의 시선'과 떨어져 있지 않다. 이런 '제국의 디스플레이'와 동화된 관점의 내에서는 식민지 근대성의 자기모순을 반성적으로 사유할 수 없다. '제국

---

12) 요시미 순야, 같은 책, p. 45.
13) 원근법적 시선 체계에서 풍경에 대한 외재적인 관점에서 고정된 중심점에 서 있는 시선주체를 설정한다. 하나의 시점을 설정하고 그것을 중심으로 시각 공간을 합리화함으로써 보는 방식 자체를 합리화하는 동시에 가시적 세계의 중심이 되어 시각장을 통어하는 주체를 정의한다. (주은우, 같은 책, p. 25.)

의 디스플레이'라는 방식으로 식민지 근대를 바라보는 것은 식민지의 지배 이데올로기와 내밀한 관계를 이룬다. 근대화 이데올로기가 특정한 방식으로 개인 주체를 호명하듯이, 보는 방식 또한 역시 특정한 방식으로 시선 주체를 구성하는 것이다. 김기림의 시에서 이러한 박람회의 시선을 넘어서기 위해서는 대상과 풍경에 대한 시적 주체의 투신이 먼저 필요했다고 할 수 있다.

八月의 햇볕은 白金의 비누방울.
水平에 넘쳐 흐늑이는 黃海의 등덜미에서 그것을 투겨울리는 푸른 비눌쪼각, 힌 비눌쪼각.
젖빛 구름의 「스카-트」가 淫奔한 바다의 허리를 둘렀다.

午慢한 海洋의 가슴을 갈르는 뱃머리는
바다를 嫉妬하는 나의 칼날이다.
제껴지는 물결의 힌 살덩이. 쏟아지는 힌 피의 奔流.

내 눈초리보다도 높지못한 먼 돛
그 돛보다도 더 높지못한 水平線
검은 섬이 달려온다. 누른 섬이 달려간다.
한뿍 바람을 드리켠 붉은 돛이 미끄러진다.

나의 가슴에 잠겼다 풀리는 바람의 「테-프」.
低氣壓은 벌써 北漢山의 저편에-
熱帶의 심술쟁이 颱風은 赤道에서 코고나 보다.

「마스트」에서 춤추는 빨간 旗빨은 一直線.

우리들의 航海의 方向.

港口도 벌서 부프러오르는 湖水의 저편에 꺼져버렸다.

바람은 羅紗와 같이 빛나고

햇볕은 부스러 떨어지는 雲母가루.

키를 돌리지 말어라.

海圖는 옹색한 休暇證明書.

뱃머리는 언제든지 西南의 中間에 들어라.[14)]

　이 시에서 흥미로운 것은 앞의 시 「여행(旅行)」과는 달리 화자의
존재가 시의 내부에 등장하고 있다는 점이다. 시의 외부에서 조망
적이고 원격적인 관점으로 공간을 나열하는 시선에서 벗어나면서,
항해의 감각은 매우 구체적이고 세밀해진다. "나의 칼날" "내 눈
초리" "나의 가슴" 등의 단어가 말해주는 것처럼, 일인칭 화자는
이 항해의 공간 안에 투신하여 감각을 경험한다. "내 눈초리보다
도 높지못한 먼 돛/그 돛보다도 더 높지못한 水平線/검은 섬이 달
려온다. 누른 섬이 달려간다"라는 표현에서 드러나는 것처럼, '나'
는 항해하는 배 위에서 돛과 수평선을 바라본다. '나'는 움직이는
배 위에 있기 때문에 그 시선은 원근법적인 고정점에 있는 것이 아
니라, 유동적인 시선의 주체가 된다. 물론 "저기압(低氣壓)은 벌써

14) 김기림, 「航海」, 같은 책, pp. 111~12.

북한산(北漢山)의 저편에-/열대(熱帶)의 심술쟁이 태풍(颱風)은 적
도(赤道)에서 코고나 보다"와 같은 문장들 속에서 특유의 부감하
는 시선이 나타나고 있지만, 중요한 것은 항해하는 배 위에서의 시
선의 유동성이 두드러진다는 점이다. 그래서 바람과 햇빛의 느끼
는 감각의 세밀함을 드러나는 것이 이 시의 미적 특이성이라고 할
수 있다. 이런 맥락에서 "해도(海圖)는 옹색한 휴가증명서(休暇證
明書)"라고 표현한 것은 의미심장하다. 그의 다른 시들에서 바다와
항해는 해도를 내려다보는 조망적인 관점에서 은유적으로 초점화
되는 경우가 많았기 때문이다. 이러한 투신이 사물에 대한 신체적
접촉을 통한 감각의 세밀화에 기여하고 있다는 것은 김기림 시의
또 다른 가능성과 연관되어 있다.

愉快한 奏樂을 앞세우고
서슬 좋은 假裝行列이 떨며 간다……

「씨-자」의 투구를 쓴 商會
紛칠한 丸藥의 女神
붉게
푸르게
變하는 行列의 表情

敬意를 표하기 위하야 멈춰서는 푸른 電車의 禮儀.
鋪道를 휘 덮는 시드른 얼굴들을 물리치면서
건방진 行列이

凱旋將軍을 뽑낸다.

뭇솔리니, 뷔지니, 쇼바니, 제르미니,
루-즈벨트,벨트, 벨타으 슈-베르트,
힐트, 힘멘쓰, 히스트, 히틀러,
그게 모도다.
우리의 무리의
동무다 동무다 동무다 동무다……

쉬-ㅅ
조용해라
누가 拜金宗聖書의 第一章을 朗讀한다.
  -돈을 좋아하는 것은 元來 不道德하고는 關係가 없느니라. 우리
의 世界에는 그림자라는 것이 없는 法이니라. 우리는 슬픔이라는 憂
鬱한 女子를 본 일이 없노라. 그러니까 기쁨까지가 稀薄한 透明體에
지나지않느니라-

主婦들은 그들의 집을
잠을쇠나 좀도적이나 늙은이나 어멈이나 고양이나 掛鐘에 맡기고
는
獎忠壇으로 뛰여나온다. 기여나온다. 밀려나온다.

이윽고 號角소리……
自轉車가 달린다. 選手가 달린다. 그러나 나종에는 商標만 달린다.

움직이는 商業展의 會場 우에서

壓倒된 머리가 느러선다. 주저한다. 決心한다.

「이 會社가 좀더 加速度的인걸」

「아니 저 商會가 더 빨은걸」

「요담의 廣木은 저 집에 가 사야겠군」[15]

　이 시도 김기림 시의 특이성으로 드러나는 박람회의 시선을 전형적으로 보여주지만, 비판적 미적 거리가 개입되어 있다. '상공운동회(商工運動會)'는 가장행렬 등을 통해 상품을 광고하는 행사로 볼 수 있다. 운동회를 묘사하는 시선은 매우 구체적이어서 높은 수준의 현장감을 보여준다. 문제는 그 시선 자체의 냉소적이고 비판적인 태도이다. "건방진 행렬(行列)이/개선장군(凱旋將軍)을 뽐낸다"라는 표현이나, "배금종성서(拜金宗聖書)의 제일장(第一章)"이라는 표현 등에서 드러나는 것처럼, 이 행사를 바라보는 시선은 풍자적이다. 행사를 보기 위해 장충단으로 나오는 주부들을 "뛰여나온다. 기여나온다. 밀려나온다"라고 표현하는 것 역시, 이 행사에 몰려든 군중들에 대한 비판적 관점을 드러낸다.

　이 시에서 가장 문제적인 것은 박람회적인 시선의 전유에 관한 것이다. 서구의 권력자와 유명인들을 가장행렬을 나열하는 장면 등에서 박람회의 시선은 관철되고 있지만, 사물들을 단순히 균일한 분류법에 의해 나열하는 것에 머물지 않는다. 사물들 내부의 모

---

15) 김기림, 「商工運動會」, 같은 책, pp. 122~23.

순과 아이러니를 포착하는 것이다. 가장행렬에 등장하는 인물들을 "동무다 동무다 동무다 동무다"라고 표현할 때, 그 가장행렬의 스펙터클을 바라보는 식민지 대중은 그들과 결코 동무가 될 수 없는 것이다. 제국이 도시 공간의 스펙터클을 통해 통치 효과를 극대화한다면, 피식민 대중은 군중이 되어 문명의 스펙터클을 구경한다. 하지만 제국은 그들 대다수를 방관자적인 '구경꾼' 이상으로 호명하지 않는다. 대다수의 피식민지 대중들은 언제나 제국문명의 식민지적인 모사품들이 널리 곳을 배회할 뿐, '문명' 제국과 '상품' 제국에서 시민권을 부여받을 수 없다.[16] 상공운동회라는 제국의 스펙터클에 대한 '구경꾼'으로서의 피식민 대중은 그 '모사품'의 디스플레이에 대한 소외된 방관자일 수밖에 없다. "자전거(自轉車)가 달린다. 선수(選手)가 달린다. 그러나 나종에는 상표(商標)만 달린다"라는 표현에서 식민지 자본주의의 상표의 힘에 대한 비판적 관점이 예리하게 드러난다. 그 상표들을 우열을 결정하는 것이 '속도(速度)'라는 시적 인식은 식민지 자본주의의 스펙터클에 대한 풍자적 관점이다. 김기림 자신이 보여주었던 '속도(速度)의 시학(詩學)'은 이런 자본주의적 속도전에 대한 '재전유'라고 할 수 있다. 이 시는 제국의 스펙터클을 관람하는 구경꾼으로서의 박람회적인 시선을 그대로 전유하면서, 그 시선을 제국의 스펙터클과 구경꾼들에 대한 비판적이고 풍자적인 미학으로 만들어낸다.

네거리의 오고 가는 발길과 갑갑한 입김과

---

16) 김백경, 같은 책, p. 521.

성낸 政黨과 흐리는 利權과
그리고 눈 노기는 양지쪽 이 四溫 첫날을 두고
그대 흙묻은 거제기 뒤집어 쓴 채
완전히 圈外에 나누었네 그려

사품치는 삶의 騷亂에서 絶緣된
드디어 이룬 無關心의 絶頂—
아―「파이푸오르간」도 「할렐루야」도
巡警의 짜증 소리도 民法의 條文도
그대 곁을 흘러가는 한낫 無意味일 뿐

아마도 市廳도 幕府會議도 그대를 기억한적 없고
다사론 품안 김나는 잔채에 불린 일이 없이
모다들 도라가는 어슬막 그대 끌려갈 삶의 中心도 없이
헐벗고 떼묻고 발길에 채어 몇 번이나 꾸지졌으리
人生은 고약한 곳에서 아에 올 데가 아니었다고―[17]

    김기림의 시집 『태양(太陽)의 풍속(風速)』(1939)에 실린 시들과
는 달리 『바다와 나비』(1946)에 실린 시들에는 일상의 스펙터클에
대한 예리한 비판적 관심이 하나의 미학으로 자리 잡고 있음을 볼
수 있다. 해방 이후에 쓰여진 것으로 알려진 이 시의 경우도 상당
한 수준의 비판적 아이러니를 성취하고 있다. "네거리의 오고 가

---

17) 김기림, 「길까의 輓章」, 같은 책, p. 171.

는 발길과 갑갑한 입김과/성낸 정당(政黨)과 흐리는 이권(利權)과"
라는 거리의 스펙터클과 죽은 이에 대한 애도를 겹쳐놓는 방식으
로 그 스펙터클에 대한 미학적 비판을 수행한다. "「파이푸오르간」
도「할렐루야」도/순경(巡警)의 짜증 소리도 민법(民法)의 조문(條
文)도/그대 곁을 흘러가는 한낫 무의미(無意味)일 뿐"이기 때문에,
한 사람의 죽음은 "시청(市廳)도 막부회의(幕府會議)도 그대를 기
억한적 없"는 것이다. 거리에서 한 사람의 죽음은 그 거리의 스펙
터클과 무관하며 아무도 기억하지 못하는 무관심의 대상이다. 한
사람의 죽음 앞에서 거리의 스펙터클이 한낱 무의미에 불과하다는
것을 통렬하게 드러낼 때, 근대화된 거리는 근대 문명에 대한 찬양
의 대상이 아니라, 애도의 대상이다.

電車들은 目的地의 記憶을 닛지않는 優等生 의 標本이요.
國防展覽會의 門前에 늘어서는 小學生들의 시끄러운 行列.

[······]

도야지가 탄 수레를 조심스럽게 끌고 가는 精肉商 의 심부름꾼들.
屠殺場行의 도야지에게 바치는 人間의 最後의 親切, 帽子, 버섯.

이윽고 府의 掃除夫가 간밤의 遺失物들을 실으러.
수레를 끌고 公園으로 갈테지.
怯쟁이 아가씨의「핸드빽」, 휴지쪼각.
(거지들은 잠을 깻슬까? 오늘은 제발 旅行病 屍體를 보지 말엇스면-)

活潑하게 한울을 물드리는 「호텔」의 굴둑이 뿜는 검은 비누방울.
洋人들은 퍽이나 작난군인가봐.
建築場의 起重機 꼭댁이에 걸려 찌저진 한울은 해여진 손수건.
아마도 구름 속에 비가 알라보다.

나는 松橋다리의 欄干에 기대서
世界의 橫死를 볼번한 실업쟁인가.[18]

　이 시 역시 '광화문(光化門)'이라는 식민지 근대의 스펙터클에
대한 박물학적 시선이 관철되고 있다. 식민지 근대에 대한 구경꾼
으로서의 시선 주체는 그 풍경을 구체적으로 드러낸다. 세계를 무
대로 한 관념적인 여행의 경우와는 달리, 식민지 경성에 대한 묘사
는 매우 구체적이다. "전차(電車)들은 목적지(目的地)의 기억(記憶)
을 닛지않는 우등생(優等生)의 표본(標本)이요./국방전람회(國防展
覽會)의 문전(門前)에 늘어서는 소학생(小學生)들의 시끄러운 행렬
(行列)"과 같은 스펙터클을 바라보지만, "도야지가 탄 수레를 조심
스럽게 끌고 가는 정육상(精肉商)의 심부름꾼들"과 "부(府)의 소제
부(掃除夫)가 간밤의 유실물(遺失物)들을 실으러" 가는 장면을 묘
사함으로써, 도시 문명의 어둡고 비균질적인 뒷모습을 구체적인
실감으로 제시한다. 그렇기 때문에 "수레를 끌고 공원건축장(公園
建築場)의 기중기(起重機) 꼭댁이에 걸려 찌저진 한울은 해여진 손

18) 김기림, 「光化門通」, 같은 책, pp. 330~31.

수권"이라는 작고 사소한 사물에 대한 세밀한 묘사가 가능하다. 식민지 도시의 스펙터클을 보여주면서도 그 구경꾼의 시선을 전유하여, 그 틈에서의 버려진 사물들에 대한 미시적인 시선을 확보한다. 그런 시선은 "나는 송교(松橋)다리의 난간(欄干)에 기대서/세계(世界)의 횡사(橫死)를 볼번한 실업쟁인가"라는 질문 속에서 시선 주체의 계급적 정체성을 질문하기 때문에 형성된 것이다. 계급도 정체도 없는 투명한 식민지 구경꾼으로서의 박람회적인 시선을 극복하고, 자신이 처한 정치적 위치에 대한 질문 위에서 식민지의 사물들을 응시하는 것이다.

> 금붕어는 아롱진 거리를 지나 어항 밖 大氣를 건너서 支那海 의
> 寒流를 끊고 헤엄쳐 나가고 싶다. 쓴 매개를 와락와락
> 삼키고 싶다. 沃度빛 海草의 산림속을 검푸른 비눌을 입고
> 상어에게 쪼겨댕겨 보고도 싶다.
>
> 금붕어는 그러나 작은 입으로 하늘보다고 더 큰 꿈을 오므려
> 죽여버려야 한다. 排泄物의 沈澱처럼 어항 밑에는
> 금붕어의 年輪만 쌓여간다.
> 금붕어는 오를래야 오를 수 없는 하늘보다도 더 먼 바다를
> 자꾸만 돌아가야한 할 故鄕이라 생각한다.[19]

이 시는 미시적인 관점에서 대상을 포착하고 있다. 어항 안에 갇

---

19) 김기림, 「금붕어」, 같은 책, p. 186.

혀 있는 금붕어의 시선을 전지적 관점에서 포착한다. 금붕어는 어항에 갇혀서 유리벽을 만나면 "어느새 국경(國境)임을 느끼고 아담하게 꼬리를 젓고 돌아서"고 "창문으로 비스듬이 햇볕을 녹이는 붉은 바다를 흘겨본다." 금붕어는 "지나해(支那海)의 한류(寒流)를 끊고 헤엄쳐 나가고 싶"고, "옥도(沃度)빛 해초(海草)의 산림속을 검푸른 비눌을 입고" 싶다. 조망적인 시선으로 바다와 관념적인 여행을 노래하던 그의 다른 시들에 비하면, 이 시의 미시적인 시선은 문제적이다. 여기서 금붕어의 생존의 방식과 꿈은 식민지 근대 세계에서 갇혀 있는 피식민 개인들의 알레고리로 이해할 수도 있다. '금붕어'의 세계에서 지구 전체를 대상으로 한 관념적 '세계주의'와 박람회적인 시선은 더 이상 의미가 없다. '유리'라는 근대적 공간은 투명해서 잘 보이지 않지만, 그 경계를 벗어날 수 없는 식민지 규율권력의 시스템에 대한 은유로 이해할 수도 있다. 이러한 미시적인 시선은 근대적인 공간에 대한 시선 주체의 자기 성찰의 문제로 재문맥화할 수 있다.

4. 박물학적 시선의 극복과 근대성 비판

김기림 초기 시에서 드러나는 시선의 구축 양상 중의 하나는 조망적인 시선의 정립이라고 할 수 있다. 시선 주체의 내면적 특징을 드러내지 않고, 시적 대상과 공간에 대한 객관적이고 전체적인 시야를 확보하려는 시도는, 그가 근대성을 성취하려는 노력과 연관되어 있다. 그의 시에서 관념으로서의 세계여행은 공간과 사물에 대한 구체적인 경험이 아니라, 공간들의 기호를 균일하게 나열하는 박람회의 방식이었다. 박람회는 진열과 시각적 전유의 결합을 통해 사물들과 관계 맺는 공간이다. 여러 사물들과 공간들의 이미지를 균일하게 나열하고 전시하는 박람회의 방식 속에서 시선의 주체는 불안정적한 감각적 요소를 배제하고 '원격적인 시각의 힘'에 의존한다. 그런데 이것은 결국 '제국의 디스플레이'와 동화된 관점이며, 이런 시선 체계에서는 식민지 근대성의 자기모순을 반성적으로 사유할 수 없다.

김기림의 시에서 이러한 박람회의 시선을 넘어서기 위해서는 대상과 풍경에 대한 시적 주체의 투신이 먼저 필요했다. 김기림의 또 다른 시에서 공간에 대한 시선 주체의 투신은 사물에 대한 신체적 접촉을 통한 감각의 세밀화에 기여하게 된다. 제국의 스펙터클을 관람하는 구경꾼으로서의 박람회의 시선을 그대로 전유하면서, 그 시선을 비판적이고 풍자적인 미학으로 만들어내는 것이다. 자신의 정치적 위치에 대한 질문 위에서 식민지의 비균질적인 사물들을 묘사할 때, 이것은 근대적 주체의 정당화에 대한 자기 비판적 발화라고 볼 수 있다. 김기림의 미학은 제국의 스펙터클을 둘러싼 구경꾼의 시선을 전유하는 방식으로, 근대 비판에 도달하는 미학적 가능성의 지점이었다. 식민지 근대성은 이중적인 의미를 갖는다. 식민권력은 스펙터클과 매혹의 장치를 통해 피식민 대중을 포섭하지만, 그것의 뒤에는 규율권력 장치들을 구비하고 있다. 김기림의 시는 이런 상황에서 식민지의 스펙터클과 그 박람회의 관점을 전유하면서, 비판적인 시선 주체의 다른 가능성을 시험했다. 그것은 한편으로는 식민지 스펙터클의 매혹에 동화되면서,

한편으로는 그것과의 비판적 거리를 확보하려는 모순된 미학을 의미했다.

정지용과 시선의 모험

1. 갑판과 유리창— 시선 주체가 탄생하는 장소들

1930년대의 한국 시는 그 언어 형식과 시적 인식의 측면에서 근대성의 수준에 다다른 것으로 평가할 수 있다. 하지만 그 근대성의 구체적인 국면이 무엇인가를 분석하는 것은 여전히 중요한 과제로 남아 있다. 정지용의 시는 1930년대 시 중에서도 가장 높은 수준의 미적 모더니티에 도달하고 있다고 평가된다. 정지용의 시가 어떤 모더니티에 도달했다면, 그것은 시적 주체화를 미학적으로 성취했다는 것을 의미하며, 그것을 분석하는 것이 정지용 시의 문학사적 위치를 재인식하는 작업이 될 수 있다.[1]

---

[1] 정지용 시의 현대성을 본격적으로 다룬 저작은 김신정의 『정지용 문학의 현대성』(소명출판, 2000)이 있으며, 정지용 시를 시선의 주제로 분석한 논문은 남기혁의 「정지용 초기 시의 '보는' 주체와 시선(視線)의 문제」(『언어와 풍경』, 소명출판, 2010)가 있다. 이 논문은 정지용의 시에서 시선의 문제를 본격적으로 분석한 논문으로서의 정지

정지용의 시의 모더니티는 언어를 다루는 방식의 문제에서 드러
나야 한다. 정지용의 시 속에서 어떻게 시적 대상에 대한 '시각장
visual field'이 구성되고 시선의 주체가 형성되고 있는가 하는 문제
가 중요하게 대두되는 것도 이런 맥락에서이다. 정지용의 시가 어
떤 방식으로 시선의 주체를 구성하고, 그 안에서 또 다른 시선의
공간을 생성하는가를 분석하는 것은 정지용으로 대표되는 19930
년대 시의 시선 주체의 구성과 변이의 과정을 드러내는 작업이 된
다.

정지용의 초기 시에서 자연 대상에 대한 시선이 형성되는 지점
을 분석하기 위해서는 우선 '바다'를 대상으로 했던 시들을 분석할
필요가 있다. 식민지 문학인들에게 식민지 조선과 일본 제국 사이
의 바다는 이중적인 의미였다. 그것은 새로운 문명으로 가는 통로
이면서 식민지와 식민지 모국 사이의 심리적 정치적 거리를 산출
하는 조건이었다. 근대적인 선박은 그 자체가 근대적 기술의 소산
이면서 다른 문명을 실어 나르는 도구이다. 정지용의 시는 유동하
는 바다와 그 바다를 응시하는 하나의 시점을 만들어낸다. 정지용
초기 시 시에서 바다의 유동하는 풍경을 부감하는 시점에서 시선
주체의 지위를 정립하는 과정을 볼 수 있다.

용 시의 모더니티를 시선의 계보학으로 탐구하는 의미 있는 성취를 이루고 있다. 그
런데 이 논문에서는 1930년대 이후의 정지용 시를 자연의 생동감을 잃은 '의사-원근
법'과 '조작된 시선'의 문제로 보고 있다. 여기서는 이와는 다른 관점에서 「바다 ?」와
「백록담」 등의 시들이 '시선 주체의 익명화'와 '신체의 발견'이라는 측면에서 근대적
시선 주체의 동일성을 허물고 그 변이를 산출함으로써 정지용 시가 미적 개별화를 성
취하는 과정을 다루고자 한다.

나지익 한 하늘은 白金으로 빛나고
물결은 유리판처럼 부서지며 끓어오른다.
동글동글 굴어오는 짠바람에 뺨마다 고흔피가 고이고
배는 華麗한 짐승처럼 짓으며 달려나간다.
문득 앞을 가리는 검은 海賊같은 외딴섬이
흩어져 나는 갈매기떼 날 개 뒤로 문짓 문짓 물러나가고,
어디로 돌아보든지 하이한 큰 팔구비에 안기여
地球덩이가 동그랐타는 것이 길겁구나
넥타이는 시언스럽게 날리고 서로 기대슨 어깨에 六月볕이 시며
들고
한없이 나가는 눈ㅅ길은 水平線 저쪽까지 旗폭처럼 퍼덕인다.

바다 바람이 그대 머리에 아른대는구료,
그대 머리는 슬픈듯 하늘거리고,

바다 바람이 그대 치마폭에 니치 대는구료,
그대 치마는 부끄러운듯 나붓기고.

그대는 바람 보고 꾸짖는구료

별안간 뛰여들삼어도 설마 죽을라구요
빠나나 껍질로 바다를 놀려대노니,

젊은 마음 꼬이는 구비도는 물굽이

두리 함끼 굽어보며 가비얍게 웃노니[2]

시적 화자는 갑판 위에 서 있다. 시선의 주체는 갑판 위라는 지정된 공간에서 바람과 물결의 스펙터클을 본다. 동일성으로서의 인격적인 주체가 만들어지는 것은, 그 '시선의 주체화'라는 방식을 통해서 있다. 이 주체는 선험적으로 만들어진 주체라기보다는 대상의 배치와 구성에 의해 만들어지는 주체이다. 대상과의 관련을 통해서 '보는 주체'가 만들어지는 것이다. '바람'과 '물결'이라는 시선의 대상이 이 시에서 '갑판 위에서 보는 주체'를 만들어낸다. 물결과 바람은 유동적인 대상이다. "물결은 유리판처럼 부서지며 끓어오른다" "동글동글 굴러오는 짠바람"과 같은 감각적인 묘사는 대상에 대한 시선의 위치를 반영한다. 물결과 바람이라는 대상의 유동성은 갑판 위에 서 있는 주체의 고정성과 대비를 이룬다. 유동적인 대상을 조망할 수 있는 것은 중심화된 시선의 주체이다. 이 시의 진정한 주인공은 "한없이 나가는 눈길" 그 자체일 것이다. 그 보는 주체의 고정성은 이 시에서 이인칭의 '머리'와 '치마'에 대한 시선을 가능하게 하고, "젊은 마음 꼬이는 구비도는 물굽이"라는 정서적 동일성을 만들어낸다. 이 시에서의 시적 주체의 인격적 동일성은 대상에 대한 시선을 통해 자기동일성을 만들어나가는 근대적 주체의 지위를 반영한다. 이 시의 제목인 '갑판 위'는 근대적인 시선 주체의 동일성이 만들어지는 장소로서의 의미를 갖는다.

---

2) 정지용, 「甲板우」, 『정지용 전집』, 민음사, 2009, p. 34.

우리들의 汽車는 아지랑이 남실거리는 섬나라 봄날 완하로를 익
살스런 마드로스 파이프로 피우며 간 단 다.
우리들의 汽車는 느으릿 느으릿 유월소 걸어가듯 걸어 간 단 다.

우리들의 汽車는 노오란 배추꽃 비탈밭 새로
헐레벌덕어리며 지나 간 단 다.

나는 언제든지 슬피기는 슬프나마 마음만은 가벼워
나는 車窓에 기댄 대로 회파람이나 날리쟈.

먼데 산이 軍馬처럼 뛰여오고 가까운데 수풀이 바람처럼 불려가
고
유리판을 펼친듯, 瀨戶內海 퍼언한 물 물. 물. 물. 물.
손까락을 담그면 葡萄빛이 들으렸다.

입술에 적시면 炭酸水처럼 끓으렸다.
복스런 돛폭에 바람을 안고 뭇배가 팽이처럼 밀려가다 간,
나비가 되어 날러간다.[3]

이 시 역시 유동적인 풍경을 포착하고 있다. '기차' 안에서 바깥
을 보는 파노라마적인 시선이 이 시의 중심을 이루고 있다. 차창
에 기대어 바깥을 보는 시선은 기차와 함께 움직인다. 그래서 "먼

3) 정지용, 「슬픈 기차」, 같은 책, p. 56.

데 산이 군마(軍馬)처럼 뛰여오고 가까운데 수풀이 바람처럼 불려가고"하는 것이다. 기차 위에서의 유동적인 시선은 시시각각으로 바뀌는 풍경을 본다. '기차'는 식민지 근대화의 상징이다. 식민 지배의 수단이면서, 동시에 근대화의 상징으로서의 문명의 통로였던 철도의 이중성은 기차의 이중성이기도 하다. 그런 맥락에서 '기차'는 기본적으로 '슬픈 기차'일 것이다. 시에서 그런 사회역사적 문맥을 과도하게 적용시킬 필요는 없다. 문제는 기차에 대한 감각, 기차 안에서의 시선의 움직임이다. 기차 안에서 바깥을 보는 시선의 주체는 그 움직이는 풍경 속에서 그 풍경을 일별할 수 있는 주체의 지위를 얻는다. 중요한 것은 감각의 이동이다. "유리판을 펼친듯, 뇌호내해(瀨戶內海) 퍼언한 물 물. 물. 물. 물"이라는 시각적인 묘사 뒤에서 "손까락을 담그면 포도(葡萄)빛이 들으렸다." "입술에 적시면 탄산수(炭酸水)처럼 끓으렷다"와 같은 촉각적인 묘사가 뒤따른다. 정지용은 감각적인 묘사가 뛰어났던 시인이다. 정지용의 감각적인 묘사의 특이성은 시각적인 감각을 중심에 두면서도 그 감각을 촉각적인 지점까지 밀고 나가는 데에 있다. 하지만 그것이 시각적인 감각의 우위를 전복시키는 것은 아니다. '손가락'과 '입술'은 여기서 시각의 변형이며 시각을 대행하는 감각이다. 촉각적인 감각은 다시 시각적인 감각으로 전환되고, 다시 "어린아이이의 잠재기 노래"가 등장하는 후반부의 몽환적인 기억의 이미지로 전이된다. '기차'라는 근대적인 운송수단 위에서 시선은 풍경과 기억을 재구성하는 시적 주체를 만들어낸다.

琉璃에 차고 슬픈 것이 어린거린다

열없이 붙어서서 입김을 흐리우니
길들은양 언날개를 파다거린다.
지우고 보고 지우고 보아도
새까만 밤이 밀려나가고 밀려와 부디치고,
물먹은 별이, 반짝, 寶石처럼 백힌다.
밤에 홀로 琉璃를 닥는 것은
외로운 황홀한 심사 이어니,
고흔 肺血管이 찢어진 채로
아아, 늬는 山ㅅ새처럼 날러 갔구나!⁴⁾

    유리창은 정지용 초기 시의 중요한 시적 공간의 하나이다. 유리
창 안에서 바깥을 보는 시선의 주체는 보다 안정적인 위치에서 대
상을 볼 수 있다. 대상과 시선의 주체와의 사이에는 '유리'라는 근
대적인 '막'이 가로막혀 있다. '유리'는 사물과의 관계에서 시선으
로는 접할 수 있지만, 촉각적으로는 다가갈 수 없게 만드는 광물적
인 매개물이다. 그 '유리'의 느낌이 부여하는 투명한 단절감은 시
인을 매혹시키기에 충분했을 것이다. 유리창은 의식의 창으로서
의 '눈'에 대한 은유로서의 의미 자질을 포함한다. 이 시의 화자는
밤에 유리창에 붙어서 있다. 유리창에 붙어서 창가에 어른거리는
"차고 슬픈 것"을 바라본다. 그 "차고 슬픈 것"의 정체를 '산새'이
거나 어떤 환영라고 말할 수도 있겠지만, 중요한 것은 그 사이에
있는 '유리'라는 매개물 자체이다. 시적 주체는 '유리'라는 매개를

4) 정지용, 「유리창 1」, 같은 책, p. 82.

통해서만 그 바깥의 대상과 만나고 그 대상을 직접 접촉할 수 있기 때문에, 유리를 "지우고 보고 지우고 보"는 행위를 반복한다. "밤에 홀로 유리(琉璃)를 닦는 것"이 핵심적인 행위라고 할 수 있다. 유리를 닦는 것은 바깥 세계로 향하는 의식의 창을 닦는 것과 같고, 그것은 대상을 좀더 투명하게 보기 위한 것이다. 그렇기 때문에 창밖에서 파닥거리는 대상과 "새까만 밤"과 "물먹은 별"이라는 대상들이 유리를 통해 조망된다. 유리창을 통한 조망적 시선이 성립되는 것이다.

"물먹은 별"에게까지 뻗어나갔던 시선은, 다시 밤에 홀로 유리창을 닦고 있는 자신으로 되돌아온다. 후반부에서 '유리'라는 매개를 통해서 보는 대상은 슬픔이라는 정서적 대상물로서의 이인칭 '너'가 된다. 시선의 움직임은 정지용 시 전체에서도 문제적이다. 유리창을 매개로 나아간 조망적 시선이 다시 시선의 주체로 돌아올 때, 그 시선의 대상으로서의 사물들은 결국 이인칭 대상에게 자리를 내준다. 이 시는 그 시선의 모험을 다시 안으로 거두어들이며 이인칭 대상에 대한 감상적 진술로 마감된다. 밤에 유리를 닦는 것이 "외로운 황홀한 심사"일 수밖에 없는 것은, 유리창 안이라는 닫힌 공간에서 외부로 향하던 시선을 자기 내부의 슬픔으로 되돌리는 시선의 운동 때문이다. 그것은 '시선의 모험'을 통해 '내면의 풍경'을 구축하는 과정이다. 유리 안에서의 시선의 중심점에 서 있는 시적 주체는, 결국 자신이 서 있는 공간에 대한 자기감시의 시선으로 귀환하는 것이다.

　　내어다보니

아조 캄캄한 밤,

어험스런 뜰 앞 잣나무가 자꼬 커올라간다.

돌아서서 자리로 갔다.

나는 목이 마르다.

또, 가까이 가

유리를 입으로 쫏다.

아아, 항안에 든 金붕어처럼 갑갑하다.

별도 없다, 물도 없다, 쉬파람 부는 밤.

小蒸汽船처럼 흔드리는 窓,

透明한 보라ㅅ빛 누뤼알 아,

이 알몸을 끄집어내라, 때려라, 부릇내라.

나는 熱이 오른다.

뺨은 차라리 戀情스레히

유리에 부빈다, 차디찬 입마춤을 마신다.

쓰라리, 알연히, 그슷는 音響—

머언 꽃!

都市에는 고흔 火災가 오른다.[5]

「유리창(琉璃窓) 2」의 경우 그 시선의 움직임은 보다 역동적이
다. 외부를 향하던 시선은 다시 자신에게 돌아오지만, 그 움직임은
강렬한 행위를 포함한다. 창에 다가가서 캄캄한 밤의 뜰 앞 잣나무
를 쳐다보다가 다시 자리로 돌아간다. 화자가 느끼는 것은 갈증이

5) 정지용, 「유리창 2」, 같은 책, p. 94.

다. 갈증이란 유리라는 닫힌 공간 내부에 있는 답답함의 신체적 표현일 수 있다. "항안에 든 金 붕어처럼 갑갑하다"라는 직접적인 표현처럼, 유리 안의 유폐된 공간 속에서 시적 주체는 그 공간의 고립감을 벗어나고 싶어 한다. 여기에서 새로운 사태가 발생한다. "소증기선(小蒸汽船)처럼 흔드리는 창(窓)"이라는 표현에서 이제 '창'은 고정된 것이 아니라, 흔들리는 매개물이다. 창이 흔들리는 것은 시선이 흔들리는 것이고, 그것은 시선의 고정성을 흐트러뜨린다. 이 시의 후반부에서 시적 화자가 파토스를 폭발시키면서 유리에 뺨을 부비고 입맞춤하는 장면은, 시각적인 상황에 촉각적이고 청각적인 감각을 개입시킨다. 그럴 때 시선은 '음향(音響)' '머언 꽃' '도회의 고흔 화재(火災)'라는, 일반적인 시력으로는 확인할 수 없는 먼 상상적 감각으로까지 나아간다. '유리창'을 통해 확보된 시선 주체의 동일성이 어떻게 동요하면서 또 다른 시적 주체를 탐색하고 있는가를 보여주는 전환 의미를 가진다.

2. 시선 주체의 익명화와 신체의 발견

바다는 뿔뿔이
달어 날랴고 했다.

푸른 도마뱀떼 같이
재재발렀다.

꼬리가 이루
잡히지 않았다.

흰 발톱에 찢긴
珊瑚보다 붉고 슬픈 생채기!

가까스루 몰아다 부치고
변죽을 둘러 손질하여 물기를 시쳤다.

이 앨쓴 海圖에
손을 싯고 떼었다.

찰찰 넘치도록
돌돌 굴르도록

희동그란히 바쳐 들었다!
地球는 蓮 닢인양 옴으라들고…… 펴고……[6]

바다에 관한 시들 가운데 가장 감각적인 것으로 평가할 수 있는
이 시에서 일인칭의 존재감은 드러나지 않는다. '바다'라는 대상을
바라보는 시선의 주체가 어떤 위치에 있는지는 알 수 없다. 초기
시와는 달리 시선 주체의 위치가 드러나지 않기 때문에 이 시에서

6) 정지용, 「바다 9」, 같은 책, p. 134.

시적 주체의 정서적 인격적 동일성은 선명하지 않다. 시적 주체는 대상의 감각적인 묘사에 집중하면서 자신의 육체적 정신적 지위를 노출시키지 않는다. 문장들의 주어는 '바다' '꼬리' '지구' 등의 시적 대상들이다. 그런 대상들을 전면에 배치하는 감각적인 표현들을 통해 주체는 보이지 않는 자리에서 시적 대상의 이미지들을 구축한다. 하지만 이 시에서 시선의 주체가 전면적으로 무화되었다고 보기는 힘들다. "이 앨쓴 해도(海圖)에/손을 씻고 떼었다"라는 문장이 말해주는 것처럼, 시선의 주체는 '바다'에 대한 조감의 위치에 있다. 이 시의 시선 주체는 해도(海圖) 안에 손을 담구는 것과 같은 초월적인 지위에 위치한다.

'해도'는 바다를 보는 시선 주체의 위치를 상징적으로 보여주는 시어이다. '해도'는 바다를 상징화하고 추상화한 표상이다. "지구(地球)는 연(蓮)닢인양 옴므라들고…… 펴고……"와 같은 표현에서 드러나는 것처럼, 주체는 바다 한가운데 있는 것이 아니라, 바다 전체를 조망하는 위치에 서 있다. 이런 방식으로 시선 주체를 익명화하는 또 다른 초월적인 시선의 주체를 만들어 낸다. 지구를 조감하는 시선의 지위에도 불구하고, 이 시에서의 정서적 질감은 비교적 단순한 방식으로 구축된다. "힌 발톱에 찢긴/사놓(珊瑚)보다 붉고 슬픈 생채기!"라는 감상적인 표현이 이 시 전체의 감각적인 표현들에 하나의 정서적 이미지를 부여한다. 이 시에서 그 조감적 시선의 인격적인 얼굴을 찾기는 힘들다. 시선 주체의 인격적 동일성을 지운다는 맥락에서 그것을 시선 주체의 익명화라고 부를 수 있다. '바다'라는 대상에 대한 시선은 그 초월적인 익명화를 통해 초기 시에서 볼 수 없었던 또 다른 시적 주체를 만들어낸다. 시선의 인격적 주체는 소거되고, 추상적인 시선은 남아 있게 된다.

窓을 열고 눕다.
窓을 열어야 하눌이 들어오기에.

벗었던 眼鏡을 다시 쓰다.
日蝕이 개이고난 날 밤 별이 더욱 푸르다.

별을 잔치하는 밤
흰옷과 흰자리로 단속하다.

세상에 안해와 사랑이란
별에서 치면 지저분한 보금자리.

돌아 누어 별에서 별까지
海圖 없이 航海하다.

〔……〕

마스트 알로 섬들이 항시 달려 왔었고
별들은 우리 눈썹기슭에 아스름 港口가 그립다.

大熊星座가
기웃이 도는데!

淸麗한 하늘의 悲劇에

우리는 숨소리까지 삼가다.

理由는 저세상에 있을지도 몰라

우리는 제마다 눈감기 싫은 밤이 있다.[7]

  초기 시의 「유리창(琉璃窓)」 연작들과 비교해보면, 이 시에서의 '창'을 둘러싼 시적 주체의 태도의 차이를 확인할 수 있다. 「유리창」 연작에서 시선의 주체는 바깥으로 향한 시선을 다시 안으로 거두어들이는 철저히 자폐적인 공간 속에 갇혀 있다. 하지만 이 시는 시적 화자가 창을 열고 눕는 장면으로부터 시작된다. 창을 열어 놓았을 때, 창의 바깥에 있는 하늘이 들어온다. 벗었던 안경을 다시 쓰고 푸른 별들이 잔치하는 밤을 올려다본다. 창이 열려 있기 때문에, 별을 보는 것은 하늘을 들어오게 하는 것, "별에서 별까지 해도(海圖) 없이 항해(航海)"하는 것이 된다. 밤하늘의 별들을 보는 것은 별들을 대상화하는 시선의 활동이 아니라, 직접 그 별들 안으로 몸을 던지는 '항해'가 된다. 그 항해는 비유적인 의미의 항해이며, 항해하는 주체는 별들에게 시선을 던지는 주체의 은유이다. 근대적인 시선의 체계 내에서 대상과 주체와의 관계는 이차원의 프레임 속에서 구축된다. 원근법적 시선 체계는 삼차원을 이차원의 프레임 위에 구성하는 근대적 시선체계를 단적으로 보여준다. 시

<hr />

7) 정지용, 「별 2」, 같은 책, p. 178.

선의 주체가 자신의 고정된 중심점을 포기하고 그 대상의 시각장
안으로 뛰어들게 되면, 시선의 이차원적인 프레임은 무너지고, 신
체와 대상이 서로 교통하고 반응하는 다른 몸의 공간이 열린다. 시
선의 모험은 이제 신체의 모험이 된다.

海峽이 일어서기로만 하니깐
배가 한사코 긔여오르다 미끄러지곤 한다.

괴롬이란 참지 않아도 겪어지는 것이
주검이란 죽을 수 있는 것 같이,

腦髓가 튀어나롤랴고 지긋지긋 견딘다.
꼬꼬댁 소리도 할수 없이

얼빠진 장닭처럼 건들거리먀 나가니
甲板은 거북등처럼 뚫고나가는데 해협이 업히랴고만 한다.

젊은 船員이 숫제 하-모니카를 불고 섰다.
바다의 森林에서 颱風이야 만나야 感傷할 수 있다는 듯이

암만 가려 드딘대도 海峽은 자꾸 꺼져들어간다.
水平線이 없어진 날 斷末魔의 新婚旅行이여!

오즉 한낱 義務를 찾어내어 그의 船室로 옮기다.

祈禱도 허락되지 않는 煉獄에서 尋訪하랴고

階段을 나리랴니깐
階段이 올라온다.

또어를 부둥켜 안고 記憶할 수 없다.
하눌이 죄여 들어 나의 心臟을 짜노라고

令孃은 孤獨도 아닌 슬픔도 아닌
올-빼미 같은 눈을 하고 체모에 긔고 있다.

연민을 베풀까 하면
즉시 嘔吐가 재촉된다.[8]

이 시는 초기 시「갑판(甲板)우」와 비교할 만하다. 초기 시에서 갑판 위에서 시선의 주체는 시선의 중심점에서 물결을 바라본다. 배가 움직이고 있지만, 그 움직이는 배위의 시선은 고정되어 있다. 그런데 이 시에서 시적 주체는 '배멀미'하는 주체이다.[9] 배멀미하는 주체에게 배와 바다는 몸이 직접 경험하는 일종의 연옥(煉獄)이

---

8) 정지용,「선취(船醉) 2」, 같은 책, p. 177.
9) 실존주의 문학에서 등장하는 '구토증'이라는 모티프는 존재 그 자체가 우연이고 부조리라는 것, 존재계(存在界)가 의미와 필연성을 상실한 것에 대한 육체적인 체험이다. 이 시에 구토의 이미지가 실존주의 문학에서의 구토의 메타포와 반드시 일치하는 것은 아니지만, 고정된 시선의 중심점으로서의 주체의 지위를 무너뜨리는 신체적인 경험이라고 할 수 있다.

다. 몸은 그 배멀미의 공간에서 벗어날 수 없다. "뇌수(腦髓)가 튀어나올랴고" 또는 "하눌이 죄여 들어 나의 심장(心臟)을 짜노라고" 하는 직접적인 육체적 고통은 바다 물결을 대상화하는 시선 주체의 초월적 지위를 무너뜨린다. "수평선(水平線)이 없어진 날"이라는 상징적인 표현이 암시하는 것은, 해협의 거친 파도 때문에 수평선이 제대로 보이지 않는다. 그것은 수평선을 바라볼 수 있는 시선 주체의 중심점과 원근법적인 시선이 작동할 수 없는 상황이라는 것을 의미한다. 배멀미하는 주체에게 사물은 단지 시선의 대상이 아니라 스스로 움직이는 것이다. "계단(階段)을 나리랴니깐/계단(階段)이 올라온다"라는 표현이 드러내고 있는 상황이란 이런 것이다. 사람의 눈이 "고독(孤獨)도 슬픔도 아닌/올빼미 같은 눈"이 되었을 때, 시선의 주체는 감정과 의식의 주체와 일치하기 어렵다. "연민(憐憫)을 베플까하면/즉시 嘔吐가 재촉"되는 상황에서 오직 탈이 난 몸의 감각만이 두드러지게 된다. 배멀미하는 주체에게 갑판 위에서 바다의 스펙터클을 감상하는 시선은 허락되지 않는다. 배멀미하는 주체는 신체적 고통 속에서 그 공간을 견뎌내야 하는 탈난 신체일 뿐이다.

1.

絕頂에 가까울수록 뻭국채 꽃끼가 점점 消耗된다. 한마루 오르면 허리가 슬어지고 다시 한마루 우에서 모가지가 없고 나종에는 얼골만 갸웃 내다본다. 花紋처럼 版박힌다. 바람이 차기가 咸鏡道 끝과 맞서는 데서 뻭국채 키는 아조 없어지고도 八月 한철엔 흩어진 星辰처럼 爛漫하다. 山그림자 어둑어둑하면 그러지 않아도 뻭꾹채 꽃밭에서 별들이 켜든다. 제자리에서 별이 옮긴다. 나는 여긔서 기진했다.

〔……〕

7.

風蘭이 풍기는 香氣, 꾀꼬리 서로 부르는 소리, 濟州회파람새 회파람 부는 소리, 돌에 물이 따로 굴으는 소리, 먼 데서 바다가 구길 때 쏴- 쏴- 솔소리, 물푸레 동백 떡갈나무 속에서 나는 길을 잘못 들었다가 다시 측넌출 긔여간 고부랑길로 나섰다. 문득 마조친 아롱점말이 避하지 않는다.

8.

고비 고사리 더덕순 도라지꽃 취 삭갓나물 대풀 石茸 별과 같은 방울을 달은 高山植物을 색이며 醉하며 자며 한다. 白鹿潭 조찰한 물을 그리여 山脈우에서 짓는 行列이 구름보다 莊嚴하다. 소나기 놋낫 맞으며 무지개에 말리우며 궁둥이에 꽃물 익여 붙인 채로 살이 붓는다.

9.

가재도 긔지 않는 白鹿潭 푸른 물에 하눌이 돈다. 不具에 가깝도록 고단한 나의 다리를 돌아 소가 갔다. 좇겨온 실구름 一抹에도 白鹿潭은 흐리운다. 나의 얼골에 한나 잘 포긴 白鹿潭 은 쓸쓸하다. 나는 깨다 졸다 祈禱조차 잊었더니라.[10]

---

10) 정지용, 「백록담」, 같은 책, p. 160.

정지용 후기 시 가운데 드높은 미적 성취에 이르렀다고 평가되는 이 시에서 문제적인 것은 시선의 이동 방식이다. 정지용의 시선은 대개의 경우 갑판 위나 기차처럼 움직이는 근대적 교통수단의 안에서 바깥 풍경을 파노라마처럼 조망하거나, 유리창 안이라는 밀폐된 장소에서 외부로 뻗어나가던 시선을 다시 안으로 수렴하는 구조를 갖는다. 이 시에서 시선의 주체는 자기 몸을 직접 움직여 '백록담'이라는 자연을 탐사한다. 시선의 모험은 몸이 직접적으로 자연과 접촉하는 신체의 모험이 된다. 고정된 시점에서 자연을 관찰하는 것이 아니라, 유동적인 몸의 움직임을 따라 자연은 움직인다. "뻑국채 꽃키"는 한 마루를 올라갈수록 그 모양이 달라지며, "山그림자 어둑어둑하면" 별들이 그 공간을 채운다. 몸은 직접 차가운 바람을 맞으며 자연과 만난다. "나는 여기서 기진했다"라는 문장에서 말해주는 것처럼 그것은 자연을 시선의 대상으로 삼는 상황이 아니라, 육체를 완전히 소모하면서 자연과 접촉하는 행위이다.

후반부에서 자연에 대한 신체적 감각은 완전히 열려 있다. 향기와 소리에 몸을 완전히 열어 놓고 그 안에서 동화된다. "나는 길을 잘못 들었다가 다시 측넌출 긔여간 흰돌바기 고부랑길로 나섰다"라는 문장이 말해주는 것처럼, 그 공간 안에서 길을 잃기도 하며, 거기서 마주친 동물은 인간을 피하지 않는다. "아롱점말이 피하지 않는다"라는 묘사에서, 동물은 시선의 대상이 아니라, 함께 눈을 마주치는 동등한 시선의 주체이다. 시적 주체는 백록담이라는 거대한 공간 전체에 대한 조감(鳥瞰)의 시선을 획득하는 것이 아니라, 그 내부로 몸이 들어가서 작은 생물들 하나 하나와 접촉하고 신체적으로 반응한다. "고산식물(高山植物)을 색이며 취하며 자며 한다." "궁둥이에 꽃물 익여 붙인 채로 살이 붓는다"와 같은 표현처럼, 개별적인 생명체들과의 접촉하고 신체적으로 반응한다. "不具에 가깝도록 고단한 나의 다리를 돌아 소가 갔다." "나는 깨다 졸다 기도(祈禱)조차 잊었더니라"와 같은 상태에 이르면 이미 육체는 백록담이라는 공간의 일부로서 스며들어 있다. 고단한 몸은 불구의 상태에 가깝고 소가 그 옆을 지나간다. '깨다 졸다' 하는 상태는 의식의 주체로서의 지위를 상실한 자기 망각의 상황에 가깝다. "기도조차 잊은" 상태는 의식적인 모든 행위를 망각한 상태, 의식의 죽음을 경험하는 상태이다. 근대적인 의미에서 의식의 주체는 시선이 닿는 것을 '의식된 것'으로서, 다시 말하면 지각장 안에서의 대상으로 만들어버린다. 의식의 포기는 시선의 주체성 상실을 의미한다. 백록담이라는 공간에 이르러 정지용의 주체는 육체의 투신, 그리고 의식의 탈각이라는 상황에 도달하며, 그것은 다른 시적 존재의 가능성과 연계되어 있다.

3. 시선의 모험과 주체의 투신

정지용 시에서 하나의 동일성으로서의 인격적인 주체가 만들어지는 것은, 그 시선의 주체라는 방식을 통해서이다. 시적 주체의 인격적 동일성은 대상에 대한 시선을 통해 자기동일성을 만들어나가는 근대적 주체의 지위를 확인하게 한다. 그의 시의 감각적인 탁월함은 그 시선의 주체가 진행하는 '시선의 모험'이라는 측면에서 설명될 수 있다. 정지용의 시의 시선의 움직임은 초기 시의 경우 '갑판 위'나 '기차'처럼 움직이는 근대적 교통수단의 안에서 바깥 풍경의 스펙터클을 조망하거나, '유리창' 안이라는 밀폐된 장소에서 외부로 뻗어나가던 시선을 다시 안으로 수렴함으로써 내면의 풍경을 구축한다. '갑판 위' '기차' '유리창'은 근대적인 시선 주체의 동일성이 만들어지는 장소로서의 의미를 획득한다. 풍경을 대상화하는 시적 주체는, 자신이 서 있는 공간에 대한 자기감시의 시선을 함께 작동시키면서 풍경과 내면의 동일성을 구축한다.

1930년대 후반 이후의 시로 가면, 시선의 모험은 두 가지 다른 변이를 산출한다. 시선 주체의 익명화와 신체의 발견이라는 두 가지 방식으로 진행된다. 「바다 9」에서는 시선 주체의 인격적 외형을 지워버리고, 시선을 익명화하는 또 다른 시선의 주체를 만들어낸다. 시선의 주체는 바다와 지구 전체를 조망하는 시선의 위치에 서 있다. 이 상징적이며 또한 비인격적인 위치는 시선 주체를 익명화하고 그 인격적 동일성을 비워버리는 사태를 만들어낸다. 후기 시의 대표작인 「백록담(白鹿潭)」에서 시선의 모험은 몸이 직접적으로 자연과 접촉하는 신체의 투신이 된다. 고정된 시점에서 자연을 관찰하는 것이 아니라, 유동적인 몸의 움직임을 따라 자연과 함께 움직인다. 이 지점에 이르러 정지용의 시적 주체는 육체의 투신, 그리고 의식의 탈각이라는 상황에 도달한다.

'갑판 위'와 '유리창'이라는 근대적인 장소에서 시선 주체로서의 자기정립을 성취한 정지용의 시들은, 주체의 투신과 자기 망각에 도달함으로써 시선 주체의 지위를 스스로 허물어 버린다. '시선 주체의 익명화'와 '신체의 투신'은 시선의 주체에 대한 다른 방식으로의 변이의 형태이다. 근대적인 시선 체계와 어긋나는 방식으로 시선의 모험을 밀고 나가는 미학적 개별성을 성취한 것이다. '시선의 시학'이라는 영역에서 근대적 시선 주체의 변이와 해체의 지점이 역설적으로 정지용의 시가 가지는 미적 모더니티의 한 절정이 된다. 정지용 시에 나타난 시선의 모험은 근대적인 방식 안에서 다른 모더니티의 장소를 탐색한 한국 현대 시의 사례로 남아 있다.

이상과 시선의 익명성

1. 이상 시와 주체의 문제

이상의 문학은 식민지 시대 한국 문학의 전위로 평가되고 있다. 이상의 문학이 가지는 모더니티는 주로 그의 문학 언어의 난해성과 그것의 바탕을 이루는 심리적 요인들에 그 초점이 맞추어졌다. 수사학과 장르 문제, 정신분석이라는 측면에서 이상 문학에 대한 텍스트 분석은 상당한 집적을 이루었다. 이상 문학을 재맥락화하기 위해 중요한 것은 이상 문학적 주체가 식민지 시대 한국 문학의 모더니티와 맺는 복합적이고 다중적인 관련성이다.[1] 이상의 시

---

[1] 이상 문학의 주체와 근대성에 관한 최근의 의미 있는 연구 성과는 함돈균의 『시는 아무 것도 모른다—이상, 시적 주체의 윤리학』(수류산방, 2011), 김수이의 「모더니즘 글쓰기의 시각중심주의 고찰— 1930년대 이상의 시와 산문을 중심으로」(『한국문예창작 11호』, 2007)를 들 수 있다. 앞의 논문은 아이러니와 '모르는 주체'라는 개념을 중심으로 이상 문학에서의 '주체의 윤리학'을 탐구했으며, 뒤의 논문은 이상 문학에서의 '시각중심주의'를 자연 인식의 측면에서 다루었다. 여기서는 이런 문제의식을 수용하면

에서 두드러진 특징 중의 하나는 '시간성'의 무화(無化)와 '보는 주체'의 전경화라고 할 수 있다. 그의 시는 시간의 지속성 위에서 구축된 시적 자아의 동일성을 부정하고 시간 자체를 '공간화'하는 특성을 보여준다. '무시간성'의 공간 위에서 문학적 주체는 '시각'에 의해서만 자기 주체의 이미지를 만들어간다. 이상 시는 '시선의 주체화'라고 하는 문제를 시선 주체의 분열과 익명성이라는 측면에서 드러내면서, '시선의 탈주체화'를 동시에 보여주는 문제적인 텍스트이다. 그것은 '근대적 주체의 탄생과 분열의 과정[2]'을 극적으로 드러낸다. 이상의 시는 식민지 시대의 미적 주체가 어떻게 근대적인 시선체계를 재전유하는 방식으로 초월적인 주체와 자기동일성의 자리를 탈주하는가를 보여주는 텍스트이다.

2. 시선 주체와 익명성

벌판한복판에 꽃나무가 하나 있소 근처에는 꽃나무가 하나도 없소 꽃나무는제가생각하는꽃나무를 열심히생각하는것처럼 열심히꽃을피워가지고섰소 꽃나무는제가생각하는꽃나무에게갈수없소 나는 막달아났소 한꽃나무를위하여 그러는것처럼 나는 참그런이상스러운흉내를내었소,[3]

서, 이상 시에서의 '시선 주체의 익명성'의 문제를 분석하고 그 근대성과 정치성의 맥락을 드러내려고 한다.
2) 김수이, 같은 글, p. 324.
3) 이상, 「꽃나무」, 『이상전집 1—시』, 권영민 편, 뿔, 2009, p. 25.

이상 초기 시의 시선과 대상의 관계를 압축적이고 상징적으로 보여주는 이 시에서 '꽃나무'와 '나'와의 관계는 일반적인 시선 주체와 대상과의 관계와 다르다. 서정시의 문법 속에서 '나'라는 시적 주체는 '꽃나무'라는 대상을 묘사하고 그것에 의미의 동일성을 부여하는 시선의 주체화를 이룬다. 하지만, 이 시에서 시적 주체의 자리는 매우 모호하다. '꽃나무'가 단지 시선의 대상이 아니라, 시선의 주체로서 등장한다. '꽃나무' 역시 '나'처럼 보는 주체이며, 사유하는 주체이다. '나'-주체 '꽃나무'-대상이라는 일반적인 관계는 무너지고 '나-꽃나무'는 대등한 관점에서 시선과 사유의 주체가 된다. 이 두 주체는 모두 고립이라는 문제와 "제가생각하는" 자신에 다다를 수 없다는 문제를 안고 있다. 그 상황에서 '나'라는 주체가 할 수 있는 일은 '막 달아나는 것'뿐이다. 이 시에는 또 다른 시선의 주체가 있다고 볼 수 있다. '나'와 '꽃나무'의 관계를 환유적인 관계로 만들어주면서 달아나는 '나'를 묘사하는 또 다른 '나'가 존재한다. "나는 참그런이상스러운흉내를내었소"라는 문장에서, 그런 흉내를 내는 '나'를 관찰하고 묘사하는 '또 다른 나'의 존재는 '나'에 대한 자기감시의 시선으로서의 시적 주체의 분열적 존재를 암시한다.

역사를하노라고 땅을파다가 커다란돌을하나 끄집어내어놓고보니 도무지어디서인가 본듯한생각이들게 모양이생겼는데 목도들이 그것을메고나가더니 어디다갖다버리고온모양이길래 쫓아가보니 위험하기짝이없는큰길가더라.

그날밤에 한소나기하였으니 필시그돌이씻겼을타인데 그이튿날가
보니까 변괴로다 간데온데없더라, 어떤돌이와서 그돌을업어갔을까
나는참이런처량한생각에서아래와같은작문을지었도다.

'내가 그다지 사랑하던 그대여 내한평생에 차마 그대를 잊을수없
소이다. 내 차례에 못올 사랑인줄은 알면서도 나혼자는 꾸준히생각
하리다. 자그러면 내내어여쁘소서.'

어떤돌이 내얼굴을 물끄러미 치어다보는것만같아서 이런시는 그
만찢어버리고싶더라.[4)

이 시에서도 역시 '나'를 감시하는 '또 다른 나'의 자기감시의 시
선은 나타난다. 이 시를 일종의 알레고리로 본다면, 중요한 것은
'나'와 '돌'과의 관계일 것이다. '나'-주체, '돌'-대상이라는 일반
적 관계는 성립되지 않는다. 중반부까지는 그 '돌'의 시적 주체의
대상으로 드러나고 있다. '돌'이라는 대상에 대한 시적 주체와 관
심과 그 '돌'의 상실에 대한 안타까움이 주조를 이룬다. 후반부에
는 두 가지의 시선이 돌발적으로 등장한다. 하나는 '작문을 쓰는
나'를 지켜보는 '또 다른 나'의 존재이다. 이 메타적인 주체는 '글
쓰는 나'를 응시하는 자기감시의 시선 주체이다. 문제적인 것은 그
다음 시선의 등장이다. "어떤돌이 내얼굴을 물끄러미 치어다보는
것만같아서 이런시는 그만찢어버리고싶더라"라는 마지막 진술에
서 시선 체계는 급격하게 전복된다. '돌'이 시선의 대상이 아니라
주체로 등장하고, 그 돌은 '내 얼굴'을 물끄러미 쳐다본다. '내 얼

---

4) 이상, 「이런시」, 같은 책, p. 27.

굴'의 시선의 대상이 되었을 때, 그러니까 타자의 시선 앞에서의 하나의 사물로 전락했을 때, '나'는 부끄러움을 느낄 수밖에 없다. 그 부끄러움이 '이런 시'를 찢어버리고 싶은 욕구를 낳는다는 것이, 이 시의 극적인 반전이다.

싸움하는사람은즉싸움하지아니하던사람이고또싸움하는사람은싸움하지아니하는사람이었기도하니까싸움하는사람이싸움하는구경을하고싶거든싸움하지아니하던사람이싸움하는것을구경하든지싸움하지아니하는사람이싸움하는구경을하든지싸움하지아니하던사람이나싸움하지아니하는사람이싸움하지아니하는것을구경하는지하였으면그만이다[5]

「오감도」 연작은 그 제목에서부터 이상 시에서의 시선의 문제가 얼마나 중요한가를 보여준다. '까마귀의 시선'이라는 제목 자체가 이 연작이 시선의 주체와 대상과의 관계에 대한 급진적인 문제의식을 담고 있다는 것을 암시한다. 이 시에서는 싸움하는 대상과 그 싸움을 구경하는 주체라는 위계질서는 완전하게 무너진다. 교묘한 방식으로 시간의 문제를 개입시킴으로써 시선의 주체와 대상의 관계를 혼돈 속으로 밀어넣는다. (지금) 싸움하는 사람은, (그전에는) 싸움 하지 아니하던 사람이기 때문에, 현재의 싸움하는 대상은 싸움하지 않았던 대상의 흔적이고, 싸움을 구경하는 주체는 싸움했던 주체의 흔적이다. 이런 논리적 순환의 결과 싸움 구경이라

---

5) 이상, 「오감도-시 제3호」, 같은 책, p. 48.

는 상황에서, 싸움하는 주체와 구경하는 주체의 단순한 이분법적 관계에 의한 주체의 정체성과 초월적인 위치는 흔적처럼 사라져버린다.

일층우에있는이층우에있는삼층우에있는옥상정원에올라서남쪽을보아도아무것도없고북쪽을보아도아무것도없고해서옥상정원밑에있는삼층밑에있는이층밑에있는일층으로내려간즉동쪽에서솟아오른태양이서쪽에떨어지고동쪽에서솟아올라서쪽으로떨어지고동쪽에서솟아올라서쪽에떨어지고동쪽에서솟아올라하늘한복판에와있기때문에시계를꺼내본즉서기는했으나시간은맞는것이지만시계는나보다도젊지않으냐하는것보다는나는시계보다는늙지아니하였다고아무리해도믿어지는것은필시그럴것임에는틀림없는고로나는시계를내동댕이쳐버리고말았다.[6]

「조감도」 연작 역시 「오감도」 연작과 마찬가지로 시선 주체의 문제가 부각되어 있다. 이 텍스트도 전체가 하나의 문장으로 구성되어 있는데, 그를 통해 특유의 공간적인 상상력이 드러난다. 시선 주체는 일층에서 삼층 옥상으로 오르내리면서 동서남북의 방향을 헤아리고 태양의 위치와 움직임을 관찰한다. 이런 관찰은 우주적인 공간에 대한 감각을 가지고 '나'의 위치를 가늠해보기 위해서이다. '나'의 위치는 이렇게 지구의 자전 운동에 의한 시간의 경과에 따라 가늠될 수 있다. 그 공간에 '시계'라는 문명적인 대상이 등장

6) 이상, 「조감도-운동」, 같은 책, p. 243.

한다. '시계'는 자연적인 시간의 흐름을 물리적으로 쪼개어 수치로
표시하는 기계이다. 시계는 시간을 수치화하고 공간화한다. "서기
는했으나시간은맞는것이지만"이라는 표현에서 움직이는 시계는
순간적으로는 서 있는 시계이다. "나보다도젊지않으냐하는것보다
는나는시계보다는늙지아니하였다고"라는 진술에서 시계와 '나' 사
이의 관계에 대한 독특한 관점을 보여준다. 이상이 자주 차용한 것
으로 알려진 '상대성 원리'에서는, 물리 현상의 발생은 각 관측자
의 입장 또는 좌표계에 따라 상대적이어서 특정한 관측자(좌표계)
를 우선시킬 근거가 없다. 관찰자의 시간과 시계의 시간은 상대적
으로 다를 수 있다. 이 시에서 운동하는 주체는 하나의 고정점에서
공간을 장악하는 주체가 아니라, 지구의 운동을 관찰하는 또 다른
운동하는 주체이다. 그 주체는 지구의 운동과 시간의 움직임을 수
치화한 시계와는 다른 시간을 살고 있다. "시계를내동댕이쳐버리
고말았다"라는 진술은 그 시계를 통해 수치화된 시간에 대한 거부
라고 할 수 있으며, '내'가 처해 있는 시간과 공간에 대해 '내'가 초
월적인 주체의 입장에 설 수 없다는 것을 보여준다.

　찢어진벽지에죽어가는나비를본다. 그것은유계에낙역되는비밀한
통화구다. 어느날거울가운데의수염에죽어가는나비를본다. 날개축
쳐어진나비는입김에어리는가난한이슬을먹는다. 통화구를손바닥으
로꼭막으면서내가죽으면앉았다일어서드키나비도날아가리라. 이런
말이결코밖으로새어나오지는않게한다.[7]

7) 이상, 「오감도-시 제10호 나비」, 같은 책, p. 70.

이 시에는 죽어가는 나비라는 구체적인 대상이 등장한다. 시적 주체는 우선 그 죽어가는 나비를 통해 삶과 죽음의 관계를 본다. 나비를 "유계(幽界)에낙역(絡繹)되는비밀한통화구(通話口)"라고 했을 때, 나비라는 존재의 시적 의미는 삶과 죽음의 소통과 경계의 자리에 있다. "거울가운데의수염에죽어가는나비"는 또 다른 나비일 수 있지만, '거울'이라는 이미지를 고려해보면, 이것은 초라하게 죽어가는 시적 주체 자신일 수 있다. '나비'라는 대상을 보는 시선 주체로서의 '나'는 시선의 대상으로서의 '나비'일 수 있다. 이상 시에서 거울은 '나'라는 자기성(自己性)을 구성하는 매개가 아니라, 자기분열의 매개이다. "통화구를손바닥으로꼭막으면"에서 '통화구'를 입에 대한 비유라고 할 수 있다면, 나비는 죽음의 세계로 연결된 통화구이며, '나'의 입 역시 죽음으로 가는 통로이다. 그런데 이 시는 마지막에 다시 메타적인 진술을 보여준다. 그 모든 말들이 "결코밖으로새어나오지는않게한다"라고 진술하는 것은, 모든 발화 뒤에 서있는 또 다른 주체의 가능성을 암시한다.

꽃이보이지않는다. 꽃이향기롭다. 향기만만개한다. 나는거기묘혈을판다. 묘혈도보이지않는다. 보이지않는묘혈속에나는들어앉는다. 나는눕는다. 또꽃이향기롭다. 꽃은보이지않는다. 향기가만개한다. 나는잊어버리고재처거기묘혈도판다. 묘혈은보이지않는다. 보이지않는묘혈로나는꽃을깜빡잊어버리고들어간다. 나는정말눕는다. 아이. 꽃이또향기롭나. 보이지도않는꽃이ㅡ보이지도않는꽃이ㅡ보이지도않는꽃이.[8]

이 시에서 '보는 주체'는 결국 '보지 못하는 주체'가 된다. 꽃이 보이지 않기 때문에, 꽃의 존재는 '향기'를 통해 감지될 수밖에 없다. '묘혈'을 파는 행위가 '내'가 죽음을 체험하는 것이라고 한다면, 꽃이 보이지 않는 사태와 꽃의 향기만이 만개하는 사태는 그 죽음의 체험과 밀접한 관계가 있다. '향기'는 공간을 점유하는 것도 아니며, 형태를 갖는 것도 아니다. 죽음은 '눈'으로 체험할 수 없는 삶의 징후 같은 것이다. 꽃이 보이지 않는 상황에서 '보지 못하는 주체'인 '나'는 스스로 묘혈을 파고들어 눕는 존재가 된다. '보는 주체'의 상실은 '죽음-향기'를 체험하는 또 다른 주체의 가능성과 만난다.

이상 시에서 주체와 대상과의 관계는 역전되거나 서로의 위치를 교환하며, 그 공간 뒤의 또 다른 주체의 시선이 암시된다. 이런 자기감시의 시선은 이상의 시에서의 메타적인 진술을 가능하게 한다. 이러한 사태 때문에 시적 주체는 대상과 세계에 대한 초월적인 위치에 설 수 없으며, 일관된 인격으로서의 자기동일성을 가질 수도 없다. 시선 주체에 대해 이름붙일 수 없고 그 인격적 동일성이 보장되지 않는다는 측면에서, '시선 주체의 익명성'이라고 말할 수 있다. '익명성'은 여기서 하나의 수사적인 태도라기보다는 시적 주체의 위치와 성격을 지칭하는 개념이다. 이름 붙일 수 없고 이름을 벗어나는 주체는 하나의 인격적 주체성이 보장되지 않는 주체이다. 이런 시선 주체는 하나의 프레임을 통해 풍경을 제시하는 통

---

8) 이상, 「위독-절벽」, 같은 책, p. 137.

일적 주체가 아니라, 존재의 사건들과 그 사건들 사이의 틈 속에서
희미하고 희박하게 존재하는 주체이다. 이상의 시에서 하나의 시
선이 포착하는 풍경과 그 풍경의 의미를 구현하는 언표는 존재하
지 않는다. 시적 주체는 그 언표들의 균열을 보여주는 주체일 뿐이
다. 이상의 시적 주체의 익명성이 '균열된 발화'를 드러낼 수밖에
없는 것은 이런 이유이다.

3. 육체와 거울—주체의 자기분열

시선 주체의 자기동일성의 와해를 가장 극명하게 보여주는 것
은 '거울'의 이미지가 등장하는 일련의 시들이다. 정신분석의 차원
에서 거울은 주체가 상상적으로 통일적이라는 믿음을 주는 매개이
다. '내'가 '나'라는 존재로 고유성과 동일성을 확보하기 위해서는
'나'와 맞서는 대립적인 존재가 있어야 하고 그 존재를 통해, '부
정의 부정'의 통해 '나'는 거울 속의 '나'를 통일되고 고유한 존재
로 '오인'할 수 있게 된다. 거울은 객체 속에서 자신의 모습을 발견
하는 장치라고 할 수 있다. 거울은 주체가 타자의 시선을 통해서만
역설적으로 자기존재의 동일성을 보장받고 승인받을 수 있다는 것
을 보여준다. 이상의 시에서는 이렇게 자기동일성을 확보하기 위
한 '변증법적 장치'로서의 거울이 등장하지 않는다.

거울속의 나는 왼손잡이오
내 악수를받을줄모르는-악수를모르는왼손잡이오

◇

거울때문에나는거울속의나를만져보지못하는구료만는

거울아니었던들내가어찌거울속의나를만나보기만이라도했겠소

◇

나는지금거울을안가졌소만는거울속에는늘거울속의내가있소

잘은모르지만외로된사업에골몰할게요

◇

거울속의나는참나와반대요마는

또꽤닮았소

나는거울속의나를근심하고진찰할수없느니퍽섭섭하오[9]

　이 시에서 '거울'과 '나'와의 관계는 시선 주체와 시선 대상과의 관계가 아니다. '내'가 거울을 보는 그 순간, 거울 역시 '나'를 본다. 거울은 시선의 주체와 대상의 관계가 상대적이고 불확정적인 것이라는 보여주는 상징이 될 수 있다. 거울 속에 비친 '나'는 시선의 주체이자 대상이다, 거울은 주체(혹은 대상)을 볼 수 있게만 해줄 뿐 만지게 해줄 수는 없으며, '나'와 반대이지만 '나'를 닮아 있다. 이상은 거울 속에서 '나'의 자기동일성을 확인하는 것이 아니라, '나'와 비슷하지만 '나'와 분리된 '또 다른 나'를 만난다. "나는지금거울을안가졌소만는거울속에는늘거울속의내가있소/잘은모르

9) 이상, 「거울」, 같은 책, pp. 32~33.

지만외로된사업에골몰할게요"와 같은 문장에서 시적 주체는 언제나 거울 속의 또 다른 '나'를 의식하는 주체이다. 객체 속에서 주체를 발견하는 것이 아니라, 주체 속에서 객체를 발견하는 존재라고 할 수 있다.

1.

나는거울없는실내에있다. 거울속의나는역시외출중이다. 나는지금거울속의나를무서워하며떨고있다. 거울속의나는어디가서나를어떻게하려는음모를하는중일까.

2.

죄를품고식은침상에서잤다. 확실한내꿈에나는결석하였고의족을담은 군용장화가내꿈의백지를더렵혀놓았다.

3.

나는거울있는실내로몰래들어간다. 나를거울에서해방하려고. 그러난거울속의나는침울한얼굴로동시에꼭들어온다. 거울속의나는내게미안한뜻을전한다. 내가그때문에영어되어있드키그도나때문에영어되어떨고있다.

4.

내가결석한나의꿈. 내위조가등장하지않는내거울. 무능이라도좋은나의고독의갈망자다. 나는드디어거울속의나에게자살을권유하기로결심하였다. 나는그에게시야도없는들창을가리키었다. 그들창은

자살만을위한들창이다. 그러니까내가자살하지아니하면그가자살할
수밖에없음을그는내게가르친다. 거울속의나는불사조에가깝다.

5.

내왼편가슴심장의위치를방탄금속으로엄폐하고나는거울속의내왼
편가슴을겨누어권총을발사하였다.탄환은그의왼편가슴을관통하였
으나그의심장은바른편에있다.

6.

모형심장에서붉은잉크가엎질러졌다. 내가지각한내꿈에서나는극
형을받았다.내꿈을지배하는자는내가아니다. 악수할수조차없는두사
람을봉쇄한거대한죄가있다.[10]

이 시 역시 '나'와 거울 속의 '나'와의 불일치를 전제로 한다. 더
나아가 그 불화를 증폭시켜 적대적인 관계를 만든다. '거울이 없는
실내' 속의 '나'는 공포와 두려움 속에 있다. '거울이 있는 공간' 속
에서 '거울'과 '나' 서로 묶여 있는 관계이다. '나'를 거울에서 해방
하기 위해 '나'는 '거울 속의 나'에게 자살을 권유한다. 그러나 '나'
와 '거울 속의 나'는 서로 얽혀 있고, "거울속의나는불사조에가깝
다." '거울 속의 나'를 '나'를 규정하는 것은 타인의 시선이라고 할
수 있고, 그 시선은 죽지 않는 시선이다. '거울 속의 나'에게 총을
발사한 '나'는 오히려, "내가지각한꿈에서나는극형을받았다." '나'

10) 이상, 「오감도-시 제15호」, 같은 책, p. 83.

는 '거울 속의 나'를 죽일 수 없고, "내꿈을지배하는자는내가아니다." 여기서 '나'와 '거울 속의 나'의 불화는 또 다른 존재의 가능성을 예고한다. "악수조차할수없는두사람을봉쇄한거대한죄가있다"라는 마지막 진술에서 두 존재를 "악수조차할수없"게 만드는, 그러니까 그 단절을 만드는 '거대한 죄'는 '큰 타자의 시선'을 암시한다. 이런 진술은, 큰 타자의 응시gaze에 의해 시선이 규율되고 있음에도 불구하고, 주체가 자신이 보고 싶은 것은 본다고 생각하는 착각을 폭로한다. 주체의 시각장 안에 그 시선을 근저에서 규율하는 또 다른 시선, 큰 타자의 응시가 놓여 있다. '나'라는 시선 주체는 시각장에서 큰 타자의 응시에 의해 붙잡혀 있고 조작되고 있고 사로잡혀 있다. 이상의 시는 '나'와 '거울 속의 나'의 일치를 통한 동일성을 환상을 받아들이는 것을 거부하고, 그 불화를 끝까지 밀고 나가서, 큰 타자의 응시라는 문제를 드러낸다.

여기 한페-지 거울이었으니
잊은계절에서는
엎은머리가 폭포처럼내리우고

울어도 젖지않고
맞대고 웃어도 휘지않고
장미처럼 착착 접힌
귀
들여다보아도 들여다보아도
조용한세상이 맑기만하고

코로는 피로한 향기가 오지 않는다.

만적 만적하는대로 수심이평행하는
부러 그러는것같은 거절
우편으로 옮겨앉은 심장일망정 고동이
없으란법 없으니

설마 그러랴? 어디촉진……
하고 손이갈 때 지문이지문을 가로막으며
선뜩하는 차단뿐이다.

오월이면 하루 한번이고
열 번이고 외출하고 싶어하더니
나갔던길에 안돌아올수도있는법

거울이 책장같으면 한 장넘겨서
맞섰선 계절을 만나련만
여기있는 한페-지
거울은 페-지의 그냥표지¹¹⁾

이 시는 '거울'에 관한 이상의 시 중에서 이례적으로 서정적인
화법의 요소가 들어 있는 것처럼 보인다. 하지만 이 시에서도 '거

---

11) 이상, 「명경」, 같은 책, pp. 127~28.

울'은 시적 주체의 동일성을 허락해주지 않는다. 화자는 '거울'을 통해 지난날을 돌아보려 한다. '페이지'라는 비유처럼 '거울'은 지나간 시간의 페이지들을 보여줄 수 있을지도 모른다. 그러나 거울은 다만 '한 페지'만을 보여주거나 '페–지의 그냥표지'를 보여줄 뿐이다. 서정시의 문법 속에서 추억하는 주체는 그가 기억하는 기억들의 서사를 통해 시간의 지속성 위에 서있는 서정적 주체를 만들어낸다. 이 시에서 거울 속에서 한 사람의 모습을 떠올리지만, 거울은 그 사람과의 만남을 허락하지 않는다. "부러 그러는것같은 거절"과 "지문이지문을 가로막으며/선뜩하는 차단"이 있을 뿐이다. "거울이 책장같다면""맞섰건 계절을 만나"는 서정적 주체가 용인되겠지만, '한 페이지'로서의 거울은 다만 한 사람의 부재만을 보여준다. 거울이 시간의 지속성이라는 서사를 가질 수 없는 매개이기 때문에, 이 시에서 '서정적 주체'는 끝내 좌절된다.

이상의 시에서 거울은 자기동일성을 가능하게 하는 주체의 '오인'의 근거가 되는 것이 아니라, 자기 불화와 자기 분열의 매개가 된다. 그 거울 속의 자기를 통해 객체 안에서 주체를 보는 것이 아니라, 주체 안에서 객체를 보는 사태를 드러낸다. 거울이 실제로 보여주는 것은 자기가 아니라, 타자의 시선일 수도 있다는 것을 폭로한다. 거울은 주체에게 고유성과 동일성을 가져다주는 것이 아니라, 그 익명성을 드러내게 한다. '거울'이라는 매개가 보는 '나'와 보여 지는 '나'의 불화의 문제를 다루었다면, '훼손된 신체'의 이미지들은 하나의 신체라는 유기적 동일성의 문제를 분열시킨다. 이상의 시들은 단일한 유기체로서의 신체를 가진 주체 개념을 파기한다. "이상의 텍스트들에서 주어 '나'의 자리를 대체한 이러한 신체의 일부들은, 보통의 텍스트의 언술 행위의 주체로 전제되는 인격화된 주체가 아니다."[12] 그런데 여기에서 중요한 것은 그 해체되고 파편화된 신체를 바라보는 시선의 문제이다.

> 그사기컵은내해골과흡사하다. 내가그컵을손으로쥐었을때내팔에서는난데없는팔하나가접목처럼돋히더니그팔에달린손은그사기컵을번쩍들어마룻바닥에메어부딪는다. 내팔은그사기컵을사수하고있으니산산이깨어진것은그럼그사기컵과흡사한내해골이다. 가지났던팔은배암과같이내팔로기어들기전에내팔이혹움직였던들홍수를막은백지는찢어졌으리라. 그러나내네팔은여전히그사기컵을사수한다.[13]

초현실주의적 상상력이 돋보이는 이 시에서, 손에 쥐고 있던 사기 컵을 떨어뜨리는 사건은 신체의 물질성과 주체성의 문제를 다른 상상적 차원을 끌고 간다. 묘사적인 문장으로 이루어져 있지만, 환상적 사건이 개입하면서 현실과 환상 사이의 경계를 넘나든다. 주목할 수 있는 것은 '내 팔'과 '그 컵'이라는 관계에서, '내' 몸의 전체가 아닌 일부가 동작의 주체이자 시선의 대상이 되는 것이다. '내팔'에서 돋아난 '그팔에달린 손'은 동작의 자율적인 주체이면서, 시선의 대상이 된다. '내 팔'은 일인칭 주체의 통제력 속에 있는 것이 아니라. '그 팔'이라는 삼인칭적인 대상이 될 수 있는 가능성을 포함한다.

---

12) 함돈균, 같은 책, p. 184.
13) 이상, 「오감도-시 제11호」, 같은 책, p. 73.

내팔이면도칼을든채로끊어져떨어졌다. 자세히보면무엇에몹시위협당하는것처럼새파랗다. 이렇게하여잃어버린내두개팔을나는촛대세움으로내방안에장식하여놓았다. 팔은죽어서도오히려나에게겁을내이는것만같다. 나는이런얇다란화초분보다도사랑스레여긴다.[14]

신체의 부분이 주체이자 대상이 되는 사태는 여기서도 나타난다. '내 팔'이 면도칼을 든 채로 끊어진 것은, '내 신체'의 사건이지만, 이미 떨어져버렸기 때문에, '비인칭적인' 대상이다. 떨어져 나온 팔은 미시적인 관찰의 대상이다. '나'는 그 떨어진 팔을 촛대처럼 장식하는 방식으로 그것을 애도하는 동시에 전시한다. 신체 일부분의 전시라는 사건은 신체의 유기적 전체성을 부정하고 비인칭적인 사물로 만든다.

바른손에과자봉지가없다고해서
왼손에쥐여있는과자봉지를찾으려지금막온길을오리나되돌아갔다.

　　　×
이손은화석이되었다

이손은이제는이미아무것도소유하고싶지도않은소유한물건의소유된것을느끼기조차아니한다

---

14) 이상, 「오감도—시 제13호」, 같은 책, p. 77.

×

지금떨어지고있는것이눈이라고하면지금떨어진내눈물은눈이어야
할것이다

나의내면과외면과
이계통인모든중간들은지독히춥다

좌 우
이양측의손들이서로의리를저버리고두번다시악수하는일은없고
곤란한노동만이가로놓여있는이치워가지아니하면아니될길에서독
립을고집하기는하나

추우리로다
추우리로다

×

누구는나를가리켜고독하다고하는가
이군웅할거를보라
이전쟁을보라[15]

이 시에서도 왼손과 오른손은 주체의 부분이면서, 주체의 대상

15) 이상, 「공복─」, 같은 책, p. 216.

이다. '화석이 된' 손은, 손으로서의 역할을 하지 못하는 훼손된 손이고, '화석'이라는 이미지가 말해주는 것처럼, 기념과 관람의 대상이다. 이것은 시인 이상 자신의 질병에서 촉발된 상상력이라고 할 수 있겠지만, 신체에 대한 시선은 시선 체계의 특이성을 다시 한 번 확인한다. 양쪽의 손들이 "두번다시악수하는일은없고" "독립을고집하는" 세계에서 신체는 단일한 유기적인 주체가 아니라, 각각의 부분들이 독립하여 다투는 '군웅할거'의 세계이다. 신체는 하나의 주체성을 보존하는 유기적인 전체가 아니라 '전쟁터'인 것이다. 유기적인 전체성으로서의 육체는 해체되기 때문에, 신체의 부분은 각각 어떤 미시적인 사건의 자율적인 주체이자 시선의 비인칭적인 대상이 된다. 유기체적인 주체로서의 신체의 동일성을 해체하는 이런 상황을 '기관 없는 신체'의 사태라고 부를 수 있을 것이다.[16] 부분과 전체의 질서 위에 구축된 자기보존의 주체로서의 단일한 유기적인 신체는 없다.

　　고성팡풀밭이있고풀밭위에나는내모자를벗어놓았다.
　　성위에서나는내기억에꽤무거운돌을매어달아서내힘과거리껏팔매질쳤다. 포물선을역행하는역사의슬픈울음소리. 문득성밑내모자곁에한사람의걸인이장승과같이서있는것을내려다보았다. 걸인은성밑

---

16) '기관 없는 신체'는 유기체화되기 이전의 신체를 가리키며, 본성적으로 유기체화되는 것을 거부하는 신체이다. 유기체는 신체에 포섭과 배제의 특정한 질서를 부과하여 성립되며, 기관 없는 신체는 어떤 고정된 질서로부터 벗어나 무한 변이와 생성의 가능성을 품고 있는 카오스의 상태이다. (질 들뢰즈, 『앙띠 오이디푸스』, 최명관 옮김, 민음사, 1994 참조.)

에서오히려내위에있다. 혹은종합된역사의망령인가. 공중을향하여
놓인내모자의깊이는절박한하늘을부른다. 별안간걸인은율률한풍채
를허리굽혀한개의돌을내모자속에치뜨려놓는다. 나는벌써기절하였
다. 심장이두개골속으로옮겨가는지도가보인다. 싸늘한손이내이마
에닿는다. 내이마에는싸늘한손자국이낙인되어언제까지지워지지않
았다.[17]

이 시는 시선의 움직임은 예외적으로 동적(動的)이고, 조망적
인 시선이 두드러진다. 고성 앞 풀밭 위에 있던 화자는 '성 위'에서
'걸인'을 내려다본다. 이런 시선의 위치는 다시 역전된다. "걸인은
성밑에서오히려내위에있다." 성 위에 있는 '나'보다 성 밑에 있는
걸인이 더 위에 있다는 이런 감각의 전도는 조망적인 시선체계 자
체를 뒤흔든다. 고성 아래 풀밭에 벗어놓은 "내모자의깊이는절박
한하늘을부른다", 물리적인 위치의 전도는 시선 주체의 '기절'이라
는 사태를 낳는다. '기절하는 주체'는 더 이상 물리적인 공간에서
의 주체의 지위를 가질 수 없다. 그가 보는 것은 "심장이두개골쪽
으로옮겨가는지도"이다. '지도'는 실재하는 물리적 공간이 아니라,
그것의 약호들을 표시한 상징적인 도식이다. 이런 사태에서 '내이
마'에 닿는 손이 누구의 것인지를 알 수 없다.

여기는어느나라의데드마스크다. 데드마스크는도적맞았다는소문
도있다. 풀이극복에서파과하지않던이수염은절망을알아차리고생식

17) 이상, 「오감도-시 제14호」, 같은 책, p. 79.

298

하지않는다. 천고로천장허방빠져있는함정에유언이석비처럼은근히
침몰되어있다. 그러면이곁을생소한손짓발짓의신호가지나가면서무
사히스스로워한다.점잖던내용이이래저래구기기사작이다.[18]

　얼굴은 주체성의 상징적인 표상이다. 자신의 얼굴을 본다는 것
은 '거울'을 통해서만 가능하다. 그 거울 역시 '타인의 시선'이라
고 한다면, 얼굴은 타인의 시선에 의해서만 구성되는 '비가시적인
것'이라고 할 수 있다. 이상은 자신의 얼굴을 "어느나라의데드마스
크"라고 진술한다. '여기'라는 표현에서처럼 시적 주체에게 얼굴은
더 이상 주체의 일부도 아니며, 가시성의 세계에 속해 있는 것도
아니다. "도적맞았다는소문" 속에서 자기 얼굴은 이미 규정 불가
능한 대상이다. 이 시에서는 얼굴의 '수염'에 주목한다. 수염은 거
울을 통해 파악되기보다는, 만지는 방식으로 감각된다. 얼굴이 타
인의 시선을 경유하는 동일성의 환상을 제공한다면, 수염은 그 얼
굴의 일부이면서 그것으로부터 독립된 또 다른 부분적 주체이다.
"절망을알아차리고생각하지않는다." "손짓발짓의신호가지나가면
무사히스스로워한다"의 주체는, '나'도 '얼굴'도 아닌 '수염' 자체
이다. 단일한 인격의 표상으로서의 얼굴의 지위는 무너진다.

18) 이상, 「위독-자상」, 같은 책, p. 155.

4. 이상과 시선의 탈주체화

이상의 시는 시선 주체의 분열과 익명성을 드러내면서 '시선의 탈주체화'를 보여주는 문제적인 텍스트이다. 이상 시에서 주체와 대상과의 관계는 역전되거나 서로의 위치를 교환하며, 주체와 대상이 존재하는 공간 뒤의 또 다른 주체의 시선이 암시되어 있다. 이러한 사태에서 이상 시의 시선 주체는 대상과 세계에 대한 초월적인 위치에 설 수 없으며, 하나의 일관된 인격으로서의 자기동일성을 가질 수도 없다. 이렇게 시선 주체에 대해 이름 붙일 수 없고 그 인격적 동일성이 보장되지 않는다는 측면에서, 이것을 '시선 주체의 익명성'이라고 말할 수 있다.

이상의 시에서 '거울'은 타인의 시선을 매개로 오인된 자기동일성을 가능하게 하는 근거가 되는 것이 아니라, 자기 불화와 자기 분열의 매개가 된다. 이상의 시는 그 거울 속의 자기를 통해 객체 안에서 주체를 보는 것이 아니라, 주체 안에서 객체를 보는 사태에 직면한다. 거울이 실제로 보여주는 것이 자기가 아니라, 타자의 시선일 수도 있다는 것을 폭로한다. 이상의 시에서 '훼손된 신체 부분'을 둘러싼 이미지들은 유기체로서의 신체를 가진 주체 개념을 파기한다. 유기적인 전체성으로서의 육체를 해체하기 때문에, 신체의 부분은 각각 어떤 미시적인 사건의 자율적인 주체인 동시에 비인칭적인 대상이 된다. 부분과 전체의 질서 위에 구축된 자기보존의 주체로서의 단일한 유기적 신체는 없다.

이러한 시선 주체의 탈인격화와 자기분열은 시선 주체의 확립을 그 근저에서 뒤흔드는 시적 모험이다. 이상의 시는 식민지 시대의 미적 주체가 어떻게 근대적인 시선 체계를 재전유하는 방식으로 초월적인 주체와 자기동일성의 자리를 탈주하는가를 보여준다. 제국의 시선과 '나'의 시선의 일치라는 환상, 식민 체제의 유기체적인 전체라는 환상에 대해, 이상의 시는 탈인격적인 이질성과 비연속성, 파편적 개별성이라는 '반미학'으로 대응한다. '나와 대상'이라는 이분법적 관계 뒤에 숨어 있는 것은, '나'의 가짜 동일성을 규정하는 '제국의 시선'이라고 할 수 있다. 훼손된 신체의 이미지는 유기적인 동일성으로의 '주체' 개념이 성립될 수 없는 시대의 징후적인 '반미학'이다. 시선 주체의 익명화와 탈주체화는 식민지 근대의 주체를 사회적이고 이데올로기적 환상의 자리로부터 벗어나게 한다는 측면에서 '정치적'인 것이다. 이상의 시는 분열의 발화를 통해 식민지 근대성에 대한 미학적인 파열의 지점을 드러내는 급진적인 텍스트이다.

백석과 서사의 공간화

1. 백석과 풍경의 주체화

백석 시는 1930년대 한국 시의 미적 수준을 한 단계 끌어올린 시인으로 평가된다. 백석 시시의 언어 형식과 미적 원리는 단지 미학적인 문제에 국한되는 것이 아니라, 모더니티의 문제와 깊게 연관되어 있다.[1] 백석 시에서 주목받아온 서사성과 토착적인 구어(口語)들은 근대 이전의 세계에 대한 향수를 넘어, '다른 모더니티'의 탐색과 연관되어 있다. 백석 시의 서술적인 혹은 구술적인 특징은 백석 시의 묘사와 시선의 특이성과 긴밀하게 연관되어 있다.

---

1) 백석 시의 미적 성취가 도달한 근대성의 문제를 탐구하려는 연구도 제출된 바가 있다. 백석 시의 근대성에 관한 최근의 논문은 최정례의 「백석 시의 근대성 연구」(고려대학교 박사학위논문, 2004. 12)가 있다. 이 논문에서 저자는 백석 시의 시선, 시간 의식, 토속성, 시어 등을 분석하면서 그 근대성의 의미를 탐구하고 있다. 그 외 진순애, 「백석 시의 심미적 모더니티」, 『비교문학』, 2003. 2: 전봉관, 「백석 시의 모더니티 연구」, 『한중인문학연구』, 2005. 12 등이 있다.

백석 시는 기억의 서사와 전통적인 풍속과 풍물의 이미지들로 구축되어 있다. 서사성과 묘사적인 요소들은 백석 시의 근대적 측면의 중요한 국면이다. 백석의 서사성과 구술성에 대한 관심은 백석 시의 이미지와 시각적 측면에 대한 관심으로 확대될 필요가 있다.[2] 백석 시의 서술적인 특성은 시각적인 특성과 긴밀하게 연결되어 있으며, 그것은 백석 시의 근대성과 시적 주체를 설명하는 중요한 지점이 된다. 백석 시의 근대성 혹은 미적 근대성을 이해하기 위해서는 '화자'와 서술적 특징의 문제와 함께, '시선'과 시각적 특징의 문제를 함께 분석할 필요가 있다. 백석 시의 출발의 지점에서 두드러지는 것은 이야기하는 주체라기보다는 '시선 주체'이다. 등단작인 「정주성」에서 백석 시의 출발점에서의 시적 주체의 자리를 확인해볼 수 있다.

산턱 원두막은 뷔였나 불빛이 외롭다
헝겊심지에 아즈까리 기름의 쪼는 소리가 들리는 듯하다

잠자리 조울든 문허진 성터

2) 백석 시를 '시선'의 문제로 본격적으로 탐구한 논문은 다음과 같다. 장석원의 「백석 시의 시선과 역동성」(『한국시학연구』, 2009. 12)은 백석 시의 역동성과 시선의 부단한 움직임과의 관련을 분석한다. 남기혁의 「백석 시에 나타난 풍경과 시선, 그리고 여행의 의미」(『우리말글』, 2011. 8)는 시선의 이중화와 내면적 시선을 중심으로 백석 시의 모더니티를 분석해내고 있다. 이현승의 「백석 시의 언술 구조」(『한국시학연구』, 2010. 12)는 백석 시의 언술 구조를 '장면화'의 문제에 추점 맞추고 있다. 한편, 배석 시에 나타난 영화적 서술방식으로서 카메라 시선과 파노라마기법 편집 및 배열과 몽타주 기법을 분석하고 있는 논문으로는 조용훈의 「한국 현대시에 나타난 영화적 양상 연구—백석 시를 중심으로」(『시학과 언어학』 15집, 2008)가 있다.

반딧불이 난다 파란 혼들 같다
어데서 말 있는 듯이 크다란 산새 한 마리 어두운 골짜기로 난다

헐리다 남은 성문이
한울빛같이 훤하다
날이 밝으면 또 메기수염의 늙은이가 청배를 팔러 올 것이다[3]

이 시는 '정주성'이라는 공간에 대한 시각적인 재현을 보여준다. '산턱 원두막'의 '불빛'을 묘사하면서 "헝겊심지에 아즈까리 기름의 쪼는 소리"라는 청각적 이미지를 제시함으로써, 풍경의 실감을 정밀한 감각으로 구축한다. '무너진 성터'의 '반딧불'을 '파란 혼들'이라고 비유하는 것은 그 쇠락한 공간에 스며 있는 정서적 기운을 직접적으로 환기시켜준다. 주목할 수 있는 것은 풍경을 현재적으로 묘사하는 시들에서 나타나는 '무시간성'을 일거에 무너뜨리는 '사건'의 발생이다. "크다란 산새 한 마리 어두운 골짜기로 난다"라는 묘사는 무시간적 풍경에 하나의 행위와 이야기를 발생시킨다. 이 시간적인 감각은 '헐리다 남은 성문'의 환한 '한울빛'을 매개로, "날이 밝으면 또 메기수염의 늙은이가 청배를 팔러 올 것이다"라는 미래로 열려 있다.

여기서 백석 시의 언술의 구조와 문학적 주체의 출발의 자리를 확인할 수 있다. 백석 시의 기본적인 미학적 기제는 시각적 장면 제시의 방법이라고 할 수 있고, 기본적으로 '풍경의 시'에서 출발

3) 백석, 「정주성」, 『정본 백석 시집』, 고형진 엮음, 문학동네, 2007, p. 17.

한다는 것을 보여준다. 풍경의 제시를 통해 구축되는 백석 시의 시적 주체는 두 가지 측면에서 특이성을 드러낸다. 우선 하나는 풍경을 통해 발현되는 주관적 감정의 동일성이 전면적으로 부각되지 않는다는 점이다. 감정적 토로를 절제하면서 장면의 제시에 치중하는 시선 주체의 위치를 확인할 수 있다. 다른 하나는 감정의 절제를 통해 구축된 풍경은 무시간적인 풍경이 아니라, 하나의 사건과 행위를 품고 있다는 점이다. 이를 통해 풍경은 '극적으로' 시간적 차원을 얻게 된다. 풍경에 사소한 사건을 개입시킴으로써 일거에 시간의 진행이라는 차원을 획득하는 이런 미학적 특이성을 '풍경의 서사화'라고 할 수 있다. 시적 주체는 풍경을 객관적으로 재현하는 순수한 관찰자적 입장이나 대상을 주관적으로 동일화하는 관점 모두를 극복하고, 풍경 속에 서사적 국면을 확보하는 역동성을 얻는다.

> 넷성의 돌담에 달이 올랐다
> 묵은 초가지붕에 박이
> 또 하나 달같이 하이얗게 빛난다
> 언젠가 마을에서 수절과부 하나가 목을 매여 죽은 밤도 이러한 밤
> 이었다[4]

"넷성의 돌담에 달"이 오르고 "묵은 초가지붕에 박이" 빛나는 풍경은, 기본적으로는 시간성이 없는 풍경이다. 완전하고 정지된

---

4) 백석, 「흰밤」, 같은 책, p. 28.

현재로서의 풍경일 뿐이다. 마지막 연의 하나의 문장은 이 풍경에 극적인 사건의 도입을 알린다. 현재의 풍경은 과거의 어떤 비극적인 사건과 연루되어 있다는 강력한 느낌을 환기시키며, 소설의 도입부처럼 비극적인 이야기가 시작될 것 같은 정황을 제시한다. 정지된 시간 속에 머물러 있던 풍경은 과거의 어느 한 시점의 이야기 속으로 급격히 빨려들어가며, 풍경은 시간의 지속성이라는 감각 속에 재인식된다. '흰밤'이라는 이미지는 '달'로 표상되는 신화적인 여성성의 상징에 창백한 비극의 서사를 도입하는 공간이 된다.

새끼오리도 헌신짝도 소똥도 갓신창도 개니빠디도 너울쪽도 짚검불도 가락닢도 머리카락도 헝겊조각도 막대꼬치도 기왓장도 닭의 도 개터럭도 타는 모닥불

재당도 초시도 문장 늙은이도 더부살이 아이도 새사위도 갓사둔도 나그네도 주인도 할아버지도 손자도 붓장사도 땜쟁이도 큰 개도 강아지도 모두 모닥불을 쪼인다

모닥불은 어려서 우리 할아버지가 어미 아비 없는 서러운 아이로 불상하니도 몽동발이가 된 슬픈 력사가 있다[5]

대표작의 하나인 「모닥불」의 경우도 이와 같은 언술의 구조를 볼 수 있다. 모닥불이 피오르는 현장에 대한 생동감 있는 묘사는,

5) 백석, 「모닥불」, 같은 책, p. 37.

모닥불 속에서 태워지는 사물과 모닥불에 모여 앉은 사람들을 나열하는 방식으로 진행된다. 나열되는 사물들은 '도'라고 하는 첨가의 의미를 갖는 접사에 의해 연결된다. 모닥불이 타는 풍경에 대한 묘사이지만, 그 모닥불 속에 던져지는 사물들의 나열은 "질료들이 연달아 모닥불 안으로 던져지는 운동감을 유발한다."[6) 모닥불에 피어오르는 장면을 정태적으로 묘사하는 것이 아니라, 사물들이 살아 움직이는 사건, 시간성이 숨쉬는 사건으로 만드는 것이다. 2연에서 모닥불에 모여 앉은 존재들은 사람과 동물을 망라해 있고, 그 사람들 사이의 관계와 삶의 내력을 상상하게 만든다. 3연에 오면 발화의 형태가 전혀 달라진다. 더 이상 사물들을 나열하지 않고 모닥불의 역사와 기억에 대한 직접적인 진술이 나타난다. 이 진술은 모닥불 풍경이 갖는 현재성을 뛰어넘어 일거에 기억의 서사를 개입시키고, 한 개인의 구체적인 삶의 역사를 풍경에 도입한다. 모닥불의 풍경은 단순히 현재적인 풍경이 아니라, 한 생애의 역사가 숨쉬는 시간 속에서 움직이는 풍경으로 구체화된다.

거리는 장날이다
장날 거리에 녕감들이 지나간다
녕감들은
말상을 하였다 범상을 하였다 쪽재피상을 하였다
개발코를 하였다 안창코를 하였다 질병코를 하였다
그 코에 모두 학실을 썼다

6) 고형진, 『백석 시 바로 읽기』, 현대문학, 2006, p. 187.

돌체돋보기다 대모체돋보기다 로이도돋보기다
녕감들은 유리창 같은 눈을 번득거리며
투박한 북관 말을 떠들어대며
쇠리쇠리한 저녁해 속에
사나운 즘생같이들 사러졌다[7]

  '북관'의 경험을 바탕으로 한 시들 가운데 하나인 이 시는, 석양
의 장터 풍경을 묘사한다. 주로 묘사되는 것은 장터의 풍경 가운데
서도 노인들의 모습이다. '북관 녕감'들의 모습을 특유의 병렬적인
나열을 통해 세밀하게 묘사한다. 대개 묘사는 그들의 얼굴의 특징
을 '말상, 범상, 쪽재비상, 개발코, 안장코, 질병코'의 명명으로 환
기시키고, 다른 한편으로는 '돋보기'의 종류를 나열한다. 이런 나
열은 앞의 시 「모닥불」이 그러했던 것처럼, 풍경에 대한 묘사임에
도 불구하고, 마치 그들의 움직임과 행렬이 눈앞에서 지나가는 듯
한 효과를 불러온다. 동물들의 얼굴상을 하고 각기 다른 돋보기를
끼고 지나가나는 북관 녕감들의 이미지들은 장터 한가운데 서 있
는 듯한 현장감을 준다. "유리창 같은 눈"이라는 인상적인 표현은
녕감들의 돋보기에 대한 비유이지만, 그들의 투박하고 기이한 외
모 속에 감추어진 내면성을 상기시킨다. 이 시의 풍경이 또 한 번
극적인 시간성을 획득하게 되는 것은 마지막 두 행을 통해서이다.
"쇠리쇠리한 저녁해 속에/사나운 즘생같이들 사러졌다"라고 표현
한다. '눈부시다'는 의미의 '쇠리쇠리한'이라는 평북 방언과 '저녁

7) 백석, 「석양」, 같은 책, p. 97.

해'와 '사나운 즘생'의 이미지가 만나면서 만들어내는 복합적인 이미지는, 빛과 소멸의 이미지 사이에서 거친 생명력의 존재를 두드러지게 한다. 그 "사나운 즘생들이 사러졌다"라는 표현으로 북관 영감들이 이 장터의 무대에서 사라지게 함으로써, 이 풍경에 극적인 시간성이 부여된다. 동시에 그들의 사라짐이 남기는 석양의 여운은 더욱 강화된다. 풍경은 정지된 시간 속의 풍경이 아니라, 그 속의 존재들이 움직이는 풍경이다. 그 안에서 사소한 사건들이 벌어짐으로써 풍경이 극적인 시간성과 서사성을 획득한다.

2. 서술 주체와 서사의 공간화

백석 시에서 행위와 사건의 서술을 통해서 시간의 진행을 보여주는 사례는 적지 않다. 중요한 것은 이런 서사성이 이야기하는 주체의 서술 능력을 두드러지게 하는 데서 끝나지 않는다는 점이다. 백석 시의 서사들은 장면과 공간 속으로 수렴되면서, 그 사건들이 벌어지는 공간적 무대의 실감을 강력하게 환기시킨다.

> 당콩밥에 가지냉국의 저녁을 먹고 나서
> 바가지꽃 하이얀 지붕에 박각시 주락시 붕붕 날아오면
> 집은 안팎 문을 횅하니 열젖기고
> 인간들은 모두 뒷등성으로 올라 멍석자리를 하고 바람을 쐬이는데
> 풀밭에는 어느새 하이얀 대림질감들이 한불 널리고
> 돌우래며 팟중이 산 옆이 들썩하니 울어댄다

이리하여 한울에 별이 잔콩 마당같고
강낭밭에 이슬비 비 오듯 하는 밤이 된다[8]

　도입부는 음식을 먹는 장면에서 시작된다. 백석 시에서의 음식
의 의미는 다양하게 분석된 바 있지만, 토착적 생활의 구체적 실감
과 함께 신체적인 감각을 일깨우는 효과를 얻는다. 이 식사 장면
은 사소한 생활의 이야기이고, 이 시는 이야기를 전달하는 서술 주
체의 위치가 두드러진 시라고 할 수 있다. 시는 식사 장면의 행위
를 다른 사건으로 발전시키지 않고, "안팎 문을 횅하니 열젖기고"
"뒷등성으로 올라 밍석자리를 하고 바람을 쐬이는" 장면으로 옮
겨감으로써, 그 풍경의 공간감을 확대시킨다. 인간들의 식사 장면
으로부터 자연 공간의 생명들의 향연이 펼쳐지는 공간으로 이동한
다. 카메라가 근접한 시선에서 줌 아웃되는 것처럼, 인간들을 둘러
싼 자연 공간 전체를 조망하는 시선으로 확대되며, 마지막 두 행에
서 우주적인 시야로까지 확장된다. 작은 생활의 서사로부터 시작
된 시가 우주적 공간감으로 확대되면서, 서술하는 주체의 위치는
시선 주체의 위치로 전환된다.

저녁밥때 비가 들어서
바다엔 배와 사람이 홍성하다

침대창에 바다보다 푸른 고기가 깨우며 섬돌에 붙은 집의 복도에

8) 백석, 「박각시 오는 저녁」, 같은 책, p. 114.

서는 배창에 고기 떨어지는 소리가 들렸다

이즉하니 물기에 누굿이 젖은 왕구새자리에서 저녁상을 받은 가
슴 앓는 사람은 참치회를 먹지 못하고 눈물겨웠다

아득한 기슭의 행길에 얼굴이 해쓱한 처녀가 새벽달같이
아 아즈내인데 병인은 미역 냄새 나는 덧문을 닫고 버러지같이 누
웠다[9]

이 시는 공간감을 축소하는 방식으로 시술 주체를 시선의 주체
로 이동시킨다. '시기'는 일본의 항구의 이름이다. 백석의 여행 시
에 대해서도 많은 분석이 이루어졌지만, 백석에게 여행은 근대적
인 의미의 '관광'과는 그 성격을 조금 달리 한다. 백석 시에서 여행
은 삶의 근거를 잃어버린 유목민들의 유랑의 의미를 가지며, 식민
지의 상황 속에서의 '디아스포라'의 성격이 강하다. 여행하는 주체
는 근대성의 과정에서 탄생하는 것이지만, 백석 시에서 식민지인
의 여행은 '실향'과 '이산'이라는 모티프를 드러낸다. 그의 여행 시
의 대부분의 정서가 쓸쓸함과 우수를 동반하고 있는 것은 필연적
이다.
이국의 항구에 저녁비가 내리면서 공간의 습기는 더욱 강해진
다. 시는 처음부터 저녁때라고 하지 않고 '저녁밥때'라고 표현함
으로써, 이 시공간에서 생활의 구체적인 감각을 기입한다. 1연에

---

9) 백석, 「시기의 바다」, 같은 책, p. 60.

서는 저녁 식사 시간에 비가 들이닥쳐 사람들이 부산하게 움직이는 행위를 말했다면, 2연에 오면 바다의 어가가 있는 풍경을 감각적으로 구성한다. 3연에서는 다시 항구의 사람들의 구체적인 삶을 이야기한다. 병약한 사람은 "참치회를 먹지 못하고 눈물"겹다. 행길에는 "얼굴이 해쓱한 처녀"가 지나간다. 마지막 연에서는 항구의 병인이 "미역 냄새나는 덧문을 닫고 버러지 같이 누워" 있는 장면을 묘사함으로써, 사람들의 행위와 바다의 드넓은 시야를 좁고 폐쇄적인 공간 안에서 응축시킨다. 이국의 항구에서 만난 사람들의 이야기로 시작한 시는, 그 삶의 고단함을 상징하는 좁고 폐쇄적인 공간으로 압축되면서 완성된다.

저녁술을 놓은 아이들은 외양간섶 밭마당에 달린 배나무동산에서 쥐잡이를 하고 꼬리잡이를 하고 가마 타고 시집가는 놀음 말 타고 장가가는 놀음을 하고 이렇게 밤이 어둡도록 북적하니 논다
밤이 깊어가는 집안엔 엄매는 엄매들끼리 아르간에서들 웃고 이야기하고 아이들은 아이들끼리 웃간 한 방을 잡고 조아질하고 쌈방이 굴리고 바리깨돌림하고 호박떼기하고 제비손이구손이하고 이렇게 화디의 사기방등에 심지를 몇 번이나 돋구고 홍게닭이 몇번이나 울어서 졸음이 오면 아릇목싸움 자리싸움을 하며 히드득거리다 잠이 든다 그래서는 문창에 텅납새의 그림자가 치는 아츰 시누이 동세들이 욱적하니 흥성거리는 부엌으론 샛문틈으로 장지문틈으로 무이징게국을 끓이는 맛있는 내음새가 올라오도록 잔다[10]

10) 백석, 「여우난골족」, 같은 책, pp. 23~24.

토착적인 언어와 공동체적인 정감이 두드러진 이 시에서도, 기억 속의 한 시절을 이야기하는 서술의 주체는 공간을 묘사하는 시선의 주체로 전환된다. 시의 시작은 유년기의 '내'가 명절날 가족과 함께 큰 집으로 가는 이야기다. 큰집에 도착 후 친척들이 함께 풍성한 음식과 이야기를 나누고 놀다가 다음 날 아침까지 늦잠을 자는 이야기로 진행된다. 넘쳐나는 토착어와 방언들의 향연과 흥겨운 친족 공동체의 축제적인 시간을 생동감 있게 옮겨놓는 이 시의 서사성은 놀랄 만한 것이다. 친족 공동체의 축제적인 시간을 펼쳐내면서도 이 시의 마지막은 아침 시간 "부엌으론 샛문틈으로 장지문틈으로 무이징게국을 끓이는 맛있는 내음새가 올라오"는 장면으로 마무리된다. 저녁 무렵부터 시작된 축제적인 시간이 아침시간까지 이어지는 이 시의 서사적 시간 못지않게 중요한 것은, '부엌의 문틈'이라고 하는 좁은 공간의 이미지로 마무리되는 응축되는 공간감이다. 유년의 기억을 회상하는 시적 주체는, 축제의 공간을 조망하고 다시 그 공간을 응축하는 시선의 움직임을 보여준다.

오늘 저녁 이 좁다란 방의 흰 바람벽에
어쩐지 쓸쓸한 것만이 오고 간다
이 흰 바람벽에
희미한 십오촉 전등이 지치운 불빛을 내어던지고
때글은 다 낡은 무명샤쓰가 어두운 그림자를 쉬이고
그리고 또 달디단 따끈한 감주나 한잔 먹고 싶다고 생각하는 내
가지가지 외로운 생각이 헤매인다.

그런데 이것은 또 어인 일인가

이 흰 바람벽에

내 가난한 늙은 어머니가 있다

내 가난한 늙은 어머니가

이렇게 시퍼러둥둥하니 추운 날인데 차디찬 물에 손을 담그고 무이며 배추를 씻고 있다

또 내 사랑하는 사람이 있다

내 사랑하는 어여쁜 사람이

어늬 먼 앞대 조용한 개포가의 나지막한 집에서

그의 지아비와 마조 앉어 대구국을 끓여놓고 저녁을 먹는다

그런데 또 이즈막하야 어늬 사이엔가

이 흰 바람벽엔

내 쓸쓸한 얼골을 쳐다보며

이러한 글자들이 지나간다

─나는 이 세상에서 가난하고 외롭고 높고 쓸쓸하니 살어가도록 태어났다

그리고 이 새상을 살어가는데

내 가슴은 너무도 많이 뜨거운 것으로 호젓한 것으로 사랑으로 슬픔으로 가득 찬다[11]

이 시는 가족과 떨어져 있는 화자가 그 외로움의 감정이 불러낸 기억과 상념들을 드러낸 . 기본적으로 회상과 고백의 발화들로 구

---

11) 백석, 「흰바람 벽이 있어」, 같은 책, pp. 151~152.

성되어 있다. 시적 주체는 자신의 과거를 되돌아보는 자기 자신을 서술하는 주체이다. 중요한 것은 그 기억의 재현 방식이다. '흰 바람벽'이라는 공간은 과거적 이야기를 나열하는 방식이 아니라, 기억의 서사를 공간화하는 미학적 방식이다. '흰 바람벽' 공간 안에 있는 "희미한 십오촉 전등"과 "때글은 다 낡은 무명샤쯔" 같은 사물들은, 과거를 회상하는 현재의 쓸쓸한 정감을 환기시키는 감각적인 효과를 준다. '흰 바람벽'이 영화를 상영하는 스크린과 같은 공간으로 전환된다는 평가는 널리 알려진 것이지만, 이것은 기억의 서사를 장면화하는 매개로 자리한다. 이 공간에 자신의 과거적 기억들이 파노라마처럼 펼쳐진다. 어린 시절의 "차디찬 물에 손을 담그고 무이며 배추를 씻고 있는""내 가난한 늙은 어머니"의 모습이 거기에 나타나고, "그의 지아비와 마조 앉어 대구을 끓여놓고 먹는""내 사랑하는 어여쁜 사람"의 모습도 떠오른다. 이런 시각적 스펙터클은 기억의 서사가 장면화되는 극적인 양상을 연출한다. 그 장면들은 "내 쓸쓸한 얼굴"이라는 내성적 자화상으로 전환된다. 시적 주체가 처해 있는 공간이 하나의 영상적 매개가 되어 기억의 장면들이 지나가고, 그것은 다시 스스로의 얼굴을 되비춘다. 그 영상을 보는 주체는 이 장면에서는 거꾸로 보여지는 주체가 된다. 이 장면은 주체의 시선과 큰 타자의 응시의 분열을 보여준다. '나'를 보는 또 다른 시선 주체는 '큰 타자의 응시'라고 할 수 있다. 기억의 스펙터클에 영화화면의 자막과도 같은 글자들이 지나갈 때, 그 글자들은 큰 타자의 시선을 대리하는 '시각적인 목소리'라고 할 수 있다. '내'가 그 글자들을 보는 것이 아니라, 그 글자들이 "내 쓸쓸한 얼골을 쳐다보며" 지나간다. 그 목소리는 '지나간다'라는 표현 것처럼, 영상미디어적인 방식으로 제시된다.

이 장면은 세 가지 맥락에서 백석 시의 언술 방식에서의 미적 모
더니티의 한 절정을 보여준다. 우선, 지난 시간을 추억하는 서술의
주체는 그 기억을 공간화하는 방식으로 서사에 시각적 스펙터클을
부여하고 있다. 또 하나는 시각적인 장면화를 적극적으로 도입함
으로써 기억의 서사를 말하는 주체는 다시 '보는 주체'로 재구성된
다는 점이다. 그런데 시적 주체는 보는 주체이면서, 큰 타자의 응
시에 의해 '보여지는 주체'이고,[12] 다시 큰 타자의 목소리는 시각
적 영상으로 제시되는 두 겹의 구조 속에 있다. 서술 주체는 서술
하는 주체이면서 시신의 주체가 된다. 시선의 주체는 보는 주체이
면서 보여지는 주체이고, 다시 자신을 보는 큰 타자의 응시를 보는
'메타적인' 주체가 된다. 서술의 주체가 시선의 주체와 연계되고,
시선 주체는 '자신을 보는 자신'을 응시하는 방식으로 '큰 타자의
응시'를 암시한다.

> 이때 나는 내 뜻이며 힘으로, 나를 이끌어가는 것이 힘든 일인 것
> 을 생각하고,
> 이것보다 더 크고, 높은 것이 있어서, 나를 마음대로 굴려 나가는
> 것을 생각하는 것인데,

12) 라캉은 시각장에서의 주체의 분열에 대해 말한 바 있다. 주체의 시선은 실제로는 큰
    타자의 응시에 의해 규율되고 있음에도 주체는 자신이 보고 싶은 것을 본다는 오인
    을 통해 자신의 시각장을 구성한다는 것이다. 주체의 시각장 안에는 그 시선을 근저
    에서 규정하는 큰 타자의 또 다른 응시가 놓여 있으며, 이를 "나는 나 자신을 보는
    나 자신을 본다"라는 명제로 요약할 수 있다. (자크 라캉, 『욕망 이론』, 민승기 옮김,
    문예출판사, 1993, pp. 186~202.)

이렇게 하여 여러 날이 지나는 동안에,

내 어지러운 마음에는 슬픔이며, 한탄이며, 가라앉을 것은 차츰 앙금이 되어 가라앉고,

외로운 생각만이 드는 때쯤 해서는,

더는 나줏손에 쌀랑쌀랑 싸락눈이 와서 문창을 치기도 하는 때도 있는데,

나는 이런 저녁에는 화로를 더욱 다가 끼며, 무릎을 끊어 보며,

어니 먼 산 뒷옆에 바우섶에 따로 외로이 서서

어두워 오는데 하이야이 눈을 맞을, 그 마른 잎새에는,

쌀랑쌀랑 소리도 나며 눈을 맞을,

그 드물다는 굳고 정한 갈매나무라는 나무를 생각하는 것이었다."[13]

또 다른 대표작인 「남신의주유동박시봉방」에서도 이와 같은 언술의 양상은 관철된다. 가족과 떨어져 쓸쓸히 표랑하다가 목수네 집의 한 방을 얻어 거처하게 된 화자는, 방 안에서 자신의 삶의 내력과 내면을 조용히 고백하고 성찰한다. 회한과 부끄러움과 자기연민으로 갇혀 있던 '나'는 '문창을 치는' 싸락눈의 이미지를 거쳐 "굳고 정한 갈매나무"라는 이미지를 떠올린다. 자신의 개인적인 삶의 내력을 고백하는 서술의 주체는, 싸락눈 들이치는 '문창'이라는 시선의 매개과정을 거쳐 먼 산의 갈매나무라는 높고 넓은 상상적 공간으로 시야를 돌린다. '갈매나무'는 '나' 자신에 대한 응시에

13) 백석, 「남신주의유동박시봉방」, 같은 책, p. 169.

서 '나'의 운명을 지배하는 '큰 타자의 응시'를 발견하는 시선의 이동을 보여준다. '문창'은 '나'의 시선이 먼 산의 갈매나무로 나아가는 매개이면서, 역으로 큰 타자가 방안의 '나'를 들여다보는 매개이다. "이것보다 더 크고, 높은 것이 있어서, 나를 마음대로 굴려나가는 것"이라는 존재의 발견을 '큰 타자'의 발견이라고 할 수 있다.

3. 방언의 세계와 '비근대적' 모더니티

백석 시의 서술적인 특성은 시각적인 국면과 긴밀하게 연결되어 있으며, 백석 시의 시적 주체와 모더니티를 설명하는 중요한 지점이 될 수 있다. 백석 시의 시선 주체와 서술 주체와의 연계와 연동이 백석 시의 미적 모더니티를 성취하는 의미 있는 계기가 된다. 백석 시의 기본적인 미학적 기제는 시각적 장면 제시의 방법이며, 풍경을 통한 내면적 동일성을 구축에서 출발한다. 감정의 절제를 통해 구축된 풍경은 사소한 사건과 행위들을 품고 있으며, 이를 통해 풍경은 시간적 차원을 얻는다. 풍경에 사소한 사건을 개입시킴으로써 서사성을 획득하는 미학적 특이성을 '풍경의 서사화'라고 할 수 있다. 백석 시의 시선 주체는 풍경을 객관적으로 재현하는 관찰자적 입장이나 주관적 동일화의 관점 모두를 극복하고, 풍경 속에 서사성을 얻은 입체성을 획득한다. 풍경은 정지된 시간 속의 풍경이 아니라, 그 속의 존재들이 움직이는 동적인 풍경이다.

백석 시의 서사들은 장면과 공간 속으로 수렴되면서, 그 사건들이 벌어지는 공간적 무대의 실감을 환기시킨다. 지난 시간을 추억하고 이야기를 들려주는 서술의 주체는 그 기억을 장면화하는 방식으로 서사적 기억에 시각적 스펙터클을 부여한다. 이 장면화에는 냄새와 음식 등의 신체적인 감각을 통해 시각적 추상성과 시선 주체의 우월적 지위를 해소한다. 서술 주체는 기억의 서사를 구술하는 주체이면서, 동시에 '보는 주체'로 구성된다. 시적 주체는 서술하는 주체이면서, 보는 주체이고, 다시 또 다른 응시에 의해 '보여지는 주체'가 된다. 시선 주체는 자신을 응시하거나, '자신을 보는 자신'을 응시하는 방식으로, '큰 타자의 응시'를 암시한다.

백석 시는 시선 주체와 서술의 주체가 서로 교차하고 융합되면서 풍경의 서사화와, 서사의 장면화를 이룩하는 미학적인 특이성을 성취한다. 이런 성취는 근대적인 영상미디어적 매체 경험과 기차와 자동차 여행 등의 통한 근대적 시각 경험을 반영한다. 더욱 중요한 것은 백석이 선험적인 장소로서의 근대적인 풍경을 제시하지 않고, 토착적인 삶의 신체적 감각 안에서 시적 장면을 구성한다는 점이다. 이런 미적 방법론은 동시대의 모더니스트들이 추구한 '제국의 디스플레이'로서의 식민지 근대의 스펙터클을 전시하는 관점과는 차이를 생성한다. 백석은 식민지 근대의 규범적 언어와는 다른 방언과 토착어라고 하는 변방과 유목의 언어, 혹은 '소수집단의 언어'[14]를 통해 '비근대적' 방식으로 근대 시의 개별 형식을 구축한다. 이것은 식민지 근대의 스펙터클 안에서 '제국의 시

---

14) 질 들뢰즈·펠릭스 가타리, 『소수 집단의 문학을 위하여』, 조한경 옮김, 문학과지성사. 1997. pp. 33~54 참조.

선'에 동화되었던 지배 이데올로기로부터 이탈하는 '다른 모더니티'의 장소이다.

서정주와 봉인된 자연

1. 서정주 시의 '반근대적' 모더니티

서정주의 시는 한국 현대 시의 하나의 역설적인 기념비라고 할수 있다. 서정주는 극단적인 숭배와 비난의 대상이 된 시인이다. 그를 '시의 정부(政府)'라고 명명하거나 '한국어에 내린 축복'이라는 말하는 것은 그 압도적인 위상을 대변한다. 다른 한편으로는 그의 정치적 오류를 문학적 오류로 연결 짓는 논리도 존재한다. 이모든 찬사와 비판은 그가 한국 문학사에 지울 수 없는 존재라는 것을 역설적으로 말해준다. 서정주는 1920년대 시의 과잉된 감상주의와 1930년대의 생경한 모더니즘을 넘어서는 자리에서 원초적인 감수성의 자리를 만들어내었다. 그는 불우한 시대에 모국어에 대한 장인적인 재능을 갖고 태어났지만, 그 기념비를 만든 것은 광활한 정신의 원시림을 탐사하려는 문학적 방랑이었다. 이것은 이른바 실험정신이라고 불리는 모더니즘과 아방가르드적인 노력과 변별성을 갖는 것으로, 그는 모더니즘의 반대편에서 모더니즘의 실험에 육박하는 자기해체를 밀고 나간다.

그 불온한 감수성이 최초로 드러난 곳은 『화사집(花蛇集)』(1941)이라는 청춘의 언어였다. 이 시집에서 그는 식민지 청춘의 정념과 혼돈과 광기를 강렬한 관능과 육체의 질주를 통해 보여주었다. 『화사집』의 세계가 퇴폐의 진정성을 보여주는 저돌적인 감수성이었다면, 그 이후 동양적 일원성으로서의 귀의 역시 다른 맥락에서 문학적 과감성의 소산이다. 해방 이후의 서정주의 시는 급격하게 현실에 대한 초연한 거리와 신화적 관념과 영원의 형이상학 속으로 매진한다. 그 매진을 통해 그는 기념비적인 정신의 왕국을 건설한다. 이후, 『귀촉도(歸蜀途)』(1948), 『서정주 시선』(1955), 『신라초(新羅抄)』(1960), 『동천(冬天)』(1968)으로 이어지는 그의 시적 역정은 근대성의 추구를 '반근대적' 방식으로 추구해온, 그래서 반근대성과 근대성이 동거하는 방식으로 '미적 모더니티'를 구축한 특별한 사례라고 할 수 있다.[1]

서정주 시의 근대성과 미적 모더니티는 그가 어떻게 '반근대적' 방식으로 한국현대 시의 모더니티에 도달했는가를 보여주었는가의 문제에 해당한다. 서정주 시의 미적 모더니티는 이러한 미학적 역설을 이해하는 데부터 시작된다. 서정주 시가 성취한 모더니티

---

1) 서정주 시의 근대성과 관련된 최근의 연구 성과는 송승환의 『김춘수와 서정주 시의 미적 근대성』(국학자료원, 2011), 최현식의 『서정주 시의 근대와 반근대』(소명출판, 2003) 등이 있다. 이런 연구들을 통해 서정주 시의 '시간의식'과 '영원성'의 문제가 갖는 근대성과의 관련이 설명되었지만, 여기서는 그 미적 모더니티의 국면을 '자연에 대한 시선의 변이'라는 측면에서 드러내려 한다.

는 자연 대상에 대한 '시선'의 변전이라는 점에 초점을 맞추어 분석할 수 있다. 서정주에게 있어 '자연'은 그가 지워버리고자 했던 역사와 현실의 반대편에 위치하는 상상적 메타포이다. 자연에 대한 이러한 태도는 시 안에서 시적 주체가 자연을 향하는 '시선'의 위치에 의해 규정된다. 서정주 시에서의 미적 모더니티가 '심미적인 자연'을 둘러싼 시적 주체의 발명과 관련된다고 한다면, 그것을 가능하게 한 것은 자연에 대한 시적 주체의 위치와 거리라고 할 수 있다.

2. 자연에의 투신과 시선의 분열

서정주의 『화사집』이 드러내는 청춘과 육체의 질주는 한국 문학사의 희귀한 경험의 하나로 남아 있다. 이 시집에서 식민지 젊음의 불안과 도취는 더할 나위 없이 감각적인 관능에의 투신이라는 방식으로 나타난다. 중요한 것은 초기 시의 시적 주체가 자연 대상들에 가지는 시선의 태도와 위치이며, 그 지점에서 서정주 시의 모더니티가 초기 시에서 어떻게 형성되는가를 볼 수 있다.

따서 먹으면 자는 듯이 죽는다는
붉은 꽃밭새이 길이 있어

핫슈 먹은 듯 취해 나자빠진
능구렝이같은 등어릿길로,

님은 다라나며 나를 부르고……

强한 향기로 흐르는 코피
두손에 받으며 나는 쫓느니

밤처럼 고요한 끌른 대낮에
우리 둘이는 웬몸이 달어……[2]

　근대적 주체가 자연을 인식하는 방식은 주체를 시각장의 중심에
위치시키고, 대상에 대한 명료한 시선의 거리를 유지하는 것이다.
원근법의 경우처럼, 시선을 소실점에 집중시키는 방식으로 삼차원
의 공간을 이차원에 재현하는 것은, 초월적 시점을 설정하여 보는
주체의 위치를 보장받는 구조라고 할 수 있다. 그런데 이 시의 주
체는 우선 움직이는 주체이다. "붉은 꽃밭 사이의 길"은, 원근법적
으로 대상화된 공간이 아니라, "따서 먹으면 자는 듯이 죽는다는"
도취와 공포가 뿌려져 있는 육체화된 공간이다. 그 공간에서 시의
주체는 어떤 대상을 쫓고 있다. "핫슈 먹은 듯 취해 나자빠진 능구
렝이같은 등허릿길"은 움직이는 육체의 길이며, 그래서 거리 조정
이 불가능한 길이다. 자연 공간과 그 안의 "다라나며 나를 부르"는
'님'은 '나'의 고정된 초월적 시점을 허락하지 않는다. '나'는 '님'
을 따라 계속 움직여야만 하고, 따라서 '나'의 시선은 초점을 잡지
못하고 흔들릴 수밖에 없다. 더구나 육체의 한계에 다다르는 질주

---

2) 서정주, 「대낮」, 『미당 시전집』 1, 민음사, 1994, p. 38.

는 "强한 향기로" 코피를 흐리게 하고, 이미 '나'의 신체는 탈이 나 있다. 이 도취와 공포의 공간에서 원근법적 시선은 추방된다.

시적 주체는 자연 공간에 신체를 투신함으로써 그 공간을 육체 화한다. "밤처럼 고요한 끌른 대낮"이라는 도취의 시간 속에서 "웬몸이 달어" 있는 시적 주체는, 대상을 장악할 수 있는 시선의 권능을 포기하고 거기에 육체를 내던진다. 서정주의 초기 시는 근 대적 시선 주체의 일반적 경험을 역행하여, 육체의 투신이라는 방 식으로 '들린 주체'를 만들어낸다. '들린 주체'는 시선 체계의 맥 락에서는 대상과의 거리조정이 불가능한 주체이며, 합리적 이성이 대상을 명석하게 판단할 수 있다는 신념의 상대편에 위치하는 주 체이다. 여기에서 '나'의 육체적 투신을 들여다보는 장면 바깥의 또 다른 시선을 상정해볼 수 있으며, 주체의 시각장 안에 그의 시 선을 규율하는 또 다른 시선이 있다는 문제의식을 제기할 수 있다. 이 시에서 시선의 주체는 대상을 쫓는 주체이면서, 또한 누군가의 관음증의 대상이 되는 주체이며, 동시에 그 '자기 관음증'의 주체 이기도 하다. 그것은 '나는 내 육체를 보는 나 자신을 본다'라는 명 제로 요약된다.

黃土 담 넘어 돌개울아 타
罪 있을 듯 보리 누른 더위—
날카론 왜낫 시렁우에 거러노코
오매는 몰래 어듸로 갔나

바윗속 山되야지 식 식 어리며

피 흘리고 간 두럭길 두럭길에
붉은옷 닙은 문둥이가 우러

땅에 누어서 배암같은 계집은
땀흘려 땀흘려
어지러운 나-를 엎드리었다.[3]

  이 시는 '맥하(麥夏)'라는 보리가 익는 여름 한철의 시간적 이미
지를 중심으로 구축된다. 이 시간적 이미지는 그 속에서 출몰하
는 동물적인 관능과 위태로운 욕망으로 넘실거린다. 이 시에서 시
적 주체의 시선의 움직임은 독특하다. 도입부에서 시의 공간에 대
한 묘사가 시작된다. 그러나 그 풍경에 대한 묘사에는 "돌개울이
타"는 가뭄으로 암시되는 육체적 갈증과, "죄(罪) 있을 듯"이라는
금기와 위반의 분위기가 틈입한다. "오매는 몰래 어듸로 갔나"라
는 진술 속에는 '몰래'라는 부사가 환기하는 것처럼, 어미의 부재
를 둘러싼 은밀한 욕망의 암시가 숨어 있다. 어미의 부재가 야기
하는 불길한 욕망의 세계는 '날카로운 왜낫'이라는 성적인 이미지
를 통해 팽팽하고 비밀스러운 긴장감을 만들어낸다. 2연에서 '바윗
속 山 돼지'의 동물적 몸부림의 관능과, '문둥이'로 표상되는 저주
와 어두운 운명을 둘러싼 금기의 이미지들은 '두럭길'이라는 공간
에 의해 연결되어 있다. 타는 돌개울과 두럭길 등 이 시의 공간들
은 모두 에로틱한 상상력의 메타포로서 작동하면서, 그 자체로 신

3) 서정주, 「麥夏」, 같은 책, p. 39.

체의 이미지가 된다.

여기까지는 적어도 시적 주체의 초월적 시선이 '맥하'의 비밀스
럽고 관능적인 시공간의 분위기를 조망하고 있다고 할 수 있다. 시
선의 주체는 적어도 풍경의 외부에서 그 풍경 안에 넘실거리는 은
밀하고도 불길한 관능을 응시할 수 있는 거리와 위치를 확보하고
있다. 그런데 이 시의 마지막 연에 가면 상황은 급격히 달라진다.
"땅에 누어서 배암같은 계집은/땀흘려 땀흘려/어지러운 나-를 엎
드리었다"라는 묘사는, 이 풍경 속에 단번에 일인칭 주체를 내던
진다. 관능의 공간에 대한 관찰자가 아니라, 그곳에 투신하는 몸으
로서의 일인칭 주체가 등장하는 것이다. 풍경에 대한 시선의 거리
조정은 일거에 무너져 버린다. 풍경의 시로부터 사건의 시로 일거
에 전환되는 이러한 양상은 서정주 초기 시의 미학적 특이성의 중
요한 국면이다.

麝香 薄荷의 뒤안길이다.

아름다운 베암……

을마나 크다란 슬픔으로 태여났기에, 저리도 징그라운 몸둥아리
냐

꽃다님 같다.

너의 할아버지가 이브를 꼬여내든 達辯의 혓바닥이

소리 잃은채 낼룽그리는 붉은 아가리로

푸른 하눌이다…… 물어뜯어라. 원통히무러뜯어.

다라나거라. 저놈의 대가리!

돌 팔매를 쏘면서, 쏘면서, 麝香 芳草ㅅ길
저 놈의 뒤를 따르는 것은
우리 할아버지의 안해가 이브라서 그러는게 아니라
石油 먹은 듯…… .石油 먹은 듯…… 가쁜 숨결이야

바눌에 꼬여 두를까부다. 꽃다님보단도 아름다운 빛……
크레오파투라의 피먹은양 붉게 타오르는 고흔 입설이다…… 슴
여라! 베암.

우리순네는 스믈란 색시, 고양이같이 고흔 입설…… 슴여라! 베
암.[4]

이 시에서도 관능은 폭발적인 에너지를 뿜어낸다. 시적 주체의
시선의 대상이 되는 것은 '화사(花蛇)'이다. 동물에 대한 시선은 시
적 주체가 자연에 대해 가지는 태도의 위치를 보여준다. "을마나
크다란 슬픔으로 태여났기에, 저리도 징그라운 몸둥아리냐"라는
도입부의 진술에서 이미 드러나는 것처럼, 화자는 그 동물에 인간
의 원죄와 욕망을 부여한다. 문제적인 것은 이런 동물의 인격화가
인간적인 덕목들을 구현하는 데로 나가지 않고, 하나의 대상에 대
한 동경과 혐오의 양가적 태도로 드러나는 데 있다. 화사의 아름

---

4) 서정주, 「花蛇」, 같은 책, p. 35.

다움과 원죄에 대한 혐오감은 시선의 공격성을 만들어낸다. "푸른 하눌이다…… 물어뜯어라, 원통히무러뜯어"와 같은 진술들은 '화사'라는 대상을 매개로 한 자연의 질서에 향한 극단적인 공격성을 암시한다. 화사를 뒤쫓는 시적 주체의 시선은 동경과 살의(殺意) 사이에서 흔들린다. "바늘에 꼬여 두를까부다"라는 죽임의 충동과 "꽃보단도 아름다운 빛"이라는 심미적 경탄이 동거하는 이러한 사태는 하나의 대상에 대한 시선의 분열을 의미한다.

'화사'의 아름다움에 대한 욕망이 시적 주체 내부의 시선이라고 한다면, 그것에 대한 혐오감의 근저에는 윤리적인 공포로서의 '밖에서의 응시'가 있다. 이 이중적 시선에 의한 분열은 "우리순네 스믈난 색시"에 대한 미적 충동으로 전이된다. "사향(麝香) 박하(薄荷)의 뒤안길"이라는 도취의 공간에 시적 주체가 속해 있기 때문에 대상과의 거리는 유지되지 않는다. 이 시에서의 시선은 움직이는 시선이면서, 동시에 분열하는 시선이다. 시선의 분열은 심미적 가치와 윤리적 가치의 분리라는 근대 이후의 미적 자율성이 처한 문제를 상기시킨다. 그 문제는 의인화된 자연 대상에 대한 시선의 분열이라는 독특하고 도발적인 미학으로 형상화된다.

서녘에서 부러오는 바람 속에는
오갈피 상나무와
개가죽 방구와
나의 여자의 열두발 상무상무

노루야 암노루야 홰냥노루야

늬발톱에 상채기가
퉁수ㅅ소리와

서서 우는 눈먼 사람
자는 관세음.

서녘에서 부러오는 바람속에는
한바다의 정신ㅅ병과
징역시간과[5]

이 시는 서정주 시가 『화사집』의 시기를 빠져나오는 전환기를
상징적으로 보여준다. "서녘에서 부러오는 바람"은 움직이는 자연
현상이다. 그것을 풍경의 프레임에 묶어두기 위해서는 정적인 자
연과 고정된 시선의 중심점이 있어야 한다. 그런데 이 시에서 구축
되는 풍경은 "바람 속"이라고 하는 움직이는 공간이다. 이 시는 그
공간을 다양한 사물들을 병치시켜 채운다. 아무런 논리적 의미론
적 연관성이 없어 보이는 사물들을 그 공간에 출현시킴으로써, 이
시는 '모더니즘' 시에서 나타나는 '난해성'에 다다른다. 이런 사물
들의 돌발적인 병치가 야기하는 효과는 그 사물들의 흐릿한 의미
연관 사이에서 발생하는 미적 긴장감이라고 할 수 있다. 그 이미지
들 속에서 관능과 슬픔과 죄와 광기 등의 초기 시의 요소들을 찾아
낼 수 있지만, 그 논리적 연관을 설명하는 것은 거의 불가능하다.

5) 서정주, 「西風賦」, 같은 책, p. 62.

이 시에서 풍경을 구축하는 시적 주체의 태도에서 두 가지 점에 주목할 수 있다. 우선 시각적인 풍경임에도 불구하고, 그 공간 안에는 청각적인 것과 시각적인 것과 시간적인 개념이 뒤섞여 있다. 바람의 풍경은 풍경으로서의 프레임을 유지하지 못하고, 이질적인 시공간들이 충돌하고 교차하는 혼종적인 장소가 된다. 또 하나 중요한 점은 『화사집』의 세계에서 보이던 자연에 대한 시적 주체의 신체적 투신이 없다는 것이다. 시적 주체는 그 풍경 안으로 뛰어드는 대신에 그 공간 안에서 이질적인 이미지들을 충돌시킴으로써 시선 자체를 익명화한다. 하나의 풍경을 구축하는 하나의 인격적인 시선의 행방을 찾는 것은 불가능하다. 이 시는 초기 시의 자연에 대한 투신이 시선의 자기분열로부터 시선의 익명화로까지 나아가는 예외적인 사례를 제공한다.

서정주 초기 시에서 보여준 시선의 모험은 풍경에 대한 시선 주체의 지위를 허물고 자연 대상에 대한 신체적 투신을 감행하는 것이었다. 그 감행은 관능으로 일렁이는 공간에서의 욕망의 대상을 추적하는 시선으로 특징 지워진다. 이 투신의 장면에서 대상을 따라가는 '보는 주체'는 또한 또 다른 보는 시선의 대상이 되는 이중성을 갖게 된다. 이것은 시선의 주체가 자신이 서있는 자리에 대한 또 다른 자기감시와 '자기 관음증'의 시선을 작동시킨다는 것을 의미한다. 그것은 시선의 주체화가 형성되는 과정이면서, 그 분열의 과정이기도 하다. 이 시선의 분열을 끝까지 밀고 나갈 때, 인격적 동일성 자체를 지워버리는 시선의 익명화가 실현될 수 있다. 그러나 서정주의 시는 이 지점에서 풍경의 해체를 밀고 나가는 것 대신에 자연을 영원성의 세계 속에서 신비화하는 길로 나아간다.

3. 자연의 동일화와 영원의 시간

『화사집』의 세계를 통과한 뒤, 서정주의 시는 자연에 인격적 동일성을 부여하는 방향으로 급격히 전환된다. 자연에 대한 의인화 작업에서 서정주가 관심을 기울인 대상 중의 하나는 '꽃'이다. 그 '꽃'은 초기 시에서 보이는 것과 같은 관능의 대상이 아니라, '누님'이라는 인격적 대상과의 동질성이라는 측면이 부각된다.

> 누님,
> 눈물겨웁습니다
>
> 이, 우물물같이 고이는 푸름 속에
> 다수굿이 젖어있는 붉고 흰 木花 꽃은,
> 누님,
> 누님이 피우셨지요?
>
> 퉁기면 울릴듯한 가을의 푸르름엔
> 바윗돌도 모다 바스라져 네리는데……
>
> 저, 魔藥과 같은 봄을 지내여서
> 저, 無知한 여름을 지내여서
> 질갱이 풀 지슴ㅅ길을 오르 네리며
> 허리 굽흐리고 피우셨지요?[6]

이 시에서 '목화木花'에 대한 시적 주체의 시선은 대상에 대한 묘사에는 관심이 없다. 그 대상을 시각적으로 장악하여 하나의 풍경을 완성하려는 의지 대신에, 이 시는 꽃에 대한 시선을 누님에 대한 시선과 동일화한다. "이, 우물물같이 고이는 푸름 속에/다수굿이 젖어있는 붉고 흰 목화(木花) 꽃"이라는 묘사 문장이 등장하지만, 그 대상은 곧장 누님이라는 인격적인 존재의 등가물로 전이된다. '목화'라는 자연 대상은 이 시의 주체의 실제 대상인 '누님'의 심미적 등가물로서 기능할 뿐이다. 중요한 것은 '목화'라는 이미지의 시각적 재현이 아니다. "저, 마약(魔藥)과 같은 봄을 지내여서/저, 무지(無知)한 여름을 지내여서"와 같은 계절의 이미지들은 '목화-누님'이 내재하는 시간의 의미 내용을 구현한다. 여기서 서정주 특유의 시간의식이 출현한다. 지금 현전하는 이인칭 대상으로서의 '목화-누님'은 영원한 현재 속에 있다. 영원한 현재는 그 안에 오래고 무한한 시간을 품고 있다. 시적 주체는 '목화-누님'의 현전이 오랜 시간의 결과물이라고 명명한다. 그것은 물리적 시간을 넘어서는 시적 인과성의 논리에 의해 '영원성'을 확보하는 것이라고 할 수 있다. '과거와 현재와 미래를 영원한 현재라는 하나의 시간 속에 동일화'시키는 것이다.[7] 자연 대상에 대한 시선은 사물이 놓여 있는 실체적 공간에 대한 것이 아니라, 그 속에 내재한 '영원성'에 대한 추상적 시선으로 변환된다.

6) 서정주, 「木花」, 같은 책, p. 78.
7) 송승환, 『김춘수와 서정주 시의 미적 근대성』, 국학자료원, 2011, p. 314.

한송이의 국화꽃을 피우기 위해
봄부터 솥작새는
그렇게 울었나보다

한송이의 국화꽃을 피우기 위해
천둥은 먹구름속에서
또 그렇게 울었나보다

그립고 아쉬움에 가슴 조이든
머언 먼 젊음의 뒤안길에서
인제는 돌아와 거울 앞에 선
내 누님같이 생긴 꽃이여

노오란 네 꽃닢이 필라고
간밤엔 무서리가 저리 네리고
내게는 잠도 오지 않았나보다[8)

   여기에서도 시적 주체의 시선의 대상은 '국화(菊花)'가 아니라,
'국화-누님'이다. '국화'는 누님의 미적 가치를 표현하기 위해 동
원된 등가물이다. 시선의 대상은 물리적인 것이 아니라, '국화-누
님'이라는 대상 안에 스며들어 있는 시간의 이미지들이다. '소쩍
새'와 '천둥'과 '무서리'는 지금의 '국화-누님'의 현전을 가능하게

---

8) 서정주, 「菊花 옆에서」, 같은 책, p. 104.

하는 내재된 시간의 이미지들이다. 이 시에서의 시적 주체의 시선의 특이성에 있어 주목할 표현은, "인제는 돌아와 거울 앞에 선/내 누님같이 생긴 꽃이여"이다. 거울 앞에 선 것은 물론 '국화-누님'이다. 거울을 자기성찰적인 혹은 나르시시즘적인 매개물이라고 할 때, '국화-누님'는 거울을 통해 자신의 존재의 동일성을 확인한다. 그렇다면, 거울 앞에 서 있는 '국화-누님'을 보는 시적 주체의 시선은 무엇인가? 거울을 보는 대상을 훔쳐보는 또 다른 주체, 주체의 시각장 안에 그것의 시선을 근저에서 규율하는 또 다른 시선으로서의 '큰 타자'이다. 거울을 보는 '국화-누님'이 거울을 통해 자기동일성을 부여받는다면, 그 자기동일성을 규율하는 것은 이 장면 바깥의 시적 주체의 시선이다. 이제 시적 주체는 공간에 투신하지 않고 거울을 보는 주체를 규율하는 '큰 타자'의 위치에 등극한다. 이 시에서 거울을 통해 '국화-누님'이 부여받은 동일성은, 그 바깥의 시적 주체의 응시에 의해 붙들려 있다. 그래서 『화사집』의 세계에서 보여준 바 있는 '나는 내 육체를 보는 나 자신을 본다'라는 분열증적인 시선은, '나는 그 자신을 보는 꽃-누님을 본다'라는 초월적인 관음증의 자리로 이동한다.

千年 맺힌 시름을
출렁이는 물살도 없이
고은 강물이 흐르듯
鶴이 나른다

千年을 보던 눈이

千年을 파다거리던 날개가
또한번 天涯에 맞부딪노나

山덩어리 같어야 할 忿怒가
草木도 울려야할 서름이
저리도 조용히 흐르는구나

보라, 옥빛, 꼭두선이,
보라, 옥빛, 꼭두선이,
누이의 수틀을 보듯
세상을 보자

누이의 어께 넘어
누이의 繡틀속의 꽃밭을 보듯
세상을 보자[9]

'학(鶴)'이라는 대상에 대한 시선은 그 자체에 머물러 있지 않고
그것이 표상하는 '천년(千年)'이라는 시간 단위로 뻗어간다. 이런
시선 체계는 앞의 시에서 '목화'와 '국화'이라는 대상에 대한 시선
이 그것들이 표상하는 시간 개념에 초점이 맞추어져 있는 것과 같
다. '천년'의 시간은 신성한 생명으로서의 '학'이 겪는 시간 단위
이다. '시름' '분노(忿怒)' '서름'은 이러한 신성한 생명체가 경험한

9) 서정주, 「鶴」, 같은 책, p. 102.

범속한 고난의 현실을 환기시켜준다. 그러나 '학'은 이러한 '시름'
에 대해서 초연하고 초월적인 자세를 갖는다. '시름'의 '출렁이는
물살'은 '학'에게는 '고은 강물'이며, 엄청난 '분노'와 '서름' 역시
평정의 시간 속으로 흘러가고 있다. 이렇게 세속적인 '시름' '분노'
'서름'을 초월할 수 있는 것은 '학'과 '세상'을 보는 독특한 시선에
기인한다. 이 시의 화자는 "누이의 수틀"을 통해 '학'과 '세상'을
본다고 진술한다. 이러한 간접화된 시각적 사유를 김화영은 '거리
를 둔 친화'[10]를 의미한다고 설명한 바 있다. 시간의 관점에서 말한
다면, 이러한 간접화의 거리는 시간에 몸을 담고 사유하는 것이 아
니라, 시간을 '수틀'이라는 고정된 무늬 안에서 본다는 것을 의미
한다. 그 '수틀'의 세계 속에서 세계는 하나의 무늬일 뿐이며, 이러
한 관점에서 시간은 '봉인'되어 있다. 이러한 시간의 봉인 때문에
'학'의 '시름' '분노' '서름'은 평정의 미학 속에 정태적으로 깃들
수 있다. 이 시에서 극명하게 드러나는 것처럼, 『서정주 시선』이
후의 서정주의 시들은 대상에 대한 공간적 시선을 시간적인 차원
으로 돌려서, 그 시간을 공간화하는 추상적 관점의 틀을 만들어낸
다.

    백일홍꽃 망울만한 백일홍 꽃빛 구름이
    하늘에 가 열려 있는 것을 본 일이 있는가.

    —四後退 때 나는 晉州가서 보았다.

10) 김화영, 「친화력과 거리」, 『미당 서정주의 시에 대하여』, 민음사, 1984, pp. 60~61.

암수의 느티나무가 伍百年을 안고 誼 안 傷하고
사는 것을 보았는가.

一四後退 때 나는 晋州가서 보았다.[11]

이 시에서 시의 화자는 '본다'라는 동사를 여러 번에 걸쳐 반복
한다. 1·4후퇴 때 진주에 가서 이 시의 화자가 본 것은 무엇인가?
시의 화자는 전쟁의 한가운데서, 그 초월성이 유린되는 현실 앞에
서 오히려 '영원한 것'을 보고자 한다. 한국전쟁이라는 역사의 악
덕과 광기를 경험하면서, 그 찢김과 단절의 정반대에 있는 영원
의 세계를 동경한다. 전쟁이라는 역사의 폭력 앞에서 현실을 직시
하는 시선을 포기하는 대신, 그 현실 너머에 있는 "백일홍 쪽빛 구
름이/하늘에 가 열려 있는 것"과 "암수의 느티나무가 오백년(伍百
年)을 의(誼) 안 상(傷)하고 사는 것"을 보는 것이다. 역사적 현실
의 실제에 대한 시선을 영원의 시간에 대한 응시로 대체하는 미학
이다.

가난이야 한낱 襤褸에 지나지 않는다
저 눈부신 햇빛 속에서 갈매빛으로 등성이를 드러내고 서 있는
여름山 같은
우리들의 타고난 살결 타고난 마음씨까지야 다 가릴 수 있으랴

11) 서정주, 「晋州 가서」, 같은 책, p. 148.

青山이 그 무릎아래 芝蘭을 기르듯
우리는 우리 새끼들을 기를 수밖엔 없다
목숨이 가다 가다 농울쳐 휘여드는
吾後의때가 오거든
內外들이여 그대들도
더러는 앉고
더러는 차라리 그 곁에 누워라[12]

 '무등산'에 대해 이 시는 "눈부신 햇빛 속에 갈매빛의 둥성이를 드러내고 서 있는/여름山"이라는 간명한 묘사를 보여준다. 산은 새끼들을 기르며 살아가야 하는 '지어미와 지애비'의 이미지로 비유된다. 산은 다만 자연의 일부로서의 산이 아니라, 인간의 생의 한 형태로서의 산이다. 그 삶은 '인륜성'의 이념과 결합되어 보편적인 가족주의와 그 맥락이 닿게 된다. 그것을 "자연의 인륜화와 인륜의 자연화"[13]라고 할 수 있을 것이다. 그리고 그 산은 "가난이야 한낱 남루(襤褸)에 지나지 않는다"와 "어느 가시덤풀 쑥굴헝에 뇌일지라도/우리는 늘 玉돌같이 호젓이 무쳤다고 생각할 일"이라는 달관과 관조의 세계관을 대변한다. 자연은 시적 자아의 세계관에 의한 완전한 동일화의 대상일 뿐이다. 초기 시에서 자연의 한복판에 육체를 내던졌던 주체가 이제는 멀리서 무등산을 바라보

---

12) 서정주, 「無等을 보며」, 같은 책, p. 100.
13) 최현식, 『서정주 시의 근대와 반근대』, 소명출판, 2004, p. 175.

는 거리 감각을 가지며 인륜성의 메타포로 의미화한다. 자연에 대한 조망적 거리감각의 확보이며, 대상에 대한 주체의 주관적 시선의 지배라고 할 수 있다. 그 과정에서 자연에 대한 시선은 달관의 세계관과 영원성의 신화에 대한 메타포로서 봉인한다. 이것은 자아와 자연과의 동일화를 통한 자연 지배의 한 방식이라고 할 수 있다. 그것은 자연을 동일화하는 방식, 자연을 자아 속으로 끌어 들이는 인간중심주의의 원리를 보여준다.

> 내 마음 속 우리님의 고은 눈썹을
> 즈문밤의 꿈으로 맑게 씻어서
> 하눌에다 옴기어 심어놨더니
> 동지섣달 나르는 매서운 새가
> 그걸 알고 시늉하며 비끼어 가네[14]

「동천」은 후기 시 가운데 미학적인 정제성이 뛰어난 작품의 하나이다. 초기 시의 뜨거움에 대비되는 이 시의 차가운 아름다움은, 후기 시의 시적 특이성을 압축적으로 드러낸다. 한겨울의 차가운 하늘에 초승달이 떠 있는 맑고 정갈한 풍경이 나타난다. 자연 풍경은 객관적 묘사의 대상이 아니라, 시적 자아의 정서를 심미적으로 표상하는 메타포일 뿐이다. 그 초승달의 풍경을 시인은 자신의 '님의 눈썹'으로 의미화한다. 그 의미화가 시적 주체의 동사(動詞)들에 의해 이루어짐으로써 이 시의 활력을 불어넣는다. 이 시의 절

14) 서정주, 「冬天」, 같은 책, p. 185.

정은 이 풍경화에 시간의 생기를 부여하는 '매서운 새'의 이미지이다. 그 새의 동선으로 인해 풍경화는 평면적인 그림이 아니라, 하나의 우주적인 사건이 된다. 새는 그렇게 영원성을 향한 시적 자아의 꿈을 날카롭게 가로지른다. 이 시에서 완벽한 미학적 절제가 가능했던 것은, 자연을 시적 주체의 정서적 상황과 완전하게 동일화하는 시선 때문이라고 할 수 있다. 이 시의 주체는 풍경을 발견하는 것이 아니라, 풍경을 '창조'하는 창조주의 초월적 관점에 서 있게 된다는 것을 의미한다. 자연은 시적 주체의 주관적 구성물이자 정신과 의식의 등가적 창조물이 된다.

서정주의 후기시가 보여주는 것은 공간적인 차원의 자연으로부터 영원의 시간을 응시하는 태도라고 할 수 있으며, 자연에 대한 자아의 완전한 지배력을 심미화하는 것이다. 이것은 자연에 대한 인간중심주의적 지배의 확장이라는 근대적 시선체계의 연장에서 이해할 수 있다. 그의 후기 시에서 자연은 영원성이라는 신화의 표상으로 환원됨으로써 감각적 실재성을 지워버린다. 여기서 서정주 미학의 근대성과 반근대성이 충돌하고 있다. 자연에 대한 인간중심주의적 주체화의 작업이 근대적인 것이라면, 자연의 실체성을 지워버리고 신화적 표상으로 환원하는 방식은 반근대적인 것이기 때문이다. 자연에의 투신을 통해 육체적 경험에 대한 자기감시적인 시선을 보여주었던 초기 시와는 달리 그의 후기 시는 이런 방식으로 자연에 대한 동일화와 영원의 시간에 대한 응시의 체계를 구축한다.

4. 심미적인 자연과 봉인된 모더니티

서정주의 시적 역정은 모더니티의 추구를 '반근대적' 방식으로 실현해온 특별한 사례라고 할 수 있다. 서정주 시의 모더니티와 미적 모더니티는 그가 어떻게 '반근대적' 방식으로 한국 현대 시의 모더니티에 도달했는가를 보여주었는가의 문제에 해당한다. 서정주에게 있어 '자연'은 그가 지워버리고자 했던 역사와 현실의 반대편에 위치하는 상상적 메타포이다. 자연에 대한 이러한 태도는 시 안에서 시적 주체가 자연을 향하는 '시선'의 위치에 의해 규정된다. 서정주 시에서의 미적 모더니티가 '심미적인 자연'을 둘러싼 시적 주체의 발명과 관련된다고 한다면, 그것을 가능하게 한 것은 그 자연에 대한 시적 주체의 위치와 거리라고 할 수 있다.

서정주 초기 시에서 보여준 시선의 모험은 풍경에 대한 시선 주체의 지위를 허물고 자연 대상에 대한 신체적 투신을 감행하는 것이었다. 그 감행은 관능으로 일렁이는 공간에서의 욕망의 대상을 추적하는 시선으로 특징 지워진다. 서정주의 초기 시는 근대적 시선 주체의 일반적 경험을 역행하여, 육체의 투신이라는 방식으로 '들린 주체'를 만들어낸다. '들린 주체'는 시선 체계의 맥락에서는 대상과의 거리 조정이 불가능한 주체이며, 합리적 이성이 대상을 명석하게 판단할 수 있다는 신념의 상대편에 위치하는 주체이다. 그 관능의 공간에 대한 관찰자가 아니라, 그곳에 투신하는 육체로서의 일인칭 주체가 등장한다. 여기서 풍경에 대한 시선의 거리 조정은 무너져 버리고, 풍경의 시로부터 사건의 시로 전환되는 양상은 서정주 초기 시의 미학적 특이성이다. 그런데 투신의 장면에서 대상을 따라가는 '보는 주체'는 또한 또 다른 응시의 대상이 되는 이중성을 갖게 된다. 시선의 주체는 대상을 쫓는 주체이면서, 또한 누군가의 관음증의 대상이 되는 주체이며, 동시에 그 '자기관음증'의 주체이기도 하다. 서정주의 시는 이 지점에서 풍경의 해체를 밀고 나가는 것 대신에 자연을 영원성의 세계 속에서 신비화하는 길로 나아간다.

서정주의 후기 시에서 자연은 시적 자아의 세계관에 의한 완전한 동일화의 대상일 뿐이다. 그것은 자연을 자아 속으로 끌어 들이는 인간중심주의의 원리를 보여준다. 이제 시적 주체는 공간에 투신하지 않고 보는 주체를 규율하는 '큰 타자'의 위치에 등극한다. 『화사집』의 세계에서 보여준 바 있는 '나는 내 육체는 보는 나 자신을 본다'라는 분열적인 시선은 '나는 그 자신을 보는 꽃-누님을 본다'라는 초월적인 관음증의 자리로 이동한다. 『서정주 시선』이후의 서정주의 시들은 대상에 대한 공간적 시선을 시간적인 차원으로 돌려서, 그 시간을 공간화하는 방식으로 그것을 봉인한다. 그것은 자연에 대한 조망적 거리감각의 확보이며, 자연 대상에 대한 시적 주체의 지배력의 강화라고 할 수 있다. 이제 자연은 달관의 세계관과 영원성의 신화에 대한 메타포로서만 기능하게 된다. 시의 주체는 풍경을 발견하는 것이 아니라, 풍경을 창조하고 봉인하는 창조주의 초월적 관점에 서 있게 된다. 후기 시에서 자연은 영원성이라는 신화의 표상으로 환원됨으로써 그 실재성의 감각을 지워버린다.

여기서 서정주 미학의 근대성과 반근대성이 충돌하고 있다고 할 수 있다. 자연에 대한 인간중심주의적 주체화의 작업이 근대적인 것이라면, 자연의 실체성을 지워버리고 신화적 표상으로 환원하는 방식은 반근대적인 것이기 때문이다. 서정주의 시는 근대성의 추구를 '반근대적' 방식으로 추구해온, 그래서 반근대성과 근대성이 동거하는 방식으로 '미적 모더니티'를 구축한 예외적인 경우이다. 그러나 심미화된 자연과 봉인된 시간은 식민지 현실과 분단이라는 실재적인 모순을 봉합하는 이데올로기적 환상이며, 이 환상을 통해 구축된 미적 주체는 '봉인된 모더니티' 안에 붙박힌 오인된 주체이다.

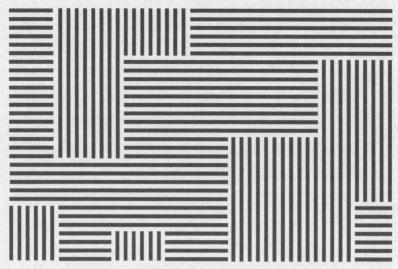

4부
—
시선의 변이와 또 다른 현대성

김수영과 시선의 정치학

1. 김수영 시에서 '본다'는 것

　김수영 시의 문학사적 위치와 그 주제적 형식적 특징에 대해서는 이미 많은 연구가 진행되었다.[1] 그럼에도 불구하고 김수영 시의 현대성을 새로운 맥락에서 분석하는 것은 여전히 의미 있는 작업이다. 김수영 시의 현대성을 분석하는 작업은 현대 시의 사회적 맥락과 미학적 측면에 동시에 연관되는 미완의 과제이기 때문이다. 문학 언어가 가지는 감각적인 차원과 그것의 정치적 차원이 어떻게 연관되는가가 중요한 문제라고 한다면, 김수영의 시는 문제적인 텍스트이다. '시선의 정치성'이라는 맥락에서 김수영 시의 현

---

1) 김수영의 시의 주제론적 분석에 대해서는 수많은 저작들이 있으며, 김상환의『풍자와 해탈, 사랑과 죽음』(민음사, 2000)이 대표적이다. 그 외 김수영 논문집인『살아있는 김수영』,(김명인·임홍배 엮음, 창비, 2005),『다시 읽는 김수영 시』(최동호 외, 작가, 2005) 등이 있다.

대성을 재문맥화하는 것은, 해방 이후의 한국 현대 시의 자기 갱신의 중요한 거점을 드러내는 일이다. 김수영의 시는 현대 시에서 시선의 문제가 어떻게 미학적이고 동시에 정치적인 문맥을 동시에 가지는가를 보여주는 텍스트로 부각된다. 김수영 시의 정치성은 단지 그의 정치적 입장이나 그의 시에 나타난 정치적 내용에 국한되는 것이 아니라, 궁극적으로는 그의 시를 떠받치고 있는 시선의 체계가 어떻게 세계에 대한 다른 미적 태도를 보여주는가의 문제이다.[2] 김수영의 초기 시에서는 '본다'는 행위를 두드러지게 의식하는 시적 표현들을 많이 발견할 수 있다. 이 의식적인 행위가 어떤 시적 인식을 동반하고 있는지를 검토할 필요가 있다.

꽃이 열매의 上部에 피었을 때
너는 줄넘기 作亂을 한다

나는 發散한 形象을 구하였으나
그것은 作戰같은 것이기에 어려웁다

국수—伊太利語로는 마카로니라고
먹기 쉬운 것은 나의 叛亂性일까

2) 여기서 '정치성' 혹은 '정치학'은 사적인 영역과 구별되는 공적인 영역에서의 정치를 말하는 것이 아니라, 감각과 언어의 세계에서 권리가 있는 자와 없는 자를 가르는 분할선과 관련된 정치를 의미한다. 적극적인 의미에서 정치는 익숙한 감성의 체계를 유지하려는 권력과의 싸움을 의미하는 것이라고 할 수 있다.

동무여 이제 나는 바로 보마

事物과 事物의 生理와

事物의 數量과 限度와

事物의 愚昧와 事物의 明晰性을

그리고 나는 죽을 것이다[3)]

　난해성이 두드러지고 시적인 형상화에 있어 그 추상성이 노출
되는 이 시의 의미를 해명하는 것은 쉽지 않다. 1연에서 시인은 꽃
의 개화와 줄넘기 작란을 병치적인 이미지로 구성한다. 시적 주체
가 구하는 것은 '발산(發散)한 형상(形象)'이지만 그것은 '작란' 같
은 것이기에 어려움이 따른다. 개화라는 사건으로부터 '발산한 형
상'을 구하려는 노력은 쉽지 않다. 그것의 어려움을 인정할 수밖에
없을 때, 아주 엉뚱한 이미지가 등장한다. 국수를 잘 먹는 것을 '나
의 반란성(叛亂性)'이라고 한다면, 그 '반란성'은 '발산한 형상'을
구하지 못한 자의 '반란성'이다. '개화'로부터 '발산한 형상'을 얻
지 못한 '내'게 남은 것은 이런 종류의 사소한 '반란성'이다. 그 사
소한 반란성으로부터 '나'는 '발산한 형상'을 얻는 것 대신에 세계
에 대한 다른 태도를 준비한다. 그것은 '바로 본다'는 표현으로 압
축되어 있다.[4)]

3) 김수영, 「孔子의 生活難」, 『김수영 전집 1 — 시』, 민음사, 1993, p. 15.
4) 김현은 '바로 본다'는 표현에 대해 다음과 같이 분석한 바 있다. "바로 본다는 것은 대
　상을 사람들이 그 대상에 부여한 의미 그대로 이해하지 않고, 그 나름으로 본다는 것
　을 뜻한다. 그의 반란성은 그 비습관적이며, 비상투적인 그의 대상 인식을 지칭하는

'바로 본다'는 의미를 이해하기 위해서는 '발산한 형상'과 '반란성' 사이에서 그 의미 맥락을 재구성할 필요가 있다. '발산한 형상'을 구하기 어려움과 그에 대응하는 사소한 '반란성' 사이에서 '바로 본다'는 행위의 제삼의 의미가 시작된다. '바로 본다'는 것은 보는 주체의 의지가 강조된 표현이다. 이 시에서 1연을 제외하고는 줄곧 일인칭의 주어가 명시적으로 등장하는 이유도 이와 연관된다. '바로 본다'는 것은 일인칭 '내'가 스스로 본다는 것, 시각적 주체의 탄생을 의미한다. 이런 측면에서 이 시는 김수영 시에서 '보는 주체'의 자기정립을 선언하는 것으로 이해될 수 있다. 마지막 문장에 등장하는 "그리고 나는 죽을 것이다"라는 선언은 '보는 주체'의 자기 의지가 삶을 관통하고 죽음의 시간까지도 끌어들이려는 태도이다. '보는 주체'의 의식화는 죽음에 대해 단호하고 주체적인 입장을 취하게 만든다. 이 시에는 '너'와 '동무'라는 이인칭이 한 번씩 등장하고 '나'라는 일인칭 주어가 네 번 등장한다. 여기서 이인칭은 일인칭을 확립하기 위한 대상으로서의 존재이다. 이 시의 제목이 「공자의 생활난」인 것은 엉뚱하고도 기이하다. 옛 선인의 이미지가 이 시의 돌발적인 진술들과 아무런 연관이 없는 듯이 보이기 때문이다. '공자'로 상징되는 선인이 진리를 터득하는 과정, "사물(事物)과 사물의 생리(生理)"를 꿰뚫어보는 것은 바로 그 '보는 주체'의 정립과 관련되어 있다고 생각할 수 있다. 중요한 것은 '바로 본다'는 행위가 보는 주체를 정립하려는 강렬한 자기 의지의 표현이라는 것이고, 1연의 개화로부터 마지막 연의 죽음의

어휘이다." (김현, 「자유와 꿈」, 『김수영의 문학』, 민음사. 1983. p. 106.)

시간까지 스스로를 밀고 나가는 주체의 의식화를 보여준다는 점
이다.

> 어린 동생들과 雜談도 마치고
> 오늘도 어제와 같이 괴로운 잠을
> 이룰 準備를 해야 할 이 時間에
> 괴로움도 모르고
> 나는 이 책을 멀리 보고 있다
> 그저 멀리 보고 있는 듯한 것이 妥當한 것이므로
> 나는 괴롭다
> 오오 그와 같이 이 書籍은 있다
> 그 冊張은 번쩍이고
> 연해 나는 괴로움으로 어쩔 수 없이
> 이를 깨물고 있네!
> 가까이 할 수 없는 書籍이여
> 가까이 할 수 없는 書籍이여.[5]

> 瓦斯의 政治家여
> 너는 活字처럼 고웁다
> 내가 옛날 아메리카에서 돌아오던 길
> 뱃전에 머리 대고 울던 것은 女人을 위해서가 아니다

---

5) 김수영, 「가까이 할 수 없는 書籍」, 같은 책, p. 16.

오늘 또 活字를 본다
限없이 긴 활자의 連續을 보고
瓦斯의 政治家들을 凝視한다[6]

　김수영의 시에서 시적 주체가 읽는 대상은 다양하다. 우선 책과 활자를 읽는다. "가까이 할 수 없는 서적(書籍)"은 먼 나라를 건너온 서적이고 '주변 없는' 사람이 만져서는 안 되는 책이고 2차 대전 이후의 긴 역사를 갖춘 것과 같은 책이다. 지금 시적 화자는 이 책을 '멀리' 보고 있다. '멀리 본다'는 책과 시적 화자의 거리감을 말해준다. 그 거리감이 '괴로움'을 만들어낸다. 왜 이 책은 멀리 볼 수밖에 없는 책인가? 물론 이 시에서 이 책의 내용을 구체적으로 말해주지는 않는다. 책이란 문자적인 기록물이고 그것은 어떤 사상이나 역사나 정보를 담아내는 공간이다. 책을 가까이서 보지 못하고 멀리 보아야 하는 사태는 그 책과 시적 주체 사이의 거리를 말해주지만, 그 거리감을 만드는 것은 그 책을 읽는 지금의 상황 때문이다. 그 책은 어렵거나 불온한 책이고, 책을 어렵거나 불온하게 만드는 것은 화자가 처한 상황이다. '멀리 본다'는 것은 그래서 하나의 진실을 직접적으로 대면하지 못하게 하는 어떤 억압적 상황을 암시한다. 책을 둘러싼 억압은 그래서 정치적이다.
　두번째 시에서 '아메리카타임지'의 활자들은 정치가에 비유된다. 타임지의 활자들의 연속을 응시하는 것은, '와사(瓦斯)의 정치가'를 응시하는 것과 같다. 타임지의 활자들은 마치 무늬처럼 한없

6) 김수영, 「아메리카 타임誌」, 같은 책, p. 17.

이 곱게 이어져 있다. 그 활자들은 내용이 아니라, 어떤 무늬의 형태처럼 보인다. 그 활자들은 그래서 해독의 대상이 아니라, 응시의 대상이다. "와사(瓦斯)의 정치가"들 역시 해독할 수 있는 대상이 아니라, 응시의 대상이다. 이 두 편의 시에서 책과 활자에 대한 시적 주체의 시선에는 그 문자들의 세계를 둘러싸고 있는 현실의 억압에 대한 문제의식이 포함되어 있다. 책을 가까이할 수 없게 하거나 해독할 수 없게 만드는 세계에서, 책에 대한 응시는 그 억압에 대한 응시가 된다.

倒立한 나의 아버지의
얼굴과 나여

나는 한번도 이(虱)를
보지 못한 사람이다

어두운 옷 속에서만
이(虱)는 사람을 부르고
사람을 울린다

나는 한번도 아버지의
수염을 바로는
보지 못하였다

新聞을 펴라

이(虱)가 걸어나온다

行列처럼

어제의 물처럼

걸어나온다[7]

詠嘆이 아닌 그의 키와

詛呪가 아닌 나의 얼굴에서

오오 나는 그의 얼굴을 따라

왜 이리 조바심하는 것이요

조바심은 습관이 되고

그의 얼굴도 습관이 되어

나의 無理하는 生에서

그의 寫眞도 無理가 아닐 수 없이

그의 寫眞은 이 맑고 넓은 아침에서

또 하나의 나의 팔이 될 수 없는 悲慘이요

행길이 얼어붙은 유리창들같이

時計의 열두시같이

再次는 다시 보지 않을 遍歷의 歷史……

7) 김수영, 「이(虱)」, 같은 책, p. 18.

나는 모든 사람을 避하여

그의 얼굴을 숨어 보는 버릇이 있소[8]

　김수영의 시에서 아버지를 '보는' 것은 억압을 동반하는 것이다. 첫번째 시에서 "한번도 아버지의 수염을 바로는 보지 못하였다"라고 고백하는 것이나, 두번째 시에서 아버지의 사진을 "숨어 보는 버릇이 있"다고 고백하는 것은 아버지의 얼굴을 본다는 것의 억압을 말해준다. 그런데 아버지는 다만 가족내적인 가부장적 권력으로서의 아버지일 뿐인가? 두 편의 시에서 아버지는 '나'와 아버지를 둘러싼 어떤 상황과 역사에 연루되어 있다. 앞의 시에서 이버지의 얼굴은 거꾸로 세워져 있고, 그 이미지에는 이(虱)가 겹쳐진다. '나'는 이를 본 적이 없으나, 어두운 곳에서만 그것이 활동하는 것을 안다. 그런데 그 이가 걸어 나오는 것은 신문이다. 이와 아버지의 수염의 관계는 볼 수 없는 것과 보이지 않는 곳에 있다는 것이라는 차이이다. 그것들은 '본다'는 것의 어려움이 따르는 두 가지 대상이다.

　두번째 시는 보다 구체적이다. 돌아가신 아버지의 사진에서는 "내가 떳떳이 내다볼 수 없는 현실(現實)처럼 그의 눈은 깊이 파지어" 있다. 아버지를 바로 볼 수 없는 것과 현실을 떳떳이 내다볼 수 없는 것은 똑같이 보는 행위를 억압하는 상황이다. 그것은 일종의 비유적 관계에 있지만, 다른 문맥에서 말한다면, 아버지도 현실과 역사의 중요한 일부이다. '나'는 아버지를 바로 보지 못하지

8) 김수영, 「아버지의 寫眞」, 같은 책, p. 22.

만 "나의 기아(飢餓)처럼 그는 서서 나를 보고/나는 모든 사람을 또한/나의 처(妻)를 피(避)하여/그의 얼굴을 숨어서 보는 것"이다. 이것은 전형적인 시선의 비대칭성이다. 아버지가 '나'를 볼 때 그는 서서 '나'를 보고, '나'는 처와 사람들의 눈을 피해서 숨어서 그를 보아야 한다. 그것은 아버지와 '나'와의 문제가 아니라, 두 사람을 둘러싼 어떤 관계들의 억압을 말해준다. 그의 사진 때문에 '내'가 경험하는 '조바심'과 '비참'은 이런 상황의 소산이다. 아버지의 사진은 "재차(再次)는 다시 보지 않을 편력(遍歷)의 역사(歷史)"이기 때문이다. 아버지의 사진을 보는 것은 조바심과 비참을 무릅쓰는 모험이고, "편력의 역사"는 남몰래 숨어서 보아야 하는 것이다. '숨어서 본다'는 것은 아버지의 사진이라는 대상에 대한 관음증을 의미하는 것이 아니라, 그 사진을 보는 것을 어렵게 만드는 타인들의 시선으로부터 억압을 말해준다.

> 우리들의 戰線은 눈에 보이지 않는다
> 그것이 우리들의 싸움을 이다지도 어려운 것으로 만든다
> 우리들의 戰線은 당게르크도 놀만디오 延禧高地도 아니다
> 우리들의 戰線은 地圖冊 속에는 없다
> 그것은 우리들의 집안 안인 경우도 있고
> 우리들의 職場인 경우도 있고
> 우리들의 洞里인 경우도 있지만……
> 보이지는 않는다.[9]

---

9) 김수영, 「하…… 그림자가 없다」, 같은 책, p. 136.

김수영의 시에서 '보이지 않는다'라는 것은 무엇인가? 4·19 직전에 씌어진 이 시에서 '적(敵)'은 눈에 보이지 않기 때문에 싸움은 매우 어려운 것이 된다. 그 적은 "민주주의자(民主主義者)를 가장(假裝)하고/자기들이 양민(良民)이라고 하고/자기들이 선민(選民)이라고 하고/자기들이 회사원(會社員)이라고" 한다. 적이 눈에 보이지 않기 때문에 전선(戰線)은 뚜렷하지 않고 그것이 싸움을 어렵게 만든다. '집안'과 '직장'과 '동리(洞里)'가 전선일 수 있다는 것이다. 싸움의 모습 또한 "활발하지도 않고 보기 좋은 것도 아니"며, 그렇지만 "우리들은 언제나 싸우고 있다." "우리들의 싸움은 하늘과 땅 사이에 가득 차 있다." 화자는 그 싸움을 "민주주의 싸움"이라고 명시적으로 말하고, 그것에 "그림자가 없다"라는 시적 표현을 덧붙인다. '그림자가 없다'는 표현은 '전선'이 눈에 보이지 않는다는 사실과 비유적 관계를 이룬다. 보이는 것은 그림자가 있지만, 보이지 않는 것은 그림자를 갖지 않는다. '보이지 않는다'라는 것은 '책'과 '아버지'를 똑바로 보는 것의 어려움과는 조금 다른 문맥 속에 있다. '책'과 '아버지'를 똑바로 볼 수 없는 것은 그것들이 처한 상황에 기인하는 것이지만, '전선'이 보이지 않는 것은 시적 화자의 싸움이 일상적 현실 속에서 벌어지는 사태임을 암시한다. 그것이 '볼 수 없다'라는 문장과 '보이지 않는다'라는 표현의 차이이다. '볼 수 없다'는 문장에서 중요한 것은 시각적 주체의 억압의 문제이지만, '보이지 않는다'라는 문장에서 문제의 핵심은 대상의 모호함이다.

김수영의 시에서 '본다'는 것은 시적 인식에 관한 가장 핵심적인 표현이다. 시적 주체에게 '본다'는 것은 자기와 세계 사이의 관계를 투철하게 응시하고 그것을 보지 못하게 하는 것들과의 싸움을 의미한다. 그런데 시적 주체가 볼 수 없게 만드는 요인들이 있다. 시적 주체가 보려는 것들을 둘러싼 억압이 존재하고, 시적 주체가 보려는 대상 자체가 모호하기 때문이다. 이런 문제들 때문에 시적 주체가 보려는 의지는 쉽게 관철되지 않는다. 그럼에도 불구하고 김수영의 시에서 '본다'는 것은 시적 주체가 '보는 주체'로서의 자신의 위상을 세우고 그것을 억압하고 좌절시키는 상황과 싸우려는 의지를 드러내는 행위이다. 시적 주체는 '본다'는 행위를 통해 세계를 인식하고 자기 내부의 억압과 허위를 성찰하는 존재로서 자신을 정립한다. 김수영의 시에서는 보는 주체로서의 시적 주체는 '본다'는 행위를 통해 자신의 내적 성찰을 밀고 나간다. 김수영의 시에서 대상에 대한 시선은 오히려 자기 내부의 부끄러움으로 되돌아온다. 이것은 대상에 대한 시선을 매개로 자기 자신에 대한 또 다른 시선을 작동시킨다는 것을 의미한다.

2. 시선의 동선과 그 반역성

김수영의 시에서 '본다'는 행위의 의미론적 국면 못지않게 중요한 것은 시적 시선의 위치와 움직임이다. 김수영 시에서 시선의 미학적·정치적 차원이 밝혀지려면 바로 이런 시선의 동선을 파악하는 것이 필요하다. 김수영의 시에서 우선적으로 드러나는 시선의 위치는 위에서 아래를 내려다보는 시선이다. 그 시선의 미학적·정치적 차원을 해명하는 것은 김수영 시학의 문제적 국면을 밝혀내는 작업이 될 수 있다.

> 팽이가 돈다
> 팽이가 돌면서 나를 울린다
> 제트機 壁畵밑의 나보다 더 뚱뚱한 주인 앞에서
> 나는 결코 울어야할 사람은 아니며
> 영원히 나 자신을 고쳐가야 할 運命과 使命에 놓여 있는 이 밤에
> 나는 한사코 放心조차 하여서는 아니될 터인데
> 팽이는 나를 비웃는 듯이 돌고 있다
> 비행기 프로펠러보다는 팽이가 記憶이 멀고
> 강한 것보다는 약한 것이 더 많은 나의 착한 마음이기에
> 팽이는 지금 數千年前의 聖人과도 같이
> 내 앞에서 돈다
> 생각하면 서러운 것인데
> 너도 나도 스스로 도는 힘을 위하여
> 공통된 그 무엇을 위하야 울어서는 아니된다는 듯이
> 서서 돌고 있는 것인가[10]

  이 시에서 시적 화자는 다른 사람의 집에 갔다가 아이가 팽이를 돌리는 것을 본다. 그 집은 "나 사는 곳보다는 여유(餘裕)가 있고/바쁘지도 않으니/마치 별천지(別天地)같이 보이"는 집이다. 팽이

---

10) 김수영, 「달나라의 장난」, 같은 책, p. 24.

가 도는 것이 '달나라의 장난' 같아 보이는 이유는, 이 집의 여유와 '나'의 상황이 좀 다르기 때문일 것이다. 또 다른 문맥에서 팽이가 도는 것은 지금 시적 화자의 내적 상황에 대한 부끄러움을 만든다. 그 팽이는 "나를 비웃는 듯이 돌고 있다." 팽이라는 사물을 보는 '나'의 시선의 위치는 위에서 아래를 내려다보는 것이고, 팽이는 한낱 시선의 대상으로서의 사소한 사물에 불과한 것이다. '나'는 그 사물에 대해 우월적인 위치에서의 시선을 갖고 있지만, 그 사물은 오히려 '나'를 비웃는다. 그 사물은 '나'의 우월적 시선으로 사물화되는 대상이 아니다. 또한 일인칭 화자와 정서적으로 동일화되는 사물이 아니라는 측면에서 김수영 시의 독특한 시선의 위치가 발생한다. 사물보다 우월한 시선의 위치에 있음에도 불구하고 시적 주체는 "생각하면 서러운 것인데/너도 나도 스스로 도는 힘을 위하여/공통된 그 무엇을 위하여 울어서는 아니된다"는 내부의 윤리적 성찰에 다다른다. 사물에 대한 시선이 그 사물을 지배하고 동일화하는 시선이 아니라, 그것으로부터 자기반성적 인식을 이끌어오는 데서 시선의 움직임이 가지는 특이성이 있다.

　방 두간과 마루 한간과 말쑥한 부엌과 애처로운 妻를 거느리고
　외양만이라도 남과 같이 살아간다는 것이 이다지도 쑥스러울 수
가 있을까

　詩를 배반하고 사는 마음이여
　자기의 裸體를 더듬어보고 살펴볼 수 없는 詩人처럼 비참한 사람
이 또 어디있을까

거리에 나와서 집을 보고
집에 앉아서 거리를 그리던 어리석음도 이제는 모두 사라졌나보다
날아간 제비와 같이

날아간 제비와 같이 자국도 꿈도 없이
어디로인지 알 수 없으나
어디로이든 가야할 反逆의 정신

나는 지금 산정에 있다―
시를 배반한 죄로
이 메마른 산정에서 오랫동안
꿈도 없이 바라보아야할 구름
그리고 구름의 파수병인 나.[11]

　　지금 화자는 "먼 산정(山頂)에 서 있는 마음으로/나의 자식과 나
의 아내와/그 주위에 놓인 잡스러운 물건들을 본다." 산정에서 아
래를 보는 조감(鳥瞰)의 시선으로 자신의 일상적 현실을 내려다본
다. 여기에서도 위에서 아래를 내려다보는 시선이 등장하지만, 시
선의 주체가 가지는 우월적 지위를 확인시켜주는 것이 아니다. '산
정'이라는 위치는 시선의 우월적 지위를 보장받는 곳이 아니라, 자
기반성적 성찰을 피할 수 없는 정신적 극지(極地)에 가깝다. "함부
로 흘리는 피가 싫어서/이다지 낡아빠진 생활을 하는 것은 아니리

11) 김수영, 「구름의 파수병」, 같은 책, p. 87.

라"라는 자신에 대한 성찰이 가능해지는 것이 산정이라는 위치에 서이다. 산정에서 시적 화자는 시를 배반하고 살아가는 자신을 들여다본다. 그 높은 위치에서 화자가 반성하는 것은 "자기의 육체(肉體)를 더듬어볼 수 없는 시인"에 대한 반성이다. 그 산정 위에는 구름이 있다. 구름은 끊임없이 형태를 바꾸는 것이고 그 질량을 가늠하기 힘든 대상이다. 구름은 "꿈도 없이 바라보아야할" 대상이다. "구름의 파수병"으로 스스로를 설정하는 것은, 산정 아래의 일상적 현실과 산정 위의 구름 사이에서 자신의 위치를 만들어야 할 시적 주체의 운명을 암시한다. 시적 주체가 그런 위치에 머무를 수밖에 없는 것은 "시를 반역한 죄" 때문이다. 여기서 '시에 대한 반역'이란 이중적인 의미를 갖는다. 그 하나가 일상적 현실에 매몰되어 '시'를 잃어버린 것이라면, 다른 하나는 일반적인 '시'의 형태를 반역하는 전위적인 시 쓰기의 모험이라고 할 수 있다. 산정이라는 위치에서의 시적 주체는 시와 일상적 현실 사이에서, 생활의 세계와 반역의 정신 사이에서 자신을 재정립해야 하는 운명을 마주한다.

이게 아무래도 내가 저의 섹스를 槪觀하고
있는 것을 아는 모양이다
똑똑히는 몰라도 어렴풋이 느껴지는
모양이다

나는 섬뜩해서 그전의 둔감한 내 자신으로
다시 돌아간다

憐憫의 순간이다 恍惚의 순간이 아니라
속아사는 憐憫의 순간이다[12]

　이 시에서는 적나라한 성적인 장면들이 묘사된다. 이 시에서 특히 두드러진 단어는 '개관槪觀'이라는 것이다. 몰입이라는 의미의 정반대의 의미를 가질 이 표현은 보는 주체와 대상 사이의 관계를 날카롭게 드러내준다. 성적인 관계 도중에 그것에 몰입하지 않고 '개관'하는 위치에 서게 될 때 두 사람의 성적인 상호작용은 비대칭적인 것이 된다. '보는 주체'는 몰입하는 주체가 아니라, 타인을 시선의 대상으로 삼는 주체이기 때문이다. 그런데 이 시에서 그 시선의 권력은 온전히 관철되지 않는다. 상대방이 이 '개관'의 시선을 눈치 채게 되면, 개관하는 주체의 우월적 지위는 보장되지 않는다. '나' 역시 시선의 대상이 될 수 있기 때문이다. 그때 섬뜩함을 느끼는 일인칭 화자는 차라리 "둔감한 내 자신"으로 돌아가려 한다. '개관'하는 주체를 포기하는 방식으로 시적 화자는 자신의 시선을 거두어들인다. 그것은 타자와 자신을 속이는 순간, "속아사는 연민(憐憫)의 순간"이라고 할 수 있다. 이 성적인 장면에서도 개관하는 주체의 권력은 보장되지 않고, 그것은 다시 부끄러운 자기성찰로 되돌아온다.

　눈은 살아 있다
　죽음을 잊어버린 靈魂과 肉體를 위하여

12) 김수영, 「性」, 같은 책, p. 291.

눈은 새벽이 지나도록 살아 있다

기침을 하자
젊은 詩人이여 기침을 하자
눈을 바라보며
밤새도록 고인 가슴의 가래라도
마음껏 뱉자[13]

'눈'을 보는 시선은 낭만적인 동경이나 동일시에 머물러 있지 않다. 우선 "눈은 살아 있다"라고 선언한다. '눈이 살아 있다'는 것은 그것이 하나의 대상을 넘어서 생명체임을 의미한다. 그 생명체는 어떤 정신을 표상한다. 김수영 시의 특이성은 그 대상에 어떤 이념이나 관념을 덧씌우지 않는 데 있다. 김수영 시의 관심은 그 정신의 '동력' 자체이지 그 정신의 이념적 내용이 아니다. '눈'이 표상하는 것 역시 그러하다. 눈이 가지는 다양한 의미 자질 가운데 이 시에서 구체적으로 말해주는 것은 아무것도 없다. 중요한 것은 그 것이 살아 있다는 것이고, 기침을 하고 가래를 뱉는 행위는 살아 있음에 대한 경의를 표하는 것이다. 이 행위는 결코 낭만적인 행위일 수 없으며, 또한 눈에 대한 동경을 표현하는 행위라고 보기도 어렵다. 기침을 하거나 가래를 뱉는 것은 육체 안에 있던 것을 밖으로 쏟아내는 행위이다. 그 행위는 일종의 연행(演行)적인 것으로서의 세계와 현실에 대한 토로라고 할 수 있다.

13) 김수영, 「눈」, 같은 책, p. 97.

"눈더러 보라고 마음 놓고 마음 놓고/기침을 하자"라는 표현에서, 기침을 하는 행위는 어떤 억압과 싸우는 것이다. 마음껏 기침을 하거나 가래를 뱉는 것은 쉽지 않는 일이다. 그런데 눈에게는 그렇게 할 수 있으며, 오히려 "눈더러 보라고" 그렇게 하는 것이다. 여기서 시적 주체와 눈과의 시선의 관계는 역설적인 것이 된다. '눈'은 단순히 시선의 대상이 아니라, 살아 있는 또 다른 주체이며, 기침을 하는 존재를 '보는' 또 하나의 주체이다. 그런데 이 살아 있는 주체는 '젊은 시인'으로 하여금 기침을 하게 하는 대상이다. 그 안에 억눌린 것을 토해내도록 만드는 조건이 된다. '눈'은 주체이면서 대상인 존재이며, '눈'은 시선의 대상이며, 시선의 또 다른 주체이다. 일인칭 주체가 표면적으로는 등장하지 않고 '젊은 시인'에 대한 청유형의 문장으로 구성되어져 있고, 이 시의 대부분의 문장의 주어가 '눈'이라는 점은 의미심장하다. 이 시에 발화 주체로서의 일인칭 시적 주체의 존재감은 거의 드러나지 않는다. 이런 방식으로 시적 주체와 '눈'이라는 대상 사이의 관계는, 시선의 주체와 대상이라는 일반화된 관계를 전복시킨다.

바람의 고개는 자기가 일어서는 줄
모르고 자기가 가닿는 언덕을
모르고 거룩한 산에 가닿기
전에는 즐거움을 모르고 조금
안 즐거움이 꽃으로 되어도
그저 조금 꺼졌다 깨어나고

언뜻 보기엔 임종의 생명같고

바위에 뭉개고 떨어져내릴

한 잎의 꽃잎 같고

革命같고

먼저 떨어져내린 큰 바위같고

나중에 떨어진 작은 꽃잎같고

나중에 떨어져내린 작은 꽃잎같고[14]

'꽃잎'에 대한 시적 주체의 시선 역시 그러하다. 여기서 '꽃잎'
을 바라보는 일인칭 주체의 존재감은 거의 드러나지 않는다. 꽃잎
이라는 대상을 1인칭 주체의 정서적 대상물로 동일시하는 사태는
벌어지지 않는다. 그러면 꽃잎은 시선의 대상인가 아니면 또 다른
주체인가? 이 시를 지배하는 언술의 체계는, 숨어 있는 주체의 꽃
잎에 대한 시선이라고 할 수 있다. 그런데 이 시는 두 가지 방식으
로 '꽃잎'이라는 사물을 대상화하는 것을 유예한다. 우선 하나는
그 대상을 바라보는 행위와 시선의 주체를 숨기는 방식으로, 대상
에 대한 시선의 지배를 드러내지 않는다. 이 시의 첫 문장인 "누구
에게 머리를 숙일까"에서 이 행위의 주체가 무엇인지는 상당히 모
호하다. 그것을 일인칭 주체나 '바람의 고개', 혹은 '꽃잎'으로 한
정한다고 해도 그 행위의 주체를 단언하기는 어렵다. 두번째는 그
대상을 하나의 의미로 동일화하지 않는다. "임종의 생명" "한 잎

14) 김수영, 「꽃잎 1」, 같은 책, p. 276.

의 꽃잎""혁명""먼저 떨어져내린 큰 바위""나중에 떨어진 작은 꽃잎" 등으로 비유를 나열할 때, 그 비유들은 그 원관념을 구체화하면서 한편으로는 그것의 동일성을 무너뜨린다. 이 비유들은 어떤 움직임들을 포착하고 있다. 그래서 이 시의 정조는 비인칭적이고 비동일적인 뉘앙스를 구축하게 된다. 시선의 주체와 시선의 대상은 그 위계적 질서가 무너져 있다. 꽃잎은 시선의 대상인 동시에 다른 행위의 주체가 된다.

풀이 눕는다
비를 몰아오는 동풍에 나부껴
풀은 눕고
드디어 울었다
날이 흐려서 더 울다가
다시 누웠다

풀이 눕는다
바람보다도 더 빨리 눕는다
바람보다도 더 빨리 울고
바람보다 먼저 일어난다

날이 흐리고 풀이 눕는다
발목까지
발밑까지 눕는다
바람보다 늦게 누워도

바람보다 먼저 일어나고
바람보다 늦게 울어도
바람보다 먼저 웃는다
날이 흐리고 풀뿌리가 눕는다[15]

풀을 바라보는 시선의 주체는 표면적으로는 존재감을 드러내지 않는다. 그 존재가 자신의 모습을 부분적으로 드러내는 부분은 "발목까지/발밑까지 눕는다"라는 표현이다. '풀이 발목까지 눕는다'라고 표현에서 시의 주체는 풀이 눕는 풀밭 한가운데 서 있다는 것을 짐작할 수 있다. 이 시는 풀밭 한가운데 서 있는 시적 주체가 바람에 누웠다가 일어나는 풀의 움직임을 관찰하고 묘사하는 내용이다. 화자는 풀에 어떤 관념을 부여하지 않고 그 눕고 일어나는 움직임과 리듬 자체에 집중한다. 이 시에서 풀에 어떤 관념을 부여하는 해석은 적절하지 않으며, 중요한 것은 풀의 움직임과 그 리듬 자체의 에너지다. 단순하고 반복적인 단문형의 묘사를 통해 이 시는 그 풀의 리듬 자체가 시가 되는 미학적 수준에 다다른다.[16] 문제적인 것은 시선의 주체와 풀과의 관계이다. 시선의 주체는 풀밭의 한가운데 있지만, 풀을 대상화하거나 주체의 관념 안으로 동일화하지 않는다. 시선의 주체는 마치 존재하지 않는 것처럼, 풀 자

---

15) 김수영, 「풀」, 같은 책, p. 297.
16) 김수영 시의 '변주'의 '복합 유형'에 대해서는 다음과 같은 분석이 있다. "'풀'의 주체성과 '바람'의 탈주체성은 상호 '교차'하고 '충돌'하여 '융합'하면서 대립적 양극들을 비약적으로 '종합'하고 '집중'시킨다." (오형엽, 『한국모더니즘 시의 반복과 변주』, 소명출판, 2015. p. 352.)

체의 움직임과 에너지에 집중하고 그것을 언어적 리듬으로 포착하려 한다. 시선의 주체와 시선의 대상의 위계적 질서는 거의 의미가 없는 것이 된다. 풀은 단지 시선의 대상이 아니라, 이 시에서 지배적인 행위의 주체이다.

김수영의 시에서 문제적인 국면은 그의 시에서 시적 주체가 '보는 주체'로서의 자기정립을 추구하고 있음에도 불구하고, 시선의 주체와 대상 사이에서 나타나는 불평등한 권력 관계로 환원되지 않는다는 점이다. 오히려 시선의 대상을 또 다른 주체로 설정함으로써 일인칭 주체의 시선의 권력을 무너뜨리는 상황으로 진행된다. 시선의 주체와 시선의 대상의 위계적 질서는 의미가 없는 것이 되어버린다. 사물은 시선의 대상인 동시에 다른 행위의 주체가 된다. 근대적 의미의 시선의 주체를 정립하는 작업과, 그 시선의 주체화를 스스로 무너뜨림으로써 시선의 권력을 해체하는 작업이 동시에 일어나는 것이다.

3. 시선의 정치성과 모더니티

김수영의 시에서 '보는 주체'의 문제가 부각되는 것은 그가 '본다'는 행위를 통해 세계와 시적 주체의 관계를 설정하는 시인이었기 때문이다. 김수영의 시는 시선의 문제가 미학적이고 동시에 정치적인 문맥을 동시에 가지는가를 이해하는 데 문제적인 텍스트이다. 김수영 시의 정치성은 그의 정치적 입장이나 그의 시에 나타난 정치적 내용에 국한되는 것이 아니라, 그의 시를 떠받치고 있는 시

선의 체계가 세계에 대한 다른 미적 태도를 보여주는가의 문제이
다.

김수영의 시에서 '본다'는 것은 시적 인식에 관한 핵심적인 표현
이다. 시적 주체에게 '본다'는 것은, 자기와 세계 사이의 관계를 투
철하게 응시하고 그것을 보지 못하게 하는 것들과의 싸움을 의미
한다. 그런데 시적 주체가 보려는 것들을 둘러싼 억압이 존재하고,
시적 주체가 보려는 대상 자체가 모호한 상황에 있다. 이런 문제들
때문에 시적 주체가 보려는 의지는 쉽게 관철되지 않는다. 그럼에
도 불구하고 김수영의 시에서 '본다'는 것은 시적 주체가 '보는 주
체'로서의 자신의 위상을 세우고 그것을 억압하고 좌절시키는 상
황과 싸우려는 의지를 보여주는 행위이다. 시적 주체는 '본다'는
행위를 통해 세계를 인식하고 자기 내부의 억압과 허위를 성찰하
는 존재로서 자신을 정립한다. 시선이란 주체가 외부의 대상을 향
하는 것이지만, 김수영의 시에서 대상에 대한 시선은 오히려 자기
내부의 부끄러움으로 되돌아온다. 이것은 대상에 대한 시선을 매
개로 자기 자신에 대한 또 다른 윤리적 시선을 작동시킨다는 것을
의미한다.

김수영의 시에서 '본다'는 행위의 의미론적 국면 못지않게 중요
한 것은 시선의 위치와 움직임이다. 김수영의 시에서 우선적으로
드러나는 시선의 위치는 위에서 아래를 내려다보는 조감(鳥瞰)의
시선이다. 그런데 그 시선은 시선의 주체가 가지는 우월적 지위를
확인시켜주는 것이 아니다. 사물을 지배하고 동일화하는 시선이
아니라, 그것으로부터 자기반성적 인식을 이끌어오는 데서 시선의
움직임이 가지는 특이성이 있다. 시적 언술은 시선의 대상을 또 다

른 주체로 설정함으로써 일인칭 주체의 시선의 권력을 무너뜨리는 움직임으로 진행된다. 시선의 주체와 시선의 대상의 위계적 질서는 의미가 없는 것이 되어버린다. 사물은 시선의 대상인 동시에 다른 행위의 주체가 된다. 여기서 김수영 시의 미학적 모더니티는 감각의 정치학을 둘러싼 다른 장소를 만들어낸다.

김수영의 시에서는 '본다'는 행위의 의식화를 통해 근대적 이후의 시선의 주체를 정립하는 한편, 그 시선의 주체화를 스스로 무너뜨림으로써 시선의 권력을 해체하는 작업이 동시에 일어난다. 서정시에서 주체와 대상의 동일화 과정은 '보는 주체'의 대상에 대한 시선의 지배를 통한 동일화이기도 하다. 김수영 시에서는 그 시선의 동력을 통해 주체화의 과정과 탈주체화의 국면이 함께 진행되는 사태가 벌어진다. 김수영 시의 현대성과 반역성이 이러한 감각의 정치학과 관련된다는 것은 문제적이며, 그것이 김수영 시의 미학적 차원이 가지는 정치적 맥락이다. 김수영 시의 정치성은 시선의 주체화와 탈주체화를 동시에 밀고 나가는 미학적 동력을 생성한 데 있다. 시선의 주체화와 탈주체화는 시적 전위성의 미학적·철학적 맥락을 구성하는 요소이다.

김수영의 시는 해방 이후의 한국 현대 시가 어떻게 현대성을 재구성할 수 있는가를 보여주는 첨예한 사례이다. 그의 시들은 1950년대 모더니즘의 한계를 투철한 윤리적 긴장으로 돌파해 나왔다. 김수영의 시대는 전쟁과 그 이후의 자유의 유예로 특징지어졌고, '반공'의 지배 이념 아래 '자유'의 문제는 절박한 명제였다. 시인에게 자유의 문제는 정치적인 문제이며 동시에 미학적인 문제이다. 그 이중의 싸움에서 김수영은 최전선에 있었다. 억압적인 정치 체제 아래 실존의 무력감과 피로를 응시하면서, 시적 주체의 미학적·정치적 한계를 돌파하려는 '무한 운동'은 그의 시를 투철하게 '현대적'인 것으로 만들었다.

김춘수의 시선과 호명

1. 호명의 주체와 이인칭의 시학

김춘수는 한국 현대 시의 방법론적 한계를 시험한 시인이다. 김
춘수 시에 대해서는 '무의미 시론'과 그의 시의 방법론 사이의 관
계에 대해 주목해왔다. 김춘수 시의 텍스트는 그의 '무의미 시론'
과 떼어놓고 생각할 수 없지만, 그러나 그의 시론을 정직하게 대변
하는 텍스트도 아니다. 김춘수 시의 텍스트는 시인의 의도와는 조
금 다른 층위에서 미적 특이성을 드러내고 있다고 할 수 있으며,
그것을 분석해내는 것은 김춘수 시의 미적 특질을 이해하는 중요
한 작업이 될 수 있다.[1]

김춘수의 시에서 '보는 주체'는 '호명'을 통해 대상의 현존을 드

1) 김춘수 시의 현대성을 분석하는 최근의 대표적인 작업은 조강석의 『비화해적 가상의
   두 양태—김수영과 김춘수의 시학 연구』(소명출판, 2011)와 송승환의 『김춘수와 서정
   주 시의 미적 근대성』(국학자료원, 2011)이라고 할 수 있다.

러내는 주체라고 할 수 있다. '호명'은 시적 담론의 현상적 청자로서의 시적 대상을 설정하는 시적 장치를 일컫는다. '호명하는 주체'는 시적 담론 공간에서 대상에 대한 '부르기'를 통해 대상과의 직접적 관계를 설정하는 시적 주체를 말한다. '호명하는 주체'는 대상을 가시적인 시선 체계 안에 등장시킴으로써 시적 대상의 이미지를 구축하는 '보는 주체'와 밀접한 관계 속에 있다. 비가시적인 대상으로서의 사물을 가시적인 대상으로 만드는 것은 '명명'의 행위를 통해서이며,[2] 이것은 언어 일반이 가지는 힘이기도 하다.[3] 사물을 가시적인 시각장 안에 배치하는 것은 결국 그 이미지를 구축하는 언어에 의해 가능한 것이기 때문에, '호명'의 행위는 '보는 주체'가 사물을 시적 대상으로 만드는 방식이기도 하다. '호명'이 두드러진 시적 장치로 등장했을 때, 그것은 시적 주체와 대상과의 관계에 대한 첨예한 미학적 문제들을 야기시킨다. 자신의 시론을 통해 '무의미'를 지향했던 김춘수의 초기 시에서 '호명하는 주체'가 부각되어 있다는 것은 아이러니한 일이다.

김춘수의 초기 시에서 이인칭으로 호명하는 방식으로 시적 대상의 현전을 부각시키는 사례는 적지 않게 발견된다. 호명이 미학적

---

2) '명명'은 "사물들을 낱말 속에 들어가 머물게 한다. 명명하기는 명칭들을 배당하거나 낱말들을 적용하지 않고, 오히려 낱말 속으로 부른다." "부르기 속에서 함께 불린 도착 장소는 부재 속에 보호된 현존이다"(한국하이데거학회 편, 『하이데거의 예술철학』, 2002, 철학과현실사, p. 109)라는 하이데거적 의미를 참조할 수 있지만, 그보다는 일반적인 맥락에서 시에서 사물의 이름이 등장하는 자체를 가리킨다.

3) 하이데거가 언어를 '존재의 집'이라고 규정했을 때, 그것은 언어적인 명명이 존재를 개시(開示)하게 한다는 의미라고 볼 수 있다. (마틴 하이데거, 『하이데거의 시와 시론』, 전광진 옮김, 탐구당, 1981 참조.)

장치로 등장했을 때, 그 미학적인 효과는 우선 어조의 차원에서 발생한다. 이인칭 수신자(청자)를 상정하는 직접적인 호명이 만드는 시적 효과는, 어조의 정감적인 기능 혹은 대화적인 기능이 우세해지는 것이다. 이인칭이란 대상이 지금 눈앞에 현전한다는 전제를 깔고 있다. 이인칭은 시적 화자의 눈앞에 있거나 혹은 시적 주체의 목소리를 들을 수 있는 위치에 있는 존재이다. 이인칭은 일인칭이 만들어낸 정서적 대상이다. 이인칭의 세계는 서정시적 공간, 연애시의 화법 속에서 강력한 소통의 장치였다. 이인칭 대상이 있다는 전제로 시적 언술은 고백과 청유와 애원의 어조, 동경과 원망의 정서를 드러낼 수 있다. 시가 언술 주체의 내적 표현이라고 할 수 있다면, 이인칭은 그것을 가능하게 해주는 호명의 장치로 기능하는 것이다. 이인칭의 화법 속에서 '나'와 '너'는 관계의 직접성을 성취한다. 이 '나와 너'라는 관계의 직접성은 시 속에서 설정된 상상적 순간의 형식이다. 그런데 김춘수의 초기 시에서 이인칭은 많은 경우 사람이 아니라, 사물이거나 풍경이다.

너는 서서 있고나
고요하고 잔잔한 거기에

너는 서서 있고나
신이 주신 그대로의 모습으로

찌그러져 기울어진 나쁜 세상에서
인정스런 웃음을 띄우고

오랑캐꽃!
너는 거기에 서서 있고나[4]

풀 한 잎
패랭이 한 송이를 발 붙이지 않고
울울히 말라가던
네 심정을 알겠다

뼈를 깎는
섣달 한천(寒天)에
가슴 파헤치며 미칠 듯 패악하던
네 심정을 알겠다

그리고 오늘밤
무섭고도 은은한 달빛을 이고
저리도 두 눈을 휩뜨고 있는
네 심정을 나는 알겠다[5]

두 편의 시는 사물과 풍경에 인간적 심성 혹은 인격을 부여한다.
사물에 인간적인 품성을 부여하는 것은 전통적인 서정시가 자연

4) 김춘수, 「오랑캐꽃」, 『김춘수 시전집』, 현대문학, 2004, p. 97.
5) 김춘수, 「비탈」, 같은 책. p. 96.

을 인간화하는 방식의 하나이다. 그 대상을 인격적인 존재로 만드는 방법으로 이인칭의 화법이 동원되었다는 점에 주목할 수 있다. 인격화된 사물이 이인칭 대상으로 설정되면, 그 대상은 시적 담화의 현상적 수신자로서의 지위를 갖게 된다. 시의 담화는 현상적으로 설정된 청자(수신자)를 지향함으로써 대화적 성격을 띠게 된다. 김춘수의 이인칭 시에서 주목할 것은 시의 담화가 '너'에 대한 어떤 '사동적(使動的)' 요구과 수신자의 반응을 지향하는 것이 아니라, '너'라는 존재의 의미를 드러내는 데 주력하고 있다는 것이다. 김춘수의 이인칭은 요청하고 권유하는 어조가 아니라, '너'라는 대상을 시적으로 의미화 하는 데 초점을 두게 된다.

「오랑캐꽃」에서 '너-오랑캐꽃'은 "거기 서서 있는" 존재이다. 오랑캐꽃의 존재 양식을 드러내는 것이 우선 중요하며, "찌그러져 기울어진 나쁜 세상에서/인정스런 웃음을 띄우고"라는 인간적인 지위를 주는 것이 그 의미화의 내용이다. 오랑캐꽃은 '거기 있다', 혹은 인간적인 모습으로 '거기 있다'라는 전언이 이 시의 기본적인 내용이다. 「비탈」의 경우도 유사하지만, 대상은 하나의 사물이 아니라, 풍경화된 인격이다. 이 시에서 '너'라는 대상의 실체를 규정하기는 쉽지 않다. 이 시의 대상은 풍경의 세부를 이루는 이미지들일 수도 있으며, 그 이미지들이 만들어내는 '비탈'이라는 풍경일 수도 있다. 그리고 "올올히 말라가던" "미칠 듯 패악하던" "두 눈을 휩뜨고 있는"이라는 인간적인 이미지들이 만들어내는 하나의 인격이 '너'일 수도 있다. 그런 측면에서 전통적인 인간화의 과정을 보여주는 「오랑캐꽃」과는 달리, 「비탈」은 김춘수 후기 시에서 보여주는 대상의 탈중심화 혹은 탈의미화의 단초를 보여준다. 이 시들은 사물을 이인칭 대상으로 설정하는 방식으로 인간화의 과정을 보여주고 있다는 측면에서 유사하다.

어둡고 답답한 혼돈을 열고 네가 탄생하던 처음인 그날 우러러 한눈은 하늘의 무한을 느끼고 굽어 한눈은 끝없는 대지의 풍요를 보았다.

푸른 하늘의 무한.
헤아릴 수 없는 대지의 풍요.

그때부터였다. 하늘과 땅의 영원히 잇닿을 수 없는 상극의 그 들판에서 조그마한 바람에도 전후좌우로 흔들리는 운명을 너는 지녔다.

황홀히 즐거운 창공에의 비상.
끝없는 낭비의 대지에의 못박힘.
그러한 위치에서 면할 수 없는 너는 하나의 자세를 가졌다.
오! 자세-기도

우리에게 영원한 것은 오직 이것뿐이다.[6)

「갈대」라는 시가 흥미로운 것은 사물을 이인칭 대상으로 설정하

6) 김춘수, 「갈대」, 같은 책, pp. 113~14.

고 인간화하는 과정에서 하나의 스토리를 만들고 있다는 점이다.
갈대를 "슬픔의 따님"으로 규정하고, "면할 수 없는 이 영겁의 박
모(薄暮)를 전후좌우로 몸을 흔들어 천치처럼 울고 섰는 너"라고
묘사할 때, 갈대는 인간화된 존재로서의 '너'이다. 이 시는 여기서
나아가 '너'의 탄생의 시간을 묘사한다. "어둡고 답답한 혼돈을 열
고 네가 탄생하던 처음인 그날"은 '갈대'의 탄생의 이야기가 시작
되는 시간이다. 이 시에서 '갈대'라는 인간화된 대상은 탄생의 서
사를 품고 그 운명의 스토리를 갖게 됨으로써 하나의 인격적 동일
성을 얻게 된다. 이인칭 대상에 인간화된 이야기를 기입하는 방식
으로 사물을 인격화하는 것이다. '갈대'가 보여주는 "하나의 자세"
는 사물의 외형적인 존재방식이 아니라, 생의 특정한 실존적 자세
이다. '갈대'는 하나의 실존적 이념의 등가물로서 등장한다.

　　다뉴강에 살얼음이 지는 동구의 첫겨울

　　가로수 잎이 하나 둘 떨어져 뒹구는 황혼 무렵

　　느닷없이 날아온 수발의 쏘련제 탄환은

　　땅바닥에

　　쥐새끼보다도 초라한 모양으로 너를 쓰러뜨렸다.

　　부다페스트의 소녀여,

　　내 던져진 네 죽음은

　　죽음에 떠는 동포의 치욕에서 역으로 싹튼 것일까?

　　싹은 비정의 수목들에서보다

　　치욕의 푸른 멍으로부터

　　자유를 찾는 네 뜨거운 핏속에 움튼다.

싹은 또한 인간의 비굴 속에서 생생한 이마아쥬로 움트며 위협하
고
　한밤에 불면의 염염한 꽃을 피운다.
　부다페스트의 소녀여.[7]

　널리 알려진 이 시에서 이인칭으로 호명된 '부다페스트의 소녀'
는 현실 속에서 존재했던 인물이다. 그 인물의 비극적인 이야기는
미디어를 통해 알려진 것이다. 이 시는 '자유', '인류의 양심' 등 특
정한 이념에 기대어 널리 알려진 시사적 사건을 시적 소재로 만든
다. 이런 '시사적topical 인유'에서 중요한 것은, 소재가 된 사건을
독자와 함께 공유하고 있다는 전제라고 할 수 있다. 소련의 헝가리
침공은 국제 사회를 뒤흔든 당시의 중요한 이슈이고, 그 사건을 독
자가 알고 있다는 가정이 이 시의 담화를 가능하게 만든다. 여기
에서도 주목할 수 있는 것은 이인칭 대상을 등장시키는 방식이다.
'부다페스트의 소녀'는 소련군에 의해 이미 목숨을 잃은 존재이다.
소녀의 죽음을 묘사하고, 그 죽음에 정치적·도덕적 의미를 기입함
으로써 이 시는 이념적 입장을 강하게 드러낸다. '역사'와 '정치'의
영역을 혐오하고 시에서 의미를 배제하고자 했던 김춘수의 미학적
입장을 상기해보면, 이 시의 과도한 의미성과 정치성은 역설적으
로 읽힌다. 이 시에서 '부다페스트의 소녀'를 호명하는 것은, 그 소
녀의 죽음을 호명하는 것이고, 그 죽음이 지시하는 이념을 호명하
는 것이다. 호명하는 이인칭 대상은, 사물의 인격화라는 맥락에서

7) 김춘수, 「부다페스트에서의 소녀의 죽음」, 같은 책, pp. 162~63.

가 아니라, 죽음의 이념화라는 맥락 위에 놓이게 된다. '부다페스트의 소녀'는 미학적 충동의 대상이 아니라, 이념의 등가물로 자리하고 있다.

내가 그의 이름을 불러주기 전에는
그는 다만
하나의 몸짓에 지나지 않았다.

내가 그의 이름을 불러주었을 때
그는 나에게로 와서
꽃이 되었다.

내가 그의 이름을 불러준 것처럼
나의 이 빛깔과 향기에 알맞는
누가 나의 이름을 불러다오.
그에게로 가서 나도
그의 꽃이 되고 싶다.

우리들은 모두
무엇이 되고 싶다.
너는 나에게 나는 너에게
잊혀지지 않는 하나의 눈짓이 되고 싶다.[8]

8) 김춘수, 「꽃」, 같은 책, p. 178.

호명의 시적 논리를 직설적으로 드러낸 이 시는 하나의 시론으로 읽을 수 있다. 사물은 명명 이전에는 의미를 갖지 못한다. 사물에 이름이 부여되고, 그 이름이 불리울 때, 사물은 그 이름을 부르는 주체와의 특별한 관계 속에 놓이게 된다. 화자는 그것은 사람과 사람과의 관계로 확대시킨다. '너와 나' 사이의 특별한 관계는 호명을 통해 실현된다는 것이다. 이 시에서 흥미로운 시어들 중의 하나는, '몸짓'과 '눈짓'이라는 단어의 대비이다. 이름을 불러주기 전의 사물은 다만 "하나의 몸짓에 지나지 않았다." 그런데 서로의 이름을 부르는 두 존재는 "잊혀지지 않는 하나의 눈짓"이 된다. '몸'와 '눈'에 대한 이런 규정은 '호명'과 '시선'의 관계에 대한 사유와 관련되어 있다고 할 수 있다.

'몸짓'은 언어와 의미 이전의 상태라고 보고, 그 대상에 언어가 부여되고 그 의미가 드러나면 그것은 '눈짓'의 대상, 즉 시선의 대상이 된다는 것이다. 호명받지 못한 대상은 시선을 받지 못한 대상과 같은 위치에 있고, 호명 받는 대상은 서로의 시선의 대상이 된다. '호명=시선'에 대한 이런 태도는 물론 김춘수에게만 특별한 철학적 입장은 아니지만, 그것이 초기 김춘수 시학의 형식과 깊게 연루되어 있다는 점이 중요하다. 김춘수는 대상에 대한 호명의 행위를 통해, 대상을 가시적인 시적 세계 안에 끌어들이는 것이다.[9] 호명 행위는 비가시적인 세계 속에 있던 대상을 시각장 안에 포섭

9) "김춘수의 「꽃」은 사물이 명명되고 호명됨으로써 가시적인 세계의 지평구조 내부에서 의미 있는 존재가 되는 과정을 보여주는 작품이다." (송승환, 같은 책. p. 35.)

하는 것이다. 김춘수의 이인칭 대상들은 이렇게 호명의 방식을 통해 시각장 안에서 그 의미를 부여받게 된다. 김춘수 초기 시에서의 이인칭의 시학은 대상에 대한 호명의 방식으로 대상을 인간적 정서와 관념의 등가물로 만드는 것이다.[10]

김춘수의 초기 시에서 사물을 명명하고 이인칭으로 호명하는 것은 '나와 너'라는 관계의 직접성 속에서 사물의 개별적인 실존을 말하려는 시도라고 할 수 있다. 그런데 호명을 통해 '너-사물'은 개별성을 보존하는 것이 아니라, 익숙한 정서와 관념의 등가물로서 의미화 될 뿐이다. 김춘수의 초기 시에서 사물을 통해 드러나는 정서와 관념은 한 번도 말해지지 않은 것이 아니라, 이미 말해진 익숙한 의미와 관념과 정서들이다. 호명을 통해 성취되는 대상의 동일성이란 진정한 개별성의 보존이 아니라, 익숙한 관념 속에 대상을 포섭하는 것에 지나지 않는다. 김춘수의 후기 시는 이런 맥락에서 호명과 대상 사이의 의미화 과정에 대한 근본적인 재검토라고 할 수 있다.

---

10) 근원적인 의미에서 시적인 명명이란 어떤 사물의 개별적인 실존을 말하려는 것이다. 그것은 일반적인 사물의 분류 방식과는 다른 말해질 수 없는 것을 명명하려는 언어를 의미한다. 그런데 이 명명의 행위는 대상의 실재를 붙잡을 수 있는 것이 아니다. 기본적으로 이름과 실재 사이에는 지울 수 없는 간격이 존재하고, 언어는 결코 실재에 다다를 수 없다. 명명이란 사물의 부재 속에서 부르는 상상적 현존이라고 할 수 있다. 언어와 이름에는 사물이 부재한다. 언어가 사물의 부재를 전제한다면, 시의 언어는 사물의 부재뿐만 아니라, 개념의 부재라고 할 수 있다. 시의 언어는 대상을 낳음 동시에 그 대상을 닿을 수 없는 실재로 만든다. (한국하이데거학회 편, 같은 책, p. 109; 울리히 하세·윌리엄 라지, 『모리스 블랑쇼―침묵에 다가가기』, 최영석 옮김, pp. 112~15 참조.)

2. 호명의 익명화와 시선의 탈중심화

김춘수의 후기 시는 시에서의 의미화 과정에 대한 근본적인 재인식을 포함한다. 명명 행위를 통해 대상의 의미가 드러난다는 초기 시의 시학적 태도는 후기 시에 가면, 호명 행위 자체가 사물의 동일성을 보장하지 않는다는 불안감을 드러내기 시작한다. 이런 전환은 김춘수에게는 거의 극적으로 진행되는데, 이 지점에서 김춘수 시의 미학은 새로운 경계를 넘어선다고 볼 수 있다.

> 꽃이여, 네가 입김으로
> 대낮에 불을 밝히면
> 환히 금빛으로 열리는 가장자리,
> 빛깔이며 향기며
> 화분(花粉)이며…… 나비며 나비며
> 축제의 날은 그러나
> 먼 추억으로만 온다.
>
> 나의 추억 위에서 꽃이여,
> 네가 머금은 이슬의 한 방울이
> 떨어진다.[11]

앞의 시 「꽃」에서의 호명과 명명에 대한 확고한 입장과 비교하

---

11) 김춘수, 「꽃의 소묘」, 같은 책, p. 186.

면, 이 시에서는 대상에 동일성을 부여하는 데 혼란을 겪고 있음을 볼 수 있다. 여기에서는 호명이 아니라. '입김'이 세계에 대한 소통의 방식이다. '입김'은 입을 통해 전달되는 것이지만, '언어' 이전의 것이다. '꽃'은 '입김'으로 세계를 연다. 그러나 정작 꽃 자체의 정체성은 이 시에서 분명하지 않다. 꽃의 시간은 '먼 추억'의 시간이며, 그것은 현전의 시간이 아니라 아득한 시간이다. "멀고 먼 곳에서/ 너는 빛깔이 되고 향기가 된다"라고 했을 때도, '빛깔'과 '향기'라는 구체적인 감각은 아득한 공간 속으로 휘발된다. '꽃'은 아득한 공간과 시간 속에 존재하기 때문에, '꽃'이라는 존재에 대한 물질적 실감은 더욱 멀어지고, '꽃'에 대한 관념의 부여 역시 모호한 상태에 머문다. "사랑도 없이/스스로를 불태우고도/죽지 않는 알몸으로 미소하는 꽃이여." "네 미소의 가장 자리를/어떤 사랑스런 꿈도/침범할 수는 없다." "꽃이여, 너는/아가씨들의 간을/쪼아 먹는다"와 같은 표현들 속에서 '꽃'은 불확실하고 비실재적인 존재가 된다. '꽃'에 대한 '소묘'는 대상의 실체를 드러내는 묘사가 아니라, 대상을 더 모호한 존재로 만드는 불확정적인 소묘이다.

　　나는 시방 위험한 짐승이다.
　　나의 손이 닿으면 너는
　　미지의 까마득한 어둠이 된다.

　　존재의 흔들리는 가지 끝에서
　　너는 이름도 없이 피었다 진다.
　　눈시울에 젖어드는 이 무명의 어둠에

추억의 한 접시 불을 밝히고
나는 한밤내 운다.

나의 울음은 차츰 아닌 밤 돌개바람이 되어
탑을 흔들다가
돌에까지 스미면 금이 될 것이다.
……얼굴을 가리운 나의 신부여.[12]

　이 시와 앞에서의 「꽃」이라는 시와는 미학적 거리는 너무나 분명해서, 그 단절은 극단적으로 느껴진다. 이 시에 '꽃'에 닿은 것은 '나'의 호명 작업이 아니라, '손'이라는 육체적 접촉이다. '손'은 앞의 시의 맥락에 따르면, '눈짓'이 아니라 언어 이전의 '몸짓'에 속한다. 그런데 "나의 손이 닿으면 너는/미지의 까마득한 어둠이 된다." '내'가 '너'에게 닿는 것이 '너'의 의미를 분명하게 만드는 행위가 아니라, 오히려 "미지의 까마득한 어둠"이 되게 하는 일이 된다. '나'와 '너'와의 관계의 직접성을 통해 '너'의 존재의 동일성이 드러나는 것이 아니라, '너'는 더 '타자화' '익명화' 된다. "존재의 흔들리는 가지 끝에서, 너는 이름도 없이 피었다가 진다"라는 표현 속에서 '너-꽃'은 이제, '이름'을 갖지 못하는 존재이다.
　김춘수의 초기 시에서 이인칭 대상을 '내'가 호명하는 것은 그 대상의 의미를 생산하고 그 정체성을 부여하는 행위였다. 그러나 여기서 '내' 손이 닿은 대상은 무명의 어둠이 된다. '나'와 이인칭

<hr>

12) 김춘수, 「꽃을 위한 서시」, 같은 책, p. 189.

대상과의 관계는 '너'의 정체성을 오히려 미지의 불확정한 것으로 만들고, 이름을 박탈한다. "얼굴을 가리운 나의 신부여"라는 마지막 문장에서 '얼굴'을 가리운 대상은 자기동일성의 지표로서의 이름을 갖지 못한 것이다. 얼굴이란 대상의 내재적인 삶을 보게 만드는, 다시 말하면 가시적인 것으로 만드는 상징이다. 얼굴을 본다는 것은 대상을 그 가시성 안에서 파악한다는 것이다. 얼굴은 의미화와 주체화를 가능하게 한다. 얼굴을 보지 못하는 것은 대상이 "미지의 까마득한 어둠"의 상태에 있게 된다는 것이다. 얼굴 자체도 하나의 의미화로 규정될 수 없는 것이지만, 가리운 얼굴은 '너'라는 존재를 하나의 관념이 아닌 '미지'와 '무한'의 영역으로 데려간다.

사랑이여, 너는
어둠의 변두리를 돌고 돌다가
새벽녘에사
그리운 이의
겨우 콧잔등이나 입언저리를 발견하고
먼동이 틀 때까지 눈이 밝아 오다가
눈이 밝아 오다가, 이른 아침에
파이프나 입에 물고
어슬렁 어슬렁 집을 나간 그이가
밤, 자정이 넘도록 돌아오지 않는다면
어둠의 변두리를 돌고 돌다가
먼동이 틀 때까지 사랑이여, 너는

얼마만큼 달아서 병이 되는가.[13)

    김춘수의 초기 시에서 호명하는 대상은 하나의 관념과 정서를 부여받음으로써 정체성을 갖게 된다. 그것은 구체적인 대상을 특정한 관념과 정서의 등가물로 만드는 것을 의미했다. 김춘수 후기 시에서 호명 행위는 오히려 그 대상으로부터 관념을 제거하는 방식으로 진행된다. 위의 시에서 호명하는 이인칭 대상은 '사랑'이라는 관념이다. 시는 그 관념을 강화하는 것이 아니라, 그것에 구체적인 장면과 이야기, 공간과 시간을 개입시킨다. 이를 통해 그 관념은 분명해지는 것이 아니라, 오히려 모호해진다. 이 시에서 "어둠의 변두리를 돌고 돌다가"라는 문장의 반복이 보여주는 것은, '사랑'이라는 관념을 어둠의 변두리를 떠도는 존재, 미지와 '무명(無名)'의 대상으로 만들어버리는 사태이다. '사랑'이라는 이름은 구체적인 감각의 지형을 얻는 동시에 하나의 동일적인 관념의 영역에서 벗어난다.

    사랑하는 나의 하나님, 당신은
    늙은 비애다.
    푸줏간에 걸린 기다란 살점이다.
    시인 릴케가 만난
    슬라브 여자의 마음속에 갈앉은
    놋쇠항리다.

---

13) 김춘수, 「타령조 1」, 같은 책, p. 213.

손바닥에 못을 박아 죽일 수도 없고 죽지도 않는
사랑하는 나의 하나님, 당신은 또
대낮에도 옷을 벗는 어리디어린
순결이다.
삼월에
젊은 느릅나무 잎새에 이는
연둣빛 바람이다.[14]

이 시에서 호명하는 것은 이인칭으로서의 "나의 하나님"이다.
"나의 하나님"은 종교적인 대상이며, 그 대상에는 문화적인 컨텍
스트의 두께가 있다. '하나님'을 둘러싼 관념과 이미지는 문화적
으로 범람하고 있다. 이 시에서 '당신-하나님'을 호명하는 방식은
독특하다. "늙은 비애" "커다란 살점" "놋쇠 항아리" "어리디어린
순결" "연둣빛 바람"이라는 전혀 논리적인 의미연관이 없는 이미
지들을 병치하는 방식으로 '하나님'이라는 대상의 동일성을 교란
한다. '하나님'이라는 대상에 다양한 감각적인 이미지들이 부여되
지만, 그 '하나님'이라는 정체성은 오히려 더 미지의 것이 된다. 그
것은 '하나님'에 대한 호명의 차원이라기보다는 그 이름을 익명화
하는 방식이다.
　개별적인 '너'를 넘어서 결코 '그것'의 차원이 되지 않은 존재를
종교적인 대상으로서의 '영원한 너'라고 할 수 있다면, '하나님'은

14) 김춘수, 「나의 하나님」, 같은 책, p. 223.

'영원한 당신'이라고 할 수 있다.[15] 여기서 '영원한 당신'을 드러내
는 방식은, '당신'을 구체적 감각의 세계 속에 드러내면서 동시에
하나의 시선과 관념으로부터 해방시키는 방식이다. 하나의 시선에
만 '당신'이 갇혀 있다면, 인식 주체가 가지는 의미 연관들에 의해
'당신'이 규정되겠지만, '당신'은 그 규정을 초월해 있는 '무한'의
세계 속에 있다. 하나의 호명, 하나의 시선이 붙잡을 수 없는 대상
으로서의 '당신'은 모든 의미 맥락으로부터 초월된 대상이다. 호명
의 동일성을 해체하는 것은, 하나의 시선을 포기하는 것으로 볼 수
있다. 호명하되 하나의 이름을 부여하지 않는 것을 '호명의 익명
화'라고 부를 수 있다면, '하나님'은 그런 방식으로 익명화됨으로
써 단일한 의미에 붙들려 있지 않은 무한의 존재가 된다.

> 남자와 여자의
> 아랫도리가 젖어 있다.
> 밤에 보는 오갈피나무,
> 오갈피나무의 아랫도리가 젖어 있다.
> 맨발로 바다를 밟고 간 사람은
> 새가 되었다고 한다.
> 발바닥만 젖어 있었다고 한다.[16]

김춘수의 시론에 나타나는 '무의미 시'에 근접해 있는 후기 시에

---

15) 마르틴 부버, 『나와 너』, 표재명 옮김, 문예출판사, 1995, pp. 108~10.
16) 김춘수, 「눈물」, 같은 책, p. 260.

서, 호명의 익명화는 시선의 탈중심화와 함께 진행된다. 호명을 통해 대상의 이름으로부터 역설적으로 정체성을 빼앗는 것은, 대상에 하나의 시선을 부여하지 않는 창작 방법론과 연결되어 있다. 위의 시에서 '눈물'이라는 이 시의 대상은 하나의 시선으로 묘사되지 않는다. 의미 연관을 알 수 없는 이미지들이 병치됨으로써 '눈물'이라는 대상은 하나의 호명, 하나의 시선의 대상이 되지 않는다. "남자와 여자의 아랫도리" "오갈피나무의 아랫도리" "맨발로 바다를 밟고 간 사람"의 등의 이미지들은 서로 충돌하고 교섭하면서, '눈물'이라는 대상의 의미와 그 동일성을 교란한다. '눈물'이라는 이 시의 제목에 의거하여 시선의 대상이 '눈물'이라고 추측할 수 있지만, 그 눈물을 바라보는 하나의 시점, 시선의 주체를 찾아내기 힘들다. '눈물'이라는 하나의 대상은 그 동일성과 실재성이 오히려 소거되어 있다. '눈물'이라는 언어는 사물로부터도 관념으로부터도 벗어난 '이중 부재'로서의 다른 미학적 지점에 위치하게 된다.

모과는 없어지고
모과나무만 서 있다.
마지막 한 잎
강아지풀도 시들고
하늘 끝까지 저녁노을이 깔리고 있다.
하나님이 한 분
하나님이 또 한 분
이번에는 동쪽 언덕을 가고 있다.[17]

시인이 의식적으로 '무의미 시'를 지향하는 단계에 이르면, 시선 자체가 대상을 규정하지 않는 상황에 도달한다. 호명을 통해 대상의 의미를 고정하는 것을 포기한 자리에서, 시선 자체도 하나의 대상에만 국한되지 않는다. 이 시는 '리듬'이라는 추상적인 제목을 가지고 있기 때문에, 그 대상은 물질성을 갖지 않는다. 물질성을 가진 시적 대상이 존재하지 않기 때문에, 시선의 주체도 성립할 수 없게 된다. '모과나무'와 '강아지 풀'과 '하나님'이 등장하지만, 그것을 하나로 묶어주는 대상도 존재하지 않고, 그것들을 통어하는 시선의 주체로 성립되지 않는다. '리듬'이라는 제목이 강력하게 암시하는 것처럼, 어떤 관념으로 환원되지 않는 '음악'의 경지를 추구한다고 볼 수 있다. 음악의 경지에서 리듬은 하나의 대상의 재현도 아니며 개념의 표상도 아니다. 이와 같은 시에서 대상에 대한 호명 주체도, 대상에 대한 시선의 주체도 구축하지 않는다. '시선=호명'의 직접적 관계도 성립하지 않고, 호명은 유예되고 시선은 분열된다. 그 자리에 남는 것은 의미화의 과정 자체에 저항하는 미학적 주체이다.

3. 김춘수 시의 '탈정치성'과 오인된 순수성

'호명=시선'이라는 태도는 초기 김춘수 시학의 기본적인 형식에 해당한다. 김춘수는 대상에 대한 호명의 행위를 통해, 대상을

---

17) 김춘수, 「리듬 Ⅱ」, 같은 책, p. 358.

가시적인 시적 세계 안에 끌어들인다. 호명 행위는 비가시적인 세계 속에 있던 대상을 시각장 안에 포섭하는 것이다. 김춘수 초기 시에서의 이인칭의 시학은 호명의 방식으로 대상을 인간적 정서와 관념의 등가물로 만드는 것이라고 할 수 있다. 사물을 명명하고 이인칭으로 호명하는 것은 '나와 너'라는 관계의 직접성 속에서 사물의 개별적인 실존을 말하려는 시도이지만, '너-사물'은 개별성을 보존하는 것이 아니라, 익숙한 정서와 관념의 등가물로서 의미화될 뿐이다. 호명을 통해 성취되는 대상의 동일성이란 진정한 개별성의 보존이 아니라, 익숙한 관념 속에 대상을 포섭하는 것에 지나지 않는다. 김춘수의 후기 시는 이런 맥락에서 호명을 통한 대상의 의미화 과정에 대한 근본적인 재검토라고 할 수 있다.

후기 시에서 '나'의 이인칭 대상에 대한 관계는 '너'의 정체성을 확고하게 하는 것이 아니라, '너'를 미지의 불확정한 것으로 만들고, 이름을 박탈한다. 이제 호명 행위는 그 대상으로부터 관념을 제거하는 방식으로 진행된다. 하나의 의미를 지향하는 호명을 포기하고 호명의 동일성을 해체하는 것은, 하나의 시선을 포기하는 것이다. 그러나 의미화 과정에 저항한다고 해서, 시가 언어로 구성된 이상 일체의 의미적인 요소가 배제되었다고 말할 수 없다. 그럼에도 불구하고 호명과 시선의 주체를 구축하지 않으려는 시적 방법론은, 김춘수 시인의 시작 과정 내에서 뿐만 아니라, 한국현대시의 맥락 속에서 문제적인 '미적 모더니티'의 지점이다.

김춘수의 시적 모험은 '호명=시선'이라는 주체 정립의 보편적 맥락에서 출발하였으나, 그 사이의 균열과 분열을 새로운 미학적 장소로 만드는 사태에 이른다. 그의 초기 시에서 호명 주체가 자기

관계의 구조를 확립하는 주체성의 원리를 볼 수 있다면, 후기 시는 호명과 시선의 동일성을 부정하는 '익명적'인 미적 주체를 만날 수 있다. 김춘수가 한국 현대 시의 현대성의 한 지점을 성취했다고 평가할 수 있다면, 호명과 시선의 주체에 대한 해체의 모험이 새로운 미적 변이를 생성했기 때문이다.

김춘수의 시대는 전쟁과 혁명, 이념과 정치가 지배하는 세계였다. 그 폭력적인 세계 앞에서 김춘수의 시가 선택하는 방식은, 이념과 의미 자체를 시에서 소거하는 미학이었다. 하지만 그 미학이 현실과 이념의 폭력성으로부터 '시적인 것'을 보존해주는 것은 아니었다. 전쟁과 이념의 시대는 모든 가치를 폭력적인 것으로 경험하게 하고 세계에 대한 자아의 극단적인 위축감을 만들기에 충분했다. 김춘수의 호명 방식과 그가 후 기시에서 보여준 호명과 시선의 익명화는, 그 폭력의 시대를 미학적으로 봉합하는 방식이라고 할 수 있다. 하지만 이러한 탈정치성의 미학적 장소는 '정치성의 다른 장소'이다. 김춘수 시가 봉쇄한 것은 관념과 의미의 폭력일뿐만 아니라, '순수'라는 이데올로기적 환상을 파열시키는 시적 주체의 잠재성이었다. 문학사적 문맥에서 의미 있는 것은 김춘수 시의 순수성이 아니라, 그 오인된 '순수성'의 모험이 만들어낸 시적 모더니티의 굴절된 지점이다.

최인훈과 유령의 시선

1. 최인훈과 주체의 문제

최인훈 문학은 전후 한국 문학의 독창적인 성취 가운데 하나이며, 1960년대 이후의 한국 문학의 현대성의 논의할 때, 그 핵심적인 논의 대상이 되는 텍스트이다. 최인훈 문학에 대한 새로운 이해는 '주체성' '현대성' '정치성'의 문제를 중심으로 진행되고 있다.[1]

---

1) 최인훈 문학에 대한 최근의 연구 성과로는 김인호, 『해체와 저항의 서사』, 문학과지성사, 2004; 정영훈, 『최인훈 소설의 주체성과 글쓰기』, 태학사, 2008, 논문으로는 유임하, 「분단현실과 주체의 자기 정립 ─ 최인훈의 '회색인'」, 『한국문학연구』, 2001. 12; 김영찬, 「최인훈 초기 중단편 소설의 현대성」, 『상허학보』 2001. 8; 권명아, 「에고의 좌표 그리기로서의 소설 ─ 분단 체제하의 주체화 형식과 최인훈의 소설적 '시도'의 의미」, 『상허학보』, 2002. 2; 문흥술, 「최인훈 '광장'에 나타난 욕망의 특질과 그 의의」, 『상허학보』, 2004. 2; 정영훈 「최인훈 소설에 나타난 여성 인식」, 『한국근대문학연구』, 2006. 4; 이수형, 「최인훈 초기 소설에서의 결정론적 세계와 자유」, 『한국근대문학연구』, 2006. 4; 김영찬, 「최인훈 소설의 근대와 자기인식」, 『세계비교문학연구』, 2009. 6; 양윤의, 「최인훈 소설의 정치적 상상력」, 『국제어문 50호』, 2010. 12; 권보드래, 「중립의 꿈 ─ 1945~1968」, 『상허학보』, 2012. 2 등을 들 수 있다.

특히 '주체성'의 문제를 최인훈 문학의 '현대성'과 연관해서 분석하는 것은 최인훈 문학의 새로운 맥락화를 열어준다. 최인훈 문학은 분단과 전후 현실이라는 '실재'의 반영이라는 리얼리즘의 차원의 문제만이 아니라, 주체의 형식과 그 정립에 의해 '산출된 현실'이다. 문제가 되는 것은 최인훈 문학의 주체화 과정 자체의 미적 특이성과 현대성의 맥락이다.

최인훈 소설의 '주체성'과 '정치성'의 문제는 '시선 주체'의 문제를 통해 분석될 수 있다. 특히 대표작『광장』은 주인공의 시선의 동선과 시선 체계의 특이성을 보여주며, 주체의 자기 감시와 분열이라는 아이러니를 드러내는 문제적인 텍스트이다.『광장』에서 주인공 이명준은 '보는' 행위를 통해 세계와 대상을 이해하고 그것을 내적 의식의 문제로 받아들이는 문제적 개인이다. 그는 '본다'는 행위를 통해 세계와 개인의 내적 관계를 질문한다. 자신의 규범성을 스스로 창조해야 하는 현대적인 개인에게 '본다'는 행위와 '보는 주체'로서의 자기정립은 상황과 개인의 관계에서의 핵심적인 문제의 하나이다. '본다'는 것은 다른 방식으로 말하면 대상을 하나의 인식의 틀에 가두는 것이며, 이것은 시각장에서 자신의 시선을 통해 결여 없이 사물과 세계를 보고 있다는 '주체의 오인'과 연관된다.[2]

이명준의 시선은 '창'과 '책'과 '심문관'과 '여자의 몸'과 '갈매기'와 '유령'과 '바다'를 향하여 끊임없이 움직이지만, 궁극적으로 이 소설의 시선 주체는 자기 내부를 향한 자기감시의 시선을 작동

---

[2] 임철규,『눈의 역사 눈의 미학』, 한길사, 2004, pp. 36~37.

시킨다. 『광장』의 이명준은 '보는 주체'로서 자신의 시각장의 주인이 되지만, 그 이전에 그는 이미 '보여지는 주체'이기도 하다. 『광장』에서 나타나는 주인공의 자기분열은 이런 시선 주체의 자기분열과 연관된다.

2. '창'과 '책'의 세계―시선 주체의 탄생

『광장』은 전지적 시점으로 구성된 소설이지만, 주인공의 내적 초점화를 따라가는 장면 묘사는 이 소설의 미학적 특이성의 하나이다. 전지적 시점이 소설의 주된 양상이지만, 이명준의 관점에서 초점화되는 묘사는 중요한 미학적 지점이다. 『광장』은 '누가 이야기하느냐'의 문제 못지않게 '누가 보느냐' 하는 문제가 중요한 텍스트이다. 초점화는 바로 '누가 보느냐' 하는 문제를 중심으로 한다. 소설의 외부에서 모든 것을 인식하는 외부 초점자narrator-focalizer의 관점과 이명준이라는 인물 초점자character-focalizer의 시선이 교차되는 것이 이 소설의 문법적 특징이다. 이 소설의 첫 장면에는 '눈'과 '창'이라는 중요한 모티프가 모두 등장한다.

석방 포로 이명준은, 오른편에 곧장 갑판으로 통한 사닥다리를 타고 내려가, 배 뒤쪽 난간에 가서, 거기 기대어 선다. 담배를 꺼내 물고 라이터를 켜댔으나 바람에 이내 꺼지고 하여, 몇 번이나 그르친 끝에, 그 자리에 쭈그리고 앉아서 오른팔로 얼굴을 가리고 간신히 당긴다. 그때다. 또 그 눈이다. 배가 떠나고부터 가끔 나타나는 허깨비다. 누군가 엿보고 있다가는, 명준이 휙 돌아보면, 쑥, 숨어 버린다. 헛것인 줄 알게 되고서도 줄곧 멈추지 않는 허깨비다. 이번에는 그 눈은, 뱃간으로 들어가는 문 안쪽에서 이쪽을 지켜보다가, 명준이 고개를 들자 쑥 숨어버린다. 얼굴이 없는 눈이다. 그때마다 그래온 것처럼, 이번에도 잊어서는 안 될 무언가를 잊어버리고 있다가. 문득 무언가를 잊었다는 것을 깨달은 느낌이 든다. 무엇인가는 언제나처럼 생각나지 않는다. 실은 아무것도 잊은 것은 없다. 그런 줄 알면서도 이 느낌은 틀림없이 일어난다. 아주 언짢다.[3]

전지적 서술자의 위치에서 이명준을 관찰하던 소설의 초점이 이명준의 내적 초점으로 전환되는 순간이 나타난다. "그때다, 또 그 눈이다. 배가 떠나고부터 가끔 나타나는 허깨비다"라는 문장에서부터 이명준의 초점이 시작된다. 이런 초점화의 전환은 이 소설 전체에서도 빈번하게 일어나는데, 첫 장면에서의 이런 초점의 움직임이 가지는 상징성은 소설 전체에서 관철된다고 할 수 있다. 이명준의 초점으로 가장 처음 본 것은 '눈'이다. 그 '눈'은 자기를 감시하고 있는 듯한 '허깨비'의 '눈'이다. 이 이미지는 『광장』의 심층적 주체를 강력하게 암시한다. 이명준이라는 개인의 관념적인 세계에 의해 구축되어진다고 평가되는 이 소설은, 다른 한편으로는 자기 주체를 의식하게 만드는 또 다른 시선을 발견함으로써 주체의 자기인식의 단초를 마련한다. 이 소설은 그 '눈'의 정체가 무엇인가를 추적해나가는 내적 서사를 품고 있다.

---

3) 최인훈, 『광장/구운몽』〈최인훈 전집 1〉, 문학과지성사, 2011, pp. 25~26.

소설의 도입부에서 그 '눈'은 우선 '허깨비' 혹은 '헛것'으로 명명된다. 그것은 "헛것인 줄 알게 되고서도 줄 곧 멈추지 않는 허깨비"이며, 계속 움직이는 "얼굴 없는 눈"이다. 소설의 초반에서 이명준은 그 '눈'을 계속 의식하지만, 그것이 실체가 없는 헛것이라고 생각한다. 그 '눈'은 '얼굴 없는 눈'이기 때문에, 다른 방식으로 말한다면, '시선'만 있고 '시선의 주체'는 없는 눈이다.[4] '허깨비'의 시선, 혹은 '허깨비'로서의 시선은 시선의 주체를 가늠할 수 없고, 시선 그 자체만이 의식되는 그런 눈이다. 그렇기 때문에 그 눈의 실체에 대한 논리적인 해명은 불가능하다. "잊어서는 안 될 무언가를 잊어버리고 있다가. 문득 무언가를 잊었다는 것을 깨달은 느낌이 든다. 무엇인가는 언제나처럼 생각나지 않는다. 실은 아무 것도 잊은 것은 없다"라는 모순된 진술이 등장하는 것은 이런 이유이다. 실체도 없고 얼굴도 없는 시선은 잊어서는 안 될, 잊었던 것처럼 느껴지는, 잊은 적이 없는 그런 '시선'이다. 그 시선이야말로 이명준을 끊임없이 쫓아다니며, 이명준의 내적 의식을 지배하는 시선이기도 하다.

4) 이 '얼굴 없는 눈'에 대해 권명아는 다음과 같이 분석한다. "'얼굴 없는 눈'은 육체가 없음으로 해서 본다는 행위의 주체가 될 수 없지만 '눈'이란 기관을 여전히, 또는 이미 갖고 있기 때문이다. '눈'은 본다의 완성을 위해 육체를 갈망하며 자신의 육체의 상실을 느낄 수 있다." (권명아, 「에고의 좌표 그리기로서의 소설-분단 체제하의 주체화 형식과 최인훈의 소설적 '시도'의 의미」, 『상허학보』, 2002. 2, p. 354.) 최인훈 소설에서의 '얼굴 없는 눈'에 대한 세밀한 분석을 보여준 이 논문에서 권명아는 '주체 성립을 위한 보편자에의 요청과 보편자의 부재로 인한 주체 자리의 성립 불가능성 사이의 딜레마'를 읽어내고 있다. 그런데 여기서는 이 '얼굴 없는 눈'을 시선 주체의 자기 감시와 관련된 큰 타자의 응시의 문제로, 다시 말하면 시선 주체의 분열의 사태와 연관된 존재로 파악하고자 한다.

선장을 멍하니 쳐다보고 있던 눈길을 옮겨, 왼쪽 창으로 내다본다. 마스트 꼭대기 말고는 여기가, 으뜸 잘 보이는 자리다. 바다는 그쪽에서 활짝 펴진, 눈부신, 빛의 부채이다.

오른쪽 창으로 내다본다. 거기 또 다른 부채 하나가 있고, 아침부터, 이 배를 지키는 전투기처럼 멀어지고 가까워지고 때로는 마스트에 와 앉기도 하면서, 줄곧 따라오고 있는 갈매기 두 마리가, 그 위에 그려놓은 그림처럼 왼쪽으로 비껴 날고 있다.[5]

도입부에서 선장실로 향하는 이명준의 시선은 선장실에 있는 두 개의 창을 향한다. 이 두 개의 창은 이 소설에서 이명준의 내적 시선의 중심부에 위치하고 있는 두 개의 프레임이다.[6] '창'은 최인훈 소설에서 매우 중요한 상징적 의미를 갖는다. 최인훈은 『그레이 Grey 구락부 전말기』에서 '창 타입'의 사람에 대해 인물의 입을 통

5) 최인훈, 같은 책, p. 26.
6) 『광장』에서의 '창'의 이미지를 본격적으로 분석한 것은, 오생근, 「창을 넘어 삶의 광장으로」, 『문학의 숲에서 느리게 걷기』, 문학과지성사, 2003. 이다. 이 글에서 두 개의 창에 대해 오생근은 "움직이는 배의 창에서 움직이지 않는 모습으로 그려진 바다와 갈매기는 이 소설의 출발점에서 이처럼 창 안의 주인공이 창밖의 세계와 대면하는 상태에서 의미있는 존재로 부각되어 있다. 이처럼 객관적인 존재의 바다와 두 마리의 갈매기는 소설의 중반부와 끝부분에 다시 나타난다. 전자는 주인공이 투신하는 바다와 함께 생명과 죽음과 합일이라는 의미로, 후자는 사랑하는 여자와 그 여자가 임신한 여아의 모습으로 각각 변용되어 있다. 왼쪽 창과 오른 쪽 창이 별개의 것이 아니듯이, 바다와 은혜와 새 생명은 어느새 일체가 되어 있는 것이다"라고 분석한다. 그런데 여기에서는 '창'이 시선주체의 자기정립에 어떤 매개로서 작용하는지, 그리고 두 개의 창 사이에서의 분열의 국면을 분석해보고자 한다.

해 설명하기도 한다.[7] '창'을 통해 세상을 보는 사람은 기본적으로 바깥과의 소통을 '눈'을 통해서만 하는 사람이다. 닫힘의 특성과 소통의 측면을 함께 갖고 있는 '창'을 통해 사유하는 인물은 그래서 '안과 밖의 어울림' 속에 있는 인물이다. "창은 슬기 있는 사람의 망원경이며, 어리석은 자의 즐거움"[8]이라고 말하는 이유도 이런 맥락에서이다. 여기에서 주목할 수 있는 것은 최인훈 소설에 빈번하게 등장하는 '창'의 이미지가 최인훈 소설에서의 시선 주체의 문제와 맺은 관련성이다. '창'은 시선의 주체가 풍경과 대상을 보는 '프레임'을 결정한다. '창'은 시선의 매개이면서, 시선 자체의 구조와 위치를 결정한다. 시선 주체가 대상에 대한 시선의 확립을 통해 주체성을 정립하는 존재라고 한다면, '창'은 그런 의미에서 주체를 가능하게 하는 매개이다. 최인훈 소설에서 '창'은 현대적 주체로서의 시선 주체의 자기정립을 매개하는 조건이다.

그런데 이 첫 장면에서 동시에 두 개의 창이 등장한다. 하나의 창이 '눈부신 빛의 부채'로서의 '바다'를 보여준다면, 또 다른 창은 '갈매기 두 마리'를 보여준다. '창'이 없이 탁 트인 공간이었다면, 이 두 가지 이미지는 하나의 풍경 안에 포함되어 있을 것이다. 그

---

7) "움직임의 손발을 갖지 못하고, 내다보는 창문만을 가진 인간형이 있다. 손 하나 발 하나 까딱하긴 싫고, 다만 눈에 보이는 온갖 빛깔, 형태를 굶주린 듯 지켜봄으로써 보람을 느끼는 사람. 이런 사람은 '창' 타입의 사람이다. 창은 두 가지 몫이 엇갈린 물건이다. 창은 먼저, 밖으로부터 들어앉은 방을 막아준다. [……] 그러나 다른 한편, 창은 이같이 닫힌 집이 바깥과 오가기 위한 자리다. 창에서 이루어지는 바깥하고의 오가기는 오직 눈에 의해서만 이루어진다. 눈으로 하는 사귐은 떨어져 있고 번거로움이 없다." (최인훈, 「그레이 구락부 전말기」, 『웃음소리—최인훈 전집 8』, 문학과지성사, 2009, p. 22.)

8) 최인훈, 같은 책, p. 23.

런데 '창'이라는 각각의 '프레임'으로 나누어진 두 풍경은 두 개의 '부채'처럼 다른 풍경을 보여준다. '창'이라는 프레임을 통해서는 풍경은 나누어질 수밖에 없다. '창'은 시선 주체의 조건이면서, 시선 주체의 자기한계를 규정한다. 하나의 시선을 통해 포착되는 하나의 풍경은, 세상의 전체성을 장악하고 있는 것이 아니라, 그것을 부분적으로 파악하게 만든다. '창 타입'의 인간은 '창'이라는 매개를 통해 시선 주체의 자기정립을 이루는 주체이면서, 동시에 이런 시선의 자기한계 안에서 세계를 탐색해야 하는 주체이다. "갈매기들은 바로 옆을 날면서 창으로 테두리 진 넓이를 내려가고 치솟으며, 맞모금을 긋고 배 꼬리 쪽으로 획 사라지곤 한다"[9]와 같은 묘사에서 드러나는 것처럼, 갈매기의 자유로운 움직임은 그 창의 프레임의 '넓이'를 넘나든다. '창'을 통해 갈매기를 보는 것은 그 갈매기의 움직임을 '창'을 프레임 너머로 상상하는 일이 된다.

이명준에게 '창'은 즐거운 상상과 아련한 회상의 장소이기도 하다. 단선적인 서사를 거부하는 최인훈의 소설은 '창'을 매개로 해서 회상의 순간과 현재의 순간을 교차시키면서 주인공의 의식을 지배하는 혼란을 보여준다. 함축적 서술자는 남한 시절의 일본식 2층 집의 방을 그는 좋아했고, 그 방의 "창으로 내다보다면서 헛궁리질할 때가 가장 즐겁다"[10] 고 진술한다. '헛궁리질'이라는 표현에서 들어나는 것처럼, '창'은 철학자 이명준의 상상과 회상의 자리이다.[11] 그런데 그런 시간은 '헛궁리질'이라는 표현이 말해주는

9) 최인훈, 같은 책, p. 29.
10) 최인훈, 같은 책, p. 44.
11) 그런 의미에서 '창'은 자기를 들여다보는 거울의 이미지를 함께 갖는다. 주인공이

것처럼, 바깥 세계와의 직접적인 접촉의 자리가 아니라, 그것을 일정한 거리와 프레임을 가지고 '궁리'하는 자리이다.

남한의 경찰서 사찰계에서 취조 당하던 이명준은 자신을 '쏘아보는' 형사의 눈길을 피해, 형사 뒤쪽의 창문을 본다. "형사 뒤쪽에 열린 커다란 창문 밖에서 물이 흐르듯 싱싱한 포플러 나무의 환한 새 잎에 눈길을 옮긴다. 5월. 좋은 철이다"[12]라는 문장에서 창문은 형사의 시선이라는 현실적인 폭력의 너머에 위치하는 시간으로 이명준을 데려간다.[13] 그러나 창문은 또한 지금 이 시간에 대한

창과 대화를 나누는 『회색인』의 한 장면은 의미심장하다. "유리에 얼굴이 비쳐 있었다. 그는 찬찬히 들여다보았다. 유리 속의 남자의 눈도 그를 지켜보고 있었다. 그 남자는 그에게 묻고 있었다. 나는 누구냐 너는 그것을 나에게 말해주어야 한다." (최인훈, 『회색인』〈최인훈 전집 2〉, 문학과지성사, 2008, p. 280.) 이 부분에 대해 우찬제는 다음과 같이 분석한다. "자신과 유리에 비친 이미지와의 부단한 대화, 그것은 자아와 그림자와의 대화이기도 하고, 자아와 이상적 자아와의 대화이기도 하고, 자아와 감시자와의 대화이기도 하다. 또한 그것은 대화이자 대결이기도 하다." (우찬제, 「모나드의 창과 불안의 철학시」, 최인훈, 같은 책, p. 402.)

12) 최인훈, 같은 책, p. 75.

13) '창'이 현재적 시간 너머에서 어떤 구체적인 기억으로 데려가는 매개로 작용하는 장면은 이 소설에서 여러 번 반복된다. "창에 불이 붙었다./만주 특유의 저녁노을은 갑자기 온 누리가 우람한 불바다에 잠겼는가 싶게 숨 막혔다. 명준은 내일 아침 사로 보낼 글을 쓰고 앉았다가, 저도 모르게 소리를 지르면서 만년필을 놓고, 창으로 다가섰다. 하늘 땅이 불바다이다"(최인훈, 같은 책, p. 124)에서도 '창'은 만주의 기억을 호출하는 매개가 된다. 다른 한편으로 '창'은 미래의 시간을 성찰하는 매개이기도 하다. 북한에서 은혜가 모스크바행을 포기하겠다고 하던 밤, 은혜가 돌아간 뒤에 이명준은 창을 본다. "그녀가 돌아간 후, 무릎을 세우고 앉아 오랫동안 우두커니 창밖을 내다보았다. 마른 나뭇잎들이 창유리에 부딪히는 소리가 들린다. 메마른 삶. 이제, 오래지 않아, 그 소리도 들리지 않을 테지. 혼자 사는 살림에는 겨우살이래야 걱정할 것은 없었다. 다만, 길어지는 밤을 생각으로 새워야 할 일이 괴로웠다." (최인훈, 같은 책, pp. 155~56.) 여기서 '창'은 명준에게 이별을 예감하고 은혜 없는 미래의 시간을 생각하게 만드는 매개가 된다.

성찰의 자리이기도 하다. "좋을 철에 자기는 뭣하러 이 음침한 방에 앉아서, 보통 같으면 담뱃불을 댕기는 것도 싫을 버릇없는 사나이한테 이죽거림을 받는 것일까. 아버지 덕에?"와 같은 질문들은 '창'을 매개로 나타난다. 관념철학자에게 어울리는 이러한 '창'의 자리는 '책장' 앞에서의 실존의 자리와 유사한 의미를 갖는다.

벽 한쪽을 절반쯤 차지하고 있는 이 책장을 보고 있으며, 그 책들을 사던 앞뒷일이며, 그렇게 옮아간 그의 마음의 나그넷길이, 임자인 그에게는 선히 떠오르는 것이고. 한 권 한 권은 그대로 고갯마루의 말뚝이다.
책장을 대하면 흐뭇하고 든든한 것 같았다. 알몸뚱이를 감싸는 갑옷이나 혹은 살갗 같기도 하다. 한 권 씩 늘어갈 적마다 몸속에 깨끗한 세포가 한 방씩 늘어가는 듯한, 자기와 책 사이에 걸친 살아있는 어울림을 몸으로 느낀 무렵이 있다. 두툼한 책 마지막 장을 닫은 다음, 창문을 열고 내다보는 눈에는, 깊은 밤 괴괴한 풍경이, 무언가 느긋한 이김의 빛깔로 색칠이 되곤 했다.[14]

책장을 대할 때, 이명준은 마치 각각의 책들이 그의 몸의 일부처럼 느낀다. 마지막 책장을 넘긴 뒤에 '창문'을 열고 내다보는 풍경은 다른 색깔이 되어 있다. 이명준에게 독서는 '창'의 프레임을 통해 세계를 보는 것과 유사한 경험이 된다.[15] 그것은 하나의 '프레

---

14) 최인훈, 같은 책, p. 51.
15) 최인훈 소설에서의 책 읽기의 문제에 대해 분석한 것은 김현이다. 그는 최인훈에게
"책을 읽는 자의 정신적 즐거움에 대한 완강한 집착"과 "그 즐거움을 죄악시하는

임'을 통해 세계를 이해하고 성찰할 수 있다는 믿음의 체계와 관계되며, 그 믿음이 이명준에게 내면화되어 있는 것을 보여준다. '창'과 '책'은 이명준이 세계를 궁리할 수 있게 만드는 그 주체성의 일부이며, 그 주체성을 가능하게 하는 중요한 매개이다. 그런데 이명준에게 창문의 프레임 너머에서 다른 삶의 가능성을 부여하게 해주는 것은 '여자'이다.

어쨌든 그는 철학의 탑 속에서 사람을 풍경처럼 바라보았다. 그때 윤애가 나타난다.

그녀는, 뜻밖에도 다가와서 그의 창문을 두드린다. 그는 창틀을 뛰어넘어서 그녀의 손을 잡는다. 그녀는, 금박이 입혀진 두툼한 책들이, 즐비하게 꽂힌 책장이 놓인 방 안에, 오히려 끌리는 듯했지만, 그녀의 손을 이끌어 푸른 들판으로 이끈다. 저 방 안에 들어가 보았자 아무 재미도 없어, 정말이야, 내가 장담해. 그런 생각에서, 그 아름다운 얼굴에 생각으로 인한 흉한 주름을 잡히게 하고 싶지 않다는

제도 자체에 대한 격렬한 항의"가 있다고 본다. 그런데 "책을 통해 그에게 주어지는 이념을 그대로 수락함으로써 훌륭한 삶을 유지할 수 있는 시대나 사회, 혹은 새로운 삶의 지표가 실현될 수 있는 자유로운 사회를 그는 그릴 수 없다. 그런 의미에서 그는 찢긴 자아를 가진 회색인이다"라고 분석한다. (김현, 「최인훈에 대한 네 개의 산문」, 『현대 한국 문학의 이론/사회와 윤리』 김현문학전집 2, 문학과지성사. 1991, pp. 348~49) 그는 또 『회색인』에 나오는 책 읽기의 장면을 섬세하게 분석하면서, "책 읽기가 곁붙익 충족, 행복에익 약속과 결부되어 있다는 것이며, 또 하나는 우리가 책 읽기와 살아가기가 화해롭게 어우러져 있지 못한 시대에 살고 있다는 것"을 알게 해준다고 분석한다. (김현, 「책읽기의 괴로움」, 『전체에 대한 통찰』, 나남, 1990, p. 255.)

아낌에서였다.[16]

여러 가지 측면에서 의미심장한 이 장면에서 이 소설의 심층을 이루는 몇 가지 모티프들이 한꺼번에 등장한다. '철학' '풍경' '창문' '책' '방' '들판' '생각' 등의 단어들이 그것들이다. 관념철학자의 달걀 속에 갇혀 있던 이명준에게 철학의 탑 속에서 세계를 이해한다는 것은 "사람을 풍경처럼 바라보"는 것을 의미한다. 사람이 '풍경'이 되는 공간은 철학과 책의 논리 속에서 관념적으로 세계를 이해한다. 그런 세계 속에 갇혀 있는 그에게 '창문'을 두드리는 존재가 있다. 그녀를 책들이 즐비한 그의 '방'으로 끌어들이는 대신에, 이명준은 그녀를 '들판'으로 이끈다. 그의 '방'에서는 재미를 찾을 수 없으며, 많은 '생각'은 그녀의 아름다움을 파괴할 것이라고 믿기 때문이다. '은혜'로 상징되는 여성성과 섹슈얼리티의 차원은, 책으로 둘러싸인 '방' 안에서 '창문'을 통해서 세계를 받아들이던 이명준에게 다른 삶의 가능성을 불어넣는다.

그녀는 창에 마주 서서 어두운 바깥을 내다보고 있었다. 여자가 남자를 부르는 몸매였다. 그녀의 뒤로 다가섰다. 그녀는 바깥을 내다본 채 움직이지 않았다. 창유리에는 축축히 물이 흐르고 있다. 뒤에서 본 목덜미가 유난히 하얗다. 명준은 여자의 어깨에 손을 얹었다.[17]

16) 최인훈, 같은 책, p. 106.
17) 최인훈, 같은 책, p. 165.

은혜는 창가에서 어두운 바깥을 응시한다. 그녀는 창밖의 다른 시간을 응시하고 있다고 할 수 있다. 남자는 그것을 "남자를 부르는 몸매"로 읽는다. 이 장면에서 시선의 비대칭성은 복합적인 구조 속에 있다. 여자의 시선은 창밖 너머의 어떤 시간 혹은 자기 자신을 향한다. 소설은 여자의 내면적 시점으로 진행되지 않기 때문에, 그녀가 본 것이 무엇인지를 정확히 알 수 없다. 그녀가 미지의 시간을 보는 그 순간, 이명준은 그녀의 몸에서 섹슈얼리티를 읽는다. 이 장면에서 이명준의 '창'은 오히려 여자의 것이 되고, 이명준은 그 여자의 몸을 그의 '창'을 대신할 새로운 존재로 인식한다. '창' 너머의 세계는 시선의 프레임에 의해 규정되는 세계이지만, 지금 현전하는 여자의 몸은 성적인 리얼리티 자체이다. 여성적 존재들은 이명준의 성적 응시의 대상으로만 의미 있는 것이 아니라, 그가 세계를 인식하고 다른 삶의 가능성을 탐색하는 계기로 작용한다. 여성적 존재를 통해 이명준은 관념의 체계를 스스로 무너뜨리는 과정에 돌입하며, 성적 실재성을 체감하면서 '몸의 존재론'을 자각하게 된다.

이명준과 은혜가 마지막 시간을 함께하는 동굴은 상징적인 장소이다. 전쟁의 포화 속에서 한 쌍의 연인들만을 위해 마련된 이 동굴의 이미지는, '광장'의 이미지와 대칭되는 원초적인 공간이다. 동굴은 바깥과의 세계에서 단절된 곳이면서, 여기서 보는 바깥 세계의 풍경은 다만 아름답다. "이 굴에서 풍경을 보기 비롯하면서, 세상에 모든 풍경은 다 아름답다는 것을 알았다. 왼쪽으로도 막히고, 오른쪽으로도 막히고, 아래 위도 가려진 엉성한 구멍을 통하여, 명준은 딴 세계를 내다보고 있었다."[18] 동굴에서의 시야는 사방이 막혀 있고, '엉성한 구멍' 하나만이 남겨져 있다. 이 '엉성한 구멍'으로 보는 세계는 아름다운 '딴 세계'이다. '원시인의 눈'으로 보는 세계이기 때문이다. 동굴이라는 원초적인 공간에서 이명준의 시선은 '엉성한 구멍'이라는 프레임을 통해 원시적인 아름다움만을 본다. "누워서 보면, 일부러 가리기나 한 듯, 동굴 아가리를 덮고 있는 여름풀이, 푸른 하늘을 바탕 삼아 바다풀처럼 너울너울 떠 있다."[19]

동굴에서의 성적인 탐닉은 '책'과 '창'의 공간을 넘어서는 원초적인 몸의 세계에 대한 탐닉이고, 그것은 이명준에게는 다른 삶의 가능성이다. 그곳에서 이명준은 성적 리얼리티를 보유한 순수한 몸의 존재가 된다. "이 여자를 죽도록 사랑하는 수컷이면 그만이다. 이 햇빛, 저 여름 풀, 뜨거운 땅, 네 개의 다리와 네 개의 팔이 굳세게 꼬인, 원시의 작은 광장에, 여름 한낮의 햇빛이 숨 가쁘게 헐떡이고 있었다."[20] '원시의 작은 광장'이라는 표현처럼, 이 지점에서 동굴은 다른 '광장'의 가능성과 만나며, '광장/밀실'의 관념적이고 이분법적인 대립은 무너진다. "접은 지름 3미터의 반달꼴 광장. 이명준과 은혜가 서로 가슴과 다리를 더듬고 얽으면서, 살아 있음을 다짐하는 마지막 광장"[21]은 '창'과 '책'의 세계 너머에서 '광장/밀실'의 이항대립을 무화시키는 '원초적인 광장'이다. 이명

18) 최인훈, 같은 책, p. 171.
19) 최인훈, 같은 책, p. 175.
20) 최인훈, 같은 책, p. 174.
21) 최인훈, 같은 책, p. 175.

준은 이 동굴이라는 또 다른 광장에서 자신의 욕망으로 완전히 귀환하지만, 그것을 가능하게 해준 여성적 존재는 죽는다. 이명준에게 그 동굴은 가장 좁은 시야로 세상을 바라보는 밀폐된 공간이다. 극도로 제한된 시선을 통해, 역설적으로 다른 차원의 '광장'을 만났을 때, '창'과 '책'을 통해 형성된 시선주체는 촉각적인 주체, 또 다른 원초적인 몸의 주체로 거듭난다.

3. 유령의 시선과 갈매기 — 자기 감시와 주체의 분열

이 소설에서 이명준을 끊임없이 쫓아다니는 감시의 시선이 존재한다. 감시의 시선은 허깨비의 시선만은 아니다. 타의 폭력적인 시선은 남한의 경찰서 사찰계 취조실에서 형사와 마주 앉아 있을 때에 경험하게 된다. "형사는 두 팔꿈을 책상에 걸치고 그를 쏘아본다."[22] 타인의 난폭한 시선 앞에서 이명준은 "얼굴이 확 단다. 그의 말이 비위를 건드렸지만, 고개를 돌린다." 그런데 이 폭력적인 시선은 북한에서의 자아 비판회에서 똑같이 반복된다. "명준은, 대들려고 고개를 들었다가, 숨을 죽였다. 그를 향하고 있는 네 개의 얼굴, 그것은 네 개의 증오였다. 잘잘못간에 한번 윗사람이 말을 냈으면, 무릎 꿇고 머리 숙이기를 윽박지르고 있는 사람들의, 짜증 끝에 성낸, 미움에 일그러진 사디스트의 얼굴이었다.[23]" 이

22) 최인훈, 같은 책, p. 74.
23) 최인훈, 같은 책, p. 146.

명준에게 자아비판을 강요하던 네 개의 폭력적인 시선은 남한의 취조실의 형사의 시선과 마찬가지로 시선의 비대칭적인 상황을 명시적으로 보여준다. 이런 상황에는 시선의 불평등 구조가 가로놓여 있으며, 이것은 자유를 박탈당한 진술 주체가 마주하는 공포이다. 진술 주체는 자유로운 '자율적 주체'로서 자신을 세우려 하지만, 억압적인 시선의 대상이 될 때, 그 시선 앞에서 주체는 한낱 사물과도 같은 '대상'으로 전락한다.[24]

시선과 권력의 문제가 드러나는 장면들 속에서 타인들의 폭력적인 시선은 이데올로기적인 시선이기도 하다. 남한의 형사들이나 북한의 당원들의 시선에는 그 사회의 지배적인 이데올로기가 작동한다. 그 시선 앞에서 이명준은 자율적이고 자유로운 진술의 주체이기를 포기한다. "명준은 사무친 낯빛을 하고, 장황한 인용을 해가며, 허울을 씻고 당과 정부가 바라는 일꾼이 될 것을 다짐했다. 지친 안도감과 승리의 빛으로 바뀌어가는 네 사람 선배 당원의 낯빛이 나타내는 움직임을 지켜보면서 명준은, 어떤 그럴 수 없이 값진 '요령'을 깨달은 것을 알았다."[25] 억압적인 시선의 폭력 앞에서 이명준은 진술의 자유로운 주체이기를 포기함으로써 현실적인 생존이 가능하다는 것을 알게 된다.

이명준을 감시하는 타인들의 또 다른 시선은 제3국으로 가는 배에 같이 타고 있는 사람들의 시선이다. "덜미가 두 겹으로 겹친, 살찐 주방장의 굵은 목이, 천천히 이쪽으로 틀더니 째리듯 한 번

---

24) 박정자, 『시선은 권력이다』, 기파랑, 2008. pp. 35~42 참조.
25) 최인훈, 같은 책, p. 147.

명준을 쳐다보고, 돌아간다. 그 눈매는 버릇이다. 아마 눈이 나쁜 모양이다"[26]와 같은 묘사에서 등장하는 타인의 시선은, 배에서 상륙 문제 때문에 갈등이 빚어졌을 때도 다시 나타난다. 상륙 문제로 석방자들 사이에서 다툼이 일어나 이명준은 김과 뒤엉켜 싸운다. 여기에 두 개의 시선이 등장한다. 둘의 싸움을 지켜보는 사람들의 시선이 있다. 그 시선을 '부엉이의 눈알들'이라고 이명준은 명명한다. '부엉이'의 큰 눈알은 타인에 대한 시선의 폭력을 보여주는 눈알이고, 그런 시선의 주체들을 이명준은 '경멸한다.' 이 장면에 또 다른 시선이 이 숨어 있다. 둘러선 사람들 머리 너머로 모습을 나타냈다가 사라지는 유령의 시선이 있는 것이다.[27] 이 유령의 시선은 실체도 얼굴도 없는 시선이며, 그 시선이야말로 이명준을 끊임없이 쫓아다니며, 이명준의 내적 의식을 지배하는 시선이다.

그제서야 명준은 저쪽을 녹초로 만들려던 참에 나타났던 그 헛것 생각이 났다. 왜 그 환각이 그리 다급한 참에 보였을까. 뻔히 환각인 줄 알면서도 막을 길이 없다. 그 환각은 밖에서 자기 힘으로 살아 움직이고, 그것이 나타날 때는 이명준의 속에는 그 환각을 틀림없이 진짜로 믿는 또 하나의 마음이 맞받아 움직인다. 그러면서도 그것이 환각인 줄 뻔히 안다는 것을 그 마음도 알고 있다. 이런 묘한 움직임이, 그 헛것이 보일 때마다 마음속에서 헛갈린다. 〔……〕
눈에 보이지 않는 그림자가, 여전히 숨은 채, 이번에는 목소리만

---

26) 최인훈, 같은 책, p. 33.
27) 최인훈, 같은 책, p. 116.

들려온 것이다. 어디선가 들어본 목소리 같기도 하다. 그제서야 비로소 전기가 나간 캄캄한 속에 있다는 것을 깨닫는다.[28]

다급한 순간에 나타났던 그 시선을 이명준은 '헛것' 혹은 '환각'이라고 말하지만, 그것은 살아있는 존재이다. 이명준의 의식 속에서 그것은 살아서 '진짜로' 존재하는 그 무엇이다. '헛것'과 '환각'이면서, 그의 의식 속에 하나의 믿음으로 실재하는 것, 그것이야말로 이 소설의 심층적인 모티프 중의 하나이다. 이명준은 그 유령의 시선을 의식하고 그것을 본다. 동시에 그 유령의 시선은 이명준을 보는 또 다른 타자의 시선이다. 전기가 나간 캄캄한 곳에서도 그 유령의 시선은 목소리로 존재한다. 환각의 경험은 환청의 경험과 연결된다.[29] 이명준은 "한 걸음 한 걸음 다가서는 누군가의 기척에 온 신경을 기울이고 있다. 아까 어둠 속에서 그 인물은 말까지 했었다. 명준이 타고르호에 탔을 때, 그 인물도 같이 탔음이 분명했다. 그 인물이 누구인지 알고 싶다."[30] 이명준을 보는 유령의

---

28) 최인훈, 같은 책, p. 120.
29) 최인훈의 또 다른 단편소설 「웃음소리」에서 애인과 사랑을 나누던 곳을 죽을 장소로 선택하여 찾아간 주인공 여자는 남녀 한 쌍이 그곳에서 사랑을 속삭이는 것을 듣고 목격한다. 하지만 그것은 환각과 환청이었음이 소설의 마지막에 드러난다. 그녀는 환청을 통해 자기 내부의 숨은 장면을 발견한다. 환청으로 들은 죽은 여자의 웃음소리가 바로 자신의 웃음소리라는 것을 깨닫는 것이다. 중편 「총독의 소리」는 현재 한국에서 조선총독부의 비밀조직이 남아 있다는 역사적 가정하에서 총독의 담화를 방송하는 상황이 설정되며, 소설의 본문은 그 총독의 담화를 기술하는 것으로 되어 있다. 이 소설 자체가 하나의 거대한 환청인 것이며, 그 환청은 정치적인 환청이기도 하다.
30) 최인훈, 같은 책, p. 123.

시선은 목소리를 가진 존재이기도 하다. 이명준은 이 인물의 존재를 확신하지만 그 실체를 알 수 없다.

'유령의 시선'은 이명준 자신의 자기감시의 시선과 연루되어 있다. 이명준은 북한군에 의해 점령된 서울에서의 자신을 다음과 같이 묘사한다. "세상이 뒤집힌 도시를 헤매던 그날의 자기. 자기가 있던 자리가 그렇게 서먹서먹할 수가 없었다. 2층 가는 계단을 오르면서 그 전에 정 선생 댁에서 미라 관을 열던 생각이 떠올랐었다. 자기가 있던 방에 자기가 없는 방으로 올라가면서 거기서 자기가 미처 빠져나가지 못하고 자기와 부딪친다면, 그런 생각이 문득 떠오른다."[31] 현재의 자기와 과거의 자기, 부재하는 자기와 현존하는 자기, 흔적으로서의 자기와 의식의 주체로서의 자기가 한꺼번에 언급되는 이 장면에서, 이명준은 자기에 대한 관찰자 혹은 감시자로서의 또 다른 시선을 발견한다.

한 줄에 꿰인 드럼 속의 한 마리인 자기라는 한 몸, 그 몸속에 관이 있고 또 그 관 속에 관이 있고 그것들의 가장 안쪽에 선생 댁 그 미라 관이 있고, 미라 관의 그 비어 있음의 안쪽에 또 다른 관이 있을 것 같다. 가장 깊은 관. 가장 안쪽의 관. 그 비어 있음의 주인공은 바로 나였구나. 이렇게 스산한 마지막 관에 도달하려고 나는 살아왔는가. 이 관에 누워 있는 나는 악몽이 아니다. 이것은 꿈이 아니다. 이것은 깰 수 없는 꿈이다. 이 꿈에서는 깨지 못한다. 이것은 현실이니깐. 그러나 꿈을 회상하는 자기와 꿈을 꾸는 자기는 어떻게

---

31) 최인훈, 같은 책, p. 179.

다를 수 있는가? 꿈을 회상하자면 꿈속에 있어야 할 게 아닌가? 꿈속에 있자면 꿈을 꾸고 있다는 말이 아닌가? 남쪽 바다에 떠 있는 가시 울타리로 덮은 관 속에 누워서 이명준은 서울 거리를 없는 사람들을 찾아 헤매던 자기를 그때마다 다시 산다.[32]

이 장면이 문제적인 것은, 회상과 꿈, 그것을 생각하는 자기의식의 주체가 함께 등장하고 동시에 특별한 것이 된다는 것이다. 정 선생의 집에서 보았던 미라 상자의 이미지로부터 출발된 상상은 자기 몸과 자기 기억과 꿈에 대한 진술로 이어진다. 그 질문들이 향하는 궁극적인 물음은 '자기란 무엇인가'라는 것이다. 몸속에 관이 있고, 또 그 관 속에 관이 있는, 여러 겹의 죽음을 품은 존재로서의 자기의 몸이 등장한다. 깨지 못하는 꿈속에서 그 꿈을 의식하는 주체는 꿈속에 있는 주체이면서, 꿈의 경계에 있는 주체이다. 여기서 '꿈/현실'의 이분법은 무의미해진다. 이를테면 '자각몽'의 주체는 꿈속의 주체이면서, 꿈을 의식하는 주체이다. 죽음과 꿈은 의식의 끝이며, 의식하는 주체의 상실 혹은 주체성의 파멸이다. 역설적으로 그 죽음과 꿈이 있기 때문에 의식하는 주체가 성립된다. 이명준의 의식은, 죽음과 꿈이 몸속의 또 하나의 현실이며, 깰 수 없는 꿈이라고 사유한다. 그것은 이명준의 자기감시의 시선이 포착한 사유의 궁극적 지점이다. 이명준은 몸속의 죽음을 의식하고 꿈속에서 꿈을 의식하면서, 여러 겹의 자기를 '다시 산다.' "꿈인 줄 아

---

32) 최인훈, 같은 책, pp. 180~81.

는 꿈에서 깨어나는 순간에서 헤어 나오지 못하는 자기"[33]를 의식
할 때 이명준의 자기감시는 주체의 동일성이 아니라, 주체의 자기
모순을 더 깊게 대면한다.

　마지막 장면에서는 유령의 시선과 이명준의 자기감시의 시선은
격렬하게 만난다. "벽장 문에 달린 거울에 얼굴을 비춰봤다. 핏 발
선 눈, 꺼진 볼, 흐트러진 머리. 5월 달 새잎처럼 싱싱한 새 삶의
길에 내가 왜 이 꼴인가?"[34]라는 질문은 "자기 손을 보았다. 그것
은 무엇인가를 더듬고, 무엇인가를 잡고 있지 않고는 배기지 못하
는 외로운 몸이었다"[35]와 같은 자기관찰로 이어진다. "자기를 따
라오던 그림자가 문간에 멈춰 섰다는 환각"[36]은 계속되지만, "배
를 탄 이후 그를 괴롭히는 그림자는, 그들의 빠른 움직임 때문에,
어떤 인물이 자기를 엿보고 있다가, 뒤돌아보면 싹 숨고 마는 환각
을 주어왔던 것이다"[37]라는 각성에 이른다. '유령'과 '갈매기' 혹
은 환각과 실체는 서서히 서로에게 근접한다. 이명준은 갈매기들
을 불길한 새라고 생각하고 총을 겨눈다.[38]

33) 최인훈, 같은 책, p. 182.
34) 최인훈, 같은 책, p. 196.
35) 최인훈, 같은 책, p. 199.
36) 최인훈, 같은 책, p. 200.
37) 최인훈, 같은 책, p. 200.
38) 이 장면에 대해 프랑스의 비평가 장 벨맹-노엘은 다음과 같이 분석한다. "그의 내면
　　에는, 자신을 삶에 묶을 수 있었던 모든 것을 갈매기를 통해, 은유적으로 죽여버리
　　고 싶은 욕구가 조금씩 일어났다. 동시에 그는 그것을 행동으로 옮길 것이라는 두려
　　움에 찢어질 듯 괴로워한다. 그는 오직 하나의 욕망만을 갖고 있는 듯하다. 그것은
　　그가 가졌던 몇몇 즐거움과 그의 모든 실패들, 그의 삶에서의 총체적인 무능함을 생
　　생하게 품고 있는 그 새들을 제거해버리는 것이다. 그리고 그 욕망은 정반대의 욕망
　　과 뒤섞여 있다. 즉, 비록 좌절되긴 했지만 한 희망의 초라한 흔적들을 보호하여 그

총구멍에 똑 바로 겨눠져 엎혀진 새가 다른 한 마리의 반쯤한 새인 것을 알아보자 이명준은 그 새가 누구라는 것을 알아보았다. 그러자 작은 새하고 눈이 마주쳤다. 새는 빤히 내려다보고 있었다. 이 눈이었다. 뱃길 내내 숨바꼭질해온 얼굴 없던 눈은. 그때 어미 새의 목소리가 날아왔다. 우리 애를 쏘지 마세요![39]

개작 과정을 통해 더욱 강화된 갈매기의 상징성은 은혜와 딸의 모습으로 표현된다. 중요한 것은 이명준이 작은 새의 '눈'을 자기를 감시해온 유령의 눈, 그 얼굴 없는 눈과 동일시 한다는 것이다. 유령이란 '존재와 무의 한계'를 보여주는 자들이다. 그것은 비가시적인 것으로서의 가시적인 것, 살과 뼈로 현전하지 않는 어떤 육체의 가시성이다.[40] 언뜻 무(無)처럼 보이나 어떤 식으로든 '존재'하기 때문에 없다고 할 수 없는 자들이 유령이다. 유령이란 그 '상징적인 부채'로 인해 귀환하는 존재이기도 하며, 부재하는 것, 사라진 것의 '있음'을 보여주는 존재이다. 유령은 부정된 존재이지만, 부정 속에서 되돌아 온 존재, 부정에도 불구하고 회귀한 현전이다. '부재의 현전'이라는 모순된 개념으로서의 유령에는 존재함과 존재하지 않음의 대립이 없다. 이러한 유령의 특성은 명사적인 것

것이 어디에선가 지속적으로 살아남게 하는 것이다. 우리는 그가 그 막다른 골목에서 어떻게 빠져나오는지를 알고 있다. 그것은 결정적인 도피를 통해서이다." (장 벨 맹-노엘, 『충격과 교감』, 최애영 옮김, 문학과지성사, 2010, p. 72.)

39) 최인훈, 같은 책, p. 203.
40) 자크 데리다, 『마르크스의 유령들』, 진태원 옮김, 그린비, 2007, p. 393.

이 아니라 익명적이고 비인격적이며 동사적인 존재라고 할 수 있다. '존재자 없는 존재', '익명적인 있음'으로 유령이 존재하는 것이다.[41] 마지막 장면에서 작가는 그 유령에게 갈매기라는 상징을 부여하고, 다시 그 갈매기는 은혜와 그의 딸이라는 인격을 부여한다. 유령에 대한 이러한 '이름 붙이기'를 통해 이 소설의 주제적 국면은 보다 명확한 것이 된다. 유령은 가까운 사람의 죽음 이후 남은 사람이 삶을 새롭게 조직하는 방식이다. 죽은 자와 하나임을 느끼는 것은 그 유령과 동일한 관계 속에서 '나' 역시 '실망한 희망'의 희생자이기 때문이다.[42]

유령의 존재가 명확해지는 것과 동시에 이명준의 자기의식은 점점 더 불확정적인 것이 되고, 그는 깊은 착란의 상태에 빠져든다. 바다에 투신하기 직전 이명준은 세 가지 사물을 '본다.' 하나는 '부채'이다. "펼쳐진 부채가 있다. 부채의 끝 넓은 테두리 쪽을, 철학과 학생 이명준이 걸어간다."[43] 그 부채 속에서 이명준은 자기 기억 속의 '자기'들을 호출한다. 그 부채는 이명준의 현재적 실존 속에 새겨진 시간들의 이미지이다. 또 하나는 '바다'이다. "바다, 그녀들이 마음껏 날아다니는 광장을 명준은 처음 알아본다. 부채꼴사북까지 뒷걸음질 친 그는 지금 핑그르 돌아선다. 제 정신이 든 눈에 비친 푸른 광장이 거기 있다."[44] 소설의 마지막에서 '광장/

41) 서동욱, 『일상의 모험』, 민음사. 2005. pp. 114~46 참조.
42) Th. W. 아도르노, M. 호르크하이머, 『계몽의 변증법』, 김유동 옮김. 문학과지성사. 2001. p. 321.
43) 최인훈, 같은 책, p. 207.
44) 최인훈, 같은 책, p. 208.

밀실'의 관념적인 이분법은 완전히 무너지고 '광장'은 '동굴'과 '바다'라는 이미지의 지평 위에서 미적으로 개방된다. 그리고 마지막 순간, 다시 거울이 등장한다.

자기가 무엇에 홀려 있음을 깨닫는다. 그 넉넉한 뱃길에 여태껏 알아보지 못하고, 숨바꼭질을 하고, 피하려 하고 총으로 쏘려고까지 한 일을 생각하면, 무엇에 씌웠던 게 틀림없다. 큰일 날 뻔했다. 큰 새 작은 새는 좋아서 미칠 듯이, 물속에 가라앉을 듯, 탁 스치고 지나가는가 하면, 되돌아오면서 그렇다고 한다. 무덤을 이기고 온, 못 잊을 고운 각시들이, 손짓해 부른다. 〔……〕 거울 속에 비친 남자는 활짝 웃고 있다.[45]

여기서 이명준을 '거울 속에 비친 남자'라고 명명하는 '외부 초점자'는 '인물 초점자'로서의 이명준과 더 이상 유대를 갖지 않고 결별한다. 마지막 장면에서 이명준이 갈매기를 은혜와 자신을 딸로 보는 것이 '착란'임에도 불구하고, 소설의 문장들은 그것을 "처음 알아본다" "홀려 있음을 깨닫는다"고 표현한다. 이 '전도'는 이명준의 의식이 도달한 최후의 지점이며, 의식의 완전한 해체와 죽음을 암시한다.[46] 소설의 마지막 순간, 이명준은 '거울 속에 비친 남자'라는 익명적이고 비인칭적인 존재로 분열된다. '화자 초점자-서술자'와 '인물 초점자-이명준'의 공모와 연대로 진행되던 소

45) 최인훈, 같은 책, p. 209.
46) 졸고, 「광장, 탈주의 정치학」, 『익명의 사랑』, 문학과지성사. 2009, pp. 84~85 참조.

설은, 이 지점에서 이명준의 시선으로부터 완전히 분리된다. 착란의 상태에서 유령에 대해 갈매기의 인격성을 부여한 이명준은, 스스로 익명적인 존재가 되면서 마침내 자기 자신에 의해 '외재화'된다. 유령의 존재에 갈매기의 이름을 부여하는 대신에, 이명준은 스스로 유령이 되는 길을 선택한다. 자기존재의 응시자로서의 이명준의 자기감시의 시선이 도달한 마지막 지점이다.

4. 『광장』과 최인훈 문학의 현대성

『광장』에서 빈번하게 등장하는 '창'의 이미지는 시선 주체를 성립하는 조건이었다. 이명준에게 '책'은 '창'의 프레임을 통해 세계를 보는 것과 유사한 경험이 된다. 그것은 하나의 '프레임'을 통해 세계를 이해하고 성찰할 수 있다는 믿음의 체계와 관계된다. '창'과 '책'은 이명준이 세계를 궁리할 수 있게 만드는 그의 주체성의 일부이며, 그 주체성을 가능하게 하는 중요한 매개이자 조건이다. 이명준에게 창문의 프레임 너머에서 다른 삶의 가능성을 부여하게 해주는 것은 여자이다. 여성적 존재를 통해 이명준은 관념의 체계를 스스로 무너뜨리는 과정에 돌입하며, 성적 실재성을 체감하면서 '몸의 존재론'을 자각하게 된다. 그 몸의 존재론이 극대화된 공간으로서의 '동굴'은 '창'과 '책'의 세계 너머에서 촉각적인 주체로서 거듭나는 또 하나의 '광장'이다.

이명준에게는 끊임없는 감시의 시선이 따라 다닌다. 북한에서 자아비판을 강요하는 네 개의 폭력적인 시선은 남한의 취조실의 형사의 시선과 마찬가지로 시선의 비대칭성을 명시적으로 보여준다. 남한의 형사들이나 북한의 당원들이 시선은 그 사회의 지배적인 이데올로기가 작동하는 시선이다. 이명준을 감시하는 또 다른 시선은 '헛것'과 '유령'의 시선이다. 유령의 시선은 이명준 자신의 자기감시의 시선과 깊게 연루되어 있다. 마지막 장면에서 이명준은 갈매기의 '눈'을 자기를 감시해온 유령의 눈, 그 얼굴 없는 눈과 동일시한다. 그러나, 유령의 존재가 명확해지는 것과 동시에 이명준의 자기의식은 점점 더 불확정적인 것이 되고, 그는 깊은 착란의 상태에 빠져든다. 마지막 순간, 이명준은 '거울 속에 비친 남자'라는 익명적인 존재로 분열된다. 이명준은 스스로 유령과 같은 존재가 되면서 마침내 '탈주체화'된다.

『광장』에서의 이명준의 모험은 관념적이고 이데올로기적 모험이 아니라, '시선'의 모험이라고 할 수 있다. '창'과 '책'의 세계를 통해 시선의 주체성의 장소를 마련했던 이명준은, 여자와 몸이라는 성적 실재성을 통해 그 관념적 체계 너머의 다른 삶의 가능성을 만난다. 그것은 이데올로기적인 시선과 끊임없이 출몰하는 유령의 시선으로부터 벗어나 다른 사랑의 이름을 발견하는 과정이기도 하다. 그것은 다른 한편으로는 시선 주체로서의 자기를 근원적으로 해체하는 과정이기도 하다. 『광장』은 그래서 투철한 자아의 서사이면서, 자아라는 관념에 대한 근원적인 회의의 서사가 된다. 『광장』은 '자기 자신과의 불화'라고 하는 현대적 개인의 고뇌를 설정한 데서 머물지 않고, 그 모순을 심화시키는 시선의 모험을 보여준다.

'광장'과 '밀실'의 분리라는 현대적 상황에서 이명준은, 어떤 가치를 다른 가치에 복속시키거나 규범적 질서 속으로 투항하는 것이 아니라, 그 현대적인 불화를 마지막까지 살아낸다. 최인훈의 소설은 시선 주체의 동일성을 통해 자기인식의 정당성을 확인하는 과정이 아니라, 큰 타자의 응시와 자기감시의 분열을 경험하는 존재의 사건을 드러낸다.

『광장』이 6·25 전후를 배경으로 하고 있고, 1960년 4.19 이후 발표되었다는 것은 이 소설의 역사적 지점이 어디에 있는가를 암시한다. 한국전쟁의 폐허는 그 폐허의 역사적 의미를 즉각적으로 이해하는 것은 불가능하게 했다. 이른바 '전후 문학'의 불모적인 상태는 어쩌면 필연적이었다. 최인훈은 『광장』의 머리말에서 "저 빛나는 사월이 가져온 새 공화국에 사는 작가의 보람을 느낍니다"라고 쓴다. 다른 문맥에서 말하면 『광장』은 '국가와 민족'을 둘러싼 이념이 어떻게 개인을 희생시키는가에 대해 문학적으로 발언할 수 있는, '4.19'라는 역사적 공간이 만들어낸 텍스트이다. 『광장』이 '관념'에 치우쳐 있다고 평가하는 것은, 이 소설의 '주체성'에 대한 질문이 가진 역사적인 잠재성을 이해하지 못하게 만든다. 『광장』에서의 주체의 모험은 그 자기 모순을 끝까지 밀고 나가는 자리에서 '국가'와 '민족'의 이념에 의한 주체화를 파열시킨다. 시선 주체의 모험 속에서 이명준의 실패는 주체성의 분열을 소설화하는 미적 모더니티의 문제적 장소를 가리킨다.

김승옥과 미학적 마조히즘

1. 김승옥 소설의 주체를 둘러싼 문제들

1960년대의 '감수성의 혁명'을 상징하는 김승옥의 소설은 주체와 현대성의 문제, 그리고 4·19 이후의 사회구조와의 상관관계 등에서 의미화 될 수 있다. '자기 세계'로 상징되는 김승옥 소설의 새로운 주체에 대한 해명 역시 중요한 의미를 함유한다.[1] 김승옥 소설에서의 인물들의 심리적 특이성과 죄의식 문제 등은 정신분석을

---

1) 최근의 주목할 만한 연구 성과들은 다음과 같다. 김한식, 「김승옥 소설에서의 생활의 문제」, 『겨레어문학』 47호, 2011; 김영찬, 「열등의식의 문학적 탐구」, 『한국근대문학연구』, 2010. 4; 김지혜, 「김승옥 소설에 나타난 병리적 몸 인식과 근대적 주체 연구」, 『한국 문학이론과 비평』, 2009. 12; 백지은, 「김승옥 소설에 나타난 글쓰기 특징」, 『국제어문』, 2008. 12; 이은영, 「김승옥 소설에 나타난 여성 주체 연구」, 『어문학』, 2008. 3; 이수형, 「주체의 책임과 자유」, 『상허학보』, 2006. 2; 장세진 「아비 부정. 혹은 1960년대 미적 주체의 모험」, 『상허학보』, 2004. 2; 신형기, 「분열된 만보객」, 『상허학보』, 2003. 8.

참조한 분석을 요구하는 것이기도 하다.[2] 김승옥의 인물들은 많은 경우, 죄의식과 부끄러움이라는 정서적 조건 속에 있다. 이 죄의식과 부끄러움을 가져오는 것은 '속물'로 상징되는 세속적인 생존을 둘러싼 자기혐오라고 할 수 있다. 김승옥의 인물들의 특이성은, 그러한 자기혐오를 해결하는 방식으로 위악적인 행위를 저지른다는 것이다. 죄의식은 자아와 초자아 사이의 긴장의 표현이며, 자아는 그것의 이상인 초자아의 요구에 부응하지 못했다는 생각에 불안을 가지고 반응한다.[3] 김승옥 소설의 위악적 인물들은 이런 죄의식으로부터 주체의 자율성을 보존하려 한다. 이런 위악적인 행위들이 마조히즘적 성격을 띠고 있다는 데 주목할 필요가 있다.

마조히즘은 단순히 피학적 고통에 집착하는 변태성을 의미하는 것이 아니다. 타자와 외부 세계에 대한 일종의 관계이며, 자신을 축소하고 타자에 대한 의존성의 과장과 자학적 고통의 가면 아래 '이차적 이익'을 추구하는 태도라고 할 수 있다.[4] 김승옥의 인물들이 '자기 세계'를 유지하는 방식은 현실에 대해 저항하거나 높은 윤리적 가치를 추구함으로써가 아니라, 위악적인 형태로 드러나는 '도덕적 마조히즘'을 통해서이다. 프로이트의 정신분석에서 마조히즘은 사디즘의 짝을 이루는 것으로 이해되며, 죽음본능이 자아를 향하고 리비도와 융합되어 있는 상태라고 설명된다. 죄의식이

2) 죄의식과 정신분석의 문제들을 통해 김승옥 소설을 분석한 논문은 다음과 같다. 설혜경,「김승옥 소설의 죄의식의 경제와 자본주의 논리」,『현대문학의 연구』48호, 2012; 김성렬,「성스러운 아비 되기의 근대적 성격」,『한국문예비평연구』15호, 2004. 12; 김형중,「김승옥 중단편 연구」,『한국 문학이론과 비평』, 1999. 12.
3) 프로이트,『정신분석학의 근본 개념』, 윤희기·박찬부 옮김, 열린책들, 1997. p. 427.
4) 질들뢰즈,『매저키즘』, 이강훈 옮김, 인간사랑, 1996. p. 373.

자아와 초자아의 긴장 관계의 문제라면, 마조히즘은 죄가 되는 행동을 하고 싶은 유혹을 만들어낸다.[5] 도덕적 마조히즘은 무의식적 죄의식을 자기 처벌에 대한 욕구로 전환하는 사태이며, 그런 의미에서 도덕적 마조히즘은 성감 발생적 마조히즘과는 조금 다른 자리에 위치한다.

이런 마조히즘을 만들어내는 죄의식은 초자아의 시선 혹은 타인의 시선이라는 조건 속에서 만들어진다. 김승옥 소설에서 마조히즘과 위악의 문제는, 그 인물들이 타인의 시선을 어떻게 의식하며, 타인을 향한 어떤 시선의 체계를 갖고 있는가를 문제와 긴밀하게 연결되어 있다. '큰 타자의 응시'라는 문제가 죄의식의 문제와 깊게 연관되어 있는 것이다.

김승옥 소설의 핵심적인 주제의 하나로 인식되어왔던 '자기 세계'는 자기 감시와 타자의 시선이라는 두 가지 맥락 안에서 구성된다.[6] 타인들의 세계와 독립되는 주체의 자율성의 문제는, 그 자율성의 공간을 타자가 인정해주어야 한다는 점에서, 현대적 주체의 역설과 딜레마를 압축한다. 타율성에 대한 거절은 오히려 타자의 인준을 통해서만 가능하다는 주체의 곤경은, 김승옥 소설의 인물들이 처한 상황이기도 하다. 김승옥 소설의 인물들의 마조히즘은 이런 시선의 문제를 둘러싼 현대적 주체의 아이러니와 연관되어 있다.

---

5) 프로이트, 같은 책, p. 431.
6) 이 점에 대해서는 설혜경, 같은 논문, p. 350.

2. '자기 세계'의 관음자와 그 아이러니

김승옥의 「생명연습」은 그의 등단작일 뿐만 아니라, 김승옥 초기 소설에 나타난 인물들의 성격을 압축적으로 보여주는 작품이다. 도입부는 '나'와 '한 교수'의 대화로부터 시작되는데, 이 두 사람은 모종의 죄의식을 갖고 있는 사람이다. '한 교수'의 죄의식은 젊은 시절 세속적인 입신을 위해 사랑하는 여자를 범하고 버린 것이고, '나'의 죄의식은 성적으로 문란했던 엄마를 죽이려는 형과 누나에 얽힌 기억과 연관된다. 소설에 등장하는 만화가는 직선을 그리는 것에 대한 죄의식과 강박이 있는 사람이다. 이 소설에서는 '자기 세계'의 보존을 위해 신체에 대한 훼손을 감수하는 주변적인 인물들이 등장한다. 자기 눈썹을 스스로 밀어버린 학생과 자신의 성기를 잘라버린 전도사가 있으며, 밤에 몰래 수음을 하는 애란인 선교사가 있다.

'자기 세계'라면 분명히 남의 세계와는 다른 것으로 마치 함락시킬 수 없는 성곽과도 같은 것이 아닌가 생각한다. 그 성곽에서 대개는 연초록빛에 함뿍 물들어 아른대고 그 사이로 장미꽃이 만발한 정원이 있으리라고 나는 상상을 불러 일으켜보는 것이지만 웬일인지 내가 알고 있는 사람들 중에서 '자기 세계'를 가졌다고 하는 이들은 모두가 그 성곽에서도 특히 지하실을 차지하고 사는 모양이었다. 그 지하실에는 곰팡이와 거미줄이 쉴 새 없이 자라나고 있었는데 그것이 내게는 모두 그들이 가진 귀한 재산처럼 생각된다.[7]

이들이 보유하고 있는 '자기 세계'는 대부분 '죄의식'이나 '강박'과 연관되어 있다. 이 소설에서 자기 세계는 어두운 지하실의 형태를 띤다. 하나의 자기 세계가 형성되는 과정에는 "번득이는 철편이 있고 눈뜰 수 없는 현기증이 있고 끈덕진 살의가 있고 마음을 쥐어짜는 회오와 사랑이 있는 것이다."[8] 이들은 이 자기 세계를 보존하기 위해 기행과 위악을 일삼는다. 어두운 자기 세계를 가장 강렬하게 보여주는 인물은 '형'이다. "형은 종일 다락방에만 박혀 있다가 오후 네 시나 되면 인적이 드문 해변으로 나갔다가 두어 시간 후에 돌아와서 다시 다락방으로 올라"가는 생활을 하며, 형의 다락방은 "지옥이었고 형은 지옥을 지키는 마귀였다. 마귀는 그곳에서 끊임없이 무엇을 계획하고 계획은 전쟁이었고 전쟁은 승리처럼 보이나 실은 패배인 결과로서 끝났고 지쳐 피를 토했고—마귀의 상대자는 물론 어머니였고 어머니는 눈에 불을 켠 채 이겼고, 이겼으나 복종했다."[9] 형은 무기력한 예술가이며 세속에서의 패배자이며 병약한 육체적 약자이다. 형은 어머니의 성적 방종을 단죄하는 아버지의 대리인이기도 하다. 형의 다락방은 형의 자기 세계를 지키는 어두운 동굴이며 왕국과 같은 곳이고, 어머니에 대한 형을 폭력성은 그 자기 세계를 지키려는 '도덕적 사디즘'이라고 할 수 있다.

세번째 사내가 처음으로 다녀간 다음날 형은 드디어 어머니를 때리고 만 것이었다. 그리고 어머니의 눈에 처음으로 불이—희미하나

7) 김승옥, 「생명연습」, 『무진기행』〈김승옥 소설전집 1〉, 문학동네, 1995, p. 30.
8) 김승옥, 「생명연습」, 같은 책, p. 35.
9) 김승옥, 「생명연습」, 같은 책, pp. 37~38.

금방 알아볼 수 있는 파란불이 켜지기 시작한 것이었다. 그리고 그 불빛 속에서 영원한 복종과 야릇한 환희와 그러나 약간의 억울함을 나와 누나는 본 것이었다.[10]

형의 폭력성이 초자아의 의식적인 행위라면, 형의 폭력을 받아들이는 어머니의 태도는 '도덕적 마조히즘'에 가깝다. 초자아의 사디즘은 대부분 의식적인 반면, 자아의 마조히즘적 경향은 원칙적으로 주체에게 숨겨져 있으며, 따라서 그 행동으로 추론되어야 한다.[11] 형의 사디즘과 어머니의 도덕적 마조히즘을 목격하는 '나'와 '누나'는 일종의 관찰자이며, 증언자이다. "형은 무언가를 기어이 하고야 말리라고 예기하고 있던 '나'는. 그렇기 때문에 다락방에서 끊임없이 부스럭거리며 살고 있는 형을 공포에 찬 눈으로 주시하고 있었다.[12]" '나'는 무언가를 끝내 저지를 수밖에 없는 형을 감시하는 자이다. 어두운 자기 세계를 가진 형이 가족의 생존을 파괴하지 않도록 '나'는 형을 감시할 수밖에 없다. 형은 초자아의 위치와 탈세속적 예술가의 자리를 차지하고 있다. '나'의 감시는 형의 도덕적 위치에 대한 '나'의 공포와 죄의식을 압축한다. 그러나 '나'는 여기서 단순히 '자기 세계'의 관찰자에 머물지 않는다. 수음을 하는 애란인 선교사를 누나와 함께 몰래 훔쳐봄으로써 '나'는 '자기 세계'에 대한 관음자로서의 위치를 보여주지만, '나'는 그 관음자의 위치에서 한발 더 나아간다. 형이 '그 일'을 저지르기 전에 먼저

10) 김승옥, 「생명연습」, 같은 책, p. 44.
11) 프로이드, 같은 책, p. 430.
12) 김승옥, 「생명연습」, 같은 책, p. 45.

형을 살해하는 데 동참하는 것이다. 여기서 형의 폭력성을 전후의 가족 공간에서 상실한 부성(父性)의 대리 행위로 볼 수도 있다. 이 경우 '형'에 대한 살해 시도는 변형된 '부친 살해'의 장면으로 이해할 여지를 남긴다.[13] 그런데 마조히즘이라는 맥락에서 다시 이해하면 그것은 아버지를 배제하고 그 대신 어머니에게 아버지의 법을 적용시키는 역할을 부여하는 사건이라고 할 만하다.[14]

'나'라는 관찰자는 누나와 함께 오히려 형을 죽이는 일에 동참함으로써 현실에서의 생존이라는 편에 서게 된다. '한 교수'가 자신의 죄의식을 고백한 것과 달리 '나'는 자신의 죄의식을 고백하지 않는다. 다시 살아 돌아온 형이 결국 다시 그 낭떠러지에서 스스로 몸을 던져 죽었을 때, "나와 누나는 감사의 눈물을 번쩍이고 있었다."[15] '나'와 누나의 살해 시도는 시도로 끝난다는 측면에서 일종의 '제의적' 성격을 띠며, '형'은 스스로 '다시 죽음'을 통해 그 제의를 자신의 것으로 완성한다. '내'가 자신의 죄의식을 증언하는 자리는 소설이라는 장르 자체, 소설적 글쓰기라는 형식 자체에 있다. 「생명연습」은 죄의식을 통해 어두운 자기 세계를 보유한 자들에 대한 관찰과 증언의 기록이다. 동시에 생존을 위해 어두운 자기 세계를 가진 형이라는 상징을 죽여야 했던, 살아남은 자의 글쓰기이다. 누나는 아버지에 대한 그리움 때문에 어머니가 아버지를 닮은 남자들과 관계했다는 '거짓 작문'을 쓰는데, 그것은 누나의 '최후의 노력'이다. 그 글을 본 형은 그것은 '일종의 극기일 뿐'이라고

13) 김형중, 같은 논문, p. 38.
14) 들뢰즈, 같은 책, p. 112.
15) 김승옥, 「생명연습」, 같은 책, p. 53.

말한다. 그 '극기'는 일종의 자기기만이면서 마조히즘적 제의라고
할 수 있다.

  김승옥의 대표작 「무진기행」은 죄의식과 자기 감시의 시선의
문제를 보여주는 소설이다. 이 소설에서 무진이라는 공간은 '내'
가 책임져야 할 세속적인 현실 너머의 공간이며, 동시에 또 하나의
세속적 공간이다. "무진에서는 내가 무엇을 생각하고 어쩌고 하는
게 아니라 어떤 생각들이 나의 밖에서 제멋대로 이루어진 뒤 나의
머릿속으로 밀고 들어오는 듯"[16]하는 곳이며, 어떤 의미에서 '자신
을 상실'하고 시간을 탕진하고 생의 소모하며, 다른 '나'를 만나는
'시간-공간'이다.

  오히려 무진에서의 나는 항상 처박혀 있는 상태였다. 더러운 옷차
  림과 누우런 얼굴로 나는 항상 골방 안에서 뒹굴었다. 내가 깨어 있
  을 때는 수없이 많은 시간들의 대열들이 멍하니 서 있는 나를 비웃
  으며 흘러가고 있었고, 내가 잠들어 있을 때는 긴긴 악몽들이 거꾸
  러져 있는 나에게 혹독한 채찍질을 하였었다. 나의 무진에 대한 연
  상의 대부분은 나를 돌봐주고 있는 노인들에 대하여 신경질을 부리
  던 것과 골방 안에서의 공상과 불면을 쫓아보려고 행하던 수음과 곧
  잘 편도선을 붓게 하던 독한 담배꽁초와 우편배달부를 기다리던 초
  조함 따위거나 그것들에 관련된 어떤 행위들이었었다.[17]

16) 김승옥, 「무진기행」, 같은 책, 문학동네, 1995, p. 161.
17) 김승옥, 「무진기행」, 같은 책. p. 162.

무진은 사회적 공간이 아니라, 자기를 유폐하고 시간을 소모하는 '골방'의 공간이다. 무진의 풍경에 대한 '나'의 시선은 "읍의 포장된 광장도 텅 비어 있었다. 햇빛만이 눈부시게 그 광장 위에서 끓고 있었고 그 눈부신 햇살 속에서, 정적 속에서 개 두 마리가 혀를 빼물고 교미를 하고 있었다"[18]와 같은 묘사에서처럼 철저히 건조한 국외자의 시선이다. 그곳의 사람들에게 '나'는 커다란 관심이 없으며, 우연하게 '나'를 좋아하는 후배 '박'과 출세한 세무서장 '조'와 어울리게 된다. 그들과의 술자리에서 '하인숙'이라는 음악선생을 만나게 되면서, '나'의 무진행은 다른 국면에 돌입한다.

이 자리에서 하인숙이라는 여성에 대해 '나-서술자'는 처음으로 등장인물의 얼굴에 대한 세밀하고 구체적이 묘사를 보여준다. "그 여자는 개성 있는 얼굴을 가지고 있었다. 윤곽은 갸름했고 눈이 컸고 얼굴색은 노리끼리 했다. 전체로 보아서 병약한 느낌을 주고 있었지만 그러나 좀 높은 콧날과 두터운 입술이 병약하다는 인상을 버리도록 요구하고 있었다. 그리고 카랑카랑한 목소리가 코와 입이 주는 인상을 더욱 강하게 만들었다."[19] 하인숙에 대한 '나'의 관음자적 시선은 이 소설에서 섹슈얼리티와 죄의식과 연관된 중요한 지점을 암시한다. 방죽에서 다시 만난 그 여자의 옆모습을 '나'는 훔쳐본다. "나는 그 여자의 프로필을 훔쳐보았다. 그 여자는 이제 웃음을 그치고 입을 꾹 다물고 그 커다란 눈으로 앞을 똑바로 응시하고 있었고 코끝에 땀이 맺혀 있었다."[20] 여자의 얼굴에 대한 '나'

18) 김승옥, 「무진기행」, 같은 책. p. 166.
19) 김승옥, 「무진기행」, 같은 책. p. 171.
20) 김승옥, 「무진기행」, 같은 책. p. 187.

의 훔쳐보기는 여성 육체에 대한 남성 관음자의 시선이라는 일반적인 상황을 넘어서, '무진'이라는 공간 속에서의 '옛날의 자신'에 대한 응시를 특정한 여성 존재에 대한 대상화로 치환하는 장면이다. 이 소설의 여성적인 표상들은 남성 주인공의 불안정한 내면성이 만들어낸 대상화된 존재라고 할 수 있다.[21]

〈어떤 개인 날〉을 불렀던 음악선생이 술자리에서 〈목포의 눈물〉을 부를 때, '나'는 그곳에서 "유행가가 내용으로 하는 청승맞음과는 다른, 좀더 무자비한 청승맞음을" 본다. "그 양식에는 머리를 풀어 헤친 광녀의 냉소가 스며 있었고 무엇보다도 시체가 썩어가는 듯한 무진의 그 냄새가 스며 있었다."[22] 이때 하인숙은 '무진'이라는 공간의 등가물이다. 여자는 서울을 동경하고 '서울 냄새가 나는' '나'에게 서울로 데려다달라고 부탁한다. 여자를 바래다주고 '이상한 우울'에 빠져 돌아온 '나'는 "우울한 유령들처럼 나를 내려다보고 있는 벽에 걸린 하얀 옷들을 흘겨보고 있었다."[23] 하인숙은 무진에서의 '나'의 어두운 자기 세계를 다시 상기시키는 존재이다. 이런 존재들에 대한 '나'의 태도는 위악적인 것에 가깝다. 방죽에서 자살한 술집 여자의 시체를 보고 "그 여자를 향하여 이상스레 정욕이 끓어오름을 느꼈다."[24] 옛날 자신이 머물렀던 골방을 여

---

21) "이 작품에서 미친 여자와 자살한 작부와 몸을 팔아 탈출을 꿈꾸는 하인숙은 재생과 초월의 꿈과 불가능함이라는 남성 화자의 욕망과 그 억압의 양가성을 육화하는 존재들이다. (권명아, 「여성 수난사 이야기와 파시즘의 젠더 정치학」, 『문학 속의 파시즘』, 삼인, 2001, pp. 304~05.)
22) 김승옥, 「무진기행」, 같은 책. p. 174.
23) 김승옥, 「무진기행」, 같은 책. p. 181.
24) 김승옥, 「무진기행」, 같은 책. p. 183.

자와 방문하여 결국 '나'는 '그 여자의 조바심'을 빼앗는다. "마치 칼을 들고 달려드는 사람으로부터, 누군지가 자기의 손에서 칼을 빼앗아주지 않으면 상대편을 찌르고 말 듯한 절망을 느끼는 사람으로부터 칼을 빼앗듯이 그 여자의 조바심을 빼앗아주었다. 그 여자는 처녀는 아니었다"[25]는 간명하고 비유적인 묘사 속에서, 성관계는 여자와 '나'의 위악과 마조히즘이 결합된 행위라는 것을 암시된다. '나'의 행위는 자율적이고 의도적인 것이 아니라는 뉘앙스를 기입함으로써, 그 행위의 죄의식의 무게로부터 스스로를 보존한다. 이것이 위악적 주체가 죄의식으로부터 자신을 보호하는 방식이다.

이 소설의 마지막 장면에서 서울에서 급히 돌아오라는 아내의 전보를 받은 '나'는 하인숙에게 편지를 쓴다. "나는 돌아서서 전보의 눈을 피하여 편지를 썼다."[26] '전보'가 서울이라는 세속적인 세계의 상징질서를 의미한다면, '나'는 그것의 감시를 피하여 무진의 여자에게 "사랑하고 있습니다. 왜냐하면 당신은 저 자신이기 때문에 적어도 제가 어렴풋이나마 사랑하고 있는 옛날의 저의 모습이기 때문입니다. 저는 옛날의 저를 오늘의 저로 끌어다놓기 위해 갖은 노력을 다하였듯이 당신을 햇볕 속으로 끌어놓기 위하여 있는 힘을 다할 작정입니다. 저를 믿어 주십시오"[27]라는 고백을 적어 내려가지만, 결국 편지를 찢어버린다. 이 편지는 발송될 수 없는 편지이고, 이 고백은 소설의 내부에서는 전달될 수 없는 고백이

25) 김승옥, 「무진기행」, 같은 책. p. 190.
26) 김승옥, 「무진기행」, 같은 책. p. 193.
27) 김승옥, 「무진기행」, 같은 책. p. 193.

다. 이 전달될 수 없는 고백을 하는 자의 죄의식이 「무진기행」이라는 소설쓰기의 기본적인 추동력이라고 할 수 있다.

　무기력한 자기 세계에 머물러 있던 옛날의 자신을 만나는 공간으로서의 무진과 등가의 관계인 여자를 배신함으로써, '나'는 '나'의 죄의식을 또다시 불러들인다. 그 옛날 "동거하고 있던 '희'만 그대로 내 곁에 있어주었던들 실의의 무진행은 없었으리라"[28]던 회한은, 소설의 마지막 문장처럼 "나는 심한 부끄러움을 느꼈다"라는 죄의식을 재생산한다. 쾌락과 현실원칙에 충실하지만 자기 윤리를 갖지 못하는 '나'는, '하인숙과 전보'라는 두 가지 세계의 긴장 속에서 결국 자기 자율성의 기만적인 성격을 직면하게 된다. 이 소설에서는 도덕적 주체를 회복하는 방식으로 죄의식을 벗어나는 것이 아니라, 자기기만과 자기혐오라는 마조히즘적 방식으로 자기 처벌을 감행하는 주체를 만날 수 있다. 여기서 자신이 살던 방에서 여자의 '조바심을 빼앗거나' 편지을 썼다 찢는 행위는 '제의적'인 의미의 마조히즘적 주체의 모습이라고 할 수 있다.

3. 도시 산책자와 제의로서의 마조히즘

　자기 처벌의 문제를 인상적으로 보여주는 소설은 「야행」이다. 주인공 여자는 대도시의 밤거리에서 "자기 몸에 늘어붙고 있는 사

---

28) 김승옥, 「무진기행」, 같은 책. p. 168.

내의 시선"을 느끼고자 한다.[29] 여자는 남자의 접근을 피하지도 않으며, 남자가 접근을 포기하면 실망하기조차 한다. 여자는 남자들의 욕망을 알고 있다. "짓궂은 장난인 듯이 가장하고 있는 사내들의 그 행위 속에는, 대낮의 생활로부터 이 도시로부터, 자기의 예정된 생활로부터, 자기가 싫증이 날 지경으로 잘 알고 있는 자기 자신으로부터 도망해보고 싶은 욕구가 움직이고 있음을 현주는 알고 있는 것이었다. 또 그 여자는 알고 있었다. 도망할 수 있는 사람과 욕구는 있지만 그러지 못하고 마는 사람이 있다는 것을."[30] 여자는 대도시의 남자들의 욕망과 무기력을 간파하고 있다. 문제는 남자와 여자의 시선의 긴장 관계이다. 여자는 비틀거리며 포기하고 돌아가는 남자의 얼굴을 보게 된다. "일부러는 아니었지만 그 사내의 얼굴을 보고 말았다. 얼른 지적할 만한 특징이 있는 건 아니면서 호감이 가는 생김새였다. 〔……〕 문득 뜻하지 않는 느낌이 그 여자의 몸속에서 번지기 시작했다. 그것은 쓸쓸함이었다. 외면적으로야 자신과는 완전히 관계없는 일 때문에 느껴지는 순수한 쓸쓸함이었다."[31]

남자에 대한 이런 시선은 극장의 뉴스에서 베트남 전선으로 떠나는 남자들을 보면서 느꼈던 연민과 유사한 것이다. 여자는 되도록 밤거리에서 자신에게 접근하는 남자들의 얼굴을 보지 않으려 한다. "사내의 얼굴을 그 여자가 애써 보지 않으려고 하는 이유는

29) 김승옥, 「야행(夜行)」, 같은 책, 1995, p. 335.
30) 김승옥, 「야행」, 같은 책, p. 337.
31) 김승옥, 「야행」, 같은 책, p. 338.

사내에게 용기를 주기 위해서였다."[32] 대도시는 익명의 사람들의 시선의 투쟁이 벌어지는 공간이다. 누군가가 자신을 응시한다는 것은, 시선 권력의 대상이 되어 마치 사물과 같은 존재가 된다는 것을 의미하며, 그것은 부끄러움과 수치심을 유발한다. 남자의 무모한 용기를 북돋아주려는 여자는 그들을 시선의 대상으로 만들지 않음으로써 그들이 수치심과 부끄러움 없이 자신의 행위를 감행할 수 있도록 도와주려 한다. 대도시 밤거리에서 남자들의 접근을 기다리는 여자의 욕구는, 여자가 사회적 질서 안에서 느끼는 불안과 공포와 연관되어 있다. "지나치게 무모하고 비상식적이고 반사회적이라는 걸 그 욕구의 싹이 자기의 내부를 자극하기 시작하던 처음부터 깨닫고 있기는 했다."[33]

여자에게 이런 욕구가 싹튼 것은 특별한 경험과 관계가 있다. 여자는 남편과 한 직장에 근무하고 여성 기혼자가 다닐 수 없었던 규정 때문에 여자는 남편과의 관계를 비밀로 한다. 이 상황은 여자에게 죄의식과 사회적 불안을 만들어낸다. 8월의 오후 대도시 한복판에서 여자는 알 수 없는 사내에게 억센 손에 이끌리게 되고, 불안과 죄의식을 안고 있던 여자는 사내를 거절하지 못하고 사내를 따라가게 된다. "형체를 알 수 없던 상처가 오랜 후에 한 가닥의 허연 흉터로 모습을 분명히 나타내듯이 그 사건은 그렇게 그 여자의 내부에 자리 잡혀"[34]가고, 심지어는 자신이 "그 사람의 손목을 붙잡고 이곳이 아닌 다른 곳으로 데려다달라고 애원하였다. 그 사

32) 김승옥, 「야행」, 같은 책, p. 340.
33) 김승옥, 「야행」, 같은 책, p. 341.
34) 김승옥, 「야행」, 같은 책, p. 350.

람은 자기를 데려다주었다. '이곳'이 아닌 다른 곳으로 더 나은 곳인지 아니지는 몰라도 '이곳'이 아닌 것만은 틀림없었다"[35]고 믿게 된다. 남자를 '믿음스럽게 행동했다고' 믿는 여자에게 그 남자는 자신을 다른 세계로 데려다준 유일한 존재로 바뀐다. 끝까지 가지 못한 무력한 남자들을 보면서 "자기를 습격했던 그 사내가 몹시 그리워질 지경"[36]에 이른다. 그 남자의 믿음직스러움과 뻔뻔함은 그 남자가 "여관 안에 들어갈 때 까지 한 번도 자기의 얼굴을 돌아보지 않았"[37]기 때문에 가능한 것이었고, 여기서 남자와 시선이 마주치지 않는다는 것은 중요한 문제이다.

그 사건에 대한 여자의 전도된 생각에는 '이곳'에 대한 탈출의 욕구와 '자신'의 더러움에 대한 죄의식의 문제가 자리하며, 이는 자기 처벌이라는 도덕적 마조히즘의 양상이라고 볼 수 있다. 여기에는 직장에 아내를 숨겨두고 너무나 태연한 남편에 대한 분노, "저렇게 유치하게 굴 수 있는 자들이야말로 같은 직장에서 자기 아내를 숨겨두고도 무표정한 얼굴로 잘도 꾸밀 수 있는 게 아닐까?"[38]라는 분노가 또한 깔려 있다. 대도시의 거리에서 남자를 따라가는 여자들을 보면서 그녀는 "자기 자신을 더럽게 여기고 있는 여자들이 그렇게도 공공연하게 많다는 사실을 하나의 충격으로서 받아들이지 않을 수 없"다.[39] 이 상황은 한 여자의 특별한 경험

35) 김승옥, 「야행」, 같은 책, p. 350.
36) 김승옥, 「야행」, 같은 책, p. 355.
37) 김승옥, 「야행」, 같은 책, p. 357.
38) 김승옥, 「야행」, 같은 책, p. 354.
39) 김승옥, 「야행」, 같은 책, p. 352.

이자 실존적 상황이면서, 대도시 공간에서의 익명의 욕구들이 드러나는 그 지점이기도 하다. 여자는 대도시의 셔터가 내려지는 시간에 일부러 천천히 걷는다. "자동차들은 무서운 속도로 질주하고 있었고 행인들의 발걸음을 바빴다. 그 속에서 여자의 느린 걸음걸이는 눈에 뜨이는 것이었다. 그 여자는 그것을 계산하고 있었다."[40]

여자는 의식적으로 도시의 만보객이 되어 도시의 속도 속에서 예외적인 존재로 두드러지고자 한다. 문제적인 것은 근대 문학의 중요 테마로서의 남성 산책자가 군중과 여성의 육체에 대한 관음자로서의 지위를 갖는 것과는 달리, 여기에서 여자는 남자들의 시선을 의식하고 그들에게 두드려져 보이기 위해 의식적으로 만보객이 된다는 점이다. 거리에서의 여자의 서성거림은 '이곳'으로부터 탈출할 남자를 만나기 위함이지만, "사내들이 탈출하고 싶어 하는 욕구는 거의 모두가 조건부라는 것을. 다시 말해서 사내들은 영원히 '이곳'을 떠날 의도는 없어 보인"[41]다는 점이 문제가 된다. 거리에서 남자를 만나기 위한 여자의 서성거림은 계속될 수밖에 없고, '큰 타자'로서의 남자를 둘러싼 '환상'과 탈출의 욕구를 매개하는 '의식(儀式)'과 같은 것이 된다. "여자는 만약 자기에게 공포와 혼란이 없이 그것을 한다면 마침내 의식만이 남게 될 뿐이며 그리고 그것은 파멸이라는 걸 알고 있었다. 그 여자가 바라는 것은, 그렇다. 환멸이 아니라 구원이었다. 속임수로부터의 해방이었다."[42]

40) 김승옥, 「야행」, 같은 책, p. 353.
41) 김승옥, 「야행」, 같은 책, pp. 355~56.
42) 김승옥, 「야행」, 같은 책, p. 358.

그러나 대도시에서 여자의 서성거림이 구원이고 해방이 될 가능성은 높지 않다. "욕구의 자리에 의식을 대신 들어앉히려는 유혹"[43]은 그 여자의 마조히즘적인 의례가 무엇인지를 암시한다. 그 여자의 의례는 자신의 죄의식과 탈출의 욕구가 해소 불가능성 앞에 직면할 때, 그것의 '의례화'함으로써 만들어지는 것이다. 이 국면에서 중요한 문제는 대도시에서의 현대적 여성 주체가 자기 처벌의 욕구와 타인의 시선 앞에서 직면한 실존적 상황이며, 그 지점에서 김승옥의 소설은 현대적 주체의 곤경을 소설화한다.

서울이라는 공간에서의 현대적 주체의 문제를 다룬 대표적인 김승옥의 소설은 「서울 1964년 겨울」이다. 선술집에서 '나'는 "도수 높은 안경을 쓴 안이라는 대학원 학생과 정체는 알 수 없지만 요컨대 가난뱅이라는 것만은 분명하여 그 정체를 알고 싶다는 생각은 조금도 나지 않는 서른 대여섯 살짜리 사내"[44]를 만난다. 이들이 나누는 무의미한 대화들은, 그 무의미함과 함께 도시적 생존의 문제를 둘러싼 이미지들을 환기시킨다. '꿈틀거림'이라는 주제에 대해 파리의 움직임이나 여자 아랫배의 오르내림에 대해 얘기하거나, '데모' 같은 억압된 주제를 떠올리게 되는 것이다. 이들의 대화는 사실 대화라기보다는 독백에 가까우며 그들은 모여 있지만 각기 자기의 이야기를 할 뿐이다.

이 소설에서 전경화되는 것은 서울이라는 '공간성' 자체이다. 서울은 어떤 곳인가? '서울은 모든 욕망의 집결지'이다. "부러운 건,

43) 김승옥, 「야행」, 같은 책, p. 358.
44) 김승옥, 「서울 1964년 겨울」, 같은 책, 1995. p. 258.

뭐니 뭐니 해도 밤이 되면 빌딩들이 창에 켜지는 불빛 아니 그 불
빛 속에서 이리저리 움직이고 있는 사람들이고 신기한 건 버스 칸
속에서 일 센티미터도 안되는 간격을 두고 자기 곁에 이쁜 아가씨
들이 서 있다는 사실입니다."[45] 서울은 욕망의 집결지로서 욕망의
논리가 관철되는 세계이며, 동시에 어떤 방식으로든 살아남아야
한다는 생존의 논리가 압도하는 세계이다. 이 욕망과 생존이라는
메커니즘 속에서 도시적 주체는 죄의식을 가지게 된다. 주체는 대
도시의 압도적인 힘으로부터 자신을 지켜내야 하는 불안과 마주한
다.

　인물들이 자신들만이 알고 있는 도시의 비밀을 말하는 장면은
대도시의 스펙터클이 갖고 있는 무의미성과 둔감함을 보여준다.
그들은 대도시의 없는 이미지들 속에서 자신만이 알고 있는 것들
을 통해 완전히 그것을 '소유'하려 한다. 그들이 대도시의 밤거리
에 나오는 이유는 "밤거리에 나오면 뭔가가 풍부해지는 느낌" 때
문이며, 그들은 "사물의 틈에 끼어서가 아니라 사물을 멀리 두고
바라보게" 된다.[46] 도시의 산책자인 그들은 사물의 무의미함을 알
지만, 자기 시선의 고유성 안으로 개인적인 것을 가질 수 있다고
생각한다. 이것은 사물의 차이에 대한 마비 증세와 공허라는[47] 것
을 받아들이지만, 한편으로 그 둔감함의 압도성으로부터 개인을
보존하려는 제의적인 노력이라고 할 수 있다. 그들은 이 대도시에
서 '개인적인 것'을 구제하기 위해 필사적으로 자신의 개성을 짜내

45) 김승옥, 「서울 1964년 겨울」, 같은 책, p. 261.
46) 김승옥, 「서울 1964년 겨울」, 같은 책, p. 268.
47) 게오르그 짐멜, 『짐멜의 모더니티 읽기』, 김덕영·윤미애 옮김, 새물결, 2005, p. 41.

려 한다. 이것은 '개인적인 것'의 과장을 통해 개인의 상실을 보존하려는 몸짓이라고 할 만하다. 그들이 화재 현장을 구경하는 장면에서 "저 화재는 김형의 것도 아니고 내 것도 아니고 이 아저씨의 것도 아닙니다. 우리 모두의 것이 되어버립니다. 그러나 화재는 항상 계속해서 나고 있는 건 아닙니다. 그러기 때문에 난 화재에 흥미가 없습니다"[48]라는 진술은 사물에 대한 현대 도시인의 태도를 압축적으로 표현한다.

질적 세계의 소멸과 사물에 대한 둔감함은 화폐경제의 질서와 구조적으로 닮아 있다고 할 수 있다. 개인적인 것을 구제하기 위한 몸부림은 화폐에 대한 또 다른 죄의식을 발생시킨다. 아내의 시체를 팔고 남은 돈을 화재 현장의 불 속으로 던지는 남자의 행위 역시 죄의식을 벗어나기 위한 도덕적 마조히즘의 성격을 띠며, 또 다른 제의적인 형식을 띠고 있는 것이다. 이 남자는 결국 자살이라는 극단적인 자기 파괴의 단계로까지 나아가게 되며, 이는 생존의 논리와 타협하지 않는 극단적인 마조히즘적 사례라고 할 수 있다. 문제는 자살자가 이 소설의 주인공이 아니며, 이 소설은 그 자살자의 자기 파괴적 마조히즘을 관찰하는 '나'에 의해 '인물 초점화'의 방식으로 진행된다는 점이다. 이것은 김승옥의 소설쓰기의 한 국면에 대한 암시를 제공한다.

---

48) 김승옥, 「서울 1964년 겨울」, 같은 책, p. 278.

4. 미학적 마조히즘과 현대적 주체

김승옥 소설에서 인물들이 '자기 세계'를 유지하는 방식은 때로 위악적인 형태로 드러나는 도덕적 마조히즘을 통해서이다. 마조히즘을 만들어내는 죄의식은 초자아의 시선 혹은 타인의 시선이라는 조건 속에서 이루어진다. 「생명연습」에서 '나'와 누나의 살해 시도는 시도로 끝난다는 측면에서 일종의 '제의적' 성격을 띠며, '형'은 스스로 '다시 죽음'을 통해 그 제의를 자신의 것으로 완성한다. 소설은 죄의식과 어두운 자기 세계를 보유한 자들에 대한 관찰과 증언의 기록이면서, 동시에 생존을 위해 형이라는 상징을 죽여야 했던, 살아남은 자의 글쓰기이다. 「무진기행」에서는 자기기만과 자기혐오라는 마조히즘적 방식으로 자기 처벌을 감행하는 주체를 만날 수 있다. 여기서 자신이 살던 방에서 여자의 '조바심을 빼앗거나', 편지를 썼다 찢는 제의적인 행위는 마조히즘적 주체의 모습이라고 할 수 있다.

「야행」에서 거리에서 남자를 만나기 위한 여성 산책자의 서성거림은 '큰 타자'로서의 남자를 둘러싼 '환상'과 탈출의 욕구를 매개하는 '의식(儀式)'과 같은 것이 된다. 그 여자의 의례는 자신의 죄의식과 탈출의 욕구가 해소 불가능성 앞에 직면할 때, 그것의 '의례화'함으로써 만들어지는 것이다. 「서울 1964년 겨울」에서 도시 산책자들은 이 대도시에서 '개인적인 것'을 구제하기 위해 필사적으로 자신의 개성을 만들어내려 한다. 여기서 개인적인 것을 구제하기 위한 몸부림은 화폐에 대한 또 다른 죄의식을 발생시키며, '돈'을 던지는 행위는 제의적인 마조히즘의 성격을 갖는다.

김승옥의 주체들은 자기 처벌적인 행동을 하는 장면에서 마조히
즘적이다. 하지만, 철저하게 자신의 이익에 반해서 행동하는 것이
아니라, 때로 세속적인 원리와 타협하는 존재라는 측면에서 마조
히즘의 극한으로 나아가지 않는다. 특히 일인칭 관찰자 시점의 경
우, '일인칭 주체'들은 자신의 현실적 존재 자체를 파괴하는 것 대
신에, 뒤로 물러서서 자신의 위악과 마조히즘을 응시한다. 김승옥
의 일인칭 시점은 '자아(나)'에 대한 존재론적 질문을 제기하는 형
식이며, 그 질문에 답하기 위해 타인에 대한 관찰을 자신에 대한
탐색으로 환원한다. 그들의 위악과 마조히즘은 궁극적인 죄를 은
폐하는 방식으로 연출되기도 한다. 그들에게 자기 처벌의 형식은
'제의적' 형태를 띠며, 이것은 마조히즘의 심미적 차원을 의미한
다. 의식(儀式) 행위는 마조히즘에서 필수적인 요소이고, 감각적
경험 내에서의 쾌감과 고통의 조합은 그 형식적인 조건들을 암시
한다.[49]

　김승옥 텍스트에서 글쓰기는 '자기 세계'로 상징되는 개인의 자
율성의 문제와 깊게 연루되어 있다. '자기 세계'는 타자의 법과 상
징적 질서로부터 완전하게 고립되거나 완벽하게 탈주하는 공간이
아니라, 타인의 인준을 통해 자율성을 인정받는 역설적인 장소이
다. '자기 세계'는 자기 감시의 시선과 타인의 시선으로부터의 인
정이라는 문제에서 언제나 자유롭지 못하며, 이것은 현대적 주체
의 자율성이 직면하고 있는 아이러니이기도 하다.

　마조히스트의 폭력적인 행위는 속죄를 위한 재생의 '의식'이며,

49) 질 들뢰즈, 같은 책, p. 121.

속죄의 대상은 자기 자신이 아니라, 자기 내부에 남아 있는 아버지와의 유사성이다. 마조히스트의 죄의식의 기원은 아버지에게 잘못을 저질렀다는 감정이 아니라, 자신의 내부에 숨어 있는 아버지와 닮은 모습이며, 마조히스트는 그것을 속죄 받아야 할 죄로 경험하는 것이다.[50] 마조히스트는 일종의 계약을 통해 자신의 내부에 숨어 있는 아버지가 표출되는 것을 차단해야 하며, 상대방이 아버지의 모습으로 출현하는 것 또한 차단해야 한다. 마조히즘은 어머니를 부인하는 동시에 아버지를 폐기한다. 김승옥 소설의 인물들이 처한 위치는 아버지를 부정하고 어머니의 세계로 돌아가거나, 정반대로 어머니의 세계를 배반하고 아버지의 법을 세우는 그런 유형의 것이 아니다. 그것은 아버지를 배제하고 그 대신 어머니에게 아버지의 법을 적용시키는 역할을 부여하는 것이라고 할 만하다. 마조히스트에게 중요한 것은 사디스트와는 달리 폭력적인 소유가 아니라 '계약'이며, '미학적 서스펜스'이다.

　마조히즘은 상상적인 의례의 형식이며, 김승옥의 소설쓰기는 위악적이고 마조히즘적인 주체를 미적 주체로 전유하는 자리라고 할 수 있다. 김승옥 소설에서 '자기 세계'의 실현은 기만적이고 역설적인 형태로 드러나지만, 그 궁극적인 실현은 마조히즘을 미적으로 제의화하는 김승옥의 소설쓰기 자체에 의해 완성된다. 이런 맥락에서 김승옥의 마조히즘을 '미학적 마조히즘'이라고 부를 수 있다. 김승옥의 감수성과 소설쓰기를 '4 · 19 세대'의 상징으로 받아들일 수 있는 것은, '자기 세계'를 둘러싼 미학화의 한 첨예한 사

50) 질 들뢰즈, 같은 책, p. 122.

례이기 때문이다. 4·19의 좌절과 세속적 현실의 혼란은 '아버지의 세계'에 대한 부재를 의미할 수 있으며, 그 부재에 직면해서 보이지 않는 아버지 대신 자기 내부의 아버지를 처벌하려 할 때, 미학적 마조히즘의 서사가 만들어진다. 이런 미적 주체는 훼손된 자율성을 불온한 자기 세계의 미학화를 통해 재구축함으로써, 현대적 주체의 곤경을 심미적으로 드러내주는 주체이다.

이청준과 광기의 정치학

1. 이청준 문학의 질문법

이청준의 소설은 억압적인 세계에 대한 탐구를 통해 한국 소설의 현대성을 다른 차원에 진입시킨 것으로 평가될 수 있다. 『당신들의 천국』으로 대표되는 인간과 사회, 개인과 권력의 문제에 대한 성찰, 말과 현실이 어긋나는 상황을 비판적으로 탐구한 『언어사회학서설』, 억압의 시대를 살아가는 젊은이와 지식인들의 내적 의식과 고뇌를 그린 『씌어지지 않은 자서전』과 『조율사』 등에서부터, 한(恨)과 판소리로 대표된 예술혼과 관계를 탐구한 『남도사람』 연작과 『선학동 나그네』 『서편제』에 이르기까지 그의 문학적 스펙트럼은 다채롭다. 또한 특유의 액자구조, 다원화된 시점, 열린 결말의 구조, 탐구와 추리 기법 등의 문학적 장치 역시 그가 한국 문학에 본격직으로 선보인 현대적인 소설 기법들이다.[1]

이청준 문학이 다원성을 확보하는 이유는 그것의 양적인 집적

때문이 아니다. 이청준은 자기 시대와 자기 세대의 질문법을 만들어낸 작가이고, 그 질문을 단순화시키지 않고, 그 질문의 내부와 배후를 탐문한 작가이다. 이청준 문학의 현대성이 가지는 중요한 지점은 현실의 억압에 대한 문학적 대응이라는 차원을 넘어서, 문학 언어의 틀 자체에 대한 질문이라고 할 수 있다. 이청준의 소설에서 현대적 내면성의 원리가 중요한 문제로 부각되는 것은, 자신의 원체험과 상처의 근원으로부터 자신에 대한 질문법을 만들어내기 때문이다. 이청준의 인물들의 내적 의식은 그 상처에 대한 피해자 의식이 아니라, '피의자의 의식'을 함께 갖고 있다.[2] 이 점이 이청준 소설의 자기 성찰의 치열성을 확보하는 것이다. 여기서 이청준 소설의 자기의식은 현대적 주체성의 원리를 보존하는 수준을 넘어서 시대에 대한 비판과 소설쓰기의 밑자리에 대한 반성적 의식이라는 중층적인 겹을 가지게 된다. 4·19 이후의 작가들에게 중요한 의미를 가졌던 '자기의식'은 이청준에게는 자기 탐구와 그것을 언어화하는 문제라는 두 겹의 층위를 갖게 된다. 문학 언어의 틀 자체에 대한 질문이라는 측면에서, 개인 주체의 자율성과 문학의 자율성은 동시에 반성적 질문의 대상이 된다.

'시선'과 '광기'라는 주제는 현대적 주체의 형성과 관련된 중요한 테마이고, 이청준 문학에서 현대적 주체에 대한 성찰은 그의 문

---

1) 이청준에 관한 대표적인 연구서로는 『이청준 깊이 읽기』(권오룡 편, 문학과지성사, 1999)를 들 수 있다.
2) 이를테면 그의 대표작 중의 하나인 「병신과 머저리」가 그러하다. 이 소설의 갈등 구조를 '가해자와 피해자의 양가 논리를 맞세운 것'으로 분석한 글은 우찬제의 「'틈'의 고뇌와 종합에의 의지」(『타자의 목소리』, 문학동네, 1996)이다.

학의 지층을 이루는 것 중 하나이다. 그의 소설은 개인적 주체성의 원리를 배타적으로 절대화하는 방식이 아니라, 현실의 일부로서의 자신에 대한 반성적 성찰을 끝까지 밀고 나간다. 이런 맥락에서 중편「소문의 벽」은 이청준 문학의 중요한 문제작이다. 이 소설은 시선과 광기를 둘러싼 성찰적인 정치학을 보여준다. '광기'는 근대적 주체성의 논리가 타자화했던 대상이고, 광기에 대한 시선은 이성의 자기정당화의 요구와 연관되어 있다. 시선은 보는 주체와 보여지는 대상 사이의 권력 관계를 바탕으로 하고 있으며, 시선의 비대칭성과 불균형성은 권력 관계의 양상을 말해준다. '바라보는' 행위와 '바라보이는' 대상 사이에는 지배와 종속의 정치학이 성립한다. 광인들을 타자로 배제하는 과정은 이성의 시선 앞에서 광기를 사회의 타자로 규정하는 과정이라고 할 수 있다. 광기를 단순히 가두거나 배제하지 않고 효과적으로 제압하려는 것은 근대적 의료 권력의 전략 수정이라고 할 수 있다.

「소문의 벽」은 광기를 타자화하는 이성의 시선과 그것이 바탕하고 있는 권력과 언어의 문제를 예리하게 보여주는 텍스트이다. 광기와 시선의 권력이라는 문제의식에서 이청준의 문학이 더욱 정교한 문학적 질문법을 만들어내는 것은, 그 사이에서 언어와 글쓰기의 문제를 사유하기 때문이다.

2. 권력의 문제와 진술의 불가능성

「소문의 벽」은 이청준의 초기 문학의 치열한 문제의식을 압축적

으로 보여준다. 여기에는 이청준 문학의 필생의 질문들이 날카롭
고 집요한 방식으로 드러나 있다. 「소문의 벽」이 이청준 문학 세계
에 드리워진 상징성은 '전짓불의 공포'라는 강력한 이미지 때문일
것이다. 하지만 이 소설을 이분법적 선택을 강요하는 권력의 억압
과 정직한 진술 주체와의 갈등을 다룬 것으로만 이해는 것은, 이청
준 문학의 다층성을 이해하기 어렵게 한다.[3] 이 소설이 제기한 질
문법의 복합성은 현대적 주체의 형성을 둘러싼 지향성과 그 반성
적 성찰을 동시에 보여준다는 측면에서 문제적이다.

　이 소설은 '박준'이라는 작가에 대한 '나'의 관찰자적인 시점으
로 진행된다. '나'는 잡지사 일을 하는 사람이다. '나'와 박준은 모
두 '언어'에 연관된 일을 하는 사람, '자기 진술'을 업으로 삼고 있
는 사람이다. 모종의 정신적인 질병을 앓고 있는 박준에 대한 '나'
의 관심도 이에 연관되어 있다. 박준이 미쳤는가 혹은 미친 척하는
것인가, 혹은 박준이 '노이로제'인가 아니면 진짜 분열병을 앓고
있는가 하는 점은 이 소설에서 분명하게 밝혀지지 않는다. 그것은
박준이라는 문제적 개인을 보는 관점에 따라 달라질 수 있다. 문제
는 '광인'처럼 행동하는 박준을 그렇게 만든 상황에 관한 이 소설
의 질문법을 분석하는 일이다. 박준이 외형적으로 앓는 것은 '진술
공포증'이고, 자기 이야기를 하지는 않으려는 문제이다. 소설은 박
준의 '진술거부증'의 기원을 찾아가는 탐색의 서사를 보여준다. 그
탐사의 과정에는 박준이 쓴 세편의 소설이 액자소설적인 구조로

---

3) 이런 문제의식을 가장 날카롭게 보여준 글은, 김진석의 「짝패와 기생 ―권력과 광기를
　가로지르며 소설은」(『작가세계』 1992년 가을호)이라고 할 수 있다.

들어가 있다.

이청준 소설에서 탐구하는 것은 현실과 개인의식 사이의 문제만이 아니라, 그 관계에서의 '언어'의 문제이다. 작가의 표현을 빌리면 액자소설은 '반성의 언어'로서의 '진실의 장치'에 해당한다.[4] '소설가 소설'로서의 이청준 소설의 특징은 소설쓰기를 자의식을 따라 가는 것이 아니라, 그것을 반성적으로 대상화한다는 점이다. 그곳에서 작가의 자의식은 독자 위에 군림하는 것이 아니라, 독자와 함께 제삼의 탐구의 장소를 마련한다. 이 소설에서 등장하는 액사서사의 구조는 이청준 문학의 특질을 이루기도 하지만, '광기'에 대한 서술자와 주인공의 태도를 보여준다는 측면에서 중요하다. 이 소설에 등장하는 액자소설들은 비정상적인 정신 상태에 놓인 박준의 작품이고, 이 작품을 주인공이 읽음으로써 주인공은 박준의 정신 상황을 추적하게 된다. 이 액자소설들은 박준의 정신적 억압의 기원을 밝힐 수 있는 일종의 정신분석 텍스트라고 할 수 있다.

준은 소설 쓰는 사람인 만큼 무엇보다 자기 소설 작업을 그 자신의 진술 행위로 이해하고 있음에 틀림없었다. 그러므로 G는 박준

---

4) "격자 소설이라는 것은 간단히 말해 진실의 장치라고 할 수 있겠지요. 진실의 소설적 표현이라는 게 어떤 것이겠습니까? 어떤 징후에 대한 예감과 암시 같은 것이 아니겠어요. 소설의 언어는 기본적으로 반성의 언어입니다. 어떤 것을 선택해서 그린다는 것 그것 자체가 반성으로서의 의미를 갖는 것이지요. 이처럼 반성이라는 특성의 지닌 언어가 할 수 있는 것은 삶의 진실에 대한 암시 정도일 뿐이겠지요. 직접적으로 드러내보이는 경우에 있어서도 그것은 하나의 예시일 뿐 최종적인 진실의 실체는 아닐 것입니다. 그러니까 나로서는 이것이 진실이다라고 말하는 대신에 일정한 넓이를 마련해주고 그 안에서 진실을 찾아보기를 권하는 것이죠."(『이청준 깊이 읽기』, pp. 28~29.)

그 자신일 수 있으며, G로 하여금 정직한 진술을 방해하고 있는 장애 요인들은 바로 박준 자신이 소설을 쓰면서 당하고 있는 모든 방해 요인들을 상징하고 있을 수 있었다. 박준은 결국 그 정직하려고 하면 할수록 오히려 실패만 거듭하게 될 수밖에 없는 한 작가의 슬픈 파멸을 G의 이야기를 통해 말하고 싶어 한 셈이었다.[5]

위의 인용에서 드러나는 것처럼, 주인공과 서술자는 정신과 의사가 환자의 글을 대하는 것과 똑같은 태도로 작품을 읽지는 않는다. 액자소설을 인용하고 해석하는 태도는 정신분석가의 그것이기보다는 비평가의 그것에 가깝다. 이 점이야말로 이 소설에서 '광기'의 텍스트를 대하는 핵심적인 태도이다. '광인의 텍스트'를 정신분석이라는 현대적 의료 권력의 전지전능한 시선에 의해서가 아니라, '문학' 텍스트로서 이해하는 것이다. 박준의 소설들은 환자의 텍스트가 아니라, 예술가의 텍스트로 이해되고 있다는 점이 중요하다. 이 액자소설들은 박준의 정신적 고통의 뿌리를 추적하는 단서이면서, 동시에 소설쓰기의 근원적 성격에 대한 질문을 포함하게 된다. 세 개의 액사소설 중에서, 첫번째 소설은 '죽은 사람 시늉'을 하는 남자의 이야기인데, 주인공은 결국 영원히 그 '가사의 잠'에서 깨어 나오지 못하게 된다. 그의 '진지한 휴식술'은 타인과 사회의 억압으로부터 자신을 보호하려는 위장의 방식이었다고 할 수 있다. 두번째 소설은 사장의 은밀한 비밀을 알고 있지만 그것을 절대로 발설해서는 안 되는 운전기사의 사건으로서, 신경과민 증

---

5) 이청준, 『소문의 벽』〈이청준 전집 4〉, 문학과지성사, 2011, p. 239.

세와 그에 따른 주의력 결핍으로 회사를 쫓겨나는 이야기다. 앞의 소설이 '내면의 비밀'을 다루었다면, 뒤의 소설은 말할 수 없는 것을 둘러싼 '시대의 요구'를 다룬다. 박준이 겪는 억압은 이중적이다. 진술을 강요하는 권력이 있고, 진술을 방해하는 권력이 있다. 문제의 핵심은 '진실'을 진술할 수 있는 '자유'가 주어지지 않았다는 것이다.

그 자유로운 진술의 박탈이라는 측면에서 박준의 갈등의 핵심인 '전짓불의 공포'가 등장하는 세번째 소설이 등장한다. 여기에는 박준의 진술공포증의 핵심을 이루는 장면이 등장한다. 6·25라는 상황에서 정체를 알 수 없는 전짓불 앞에서 죽음을 무릅쓰고 어떤 편인가를 선택해야 하는 공포에 관한 이야기이다. "전짓불은-그의 작품 속에 뚜렷이 암시된 그의 작가로서의 진술의 권리를 깊이 간섭 방해하고, 마침내는 자신의 의식에까지 어떤 장애를 초래케 한 갈등 요인의 구체적인 내용물이었다."[6] 진술을 억압하는 권력의 상징에 있어서 '전짓불'의 이미지는 예리한 상징성을 가진다.

내가 소설을 쓰고 있는 것이 마치 그 얼굴이 보이지 않는 전짓불 앞에서 일방적으로 나의 진술만을 하고 있는 것 같다는 말이다. 문학행위란 어떻게 보면 한 작가의 가장 성실한 자기 진술이라고 할 수 있다. 그런데 나는 지금 어떤 전짓불 아래서 나의 진술을 행하고 있는지 때때로 엄청난 공포감을 느낄 때가 많다. 지금 당신 같은 질

6) 이청준, 같은 책, p. 215.

문을 받게 될 때가 바로 그렇다……[7]

소설 속의 소설을 통해 내적 서술자는, 전짓불 앞의 진술의 공포를 글쓰기의 억압적 상황과 연결시킨다. 박준의 소설 속에서 등장하는 전짓불 뒤의 신문관은, 주인공에 대해 전짓불의 "정체에 대한 불요부당한 의혹, 그리하여 끝끝내 정직한 진술이 불가능했던 위구심과 망설임, 그것들은 용서받을 수 없는" 것이라고 판정한다.[8] 전짓불의 억압이 문제가 아니며, 그 앞에서의 진술 주체의 두려움은 스스로가 만들어냈다는 것이다. 이 지점에서 전짓불의 권력과 진술의 억압 사이의 관계는 이분법적인 단순성에서 벗어난다. 소설 속의 주인공을 탄핵하는 신문관의 논리는 다음과 같다.

당신의 전짓불과 나에 대한 두려움, 그것은 이미 스스로 선택한 당신의 수형의 고통이지요. 그리고 당신은 스스로 선택한 수형의 고통 속에 이미 반쯤 미친 사람이 되었거나 앞으로도 계속 미쳐갈 것이 분명합니다. 당신은 우리들의 심판에 앞서 자신의 형벌을 그렇게 스스로 선고받고 있는 것입니다……[9]

주인공의 입장에서 신문관의 논리는 부당한 것이지만, 여기에는 '전짓불의 공포'에 대한 중요한 반성적 성찰이 들어 있다. '전짓불의 공포'는 진술 주체가 스스로 선택하고 만들어낸 것이고, 그 공

<hr />

7) 이청준, 같은 책, pp. 219~20.
8) 이청준, 같은 책, p. 229.
9) 이청준, 같은 책, p. 238.

포에 대처하기 위해 진술 주체는 광기를 연기한다는 것이다. 전짓불 없는 진술이 불가능하다면, '정직하고 자유로운 진술'은 처음부터 불가능하다는 점이다. 전짓불은 진술의 근원적인 불가능성에 대한 일종의 핑계일 수 있다는 것이다. 여기서 권력과 언어에 대한 소설적 성찰은, 지배와 종속의 이분법이 아니라, 자율적 진술 자체의 '불가능성'이라는 더욱 근원적인 문제의식으로 진입한다. "정직하려고 하면 할수록 오히려 실패만 거듭할 수밖에 없는 한 작가의 슬픈 파멸"[10]은 진술의 근원적인 불가능성을 날카롭게 암시한다. 이런 근원적인 성찰은 전짓불의 권력에 대한 보다 심화된 사유를 내놓는다. 전짓불은 특정한 시대의 특정한 권력의 문제가 아니라, 편재(遍在)하는 것이며, 진술주체의 내부에도 있다. "누구나 자신의 전짓불을 가지고 있게 마련이다. 그리고 그 전짓불은 이쪽에서 정직해지려고 하면 할수록, 그리고 진술이 무거우면 무거울수록 더욱더 두렵고 공포스럽게 빛을 쏘아대게 마련이다."[11] 진술 주체는 그 전짓불의 탄생과 함께하는 것이다. 전짓불이 진술 주체를 단순히 억압하는 것이 아니라, 전짓불의 탄생과 진술 주체의 탄생은 서로의 조건이 된다.

진술 자체의 근원적인 불가능성이라는 문제는 작가의 글쓰기의 문제로 연결될 수 있다. 작가는 계속해서 세상을 향해 자기 진술을 해야만 하는 위치에 있다는 것이다. "작가란 괴로운 일이지만 그 정체가 보이지 않는 전짓불의 공포를 견디면서도 끝끝내 자

---

10) 이청준, 같은 책, p. 239.
11) 이청준, 같은 책, p. 252.

신의 진술을 계속해 나갈 수밖에 다른 도리가 없는 운명을 짊어진 사람"[12]이기 때문이다. 이 지점에서 소설은 소설쓰기를 불가능하게 하는 권력의 억압이라는 이분법을 넘어서서, 소설쓰기 자체에 내재하는 근원적인 억압을 사유하는 깊이를 갖게 된다. 문제는 자율적인 진술 혹은 소설 쓰기의 불가능성을 사유하는 이 소설이, 결과적으로 '한 편의 소설'로서 완성되었다는 점이다. 작가 이청준은 진술의 공포와 소설쓰기의 어려움이라는 문제를 가지고 한 편의 '소설'을 써냈다. 작가는 진술의 공포와 소설쓰기의 불가능성을 동시에 사유하고 소설쓰기의 가능성을 메타적이고 역설적인 방식으로 보여주는 것이다. 소설 속의 박준의 인터뷰에 등장하는 말, "작가에겐 소설로 말을 하게 하라. 그렇지 않을 경우 문학은 한낱 소문 속의 소문이 될 수 있을 뿐이다. 문학은 적어도 소문 속에 태어난 또 다른 소문이 될 수는 없다"[13]라는 문장이 향하는 지점도 진술의 불가능성을 사유하는 소설언어의 가능성이다. 이 소설은 '소설을 사유하는 소설'로서 진술의 근원적인 억압을 성찰하고, 그 성찰이 역설적으로 소설쓰기의 새로운 가능성이 된다. 자유로운 진술은 불가능성 하지만, 그것을 성찰하는 소설 언어는 진술의 다른 잠재성이 되어준다. '소문의 벽' 속에서 '정직하고 자유로운' 진술은 불가능하지만, 이청준의 소설은 그것의 불가능성을 '소설화'할 수 있다는 것을 보여준다.

---

12) 이청준, 같은 책, p. 243.
13) 이청준, 같은 책, p. 248.

3. 시선과 광기의 문제와 소설의 가능성

비판적 성찰의 또 하나의 대상은 광기의 문제를 둘러싼 현대적 의료 권력의 시선이다. 정신병원의 김 박사는 광인을 대하는 현대적 의료 권력의 시선을 선명하게 보여준다. 김 박사는 임상의학적 분석을 통해 박준의 정신적 문제를 해결할 수 있다고 생각하며, 그에게 진술을 받아내는 것이 치료의 방법이라고 여긴다. 그러나 '진술공포증'을 앓는 박준을 치료하는 방법이 자기 진술을 통해서만 가능하다는 논리는, 그 진술공포의 사회적 차원과 연관된 현대적 의료 권력의 '야만'을 드러내준다. 김 박사는 소설의 마지막에는 결국 그 전짓불의 공포를 직접적으로 사용하는 폭력을 저지른다. 소설 속의 '나'는 박준이 "처음부터 미쳐 있었던 게 아니었단 말입니다. 그가 진짜로 미치기 시작한 것은 이 병원을 들어오고 난 다음부텁니다."[14] 라고 김박사를 비판한다.

이 병원 안에서 자신을 광인으로 심판받음으로써, 그 전짓불과 불안한 소문들과 모든 세상일로부터 자신을 해방시키고 싶었던 것이지요. 그런데 불행하게도 그가 피난처로 찾아온 병원이야말로 진짜 전짓불, 더욱더 무서운 전짓불의 추궁이 기다리는 곳이었지요. 박사님은 그가 누구보다 큰 진술의 욕망을 지니고 있기 때문에 오히려 더욱 철저하게 그 욕망을 숨기려고 했던, 그러지 않을 수 없었던 박준을 이해하지 못한 것입니다. 박사님은 그 살인적인 사명감과 자신

14) 이청준. 같은 책, p. 257.

력으로 어젯밤 끝내 박준을 미치게 하고 말았어요.[15]

박준의 이런 비판은 광기를 둘러싼 현대적 의료 권력의 문제를 선명하게 부각시킨다. 이 지점에서 시선과 광기의 정치학이 성립된다. 소설의 핵심 이미지라고 할 수 있는 전짓불의 공포는 진술 주체가 마주하게 되는 시선의 공포이다. 진술 주체는 자유로운 '자율적 주체'로서 자신을 위치 지우려 하지만, 그것이 정체를 알 수 없는 시선의 대상이 될 때, 그 시선 앞에서 주체는 한낱 사물과도 같은 '대상'으로 전락한다. 전짓불 공포의 기저에는 이런 시선의 불평등이 가로놓여 있다. 보는 자는 모습을 보이지 않고, 보여지는 자에게 전짓불이 비추어진다. 가시성과 비가시성의 이러한 비대칭적 구조야말로 진술 주체의 공포의 근원이다.

푸코에 의하면 근대 이후의 임상의학에서 가장 중요한 것은 시선의 특권이다. 의학이 임상의학으로 넘어서는 시기에서 중요한 것은 질병의 어두운 그림자가 사라지고 인간의 육체가 가시성 안에서 낱낱이 밝혀지게 되는 과정이라는 점이다. 볼 수 없는 것으로 간주되던 대상이 갑작스럽게 명쾌한 의학적 시선 안에서 포착되었고, 이는 자연현상을 섬세하게 추적하려고 끊임없이 노력하던 의학적 시선에게 수여된 대가라고 할 수 있다. 이 과정의 핵심은 가시성의 형태이며, 새롭게 구성된 질병의 개념 속에서 가시성과 비가시성은 새로운 모습으로 나타난다. 질병 안에 갇혀 있던 심연은 언어의 빛줄기 안에서 등장하게 된다. 근대 이후의 임상의학에서

15) 이청준, 같은 책, p. 258.

가시성과 발화가능성에 근거한 객관적인 인식의 장이 새롭게 필요하게 되었다는 것이다. 이제 질병은 그것을 해부하는 언어와 시선의 능력 앞에 낱낱이 드러나게 되었다.[16]

이러한 근대 이후의 의료 권력에서 의사의 시선은 '말하는' 시선이다. 박준이 전짓불의 공포와 김 박사의 진술 강요를 비슷한 공포로 느낀 것은 이런 시선의 비대칭성 때문이다. 박준의 광기는 그 시선의 폭력 앞에서 어떻게 자신을 보존할 수 있는가 하는 문제로 부각된다. 근대 의료 권력이 광기를 관리하는 방식은 배제와 억압이 아니라, 시선의 공포이다. 시선의 권위는 어떤 물리력이 아니라, 시선 자체의 권력에서 나온다. 광기에 대한 냉정한 의학적 시선이 유발하는 공포는 광기를 관리하는 중요한 장치라고 할 수 있다. 공포는 물리적인 수단이 아니라 말과 시선을 통해 환기된다. 이를 통해 광인은 자신이 비이성적인 인간이라는 죄의식을 가지게 되고, 광기를 감독하는 자는 평범한 개인이 아니라 '이성의 화신'이 된다. 비이성적인 인간은 자유롭고 책임 있는 주체로서의 자의식, 이성적인 존재로 되돌아와야 할 책임을 지게 된다.[17]

이 소설에서 문제는 광기 자체가 아니라, 광기와 시선과 언어의 관계이다. 근대적인 의료 권력의 시선에서 광인의 언어는 이성의 언어와의 공통적인 부분을 제거 당하게 된다. 광인의 언어는 '언어의 부재'라고 할 수 있다. 언어가 이성적인 것이라면, 광기는 언어의 부재라고 할 수 있는 것이다. 프로이트 이후 정신과 의사들은

---

16) 미셸 푸코, 『임상의학의 탄생』, 홍성민 옮김, 이매진, 2006, pp. 310~11.
17) 박정자, 『시선은 권력이다』, 기파랑, 2008, pp. 78~79.

광기와의 대화를 시도한다. 광인에 대한 냉정한 시선과 침묵 대신에 대화를 시도했다고 할 수 있지만, 정신분석은 감시자의 절대적인 시선과 감시받는 자의 끊임없는 독백의 말을 결합시켰다고 볼 수 있다. 정신분석에서의 광인과의 '대화'는 평등한 것이 아니라, 시선의 권력에 의해 매개된 대화라고 볼 수 있다. 정신분석의 시대에도 여전히 광기에 대한 비상호적인 시선의 구조는 그대로 보존된다. 비대칭적 상호성 속에서 '대답 없는 언어'라는 새로운 구조가 만들어진 것이다. 현대적인 의료 권력으로서의 정신분석은 환자에 대해 전지전능한 권한을 행사하는 새로운 의료 권력의 지위를 보여준다.[18]

정신분석이라는 현대적 의료 권력의 전지전능함 앞에서 광인 박준은 자신을 자율적인 존재로 구축하지 못한다. 박준의 최초의 광기가 진술의 공포로 자신을 보존하려는 일종의 '연기된 광기'였다면, 정신분석이라는 의료권력 앞에서 박준은 자신의 광기를 '증명'해야 하는 상황에 놓이게 된다. 정신분석은 광기와의 대화가 아니라, '광기에 대한 이성의 독백'[19]에 불과하기 때문에, 박준의 광기의 뿌리는 이해하는 것은 정신분석의 언어가 아니라, '문학의 언어'라고 할 수 있다. 박준의 광기는 소설 안에서는 적어도 자신을 자율적 주체를 보존하는 데 실패할 수밖에 없는 것이지만, 그것은 박준을 미치게 하거나, 미치지 못하게 하는 이 세계를 탄핵하게 만든다.

18) 박정자, 같은 책, p. 87.
19) 미셸 푸코, 『광기의 역사』, 김부용 옮김, 인간사랑, 1991, p. 13.

그는 자기의 내면에 용틀임치는 진술욕과 그것을 불가능하게 하고 있는 전짓불 사이에서 심한 갈등과 불안을 느끼기 시작했다. 그리고 그 정체불명의 소문과 갈등을 빨아먹으며 전짓불은 그의 의식 속에서 엄청나게 크게 확대되어갔다. 그 전짓불은 바로 어렸을 때부터 그의 속에서 은밀히 발아를 기다리고 있던 그 갈등과 불안의 씨앗이다. 이제 그 씨앗이 발아하기 시작한 것이다. 그리고 그것은 박준의 마지막 소설 속에서 한 작가로 하여금 끝끝내 정직한 진술을 할 수 없게 만든 방해 요인의 상징으로 훌륭하게 완성되고 있었다. 그는 그의 소설 속에서 한 작가가 얼마나 가혹하게 자기진술을 간섭받고 있으며 그 때문에 결국은 얼마나 무참한 파국을 겪게 되는가를 극명하게 증언해준 것이다.[20]

여기서 이 소설의 문제의식과 그 미학적 성과의 지점이 어디에 있는가가 압축적으로 드러나 있다. 전짓불의 공포로 인해 광기의 존재가 될 수밖에 없었던 개인을 통해, 소설은 광기의 언어를 배제하는 이성의 권력을 탄핵하는 또 다른 문학적 주체의 공간을 만들어낸다. 정신분석으로 대표되는 현대적인 의료 권력이 광기에 대한 전지전능한 이성의 시선을 보여준다면, 소설의 언어는 광기에 대한 '문학적 대화'를 시도한다. 이청준의 소설은 광기에 대한 소설이지, '광기의 소설'은 아니다. 완전한 광기는 작품을 완성하지 못하게 할 것이다. 광기를 '언어의 근본적인 부재'라고 할 때, 이청

20) 이청준, 같은 책, p. 251.

준의 소설이 언어의 부재를 보여주고 있다고 할 수는 없다. 이청준의 소설이 드러내는 것은 현대적 의료 권력의 시선과는 다른 지점에서 광기의 문학적 가능성을 성찰하는 작업이다.

푸코가 "예술 작품과 광기가 함께 탄생하고 함께 완성되는 순간은 세계가 예술작품의 탄핵의 대상이 되고, 따라서 예술 작품 앞에서 자신의 모습에 대해 책임을 져야 하는 시기의 도래를 의미한다. 이것이 광기의 책략이며, 광기의 승리이다"[21]라고 주장한 것은, 예술 작품이 광기를 통해 세계를 탄핵하는 가능성에 관한 것이다. 이청준의 문학이 보여주는 것도 바로 그러한 문학의 잠재성이다. 박준의 광기는 서사의 내부에서 진술의 불가능성을 보여주는 광기이면서, 소설의 (불)가능성을 극한으로 보여주는 광기이다. 서사의 내부에서 박준의 광기는 소설쓰기를 불가능하게 하는 것이지만, 그 광기를 이야기함으로써 광기를 둘러싼 세계를 탄핵하는 소설쓰기를 실현한다. 그것이 정신분석의 언어가 닿을 수 없는 소설의 언어의 잠재성이며, 정신분석의 주체를 비판하는 심미적 주체의 위치이기도 하다.

4. 주체성의 원리와 자기의식의 탐구

「소문의 벽」은 광기를 타자화하는 이성의 시선과 그것이 바탕하고 있는 권력과 언어의 문제를 예리하게 보여주는 텍스트이다. 광

---

21) 미셸 푸코, 『광기의 역사』, 같은 책, p. 370.

기를 둘러싼 시선의 권력이라는 측면에서 이청준의 문학이 정교한 소설적 질문법을 만들어내는 것은, 그 사이에서 언어와 글쓰기의 문제를 사유하기 때문이다. '전짓불' 앞에서의 공포와 진술의 억압을 둘러싼 소설적 성찰은, 자율적 진술 자체의 불가능성이라는 더욱 근원적인 문제의식으로 보여준다. 진술을 불가능하게 하는 권력의 억압이라는 이분법을 넘어서서, 소설쓰기 자체에 내재하는 근원적인 억압을 사유하는 깊이를 갖게 된다. 자유로운 진술은 불가능 하지만, 그것을 성찰하는 소설 언어는 역설적으로 진술의 다른 잠재성이 된다.

현대적인 의료 권력이 광기를 관리하는 방식은 배제와 억압이 아니라, 시선에 의한 관리 방식이다. 정신분석으로 대표되는 현대적인 의료 권력이 광기에 대한 전지전능한 이성의 시선을 보여준다면, 소설의 언어는 광기에 대한 문학적 대화를 시도한다. 광기의 언어를 배제하는 이성의 권력을 탄핵하는 또 다른 문학적 주체의 지점을 만들어내는 것이다. 서사의 내부에서 박준의 광기는 소설쓰기를 불가능하게 하는 것이지만, 그 광기를 이야기함으로써 이 소설은 광기를 둘러싼 세계를 탄핵하는 소설쓰기를 가능한 것으로 만든다.

이청준 소설의 뛰어남은 현대적 주체성과 자율성의 원리가 자기 정당화의 요구에 귀결되지 않는다는 점이다. 자유로운 진술을 불가능하게 하는 것은 단지 현실의 권력이 아니라, 이미 그것의 일부인 자신의 문제이다. 그것을 투철하게 인식하고 끈질기게 탐구해나갈 때, 그 진술의 불가능성은 소설쓰기의 잠재성과 연결된다. 문학 언어의 한계와 무기력과 정직하게 대면함으로써, 오히려 소설쓰기의 다른 잠재성이 열리게 된다.

「소문의 벽」에서 보여주는 것은, 이성의 타자로서의 광기를 배제함으로써 근대적 주체성의 원리를 확립하는 것이 아니다. 권력과 광기의 상호성을 사유함으로써 광기와 대화하는 새로운 문학 언어의 가능성을 탐문하는 것이다. 그것은 계몽적 이성의 확립을 통해 현대성을 성취하는 방식이 아니라, 이성과 비이성의 긴장 관계 속에서 광기를 생산하고 관리하는 모더니티를 비판적으로 성찰하는 것을 의미한다. 이청준의 문학은 자기 지시적 기능으로서의 근대의 주체성의 원리를 보여주면서, 그 자율성 자체를 의문에 부치는 또 다른 심미적 주체의 장소를 보여준다. 이성의 원리가 배제하는 광기라는 타자의 자리에서 소설 언어의 위치를 설정함으로써, 이청준의 소설은 현대성을 비판할 수 있는 다른 글쓰기의 가능성을 시험한다. 이청준 소설 특유의 탐색의 구조 자체는 광기를 둘러싼 진실에 대한 논리적 추론의 과정을 담고 있고, 광기의 언어 자체를 소설의 육체로 만드는 데까지는 나아가지 않는다.

근대적 주체성의 원리에 대한 문학적 해석이자 동시에 문학적 비판인 이런 지점은, 미적 모더니티의 첨예한 지점이라고 할 수 있다. 4·19 이후의 합리적 이성과 자율적 개인에 대한 믿음이, 5·16 이라는 또 다른 사태 속에서 정치 현실과 생활 세계 속에서 왜곡과 억압을 경험해야 할 때, 문학적 개인은 자기 자신의 내적 의식을 탐구의 대상으로 삼아야 하는 사태에 도달한다. 이청준의 소설은 개인적 주체성의 원리를 절대화하는 방식을 거절하고, 현실의 일부로서의 자신에 대한 반성적 성찰을 끝까지 밀고 나감으로써, 성찰적 층위의 미적 주체를 재구성한다.

오정희와 여성적 응시

1. 오정희 소설과 여성 주체

오정희 소설은 한국 현대 문학사에서 새로운 여성 미학의 차원을 보여준다. 그의 소설 속에 등장하는 여성적인 존재의 불안한 감수성과 불모의 육체성, 자아의 분열적인 양상들은 팽팽한 긴장과 서늘한 미학을 동반하고 있다. 여성성 혹은 모성이라는 주제와 문체와 이미지, 실존적 문제와 여성 주체 등은 오정희라는 텍스트의 풍부함을 의미한다.[1] 오정희 소설의 재맥락화를 위해 주목할 수

---

1) 이러한 몇 가지 경향을 대표하는 연구들로는 다음과 같이 정리될 수 있다. 우선 오정희 소설의 모성과 여성성에 대한 연구는 우찬제, 「'텅빈 충만' 그 여성적인 넋의 노래」, 『오정희 문학앨범』, 웅진출판, 1995; 심진경, 「오정희 초기 소설에 나타난 모성성 연구」, 서강여성문학연구회 편, 『한국 문학과 모성성』, 태학사, 1998; 황도경, 「뒤틀린 성, 부서진 육체 ─ 오정희 소설의 한 풍경」, 『욕망의 그늘』, 하늘연못, 2000; 김미현, 「오정희 소설의 우울증적 여성언어 ─「저녁의 게임」을 중심으로」, 『우리말』 제49집, 2010. 8; 곽승숙, 「강신재, 오정희, 최윤 소설에 나타난 여성성연구」, 고려대학

있는 것은 '여성적 응시'의 문제이다. 오정희 소설에서 여성적 응시의 문제는 서술 초점의 문제 등과 연관될 뿐만 아니라, 젠더 시스템과 미학이라는 차원에서 문제적이라고 할 수 있다. 근대 이후의 서사에서 '보는 주체'로서의 서술자의 위상이 강화된 것은 문학 주체의 형성 과정이기도 하다. 여성주의 문화 이론들은 이 문제와 관련하여 응시의 문제를 '남성 응시Male Gaze'의 정치학에 적용한다. 가부장제 사회에서 여성은 남성 관객, 혹은 남성 관음자의 시선의 대상인 '성적 스펙터클'로서 존재해왔다. 남성만이 시선의 담지자이고 '시각 양식'을 구성하는 특권을 점하고 있다. 남성 관음자는 자신이 본 것에 대해 의미를 자신이 결정할 수 있는 통제권을

교 박사학위 논문. 2012. 오정희 소설의 문체와 이미지에 관한 연구는 다음과 같다. 김현, 「살의의 섬뜩한 아름다움」, 오정희, 『불의강』 해설, 문학과지성사, 1977; 김주연, 「말의 파탄과 그 회복」, 『세계의 문학』 1981년 여름호; 이상신, 「오정희 '문체'의 '문채'—「바람의 넋」에 나타난 '다기능 문체'의 기능」, 『소설의 문체와 기호론』, 느티나무, 1990; 황도경, 「불을 안고 강 건너기—「불의 강」의 문체론적 분석」, 『문학과사회』 1992년 여름호; 정연희, 「오정희 소설의 표상 연구」, 『국제어문』, 2008. 11; 이청, 「오정희 소설의 불구적 신체 표상 연구」, 『국어국문학』, 2006. 12. 오정희 소설의 실존적 문제에 대한 연구는 다음과 같다. 성민엽, 「존재의 심연에의 응시」, 오정희, 『바람의 넋』 해설, 문학과지성사, 1986; 박혜경, 「신생을 꿈꾸는 불임의성」, 오정희, 『불의강』 해설, 문학과지성사, 1988; 권오룡, 「원체험과 변형의식」, 『존재의 변명』, 문학과지성사, 1989; 이남호, 「휴화산의 내부」, 『문학의 위족』, 민음사, 1990; 오생근, 「허구적 삶과 비관적 인식」, 『현실의 논리와 비평』, 문학과지성사, 1994; 김치수, 「외출과 귀환의 변증법—오정희의 소설」, 오정희, 『불꽃놀이』 해설, 문학과지성사, 1995. 오정희 소설의 정신분석과 심리학적 차원의 연구는 다음과 같다. 권오룡, 「원체험과 변형의식」, 『존재의 변명』, 문학과지성사, 1989; 김경수, 「여성적 광기와 그 심리적 원천」, 『작가세계』 1995년 여름호; 최영자, 「오정희 소설의 정신분석학적 연구」, 『인문과학연구소』, 2004. 12; 지주현, 「오정희 소설의 트라우마와 치유」, 『한국 문학이론과 비평』, 2009. 12; 유준, 「오정희 소설에 대한 실험적 고찰」, 『인문과학연구논총』, 2013. 2.

가진다. 몰래 대상을 볼 수 있는 힘 자체가 쾌락이 되는 것이다. 미디어에서 여성은 남성 욕망을 의한 시각적인 소비의 대상이며, 여성들은 대상화된 자신의 이미지를 소비하는 모호한 자리에 놓인다.[2]

오정희 소설에서는 '보는 주체'의 문제가 여성적 주체의 정립과 그 분열을 드러내는 중요한 국면이 된다. 오정희 소설의 여성 주체는 보는 주체로서의 존재론적 위치를 드러낸다. 여성 존재가 시선의 주체로 설정되어 있다는 측면만이 아니라, '여성적 응시'라는 가능성을 실현하고 있다는 맥락에서 문제적이다. 남성 주체의 시선과 대상화된 여성의 몸이라는 남성 관음증의 메커니즘을 전복할 수 있는 미적 가능성을 발견할 수 있다. '여성적 응시'의 문제에서 중요한 것은 여성인물의 시선이 등장한다는 수준의 문제가 아니라, 남성 중심의 상징질서에 균열을 가하는 다른 미학적 응시의 가능성이다. 오정희 소설에서 여성이 본다는 것은, 상징질서의 완강함을 상기시키는 동시에, 그것에 대한 무의식적이고 분열증적인 여성 주체의 고통과 거부의 지점을 드러내는 미학의 차원이다.

오정희의 초기 소설은 한국 문학사에서 여성적인 응시의 문제가 전면적으로 드러난 사례에 해당한다. 한국 소설의 시선 주체는 근대적인 서술 형식과 시각미디어적인 인식의 한 측면을 부각시켜주

2) 여성의 이미지는 남성의 타자로서 남성의 욕망을 구현하거나 남성의 결핍된 존재로서 만들어진다. 남성의 시선은 거리를 두고 관찰하며 쾌락을 취하는 관음증으로 특징지어지며, 여성의 시선은 갇혀진 채로 이미지와 동일시하거나 이미지의 반사 속에서 쾌락을 발견하는 나르시스적인 것이 된다. (수잔나 D. 월터스, 『이미지와 현실 사이의 여성들』, 김현미 외 옮김, 또 하나의 문화, 1999; 아네트 쿤, 『이미지의 힘—영상과 섹슈얼리티』, 이형식 옮김, 동문선, 2001 참조.)

는 동시에 '남성 응시의 정치학'이라는 또 다른 문제를 드러내 준다. 남성적 시선의 특권화가 관철되는 소설들이 한국 문학사의 지배적인 경향이었다고 할 수 있다. 남성(자아)이 여성(타자)를 구성한 방식과 여성을 둘러싼 섹슈얼리티의 문제는 여성을 서열화, 타자화하는 방식으로 문학적 주체로서의 정립을 도모하는 것이다. 오정희 소설은 여성적 존재가 문학적 주체가 되는 문학사적 사건이다.

2. 모성을 둘러싼 시선의 대비적 배치

등단작 「완구점 여인」의 도입부에서 '나'는 어두운 교실에서 혼자 공간을 응시한다. "모든 것이 죽음처럼 사라져가는 어두운 교실 안에서 그것들이 서서히 살아나고 있음을 느낀다. 〔……〕 나는 그것들을 노려보면서 언제나처럼 진기한 보물이 가득 들어찬 동굴 속을 보는 듯한 기대와 공포를 느낀다."[3] 그 공포는 "어둠 속에서 살피고 있는 날카로운 두 눈을 느끼"게 되면서 더욱 증대된다. 여성적 시선의 주체는 '나'를 응시하는 또 다른 눈을 의식하는 공포에 휩싸여 있다. 이 장면이 소녀의 도벽을 보여주는 장면이라는 점은 의미심장하다. 아무도 없는 교실에서 다른 학생들의 물건을 뒤지고 훔치는 행위는 제도적 규범으로부터 일탈적인 행위이며, 그 행위는 '나—소녀'가 처한 불안정한 내면적 상황을 암시한다. 아무

3) 오정희, 「완구점 여인」, 『불의 강』, 문학과지성사, 1997, p. 231.

도 없는 교실 공간에서 '내'가 경험하는 공포는 '나'의 일탈적인 행위에 대한 죄의식, 누군가 자신을 보고 있다는 두려움이라고 할 수 있다.

이 소설에서 '내'가 지속적으로 보는 것은 '완구점의 여인'이다. 완구점 여인에 대한 '나'의 시선은 이 소설의 핵심적인 미학적인 배치가 된다. '나'는 완구점에서 빨간 플라스틱 오뚝이를 사간다. 신체적인 장애를 가진 완구점 여인의 이미지는 '커다란 인형' '정물' 같은 단어들이 드러내는 바와 같이 사물화된 느낌을 준다. "갖가지 장난감들이 빈틈없이 채워진 가게 안에서 여인은 한 개의 커다란 인형처럼 보이기도 한다."[4] "아주 빈약한 가슴" 같은 묘사들이 암시하는 것처럼, 완구점 여인은 여성성이 제거된 사물과 같은 존재, '박제된' 여성성을 보여준다. 이런 인형과도 같은 결핍의 여성성은 '내'가 완구점에 갈 때마다 오뚝이 인형을 사 모으는 행위와 연관성을 가지며, 계모의 풍만한 다산성의 육체가 상징하는 모성에 대한 공포와 대비된다. 완구점 여인에 대한 '나'의 시선은 어머니에 대한 '나'의 시선과 교차한다. 완구점 여인과 어머니의 모성에 대한 대비적인 시선은 이 소설에서 여성적 응시를 구성하는 문제적인 배치이다.

우연히 어머니를 본 것은 "길가 양장점 쇼윈도를 기웃거리며 걷고 있"는 모습이었다. 그녀는 아이를 낳을 때가 가까운 모양으로 배가 한껏 부풀어 있다. 한때 가정부였다가 '나'의 어머니가 되었던 그녀는 끊임없이 아이를 낳는 다산성의 여자이다. 그녀의 뒤를

---

4) 오정희, 같은 책, p. 234.

밟는 '나'의 시선은 연민에 가까운 것으로 변모한다. "빨간 잠옷을 입고 아침마다 변소에서 한 시간쯤 보내던 여자, 나에게 냉혹하리 만큼 무관심을 가장하던 여자와는 전혀 이질적으로 느껴지"[5]는 여자이다. 어머니에 대한 '나'의 공포와 적의는 오래된 것이다. "나를 공포와 죄의식에 몰아넣는 어머니의 은밀한 눈짓에 견딜 수 없었기 때문에 밤마다 나는 어머니를 죽이는 꿈을 꾸었던 것 같다."[6] 어머니에 대한 증오는 "나의 몸속에서 핏줄처럼 돌고 있는, 때로는 나를 버티는 힘이 되어주기도 하던"[7] 것이다.

다산성의 어머니로 상징되는 모성에 대한 살의와 혐오, 그 이후의 기이한 연민은 가부장적 상징질서하의 젠더 시스템의 문제 속에서 이해될 수 있다. 모성에 대한 혐오는 특정한 어머니에 대한 거부라기보다는, 가부장적 상징질서 속에서 여성의 몸과 삶의 방식에 가해지는 상징적 억압에 대한 거부이다. 때문에 어머니에 대한 증오가 '나'를 지탱하는 동력이 되기도 하고, 어머니의 삶에 대한 연민을 가능하게 된다. 끝임 없이 '남자의 아이'를 생산하는 어머니의 다산성은 젠더 시스템 안에서 모성적 육체의 종속을 보여주는 것이다. 어머니에 대한 '나'의 혐오와 연민이라는 이중성은, 완구점 여인에 대한 '나'의 시선과 완전한 대비적 관계를 이룬다. 어머니를 우연히 보게 된 날 '나'는 완구점을 찾아가 그녀와 하룻밤을 같이 보내게 된다. 두 사람의 동성애적 관계는 '움직이지 않는 것들 틈에서' 살고 있는 그녀들의 결핍을 공유하는 일종의 의례

5) 오정희, 같은 책, p. 237.
6) 오정희, 같은 책, p. 237.
7) 오정희, 같은 책, p. 238.

와 같은 것이다. "여인과 나는 서로의 가슴을 밀착시켜서 심장의 고동을 또렷이 느꼈다. 여인은 아주 성숙한 자세로 나의 앞 가득히 안겨 있었다"와 같은 묘사 속에서 그녀들은 결핍으로서의 여성성을 공유하는 방식으로 은밀한 관계를 치러낸다. 하지만 그 장면은 '나'에게 심한 수치를 가져오고, '나'는 그 후 완구점을 찾지 못한다. "그날 밤의 모든 행위가 저주처럼 생생히 요약한 빛을 뿜고"[8] 완구점 여인을 둘러싼 관능과 혐오는 견딜 수 없는 것이 된다. 완구점 여인과의 동성애적 관계가 야기하는 죄의식은 가부장적 젠더 시스템 속에서 용납될 수 없는 관계에 대한 무의식적 공포에 연원한다. 어머니에 대한 혐오와 완구점 여인에 대한 성적인 이끌림은 억압된 여성성을 둘러싼 연관성을 갖고 있다. 어머니에 대한 혐오는 죽은 동생에 대한 기억과도 관계 되지만, 가부장적 질서 내에서의 모성을 둘러싼 공포와 연관되어 있다. 소녀는 모성에 대한 증오와 불모의 여성성에 대한 성적인 매혹이라는 과정을 통해 미성년의 시간을 통과한다.

완구점에서 사 모은 백개의 오뚝이는 '사랑스러운 나의 분신'과 같은 것이다. "그들은 전혀 소외된 세계에서 나와 더불어 있었다."[9] '내'가 완구점을 들러서 그곳에서 오뚝이를 사 모은 것은 자신의 황량한 내면과 지나간 시간에 대한 위로이며 '애도의 방식'이다. 그녀는 자신이 통과해온 불모와 같은 시간을 한꺼번에 호출하는 존재이다. 소아마비를 앓아 하루의 대부분을 휠체어에서 보

8) 오정희, 같은 책, p. 240.
9) 오정희, 같은 책, p. 240.

내던 남동생의 죽음에 대한 '나'의 기억, 동생의 죽음 뒤에 가정부가 아버지의 방을 들락거리면서 어머니의 지위를 얻고 쉴 새 없이 아이를 낳던 기억, 점차 냉혹하게 변해가는 어머니와 커져만 가던 '나'의 증오심. 완구점 여인에 대한 '나'의 그리움은 죄의식과 증오와 결핍의 시간에서 비롯되고, 그녀의 상실은 매일 밤 유리문 밖에서 여인을 들여다보던 일이 더 이상 허용되지 않는다는 것을 의미한다. 유리문 밖에서 완구점 여인을 응시하는 것이 자신의 시간에 대한 내적 응시를 '의례화'하는 것이었다면, 그 집에서 사들인 오뚝이 역시 자신이 감당해야 하는 정서적 공백을 메꾸고 결핍을 감당하는 익례라고 할 수 있다. 그 제의적인 행위를 더 이상 하지 못하게 된다는 것은, 생의 어떤 주기가 마감되는 것을 의미한다. 오정희의 소설은 성장과 화해의 결말을 수락하지 않고, 그 불모의 시간을 끝없이 감당해야 하는 여성적 실존의 모습을 드러냄으로써, 미학적 서스펜스를 해소하지 않는다.

동성애적 관계 속에 미성년의 여성 주체가 투신하는 과정, 혹은 "뻣뻣한 스커트를 허리께까지 훌쩍 걷어 올리고 그대로 선 채 오줌을 누고 싶다는 충동"[10] 등은, 젠더 시스템에 대한 무의식적 이탈의 충동으로 이해할 수 있다. 한편으로 이것은 김승옥 소설에서 나타나는 것처럼, 죄의식에 대한 자기처벌로서의 마조히즘의 형태라고 볼 수 있다. 마조히즘은 어머니를 부인하는 동시에 아버지를 폐기한다.[11] 모성에 대한 부정은 아버지의 법을 받아들인 모성에

---

10) 오정희, 같은 책, p. 233.
11) 질 들뢰즈, 『매저키즘』, 이강훈 옮김, 인간사랑, 2007, p. 122.

대한 부정이다. 마조히즘은 상상적인 의례의 형식이며. 이 지점에서 오정희의 소설쓰기는 위악적이고 마조히즘적인 주체를 미적 주체로 전유한다. 오정희 소설에서 여성 주체의 탈주의 욕망과 죄의식은 위악적이고 모순된 형태의 '제의화'로 드러난다.

중요한 것은 비모성적인 결핍된 여성성과 참혹한 다산성으로 상징되는 어머니의 생물학적 모성 사이에서서 드러나는 여성적인 응시이다. 소녀는 계모의 풍만한 모성적 육체에게서 참혹한 죽음의 충동을 보고, 장애를 가진 완구점 여인의 '비정상적인' 육체에서 관능을 발견함으로써, 가부장적 젠더 시스템의 균열을 응시한다.[12] '나-소녀'는 계모의 모성에 대한 살의가 야기하는 죄의식과 완구점 여인과의 동성애적 관계에 대한 죄의식 모두를 감당해야 한다. 이 죄의식은 가부장적 젠더 시스템의 규범 안에서 소녀가 겪지 않으면 안 되는 것이다. 소녀가 겪는 분열의 시간은 완구점 여인이라는 결핍의 여성성에 대한 응시라는 행위를 통해 미학화 된다.

3. '창'과 여성적 시선 주체

「직녀」와 「불의 강」은 '그'를 응시하는 '여성-시선 주체'의 위

---

12) 이점에 대해서는 다음과 같은 분석이 의미가 있다. "여기서 서술자는 관습적으로 비정상적인 육체로 간주되는 불구의 여성 육체를 관능적이고 생명력이 있는 것으로, 반면에 정상적인 것으로 간주되는 모성적인 육체를 죽음과 관련짓고 있는 것이다. 이러한 서술 태도로 인해 여성의 성에 대한 정상/비정상의 이분법적 구분 자체는 모호해진다." (심진경,「여성의 성장과 근대성의 상징적 형식」,『여성, 문학을 가로지르다』, 문학과지성사, 2005, p. 93.)

치를 보여준다. 이 소설의 도입부는 '창'을 통한 묘사가 등장한다. 오정희 초기 소설에서 '창'은 여성적 시선 주체의 정립을 매개한다. '창'은 시선의 주체가 풍경과 대상을 보는 '프레임'을 결정한다. '창'은 시선의 매개이면서, 시선 자체의 구조와 위치를 규정한다. 창'을 통해 세상을 보는 사람은 기본적으로 바깥과의 소통을 '눈'을 통해서만 하는 사람이다. 시선 주체가 대상에 대한 시선의 확립을 통해 주체성을 정립하는 존재라고 한다면, '창'은 최인훈의 소설에서 나타나는 것처럼, 시선 주체를 가능하게 하는 매개이다. 오정희 소설에서 문제적인 것은 여성적 시선의 주체가 '남성-그'에 대한 시선을 매개하는 장치로서 '창'이 구성된다는 것이다. 우선 「불의 강」의 도입부에서의 '창'을 보자.

창틀에 동그마니 올라앉은 그는, 등을 한껏 꼬부리고 무릎을 세운 자세 때문에 어린아이처럼, 혹은 늙은 고추처럼 보인다. 어쩌면 표면장력으로 동그랗게 오므라든 한 방울의 수은을 연상시켜 그 자체의 중량으로 도르르 미끄러져 내리지나 않을까 하는 아찔한 의구심 갖게 하기도 한다. 그러나 창에는 철창이 둘려 있기 때문에 나는 마치 렌즈의 핀을 맞출 때처럼 객관적인 거리를 유지하며 냉정한 눈으로 그를 살필 수 있다.[13]

일인칭 서술자이면서 인물 초점자인 '나'는 남편인 '그'를 관찰한다. 도입부는 여성-서술자의 시선의 위치를 상징적으로 보여준

13) 오정희, 같은 책. p. 7.

다. 창틀이라는 위태로운 공간에 올라앉은 특이한 자세 때문에 그는 '어린아이' 혹은 '늙은 곱추'처럼 보인다. 그의 위태로운 자세에 대한 "아찔한 의구심"은 그에 대한 '나'의 시선을 위치를 말해준다. 그가 위태로운 위치 있다는 불안감은 창에는 철창이 둘려 있다는 것을 의식하는 순간 해소된다. "렌즈에 핀을 맞출 때처럼 객관적인 거리를 유지하며 냉정한 눈으로 그를 살필 수 있"게 된다. 이 소설은 함께 사는 남자의 불안정한 심리 상태에 대한 '나'의 관찰기라고 할 수 있다. "그는 늘 그렇게 자신의 표면적을 최소한으로 줄이려는 염원으로 잔뜩 웅크린 채 조심스럽게 살아가고 있는 것 같"[14]기는 하지만, 그의 내면에는 미지의 어두운 영역이 도사리고 있다.

이 소설에는 두 가지 시선이 교차하고 있다. 그의 비밀스러운 내면을 관찰하는 '나'의 시선이 있고 '나'를 지켜보는 알 수 없는 시선에 대한 공포가 있다. "나는 때때로, 특히 달 밝은 밤 창 바깥쪽에서 잠자리나 초파리의 수많은 겹눈이 안을 들여다보고 있는 듯한 느낌에 잠에서 깨어나 거의 유아적인 공포에 사로잡히곤 했다."[15] '그'가 창틀에 앉아 있고, '그'를 보는 '나'는 그 창의 겹눈의 공포를 느끼게 되는 것은, 이 소설의 미학적 배치를 상징적으로 드러내준다. '창'은 바깥을 보기 위한 시각적 프레임이지만, 그 창살은 반대로 이쪽을 들여다보고 있는 겹눈의 성격으로 역전된다. 창틀 바로 위에 있는 옥상에서 거미를 응시하는 장면은 자신을 응

14) 오정희, 같은 책, p. 7.
15) 오정희, 같은 책, p. 8.

시하는 시선을 탐색하는 장면과 비유적인 관계를 이룬다. 진술 주체는 자유로운 '시선의 주체'로서 자신을 세우려 하지만, 억압적인 시선의 대상이 될 때, 그 시선 앞에서 주체는 한낱 사물과도 같은 '대상'으로 전락한다. 창이 '나'를 들여다보는 곤충의 겹눈이 될 때, '나'는 대타자의 시선 앞에 노출된 한낱 대상이 되어버린다. "거미는 집요하게 좇고 있는 이쪽의 시선을 느꼈음인지 심상찮은 입김을 느꼈음인지 때로 죽은 듯 다리를 사리고 멈추기도 한다."[16]

「직녀」의 도입부에도 '창'의 이미지는 중요한 역할을 담당한다. 이 소설의 도입부도 일인칭 '여성-시선 주체'의 '그-남성'에 대한 시선의 배치가 드러나는 텍스트라는 것을 보여준다. '내'가 보는 것은 "조심스레 다리를 건너는 남자의 휘엿한 모습"이다. "자를 대고 자른 듯 똑바로 골목길로 돌아서는 남자의 모습을 좇다가 완전히 자취를 감춘 후에야 성급히 시선을 거둔다."[17] 이 소설의 '나' 도 '당신-남자'를 기다리는 여자이다. 모르는 남자의 동선을 응시하던 '나'는 찻길 쪽에 시선을 옮겨 '당신'을 찾는다. "엉성하게 늘어뜨린 두 팔과 지친 듯한 걸음걸이를 담박 알아볼 수 있다. 그러난 나는 이내 당신을 잃어버린다."[18] 남자의 귀가에 대한 여자의 응시는, 사건의 인과적 진행보다는 시적이고 몽환적인 이미지들이 단속적으로 펼쳐지는 이 소설에서 중요한 의미를 함유한다.

언제나 당신이 오리라 생각되는 시간에 창을 열면 차에서 내려 곧

16) 오정희, 같은 책, p. 9.
17) 오정희, 같은 책, p. 180.
18) 오정희, 같은 책, p. 181.

장 내 시선을 따라 난 길로 빈터를 가로질러 오는 당신의 모습이 보이곤 했다. 그러나 이제 빈터에는 집들이 가득 들어서서 그 집들은 돌아오는 당신의 모습을 숨겨버리곤 한다. 차에서 내리는 당신을 인색하게 조금만 봬주고는 이내 숨겨버려 한참을 내게서부터 빼앗는다. 빼곡이 들어찬 집들의 밀림에서 당신이 거뭇거뭇 뵀다 숨었다하는 동안 땅은 배고 있던 어둠을 토해내고 당신은 아슴푸레하게 가물거린다.[19]

'당신'을 찾는 '나'의 시선은, '당신'을 가리는 것들로 인해 방해받는다. 소설 속에서 '당신'은 '보이다' '보이지 않다'라는 진술 사이에 있다. 이런 '당신'의 현존과 부재의 반복은 이 소설에서 중요한 미학적 지점을 형성한다. 이 소설 속에는 '당신이 보인다'와 '당신의 방(창)이 보인다' 혹은 '당신이 보이지 않는다'와 같은 문형의 서술이 반복적으로 등장한다. '여성-시선 주체'의 대상인 '당신'은 현존과 부재를 반복하는 존재이며, 언제나 '당신'으로 향하는 '나'의 시선을 방해하는 것들이 있다. 마루를 사이에 두고 불빛이 환한 '당신의 방'이 있고, '나'는 건너 편에서 가야금을 조율하거나 빨래를 손질할 때도 '당신의 방'을 본다. 언제나 '나'의 시선은 당신과 당신의 방 쪽을 향한다. '내'가 놀이터의 그네에 올라 '당신'의 창을 보는 장면은 상징적인 아름다움을 뿜어낸다.

몇 번 세게 구르기를 반복하여 허공에 높이 올라가면 당신 방의

19) 오정희, 같은 책, p. 182.

창문에 붉은 불빛이 보이고 그 창 너머 엎드린 당신의 검은 머리와 반만큼 들려진 이마가 보인다.

나는 힘껏 그네를 구른다. 그네가 뒤집어질 듯 높이 올라가면 치마가 날리고 드러난 다리 사이로 바람이 부드럽고 미끄럽게 드나든다.

치마가 부풀기 시작한다. 가슴이 물결처럼 출렁이고 꽉 조인 치마 말기 아래 심장이 더 세게 출렁인다. 치마는 점점 둥글게 낙하산처럼2 퍼져서 곧 당신의 창문을 뒤덮고 지붕을 압도한다.

당신은 절대로 고개를 들지 않는다.[20]

'나'의 그네 타기는 당신의 부재와 현존 사이의 왕복 운동이라는 상징성을 가지면서, '당신'에 대한 '나'의 욕망의 결핍과 공백을 보여준다. '당신'에게 끊임없이 닿으려 하는 '나'의 시선은 그네의 왕복운동처럼 '당신'의 현존과 부재를 교대로 경험하는 것이 된다. 그네를 타는 '나'의 시선의 흔들림은 '당신'에 대한 '내' 욕망의 흔들림이다. "그네의 흔들림에 따라 당신의 창도 흔들린다." 부풀어 오르는 치마가 여성성의 확장을 의미한다면, 그 치마는 "당신의 창문을 뒤덮고 지붕을 압도하"게 되는 강렬한 이미지가 될 수 있다. 하지만 "당신은 절대로 고대를 들지 않는다." 치마의 확장은 '당신'의 현존성을 보장해주는 것은 아니다. "당신의 방의 불빛과 내가 타고 있는 그네와의 사이에 굳게 버틴 어두운 공간"이 도사리고 있는 것이다.

20) 오정희, 같은 책, p. 186.

「불의 강」과 「직녀」에서 '창'은 여성적 시선의 주체가 세계와 대상을 보는 시선의 프레임을 규정하고 있다. 시선 주체는 그 '창'을 통해 제한된 구도 안에서 '남성-그'를 본다. '남성-그'를 볼 수 있는 시선은 제한되어 있지만, 그 '창'을 통해 여성적 존재는 '시선 주체'로서의 자기 정립을 시도한다. 문제적인 것은 '창'을 통해 '여성-나'가 보는 것이 '그-당신-남성'이라는 점이다. '나'의 창의 시선 속에서 '그-당신-남성'은 일탈과 방화의 욕망에 시달리는 존재(「불의 강」)이거나, 현존과 부재 사이의 존재(「직녀」)이다. '나'는 '창'을 통해 '그-당신-남성'을 보지만, '나'를 보는 '창'밖의 시선 또한 의식한다. '창'은 가부장적 젠더 시스템에서의 여성적 시선의 한계와 잠재성을 동시에 보여주는 미학적 장치이다. 오정희의 초기 소설의 또 다른 문제작인 「번제」에서는 정신 병원에 갇힌 여성 서술자는 병실의 창을 통해서만 사람들의 움직임을 본다. 이때 창은 분열자적인 주체에게 가해지는 제도적인 형벌이면서, 분열자적인 시선이 세상을 마주하는 하나의 방식이다.[21] '창'은 여성 주체가 시선의 주체로 정립되는 과정에서의 제한과 잠재성을 '공간-미학적'으로 구현한다.

21) 오정희 초기 소설의 또 다른 문제작인 「번제」에서는 정신 병원에 갇힌 여성 서술자는 병실의 창을 통해서만 사람들의 움직임을 본다. "창은 내게 움직이는 한 틀의 그림이다. 창에는 세로로 박힌 창살이 다섯, 중간을 가로지른 창살이 한 개 있어 창을 열두 조각으로 나누고 있다. 지면과 같은 높이에서 시작하는 창은 내게 늘 일정한 풍경 즉 지나가는 사람들의 다리만을, 그 위에 높직이 육중하게 흔들리는 엉덩이밖에는 보여주지 않는다. 때문에 나의 매일매일은 지나가는 사람들의 다시 수를 헤는 것으로 시종했다." (오정희, 같은 책, pp. 164~65.)

4. '그'와 '당신'에 대한 응시

「불의 강」에서 '그'는 밤이면 알 수 없는 외출을 하는 사람이고, 그를 위태롭게 지켜보는 '나'는 '수틀' 안의 바느질이라는 여성적인 노동을 수행한다. '나'는 그의 '밤 출분'을 불안하게 생각하지만 그것을 막을 자신이 없다. 밤 외출이 잦아진 그를 위태롭게 생각한다고 해도 그의 불안감을 메울 수 없다. "그렇게 그가 갇혀 있는 (그렇다, 그는 갇혀 있다고밖에 생각지 않을 것이다) 동안의 그의 불안을, 초조함을 메울 자신이 없다. 그 시간을 메울 수 있는 게임을 알지 못한다. 수틀을 메우듯, 복통을 매우듯 그와 나 사이에 놓여진 시간을 메울 수는 없는 것이다."[22] 이 소설은 밤 외출로 상징되는 그의 불안과 그 불안을 메울 수 없는 '나'의 시간에 관한 것이라고 할 수 있다. 이러한 두 사람의 시간에 공간적인 배경이 되는 것은 강둑과 화력 발전소가 있는 풍경이다.

화력 발전소의 회색 콘크리트 건물에 대한 '나'와 그의 적의는 그들의 삶이 처한 불안감이 드러나는 방식이다. 그 건물에 대한 적의의 역사적 근원은 전쟁 때 그 안에서 대량학살이 있었다는 사실이다. 그 공간은 어두운 비극과 불길한 상상력의 공간으로 자리 잡게 되었다. "남을 눈을 피해 발전소 속에 들어가 아이를 낳은 처녀가 아이를 죽이고 끝내 미쳐 그 주위를 아이를 찾아 어슬렁거린다는 말들아 종잡을 수 없이 떠돌고. 그것은 우리들의 상상력을 자극해서 차츰 불가사의한 모습으로 자리 잡게 되고 온갖 신화를 만들

22) 오정희, 같은 책, p. 10.

어"[23] 내게 되었다. 그곳이 출구 없는 '유령의 성'이 되고 '견고한 적의의 상징'이 되는 것은 이런 역사에 연루되어 있다. 여기에 '나'와 그 사이의 다른 아이의 죽음이라는 비극이 개입된다. 그 사건은 이들 부부에게 헤어 나올 수 없는 억압을 만든다. 재봉공인 남자는 "다람쥐처럼 쳇바퀴에 갇혀 평생을 그것만을 돌리게 살아가게 될 거라는 생각에 문득 견딜 수 없는 무서움"을 느끼곤 한다. 그들에게 발전소는 그들의 불모와 같은 삶에 대한 적의를 대신하는 대리물로서의 대상이다. "언제든 창을 열면 바짝 다가와 시선을 막는 발전소에 건물에 대한 끊임없는 적의"[24]는 삶이 어떤 가능성도 없이 닫혀 있다는 상황을 둘러싼 심리적 대상물이다.

이 소설의 핵심적인 사건은 그가 자신의 적의를 해소하기 위해 비밀스럽게 행하는 일들이다. 그는 몰래 시를 쓰는 사람이고, '불'에 대해 갑작스러운 관심을 보인다. 담배를 피우지 않는 그는 성냥을 가지고 다니며 밤 외출 뒤에는 불에 탄 냄새를 풍긴다. 그가 성냥을 가지고 다니는 것은 자신의 짓눌린 삶에 대한 이탈의 욕망 때문이고, 그 탈주의 욕망은 특정한 대상에 대한 방화의 욕구로 귀결되리라는 것을 '나'는 알고 있다. '나'는 몰래 담배를 피우는 정도의 일탈만을 감행하지만, 그의 탈주의 욕망을 훔쳐보는 것밖에 할 수 없다. 이 부부는 불모의 삶과 억압으로부터 탈주하려는 은밀한 개인적인 욕망을 서로 모른 척 견뎌준다. "성냥갑 속의 불씨를 감추고 알지 못할 어두운 골목골목을 야행 동물처럼 눈을 빛내며 서

23) 오정희, 같은 책, p. 13.
24) 오정희, 같은 책, p. 17.

성이고 있는 동안, 나는 몇 개의 담배를 피워 없애듯, 때로는 한 잔의 소주를 조금씩 아껴가며 삼키듯 밤의 그 현란한 풍경 속으로 산책을 나가보려 하는 것"[25]이 그들 각자 자기 몫의 삶을 견디는 방식이다. 그들은 밤의 거리에서 불가능한 탈주의 욕망을 드러내지만 서로에게는 '거리의 흔적'을 지우는 방식으로 삶을 유지한다. 소설의 마지막 장면에서 먼 곳에서 울리는 사이렌 소리와 함께 남편이 불에 탄 냄새를 풍기며 돌아왔을 때, 창문 밖에서 불타고 있는 발전소를 보게 된다.

이 소설에서 문제적인 것은 '그'를 바라보는 초점 화자 '나'의 서술로 진행되는 형식적인 특성이, '여성-시선 주체'의 문제를 드러내고 있다는 점이다. '나-여성'은 '그-남성'에 대한 관찰자적인 입장에 서 있다. 남자의 절망과 방황과 방화의 욕망에 대해 '나-여성'은 눈치 채고 있지만, '나-여성'이 '그-남자'에 대해 특별한 행동을 수행하는 것은 아니다. '나-여성'은 다만 '그-남성'의 은밀하고 어두운 탈주의 욕망을 응시할 뿐이며, 이때 응시는 타자의 욕망에 대한 감수성을 의미한다. 방화 이후 돌아온 "몸을 떨며 흐느끼는 그를, 아이를 달래듯 팔에 힘을 주어 안"는 행위나, "어둠 속에서 메마른 목소리로 울고 있는 듯한 한 마리 삵을 보고 있는 듯한 쓸쓸함에 짐짓 소리 내어 우는 시늉을 하"[26]는 것은, 타자의 고통과 고독의 자리에 나란히 있으려는 '여성-시선 주체'의 위치를 보여준다.

25) 오정희, 같은 책, p. 24.
26) 오정희, 같은 책, p. 26.

그리고 입던 옷을 벗는다. 먼저 저고리를 벗고 치마의 허리를 끄른다. 치마가 맥없이 흘러 내렸다. 조그만 여자의 알몸이 거울에 비친다. 가슴이 잘 익은 과일처럼 둥글고 단단하게 달려 있다.

문의 좁은 칸살마다 촘촘히 박혀 있는 당신의 눈을 의식하며 나는 아주 천천히 알몸 위에 새로 지은 치마를 두른다. 거울 속의 여자는 볼이 붉다. 계집의 연지볼이 붉으며 팔자가 세다는데…… 살포시 잠이 들어 쓰러진 내게 베개를 고여주며 청상의 어머니는 한숨을 쉬었다.

나는 고새를 세게 저으며 가슴 위로 치마허리를 한껏 누른다. 벗어놓은 저고리의 동정을 북북 뜯고 치마허리를 뜯어 한데 뭉쳐서 구석으로 밀어놓는다. 거울에 흰옷 입은 여자가 비친다.[27]

「직녀」 역시 일인칭 '여성-시선 주체'의 '그-남성'에 대한 시선의 배치가 문제적인 텍스트이다. 이 소설의 '나'도 '당신-남자'를 기다리는 여자이다. 그의 현존과 부재 사이에서 '나'는 '내 자신'의 몸을 거울 속에 비춘다. '당신의 눈'을 의식하며, 자신의 나체를 거울에 비쳐보는 장면은 에로틱한 분위기를 연출한다. '당신'의 현존과 부재를 의식하는 '나'는 '당신'의 눈을 의식하는 '나'이기도 하다. '나'는 '당신'을 보는 주체이며, '당신'에게 보여지는 주체이기도 하다. 이 장면에서 "조그만 여자의 알몸" "거울 속의 여자" "흰옷 입은 여자"와 같은 표현들은, 자신의 모습을 거울을 통해 대상

27) 오정희, 같은 책, p. 185.

화하는 이미지이다. 서술자는 어린 시절의 자신과 "청상의 어머니"의 이미지를 그 위에 겹쳐놓는다. '나'는 '나' 자신의 지나간 시간을 거울을 통해 파노라마처럼 응시한다. '나'는 거울을 통해 분화된 '나'이다. '나'의 담화를 분열자의 그것으로 만드는 것은 '나'의 어떤 결핍이고, 그 결핍은 "나는 당신의 아들을 낳을 것이다"라는 강박적으로 반복되는 문장 속에 암시되어 있다. "당신이 회임(懷妊) 못하는 여자의 석질(石質)의 자궁을 비웃으며 총총히 사라지던 밤"[28]이 있었던 것이며, "당신은 돌아오지 않는다. 단단히 응고된 어둠 속에서 국민주택의 창들이 더욱 밝아 보여도 당신은 돌아오는 기척이 없다"[29]와 같은 문장들이 그 결핍의 내용을 드러내준다. 꿈속에서 언덕으로 멀어지는 '당신'을 힘겹게 쫓아가다가, 무성한 잎 사이로 "풍작의 과일처럼 주렁주렁 달린" 남근을 발견하게 되는 환상 역시 그 결핍의 연장이다. '당신-아들-남근'을 향한 욕망은 '회임 못하는 여자'의 결핍이 만들어낸 환상과 이미지다.

활짝 핀 꽃의 징그러움을 아시는가. 눈꺼풀이 두꺼워지도록 깊은 잠에서 깬 오후, 그 부어오른 눈두덩에 푸른 칠을 하고 입술을 붉게 그려 일곱 송이의 꽃을 쥐고 대문을 나서면 볕 바른 개천을 조심조심 건너가는 아, 당신은 육손이. 손가락이 여섯 개.[30]

「직녀」의 마지막 장면은 꽃이라는 이미지에 착란적인 관능을 부

28) 오정희, 같은 책, p. 190.
29) 오정희, 같은 책, p. 191.
30) 오정희, 같은 책, p. 194.

여한다. 그 관능은 '당신은 육손이'라는 신체 이미지와 결합하면서 강렬한 성적인 메타포로 작동한다. 이 장면은 그 이미지들이 일종의 착란의 세계라는 것을 강력하게 암시한다. 소설의 후반부에 등장하는 환청과 환각의 경험들도 결핍을 살아내는 여성 주체가 겪는 신체적 히스테리 증상이면서, 여성 분열자의 발화 방식이라고 할 수 있다. 이 소설에서 여성 주체가 '당신'을 본다는 것은 '당신'의 부재와[31] '나'의 결핍을 둘러싼 착란적인 응시이다. 이 착란적인 응시는 이 소설 전체를 여성적 분열자의 담화로 만든다. 이 분열자의 말은 의식적이고 인과적인 서사의 차원을 넘어서는 시적인 비전을 보여준다는 측면에서, 무의식적 존재 생성의 담화라고 할 수 있다.[32]

5. 오정희 소설과 분열증적 응시

오정희 소설의 여성 주체는 근대 이후의 젠더 시스템과 맞서 싸우는 인물이기보다는, 그것에 대한 공포와 적의와 죄의식을 또 다

---

31) "그는 없다. 현실 공간에서 '그'는 존재하지 않는다. 오정희의 불안한 여성들은 '그'를 잃어버렸다. '그'는 오직 '창조적 기억'의 의식 속에서만 가늘게 흐르는 복원되지 않을 영원한 타자이다. 그럼에도 불구하고 오정희의 소설들은 부단히 '그'를 찾아나서는 의식의 여행을 감행한다." (우찬제, 「외상 불안과 분리 불안: 오정희」, 『불안의 수사학』, 소명출판, p. 316.)

32) 오정희 초기 소설에서 분열자적인 담화의 특성을 보여주는 또 다른 문제작은 「번제」이다. 이 소설에서 주인공인 일인칭 서술자는 정신착란의 상태에서 병원에 갇혀 있으면서 낙태 경험에 대한 죄의식으로 태아 살해를 희생 제의적인 것으로 인식한다. 소설의 본문은 이러한 분열자의 착란적인 언어로 구성되어 있다고 할 수 있다.

른 대상에게 투여하는 여성 주체이다. 그녀들이 겪는 억압과 삶의
는 언제나 모순된 방식으로 드러난다. 상징질서로부터의 일탈의
욕망은 억압되고 또 다른 죄의식을 불러온다. 완강한 젠더 시스템
에 대한 거부와 순응은 마치 한 몸의 양면처럼 반복되며, 이중적인
고통을 안겨준다. 그것은 무의식적이고 비자발적인 형태로 드러나
는 반항적인 욕망의 육체적 표현이라는 측면에서 '히스테리'적인
것이다.

「완구점 여인」에서 문제적인 것은, 완구점 여인이라는 비모성적
인 육체를 가진 결핍의 여성성과, 참혹한 다산성으로 상징되는 어
머니의 생물학적 모성 사이에서서 드러나는 여성적인 응시이다.
소녀는 계모의 풍만한 모성적 육체에게서 참혹한 죽음의 충동을
보고, 장애를 가진 완구점 여인의 '비정상적인' 육체에서 관능을
발견함으로써 가부장적 젠더 시스템의 균열을 응시한다.

「불의 강」과 「직녀」에서 '창'은 여성적 시선의 주체가 세계와 대
상을 보는 시선의 프레임을 규정한다. 시선 주체는 그 '창'을 통해
제한된 구도 안에서 '남성-그'를 본다. 문제적인 것은 '창'을 통해
'여성-나'가 보는 것이 '그-당신-남성'이라는 점이다. '내' 창의
시선 속에서 '그-당신-남성'은 일탈과 방화의 욕망에 시달리는 존
재(「불의 강」)이거나, 현존과 부재 사이의 존재(「직녀」) 이다. '창'
은 여성적 시선의 주체가 '남성-그'에 대한 시선을 매개하는 장치
로서 구성된다. '창'은 가부장적 젠더 시스템에서의 여성적 시선의
한계와 가능성을 동시에 보여주는 미학적 장치이다.

「불의 강」에서 '나-여성'은 '그-남성'에 대한 관찰자적인 입장
에 서 있다. '나-여성'은 '그-남성'의 은밀하고 어두운 탈주의 욕

망을 응시하고, 이것은 타자의 결핍과 욕망에 대한 감수성을 의미
한다. 「직녀」에서 출몰하는 관능적인 이미지들은 이 소설의 담화
가 착란의 세계라는 것을 암시한다. 여성 주체가 '당신'을 본다는
것은 '당신'의 부재와 '나'의 결핍을 둘러싼 착란적인 응시이다.

오정희 소설에서 여성 주체들은 일탈과 거부를 끝까지 밀고 나
가지 못하지만, 그 과정을 드러내는 미학적 방식에서 '여성적 응
시'라는 비결정성의 지대를 생성한다. 표면적인 현실과 사건의 영
역에서 인물들의 저항과 거부를 드러내는 방식이 아니라, 여성이
처한 상징질서의 완강함을 상기시키는 방식이다. 상징질서에 대한
무의식적인 고통과 거부의 지점을 드러내는 미학의 차원인 것이
다. 여성의 몸에 새겨진 젠더 시스템이 야기하는 이탈의 욕망과 죄
의식과 불안은, 역설적으로 새로운 여성적 응시의 잠재성을 열어
보인다. 소설 「번제」에서 남성 의사에 대한 '나'의 분열증적 응시
는 오정희 소설의 여성적 응시의 문제를 상징적으로 함축한다.

나는 어떠한 방향으로 뻗어나갈지 모르는 로맨스에 흥미를 잃었
다. 나의 로맨스도 그에겐 한갓 광기로밖에는 받아들여지지 않을 것
이다. 그 일이 있은 후 나는 창 앞을 지나가는 그의 높은 웃음소리
를 듣고 아주 어리둥절했던 것을 기억한다. 이곳 병실의, 창틀을 경
계로 지상과 지하가 나누어진 구조 때문에 창가에 바짝 붙여놓은 침
대에 누워서는 지나가는 사람들의 전신을 본다는 것은 불가능하다.
〔……〕 의사는 아침마다 링거병을 갈아 끼우고 내 팔에 금속의 바늘
을 연결하여 나의 행동반경을 정해줌으로써 그의 위력을 시위했다.
그는 의사이고 나는 그의 뜻에 의해서만 넓힐 수 있는 현실적인 영

역에 나의 사고도 순응한다는 것으로 그의 지배를 받아들였다.[33]

이 장면에서 '여성-분열자'는 의학적 시선으로서의 '남성-이성'
에 의해 지배되고 있다. '나'는 정신병동에 갇혀 있고, '나'는 남성
의사에 의해 식물적인 상태에 머물러 있다. 남성 의사와의 로맨스
를 상상하는 것도 의사에게는 '광기'로 받아들여질 것이 뻔하다.
이 장면은 시선의 공포와 광기의 문제를 둘러싼 현대적 의료 권력
의 문제를 보여준다.[34] 정신병원의 남성 의사는 이청준의 소설에
서 등장하는 것처럼, 광인을 대하는 현대적 의료 권력의 시선을 선
명하게 보여준다. 여기서 남성-의사와 여성 분열자 사이에는 광
기와 젠더의 정치학이 성립된다. 표면적으로 여성-분열자는 의료
권력의 시선 앞에서 자신의 시선을 제한 당하고 수동적인 상태에
머문다. 정신분석으로 대표되는 의료 권력이 광기에 대한 전능한
이성(남성)의 시선을 보여준다면, 분열증적 독백의 언어는 여성적
인 응시와 발화의 가능성을 드러낸다. '남성-이성적' 시선의 권력
에 대해 '여성-분열자'는 현실의 층위에서는 수동적인 상태에 머
물러 있음에도 불구하고, 소설적 담화의 층위에서는 분열자의 응

---

33) 오정희, 같은 책, pp. 162~63.
34) 푸코에 의하면 근대 이후의 임상의학에서 가장 중요한 것은 시선의 특권이다. 의학
이 임상의학으로 넘어서는 시기에서 중요한 것은 질병의 어두운 그림자가 사라지고
인간의 육체가 가시성 안에서 낱낱이 밝혀지게 되는 과정이라는 점이다. 광인의 언
어는 '언어의 부재'라고 할 수 있다. 언어가 이성적인 것이라면, 광기는 언어의 부재
라고 할 수 있는 것이다. 정신분석에서의 광인과의 '대화'는 평등한 것이 아니라, 시
선의 권력에 의해 매개된 대화라고 볼 수 있다. (미셸 푸코, 『임상의학의 탄생』, pp.
310~16 참조.)

시와 발화를 끝까지 수행해낸다. 광기의 언어를 배제하는 이성의 권력을 탄핵하는 또 다른 미학적 여성 주체의 지점을 만들어내는 것이다. 여성적 응시의 언어는 타자와 대상에 대한 시선 권력의 지배와 인식론적 우위에 위치하는 언어가 아니라, 분열증적 존재 생성의 언어라고 할 수 있다.

오정희의 소설은 근대화 이후 젠더 시스템이 야기하는 이탈의 욕망과 죄의식과 불안에서 새로운 '여성적 응시'의 가능성을 실현한다. 여성 서술자에 의해 초점화된 시선은 여성 소설의 미학적 차원을 열어주며, 새로운 여성 주체의 잠재성을 드러낸다. 오정희의 여성 주체는 현실의 층위에서 투쟁하고 승리하는 존재가 아니라, 그 주체화의 실패를 통해 억압적인 젠더 시스템을 폭로하는 '미적 증상'이다.

오정희 초기소설에는 한국현대사의 한 특정한 시기가 드리워져 있다. 오정희 초기 소설이 발표된 1960년대 말에서 1970년대에 이르는 시기는 한국전쟁의 후유증을 넘어서 산업화가 시작되는 시기이다. 「불의 강」에 등장하는 발전소가 학살의 장소이고, 공장 기계에 얽매인 남자의 삶에 대한 적의가 표출되는 대상이라는 점, 「완구점 여인」에 등장하는 유년기의 기억들이 일본식 2층 가옥에서의 아버지와 가정부가 연기하는 가부장적 무대라는 점을 상기한다면, 오정희 소설의 무대가 가지는 역사적 맥락을 이해하게 된다. 하지만 더 문제적인 것은 산업화 과정과 자본주의적 가부장적 질서 속에서 억압되고 왜곡된 여성적 욕망에 어떤 미학적 형식을 부여하는가의 문제이다. 남성 작가들의 지배적 담론 속에서 여성이 여성적 글쓰기, '여성적 응시'의 주체가 될 수 있는 가능성은 풍부하지 않았다. 남성(자아)이 여성(타자)를 구성한 방식과 여성을 둘러싼 섹슈얼리티의 문제는 여성을 서열화, 타자화하는 방식으로 실현되었다. '여성적 응시'와 분열증적 발화를 미학화한 오정희 소설은 한국 문학사의 근본적인 재구성이라는 맥락에서 지울 수 없는 위치에 있다.

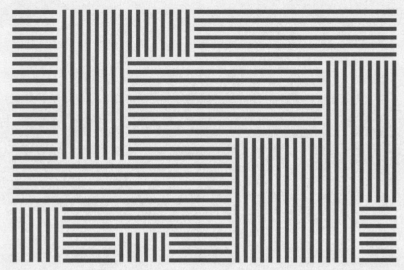

5부
—
기원 없는 문학사와 도래할 문학사

분단과 4·19, 혹은 불완전 모더니티

1. 분단과 두번째 식민화

문학사적인 측면에서 본다면 1945년 해방이 갖는 중요한 의미는 식민 지배의 종식으로 인한 '한글'의 전면적인 사용이라고 할 수 있다. 그런데 식민지 말기에 일본어 사용이 강제되었다고 해서 조선어 글쓰기와 출판이 완전히 사라졌던 것은 아니며, '복화술사'처럼 '제국의 언어'로 글쓰기를 실행한 작가들을 '변절가'로만 인식하는 것은 재인식될 필요가 있다.[1] 한글이 완전한 사유의 매개가 된 것은 한국 문학 창작과 소비에 다른 시대가 열렸음을 의미한다. '국민국가'가 자국 언어와 '민족 활자어'의 형성을 통해 형성

---

1) "제국의 지배 아래서 제국의 언어로 발언하는 피식민지인은 일종의 복화술사이다. 〔……〕 제국의 언어를 흉내내는 자, 자신의 언어가 아닌 다른 언어로 다른 생각을 시도하는 자에게 비로소 전복의 가능성이 열린다." (김철, 『복화술사들』, 문학과지성사, 2008, p. 167.)

되고, 자국어로 된 소설과 신문 등이 동시대의 사건과 사람을 연결하는 국가의 공간을 만들어낸다고 한다면,[2] 한글의 국가적 사용은 '국민국가'와 주권의 확립에 결정적인 의미를 갖는다. 그러나 해방은 완전한 독립국가의 수립으로 귀결되지 않고 분단과 6·25전쟁으로 이어졌기 때문에 '민족'과 '국가'를 둘러싼 새로운 모순을 만들었다. 한반도에서의 '하나의 근대적 국민국가' 수립이라는 이상의 좌절은, 민족과 국가를 둘러싼 자유로운 상상력과 이념을 위축시켰다. 남북한 체제 안에는 그 체제를 유지하기 위한 경직된 지배 이데올로기가 고착되었고, 개인과 사회 그리고 언어의 문제에 대한 비판적 인식에는 또 다른 제한이 가해졌다.

분단이 야기한 심층적인 문제의 하나는 일제 식민주의의 청산에 관련된 것이다. 1938년에서 1945년에 이르는 시기는 '친일문학'으로서의 '황국 국민문학'이 지배적이었던 시기였으며, 프로문학마저 '국민문학'에 흡수되어버렸다. 해방이 '갑자기' 도래했기 때문에, 식민 지배를 청산하는 일은 피할 수 없는 '자기비판'의 문제로 다가왔다. 적어도 표면적으로 남한과 북한의 지배이념은 각기 다른 방식으로 일제의 청산을 주장하고 자기 체제를 정당화했다. 하지만 지배 체제를 정당화하는 냉전 이데올로기 안에서 식민주의는 완전히 청산되기보다는 '두번째 식민화'[3]의 과정을 밟게 된다. 식

2) 베네딕트 앤더슨, 『상상의 공동체』, 윤형숙 옮김, 나남출판, 2002 참조.
3) 이 개념은 원래 식민주의가 공식적으로 끝난 다음에도 식민 지배를 받은 사람들의 정신에 잔존하는 식민주의를 일컫는 아시스 난디의 개념이다. "제3세계는 적어도 지난 여섯 세대 동안 두번째 식민주의를 해방의 방식으로 여기도록 교육받았다. 이 형태의 식민주의는 신체와 더불어 정신을 식민화했고, 식민화된 사회에서 문화적 우선순위를 영구히 바꾸는 힘을 발휘했다." (아시스 난디, 『친밀한 적』, 이옥순·이정진 옮김, 창

민주의의 정신적·문화적 청산이 이루어지기 전에 자리 잡은 남북한의 권위주의적인 독재 체제는 식민주의의 정신적 유산을 왜곡된 방식으로 '상속'받으면서 새로운 유형의 식민화를 진행시켰다. 2차 대전에서 승리한 또 다른 제국들의 영향권하에서 출발한 정치 체제는, 냉전 이데올로기를 내면화하고 독재 체제를 정당화하는 지배이념을 구축해나갔다. '자유민주주의 체제'와 '국가사회주의 체제'라는 차이에도 불구하고, 남북한 정치 체제 모두에는 가부장적 권위주의 체제가 확립되었다. 북한의 경우 이 체제는 전근대적이고 폐쇄적인 가부장적 권력 질서를 만들어냈다. 남한의 경우 위로부터의 강력한 개발독재의 과정은 또 다른 사회적 모순들을 만들어냈다. 근대화·산업화의 이념과 과학기술의 은총은 지배질서와 결합되었다. 1970년대에 이르러 남북한 모두에서 '주체사상'과 '유신'으로 고착화된 가부장적인 전체주의적 체제가 자리 잡았다는 것은, 이 체제 사이의 구조적 상동성을 암시한다. 해방과 분단을 통해 한국의 정치·사회적 모더니티는 완성되기보다는 또 다른 층위의 불완전성과 비균질성으로 변질되었다.

이 '두번째 식민화 과정'에서 근대 이후 주체의 오인과 착종의 구조는 완전히 청산되기 힘들었다. 민족의 승리와 국민국가로의 진보를 둘러싼 이념은 여전히 '주체화'의 왜곡과 착시를 가져왔다. 완결되지 못한 국민국가의 이상 때문에 문학은 민족과 국가의 이념 안에 또 다시 포섭될 수밖에 없었다. 분단 체제가 고착화된 후

비, 2015, p. 19.) 하지만 여기서 이 개념은 식민지의 정신적 유산과 함께 분단과 산업화 이후에 벌어지는 또 다른 정신의 식민화 과정으로 개념화하고자 한다.

북한에서는 '유일 체제'를 신봉하는 '하나의 이야기'만이 정치적으로 허용되었고, 남한에서는 '토속성'의 미학으로 신화화되고 탈역사화된 '순수문학'이 지배적인 것이 되었다. 이것은 남북한의 대립이 사실은 '양립의 구조'로 만들어진 것을 의미한다.[4] 왜곡된 근대화의 폭력성을 은폐하는 '민족의 숭고함'은 북한에서는 유일사상과 결합하고 남한에서는 탈정치적인 토속주의와 결합했다. '제국의 시선'과의 착종이라는 '주체의 오인 구조'는 근본적으로 제거될 수 없었으며, 새로운 제국들이 부여한 냉전 이데올로기는 또 다른 모순의 구조를 만들어냈다. 남북한 체제의 표면적인 적대적 대립 관계는 그 '적대적 공생 관계'와 '두번째 식민화'의 문제를 은폐했다. 근대의 폭력성과 냉전 이데올로기가 만들어낸 또 하나의 식민의 질서에 균열을 만들어내는 문학적 실천은 다른 국면에 접어들었다.

2. 남북한 통합 문학사는 가능한가

분단이라는 역사적 특수성은 역사적 인식 자체를 왜곡시키고 '민족 단위'의 문학사에 대한 설정을 어렵게 만든다. 민족 단위에서 보면 분단 시대는 각각 다른 두 개의 문학사가 존재한다. 남북한 문학이 각각 다른 체제 안에서 어떤 문학적 교류도 없이 문학의

---

4) 신형기, 「남북한 문학과 '정치의 심미화'」, 한국문학연구학회, 『한국문학, 파시즘과 인민주의』, 국학자료원, 2000 참조.

제도와 언어를 구축해왔다는 것은, 분단 이후의 두 개의 문학사 사이의 통합적 관점을 구성하는 것을 어렵게 한다. 특히 문학의 창작과 문학연구가 당 정책에 완전히 종속되어 있는 북한 체제의 특수성을 생각할 때, '남북한 통합 문학사'의 가능성은 제한적일 수밖에 없다. 근대 이후의 '민족' 개념이 국민국가의 이념과 연결되어 있다고 할 때, 서로 다른 정치·경제 체제를 가진 두 개의 국가 체제를 통합하는 민족 개념은 한계를 가지게 된다. 만약 남북한의 통합 문학사를 구성하는 것이 절대적인 '민족문학사'의 과제라고 한다면, '분단 체제의 변화'라는 공통된 문제를 중심으로 문학사를 바라보는 관점을 마련할 수도 있다.[5] 이런 통합 문학사의 관점은 분단 시대라는 상황에 대응하면서 분단 극복이라는 역사적 과제를 향해 가는 문학적 실천의 움직임을 부각시킬 수 있다. 하지만 문학사가 '분단 극복'을 향해 나아가는 '진보'로서의 문학사라고 규정하는 것은, 사회적 모더니티와 문학적 모더니티 사이의 모순과 불균질성을 은폐하게 만든다.

분단 이후의 북한 문학은 겉으로는 1930년대 이후의 카프문학의 연속성을 이어받은 것처럼 보이지만, '프로문학의 이념'과 해방 이후의 임화 등에 의해 주도된 좌파적인 문학운동을 둘러싼 논점들이 북한문학의 이념에 계승되었다고 보기는 힘들다. 1947년 3월 북한문학계에 공식적인 창작방법론으로 규정된 '고상한 사실주의'는 긍정적 주인공에 기초한 '혁명적 낭만주의'로서의 교조적 사회

---

5) 졸고, 「문학사 인식과 시대구분」, 『남북한현대문학사』, 최동호 편, 나남, 1995, pp. 114~15 참조.

주의 리얼리즘이며, 이런 공식화된 이념 아래서 모든 자율적인 논쟁과 창작은 무의미해졌다. 1953년의 남로당 계열의 작가들의 숙청 역시 문학 내적인 논쟁의 결과가 아니라 문학 외적인 정치적 판단의 문제였다.[6] 1967년 주체사상 확립 이후의 북한문학은 유일사상 체계하의 단일한 주체 문학, 유일사상에 기반한 단 하나의 이야기로 통합되는 방식으로 완전히 바뀌게 된다. 북한문학은 이광수 이후 근대 문학 이념의 하나였던 감정의 해방으로서의 문학의 상대적 자율성이라는 테제로부터도 멀어진다. 프로문학의 전통은 남북한 모두에서 삭제되는 상황을 맞이한다. 문학의 상대적 자율성과 논쟁적 공간이 완전히 제거된 문학 제도와 창작의 공간 안에서 '현대 문학'의 미학적 문제를 말한다는 것은 무의미한 일이다. 분단 시대의 북한문학은 미학적 분석의 대상이 아니라, '역사적 이해'의 대상일 수밖에 없다. 실제적인 기술에서 남북한문학사는 남북한 문학의 상호텍스트성이 아니라, '다른 국가의 문학'을 병행적으로 기술하는 문학사가 될 수밖에 없다.

　북한에서 해방 이후에 간행된 문학사는 『조선문학통사』(1959), 『조선문학사』(1977), 『조선문학개관』(1986) 등이다. 『조선문학통사』는 '혁명적 문예 전통'으로서의 카프와 함께 '항일혁명문학'을 거론하기 시작한 시기의 문학사이다. 『조선문학사』와 『조선문학개관』은 항일혁명문학을 유일한 혁명 전통으로 내세우는 '주체사상기'의 문학사이다. 문학사 기술방법론에서도 앞의 문학사는 '마르크스-레닌주의적 방법'을 내세우고 뒤의 두 문학사는 '주체의 방

---

6) 김재용, 『북한 문학의 역사적 이해』, 문학과지성사, 1994, pp. 16~18 참조.

법론'을 부각시킨다. 이러한 시대 구분은 북한 역사학계의 시대 구분을 그대로 옮겨놓은 것으로 북한의 역사 발전 단계에 조응하는 당 정책과 당 이념의 변화가 일방적으로 적용되고 있다. 당 정책의 변화에 따르는 '인민의 사상의식'과 '인민의 자주성 실현'이라는 이념의 도식적인 적용에 의거하고 있다. 문학의 상대적인 자율성이 인정되지 않기 때문에 문학사 자체의 내적인 변화는 해명될 수 없으며, 문학사와 사회경제적 토대 사이의 총체적인 인식과 사적 유물론의 과학성과도 거리가 있다. 문학현상은 사회경제의 토대가 반영된 것이 아니라, 당 이념과 사상의식의 표현에 불과한 것이 되었다.

남북한문학사를 통합한다는 것은 '모더니티'가 아니라, '민족'의 문제를 우위에 놓는 문학사 인식을 의미한다. '민족' 개념을 우위에 놓은 문학사 인식은, 한국 근대 문학의 출발기에서 이미 시작된 '문학적인 것'과 '국민국가'의 소명 사이의 착종을 비판할 수 없게 만든다. 분단 시대 이후의 북한문학을 통일을 대비하는 '민족 전체의 문학'이라는 범주 아래 통합하려는 시도는, 완전한 '민족문학사'라는 거대한 이념 아래 개별 문학의 모더니티와 문학 주체들의 역동성을 은폐한다. '식민지-분단'으로 이어지는 근현대사의 특수한 문제들을 '극복'하고 '통합'하는 문학사의 요구는 문학사 자체를 '국민국가'를 향한 통합적 역사에 종속시키게 된다. 이것은 '국민국가 수립'이라는 문학사의 최종적인 의미가 '결정'되었다는 믿음에 근거한다. '식민지-분단'은 한국 문학사 안의 비균질성과 근대성의 착종과 분열을 규정하는 것이었다.

3. 4·19라는 '동사적' 시간대

일제 말기 '황국 국민문학'의 지배적이던 시기가 외부의 힘으로 돌연 끝나버렸을 때, 한국 문학은 '친일문학'의 시기를 청산하고 격렬해진 '민족주의'적 요구를 다시 감당해야만 했다. 해방 이후 좌우 이데올로기 대립이 격화되는 상황에서, 좌익의 민족문학론과 우익의 민족문학론이 대립하였다. 식민의 청산과 민족국가 건설의 당위 때문에 좌우 모두에서 '민족문학론'이라는 이름을 제기할 수밖에 없었다는 것은 '민족'의 이름이 여전히 중요할 수밖에 없는 한 시대의 강박을 말해준다. 그러나 이런 '민족문학론'이 식민지의 '국민문학'에 대한 완전한 청산에 기초한 것이었는지는 의문스럽다. 식민지 말기에 프로문학마저 결국 '국민문학'에 흡수되어버렸다는 것은 식민지 파시즘의 강압 때문이기도 하지만, '애국계몽' 문학에서부터 민족주의를 내세운 한국 근대 문학의 '국민문학적' 성향을 암시한다. 국가는 '민족'이라는 상상된 공동체에 기반한 국민 형성을 기반으로 하고, 문학은 민족국가 건설에 복무해야 한다는 이데올로기적 구조에서 '민족문학-국민문학'의 연결 고리는 분리되지 않는다.[7] 이 문제는 해방 이후 남북한 정치 체제에서 어떤

7) "상상된 공동체인 민족이 국민 형성을 위한 토대로 기능하는 한에서, 국가는 민족의 특수한 정치적 전유 형태다. 문학이 민족의 이익을 위해 복무해야 한다는 민족문학론들의 공통된 관념은 문학이 국가를 위해 복무해야 한다는 생각과 일시적으로 상충될 수 있지만 근본적으로는 상통한다. 반일이라는 민족적 입장에서 제시된 임종국의 친일문학 비판이 새로운 국민문학을 주장하는 것으로 귀결된 것은 따라서 필연적인 것이다. 단적으로 말하면, 민족문학은 국민문학의 잠재태다." (조정환, 「한국문학의 근대성과 탈근대성」, 『민족문학론에서 동아시아론까지』, 백영서·김명인 엮음, 2015, 창

문학이 세력을 얻게 되었는가를 비판적으로 성찰하게 만든다.

　분단이 고착화되면서 남한은 프로문학의 전통과 단절되고 이른바 '문협 정통파'의 보수적인 문학이념과 '반공주의적 국민문학'이 지배적인 것이 된다. 해방 이후의 좌우 문학의 대립은 식민지 시대의 프로문학과 순수문학의 대립의 연장선에 있는 것이었다. 하지만 두 문학적 노선은 특정한 정치 체제에 대한 지지에 기초해 있다는 측면에서 해방 이전의 대립과 성격을 달리했으며, 양쪽 진영 모두에서 일차원적 의미에서의 '문학의 정치화'는 피할 수 없었다. 냉전 이데올로기는 문학의 순수성과 심미성을 탈역사화·탈정치화함으로써 지배적 이념 안에 포섭해나갔다. 분단 이후 남한에서의 한국문학이 직면한 문제는 고착화된 냉전 이데올로기 앞에서 현대적인 문학적 주체를 둘러싼 잠재성을 드러내는 것이었으며, 실제로 그 가능성이 적극적으로 모색된 것은 4·19 이후였다.

　정치·사회적 모더니티의 맥락에서 말한다면 4·19는 시민성 혹은 시민의식의 승리를 의미하는 강렬한 사건이다. 이 사건은 시민 계층이 국가권력의 중심을 이루는 '국민국가'의 이상을 실현시킬 수 있는 역사적 가능성의 실현이었으며, 그런 의미에서 보편적인 의미의 '근대'가 비로소 드러나는 사건이라고 할 수 있다. 하지만 이러한 4·19의 보편적인 '모더니티'의 층위는 한국의 역사적 특수성으로 인해 왜곡될 수밖에 없었다. '분단'이라는 조건은 여전히 제국들의 영향력과 하나의 민족국가의 좌절이라는 문제와 싸우게 만들었고, 5·16은 4·19의 역사적 모더니티를 개발독재의 폭력

비, p. 86.)

성 안에 봉쇄했다. 그럼에도 불구하고 4·19라는 '사건'은 사건 이전의 삶과 사건 이후의 삶을 다르게 만드는 것이며, 새로운 주체의 존재 방식을 탐색하도록 요구하는 것이었다. 4·19라는 사건에 대한 '충실성'은 다른 윤리적·문학적 주체를 발생시켰다.[8] 4·19의 모더니티는 5·16에 의해 왜곡되었지만, 4·19라는 사건에 충실하려는 실재적 과정 속에서 새로운 주체의 가능성이 출현했다.

하지만 4·19라는 단일한 사건이 이후 한국 문학의 수준을 결정했다고 규정할 수 없다. 중요한 것은 한국 문학사의 내적 형식을 바꾸는 새로운 텍스트의 출현이며, 그 텍스트가 구성하는 새로운 문학 주체가 4·19의 다층적 의미를 재구성했다고 할 수 있다. 김수영, 최인훈, 김승옥, 이청준 등의 텍스트에서 드러나는 것은 4·19라는 역사적 사실의 직접적인 재현도 아니며, 4·19라는 원인에 의해 필연적인 결과로 된 단일한 이념과 의식의 발현도 아니었다. 4·19라는 이름의 모더니티가 한국 문학의 미적 현대성과 맺는 관계, 혹은 그 관계의 '복수적인' 지점들이었다. 이들의 텍스트는 사회적 모더니티의 반영물이 아니라, 그 관계 속에서 만들어진 '또 다른 모더니티들'이다. 4·19를 한국적 모더니티의 어떤 지점으로 이해할 때, 4·19와 한국 문학을 나란히 놓고 사고한다는 것은, 두 가지 이질적인 모더니티의 관계를 질문한다는 것을 의미한다. 4·19의 정치사회적 모더니티와 1960년대 이후의 한국 문학의 미적 모더니티가 원인과 결과의 관계일 수는 없다.

8) 알랭 바디우, 『윤리학』, 이종영 옮김, 동문선, 2001, pp. 53~57; 『존재와 사건』, 조형준 옮김, 새물결, 2013 참조.

4·19를 하나의 이념형으로 환원하려는 시도들, 이를테면 4·19가 촉발한 '시민의식'을 '반제 반봉건'이라는 이념적 지표로 규정할 때, 4·19 이후의 한국 문학은 이런 이념적 기준에 의해 평가될 수밖에 없게 된다.[9] 이런 논리의 장 안에서 4·19는 하나의 이념으로 환원되고, 한국 문학은 그 이념의 척도에 의해 위계적 질서가 만들어지게 된다. 그곳에서 한국 문학의 미적 실천의 개별성과 자율성의 영역은 봉쇄된다. 4·19는 정치적인 사건이고 사회적인 사건이며, 동시에 문화적인 사건이며, 다른 층위에서 미학적인 사건이다. 이 사건들의 층위 사이에는 위계가 있을 수 없다.

4·19 이후 한국 문학의 모더니티의 내부에는 세 가지 계기가 있다고 볼 수 있다. 우선 하나는 한국 문학 텍스트 내부에서 발견되는 자기의식의 문제, 혹은 근대적 개인과 자율적인 주체의 등장이라는 측면이다. 개인의 주체성과 행위의 자율성에 대한 자기인식은 그 성찰의 깊이에 이르러 이성의 잉여와 합리성의 억압을 발견하는 비판적인 미적 주체로 변화한다. 개인의 자율성을 토대로 한 자기의식의 탄생이, 자기와 현실의 관계에 대한 비판적인 성찰을 미학화하는 미적 주체를 만들어내는 것이다. 두번째는 문학이

---

9) 4·19와 한국 문학의 관련성을 적극적으로 의식화한 1960년대의 백낙청의 입론은 그런 의미에서 4·19의 시민의식과 한국 문학을 단일한 이념으로 환원한다. "4·19 정신의 위축과 변질의 시기로서 60년대는 우리가 이제까지 추구해온 시민의식의 퇴조와 새로운 소시민의식의 팽배라는 현상으로도 특징지어진다." "문학의 '현실 참조'를 주장한다고 해도 곧 소시민의식이 극복되는 것도 아니다. 문제의 핵심은 어디까지나 우리 현실의 반세 반봉선책 요구를 얼마나 깊이 의식하고 얼마나 힘차게 실천하고 있는가 하는 점이다."(백낙청, 『민족문학과 세계문학』. 1978, 창작과비평사, pp. 58~79 참조.)

4·19 이전의 전통과 단절하는 미래의 시간을 살기 시작했다는 측면이다. 그것은 일회적인 맥락에서의 미학적 단절을 의미하는 것이 아니라, 4·19 이후 지속적이고 내재적인 자기혁신의 미적 동력을 얻게 되었다는 것을 의미한다. 언어와 문법의 자기혁신은 문학이 언제나 미래에 투신해야만 현대를 시작할 수 있다는 문학의식의 소산이다. 이것은 이른바 '한글세대'의 모국어에 대한 새로운 감각과 장르의 혁신에 대한 요구와 연결되어 있다. 세번째는 앞의 두 가지의 계기들이 결합하는 층위에서, 개인 주체의 자율성과 문학의 자율성이 문학 텍스트의 구체성 안에서 상호 조응하고 상호 구속하는 장면을 보여준다는 것이다. 현대적인 의미의 주체성은 문학예술이 다른 가치들과 분화되는 사태를 마주하면서, 역사적 전통과 분리된 자신의 규범성을 스스로 창조해야만 했다. 문학의 비판적인 자율성이 개인 주체의 자율성을 둘러싼 비판적인 질문법을 만들어냈다는 중층적인 맥락을 주목할 수 있다.

김수영, 최인훈, 김승옥, 이청준 등의 텍스트에서 문제적인 것은, 현대적 주체성의 원리가 자율적 개인의 자기정당화의 요구에 귀결되지 않는다는 점이다. 4·19 이후 합리적 이성과 자율적 개인에 대한 믿음이 정치 현실과 생활 세계 속에서 왜곡과 억압을 경험해야 할 때, 문학적 개인은 자기 자신의 내적 의식을 탐구의 대상으로 삼아야 하는 사태에 도달한다. 그러나 이들의 텍스트는 개인적 주체성의 원리를 절대화하는 방식으로 나가는 것이 아니라, 현실의 일부로서의 자신에 대한 반성적 성찰을 통해 다른 층위의 미적 주체를 재구성한다. 시대에 대한 비판과 자기비판이 조우하는 지점에서 '심미적 주체'가 탄생하는 것이다. 이 심미적 주체는 자율적이고 투명한 주체성에 대한 환상을 정당화하는 문학적 주체가 아니라, 주체성의 위기와 분열을 통해 주체의 자리를 미적으로 재구성한다. 이런 미적 활동이 시선의 자기분열과 그 정치적 함의를 둘러싼 언술 행위를 통해 구체화되었다는 것은 문제적이다. 문학의 자율성은 문학의 텍스트의 구체성 안에서 주체화의 불가능성과 대면함으로써, 자기동일성에 대한 비판적 질문법을 만들어낸다.

4·19 이후 다른 문학적 주체의 가능성이라는 측면에서 문제적인 지점 중의 하나는 '국가'와 '민족'의 건설에 복무하는 개인이라는 관념에 대한 비판적 질문이라고 할 수 있다. 최인훈의 『광장』이 가지는 정치적 폭발력은 주인공 이명준이 '밀실'과 '광장'의 소통을 봉쇄하는 두 개의 분단 '국가'로부터의 탈영토화라는 '망명의 시간'을 마주하는 것이다. 이청준의 『소문의 벽』에서 전짓불의 공포로 상징되는 이데올로기적 폭력은, 개인 주체의 자유를 압살하는 '국가'와 '이념'을 둘러싼 근대성의 폭압을 보여준다. 더욱이 문제적인 것은 단순히 '현실 비판'의 차원이 아니라, '현실'을 인식하는 개인 주체와 언어의 문제에 대한 근원적인 탐구의 지점까지 나아갔다는 것이다. 그것은 개인 주체의 자율성의 문제를 국가와 민족이라는 상징질서 바깥에서 비판적으로 사유할 미적 주체의 가능성을 열어준다. 이 가능성은 '분단-4·19-5·16'을 관통하는 한국적 모더니티의 역사적 공간 구조를 미적으로 전유하고 재구성한 산물이다. 한국사의 굴절된 모더니티가 그들의 문학을 필연적으로 규정했다기보다는, 그 외부적인 모더니티의 압박 속에서 미적 모더니티를 구성해나가는 새로운 심미적 주체가 구성된 것이다. 그들의 문학은 한국적인 모더니티가 만들어낸 문학적 '증상'일 뿐만

아니라 치열한 내면의 모험과 미적 투쟁이 만들어낸 모더니티의 '다른 장소'이다. 그 투쟁을 통해 한국문학은 사회적 모더니티와는 또 다른 모더니티의 가능성을 탐구할 수 있었다. 열려 있는 문학사의 층위에서 4·19는 명사가 아니라, '동사'적인 시간대이다.

시선의 형식들과 은폐된 문학사

1. 불가능한 문학사와 시선의 문학사

'문학사는 가능한가'는 이 책의 첫번째 질문이었으며, 그 질문은 '문학사는 어떻게 불가능한가'라는 질문을 내재하고 있었다. 근대 이후의 '모든 문학들'을 망라하려는 문학사는 근본적으로 불가능하며, 하나의 원근법적 시선에 의해 텍스트를 선택하고 배치하는 문학사 역시 주류에서 탈구된 시간과 작품들을 배제시킨다. 문학사의 재구성에 대한 욕망이란 기원의 재구축에 대한 욕망과 다르지 않다. 문학사가 '발전'하고 있다는 생각은 그 발전의 기준과 기원을 설정하는 방식에 따라 '단 하나의 문학사'와 '단 하나의 근대성'이라는 이념을 고착화시킨다. 그렇다면 문학사에 대해 남은 가능성은 무엇인가?

이 책이 의제화한 것은 근대의 비균질성에 대응하는 '차이의 문학사'와 '작은 근대성' '다중적 근대성'이다. '시선'이라는 테마는 그 '차이' '작음' '다중성'을 매개하는 형식적 지점이다. 그 지점에서 한국 문학이 근대적 시선의 형식이 형성되는 과정을 탐구할 수 있다. 근대적 문학제도와 문학 장치의 형성 과정 속에서 전근대를 탈피하려는 노력들의 '수준'의 정도를 말할 수 있지만, 근대적인 문학 시스템 이후에는 '변이와 반복'에 대해서 말해야 한다. 근대의 형성과정은 단 하나의 완성태를 향해 나아가는 것이 아니다. 이것은 문학사의 기원에 대한 문제에도 적용된다. 한국 문학사의 근대적 기원은 하나의 시기, 하나의 작품, 하나의 모멘트에 고정될 수 없다. 전근대적인 요소들은 여전히 그 기원의 주변과 심층에서 도사리고 있었고, 근대적 요소들은 그 출발 과정에서 이미 '반근대적'이고 '탈근대적'인 요소들을 잠재하고 있다.

시선의 형식과 시선 주체에 대한 문학사적 탐구가 드러내주는 것은, '시선의 주체'가 선험적으로 주어져 있는 것이 아니라, '텍스트' 안에서 역사적이고 미학적으로 구성되었다는 것이다. 국가와 민족, 현실과 풍경, 자아와 내면 등의 항목들은 '국민국가'를 향한 '중심화'와 '주체화'의 욕망에 대응하는 것이었으며, 이것은 '식민지 근대화'와 '분단과 산업화'라는 두 층위의 식민화와 연관하여 피할 수 없는 지향성이었다. 문학 텍스트들이 문제적인 것은 그 중심화의 원심력이 완전히 작동하지 못하는 공간, 혹은 그 주체화와 함께 시작되는 오인과 분열, 혹은 탈주체화의 문제를 드러내준다는 점이다. 한국 문학사의 문제적인 텍스트들이 보여주는 것은 완성된 근대적인 주체를 향한 열망이 아니라, 그 열망의 착종과 전도를 드러내는 언어의 장소들이다.

'시선의 문학사'라는 관점에서 말한다면, 식민지 근대의 '시선'

은 처음부터 오인과 착종을 내재하고 있었으며, 시선의 탄생은 시선의 분열과 거의 '동시에' 시작되었다. 한국에서의 근대화의 식민성과 폭력성은 자율적인 개인의 모색이라는 문제에 중층적인 모순을 부여했다. 근대의 제도적 조직화는 각 영역과 개인들의 자율성을 높이는 것처럼 보였으나, 다른 방식으로 자율성을 제한하고 개인 주체를 식민화시키는 것이었다. 문학의 자율성을 확립하는 듯이 보이는 근대적 문학 제도와 문학 장치 들의 도입이 가지는 것도 이러한 모순된 측면이다.

2. 장르의 형성과 시선의 형식들

근대 문학의 장르가 서구적인 문학 제도와 문학 장치들의 도입과 무관하지 않다하더라고. 중요한 것은 한국문학의 실재 텍스트 안에서 장르의 미학적 원리들이 형성되는 계기와 요인들이다. 한국 근대 문학에서 '사실적인 것'으로서의 소설과 '서정적인 것'으로서의 시가 구축되는 과정은 '사실' '서정' '내면' 등을 둘러싼 문학 주체의 형성과 관련되어 있다. 그 안에서 근대적 주체성의 원리는 균질적으로 관철되는 것이 아니었다. 그런 맥락에서 장르의 형성과정도 비균질적이었다. 시선의 문학사라는 관점에서 근대문학은 '말하기telling'의 장에서 '보여주기showing'의 영역으로 미학적인 전환을 이루는 과정이라고 볼 수 있다. 그 과정이 문학적 양식으로 저극적으로 실현된 사례는 1910년대 이후라고 할 수 있으며, 담론 공간의 시각화 경향은 대상과 현실을 재현하는 새로운 주체의 가능성을 실현해나갔다. 이광수과 김소월 등의 텍스트에서 근대적 인식론의 '보는 방식'은 장르의 형식으로 구현되기 시작했다.

이광수에서 강경애에까지의 텍스트에서 한국소설은 시선의 형식이라는 측면에서의 소설 장르 형성 과정을 보여주었다. '서술의 위치'와 '초점화'라는 장치들을 통한 '보여주기'로서의 소설 형식을 형성하는 것이, 근대 소설의 미학적 형성과정에서 문제적인 것이었다. 그것은 근대 소설의 서술 주체와 시선 주체와의 내밀한 연관성이 가지는 미학적·정치적 의미를 말해준다. 그 형성과정에서 서술의 위치와 초점화의 문제는 '제국의 시선'과의 착종이라는 이데올로기적인 문제를 드러낸다. 형식적인 측면에서의 시선 주체의 착종은, 이데올로기적 측면에서의 제국의 시선과의 '비자립성'이라는 문제와 맞닿아 있다. 이 지점은 미학적인 문제와 정치적 이데올로기적 문제들이 어떻게 연루되어 있는가를 문학사적 공간에서 드러나는 국면이다. 문학적 주체의 구성이라는 맥락에서 이광수와 김동인의 오인과 착종은 피하기 힘든 것이었다. 이광수에게 민족 공동체 구성을 위한 민족 개조는 제국의 파시즘적 시선과 착종되어 있었으며, 김동인에게 미적인 것의 절대성은 남성 주체의 도덕적 우월성이라는 식민주의적 젠더 감각과 연결되어 있었다. 이두 작가에게 있어서의 '주체의 오인'은 한국 근현대의 소설사에 강력함 음영을 드리운다. 식민지 경성 거리의 스펙터클 안에서 유동하는 시선 주체를 보여준 박태원의 소설에서, 군중과 여성이라는 타자에 대한 시선 체계는 제국의 시선 체계와 분리되지 않았다. 염상섭 소설에서 경계인의 시선이 문제적인 것은, 그것이 '내국인'과 '식민지인'의 경계에서의 자기모순을 응시하고 그 응시의 긴장을 견뎌내기 때문이다. 염상섭의 소설은 식민지 근대 아래서의 자기 동일성의 좌절을 경험하는 과정 속에서, 시선 주체를 규정하는 제국의 시선과 규율 권력이 '폭로되는' 미적·정치적 효과를 드러낸다.

시 장르의 형성 과정에서 중요한 것은 화자와 시선 주체가 구축하는 '내면'으로서의 '풍경'이라는 층위였다.[1] '내면-풍경'은 시 장르의 형성 과정에서 시적 주체를 구성하는 핵심적인 미학적 장치였으며, 그것은 서정적 주체와 시선 주체와의 미적 관련성을 암시했다. 시의 미학적 형성에서 중요한 것은 하나의 풍경을 구조화하는 시적 주체의 개별적 동일성이었으며, 내면적 풍경의 탄생이라는 방식으로 시적 주체의 동일성을 정립하는 문제였다. 김소월이 한시와 민요의 율격을 토착어로 전유해낸 미학적 성취는, '내면-풍경'을 구축하는 시적 주체의 정립이라는 맥락에서 설명될 수 있다. 하지만 이 '내면-풍경'의 구성은 시적 주체의 분열과 함께 구축되는 것이었다. 김소월과 정지용의 시에서의 시적 주체의 탄생과 함께 이미 '분열'은 시작되었다. 근대적인 장소를 둘러싼 시선 주체의 자기정립을 시도한 정지용의 시들은, 역설적으로 주체의 투신과 자기망각에 도달한다. 그들 시에서 발견된 시적인 풍경과 언어들은 시선 주체의 확립이라기보다는 분열과 '탈주체화'의 계기를 드러내는 것이었다. 식민지 주체에게 있어서의 서정적 자

1) 가라타니 고진에 의하면 일본 근대 문학에서의 '풍경'은 '하나의 인식틀'로서 '내면적인 전도'이며, '정치적 좌절'로 인한 것이다. (가라타니 고진, 『일본근대문학의 기원』, 박유하 옮김, 민음사, 1997.) 하지만 여기서 '내면-풍경'은 서정적 주체의 구성과 미적 환상의 불완전성이라는 문제의식과 연관되어 있다.

기동일성이란 식민화된 미적 환상과 연결되어 있었으며, 근본적으로 불안과 분열의 징후 없이는 성립되기 어려웠다. 식민지 '내면-풍경'의 미적 완결성은 식민지 주체의 자기동일성이라는 불완전한 환상과 위태롭게 이어져 있었다. 김기림의 박람회의 시선은 근대에 대한 비판에도 불구하고 '제국의 디스플레이'와 동화된 지점을 보여주며, 백석 시의 풍경의 서사화는 변방과 유목의 언어를 통한 '비근대적' 방식으로 미적 개별성을 성취하는 역설에 해당한다. 이상의 문학이 압도적으로 문제적인 것은, 식민지 근대의 오인과 분열을 첨예하게 '징후화'하고 있었기 때문이다. 이상의 언어는 누구보다 '문명'에 가까운 감각을 가졌으나 이 문명의 이데올로기 안의 식민지 주체의 자기기만의 구조를 파열시켰다. 이상의 경우 완결성과 통일성 등의 식민화된 미적 환상들은 자기부정과 자기분열의 모험을 통해 해체되었다.

'보여주기'로서의 장르 형성 과정에서 시선 주체의 모더니티를 둘러싼 모순과 분열은 한국문학사 전체에 영향을 미쳤다고 할 수 있다. 식민지적 주체는 이데올로기적 환상과 자기동일성에 대한 오인을 통해, '유기적 전체'와 '민족국가'는 존재하지 않으며 완전한 '주체성'은 불가능하다는 것을 은폐했다. 문제적인 시선의 모험들은 미적 환상의 구축과 주체의 균열을 동시에 보여주었다. 주체의 정립이 아니라 '주체화의 실패'를 통해 세계의 결여와 모순이 드러난다는 것이 한국 문학의 미학적 아이러니이다. 공동체의 이상은 배반당하고 실패와 혼란은 예정되어 있었지만, 문학사는 기이한 방식으로 진행되었고, 그 모험의 문제적인 유형과 계보를 탐구하는 일이 무의미한 것은 아니다.

3. 은폐된 문학사와 여성 문학의 시간들

이 책에서 '시선의 문학사'를 둘러싼 원근법적 배치가 완전히 해소되었다고 보기 어렵다. 원근법은 데카르트의 코기토에서 시작되는 주체 중심의 지각 공간이라는 개념에 의지한다. 이 개념은 측정 가능한 균질 공간을 상정하는 '주관-객관'의 인식론적 범주에 해당한다. 하지만 이 책에서 수행하려한 것은 문학 텍스트 안에서의 시선 주체의 구성에 대한 원근법적 재현이 아니다. 주체의 직접적인 현전성을 받아들이지 않고, 문학 주체의 형성에 매개되는 텍스트의 미적 형식들에 대해 비판적으로 질문할 때, 문학 주체의 착종과 분열이라는 지점이 드러나게 된다. 이런 문학 주체의 비판적 분석은 원근법적으로 구성된 문학사적 시야에 대한 재구성과 연관되어 있다.

문학 주체의 문제들을 은폐하고 다만 재현된 것들의 수준과 발전 과정을 평가하는 것은 문학사의 익숙한 규범이다. 재래적인 문학사의 목적론적·원근법적 기준의 유력한 이념은 '리얼리즘'이었다. '수준 높은 리얼리즘'이라는 기준 아래서 한국 문학사의 원근법을 작동시킬 때, 한국문학은 언제나 서구의 리얼리즘 문학에 미달하거나 간신히 그 수준에 도달하기 위해 나아간 발전 과정에 불과할 뿐이다. 재래의 문학사 인식의 기본틀이 '장편소설'로 이상화된 '서구 근대 리얼리즘 문학'을 일종의 완성태로 설정하는 이념을 바탕으로 하고 있다는 것은 비판적으로 재인식될 필요가 있다.

이 책 '내부'에서 문학사의 다중적 기원을 드러내는 것은 어려운 문제였다. 텍스트의 개별성과 내재 분석이 문학사 서술의 계기가 되어야 한다는 전제는, 기존의 문학사적 정전의 권위를 비판적으로 감당하면서 대상 텍스트를 제한하게 만들었다. 이 책에는 『열하일기』 혹은 '이광수'로 시작되어 '오정희'로 마감되는 문학사적 플롯이 존재한다. 또한 그 안에는 또 다른 작은 플롯들이 내재되어 있다. 이를테면 '강경애'로 시작되어 '오정희'로 마감되는 플롯이나, '김소월'에서 시작되어 '김춘수'로 이어지는 플롯도 생각할 수 있다. 각각의 플롯은 문학사 내부의 서사적 잠재성에 해당한다. 하나의 단일한 서사의 구축이 아니라, 은폐된 기원과 시간을 재구성한다는 의미에서 문학사는 다시 시작될 수 있다.

　재래의 한국 문학사에서 가장 억압된 것이 '여성문학사의 시간'이라고 한다면, 이 측면에서 문학사의 한계는 다른 위치에서 비판될 수 있을 것이다. 한국문학사에서 근대의 출발이 식민지의 오인 구조에 대한 은폐와 이와 '상동'의 관계를 갖고 있는 '여성 주체'에 대한 착종으로 얼룩져 있다면, 그 오인과 착종에 대한 비판적인 텍스트로서 '강경애'와 '오정희'를 맥락화할 수 있다. 남성 작가들과 남성 중심적인 문학 제도에 의해 주도된 한국 문학은 제국의 시선과 식민지 주체의 오인 구조를 피하기 힘들었고, 안과 밖의 착종과 밖(제국주의)의 내면화라고 하는 식민주의를 틀을 벗어나지 못하는 것이었다. 제국주의가 식민지를 담론화하는 방식과 식민지 남성 주체가 여성을 타자화하는 구조는 '상동의 관계'를 가졌다. 이광수의 계몽적 영웅주의와 김동인의 미적 영웅주의라는 근대 초기의 강력한 상징들은 '성숙하고 도덕적인 남성성'이라는 제국주의적 이상형이 내재한 식민성을 은폐했다. 왜곡된 젠더 의식에는 오인된 공동체로서의 민족주의와 국가주의의 이데올로기가 작동하고 있었다.

남성 작가들의 시선 체계 속에서 근대 여성들은 도시 풍경의 일부가 되고, '풍경으로서의 여성'은 매혹과 혐오라는 이중적 요소를 갖는 시선의 대상이라는 자리에 붙박여 있게 된다. 이런 상황에서 여성이 여성적 글쓰기, 특히 '여성적 응시'의 주체가 될 수 있는 가능성은 풍부하지 않았다. 남성(자아)이 여성(타자)을 구성한 방식과 여성을 둘러싼 섹슈얼리티의 문제는 여성을 서열화, 타자화하는 방식으로 주체로서의 정립을 도모하는 것이었다. 근대의 폭력성은 그 체제 안에 이미 젠더화된 정치성과 남성적 환상들을 포함하고 있었다고 할 수 있다. 강경애의 소설에서 봉건적 가부장제의 성적 착취와 식민지 노동 착취라는 이중의 착취에 대한 소설적 대응은, 남성 작가들의 리얼리즘 소설과는 다른 방식의 여성적 글쓰기와 미학적 모험을 요구했다. 인물들의 시점의 교차와 계급 서사와 연애 서사의 접속이라는 방식의 미학적 특이성에도 불구하고, 강경애의 소설은 남성적 욕망과 식민지적 구조의 희생자로서의 여성 존재를 설정하는 지점에 머문다.

강경애 소설이 민족과 계급 그리고 젠더의 문제와 한꺼번에 싸워야 하는 구조적 문제와 직면해 있었다면, 오정희의 텍스트는 산업화 과정과 자본주의적 가부장 질서 속에서 왜곡된 여성적 욕망에 어떤 미학적 형식을 생성하는가를 보여준다. 오정희의 소설은 근대화 이후 젠더 시스템이 야기하는 이탈의 욕망과 불안에서 새로운 '여성적 응시'의 가능성을 실현한다. 여성 서술자에 의해 초점화된 시선은 참혹한 모성과 모성을 세서한 여성성을 응시하며, 부재와 현존의 틈새에 위치한 남성을 응시한다. 이 여성적 응시는 가부장적 상징질서에 대한 무의식적인 통증과 거부의 지점을 미학화한다. 분열자의 독백적인 언어, 서사적 완결성을 향하지 않는 무한 독백의 언어라는 특이성은, 여성적 응시의 발화 방식이다. '여성-분열자'의 말은 의식적이고 인과적인 서사의 차원을 넘어서는 시적인 비전을 보여준다는 측면에서, '남성-리얼리즘-소설'이라는 한국 문학사의 장르적 헤게모니를 넘어서는 여성적 존재 생성의 담화이다.

국가의 문학사와 도래할 문학사

1. '국민국가'와 불균질한 모더니티

근대적 자아를 민족과 국가라는 집단적 주체의 일원으로 동일시하는 이데올로기는, 근대 초기의 한국 문학을 규정짓는 이념이었다. 문학이 국민국가 건설에 복무해야 한다는 당위는 '민족문학-국민문학'의 이념을 잇는 고리였으며, 근대 이후의 한국문학사에 드리워진 무거운 이데올로기였다. 국가는 '민족'이라는 가정된 공동체에 기반한 국민 형성을 기초로 하며, 문학은 민족국가 건설에 복무해야 했기 때문에, '민족문학-국민문학'은 심층적인 층위에서는 연결되어 있었다. 국가는 '국민 전체'의 동일성이라는 테제, 개인과 민족 공동체의 하나됨이라는 이상은 강력했고, 문학은 그 지배이념 하에서 민족과 국가의 동일성을 '매개'하는 제도적 장치로 인식되었다. 근대적 국민국가를 향한 열망은 식민지와 분단이라는 상황에서 왜곡된 '내면화'의 과정을 밟았다. 문학을 집단적·개인적 주체의 언어로 만들어야 한다는 요구는 '식민의 주체'를 '제국의 주체'와 동일시하는 오인으로부터 자유롭지 못했다.

한국 문학사의 공간 안에서 미적인 자율성이라는 테제 역시 민족과 국가를 둘러싼 거대 이념의 그늘에서 자유롭지 못했다. 문학이 민족과 국가의 완성에 복무해야 한다는 이념과 미적 자율성의 이념은, 착종된 채로 한국 문학의 불균질한 미적 모더니티를 만들어내었다. 문학의 자율성과 문학의 효용성이 혼효된 채 '문학의 진화=국민국가의 진화'라는 거대 이념 안으로 봉합된 것은 한국 근대 문학 출발의 기본적인 모순을 만들었다. 근대의 폭력성은 한편으로는 가치와 제도적 영역들의 분산화를 가져오지만, 다른 한편으로는 그 분화를 통합하고 식민화하는 이중적인 방식으로 관철되었다. 근대 초기에서부터 문학을 둘러싼 예술적 향상과 진화의 욕구는 그 식민성을 정확하게 이해하지 못한 채 착종된 방식으로 진행되었다. 김동인 문학의 사례에서 보는 것처럼, 미적인 것의 절대성은 이광수 식의 계몽주의와는 다른 관점에서의 영웅적이고 남성적인 상징 권력과 결합되었고, 서정주, 김동리, 김춘수의 경우처럼 탈역사적으로 신화화되었다.

한국의 근대(현대) 문학은 민족과 국가라는 공동체에 대한 갈망에도 불구하고, 식민지의 규율 권력의 시스템 안에서 출발했다. 식민지 규율 권력은 식민지 내부의 모든 것을 가시적이고 가독적인 것으로 만든다는 측면에서의 감시자의 시선을 갖는다. 한국 문학의 주체들은 이 시선의 비대칭성의 문제를 인식하지 못하고 식민지 규율 권력의 시선을 내면화했으며, 이런 오인은 식민지인의 예속적인 주체화 과정이라고 할 수 있다. 해방이 되고 식민지가 끝났지만 근대는 완결되지 않았으며, 분단과 이로 인한 이념의 제한, 왜곡된 산업화 과정은 여전히 근대를 '불완전 모더니티'와 '두번째 식민화' 과정으로 만들었다. '식민사관'의 극복과 '민족국가 완성'이라는 역사적 요청은, 불완전한 국민국가에 의한 또 다른 식민화와 근대의 폭력성을 은폐했다. '식민 극복'의 문학과 '분단 극복'의 문학이라는 당위는, 문학을 민족 계몽과 국민국가 수립의 수단으로 여겼던 근대 초기의 역사적 특수성으로부터 완전히 이탈하지 못하게 만들었다.

문학적인 실천을 역사적 명분이나 거대 담론의 효과로 바라보는 오랜 관념은 '분단'이라는 역사적 동기를 다시 얻게 된 것이다. 문학이 근대의 완성을 향해 떠안아야 했던 무게는 분단의 극복이라는 '또 다른' 미완의 근대적 과업 앞에서 해소될 수 없는 것이 되었다. '국민국가'의 완성과 '자본주의 체제'라는 '근대'의 역사적 보편성은, '분단'이라는 한국적인 특수성 앞에서 그 보편성을 목표이자 극복의 대상으로 만들었다. 문학은 그 안에서 비판적 공공성의 영역을 떠맡는 지위를 누렸으나, 그것은 일종의 형벌이기도 했다. 분단 이후 한국문학은 국가 차원의 강제된 근대화와 자본에 의한 생활 세계의 식민화 과정 속에서 새로운 모순과 직면해야 했다. 문제적인 문학 텍스트들이 드러내는 것은 완결된 근대적인 주체성이 아니라, 그 주체화 과정의 불가능성을 드러내고 '식민'의 내적 질서를 폭로하는 언어들이다.

2. 한국 문학사의 '끝'과 도래할 문학사

　문학사의 공간은 거대한 실체적인 공간이라기보다는 문학사적 서사들이 경쟁하는 '역사 담론'의 공간이다. 서로 다른 역사적 담론들, 이를테면 '거시사'와 '미시사'가 경쟁하는 자리이다. 거시적인 안목과 미시적인 탐구의 상호 보완이 '완전한 역사'를 가능하게 해주리라는 믿음은 이상적이지만, 완전한 역사는 불가능한 테제이다.[1] '역사계의 비균질적 구조'를 생각할 때, 단 하나의 완전한 문학사는 한국 문학사라는 역동적이고 잠재적인 공간에 가해지는 일종의 폭력이다. 역사의 의미는 결정되지 않았으며, 다중적인 경험의 차원들이 교차하는 세계이다. 역사의 발전이라는 개념과 원근법적 시선에서 사건들을 배치하고, 그 배치의 질서를 자명한 것처럼 만드는 것이 역사를 둘러싼 이데올로기이다. 역사의 최종적인 의미를 보편적인 어떤 것으로 환원하려는 시도는 역사 공간의 잠재성을 억압한다.

　한국 문학사의 전체 규모와 밀도를 완전하게 감당할 수 있는 문학사는 존재하기 힘들다. 그것은 한국 문학사의 시간의 범위가 광범위하며, 해방 이후의 문학 텍스트 집적의 규모가 방대하다는 의

---

1) "미시적인 차원과 거시적인 차원이 교통하는 데는 극심한 제약이 따른다. '원근의 법칙'에 따라서, 증거의 일부는 자동 누락된다. '수위의 법칙'에 따라서, 누락되지 않은 증거의 일부는 손상된 상태로 목적지에 도달한다. 이것은 역사계가 비균질적 구조임을 뜻한다. 역사계는 한편으로는 서로 다른 밀도를 가지는 여러 영역으로 이루어져 있고, 한편으로는 불가해한 회오리에 싸여 있다. 격하게 말하면, 그로 인한 교통 난제들은 극복될 수 없다." (지그프리트 크라카우어, 『역사―끝에서 두 번째 세계』, 김정아 옮김, 문학동네, 2012, pp. 143~44.)

미가 아니라, '단일하고 총체적인 역사'라는 기획이 가지는 이념적 자기 한계 때문이다. 민족과 국가를 둘러싼 이념을 향한 역사의 구성은, 개별적인 텍스트와 문학 제도적인 사건들의 광대한 자료 더미로부터 그것들을 조망할 거리를 확보해야 한다. 하지만 그 조망하는 주체는 어디에 서 있는 것인가? 전체 역사의 규모를 조망하려는 문학사가의 욕망은 그 역사적 과정과 텍스트들 바깥의 어느 한 초월적 지점을 설정해야 하며, 그것은 문학사의 중심으로서의 '기원'과 문학사의 '종착지'에 대한 규정이 될 수밖에 없다. 시간이란 앞으로만 나아가는 어떤 균질적인 흐름이라는 전제가 기원과 종착지를 규정하려는 욕망을 만든다.

한국 문학사에서 그 기원과 종착지는 민족과 국가를 둘러싼 이념과 무관하지 않았다. '완전한' 문학사가 가능하다는 전제는 '완전한' 민족국가 혹은 국민국가의 문학을 향해 나아가고 있다는 신앙에 기초한 것이다. '국문학사-민족문학사'라는 개념 안에는 '민족 국가'의 역사적 불완전성을 이념적으로 봉합하고 국민국가의 완성을 실현하는 '민족문학'의 거대한 서사가 전제되어 있다. 그것은 근대 문학의 제도화·규범화가 국민국가의 확립과 연결되어 있다는 문제와 무관하지 않다. 하지만 미완으로서의 역사는 '기원'도 '끝'도 없는 움직임이며, 지금 현재의 역사적 주체가 경험하는 시간에 대한 감각일 뿐이다. 재래적인 의미에서 문학사는 '국가의 문학사'를 전제한 것이지만, 다른 문학사적 주체는 '국가의 문학사' 너머에서 다른 문학사적 시간을 사유할 수 있다.

문학 텍스트 안에 구성된 문학 주체의 문제를 중심으로 하나의 미시적인 역사를 구성하는 것은 한국문학사의 작동 원리를 꿰뚫을 수 있다는 야심과는 거리가 멀다. 그것은 한국 문학의 텍스트 안에서의 문학 주체들의 미학적 주체화의 이율배반, 주체화와 탈주체화의 모순된 움직임을 탐색하는 역사적 감각의 장소이다. 시선 주체들의 문학적 주체화와 탈주체화의 모순은 한국문학사 전체를 '주체화'하는 작업 자체의 불가능성과 유비적 관계를 이룬다. 한국 문학사 안에서 유동하는 문학적 주체들은 주체의 자기확립이 아니라, '자기망실'과 '자기분열'이라는 역설적인 과정 속에서 주체의 문학적 의미를 재탐색한다. '주체화'의 실패가 '유기적 전체'라는 이데올로기적 환상과 식민의 질서에 균열을 만드는 것이 한국 문학의 역설적인 미학적 성취이다.

그 '미학적' 실패의 의미가 독자와 문학사적 시선을 통해 활성화되는 사건이, 문학사를 구성하는 텍스트들의 '텍스트성'이다. 이것은 문학사의 공간을 '텍스트 중심주의'에 의해 가두어놓으려는 것이 아니며, 모든 역사적 실재가 텍스트로 환원된다고 주장하는 것도 아니다. 문제적인 텍스트는 각기 다른 방식으로 '주체의 실패'를 보여주면서, 지배적 이념에 대해 '공모'하고 '저항'하고 있다. 텍스트의 내적 모순을 역사화하는 작업은 '상호텍스트성'을 문학사적 대화와 동력의 장소로 전환하는 일이다. 상호텍스트성은 창작의 층위와 시간의 선후 관계라는 위계질서를 구축하는 것이 아니라, 동시대의 읽기의 지평 안에서 '다시 읽고' 배치를 전환하는 작업이다. 문학사적 탐구와 비평적 실천이 만나는 이 지점은 '문학사적 주체'의 실천적인 시간의 지점이기도 하다. 그것은 역사의 의미를 입법화하고 제도화하려는 권력과의 투쟁을 의미한다.

문학사의 시간은 기원에서 종착지로 혹은 과거에서 미래로 흐르

는 것이 아니라, '지금 여기' 하나의 문학사적 장소에서 다른 문학
사적 장소로 흐르기도 한다. '시선의 문학사'는 지금 여기에서의
하나의 문학사적 장소에 불과하다. 그 시간의 장소들은 다른 장소
의 시간들과의 차이와 변이를 생성하면서 움직인다. 그 장소의 '현
대성'을 사유한다는 것은, '현대'가 항상 새로운 것을 탄생시키는
'현재'와 더불어 매순간 반복되고 시작하는 시간이라는 것을 감각
하는 일이다. '또 하나의 작은 문학사' 구성이라는 문학적 실천 속
에 '미래'는 이미 출발했으며, 이 출발은 제도화된 역사들과는 다
른 시간을 도래시키는 문학사적 잠재성이다. 한국 문학사의 기원
과 시작이 분열되어 있는 것처럼, 한국 문학사의 '끝'은 끊임없이
연기된다.